北京大學《儒藏》編纂與研究中心 編

《儒藏》精華編選刊

毛詩稽古編

〔清〕陳啓源 撰

王承略 馬小方 校點

北京大學出版社
PEKING UNIVERSITY PRESS

圖書在版編目(CIP)數據

毛詩稽古編 /（清）陳啓源撰；北京大學《儒藏》編纂與研究中心編. —北京：北京大學出版社，2023.9
（《儒藏》精華編選刊）
ISBN 978-7-301-33888-9

Ⅰ.①毛… Ⅱ.①陳…②北… Ⅲ.①《詩經》－詩歌研究－中國 Ⅳ.I207.222

中國國家版本館CIP數據核字（2023）第060052號

書　　名	毛詩稽古編 MAOSHI JIGU BIAN
著作責任者	〔清〕陳啓源 撰 王承略　馬小方 校點 北京大學《儒藏》編纂與研究中心 編
策劃統籌	馬辛民
責任編輯	魏奕元
標準書號	ISBN 978-7-301-33888-9
出版發行	北京大學出版社
地　　址	北京市海淀區成府路205號　100871
網　　址	http://www.pup.cn　　新浪微博：@北京大學出版社
電子郵箱	編輯部 dj@pup.cn　總編室 zpup@pup.cn
電　　話	郵購部 010-62752015　發行部 010-62750672 編輯部 010-62756449
印 刷 者	三河市北燕印裝有限公司
經 銷 者	新華書店
	650毫米×980毫米　16開本　41.75印張　480千字 2023年9月第1版　2023年9月第1次印刷
定　　價	148.00元

目録

毛詩稽古編卷三……三二

毛詩稽古編卷四……五七

毛詩稽古編卷六

校點説明

《毛詩稽古編》三十卷，清陳啓源撰。

陳啓源（？—一六八九），字長發，號見桃居士，江蘇吴江人（今屬蘇州）。諸生。性情嚴峻，平生只酷愛讀書，不樂與外界交往。晚年研精經學，尤深於《詩》，著《毛詩稽古編》三十卷，又有《尚書辨略》二卷、《讀書偶筆》二卷、《存耕堂稿》四卷傳於世。

陳啓源生當清初，其時學風仍襲晚明陋習，士子束書不觀，遊談無根，所見所讀之書，唯宋、元儒者所注四書五經，唐人義疏尚且不能寓目，遑論漢、魏舊注。陳氏家傳《周易》，而他對《詩經》情有獨鍾，並且善於思考，認爲「五經皆聖人所以訓世，《詩》獨連篇累幅俱淫媟之談，豈可爲訓」，早在童年就萌生了對朱子解《詩》的懷疑和不滿。有人告訴他淫詩之説乃朱子之誤，《詩》義本不如此。當他爲父親曬書時第一次見到《十三經注疏》中的《毛詩正義》，才知道《詩經》學史上還有所謂子夏序、毛公傳、鄭氏箋，從此他捨棄朱子《詩》學，轉而研習漢、唐注疏。同里朱鶴齡與他志趣相近，二人朝夕切劘，遂攜手恢復《詩經》古學。

朱鶴齡撰《詩經通義》二十卷，陳啓源撰《毛詩稽古編》三十卷，二書互相徵引，彼此發明，可以姊妹篇視之。然朱書雖廣搜博採，卻不及陳書謹嚴精核。與陳氏同時，又有元和惠周惕著有《詩説》，亦以發明古義爲務，與陳氏不謀而合。陳、惠二人，加上朱鶴齡，在康熙朝精研《詩經》古説，遂開一代風氣之先。阮元在爲本書作的序中盛贊陳、惠二氏之功，云：「我朝稽古右文，儒者崇尚實學，二君實啓之。」

《毛詩稽古編》屬稿於康熙十三年（一六七四），最終寫定於康熙二十六年，閱十四載，稿經三易而成。其撰述目的，就是要尋流溯源，推求古經本旨，把《詩經》學從朱子釋經體系中解脱而出，實現《詩》學研究向漢、唐的復古。其訓詁一準諸《爾雅》，篇義一準諸小序，詮釋經旨一準諸毛傳而以鄭箋佐之，名物則以《爾雅》爲據，兼取陸璣《草木疏》、揚雄《方言》及諸家《本草》注釋。題曰「毛詩」，以明所宗；題曰「稽古編」，以明書中所論爲唐以前專門之學。既尊崇漢、唐，則於宋、元不無微辭，書中隨文攻駁者，以朱子《詩集傳》爲多，至於劉瑾《詩集傳通釋》、輔廣《詩童子問》等，亦時加掊擊。

全書共三十卷。前二十四卷以本經爲次，用摘句、平議體，辨證舊説，别白是非，獨抒心得，創立新解。卷二十五至二十九，凡五卷，爲總詁，其内容爲有關「義統全經，詞連數什」方面的論説,又類分之爲舉要、考異、正字、辨物、數典、稽疑六門。第三十卷雖爲附録,但内容豐富,進一步證成己説。全書體系完整,引據賅博,疏證詳明,在《詩經》研究的許多問題上卓有見地,具有重要的文獻價值和學術參考價值。

陳啓源《毛詩稽古編》的手定底稿本有兩種。一種寫定於康熙二十三年秋,此本字體斟酌雅俗,不純用古字,乃陳啓源的學生趙嘉稷請善書人抄録,此抄本爲曹溶所得。另一種爲陳啓源去世前不久的最後定本,寫定於康熙二十六年,此本字體純用小篆,爲陳啓源親自書寫。與初稿本相比,最後定本在文字上做了較大改動。康熙四十年,趙嘉稷據最後定本,又用「時下習書」過録一本以傳。自康熙至嘉慶,一百四十年間,《毛詩稽古編》賴陳啓源的兩個稿本、趙嘉稷的兩個抄本,及兩稿本與兩抄本的轉抄本流傳。因兩個底稿本文字有所差異,故《毛詩稽古編》實有兩個版本系統。國家圖書館藏清張敦仁校清抄本、文淵閣《四庫全書》本(底本爲江西按察使王昶家藏本)、山東省圖書館藏清康熙抄本(有「畿南文獻」「胡珽校勘」「心芸珍藏」「王錢校本」諸藏書印)皆出自初定稿本。值得慶幸的是,陳啓源的最後手寫定本,一直保存於親戚家裏,最後落在龐佑清手中。龐佑清的曾祖母的曾祖父,就是陳啓源。嘉慶十七年(一八一二)春,龐佑清請善書人依樣繕寫,首次將此書付諸剞劂。嘉慶十八年秋，鐫刻蕆事。嘉慶十九年孟春，費雲倬以刻本的行款爲標目，校以甲子抄本（康熙二十三年抄本）、張尚瑗抄本、趙嘉稷抄本（康熙四十年抄本）、王本、朱本、校張本、校甲子抄本，撰爲《毛詩稽古編附考》，臚列各本異同。又就《毛詩稽古編》卷二十七《正字》門所辨正的字體，撮録《説文》，各詳形義。龐佑清以爲《附考》可補後定本之罅隙，乃將《附考》一道刊刻，觀龐佑清題識在嘉慶二十年正月，則雕刻當於嘉慶二十年而告竣，《毛詩稽古編》至此有了第一個刻本。

山東省圖書館藏嘉慶刻本，扉頁題「嘉慶十八年歲次癸酉孟秋月雕」。開篇是「欽定四庫全書總目提要」，次「朱敘」（朱鶴齡），次「趙敘」（趙嘉稷），次「序」（文寧），次「序」（阮元）；次「敘例」，「敘例」後題「見桃居士陳啓源述」；次「毛詩稽古編參校姓氏」，列楊復吉等十五人的名字、籍貫、科第、身份等，其中周兆鵬，字翼雲，蘇州府學廪生，獨任此次刻書的「繕寫」之功。十五人後，題「嘉慶二十年歲次乙亥春王正月重校」；次「毛詩稽古編目録」。次「毛詩稽古編卷一」，題「東吴陳啓源長發述，同邑龐佑清黼廷氏校」，以後各卷所題皆同。卷三十正文終後，首「毛詩稽古編附考」，「附考」後有「龐佑清識」。次「毛詩稽古編跋」（龐佑清），最後是陳啓源「後敘」。全書刊刻精美，用了大量篆文的楷化字體，在刻書史上十分罕見，彌足珍貴。

嘉慶本之後，有道光九年（一八二九）廣東學海堂刊、咸豐十年（一八六〇）補刊《皇清經解》本。《皇清經解》通計卷數，《毛詩稽古編》在第六十至八十九卷，八十九卷末，題「工部都水司郎中臨川李秉綬刊」。《皇清經解》本以嘉慶本爲底本，但全書改爲楷體字，保留了「敘例」和正文，其他序跋則一概删棄，此乃大型叢書的體例使然，卻導致較多文獻信息的缺失。要整理《毛詩稽古編》，當然首選嘉慶本，然而考慮到嘉慶本中大量存在的篆文楷化字體，將給排版造成較大困難，不便作爲工作的底本，故不得已而用《皇清經解》本爲底本，而以嘉慶本、一九九一年《孔子文化大全》影印清張敦仁校清抄本（簡稱「大全本」）、臺灣商務印書館影印文淵閣《四庫全書》本（簡稱「《四庫全書》本」）、山東省圖書館藏清康熙抄本（簡稱「康熙抄本」）爲校本。

是書的兩個底稿本，原只有朱鶴齡的敘和陳啓源的跋（所謂「後敘」），故今將嘉慶本的「朱敘」置於篇首，「後敘」置於卷末，以再現陳書的原貌。爲保存有用的刻書信息，特將趙嘉稷敘、文寧序、阮元序、龐佑清跋放在陳氏「後敘」之後，以供參考。至於費雲倬《毛詩稽古編附考》，因標注的是嘉慶本的行款，儘管有一定的校勘價值，但無排印的必要，兹予捨棄，僅參考其内容作校勘之用。

陳啓源的父親名「志中」，故書中「志」字，皆作「記」，或作「意」。如《漢書・地理志》《後漢書・祭祀志》《通志》《一統志》《郡縣志》，諸「志」字皆寫作「記」。既然陳氏原書如此，整理時未作回改，好在這些「記」字一望便知當是「志」字，不會産生理解上的歧義。康熙諱「玄」字，雍正諱「胤」字，乾隆諱「弘」「曆」字，嘉慶諱「顒」字，道光諱「寧」字，康熙抄本不避，而《皇清經解》本皆避上述諸諱，整理時以康熙抄本爲據，悉予逕改，不出校記。

《皇清經解》所收各書，通編卷數，每卷皆以「皇清經解」標題，標題下爲本卷所收書的書名，書名後不標該書的卷數。今一律删棄「皇清經解」的標題和總卷數，而在「毛詩稽古編」名下依次補上「卷一」至「卷三十」，以醒眉目。

校點者　王承略　馬小方

朱敘

昔夫子删定六經，而其自言曰「信而好古」。夫三皇五帝之事，若存若亡，蓋有不可深求者矣。如「河圖」、「洛書」，出苞吐符，天人相接，此與後世之天書何異，而夫子顧信之不疑。下至商羊、罔象、汪芒、僬僥之類，尤爲裔宇嵬瑣，夫子亦時時述而識之。蓋其學綜典墳，徵文獻，稟師傳，苟古人之所有，無不攷求詳慎，而不敢以私見汩亂其間，此所以爲善述也。《詩》敘出於子夏之徒，大、小毛公亦秦、漢間人，詁訓視他經最古，鄭康成取其義而爲箋，即不免踳駁，自有聖門闕疑之法，在今人概黜爲郢書燕説，此不可解也。《爾雅》一書，古人專以釋《詩》，亦子夏之徒爲之。至六書必祖《説文》，名物必稽陸《疏》，皆先儒説《詩》律令，今人動以新義掩古義，今音證古音，此又不可解也。説者謂考亭《集傳》頒諸功令，學者不敢異同，然考亭嘗爲《白鹿洞賦》，中云「廣青衿之疑問，樂菁莪之長育」，仍不用己説。門人問之，曰：「敘説自不可廢。」然則考亭之意，亦豈欲學者之株守一家，而盡屏除漢、唐以來諸儒之箋傳，如今人之安於固陋荒忽者哉！余爲《通義》，多與陳子長發商摧而成，深服其援據精博。近乃自成《稽古編》若干卷，悉本小敘、注疏，爲之交推旁通。余書猶參停今古之間，長發則專宗古義，宣幽決滯，劈肌中理，即考亭見之，亦當爽然心開，欣然頤解。嗚呼！經學之荒也，荒於執一先生之言，而不求其是。苟求其是，必自信古始。夫《詩》之有敘也，猶江漢之發源羊膊嶺也，毛、鄭則出玉壘、過湔堋而下時也，後儒之説，則歷三峽，分九道，汩汩然莫知其極。今與之導源岷山，使知緣厓數百、激湍萬里之皆濫觴於此也，豈非《記》所云「先王祭川，必先河而後海」之義乎？世有溯源三百者，必能尊奉此書爲微言未墜，長發其竢之而已。

康熙十八年季秋朔日同學弟朱鶴齡撰

敘例

先儒釋經，惟求合古，後儒釋經，多取更新。漢《詩》有《魯故》《韓故》《齊后氏》《孫氏故》《毛故訓傳》，《書》有大小夏侯《解故》。故者，古也。合於古，所以合於經也。後儒厭故喜新，作聰明以亂之，棄雅訓而登俗詮，援叔世以證先古，爲説彌巧，與經益離。源也惑之，竊不自揆，欲參伍衆説，尋流泝源，推求古經本旨以挽其弊。而諸經注疏，惟《毛詩》敘傳最古，擬首從事焉。適長孺朱子以所著《毛詩通義》示余，共商搉其疑，因鋭意搜討，加以辨證，得一義輒札記之，積久得如干條，彙輯成帙，名曰《毛詩稽古編》云爾。原古人釋經，多由師授，不專據經本，況《詩》得於諷誦，非竹帛所書確有畫一。諸儒傳寫，師讀各分，經文亦互異，故字與義有不必相符者，非得師授，豈能辨其孰是哉？今師授雖絶，而傳義尚存，尋釋傳義，以考經文，其異同猶可正也。此當稽古者一也。又古、今文義差殊，若胡、越之不同聲矣。毛、鄭字訓率宗《爾雅》，於今似爲驚俗，在古實屬恆詮，不可易也。用古義以入今文，固難説時人之目，彊古經以就今義，亦豈合古人之心乎？夫積字而有句，積字句而有篇章，字訓既謬，篇旨或因以舛，非小失也。此當稽古者二也。又三代迄今，垂二千餘載，雕樸刓方，匪一日之積。時世屢更，風俗迥異，古聖賢行事，因乎時耳，宜於古者，未必宜於今。然據今人習俗，併謂古人無其事，亦非通論也。惟立身於古世，以論斷古人，斯《詩》之性情得矣。此當稽古者三也。又若弁冕車旂之制，鼒鼎俎豆之儀，朝會燕饗之規，禘祫郊邱之議，焚書而後，典禮無憑，聚訟以還，是非莫定，此皆難臆決者。至於山川陵谷屢易其形，草木禽魚不恆厥性，衹可即古以言古，不可移古以就今。其地名、物類閒有相同，非俚俗之流傳，即文人之附致，縱或偶符於古，豈必可證於經？存其信而闕其疑，勿以今之似亂古之真，竊謂有一得焉。

古今爲《詩》學者，無慮數十家，其説燦乎備矣。今日論《詩》，不必師心以逞，惟當擇善而從。故斯編止參酌舊詁，不創立新解。《集傳》《大全》，今日經生尚之，而注疏亦立於國學，故所辨證，此二書爲多。其魏、晉、六朝諸家之説，則《正義》所引用也。其宋、元諸家之説，則《集傳》所未取，《大全》所編輯也，故辨證亦及焉。若近儒所著，亦互有得失，但世鮮尊信，無庸置喙焉爾。

折衷衆説，必引據古書，擇其義優者以決所從，不敢憑臆爲斷。其引據之書，必明著於編，俾可展卷取驗，示傳信也。其限於見聞，局於心知，疑而未定者，謹闕所不知，不敢妄論。引據之書，以經傳爲主，而兩漢諸儒文語次之，以漢世近古也。魏、晉、六朝及唐又次之，以去古稍遠也。宋、元迄今去古益遠，又多鑿空之論，譌託之書，非所取信，然其援據詳明，議論典確，鄙見賴以觸發者，亦百有一二焉。

前人謬誤，已經他書指摘者，概不贅及。其指摘有未盡，則曲暢之，必先云某説如此，不敢攘人之美也。若指摘未當，則加駁難。

長孺《通義》駁正群言，最爲允當，頗亦采録鄙説，余之述是編，以補《通義》之未備也。但讀書論古不必立異，亦不可苟同，故持説閒有與《通義》殊者，各從所信也。其同者不復覼縷，若所見雖同而説有更進，亦不憚詞費，正欲兩書相輔而行耳。

凡有辯難，必述原説以引其端，習見者略述之，希見者詳述之，其所援據亦然。至引述諸儒，或以名，或以字，或以氏，或以書，偶因文便，非義例所存。

此編之例，有誤則辯，無則置之。或一語而頻及，或連章而闕如，非同訓釋家句櫛字比也，故止題篇什，不載經文。

辯證諸條，各隨本詩爲次，釐爲二十四卷。其有義統全經，詞連數什，則别爲五卷，寘諸後，名曰《總詁》。復類分之，爲《舉要》，爲《攷異》，爲《正字》，爲《辨物》，爲《數典》，爲《稽疑》，凡六門焉。《總詁》之後，又斷以《附録》一卷。凡經注譌脱已列《稽疑》而辯析未詳者，傳、箋、《釋文》字義故實須加攷證者，辯證《詩》義因而旁及他典者，論斷已明尚有餘意未盡者，後儒之説未甚著聞，而其誤須辨者，竪義稍越常聞，恐人河漢其言者，三家《詩》説可爲博聞之助者，皆彙入焉。其前後仍以經爲次。

字體譌陋，於今極矣，有俗體之譌，如鰲、澄、挼、拯、飲、囒、覔、匝等。有借用之譌，如叩、俟、專、移、沽、篤等。有妄減之譌，如韓、雪、雷、衛、薛、戟等。有妄增之譌，如菽、燼、寂、熟、栖、烹等。有分一字爲二字而譌者，如灡與漣、鬲與鎡、臚與膚等。有合數字爲一字而譌者，如渻、眚、省皆作省，佮、詥、匌皆作合，复、復、复皆作復，匢、𦫿、昒皆作忽，𩹉、秩、戜皆作秩等。有因形近而譌者，如憂憂、段叚、孥孝等。有因音近而譌者，如鋌錠、飫饇、但袒等，與借用似同而實異。此類不勝屈指。取彼俗書，準諸古義，大半皆譌。繕寫斯編，本欲悉加釐定，一遵《説文》，❶又恐太驚俗目，俾覽

❶「説文」，嘉慶本同，康熙抄本、大全本、《四庫全書》本作「古體」。

其稍晦者注於本字下，者芒然，必至廢書而歎。今止於點畫閒斟酌雅俗，略正其一二，務令時目一覽便識。

每卷止注首一字，再見者不復注。至經文字體，則別詳《總詁・正字》門。

毛詩稽古編卷一

吴江陳處士啓源著

國風

十五國次第，先儒多有論説，惟孔仲達、程正叔差長，要於删《詩》本意未必合也。以今《國風》較之，吴季札所聞，止《豳》《秦》二風是聖心更定，餘皆國史之舊。源謂國史次第，原無取義，夫子述而不作，各仍其舊文，獨更置《豳》《秦》以示意爾。殿《豳》以近《雅》，先儒之説允矣。至抑《秦》於《魏》《唐》之後，其義猶缺。然竊嘗思之，唐即晉也。春秋諸國，齊、晉、秦、楚爲大。楚雄南裔，秦起西戎，惟齊、晉更霸，有功王室。齊霸僅桓公一身，晉自文公以後，世爲盟主。晉失霸，天下無復宗周。春秋之不遽爲戰國，晉之力也。夫子先《唐》於《秦》，殆以存周室與？又案，十五國除周、召、王、豳天子畿内，邶、鄘、魏、鄶先亡外，餘爲國者七耳，其衛、鄭、齊、陳、曹五國，皆服於晉，雖先晉，無嫌也。獨秦倔彊西垂，與晉世爲讎敵，如復先之，則疑於二霸矣。故抑秦所以尊晉也，尊晉所以尊王也。

周南正風

關雎

《集傳》釋《關雎》，舍毛、鄭而取匡衡，《通義》辨之當矣。案伊川著《新解》一卷。解《關雎》敘云：「《關雎》之義，樂得淑女爲后妃而配君子。配惟后妃可稱，何別求淑女爲配。」程以淑女即后妃，與衡意同，朱子從匡，亦從程也。然論古人文義，正不如伊川言。《兔罝》篇云「公侯好仇」，是武夫可配公侯也。《假樂》篇云「率由群匹」，是群臣可配王也。《書・召誥》云「讎民百君子」，是君子可配民也。孔傳之解如此，今解非是。豈嬪御輩不可稱配耶？又以淑女爲后妃，僅宜於首章耳，次章「寤寐思服，輾轉反側」，指文王則妨於義，不指文王又無可指，其説難通矣。嚴《緝》宋嚴粲著《詩緝》。以「好逑」爲后妃，而釋「荇菜」仍爲賦體，釋「求」「友」「樂」仍指嬪御，則「左右流之」爲求荇菜，「寤寐求之」不得爲求淑女，何語意之不相應乎？又《大全》載朱子之説，言此妾媵爲之，故能形容「寤寐」「反側」之事。是直謂文王思淑女，至卧不安席也，殆與《月出》《澤陂》相去無幾，尚得謂性之正乎？況文王未昏，不應先有妾媵。因又爲之説曰：「此乃大王、王季舊宮人作。」亦見《大全》。夫文王寤寐閒事，舊宮人何由知，尤礙於理矣。

王雎之鳥，解者不一。《詩》《爾雅》疏皆載郭氏、璞。陸氏、璣。揚雄。許慎。二氏三説。郭云：「雕類，今江東謂之鶚。」陸云：「如鴟，深目，目上骨露，幽州人謂之鷲。」揚、許云白鷹，似鷹，尾上白。嚴《緝》獨取郭義，謂鶚鳥不再匹，立則異處，是有別也。徐鉉、陸佃皆云鶚性好跱，每立不移處。所謂鶚立，義取諸此。據此，則鶚之爲鳥，有慎固幽深傳語。之象，最合興義，當是也。若夫鷲亦名雕，與鶚同類而別鳥，白鷹尾白，鶚之別種，三説相去不遠，郭獨得其正矣。鄭樵《通記》以爲梟類，尾有一點白，是因白鷹尾白而傅會也。朱子祖其義，又詢諸淮人，遂釋之曰：「狀類梟鷙，今江淮間有之。」然白鷹似鷹，不似梟，江淮之鳥，未可以證《周南》，近世《名物疏》馮復京著。駁之，良是。

雎，《爾雅》《説文》皆作鵙，從鳥且聲，七余切，音近趨。陟砠、叔苴、漆沮音同，皆清母也。今人多讀如菹醢之菹，蓋承《正韻》子余切之誤。又雎字與睢字異，睢從目隹聲，許規切，仰目也；又息追切，水名。

毛傳「鵙鳩摯而有別」，箋申其意，以爲摯之言至，疏又申之云：「雌雄情意至厚而能有別，以興后妃説樂君子情深，猶能不淫其色。」傳爲摯字實取至義，箋、疏皆善述傳義矣。蓋「至」與「別」義正相反，合之方見后妃之德。若作鷙解，文義偏枯矣。《集傳》云：「情意深至。」亦箋、疏之意也。歐陽修。《本義》云：「不取其摯，但取其別。」錢氏《詩詁》亦譏箋義爲非，皆未喻傳意。案鵙乃雕類，定是鷙鳥，古字摯、鷙亦通用，但詩人取義在至，不在鷙耳。

「窈窕」，毛云「幽閒也」，又云「是幽閒貞專之善女」，明是指德而言，非謂所處之宮也。箋、疏釋爲深宮，而謂毛意亦然，誤矣。且毛傳淑女皆就未得時言，安得先在深宮？《韓詩》薛君漢。章句云：「窈窕，貞專貌。」見《文選》李善注。正與毛同意。

逑本訓斂聚，《關鵙》「好逑」釋文云：「逑，本亦作仇。」又《禮記》及《漢書》注、《文選》注引此詩皆作仇，則仇字爲正矣。又案：《周南》兩言「好仇」，《大雅》言「仇方」，毛皆訓匹，鄭皆訓怨耦。《小雅》之「手仇」毛亦訓匹，毛義長矣。《爾雅》云：「仇，合也。」又云：「仇，匹也。」此兩訓正爲《詩》設也。怨耦之解見《左傳》，《説文》亦引《虞書》云：「怨匹曰逑。」蓋亦古義。然非所以釋《詩》，鄭泥怨耦之訓，謂《關雎》好逑，是和好衆妾之怨者，不亦迂乎？

《關雎》二、三章，毛皆以未得時言，故「求」是未得而求，「友」「樂」則預計初得時事也。鄭皆以已得時言，故「求」是追溯其初，而「友之」「樂之」，正言助祭時也。如毛意，則琴瑟、鐘鼓爲淑女而設，如鄭意則爲神而設，毛義勝矣。琴瑟喻其和平，鐘鼓象其美大，正形容「友」「樂」之情耳。若爲神而設，與「友」「樂」何預哉？孫毓主毛，良有見。

荇、蓴相類，實二草也。蓴葉圜，荇稍鋭而長，字本作莕，荇乃重文。《爾雅》「莕，接余，其葉苻」是也，《説文》作「莕，菨餘」。夏有華，或黄或白，實大如棠梨，中有細子。《草木疏》吴陸璣著。言此菜可按酒，而蘇頌《圖經》宋仁宗時《本草》。謂今人不食，醫方鮮用，意古今物性不同乎？又《唐本草》蘇恭等修。及《埤雅》宋陸佃著。皆以爲荇即鳧葵，恐誤。《周禮·醢人》注、《魯頌》毛傳並云：「茆，鳧葵。」《説文》及《廣雅》魏張揖著。之説亦同，茆乃蓴也，豈荇乎？

「左右流之」，左右音佐佑，助也，嬪御助后妃求之也。《集傳》訓爲無方，則於芼義難通矣。朱子以芼爲熟而薦之也，熟而薦之，於禮當有常所，安得云無方乎？案《檀弓》「左右就養無方」，又云「左右就養有方」，無方、有方皆可言左右矣。又案，佐佑，俗字也。助義本作「左右」，其左右手字本作「𠂇又」，今用左右爲𠂇又手字，而別作佐佑字以當助義，非古也。《詩》無佑字，而佐字見《六月》《下武》《韓奕》三詩，餘則手義、助義俱溷用左右字，蓋衛包改經字，有改之未盡者，故雅俗互見也。後儒徒守俗訓，遂多誤解。

流訓求，《爾雅》、毛傳同，古字義本如此。朱《傳》釋爲「順流而取之」，則經文爲不詞矣。況流既爲取，則侵「采」義，故訓采爲「取而擇之」。采既爲擇，則又侵「芼」義，故訓芼爲「熟而薦之」。三字訓殆相因而易。

古注字訓必有本，不敢用臆説。如「輾轉反側」，箋云：「卧而不周曰輾。」疏引《書》傳「帝猶反側晨興」，見反側既爲一，輾轉亦爲一，俱爲卧而不周。又《澤陂》詩「輾轉伏枕」，伏枕是身伏而不周，輾轉與連，文義定相同。又《何人斯》箋以輾轉釋反側，愈知四字義同。蓋此四字兩見《詩》，《關雎》兼言之，《澤陂》《何人斯》各言之，疏以《詩》證《詩》，析四字爲二義，見其大同小異，不甚分別也。張揖《廣雅》云：「展轉，反側也。」殆取《何人斯》箋而倒其文。要之，四字義本同矣。朱《傳》始析之曰：「輾者，轉之半。轉者，輾之周。反者，輾之過。側者，轉之留。」語甚新美，然不知何本。又《釋文》云：「輾，本亦作展，吕忱從車、展。」則輾字殆始於《字林》。《説文》有展字，無輾字。《玉篇》展、輾二字皆訓轉，無二義。《澤陂》輾字，《釋文》亦云「本又作展」，是知車旁皆後人加也。近世趙凡夫著《説文長箋》。言輾字是報字所改，恐不然。報，轢也，尼展切，與輾字音義俱不同。

傳曰芼爲擇，與《爾雅》異義。《爾雅》云：「芼，搴也。」孫炎注云：「皆擇菜也。」某氏云：「搴，猶拔也。」郭璞云：「拔取菜也。」某、郭專釋《雅》文，孫則旁顧《詩》傳。然以擇釋搴，於義離矣。孔疏引其文，又申之曰「拔菜而擇之」，蓋欲通兩義爲一，但拔與擇原各一事，合之終屬武斷，非確解也。源謂《詩》《雅》兩芼字文同而義異，毛就《詩》釋《詩》，不必援《雅》爲據矣。案，《詩》芼字亦作覒，《説文》云：「覒，擇也。」《玉篇》亦云「擇也」，引《詩》「左右覒之」。古字多借用，芼乃覒之借耳。毛云擇者，本訓覒，不訓芼。孫據毛以釋《雅》，孔據《雅》以合毛，皆過也。又案，覒字《説文》讀如苗，徐莫袍切，皆平聲。《玉篇》莫到切，則去聲。《詩釋文》同《玉篇》。

禮，惟羹用芼，所謂鉶羹之芼也。后、夫人助祭，薦菹不設羹，故箋云「后妃供荇菜之菹」，而傳亦訓芼爲擇。宋董氏名逌，著《廣川詩故》。云「熟而薦之曰芼」，則直是羹矣。菹，生釀之，不用熟也。《集傳》以荇菜爲興，故從董説，亦無害。但王后采荇，夫人采蘩，大夫妻采蘋藻，皆實事也。《召南》爲賦，而《周南》爲興，恐非詩旨。

葛覃

《葛覃》敘，述后妃在父母家事，朱子《辯説》譏之，因又謂「未嫁時自當服勤女功，不足稱述」。此恐非確論。豪家女子生長富貴，尚不知絺綌爲何事，況大姒大邦之子哉？餘辯見《通義》。

「服之無斁」，箋云：「服，整也。謂整治絺綌，是未成布時也。」今解爲服之於身，是既成衣時也。由箋説見后妃之勤，由今説見后妃之儉，義俱通。但后妃之儉，於下章澣濯見之，則此章專言勤，優矣。

「害澣害否」，毛以爲問詞，鄭以爲無所偏否，皆當澣之。竊謂毛説勝也。上以汙澣對言，此以澣否對言，意各有當，如鄭説，則詞複矣。孔疏右鄭，以爲有問詞，而無總結，殆非文勢，故不從傳。殊不知澣濯細事，不敢自專，必詢師氏，正見其尊敬師傅。詩人設爲商度之詞，以形容后妃之心耳，何必有荅詞，方見其爲問哉？毛云「私服宜澣，公服宜否」，自論澣否之常，非代詩人荅也。疏語未當。

卷耳

今以《卷耳》詩爲后妃思念君子，恐不然。婦人思夫之詩，如《伯兮》《葛生》《采緑》諸作，見於變風、變雅，所以閔王道之衰，征役不息，室家怨曠，刺時也，義不繫於思者也。若如今説，則《卷耳》當爲商紂刺詩，不得爲《周南》正風矣。況民家婦女思念其夫，形諸怨歎，不足異也。后妃身爲小君，母儀一國，且年已五六十，《無逸》「文王受命於中身」，❶孔傳云：「即位時年四十七。」案征役當在即位之後，后妃年應相若。乃作兒女子態，自道其傷離惜别之情，發爲咏歌，傳播臣民之口，不已媟乎？至於登高極目，縱酒娛懷，雖是託諸空言，終有傷於雅道。《汝墳》《殷其靁》兩詩閔其君子，猶能勉之以正，勸之以義，故列於正風，曾后妃而反不若哉？

卷耳，即今藥草中之蒼耳子也，異名最多：曰苓耳，見《爾雅》及毛傳。曰葹，見《離騷》。曰葈耳，見《廣雅》。曰胡葈，見《神農本草經》及《草木疏》。曰耳璫草，曰白胡荽，息遺切。曰爵耳，皆見《草木疏》。曰羊負菜，見《博物記》。曰常枲。見《爾雅》郭注。陶隱居云：「傖人皆食之，謂之常思菜。」常思者，其常枲之譌乎？殷敬順唐人。《列

❶「於」，《四庫全書》本、《尚書·無逸》作「惟」。

子》釋文引《蒼頡篇》云：「葈思上聲。耳，一名蒼耳。」《埤雅》引《荆楚記》亦同。卷耳之即爲蒼耳，信矣。其華葉性味，頗見於陸疏、郭注，惟陸云蔓生、郭云叢生爲異。宋《圖經》謂陸、郭所言皆與今蒼耳相類，其郭言叢生尤得之。今《集傳》亦從郭。

張子厚、吕和叔皆謂采卷耳以備酒醴之用，見《讀詩記》。此見下章金罍、兕觥語，故爲此説也。案《本草》蒼耳並無釀酒之用，惟崔寔《月令》有「伏後爲麴」之説，張、吕豈本此乎？今造神麴亦用蒼耳汁，然神麴惟入藥，不以釀也，《月令》之麴殆斯類。况此詩取憂爲興義，在不盈，不在卷耳。故傳云：「憂者之興也。」酒醴之説，未必詩旨。

《詩》有三「周行」，鄭皆釋爲周之列位。《卷耳》之周行，則《左傳》《荀子》、毛傳義皆同，其説古矣，非妄也。宋吕大鈞改訓爲周之道路，吕東萊《讀詩記》取之，徒見下三章皆咏使臣，故謂此二句，亦言賢人君子不當令之遠行從役耳。然小敘求賢審官，指此二句言，知臣下之勤勞，指下三章言。四章分爲兩意，既諷君子當爲官擇人，又勸其於賢勞者致恩禮焉。文義相承，自應如此。

砠、確、岨三字實同一字，今本《詩》及《爾雅》皆作砠，《釋文》作確，《説文》引《詩》作岨。《爾雅》云：「石戴土謂之崔嵬，土戴石爲砠。」而毛傳反之，疏以爲傳寫之誤。今案，《説文》《釋名》《玉篇》《廣韻》之釋岨，皆與毛同，而崔嵬無訓。惟《玉篇》砠、岨二字並載，岨解同毛，砠解同《爾雅》，則兩存其説焉。劉、名熙，著《釋名》。許皆漢人，時毛學未盛，而二書之釋岨皆合於傳，則傳寫之誤當在《爾雅》。若屺、岵，則定是傳誤。

樛 木

《釋文》云：「樛，馬融、《韓詩》本並作朻。」《爾雅》云：「木下句曰朻。」案，《說文》云：「下句曰樛，从木，翏力救切。聲。」「朻，高木也，从木，丩居由切。聲。」則二字義別。詩興逮下，當以樛爲正。又樛木下垂，喬木上竦，正相反，而《周南》詩俱託興焉，一美逮下之仁，一喻立身之潔，義各有當爾。

「樂只君子」，鄭訓只爲是，云「樂其君子」。孔氏申之，以爲樂是君子，言以禮義施於君子，使得享其樂也。吕《記》、嚴《緝》皆云「樂哉君子」，語氣雖别而大義則同。案《說文》：「只，語已詞，从口，象氣下引。」則以哉字代之，亦可通也。又只讀如止，俗讀如質者非是。《玉篇》之移、之爾二切，❶《韻會》云：「惟有此二切。」

螽 斯

《螽斯》敘云：「言若螽斯不妬忌。」箋、疏讀爲一句，故朱子譏之，謂「以不妬忌歸之螽斯，乃敘者之誤」。《通義》謂此敘當於「言若螽斯」絶句，連上文讀，而以「不妬忌」屬下文，文義最穩，得之矣。然群處和集，❷

❶「爾」，嘉慶本同，康熙抄本、大全本、《四庫全書》本作「余」。

❷「處」，原缺，據康熙抄本、大全本、《四庫全書》本、嘉慶本補。

便是螽斯不妬忌之驗，即如舊讀，義自通。

《螽斯》篇毛不言興，而鄭以興釋之，其荅張逸云：「此實興也。文義可解，故不言。」此善會毛意也。今以爲比，恐不然。又此詩每上二句言螽斯，下二句言后妃。爾者，爾后妃也。振振、繩繩、蟄蟄，正謂子孫之賢，毛分釋三義甚優。而《韓詩外傳》引此亦云：「賢母使子賢也。」意與毛同矣。今以爲螽斯之多子，殊少義趣。

桃夭　兔罝　芣苢

《周南》首八篇，敘皆言后妃，而文王之德自見。至《江漢》《汝墳》二詩，化行南國，則云「文王之化」，義各有攸當也。晦翁譏之，以爲一以后妃爲主，不復知有文王。至於化行國中，三分天下，皆以爲后妃所致，則是禮樂征伐，皆出婦人之手，文王徒擁虚器，爲寄生之君也。以上皆《辯説》語。吁！敘之言安有是哉？苪俗作前。五篇敘止言后妃一身，不及梱俗作閫。外求賢審官者，以勸君子耳，非自爲之也，《桃夭》《兔罝》《芣苢》三敘，則及國中矣。然宜室家，樂有子，皆婦人事也。賢才衆多，與《關雎》憂在進賢，理亦相通也。且此三詩敘一云所致，一云化，一云美，孔疏釋之云：「三者義通，總是美化所致耳。」是敘止言化，不言政也。化者，德修於身，而聞者興起。後世匹婦庶女孝義感人，尚能厚人倫，美風俗，況以國母之尊，可謂必無其理哉？若晦翁所云禮樂征伐者，政也，敘無是言也。至后妃之賢，是文王「刑于」所致。美后妃，正所以美文王。舉此以見彼，足矣。如必篇篇並舉而言之，古人文字安得蕪冗如此。

桃　夭

《説文》枖、媄二字並引此詩，是詩夭字亦作枖，又作媄也。今考其義，當以枖爲正。枖，《説文》以爲木少盛貌，毛亦以夭夭爲桃之少壯，義本合，故《釋文》獨引焉。夭，本於兆切，屈也，今詩借用耳。媄訓爲女子笑貌，當出三家《詩》。

《桃夭》三章，三言「宜」，本一義也。毛傳於末章云：「一家之人盡以爲宜。」則上二章宜字義亦應爾。首章傳乃云：「宜，以有室家無踰時者。」不如末章義優矣。康成反據前解以易後傳，殊失去取之當。

兔　罝

《兔罝》是賦體，毛、鄭皆不以爲興也。歐陽《本義》專以興言之，又譏敘曰：「如敘文則周南舉國皆賢，無君子小人之别，此以詞害意。説詩者泥敘語，遂謂《兔罝》野人，皆有才德可用，此又近誣。」吁，過矣！文王舉賢，不遺微賤，得士於兔罝中，自有此理。度外之事，後世大略之主猶能行之，何云近誣？敘云「莫不好德，賢人衆多」，極形王化之盛耳。言衆多，不言皆賢也，何謂害意？且好德，人之常性，歐反以有君子、無小人爲妄，是何言乎？案元儒金履祥引《墨子》「文王舉閎夭、大顛於罝網之中，而授之政，西土服」，因言兔罝體貌肅敬，此閎夭、大顛所以爲賢，而文王舉之也。臼季之取冀缺，林宗之取茅容，皆然，况文王乎？此言敬德之可貴，故取士者恆以之也。善會詩義矣！或疑《墨子》之言不見經典，未可據信。夫古人軼事，經史所不載，而幸存於諸子百家之言，以傳後世者多矣，可悉指爲誣乎？ 縱使出於傅會，要必當時説此詩者，原有得賢於兔罝之解，故以閎夭、大顛實之也。 又漢賈山云：「文王時，芻蕘采薪之人皆得盡其力。」芻蕘采薪，非兔罝之流乎？ 山之言亦本是詩矣。 可見毛、鄭以前釋《兔罝》詩者，皆作是解，非一家之私説也。《集傳》以詩語上下相應，故判爲興，然仍謂是興中之賦，而云「兔罝之人才有可用」，則亦不以歐説爲然。

芣　苢

《爾雅》别芣苢之名馬舄、車前，併芣苢而三焉。《本草》又名當道，根、葉及子皆入藥，而葉又可茹。見陸璣疏及王旻《山居録》。 其實主令人有子，見陶氏《别録》。 周南婦人當采其實矣。《韓詩》既云：「直曰車前，瞿曰芣苢。」生子兩旁謂瞿。 又云：「芣苢，澤寫也。」車前、澤寫，豈一草乎？ 又以爲惡臭之草。 今此二草，未見其惡臭也。

漢　廣

《漢廣》敘云：「德廣所及也。」前三詩化及國中，此詩方及南國，故云廣。 與「漢廣」字偶同耳，非謂「漢廣」爲德廣也。《辯説》譏之，無乃苛乎？

「南有喬木」，毛云：「喬，上竦也。」《集傳》用《鄭風》蘇注蘇轍著《詩解集傳》。 釋之曰：「上竦無枝曰喬。」案，《爾雅·釋木》凡五言喬：一云「句如羽喬」，一云「上句曰喬」，句者，言樹枝之卷曲，非無枝也。 一云「如木楸曰喬」，注：「楸樹性上竦。」一云「槐棘醜喬」，注：「枝葉皆翹竦。」楸、槐、棘三者，皆非無枝之木也。一云「小枝上繚爲喬」，此又明言有枝矣。《爾雅》五言喬，並無無枝之説，蘇氏云云，不知何據。或曰：《爾雅》「小枝上繚爲喬」，下云「無枝爲檄」，兩文連，遂誤以彼釋此耳。噫！鹵莽一至此耶？

休息，作休思，《釋文》非之，而《正義》以爲然。據傳先釋思詞，後言漢上爲證，其説良是。但陸云：「古本皆作休息。本或作思，以意改耳。」孔云：「未見有本作思者，故不敢改。」獨《集傳》以爲《韓詩》作思，豈據《外傳》之文乎？唐初《韓詩内外傳》及《章句》俱在，陸、孔所見本較多，何反無作思者？今《外傳》之作思，當亦後人以意改耳。

孔疏釋游女之義云：「《内則》女子居内，深宫固門，閽寺守之。此貴家之女也。庶人之女執筐行饁，不得在室，故有出游之事。」此解甚平正。《集傳》則云：「江漢之俗，其女好游。漢、魏以後猶然，如《大隄曲》可見。」噫，誤矣。女子無故出游，不過冶容誨淫耳，非美俗也。被文王之化者，尚有此乎？《大隄曲》作於劉宋時，六朝綺靡之習，豈成周盛時所宜見？風俗隨時而變，自周迄宋，千五六百年，安得相同？況《大隄》所咏，乃狹邪倡女，引彼證此，尤爲不類。

「江之永矣」，永，《説文》作羕。案，《爾雅》「羕，長也」，郭注云：「羕，所未聞。」不引此詩。《文選·登樓賦》「川既漾而濟深」，李善注引「《韓詩》云：『江之漾矣，不可方思。』薛君云：『漾，長也。』」則《韓詩》自作漾矣。《説文》羕字、永字皆引此詩，東漢時三家《詩》具存，意羕字在《齊》《魯詩》乎？

方，《説文》云：「併船也，象兩舟省總頭形。」案《爾雅》「大夫方舟」是也。方字訓釋雖多，而此其本義。

後世復出汸字，❶以當併船之方，俗也。《漢廣》「不可方思」、《谷風》「方之舟之」，毛、鄭訓方爲泭。《釋文》云：「小筏曰泭。」《爾雅》云「舫，泭」，又云「庶人乘泭」是也。此雖非併船，而不離舟義，乃假借之有因者。《韻會》釋方字，歷舉諸解，獨不及泭義，疏矣。

「之子于歸，言秣其馬」，箋、疏解此本謂：「於是子出嫁之時，我願秣其馬，乘之以致禮餼，示欲其適己。」文似迂，意則正也。永叔解之曰：「之子出游而歸，我願秣其馬，猶古人言『雖爲執鞭，所欣慕焉』者是也。」朱《傳》說之，深意亦同。歐文較順，而意稍媟焉。唐人香奩詩曰：「自憐輸廐吏，餘煖在香韉。」此即歐、朱意也。孰謂《周南》正風，乃豔情之濫觴哉？嚴坦叔釋此云：「此女出嫁，人將有秣馬以禮親迎之者，豈可以非禮犯。」意本箋，然青出於藍矣。

汝　墳

《爾雅》「汝爲墳」，郭注引詩《汝墳》證之。宋董逌據此，謂《詩》墳字當作濆，晉世《詩》本猶爲濆也。此謬矣。觀毛傳訓墳爲大防，則漢世已作墳，从土旁矣，與今本正同，不應晉世偏從水。

燬字，《爾雅》、毛傳、《說文》皆訓火，《韓詩》薛君章句訓烈火。《說文》燬又作𤈦，音義亦同。獨朱《傳》訓爲焚，未詳字訓所出。

❶「汸」，康熙抄本、嘉慶本同，大全本作「舫」，《四庫全書》本作「航」。

「父母孔邇」者，勸其君子當勤勞王事，無貽父母憂，敘所謂「勉之以正」也。箋、疏及《列女傳》俱作此解。《集傳》從張氏説，以父母斥文王，義亦可通，但不如古注主勸勉君子義尤長，且合敘。

麟　趾

《麟趾》取興，不過謂公子之信厚如麟耳。《集傳》以麟興文王后妃，以趾興公子，不太分析乎？　至易信厚爲仁厚，於義無礙。然毛傳之信而應禮，較有本矣。

《麟趾》傳云：「公姓，公同姓。公族，公同祖。」孔疏申之，以爲同姓是五服之外，同祖是五服之内，與《杕杜》傳以同姓爲同祖異。彼對同父，此對同族也。又引襄十二年《左傳》「同姓於宗廟，同宗於祖廟，同族於禰廟」，同姓是諸姬，同宗是凡、蔣、邢、茅、胙、祭，皆於五服之外分親疏，同族是五服之内，以證毛義，明且確矣。《集傳》取王氏安石。之説曰：「公姓，公孫也。」稱子爲姓，古有之矣。見《左傳》昭四年。稱孫爲姓，未之前聞。王又自申之曰：「孫，傳姓者也。」此語亦不可解，豈以春秋時，公子之孫，輒氏其祖之字與？然此公子之孫，非公孫也；又傳氏，非傳姓也。

毛詩稽古編卷二

吴江陳處士啓源著

召南正風

鵲巢

《鵲巢》之鳩，鳲鳩也。毛云秸鞠，《爾雅》同，注云今之布穀。鄭言其有均壹之德，故詩以喻夫人。《埤雅》申之，言「均是母道，壹是妻道」，義尤允矣。永叔獨爲異説，謂：「别有拙鳥處鵲空巢，今謂之鳩。至所謂布穀，與鳩絶異。」案，此説非是。鵲生子，輒飛去其巢，任他鳥居之，豈布穀獨不可居乎？布穀之爲鳩，載在經傳，歷有明據。若拙鳥者，不咏於《詩》，不著於《爾雅》，又不在《左傳》五鳩之列，其冒鳩名，特俚俗之妄稱耳。《召南》詩人安知宋世有拙鳥，亦名鳩乎？且未聞言婦德者，徒取其拙也。宋人説《詩》，多從歐，《集傳》又衍爲「專静純一」四字，亦知以拙爲美德，於義難通也。夫專静純一，止當鄭箋之「壹」耳，尚漏其「均」義，因均義尤遠於拙，難於牽合也。不知天下性拙之人，儘有躁動反覆者，豈必皆專静純一哉？

采蘩

《采蘩》之蘩，皤蒿也。《漢廣》之蔞，蔞蒿也。《鹿鳴》之苹，藾音賴。蒿也。凡三蒿矣，郭氏《爾雅》注、陸氏《草木疏》所言皆然。《本草》白蒿，即皤蒿。入本經上品，又名蓬蒿。孟詵《食療》，白蒿之外，别著蔞蒿。陸佃《埤雅》，亦並釋此二蒿，未嘗合爲一也。宋蘇頌《圖經》，謂古以白蒿爲菹，今人但食蔞蒿，則已疑蔞之即蘩，然未敢決言之。近世李時珍《本草綱目》，始言白蒿有水、陸二種，而以苹爲陸生，蔞爲水生，似屬有據。今録其説云：「白蒿有水、陸二種，《爾雅》通謂之蘩。曰『蘩，皤蒿』者，即今陸生艾非冰臺之艾。蒿也，辛薰不美。曰『蘩，由胡』者，即今水生蔞蒿也，辛香而美。曰『蘩之醜，秋爲蒿』者，通指水陸二種。曰藾，曰蕭，曰萩，皆老蒿之通名。《本草》所用，蓋取水生者。《詩·鹿鳴》之苹，即陸生皤蒿，鹿食九種解毒之草，此其一也。《詩》『于以采蘩』、《左傳》『蘋蘩薀藻之菜』，並指水生白蒿言。蔞蒿生陂澤中，二月發苗，葉似嫩艾而岐細，面青背白，其莖或赤或白，其根白脆。采其根莖，生、孰、菹、曝皆可食，蓋嘉蔬也。景差《大招》云『吴酸蒿蔞不霑薄』，謂吴人善調酸醎，瀹蔞蒿以爲虀，其味不濃不薄而甘美也。」案，李詮釋蔞蒿性狀，可補《漢廣》詩疏之未及。又《采蘩》詩疏以蘩是陸草，解沼沚爲水旁，澗中爲曲内，頗費回護。況王后薦荇，大夫妻薦蘋藻，皆水草，不應夫人獨異。《左傳》「蘋蘩薀藻」，皆指爲「澗谿沼沚之毛」，不應雜一陸草於其中。陶隱居云：「白蒿生於川澤，二月采。」生於川澤，正與詩沼沚、澗中相合，不必作水旁、曲内解矣，其説良是。但謂與蔞一草，未知果否耳。至以陸生者爲苹，案《草木疏》蘩色白而苹色青，白蘩至秋始可食，而苹始生即可食，色性不同，定別草也。《豳風》「采蘩祁祁」，其陸生之蘩與？蘩以生蠶，蠶性惡濕，未必用水草耳。

古以祀與戎爲大事。《春秋》書有事，書有大事，皆言祭也。《詩》「公侯之事」，傳以爲祭祀，而以下章之宫爲廟，意亦同。《左傳》云：「蘋蘩薀藻，可薦鬼神。」正指《采蘩》《采蘋》二詩言。則毛公「執蘩助祭」之説，不可易矣。或見《七月》詩「采蘩祁祁」語，遂謂夫人親蠶，故采之，直兒童之見也。《集傳》載其説，既屬蛇足，近世僞爲《申公詩説》者，又從而傅會之，可嗤矣。

「夙夜在公」，箋、疏以夜爲祭前之夕視濯溉，夙謂祭日之晨視饎爨，還歸則祭畢而歸燕寢，皆非正祭時，故服被不服副，此定説也。宋曹氏謂詩作於商時，與周禮異，故服次以祭，斯特縣想之談耳。然吕《記》、朱《傳》皆從之。

草蟲

箋以見止爲同牢之時，以覯止爲初昏之夕，因引《易》「覯精」語證之。後儒多笑其鑿。然古詩簡貴，不應一事而重複言之。鄭分爲兩義，亦非無見。

《集傳》釋《召南》「采薇」不依古注，曰：「薇似蕨而差大，有芒而味苦，山閒人謂之迷蕨。胡氏曰：疑即《莊子》所謂迷陽。」今案，胡氏寅。之言曰：「荆楚閒有草叢生修條，四時發穎，春夏之交，華亦蕃麗。條之腴者，大如巨擘，食之甘美，野人呼爲迷蕨。疑《莊子》所謂迷陽，即此蕨也。」噫，彼特以迷、薇二字聲音相近，又此詩蕨、薇連章，《四月》詩亦蕨、薇同句，誤謂二草是一類，而迷蕨之名偶相符合，遂傅會爲此説耳。夫古今方俗語不相通，野人語音，尤多不正，豈可爲據？況薇與蕨各一草，不得用薇爲蕨名，胡語謬甚。又胡氏所記華葉條榦，與今山中蕨草大不相類，以爲似蕨，尤不確也。《莊子》曰：「迷陽迷陽，無傷吾行。郤曲郤曲，無傷吾足。」解者多矣，未有以迷陽爲草名者。惟羅勉道循本有迷蕨之解，要是後儒鑿空妄説，不可以爲信也。迷陽既爲薇草，郤曲又何草耶？

《説文》：「薇，菜也，似藿。」陸《疏》云：「薇草，莖葉似小豆，蔓生，味亦似小豆藿。」嚴《緝》引項氏云：「薇即今之野豌於桓切。豆葉，蜀人謂之巢菜，東坡改名曰元修菜。」巢元修，東坡故人，嗜此菜，故以名之。項説正與許、陸同矣。案《爾雅》：「薇，垂水。」邢昺謂：「《本草》有二薇，生平原、川谷似柳葉者，白薇也。生水旁似萍者，薇也。《詩・采薇》是山菜，非垂水。」今考《本草》，白薇入本經中品，名春草。《别録》名薇草，又名白幕，云生平原、川谷，三月三日采根，陰乾。蘇頌云：「莖、葉俱青，頗類柳葉。六七月開紅華，八、九月結實。其根黄白色，類牛膝而短小。」邢昺以《詩・采薇》爲此草矣。至巢菜之薇，陳藏器唐人。載在《本草拾遺》，云「生水旁，似萍」，則正《爾雅》之垂水也。孔氏《正義》全引陸《疏》，是直以《詩》之薇爲垂水，意與邢異。源謂垂水生水旁，不生水中，谿澗潢潦皆山閒水，薇生其旁，無害爲山菜。況叔重釋薇似藿，乃其本義，陸璣疏《詩》亦同，二子去古未遠，説必有據，孔氏從之當矣。邢語非是。又案，巢菜有大、小二種，小巢名薇，即垂水。大巢名翹摇，《爾雅》「柱夫摇車」是也，説見《本草拾遺》。

采蘋

《采蘋》篇毛、鄭皆訓以爲教成之祭，其合於經文者有三焉。蘋、藻二菜與《禮記·昏義》同，一也；宗室牖下與「教之宗室」之文同，二也；不稱婦而稱季女，三也。王肅釋此詩是大夫妻助祭於夫氏之事，故謂蘋藻爲菹，牖下爲奥。孔疏駁之，而朱《傳》從之。

蘋、萍二草，朱《傳》誤合爲一。華谷論其有大小之分，當矣，但其譏《爾雅》郭注云誤以小萍爲大蘋，則非郭之誤，而孔疏引郭之誤也。今案，《爾雅》先云：「萍，蓱。」注：「水中浮萍，江東人謂之薸。」繼云：「其大者蘋。」注：「《詩》『于以采蘋』。」是郭注「水中浮萍」二語，乃釋「萍，蓱」，非釋蘋也，於蘋字直引《詩》證之耳。孔氏引《爾雅》，合兩文爲一，而繫郭注於下，又刪去其引《詩》之語，竟似以萍釋蘋矣。嚴《緝》不譏孔而譏郭，豈未覩《爾雅》原文耶？疎謬殊甚。嚴又據《唐本草》，謂水萍有三，大曰蘋，中曰荇，小曰萍，亦非通論。蘋萍之爲同類而分大小，因有《爾雅》之文耳。荇之列於萍，乃蘇恭之説，前此未之聞也。且蓴亦似荇，何不併列之爲四蘋乎？荇、蓴與蘋三草相似，李氏《綱目》辨之甚詳。葉徑一二寸，有一缺而形圜如馬蹄者，蓴也。葉似蓴而稍鋭長者，荇也。華並有黄、白二色，四葉合成一葉如田字形者，蘋也，夏秋開開小華，白色，又稱白蘋。

毛以藻爲聚藻，正陸璣所謂「葉如蓬蒿、莖大如釵股」者也，又名薀。薀藻之菜，見《左傳》。李氏《本草注》云：「葉細如絲，及魚鰓狀，節節相生，即水薀是也。」又一種名馬藻，即《爾雅》之莙牛藻。郭云：「似藻，葉大。江東呼爲馬藻。」陸《疏》所謂「葉如雞蘇，莖大如箸」者即此，非《采蘋》詩之藻。

「宗室牖下」，毛以爲室中，鄭以爲户外，義雖不同，皆不以爲奥也。故孔疏駁王肅云：「經典未有以奥爲牖下者。」案，奥乃深隱之名，牖下乃通明之處，肅合爲一名，實相違矣。

甘棠

先儒釋《甘棠》爲召公述職，不欲重煩百姓，聽斷於棠下。《韓詩》及《史記》《説苑》所言，皆與鄭箋同。宋劉元城安世。譏之，謂「此乃《墨子》之道，當是召伯在時，偶焉憩息於此耳」。源謂巡行時適值農桑無暇，故就樹下而決訟，理容有之，原不以此爲常也。若偶焉憩息，則巡行多矣，所憩息非一處，思德者何偏愛一棠哉？

毛傳云「蔽芾，小貌」，吕《記》引宋范氏云「盛也」，兩義相反。案，《説文》蔽字注云：「蔽蔽，小草也。」《易》豐卦釋文引《子夏傳》云：「芾，小也。」《爾雅・釋言》亦云：「芾，小也。」然則蔽、芾皆爲小義，詩合此二字爲文，其當訓小無疑，毛義不易矣。又芾字本作市，《玉篇》云：「蔽市，小貌。」此又祖毛説。又案，甘棠即杜也，見《爾雅》。謂之杜棃，郭注。亦名棠棃。陸《疏》。《唐風》兩杕杜，皆咏其特生，一言枝葉稀疏，一言陰涼寡薄，俱與小義近。晉孫楚《杕杜賦》云：「華葉疏悴，靡休蔭之茂榮。」今棠棃實非大樹，與賦語正合，何得言盛。

《爾雅》云：「杜，甘棠。」又云：「杜，赤棠。白者棠。」舍人注云：「白者名棠，赤者爲杜，爲甘棠。」《召南》

甘棠、《唐風》及《小雅》杕杜，皆赤棠也。毛傳亦云：「甘棠，杜也。」然則甘棠乃赤棠，又名杜，無可疑矣。《草木疏》云：「甘棠，今棠梨，赤棠也，與白棠同耳，但子有赤白美惡。白棠子白而滑美，甘棠是也。赤棠子澁而酢，俗語曰『澁如杜』是也。」既以甘棠爲赤棠，又以爲白棠，前後語相反，必有誤也。《爾雅》邢疏及陸氏《埤雅》皆全引之而不置辯，惟孔氏《詩》疏專引舍人注，得之矣。

《召》之甘棠，《秦》之樹檖，皆野梨也。甘棠即杜也，樹似梨而小，子霜後可食。《韻會》云：「牡曰棠，牝曰杜。」《齊民要術》云：「梨核每顆十餘粒，種之惟一二子生梨，餘皆生杜，然接梨者必用之。檖名赤羅，又名山梨，又名楊檖，名鹿梨，名鼠梨，實大如杏，可食。」案，棠、杜、梨三者同類而小異耳。甘棠名棠梨，又名杜梨，實兼三種木名矣。後世海棠乃別種，鄭樵以爲即甘棠，誤甚。海棠來自海外，古世未有，風人安得見之哉？

茇，《説文》訓草根，而废字訓舍，引《詩》「召伯所废」。今《詩》皆作茇，毛云草舍也。孔疏引《周禮》「茇舍」注「草止」釋之。废云舍，茇云草舍，義稍别而同歸矣。又《左傳》「反首拔舍」，僖十五年。杜注云：「拔草舍止。」殆因茇拔文異，故不直云草止乎？三書各一字，義實相通，此詩則當以废字爲正。

《集傳》釋《甘棠》篇，以爲「勿敗」則非特「勿伐」，「勿拜」則非特「勿敗」，此用唐人施士丐彌究切。之説也。施解勿拜，謂「小低詘其枝，如人之拜」，此特臆説耳。嘗以字義考之，則異是。案，首章之伐，毛訓擊，《説文》訓亦同。次章之敗，毛無傳，而《説文》訓毁。末章之拜，本作扒。扒音拜，拔也。見《廣韻》。鄭箋拜亦訓拔。可見今詩拜字，乃扒字之借，非跪拜義也。施取借用之字而妄爲傅會，陋矣。夫毁之則甚於擊，拔之則又甚於毁，三章文義，殆由輕而重，《集傳》正與相反。

行露

行露以喻犯禮，本興體。《集傳》判爲賦，是言畏露之霑濕，故不敢淫奔也。女子不願淫奔，誰能彊之，須以露爲詞邪？又曰：「自述己意，作此詩以絶其人。」一似始與之私，繼則悔而絶之者，此可謂之貞女乎？下章雀鼠之訟，殆彊委禽焉，而未遂耳。若怨其不奔，而遽與之訟，恐無此理。

「室家不足」，非幣不足也，箋所謂「媒妁之言不和，而彊委六禮者也」。疏申其意至明當矣。《韓詩外傳》以爲既許嫁，因禮不備而不行，是争聘財也。聘財不足，始諾而終悔之，被文王之化者，當如是乎？《集傳》云：「家，謂媒聘。不足，謂求爲室家之禮初未嘗備。」夫不行媒聘，突然興訟，何必召公之賢，方能決斯獄哉？

羔羊

《麟趾》敍云：「信厚如麟趾之時。」《羔羊》敍云：「節儉正直，德如羔羊。」《騶虞》敍云：「仁如騶虞。」三敍皆言如，語同而義異。《麟趾》言如，如致麟之時也。《騶虞》言如，如騶虞之獸也。《羔羊》言如，如服羔裘之人也。鄭箋云：「卿大夫競相切化，皆如此羔羊之人。」正斯義矣。疏申箋意，以爲人德如羔羊，又引《宗伯》職注、《士相見禮》注、《公羊》何休注，以證羔羊之德，殆不然。此詩之羔羊，以爲裘耳，豈若麟與騶虞，取義於兩物乎？況所云「群不失類，跪而受乳，死義生禮」，經文無此意也，與節儉正直語非甚合也。疏失敍意，併失箋意矣。案羔裘，大夫居朝之服，孔疏有辯。所謂服羔裘之人也，德不可爲大夫，雖服羔裘而非其人矣。《召南》大夫德稱其服，故曰如羔羊之人。

《後漢·循吏傳》注引《韓詩·羔羊》篇薛君章句云：「素喻潔白，絲喻詘柔。紽，數名也。詩人賢仕爲大夫者，其德能稱，有潔白之性，詘柔之行，進退有度數也。」此解「素絲」最有義味，可以補毛、鄭之未及。

毛以「委蛇」爲「行可從迹」，《韓詩》云「公正貌」，兩意正相成矣。惟其公正無私，故舉動光明，始終如一，可蹤迹倣效，即敘所謂正直也。鄭訓爲「委曲自得」，不及傳之優。至以「退食」爲「減膳」，「自公」爲「順於事」，文義尤迂。

殷其靁

傳文簡貴，亦有詳人所略者，如《殷其靁》傳云：「靁出地奮，震驚百里。山出雲雨，以潤天下。」一興耳，詞煩不殺者，靁爲號令之象，遠行從政以此，故須詳之耳。然則詩人託興，豈漫然哉？乃謂全不取義，吾未敢信。

雨靁殷殷然，震雷虺虺然，旱靁隆隆然。三種靁聲皆見《詩》，惟殷殷之靁有和豫之義，震動之象。王者政教，號令動物而使之和，類此矣。故詩以興遠行從政，而傳以《豫》《震》兩卦義釋之。

「何斯違斯」，毛云：「何此君子也。斯，此；違，去也。」鄭云：「何乎此君子，適居此，復去此也。」疏申之云：「傳『何此君子』解『何』字，非經中之『斯』，故復訓『斯』爲『此』。箋『何乎此君子』，亦非經中之『斯』，『適居此』乃『何斯』之此，『復去此』乃『違斯』之此也。」孔特以毛之「斯，此」在「違，去」之前，鄭又多「適居此」一語，故作是解也。愚則以爲毛、鄭「何此君子」皆經中之「斯」，毛之「斯，此」總釋兩「斯」字，鄭之「適居」「復去」合釋「違」義，而兩「此」字止當經「違斯」之一「斯」字。如此，則經文明順，且合傳、箋矣。《集傳》得之。

摽有梅

《摽梅》詩，女之求男汲汲矣，箋、疏皆謂詩人代述其情，良是也。後世閨情豔體，出文人墨士筆，正與此相類。朱子以爲女子所自言，閨中處女何其顏厚乃爾耶？案《大全》，或問「此詩爲女子自作，恐不得爲正風」。朱子曰：「自作亦無害里巷之詩，如此已不失正矣。」又言：「晉、魏閒怨父母詩，唐人怨兄嫂詩，雖鄙俚可惡，自是人情。」吁，此言豈可爲訓。

《桃夭》《摽梅》二詩，體正相同。一以桃之盛喻及時，一以梅之落喻過時，皆興也。今一以爲興，一以爲賦，吾所不解。

小星

《小星》詩，以小星喻妾媵，三五喻夫人，此毛、鄭説也。《補傳》非之，謂三心五柳非一時所見，柳有八星，不得言五，夫人一而已，不得以三五爲喻。嚴氏信其説，遂謂三五參昴，即是小星，總爲衆妾之喻。此謬矣。三五，經不言何星，謂之小星猶可。參三星俱大，昴七星，其一最大，謂之小星，可乎？且詩是託興，非據一時所見而言。心見於三月，柳見於正月，何妨並取爲喻。牽牛與天畢相去百餘度，《大東》詩同咏之，不必一時並見也。又星體離合，天官家各有師授，古今多不相同。柳雖八星，然疏引《元命苞》，以爲五星矣。不僅柳也，即如下章之參，古以爲三星，《考工記》數伐而爲六星，丹元子不數伐，而數左右肩股，爲七星。昴今爲七星，《元命苞》以爲六星，亦不能相同。又如營室二星，《考工記》併東壁於室而爲四星。河鼓左右旗，班書以爲各九星，則共十八星，孫炎僅總爲十二星。又如牽牛、河鼓，《爾雅》合爲一星，《天官書》别爲兩星，皆是也。又天上經星，古今時有增損。以隋丹元子《步天歌》較之今日天象，如閣道本六星，今則八，文昌本六星，今則七，皆增於其舊。臼本四星，杵本三星，今則臼三而杵一，皆損於其舊。此等未易悉數，甚有古有而今無，如折威、農丈人之類，豈可執一而論哉？况詩託興於星，但以小大爲喻耳，多寡非所計也。必欲以三喻三，以五喻五，不已固乎？至《集傳》取兩「在」字、兩「與」字相呼應爲興，此全不取義之説也。有辯，見《總詁》。

「寔命不同」，毛云：「寔，是也。」觀《書》「是能容之」，《戴記》引《書》「是」作「寔」。《春秋》桓六年「寔來」，《公羊傳》云「是來」，可見毛義允當。朱《傳》以爲「與實同」，恐非詩旨。案《説文》：「寔，止也。實，富也。」今寔音殖，入十三職韻，實讀如石，入四質韻，二字音義各别。自杜注「寔來」訓「寔」爲「實」，後儒相沿，溷爲一字，朱《傳》殆仍其誤。

江有汜

《江有汜》三章，汜爲水決復入，渚爲小洲，皆泛稱也，非水名也。惟末章之沱是水名，見《禹貢》及《爾雅》，江之別也。故小敘獨云「江、沱之閒」，謂二水閒之國耳。朱《傳》改爲汜水之旁，汜豈水名乎？文義乖矣。水亦有名汜者，然在成皋，不近江也。

「江有汜」，董氏引《石經》及《説文》云「汜」皆作「洍」，以爲古作「洍」，後譌爲「汜」。案，《説文》汜、洍二字皆引此詩，音義亦同。徐鉉等謂「洍」乃「汜」之或體，然則汜字古已有之，非後之譌也。董語非是。

《江有汜》敘，不言夫人而言嫡，故孔疏申之，以爲大夫、士之妻。朱《傳》云「嫡被后妃夫人之化」，亦此意。被夫人化，必非夫人矣。但言「媵待年於國」，則前後語不相顧。大夫不越境逆女，其媵當待年於家，不應以國别也。春秋時齊高固昏於魯，見宣五年。此衰周之失禮，文王之世，安得有之。至待年之誤，《通義》駮之允當。❶

野有死麕

「吉士誘之」，毛、鄭皆以誘爲道，《儀禮》有誘射之文，謂以禮道之，古字義本如此也。歐陽誤解爲挑誘，

---

❶ 「允」，嘉慶本同，康熙抄本、大全本、《四庫全書》本作「尤」。

東萊駁之云：「詩方惡無禮，豈有爲此汙行而名吉士者？」斯言當矣。嚴《緝》反從歐，何其悖哉？

「吉士誘之」，言士之宜以禮來也。「有女如玉」，比女德之貞潔，鄭云：「如玉者，取其堅而潔白。」不可犯也，詞遜而意嚴矣。朱《傳》誘字無訓，以下所述或説推之，當同歐解矣。又謂如玉是美其色，則此二章詩，直是稱述豔情，夸美治容之語，安在其惡無禮，又烏得爲正風哉？至所引或説，出於潘叔恭，其以麕鹿爲誘者，謂以不備之禮爲侵陵之具。夫不論理之當否，而論物之厚薄，是特争聘財而已矣。

「林有樸樕」，毛傳云：「樸樕，小木。」孔疏引《爾雅》「樸樕，心」及孫炎、某氏注，以爲即此木。錢氏《詩詁》譏之，謂「小木通呼樸樕，非木名也」。又《爾雅》是「樕樸」，與「樸樕」不同，某氏注以爲可作柱，則非必小木可知。《韻會》載其説，此似之而實非也。疏引《爾雅》作「樸樕，心」，定是古本原作樸樕，後人誤倒其文，不得疑爲兩木也。又郭氏、某氏注皆言樸樕即槲樕。案，槲樕與櫟相類，華葉似栗，亦有斗如橡子而短小。有二種，小者叢生，大者高丈餘，名大葉櫟。然則毛傳言其小者，而某氏注則指其大者與？錢以爲小木之稱，謬矣。《本草綱目》云：「槲葉摇動，有觳觫之態，故名槲樕也。樸樕者，婆娑之貌。其樹偃蹇，其枝芃芃故也，俗呼衣服不整者爲樸樕以此。」理或然。

純有六音，緇、淳、屯、音豚。囤、準、振是也。「白茅純束」之「純」，兼屯、囤二音，訓皆爲包束之義。本徒本反，讀如屯，則鄭意也。故沈重音徒尊反。

「無使尨也吠」，《説文》云：「尨，犬之多毛者。从犬彡音衫。聲。」今惟監本注疏作尨，與《説文》合。吕《記》、朱《傳》皆作厖，非是。厖訓大石，見《説文》，與尨異字。

何彼襛矣

襛，左從衣，不從禾。《石經》、監本注疏及《說文》皆同。今《集傳》俗本多誤從禾。雝，從隹，邕聲。雝，渠鳥也，亦同脊令。《詩》肅雝、西雝、廱雝皆非本義，乃借也。西雝謂辟廱，當作廱。廱雝是雝塞，義當作邕。邕者，水邕成池，與塞義近矣。今作壅，乃俗字也。惟肅雝爲雝和義，無本字可歸，當終於借。又雝隸作雍，破巛爲二，破邑爲乡，邑之作乡，猶鄉之左旁也，隹則如故。雝、雍本一字，今分爲兩，鳥名獨用雝，而雍則訓和，亦俗也。其鳴雁和鸞，鳳皇之聲，有取於和，亦當借雝。

以文王爲平王，猶商稱玄王，稱武王，周稱寧王，稱汾王，不必以謚舉也。昧者不察，欲以《春秋》王姬歸齊事實《何彼襛矣》詩，陋矣。朱《傳》本依古注，又附或説於後，可謂蛇足。夫經云齊侯之子，此父在之稱也。《春秋》書王姬歸於齊，一在莊元年，則齊襄之五年也。一在莊十一年，則齊桓之三年也。王姬下嫁時，二公久已爲君，豈有身爲齊侯，而顧目爲齊侯之子者耶？爲此説者，太闇於文義矣。《集傳》又云：「齊侯即襄公諸兒。」其誤尤甚。襄公、桓公皆僖公子，就如或説，齊侯亦當指僖公，何得云襄公耶？元劉瑾申之曰：「《集傳》疑齊侯爲襄公，則齊侯之子指桓公小白也。」是竟以桓公小白爲襄公子矣，不顧後人齒冷耶！

又案，平王之崩，在隱公三年，爲辛酉歲。太子泄父早死，立其子林，是爲桓王。王姬果爲平王之孫，必泄父之女、林之妹也。鄭樵以王姬爲桓王女，竟忘桓之以孫繼祖矣。其歸齊襄者於莊之元年，爲戊子歲，去平王之崩已二十八年，太子之死又在其前，則計王姬之年，當三十左右。其歸齊桓者於莊之十一年，爲戊戌歲，王姬當四十左右。周雖衰，尚爲共主，何至女嫁不售，愆期乃爾？況三四十歲老女，比之桃李之華，安得此過情之譽耶？宋章俊卿名如愚，著《山堂考索》。泥其説，遂以此篇爲刺詩，言王姬有容色之盛，而無肅雝之德。且譏敘黑白倒置，斯尤謬説。「曷不」與「何彼」相應，皆正詞，非反詞也，文義顯然，且正風安得有刺詩乎？

釣必以絲緍，猶嫁娶必以禮，此毛、鄭之説也。朱《傳》以絲合而爲緍，喻男女合而爲婚，則「其釣維何」語成贅矣。又緍《説文》從糸昏聲，《韻會》云：「本作緍，今文作緡。」今詩皆作緡，惟吕《記》作緍，《大雅》「言緡之絲」同。

騶虞

「壹發五豝」，傳云：「虞人翼五豝，以待公之發。」孔疏申之，以爲五豝而止壹發，不忍盡殺，仁心之至。朱《傳》易其説，用漢賦「中必疊雙」語釋之，是誇善射也，勸多殺也。《通義》駮其説，允矣。況「中必疊雙」，語出班孟堅《西都賦》，作賦者之意，非以爲美談也，意在頌美東都，故先抑西都，以爲下篇地耳，曾是東漢人所譏者，而反爲《召南》人所美邪？

《詩》「彼茁者蓬」，又「首如飛蓬」，蓬乃陸草，非水草也。《爾雅》「齧彫蓬，薦黍蓬」，郭云「別蓬種類」。邢疏以《月令》「藜莠蓬蒿並興」及詩語證之，則斷非水草矣。《本草綱目》引《爾雅》孫炎此非晉孫叔然。正義云：「彫蓬即茭米，古人以爲五飲之一者。」鄭樵《通記》云：「彫蓬即米茭，可作飯食，故謂之齧。其黍蓬即茭之不結實者，惟堪作薦，故謂之薦。」楊慎《巵言》云：「蓬有水、陸二種，彫蓬乃水蓬，彫苽是也。黍蓬乃旱蓬，青科是也。青科結實如黍，羌人食之。今松州有焉。」鄭因翿字、薦字而傅會，楊又因彫字、黍字而傅會，皆祖乎孫者也。此孫炎，正邢昺所謂「俗閒孫炎，淺近俗儒」耳。二子乃惑於其説，亦未之思矣。案蓬之名見古書史甚多，云轉蓬、孤蓬、飛蓬，並無言其水産者。陸氏《埤雅》謂：「葭是澤草，蓬是陸草，《詩》兼舉之，以見庶類之蕃殖。」斯語得之。

毛詩稽古編卷三

吴江陳處士啓源著

邶鄘衛

謂康叔初封即兼有邶、鄘、衛，此《漢書·地理記》之説，而服虔從之者也。《漢書》云：「周既滅殷，分其畿内爲三國，邶、鄘、衛是也，謂之三監。三監叛，周公誅之，盡以其地封康叔，號曰孟侯。」謂康叔止有衛，子孫并彼二國，此鄭氏《詩譜》之説，而孔氏正義述之者也。孔謂殷畿千里，衛盡有之，是反過於周公，國大非制，故以鄭《譜》爲長，似矣。然殷自帝甲以後，國勢寖弱，大抵如東周之世耳，畿封之廣，必非武丁宅殷之舊。又重以帝辛之暴，土荒民散，境壤益削，即如黎爲畿内國，周得戡之。至紂滅時，豈猶是邦畿千里乎？又三亳皆商之故都，而去朝歌稍遠，商末亡時，所謂邦畿千里者，定應併數之，如東、西周通畿之制。武王立三監，固未嘗以畀之也。西亳偃師在孟津之南，武王觀兵於孟津，又大會諸侯於此，然後北行伐紂，則偃師已非商有。南亳穀孰及北亳蒙，即宋地也，武王克殷，初下車即以封微子，亦不在三監域内。況殷之畿内，諸侯非大無道者，不應概從誅滅，改建他君。則三監所統，不過近郊、遠郊及邦甸以内地耳。康叔兼而有之，安得方千里乎？且非直此也，古人建國，原計户口爲定，成王作洛之後，殷頑民盡徙下都，封伯禽，又以殷民六族賜之，留處故土者殆無幾。《書》敘云：「成王既伐管叔，以殷餘民封康叔於衛。」《地理志》云：「遷邶、鄘之民於洛邑，故邶、鄘、衛三國相與同風。」合敘、記之言觀之，可見封康叔時，民得留者多在衛，其邶、鄘兩國已成曠土，縱欲建他侯，勢亦不能，因併以畀康叔耳。《漢書・功臣表》言：「初定，封户口，什才二三，大侯不過萬家，小侯五六百户。逮文、景四五世間，流民既歸，户口亦息。列侯大者至三四萬户，小國自倍。」事正與此相類。厥後生齒漸蕃，稍稍移居彼地，邶、鄘舊壤漸致殷庶，雖其地比於他國爲大，然受自先王，不容無故裁削，則二國之終爲衛有宜也。采風之時仍各存舊名，以記風土之異，理或當然，未必以此寓褒貶也。孔子謂齊景公曰：「昔康叔封衛，統三監之地，命爲衛侯。」見《孔叢子》。夫統三監，則邶、鄘、衛兼有之矣。孔氏《書》傳亦云：「以三監之民，國康叔爲衛侯。」意皆與《地理記》同也。又季札聞歌《邶》《鄘》《衛》，而知康叔、武公之德，若康叔無邶、鄘、衛，則其德化何由徧及三國乎？鄭《譜》謂紂城北爲邶，南爲鄘，東爲衛，楚邱與漕二地皆見《鄘風》，在河南，足徵衛地在河南者，故鄘地也。祝鮀論武王之封康叔曰：「自武父以南及圃田之北境。」見《左傳》定四年。武父不可考，桓十二年「與鄭伯盟于武父」，是鄭地，非此武父。圃田則豫州之澤藪也，後爲鄭有。鄭在衛西南，圃田之北當與鄘接壤，而康叔初封以此爲境，則以鮀之言合之鄭《譜》《鄘風》，不又康叔兼有三國之明證乎？

《漢書・地理記》云：「邶以封紂子武庚，鄘管叔尹之，衛蔡叔尹之，以監殷，謂之三監。」康成《詩譜》不用其説，謂：「武王伐紂，以其京師封武庚爲殷後，三分其地，置三監，使管叔、蔡叔、霍叔尹而教之。」孔疏申其故，以爲三監是管、蔡、霍，武庚不在三監之中。《漢記》三監有武庚，無霍叔，則管、蔡所監，亦不足據信，故鄭不指言之，斯言良是。然源謂《漢記》非誤，但述之未詳耳。宋章氏《山堂考索》論武王之封武庚，知其必叛，故立三監，使治其國，而納其貢稅，一如舜之封象。此雖臆説，而事勢或有然。殷既三分，三叔當分治之。《漢記》既言管、蔡監衞、鄘，則霍叔監邶，不言可知。又與武庚同國，故略而弗著，非謂武庚亦一監也。《史記》正義引《帝王世紀》，以爲管叔監衞，蔡叔監鄘，霍叔監邶，此言管、蔡所監，雖與《漢記》異，而言霍之監邶，足補《漢記》之未及也。《周書·作雒解》孔晁注云：「霍叔相禄父。」言相，則必立於其朝，其監邶信矣。蓋二叔監之於外以戢其羽翼，霍叔監之於内以定其腹心，當日制殷方略，想應如此。厥後周公誅三監，霍叔罪獨輕者，良以謀叛之事，武庚主之，霍叔與之同居，意雖不欲，勢難立異，非若二叔在外，可以進退惟我也。原設監之意，本使之制殷，但武庚故君之子，又據舊都，臣民所心附，覷其朞閒周室，俾骨肉相讎，易於反掌，爲人必多智數，霍叔才非其敵，墮其術中，遂反爲所制耳。故《周書·多士》止數管、蔡、商、奄爲四國，《破斧》詩四國，毛亦以爲管、蔡、商、奄，皆不及霍。則霍叔與武庚同在邶，固無可疑者。而管、蔡所監二説，必有一是矣。

宋胡仁仲宏。謂封康叔是武王時事，此無稽之談也。向讀《康誥》已辯之而未盡，今覩邶、鄘、衞《譜》，因復論之。案《酒誥》首云：「明大命于妹邦。」妹邦，紂都也。《譜》云：「武王伐紂，以其京師封紂子武庚。」《水經注》亦云：「武王封武庚於朝歌。」則武庚未亡時據舊都即妹邦。如故，即安得以封康叔，使之明大命於其地哉？《酒誥》又以殷獻臣及諸臣百工囑付康叔，《左傳》亦云：「分康叔以殷民七族。」使武庚尚在，則殷之臣工巨室，尚以武庚爲君，何得以分康叔而煩其劼毖哉？況武王三分殷地以置三監，何地更容康叔？若康叔復厠其閒，是四監矣，書史何止言三監也？且衞地在武王世，據《漢記》則蔡叔尹之，據《世紀》則管叔監之，不應又封康叔，此皆説之必不可通者。源謂成王既黜殷，遷頑民於洛邑，遷之未盡者，則以授康叔，使爲之君而教之。《書》敘謂以殷餘民封康叔者，此實録也。《孔叢子》記孔子之言曰：「周公以成王之命作《康誥》。」正與《書》敘合，後儒不信孔子而信胡氏，豈不悖哉？

又案，宋王存《九域記》言：「大名府，古觀扈國，亦商之舊都，武王立武庚於此。」傅氏亦言封武庚不於朝歌，❶《一統記》祖其説，此妄也。殷世屢遷，契至湯八遷，湯至盤庚五遷，盤庚至後又五遷。其地不可悉考，謂大名是殷舊都，已無確據，又言武庚封此，則與班《書》、鄭《譜》、酈《注》皆不合，尤不可信也。至謂大名即古觀扈，更爲舛謬。觀乃夏五觀國，杜預謂即頓邱衛縣。晉頓邱郡，今之開州，與大名猶近。扈乃夏之有扈，商爲崇侯國，文王滅之，作酆邑焉，即今陜西西安府鄠縣。兩國一在冀，一在雍，隔遠數千里，存乃溷爲一地，何謬如之。

邶變風

柏　舟

《邶風·柏舟》，朱子據《列女傳》指爲婦人之詩。今觀《列女傳》所記，與衛事全不合，不知朱子何以取

---

❶「不」，嘉慶本同，康熙抄本、大全本、《四庫全書》本無此字。

之。彼以此詩乃衛宣夫人自誓所作，夫人齊女，嫁於衛，至城門而衛君死，保母曰：「可以還矣。」女不聽，入持三年喪。喪畢，弟立，請與同庖，不聽。衛君使人訴於齊兄弟，齊兄弟皆欲與君，使人告女，女終不聽，作此詩。其説如此。夫衛自康叔迄君角，計三十七君，其稱宣公者，止莊公子晉耳，宣夫人始則夷姜，烝父妾也，繼則宣姜，奪子婦也。二姜之外，不聞別娶於齊。宣公卒後，但聞宣姜鶉鵲之醜，不聞更有守義之姜也。繼立者宣公子朔，非弟也。《列女傳》之説，或云出自《魯詩》，胡一桂云：「此《魯詩》説。」王氏《玉海》亦以劉向楚元王之後，元王與申公俱受《詩》於浮邱伯，故向之説，皆《魯詩》言。《列女傳》既以《柏舟》爲宣姜作，及上疏成帝，又引「慍於群小」語而申之曰：「小人成群，誠足慍也。」仍與《毛詩》同意，則向之説，不必皆本《魯詩》矣。未知果否。要其妄爲此説者，必因《鄘風・柏舟》是共姜自誓之詩，故譌造此事以配之，以宣公當共伯，以宣公弟當共伯弟武公也。鑿空傅會，莫甚於此。朱子則信之，而反移以詆敘，何以服人乎？又朱子雖引《列女傳》爲證，然不全用其説，而疑爲莊姜詩，蓋亦心知其非，特欲借之以助己排敘耳。獨怪後世耳食之徒，因朱子揣度未定之語，竟據爲典故，遂實指此詩爲莊姜作。有張學龍及朱善者，執此以立論，言之鑿鑿然。緝《大全》者，又録其語於書，以示後學。譌以仍譌，妄以生妄，經學之陋，至此可勝歎哉！

「耿耿不寐」，毛云：「耿耿，猶儆儆也。」凡重語皆貌狀之辭，多離於本訓，故與《説文》「耳著頰」之訓異也。《廣雅》云：「耿耿，警警不安也。」正疏明毛義。朱《傳》從錢氏，訓爲小明，蓋欲同「耿」於「熲」也，誠爲臆説。

朱子以《柏舟》詩詞氣卑弱柔順，斷其爲婦人詩，正因誤認美刺諸篇，皆其人自道也，此亦説《詩》之一蔽也。至謂群小爲衆妾，尤無典據。呼妾爲小，古人安得有此稱謂乎？

《邶風》兩言「日居月諸」，《柏舟》毛無傳，《日月》傳云：「日乎月乎。」蓋以居、諸爲語詞也。《柏舟》疏引《檀弓》「何居」、《左傳》「忽諸」，證二字爲語助，則此居字宜讀爲姬，而《釋文》弗及，非陸氏之疏，即後世傳寫之譌脱也。《示兒編》宋孫奕著。謂：「諸可訓於，引《孟子》《左傳》爲證。於可訓居。引《韻釋》爲證。詩言日月皆有所在，未嘗失其軌度，獨仁人不遇，莊姜不見荅，所以自傷也。」案，諸爲於，於爲居，亦見《玉篇》《廣韻》，孫語良然。但合之下文，則《日月》篇猶可通，《柏舟》篇不相接矣。且毛義自優，不必更易。

朱子以《柏舟》爲婦人詩，胡一桂又舉末句「不能奮飛」，婦人無可去之義爲證。不知孔疏言同姓之臣不忍去國，義尤允當，且與次章「亦有兄弟」意又相應也。疏云：「此仁人，君之同姓，故以兄弟之道責君。」況胡謂婦人無去義，則戴嬀、宋桓夫人非耶。

緑　衣

《緑衣》首章以表裏喻微顯，次章以上下喻尊卑，兩義各分，無淺深也。朱《傳》云：「黄者自裏，轉而爲裳，失所益甚。」吾不得其解。

「我思古人，俾無訧兮」，程子以爲反己之詞，取義精矣。然論作詩者之意，則思古以責莊公，較爲平正，後篇「逝不古處」亦此意。

「淒其以風」，嚴《緝》以爲淒當作凄，妻旁二點從仌，寒也。案淒字《説文》《玉篇》俱不載，乃俗字也，嚴誤矣。淒，雲雨起也，詩字當以從水爲正，今本皆作凄。

凄、泮、冽三字皆不見《説文》，《玉篇》獨有冽字，則冽字較古矣，故《下泉》孔疏辯冽字當從仌。至凄字、泮字，《唐韻》雖載之，然《緑衣》之「凄其」，《匏有苦葉》之「未泮」，經文皆從水，不從仌也。蓋《唐韻》成於開元，衛包與孫愐同時，猶未及據其書以易經字矣。案，《韻會》凄字注云「通作淒」，引《詩》「淒其以風」。泮字注云「通作泮」，引《詩》「迨冰未泮」。其注淒字，雖述嚴《緝》之言，然仍以爲《詩》作淒，則是宋時經文此兩字皆從水，近世諸本亦然，惟監本注疏泮作泮，定是鏤板時粟監之彊解事者妄改之也。可見較讎之任至重，須擇識字人。

燕　燕

「仲氏任只」，任字毛訓大，《釋文》入林反。鄭訓以恩相親信，《釋文》而鴆反。朱《傳》義從鄭而音從毛，殊欠撿點。

《衛》詩兩言「塞淵」，《邶》「其心塞淵」傳云：「塞，瘞也。」鄭無箋，意同毛矣。《鄘》「秉心塞淵」箋云：「塞，充實也。」毛無傳，以《邶》傳例之，意未必同鄭也。孔疏於二詩皆以塞爲誠實，豈謂瘞與充實同義乎？案《釋詁》：「瘞，微也。」《釋言》：「瘞，幽也。」《説文》：「瘞，幽薶也。」幽微之義與充實不同，孔氏一之誤矣。又案，《邶》傳瘞字，崔《集注》本作實，孔謂塞、實乃俗本，是明知「實」非毛義矣，而申傳用之，不解其故。又案，《書》「温恭允塞」疏，引《詩》毛傳訓「塞」爲「實」，是又據崔本爲正。兩疏俱出孔氏，而彼此互異，豈各因舊文耶？又案，《説文》有瘱字，云「静也」，静與幽微義近，《雅》、傳「瘞」字，當是「瘱」之借。

「先君之思，以勖寡人」，言戴嬀以思先君之故，故臨行時猶勸勉我也。此孔疏申鄭之説。意如此，足矣。楊氏名時，著《詩辯疑》一卷。謂詩勉莊姜當思先君，求深而反淺，不如古注也。又朱子初説以此爲求教之詞，言當念先君而有以勉己，亦非。是詩皆别後追述語，「瞻望弗及」，嬀已行矣，安得復求教乎？今《集傳》用楊説，而輯《大全》者引孔疏分注其下，竟莫識其意之不同，尤爲可笑。

日月

《日月》篇敘言：「莊姜遭州吁之難，傷己不見荅於先君，以至困窮。」東萊發明之，以爲夫人見薄，則冢嗣之位望亦輕，此國本所以傾摇也。莊姜不見荅，則桓公之位何能有定乎？此義當矣。朱子《辯説》以爲莊公在時所作，蓋「寧不我顧」，猶有望之之意。又言「德音無良」，非所宜施於前人，不知古注「寧」本訓「曾」，言曾不顧念我，並無望之之意。「德音無良」，言無善恩意之聲語於我，與上二章「古處」「相好」同一語例，總是不見荅之意耳，何妨於身後言之。其以「我顧」爲願望之詞，「德音」爲莊公之名譽，即朱子臆創之説，可據以駁敘乎？

《日月》篇兩「逝」字，《唐・有杕之杜》篇兩「噬」字，毛傳皆訓逮。《爾雅》作遾，亦云「逮也」，文異而義同。「噬肯適我」，《韓詩》「噬」作「逝」，而訓及，義亦同毛，字訓相傳不謬矣。《集傳》以爲發語詞，不知何本。

《日月》詩四章，每章皆言「胡能有定」，作詩本意，在此一語矣。完之見弑，由於莊公之不定其位，位之不定，由於莊姜之不見荅，禍端所始，故反覆言之。鄭箋以爲定完，得其旨矣。朱《傳》解爲莊公之心意未定。夫莊公之心，惟知嬖州吁母而已，何嘗無定乎？

「德音無良」，倒語也，正言之當云「無良德音」耳，與「古處」「相好」皆指莊公之待己而言。古人多倒裝文法，《崧高》篇「謝于誠歸」，亦此類。《集傳》云：「德音美其詞，無良醜其實。」殊欠明劃。

終　風

朱子辯《終風》敘，以爲有夫婦之情，無母子之意，愚未見其然也。州吁弑君虐民，好亂樂禍，狂暴之惡，誠宜有之。今篇中取喻非一，曰終風，曰暴，曰霾，曰曀，曰陰，曰靁，其昏惑亂常、狂易失心之態，難與一朝居矣。莊公雖非令德之君，或未至此。且朱子所謂有夫婦之情者，蓋指篇中「中心是悼」「悠悠我思」及「寤言」「願言」諸語耳。然悼其無禮，思其不來，婦固可施之於夫，母獨不可施之於子乎？此姑就時解論之，其實詩意不如此。辯見後條。

說《終風》詩者，謂莊姜不忘州吁，見侮慢則悼之，莫往來則思之，甚至憂而不寐，望其思我，母子之情卷卷不已，所以爲温柔敦厚也。此言非是。州吁弑君簒國，阻兵安忍，是衞之賊也。衞人未嘗以之爲君，莊姜安得以之爲子？況其謔浪笑敖，侮慢其嫡母，正定姜所謂「暴妾使余」者，彼不以母道事莊姜，莊姜安得以子道畜之？母子之情絶之久矣，何自致其卷卷乎？故凡經文言悼，言思，言願，鄭云「願思也」。皆非指州吁也。然則何所指？曰敘不云乎：「莊姜傷己也。」傷己者，傷己之不能正州吁耳。正之維何？曰聲其弑逆之罪，告於國人而誅之，則甚正，然非婦人所能及已，故受其侮笑不敢怒也，悼之已耳，至莫往莫來，若可幸矣。然國家之禍至此，豈能解於思乎？此首章、次章之意也。下章又言其憂悼之情，至不能寐，且念不得伸，如行而躓，心之痛切，如割而傷，毛訓「懷」爲傷。皆承上二章言也。然則莊姜所憤者，亂賊之横行，所悲者，宗社之多禍而已，安得反結歡於篡弑之人，欲與敘母子之情哉？果爾，則夫子不録其詩矣。

莊姜子桓公而惡州吁，吁素驕，不平於中久矣。一旦行篡弑之事，自以爲國君，遂敖睨其嫡母，笑之謔之，以快夙昔之憤，小人情態，諒有之也。又案，《釋詁》云：「謔浪笑敖，戲謔也。」蓋古人本有此語，故《爾雅》釋之。《邶》詩人采用成語，亦如後世文人摭故典以助詞藻也。宋儒執此疑《釋詁》非周公作，固矣。

「惠然肯來」，箋云：「肯，可也。有順心則可來，不欲見其戲謔。」此説當矣。州吁安得有順心時乎？言可來，正欲其不來也。拒之之詞，非望之之詞也。《左傳》隱四年。言「州吁有寵而好兵，公弗禁，莊姜惡之」，則莊姜之惡州吁久矣，豈有躬爲弑逆，人神共憤，而反加親愛，望其肯來者乎？案肯，《説文》云：「骨閒肉肎。肎，著也。從肉冎省，一曰骨無肉也。苦等切，古文作肎。」《玉篇》云：「《詩》『惠然肎來』，肎，可也，今作肯。」

「願言則嚏」，《釋文》「嚏」作「疐」。案，作「疐」是也。毛傳云：「疐，跲也。」毛不破字，若有口旁，不應訓跲矣，是毛公傳《詩》時本作「疐」也。鄭箋云：「疐讀爲不敢嚏咳之嚏。」若本來有口旁，鄭何須破字乎？是鄭氏箋《詩》時猶作「疐」也。自鄭有「道我」之解，後儒喜其纖巧近俗，多從其説。然陸本作疐，是唐世經文尚未盡改，其徑用「嚏」文，不知始於何時矣。余謂傳義得之。毛訓疐爲跲，疐當爲竹利反，與《狼跋》篇「疐尾」之疐，同是礙而不行之義，言徒思之不能行之也。誅除篡賊，原非婦人事也。下章「願言則懷」，毛云：「懷，傷也。」蓋言思及此，則傷心也。二語皆自道其思，非謂州吁思我。鄭以俗人道我釋之，穿鑿之見耳。又崔靈恩梁人。《集注》載毛傳「疐，跲也」，跲作㰦，崔云：「㰦，今俗人云欠欠㰦㰦是也。人體倦則欠，意倦則㰦，音邱據反。」《玉篇》云：「㰦欠，張口也。」余謂人多思之極，輒至困倦，崔義亦優矣。

擊鼓

《擊鼓》篇「契闊」本訓勤苦，毛、鄭同。言死生勤苦，相與共之也。下章「闊兮」訓乖闊，「洵呼縣反。毛云：「遠也。」《釋文》云：「《韓詩》作夐。」夐亦遠也。兮」訓疏遠，此「闊」字與下「洵」義同，而與上「契闊」義異。言乖闊而不能相活，疏遠而不得信伸同。其意也。上章言昔日相約如此，下章言不遂所約，爲可歎也。今以契闊爲隔遠，已屬臆説矣。又以「闊兮」承「契闊」，「洵讀荀，訓信，依鄭氏解。兮」承「偕老」，彊加分配，不成文義。東萊釋此二章悉遵毛傳，最得之。

洵字從毛義，宜音呼縣反。或謂與下「信」字不協，❶當音荀，訓信。不知此二音古本相通。《説文》絢字諧旬聲，旬字音眩，諧勻省聲。旬或作眴，亦諧旬聲，皆是也，洵與信古韻本協耳。陸德明謂古人韻緩，不煩改字。近世趙凡夫言：「《説文》之讀若與諧聲，多有甚遠於今者，正可借以考古音。」斯皆至論。

---

❶「謂」，原缺，據康熙抄本、大全本、《四庫全書》本、嘉慶本補。

凱　風

詩人美刺，多代爲其人之言，故有似刺而實美，似美而實刺者。不獨三百篇也，後世騷賦及樂府猶然。《凱風》美孝子，止述其自責之詞。夫自責而不怨親，母感其意而不嫁，正孝之實也。美之者，道其實而已矣。若謂七子自作，是暴揚其親之過，何得云孝？況人子自責，惟有涕泣引咎，豈暇弄文墨、誇詞藻耶？

《凱風》首二章皆興也，《集傳》分首章爲比，次章爲興，太鑿矣。劉瑾以有應、無應釋之，豈詩本旨乎？《小雅·谷風》《青蠅》亦然。

「睍睆黄鳥，載好其音」，傳云：「睍睆，好貌。」是興其色也，故箋、疏以睍睆喻孝子顔貌之和，以好音喻孝子詞氣之順，而引《論語》「色難」、《内則》「下氣怡聲」證之。説《詩》如此，方可令人興、觀、群、怨。《集傳》以睍睆爲聲，闕其一義矣。嚴坦叔、王雪山駁之，良是。

睆本作睆，從日旁。《玉篇》云：「明星也。」字三見《詩》而皆從目。《凱風》「睍睆黄鳥」，毛云「好貌」。《杕杜》「有睆其實」，毛云「實貌」。《大東》「睆彼牽牛」，毛云「明星貌」。各隨文釋之，故不同，要皆貌也，非聲也。《禮記》「華而睆」，《釋文》云「明也」，意亦同《詩》傳。《玉篇》獨取《大東》傳語，此殆「睆」之本義乎？字旁從日，或因此。其睆字乃睅之重文，《説文》云：「大目也。从目旱聲，或從完，户版反。」非此三詩之睆。

雄雉

《雄雉》首二章之興，毛、鄭釋之，皆以喻宣公媚説婦人之態，後儒以其取義鄙淺，故易其説。然案雉不遠飛，崇不過丈，修不過三丈，故築牆者以高一丈、長三丈爲一雉。曾子固指爲行役之喻，既非其倫，又雉飛甚疾，決起而横刺數步，即竄入林草閒，陸農師謂「雉飛若矢，一往而墮」是也。朱子訓「泄泄」爲飛之緩，而以舒緩自得，反興行役之苦，亦非善於體物者也。余謂《雄雉》及《匏有苦葉》同是刺淫之詩，而皆以雉爲喻。一曰雄雉，一曰求牡，明著其雄雌，分喻君與夫人，語若相應，作者之意未必不如毛、鄭解也。又詩人託興鳥獸，惟此詩言雄雉，《南山》言雄狐，皆以刺淫，外此無專目爲雄者，尤足證《雄雉》是指斥宣公之詞。

匏有苦葉

《匏有苦葉》首章以「匏」與「濟」興禮之不可越，又以濟之深淺喻禮各有宜。次章以「濟」與「雉」興夫人之犯禮，取興於物者凡三，而八語之中一言匏，再言雉，五言濟，錯舉以便文耳。要之語語爲刺淫託興，非於假象之中，又客主相形也。朱子謂以「匏」興「濟」，又以「濟」興「雉」，然後以「雉」比淫亂之人。古人文義平直，恐不作此謬巧。

「濟盈不濡軌」，古注軌從車，凡音犯。朱《傳》從車九，龜美反，取協韻也。案，《禮記・少儀》「祭左右軌范」，注引《周禮》「大馭祭兩軹祭軓」，云：「軓與軹於車同謂轊頭。」孔疏申之，謂注以軌當大馭之軹，以范當大馭之軓，軹是轂末，軓是軾前，似軹亦可名軌矣。其《匏有苦葉》《詩》疏則引《中庸》及《匠人》注，以證軌爲車轍之名。又引《説文》及《考工記》注，以證軹亦名轊，不名軌，而謂《少儀》軌字乃軹字之誤。然則軹之名軌是鄭意，而孔不從也。《名物疏》引羅中行語，謂軾前、轂末二處皆水可濡，孔仲達不知軹亦名軌，乃謂《少儀》字誤；朱子不知軌爲軹，遂以車轍釋之。轍迹特車行之見於地者，豈可濡乎？羅蓋以詩字是軌非軓，且是轂末之軌，非車轍之軌也。源謂孔義優而韻遠，朱韻協而義乖，羅則義韻俱通，似矣。但孔氏詩疏辯據精博，則軹之亦可名軌，恐鄭之臆説耳。況軹之名軌，孔自明知之，而特駁其誤，羅以爲不知，尤非也。軾前之解，本於毛傳，不必紛更。

以飛雌而求走牡，大怪事也。宣公之與夷姜，人倫大惡，故《詩》用爲喻，其託興非泛然矣。古注本不謬，歐陽氏乃謂雌雄、牝牡飛走之通稱，而引雄狐、牝雞證之，殊失詩意。

谷風

「德音無良」「德音莫違」，此二「德音」，謂夫婦閒晤語之言也。《集傳》於《日月》既以「德音」爲莊公之聲譽矣，於《谷風》則解爲美譽，曰不可以色衰而棄其德音之善，是又以爲婦人之聲譽矣。夫女子之名不出於閫，焉用聲譽乎？案，「德音」屢見《詩》，或指名譽，或指號令，或指語言，各有攸當，嚴《緝》辯之甚詳。

葑、菲二菜，孔仲達合《詩》《爾雅》《坊記》注及《方言》《草木疏》之言，而總斷之云：葑也，須也，取毛傳及孫炎《爾雅》注。蕪菁也，取陸《疏》及《方言》。蔓菁也，取《坊記》注。葑蓯也，取孫炎《爾雅》注。郭璞則去葑蓯而取蕵蕪。

蕘也，取《方言》。芥也，取陸《疏》及《方言》。七者一物也。菲也，芴也，取毛傳及《爾雅》。蒠菜也，取陸《疏》，郭注《爾雅》以爲别草。土瓜也，取郭注。此非藈姑之土瓜。宿菜也，取陸《疏》。五者一物也，其狀似葍而非葍也。故鄭箋云「葍類」，孔語亦明劃矣。但合之今世，終不能確指爲何菜，豈非古今物産有不同與？以《本草》考之，葑猶可識，而菲則難稽矣。葑，《本草》名蕪菁，又名九英菘，又名諸葛菜，入《别録》上品，與蘆菔同條而非蘆菔，隱居已辯之矣。王伯厚補注《急就章》亦云：「蕪菁根葉及子是菘類，與蘆菔全别。」李氏《綱目》云：「蕪菁，芥屬也。根長而白，味辛苦而短，莖粗，葉大而厚闊。夏開黄華，四出如芥子，亦似芥子而紫赤色。蘆菔根、葉、華、子都别，非一類也。蕪菁六月種者根大而葉蠹，八月種者葉美而根小，惟七月初種者根葉俱良，擬賣者純種九英。九英根大而味短，削浄爲葅甚佳。今燕京人以瓶醃藏，謂之閉甕菜。」案如李言，則俗呼大根菜者，乃是物矣。自北土來者根甚大，南方植之根漸小，蓋地氣不同如此。菲不載《本艸》，不知今爲何菜。陸《疏》言其莖粗葉厚，而景純釋蒠菜云：「生下濕地，似蕪菁，華紫赤色。」則與葑殆同類而小别，故風人並舉之與？

《爾雅》有五荼，其三見《詩》。「誰謂荼苦」，「采荼薪樗」，「堇荼如飴」，《爾雅》之「荼，苦菜」也。「有女如荼」，「予所捋荼」，《爾雅》之「蔈、音標。荂，音吁。荼」也。「以薅荼蓼」，《爾雅》之「蒤，委葉」也。凡三草矣。《谷風》朱《傳》釋荼爲苦菜，又繼之曰：「蓼屬。詳見《良耜》。」是合兩荼爲一物，竟不思苦菜與委葉皆名爲荼，名同而物異，《爾雅》有明文也。夫苦菜之名，見於《爾雅》《月令》及《周書·時訓解》，《詩》之咏之者，尤不一而足，而《内則》用爲濡豚之包，《儀禮》用爲羊羹之芼，則養親薦賓亦資其味，豈可充以穢草乎？朱子之爲此説者，止因《良耜》詩荼、蓼並言，又閩人偁辣荼，爲可證耳。夫荼爲陸穢，蓼爲水穢，此委葉之荼也。

若苦菜即此荼，則與蓼一物而分水陸，其形色性味亦必相似。今考之傳記所言，乃大不然。苦菜生於寒秋，經冬歷春，得夏乃成，此《易通卦驗玄圖》語。《桐君藥録》亦云「冬不枯」。蓼則春生而秋痿，今借萎。一異也。苦菜以四月秀，見《月令》及《時訓》。韓保昇亦云：「春華夏實，至秋復生，華而不實。」蓼則華於秋，二異也。苦菜葉似苣，斷之有白汁，見《易通卦驗玄圖》，《顔氏家訓》及《唐本草》皆引之。《本草綱目》亦云：「莖中空而脆，折之有白汁。」蓼葉狹小無白汁，三異也。苦菜華黄似野菊，見《本草衍義》。蓼華成穗而長，色紅白，亦有黄白者，名木蓼，然不似菊也，四異也。苦菜味苦，見《本草》。蓼味辛，五異也。苦菜一華結子一叢，形如同蒿子，蓼子大如胡麻，赤黑而纖俗作尖。匾，皆見《本草綱目》。六異也。然則二草之相去遠矣，何得溷爲一物。況有《爾雅》正典不信，而取證於百千載後蠻方土語，不亦迂乎？

苦菜，苣屬也。《合璧事類》云：「苣有數種，色白者爲白苣，色紫者爲紫苣，味苦者爲苦苣。」苦菜即苦苣也，家栽者謂之苦苣，野生者謂之苦蕒。宋洪邁《續筆》云：「苦蕒俗名苦苣。」然則實一物也。苣，《説文》作藘，云：「菜也，似蘇者，彊魚切。」《玉篇》云：「苣，苦蕒菜也。」《廣韻》云：「蕒，莫蟹切。吴人呼苦藘，皆是物也。」又案《本草》本經名荼，《别録》名游冬，《廣雅》同。《嘉祐本草》名苦苣，李氏《綱目》名苦蕒，云：「野苣，頻折之則味甘滑，反勝於家植者。」

薺，徂禮切。泚，千禮切。二字同韻而異母，薺從母，泚清母也。「其甘如薺」，《集傳》「薺」音「泚」，恐誤。「匍匐救之」，「匍」本蒲北切，《集傳》音蒲卜切，北入職韻，卜入屋韻，截然兩音，而朱子一之，亦誤。今吴人土語呼北爲卜，豈俗人傳寫之誤耶？

薺，毛、鄭皆無訓釋。吕《記》引《本草》云：「薺味甘，人取其葉作菹及羹，亦佳。」案此即《爾雅》之「菨，才何切。薺實」也。郭注云：「薺子味甘。」邢疏亦引《本草》及《谷風》詩證之，東萊之解《詩》本此。《繁露》云「薺以冬美」，晉夏侯湛、齊卞伯玉皆有《薺賦》，指此草也。《爾雅》又云：「菥蓂，音覓。大薺。」又云：「蕇，音典。葶藶。」即《月令》靡草二種，皆薺類而味不及。

案薺草，陶貞白《名醫别録》列於上品，入菜部。陶云：「薺類甚多，此是今人所食者。葉作菹、羹亦佳。《詩》『誰謂荼苦，其甘如薺』是也。」《本草綱目》云：「薺有大小數種，小薺莖扁味美，其最細小者名沙薺也。大薺科葉皆大，而味不及，其莖葉有毛者名析蓂。大薺味不佳。並以冬至後生苗，二三月起莖，五六寸，開細白華，結莢如小萍，而有三角。莢内細子，如葶藶子，其子名蒫，四月收之。」師曠云「歲欲甘，甘草先生」指此。釋家取其莖作挑燈杖，可辟蚊蛾，謂之護生草。《爾雅》又有「苨，菧音底。苨」，注云「薺苨」，何氏《古義》以釋此詩之薺，誤矣。薺苨根似人薓，俗借參。葉似桔梗，俗呼爲甜桔梗。二草原一類，而甘、苦殊也。《神農本經》合桔梗、薺苨爲一物，陶氏《别録》始分之。陶又云「魏文帝言薺苨亂人薓」，即此。

《詩》紀土風而《邶·谷風》言涇渭，鄭謂絶去所經見，蓋秦人女嫁爲邶人婦也。禮，惟大夫不越境逆女，而《士昏禮》有異邦贈送之文，則士、庶人得外娶矣。疏申箋意甚明，或謂涇濁渭清，世共聞知，不必咏其所見，義亦通，然不如箋、疏之允當。

《谷風》弟五章三言育，鄭作兩解，「昔育」訓幼稚，「育鞫」「既育」訓長老，字同而義反，又共在一章，後儒所以易其説也。然古世字少，一字而兩用，容有之耳。《集傳》訓育爲生，則「既生既育」義複矣。生謂財業，育爲長老，古注本分二義，《集傳》止云既遂其生，則經文「既育」不已贅乎？

《急就篇》云：「老菁蘘汝羊切。荷冬日藏。」師古注云：「秋種蔓菁，至冬則老而成就。又收蘘荷，一名蓴苴，莖葉似薑，根香脆，可爲菹。李時珍曰有二種，白者入藥，赤者堪啗。並蓄藏之，以禦冬也。」宗懍《荆楚歲時記》云：「醃藏蘘荷，以備冬儲，又以治蠱。」案詩言「旨蓄」，殆斯類矣。蓄，丑六、許六二反，亦作蓄、蓄、稸，《廣韻》云：「冬菜也。」

式微　旄邱

二詩皆黎臣作也，然《式微》勸其君歸，《旄邱》責衛伯之不救，旨各不同者，意狄人破黎之後，必是棄而不守，黎侯若能自振，則遺民猶有存也。歸而生聚之，教誨之，尚可復興，此《式微》勸歸之意也。然此時狄雖去，而國已破，且日懼狄之再至也，必得賢方伯，資以車甲，送之返國，爲之戍守，如齊桓之於邢、衛，方可轉危爲安，此《旄邱》之詩，所以望衛之深，而責之至也。始則勉其君，繼則望其鄰，然終莫之從，亦可愍矣。夫子録其詩，示後世以自彊之道、恤鄰之誼也。厥後百餘年，晉人數赤狄潞氏罪，言其奪黎氏地，遂滅狄而立黎侯，是黎未嘗亡也，豈黎君流寓日久，雖無衛援而仍自歸其國與？則《式微》一詩有以激之矣。

旄　邱

《旄邱》末章，惟毛傳之解，萬不可易。毛以鸖離之鳥，少好長醜，喻衛臣不知救患恤鄰，苟安旦夕，始雖愉樂，終必衰微，徒有褎然尊盛之服飾，而德不能稱。其説如此，余因思衛不救黎，而狄患終及衛，非獨天道好還也。衛宣時君荒臣惰，百度廢弛，其勢必趨於亂亡。黎臣見微知著，故以鶹離喻之。夫子録其詩，示戒深矣。鄭謂衛臣初許迎復黎侯，既而背之，似鶹離之始美終惡，所見已私，不如毛也。至王氏解「鶹離瑣尾」爲黎人羈旅之狀，尤無義趣。況鶹離之爲鳥名，經傳歷有明證，安石以臆見易之，可乎？

「褎如充耳」，毛傳訓褎爲盛服，充耳爲盛飾，言大夫服飾雖盛而不能稱也。鄭箋忽有耳聾多笑之説，言諸臣顔色褎然如塞耳無聞知，《釋文》因訓褎爲笑貌。毛説平正而無奇，鄭説纖巧而可喜，宜宋儒之從鄭也。今案，褎字從衣，訓爲盛服。漢武帝策賢良云「子大夫褎然爲舉首」，見《董仲舒傳》。服虔注云：「褎然，盛服貌。」正祖此詩義。其云多笑者，康成之妄説耳。充耳即瑱，施於冕服，故爲盛飾。又詩言充耳不一而足，《淇澳》《著》《都人士》皆有之，並無取聾義者。《淇澳》篇以充耳爲美，此詩以充耳爲刺，盛飾均也，而稱與不稱分焉，美惡不嫌同詞。《君子偕老》篇「玉之瑱也」，即此充耳。舉盛飾以見其不稱，與此詩義亦同。

褎，似救切，從衣采聲，袂也，《唐風》「羔裘豹褎」是也。借爲盛飾貌，又借爲枝長，皆余救切。《旄邱》「褎如充耳」，毛云盛飾，《生民》「實種實褎」，毛云長也，均非褎字本訓，故音亦異焉。今衣袂之褎，俗作褏、袖，而褎之爲袂，反屬創聞矣。又案《説文》，采即穗之或體，云「禾成秀也，人之所收。從爪禾，徐醉切」。然則《旄邱》之「褎」，從衣取義，《生民》之「褎」，從采取義，雖假借，實有因也。

簡兮

「簡兮」，簡字毛訓大，鄭訓擇，而擇義較優。朱《傳》「簡易不恭」之説，本於横渠，恐未當也。「簡兮簡兮，方將萬舞」，言簡擇衆工，充萬舞之數，語本明順。若云「不恭不恭，方將萬舞」，成何語乎？況朱子以此詩爲碩人自言也，不恭之態出於他人評論猶可，若自言其然，則是明知之而故爲之，又誇之以爲美，此乃庸妄人耳，何得爲賢？《大全》録輔廣語云：「既自以爲簡易，又自以爲碩人，便見其不恭。」是又分簡易、不恭而二之，破壞其師説矣。又云：「當明顯之處公然爲此，不以爲辱，亦不恭之意。」此尤屬兒童之見。舞必在賓、祭時，自當爲衆目所覩，安得擇一暗室中而舞耶？古人十三舞《勺》，成童舞《象》，入學必習舞，凡舞人皆國子也，舞何足爲辱，而畏人見耶？孔疏云：「諸侯四佾，此《公羊傳》之説。舞者爲四列，此人居前列上頭者，所以教國子弟也。」語甚明當。《集傳》易其説，而與「日中」句同訓之曰「當明顯之處」，已屬含糊矣。輔從而發明其旨，尤令人齒冷也。

《簡兮》首章，如毛説，則爲舞者三。方，四方，山川之舞也。日中，教國子弟之舞也。公庭，宗廟之舞也。鄭以「方將」爲「方且」，缺四方一舞，説小異而俱通。惟萬舞本兼干羽，傳不可易。鄭襲《公羊》之誤，專指爲干舞，東萊駮之允當。

泉水

「毖彼泉水」，毖乃泌之借也。《説文》引《詩》作泌，得之。《文選・魏都賦》「泉毖涌而自浪」注，吕延濟曰：「毖，泌也。」李善曰：「毖與泌同。」二臣通毖、泌爲一字，正本於《説文》之引《詩》。但《説文》泌字注云：「俠流也。」李注引之云：「水駛字亦作駛，疾也。疏吏切。流也。」與今本不同。案，《説文》俠訓俜，俜訓使，俱不切水流義。俠字當是駛字之譌。吏、夾字形相近，馬旁草書又易溷人，因而致誤耳，李注所引當得其正。近世趙凡夫以爲俠當作㕲，或作陜，殆未見李注。㕲，廦也。廦，反也。陜，隘也。豈若駛疾之明當乎？又「駛流」亦見内典，❶此釋經者采用《説文》語耳。

首章「諸姬」，《集傳》既以爲姪娣矣，次章「諸姑」「伯姊」，又云「即諸姬」，然則姑即姪、姊即娣乎？何前之自相戾也。

泲、禰、干、言，皆指自所嫁國至衞所經之地，「出宿」「飲餞」，同是懸擬之詞。毛、鄭之解，本平正也，❷王氏以泲、禰爲衞地，干、言爲所適國地，特見下文「女子有行」言出嫁事，「還車言邁」言歸寧事，欲令語意相接耳。但「出宿」「飲餞」語本一例，彊分爲兩釋，不已鑿乎？況次章首一語先言歸寧，下四語又言歸寧之

❶「亦」，原作「夾」，嘉慶本同，據康熙抄本、大全本、《四庫全書》本改。
❷「正」，原作「王」，據康熙抄本、大全本、《四庫全書》本、嘉慶本改。

意，正因「有行」以來，「遠父母兄弟」日久，故思歸衛，與姑姊相見，文義未嘗不順也。又曹氏引《漢・地理記》「東郡臨邑有泲廟」，謂東郡是衛地，以證王氏之説，華谷甚信之，此亦非也。泲水經流豫、兖二州之境，所歷國多矣，何必臨邑泲廟方得名泲哉？況禮既飲餞，即行舍於郊，是謂出宿。大國之郊，去國都不過十里。宣公時尚都朝歌，爲今河南衛輝府淇縣，漢臨邑縣，今屬山東濟南府，相去甚遠，非出宿之地。

「還歸于衛」，《釋文》云：「還，音旋。此字例同音，更不重出。」蓋《詩》中「還」字，皆應讀旋。《釋文》不及盡加音反，故獨著之於此。《集傳》此詩並無分説，而以後「還」字亦無音反，疏矣。俗人不知，遂概讀如字。

「不瑕有害」，瑕字毛訓遠，言至衛亦非遠而有害也。王肅述之，以爲不遠禮，義稍迂。鄭訓過，言非有過差也。張氏釋之，以爲不大有害則遠過，二義俱可通，而文義亦明順。《集傳》訓爲何，則當云不何有害，經文爲不詞矣。又《詩》中「瑕」字及「遐」字，《集傳》概訓爲何，以爲古音相近，可以通用。考其所本，蓋因《表記》引《隰桑》詩「遐不謂矣」，鄭注以何釋遐，故襲用之，併及瑕字耳。然同是康成之説也，於箋《詩》則厭棄之如土苴，於注《記》則遵奉之如玉律，誠不知其何故。

《爾雅・釋水》：「歸異出同流，肥。」郭注引《泉水》毛傳釋之。《詩》「我思肥泉」，毛云「所出同，所歸異，爲肥」是也。劉熙《釋名》推其故，以爲同出時所浸潤少，所歸各枝散而多，似肥者也。惟犍爲舍人反是，曰：「水異出，流行合同曰肥。」《列子》釋文亦云：「水所出異爲肥。」與劉、郭異意。如此，則《爾雅》「歸」字成虚設，殆不然。而酈道元《水經注》以衛之肥泉實異出同歸，疑舍人之言爲是，云「泉水有二源，皆出朝歌城北。右水南流東詘，左水東流南詘，合爲馬溝。水又東與美溝水合，又東南注於淇水爲肥泉，是異出同歸也。」其援據似不謬矣。然源謂川谷流變，古今多有不同，河濟經流，尚非禹績之故道，況其小者乎？酈所據者，元魏時之肥泉耳，未必《邶風》之舊也。舍人之説，既不合《爾雅》文義，而毛、鄭諸家之解，當有師授，不可盡以爲非。且天下之水，異源者甚多，濟水、漢水皆二源，沁水、潁水皆三源，何不盡得肥名也？至自分而合，則凡水皆然，不足爲異。肥泉若異出同歸，亦適得水之常耳，《爾雅》何獨别而識之乎？

北　門

「室人交徧讁我」，鄭箋云：「在室之人更迭來責我。」是室人者，泛指家中人，父母兄弟皆是也。朱《傳》以爲室人無以自安，亦未偏有所指。《大全》録范氏之言，引周南婦人能閔君子以相比況，則此詩室人，專目其婦矣。案，《列子・周穆王》篇記鄭人蕉鹿事，以室人與夫對稱，則謂婦爲室人，古已有之。但《詩》言「交徧」，則鄭解爲勝。

「王事敦我」，毛云「敦，厚也」，則應如字。鄭云「猶投擲本作擿。也」，則應都回反，《釋文》甚明。朱《傳》從鄭解矣，復云「協都回反」，豈欲正讀如字乎？

北　風

《邶》有《北風》，猶《魏》之有《碩鼠》也，避虐與避貪，人情皆然，不待賢者而後能也。程子謂《北風》詩乃君子見幾而作，夫《北風》雨雪害將及身，當此而去，亦不得爲見幾矣。又敘以此詩爲刺虐，而《辯説》非之，言衛以淫亂亡國，不聞威虐之事。《集傳》又以烏狐爲不祥之物，則《通義》駮之，當矣。

静女

詩人説静女之德，皆與宣姜相反。「城隅」，高峻之節也，「彤管」，法度之器也，「歸荑」，有始有終之義也，是謂貞静而有德。宣姜以伋妻而受公，要是無節矣。譖殺伋、壽，與盜同謀，是陷君於不法矣。始播醜於新臺，終貽羞於中冓，是無始無終矣。故詩極稱女德，而敘反言夫人無德，敘所言者作詩之意，非詩之詞也。横渠、東萊皆從敘説，《集傳》獨祖歐陽《本義》，指爲淫奔期會之詩。夫淫女而以静名之，可乎哉？

《静女》詩「彤管」，毛傳以爲女史記事所執，而宋儒疑之。李氏謂：「鍼有管，樂器亦有管，古未有筆，不稱管也。」《解頤新語》亦謂：「筆始於秦，古以刀爲筆，不用毫毛，安得有管？」此皆謬説。夫筆之由來古矣，《爾雅》云：「不律謂之筆。」《曲禮》云：「史載筆。」《莊子》云：「宋元君將畫圖，衆史舐筆和墨。」《太公陰謀》載武王《筆銘》云：「毫毛茂茂。」此皆三代文典也，已著有筆名，可謂古無筆乎？可謂古筆用刀不用毫毛乎？筆不始於秦，明矣。又董仲舒荅牛亭問曰：「蒙恬所造，即秦筆耳。以枯木爲管，鹿毛爲柱，羊毛爲被，所謂蒼毫，非兔毫竹管也。」又問：「彤管何也？」荅曰：「彤者，赤漆耳。史官載事，故以彤管，用赤心記事也。」夫有筆之理，與書俱生具，《尚書中候》云：「龜負圖，周公援筆寫之。」其來尚矣。案，董仲舒荅牛亭問，漢短書名也，《論衡》云「二尺四寸」，聖人文語，漢事未見於經，謂之尺籍短書。張華《博物記》、崔豹《古今注》皆載其語。仲舒去古未遠，所聞必有據。又武帝時《毛詩》未行，而仲舒之論彤管，與《詁訓傳》相合，不足爲確證乎？至謂恬造秦筆非今筆，而《古今注》又言「秦吞六國，滅前代之美，故蒙恬得稱於時」，此皆筲俗借篤。論也。《集傳》云「彤管，未詳何物」，殆惑於後儒之説。又案，董謂兔毫竹管非秦筆，而韓愈《毛穎傳》，託言其先吐而生，且封爲管城子。文人謾戲，非經考據，不足置辯也。

毛詩稽古編卷四

吴江陳處士啓源著

鄘變風

柏舟

「實維我特」，毛以特爲匹，朱子謂特爲孤特之義，而得爲匹者，古人多反語，故《小雅》「新特」，亦用此詩毛義釋之。然毛傳以新特爲外婚，鄭申之爲特來無媵之女，與匹義反矣。案，「我特」，《韓詩》作「我直」，云「相當值也」。見《釋文》。兩家字異而義同，意毛傳《詩》時，字亦作直乎？不然，則師授如此也，不得爲《小雅》「新特」例矣。

牆有薺

茨者，以茅蓋屋也。薋者，草多貌。薺者，蒺藜也。牆茨、楚茨，皆應作薺。今《詩》及《爾雅》皆作茨，借也。惟《説文》引《詩》作「牆有薺」，《玉藻》注引《詩》作「楚薺」，得字形之正。《離騷》王逸注引《詩》作「楚楚者薋」，亦借也。《漢書》師古注謂：「采薺，薺字《禮經》或作薋，又作茨，則此三字古今通用。」案蒺藜有二種，子有三角刺人者，杜蒺藜也，子大如脂麻、狀如羊腎者，白蒺藜也，出同州沙苑牧馬處。杜蒺藜布地蔓生，或生牆上，有小黄華，《詩・牆有薺》指此。

君子偕老

「副笄六珈」，孔氏引《追師》注云：「副之言覆，所以覆首。」蓋副、覆音同也。《詩釋文》：「副，芳富反。」《説文》：「富，方副反。」二字皆入宥韻。今人讀如赴，乃俗音也。《玉篇》引《周禮》作髱，云：「或作副，匹育、匹宥二切。」《廣韻》「敷救切」，皆無赴讀。黄公紹《韻會》收副、富二字於七遇，誤矣。《正韻》亦仍其誤。黄又謂《説文》「富，福務切」，今徐氏《韻譜》並不然。又案，《説文》：「副，判也，芳迫切。籀作䟤。」《生民》釋文引《字林》云「匹亦反」。然則副本入聲，《生民》「坼，副」乃本訓也，覆首義當以「髱」爲正。

「髱笄」，傳云：「笄，衡笄也。」「衡笄」本《周禮・天官・追師》文，傳引其成語耳，非合衡、笄爲一物也。衡垂於當耳，笄横於頭上。彼注云：「王后之衡、笄，皆以玉爲之，惟祭服有衡垂於副之兩旁當耳，其下以紞縣瑱。笄，卷髮者。」是衡與笄本二物也。孔疏引之，乃云「惟祭服有衡笄，垂於副之兩旁」云云，於「衡」下增一「笄」字，而不引「笄，卷髮」之文，是以釋衡者釋笄矣。吕《記》、朱《傳》皆仍其誤，而嚴《緝》尤失之，曰：「笄者，婦人之首飾。惟后夫人之副，其笄謂之衡笄。」是竟以衡爲笄名也。又曰：「毛以衡笄爲一物，鄭注《追師》以衡、笄爲二物。疏溷毛、鄭爲一説，不知毛公連引衡笄，所以見笄之爲玉，非合二物爲一也。鄭注

《追師》既以衡笄爲二物，而箋《詩》副笄仍不易傳，亦知毛意與己不合也。❶ 疏之誤，在引釋衡文而不引釋笄文耳。」嚴誤認毛意，而謂與鄭異説，其誤更甚於孔矣。 又案，《大雅》「追琢其章」疏，引《追師》注，衡下無笄字，安知此疏非傳寫者之誤乎？

象服、翟衣，毛傳謂以象骨及羽爲衣服之飾，而孔疏不从，以爲象骨飾服經傳無文，又衣裳隨身卷舒，非可羽飾，蓋右鄭也。鄭謂象服即翟衣，象鳥羽而畫之也。 然古籍散亡，制度不見於經傳者多矣，安知象飾之服毛非有據乎？ 至以羽飾衣，春秋時尚有之，「楚王秦復陶、翠被」，杜注謂「秦所遺羽衣」及「以翠羽飾袂」，見《左傳》昭十三年。 不聞其礙於卷舒也。 又案，《説文》釋褘爲畫衣，褕爲翟羽飾衣。 陸農師謂：「《周禮》二翟曰：『翟而褘衣，變翟曰衣。』當是褘衣畫雉，褕翟、闕翟皆用羽飾。」以證《説文》，其語良是。

「鬒髮如雲」，毛訓鬒爲黑髮，服虔《左傳》注訓美髮，《説文》訓稠髮，《玉篇》訓同《説文》，皆專指髮言也。朱《傳》竟訓爲黑，因此詩與髮連文，不可重言髮耳。 然物之黑者甚多，可皆目爲鬒乎？ 又案，鬒本作㐱，鬒乃重文。

晳、皙二字，音形及義訓俱別，晳从白析木旁。 聲，音析，人色白也。《詩》「揚且之晳」，毛訓白晳。《左傳》「澤門之晳」與「黔」對，聖門曾點、楚公子黑肱、鄭公孫黑皆字子晳，各與名反，是也，俱取白晳之義。 晳从日折手旁。 聲，音折，又音制，明也。 字又作晣，又與哲、悊通用。 詩「明星晣晣」，毛云猶煌煌，《庭燎》「晣

---

❶「合」，嘉慶本同，康熙抄本、大全本、《四庫全書》本作「異」。

晣」，毛云明也，《易》「明辨晢」，孔疏釋爲智，《書》「明作晢」，孔傳訓照了，是也，俱取明智之義。故《書》「明作晢」，《史記》作「明作智」，《漢書》作「明作悊」，云：「悊，知也。」近世陳第《古音略》，因《鄘風》「晢」字與「揥」「帝」協句，遂音晢爲制，又引《易》「明辨晢」爲旁證，誤矣。此詩稱宣姜美色，故言其眉上揚廣，面色白晢，與明智義何涉哉？《鄘風》之晢、《大有》之晢，截然兩字，焉可同也。然其誤實始於《集傳》。《集傳》協韻，率祖吳棫《韻補》。吳音晢爲征例反，而引《易》「明辨晢」證之，並不引此詩也。朱子不辨晢、晢是兩字，而溷用征例反爲晢音，陳遂襲其誤耳。吾友楊令若知此失，直欲改晢爲晢以就韻，此亦不然。明智之稱，可施於性行，不可施於顔面也。源謂古無入聲，今北土猶然。亦未有四聲之別，若轉晢作去聲，則當讀息例反，與揥、帝自協，何必改字乎？

「是紲袢也」，毛云「當暑袢延之服」，孔氏申之以爲展衣，而以絺爲裏者，所以紲去袢延蒸熱之氣也。紲袢，音薛煩，然則二字皆借用。以意推之，紲當是渫除去也，私列切。之借，袢當是煩之借耳。王安石見《説文》袢字博幔反，與絆同音，遂妄爲之説曰：「暑服而加紲袢，所以自斂飭也。」彼以紲乃羈紲，袢乃袢繫，必是纏絡於暑服之外者，不知《説文》袢訓無色，並不與絆同義。紲又作褻，亦非羈紲義。安得彊爲傅會乎？又案，絆字，叔重讀若普，《詩釋文》「附袁反」，其「博幔反」乃徐鉉音，非古也。朱子過信安石，故音絆而協煩。夫煩是本音，何勞協哉？

桑　中

朱子以《桑中》詩爲淫者自作，與東萊争論不啻千餘言，識者多是吕，《通義》已載其説矣。至小敘所云「政散民流而不可止」，語偶與《樂記》同，非謂桑中即桑閒也。朱子因此語遂全引《樂記》文，證此詩即桑閒，殊不知《樂記》既言鄭、衛，又言桑閒、濮上，明係兩事。若桑濮即桑中，則桑中乃衛詩之一篇，言鄭、衛而桑濮在其中矣，何煩並言之邪？《樂記》又言「亂世之音怨以怒」，而係之鄭、衛，言「亡國之音哀以思」，而係之桑閒、濮上，則此二音之倫節，與作此二音之時世，迥不相同也。朱子引《樂記》以爲證，而全不辨其文義，豈後儒耳目竟可塗哉？案，《樂記》注謂：「桑閒即濮上，地名，其音乃紂所作。」《周禮·大司樂》「禁其淫聲、過聲、凶聲、慢聲」注云：「淫聲若鄭、衛。凶聲，亡國之聲，若桑閒、濮上。」疏亦解桑濮爲紂樂，則桑濮之非衛詩，歷有明證矣。

《通典》謂鄘國古或作庸，本庸姓之國，即孟庸之所自出。以鄘國姓庸，不知何所據，古未有以姓名其國者，恐非也。荀、曹、滕皆古姓，而春秋時荀、曹、滕國則皆姬姓，未嘗以姓爲國名也。當時必自有庸姓，偶與鄘國名同耳。況孟庸若果鄘國女，不應見《鄘風》。《衛風》言庶姜，《鄭風》言孟姜，不及姬姓女。《陳風》言淑姬，言齊姜、宋子，不及嬀姓女。古人男女辨姓，雖託之詩歌，亦不苟也。《通典》又云：「衛州新鄉縣西南三十二里有鄘城，即鄘國。」斯言或然。衛州，今衛輝府縣，在府西南五十里。

鶉之奔奔

《埤雅》釋《鶉之奔奔》詩云：「『我以爲兄』，兄，女兄也。曰兄者娣，刺宣姜之詞。『我以爲君』，君，女君也。曰君者妾，刺宣姜之詞。」此解最優。敘云刺宣姜，不云刺頑。毛以兄爲君之兄，不如陸之合敘矣。

《爾雅》「鷦，鶉」，郭璞以爲鵪屬。案，鵪亦名鷃，亦名鴽，即鴽也，《爾雅》云「鴽，牟母」者是。此二鳥雖相似，而非一類。鴽是田鼠所化，春化鴽，秋復化爲田鼠，見《夏小正》及《月令》。故夏有冬無。鶉自卵生，或從蛙化生，見《列子》及《本艸》。或從海魚化生，見《本艸》引《交州記》。故四時常有之。郭以鶉爲鵪屬，非即鵪也。又晉僮謡「鶉之賁賁」，與《詩》語雖同，然彼鶉乃南方七宿合成朱鳥之形，與《鄘》詩之鶉異。

定之方中

椅、梓、楸、榎，亦作檟。《説文》解爲一木，蓋大類而小别也。今案，《爾雅》：「楸，小葉曰榎，大而皵音鵲。楸，老而皮粗皵者爲楸。小而皵榎。」小而皮粗皵者爲榎。此楸、榎之别也。陸璣《疏》：「楸之疏理白色而生子者爲梓，梓實桐皮曰椅。」此椅、梓之别也。故毛傳以椅爲梓屬，實二木矣。然《爾雅》「椅，梓」，郭璞以爲即楸，合之陸語，則椅、梓其又楸屬乎？《齊民要術》賈思勰著。以白色有角者爲梓，名角楸，又名子楸。黄色無子者爲柳楸，又名荆黄楸。是又以子之有無爲楸、梓之别。

梓似桐而葉小，華紫，百木之王也。陶隱居謂梓有三種，蓋指椅及楸併梓而三焉。理赤者爲楸，文美者爲椅，而檟即楸之小者。外又有鼠梓，亦名虎梓，《艸木疏》名爲苦楸，枝葉木理皆如楸，《小雅》「北山有楰」，毛云鼠梓是也。郭璞《爾雅》注云：「楰，楸屬。」《玉篇》云：「楰，鼠梓，似山楸而黑。」與毛同。

漆，元作桼，象形，如水滴而下。其从水者，乃漆沮之漆，水名也。今通用漆。

「望楚與堂，景山與京」，毛云：「景山，大山。」鄭云：「望楚邱，而觀其旁邑及其邱山。」皆以景爲大義。朱《傳》訓景爲測景，與望字相對，恐未然。上章作宫室，故測景以正其方位，揆之以日是也。此章追本欲遷之初，升高望遠，觀其形勢，未及作宫室也，測景何爲？況此句言山與京，是測之於山乎？抑測之於京乎？下句降字正與上升字應，則此兩句皆升虚事也。八尺之臬，須即其地而樹之，不應身在漕虚之上，而遥測楚邱之山與京也，文義尤難通矣。

「匪直也人」，言文公愛民務農如此，非直庸庸之人也。故下文又美其德，而因及馬耳。朱《傳》曰：「非獨人之操心誠實而淵深也，其畜馬已至三千之衆。」則是君德之美，止以「匪直」二字帶言之，而專侈言多馬，恐失輕重之權。

古者國馬足以行軍，公馬足以稱賦。見《楚語》。國馬，君家之馬，牧之閑廄。公馬，田賦所出，散在民間。國馬，邦國六閑，爲馬一千二百九十六。公馬，大國千乘，爲馬四千。《衛》詩「騋牝三千」，此國馬也。《左傳》閔二年。文公「元年，革車三十乘，季年乃三百乘」，此公馬也。國馬三千，已踰六閑之數，故毛傳釋《詩》分騋、牝爲二，明牡馬亦在其中。若專指牝馬，則牡馬又在三千之外，比於天子之十有二閑馬三千四百五十六匹。或反過之。箋、疏申傳意，信而有徵矣。《集傳》曰：「馬七尺而牝者，已有三千之衆。」豈誤以騋牝爲公馬乎？然三百乘僅得馬千二百，仍不合三千之數，胡弗之思也。又案，文公國馬已過侯國之常，而公馬尚未半，大國之賦，多寡相縣若此之甚者，則有故矣。《左傳》言「革車三百乘」，非爲馬言也，特借以識田疇之墾闢、户口之殷蕃耳。古者兵車出於田賦，《司馬法》百井爲成，每成出車一乘，三百乘則三萬井，當得民二十四萬户，田二千七百萬畝，包氏之説與此異。辯見《魯頌》。衞之殷富可知。文公元年止三十乘，在位二十五年，遂十倍於其初，足徵其賢矣。況畜牧之事，責在校人耳。游牝騰駒有法，可以速致蕃庶。至於招流、散辟、草萊，行之當有次第，非人君宵旰憂勤，躬親勞來，且積有歲年，豈易奏績乎？宜乎難易之不同也。嚴《緝》謂：「三百乘，計馬一千二百，正合六閑之數。」是合國馬、公馬爲一也，謬甚矣。嚴又謂：「革車不用牝馬，今併牝馬數之，故爲三千。」亦不然。《書・費誓》云：「馬牛其風。」《左傳》云：「城濮之戰，晉中軍風於中澤。」僖二十八年。風謂牝牡相誘也。魯、晉皆當戰時而言風，是軍中有牝馬矣。不以駕革車，將焉用之？若輜車則駕牛矣。又《列女傳》趙津女言：「湯伐夏，左驂牝驪，右驂牝龍，遂放桀。武王伐商，左驂牝騏，右驂牝驥，遂克紂。」此又革車駕牝之明證。

蝃蝀

「蝃蝀在東」，暮虹也。「朝隮于西」，朝虹也。莫虹截雨，朝虹行雨，屢驗皆然，雖兒童婦女皆知之也。鄭箋云：「朝有升氣於西方，終其朝則雨，氣應自然。」蓋漢世晴雨之候，與今無異矣。朱《傳》獨曰：「方雨虹見，則終朝而止。」張敬夫亦曰：「蝃蝀則雨止，無東西之分，驗之久矣。」夫自漢至今幾二千年，天氣如故也。

宋之末造於今未五百年，乃獨相反，誠爲難信。

相　鼠

鼠乃貪惡之物，故詩以喻無禮儀之人。言鼠則僅有皮，人而無儀，則亦如鼠，非以皮喻儀也。箋、疏甚明，後儒多誤解，惟嚴《緝》得之。今人多以儀爲儀容，不知古之言儀，其義廣矣。觀《左傳》襄三十一年。衞北宫文子語可見。《詩》亦屢言儀，云「人而無儀」，又云「其儀一兮」「樂且有儀」「抑抑威儀」「敬慎威儀」，皆非僅指儀容也。毛傳云：「無禮儀者，謂爲闇昧之行。」反而觀之，則所謂儀可知矣。

「人而無止」，毛云：「止，所止息也。」鄭云：「止，容止也。」毛訓優矣。人所止息自有定則，無止則淫僻之行無所不爲，故可刺也。豈僅在容止閒哉？

干　旄

九旗竿首皆注旄建旌，而《鄘》之《干旄》敘言臣子好善，則卿大夫所建也，故毛以爲旟，鄭以爲旟與物，皆目卿大夫言，《周禮·司常》：「孤卿建旜，大夫建物。」孔謂平居則建旜，出軍則建旗。《大司馬》「百官載旟」注：「百官，卿大夫也。」此言出軍所建。《司常》「州里建旟」，則平居所建。次章干旟，與首章干旄、末章干旌，乃一人所建也。三章皆云在浚，是專論一人之事。蓋衞臣食邑於浚，當國之郊，而下邑曰都，城即都之城，一地而異其文耳。鄭解干旄兼言旜、物，旜則卿，物則大夫也。又以干旟爲州里所建，而云「州長之屬」。侯國之州長，士也，其屬，則士以下兼之，所指非一人。豈以敘言臣子多好善，故廣言之與？然於「在浚」之文，則有礙矣。夫專美一人，亦可概其餘，毛説爲允。惟「素絲」「良馬」則鄭義長。

總紕於此，成文於彼，以況御馬治民，此善喻也。但《簡兮》篇以美碩人之德，其説猶長。《竿旄》篇以當賢者善道之言，則迂矣。鄭指竿旄，言較平正。

「素絲祝之」，鄭箋云：「祝，當作屬。」此改祝爲屬，非以屬訓祝也。然劉熙《釋名》云：「祝，屬也。」則祝亦可訓屬，朱《傳》釋此字殆祖劉。

載馳

《衛》詩三十九篇，惟許夫人之《載馳》乃其自作，今誦其詞，清婉而深至，誠女子之能言者也。中三章專責許人不能救衛，無以慰己之心，首尾則及歸唁之意，立言可謂有體矣。蓋父母殁不得歸寧，婦人之禮也。救患恤災，亦鄰國之誼也。宋與許，皆衛昏媾之國，戴公之廬漕，宋桓公與有力焉。許曾不出一旅以助之，而徒責夫人以婦道。雖知其力不及，然能無愴於心乎？故首章言大夫告難，見欲歸之故也。二、三章再言「視爾不臧」，正責其不救衛也。四章以采蝱療疾爲喻，言當救之義也。許不能救，則衛必求救於他國，故欲歸唁而問之，末章「控于大邦」是也。苦語真情，出之楚楚，千載下如親見之矣。

《載馳》歸唁，夫人意中事也。義不得歸唁，亦夫人意中事也。故曰「馳驅」，曰「驅馬」，皆意中欲其如此而言之也。曰「既不我嘉」，曰「許人尤之」，又意中料其必如此而言之也。其實夫人未嘗出，大夫未嘗追，如

《泉水》詩之「飲餞」「出宿」，皆想當然爾，非真有是事也。敘云：「夫人閔衛之亡，傷許之小，力不能救，欲歸唁其兄，又義不得。」詩意只如此，朱《傳》取詩中所言皆指爲實事，謂歸唁是已行而未至，而涉邱行野，則歸途自述其情。吾不知夫人將出時告之於許君乎？抑不告乎？許之臣民知之乎？抑不知之乎？如知之，則應阻之於未出之先，不應追之於既出之後。如不知，則以小君之尊，適千里之遠焉，有倉皇就道，舉朝莫覺之理。且此時許君安在？乃坐視夫人之出，默無一言，直待其行至半途，始遣大夫往追之乎？孟子曰：「説《詩》者，不以詞害意。」觀此詩而益信。

䖟，《爾雅》《説文》皆作莔，今藥艸貝母也。陸氏《詩疏》、郭氏《爾雅》注言其物色各不同，陸云：「葉如栝樓而細。」郭云：「白華，葉似韭。」蘇頌《圖經》論之，以爲此有數種，今貝母葉隨苗出，似蕎麥，七月開華，碧緑色，與陸《疏》相類，郭注云云，今罕見之。案唐本注言葉似大蒜，正與郭注似韭同，則此種唐世猶有之矣。

衛 變風

淇　澳

「瞻彼淇澳」，釋文引《艸木疏》云：「澳，水名。」孔疏亦謂「陸璣云：淇、澳，二水名」，而以毛公「隈，隩」爲誤。今陸《疏》並無此文，意今本脱落乎？案張華《博物記》以爲有澳水流入於淇，而《水經注》疑之，且辯此水即《詩》泉源之水。余因思泉源即《泉水》詩所謂「亦流於淇」者也。兩水相入，必有隈曲之處，奥乃隈曲之稱。詩人指泉水入淇之處爲淇奥，後人因詩之言，遂名泉水爲澳水。張、陸二家之説，有自來也。但陸據此而反以毛傳「奥，隈」爲誤，則孔氏非之當矣。

「緑竹猗猗」，緑爲王芻，竹爲萹匹善切。竹。《爾雅》作萹蓄，《韓詩》及《説文》皆作萹筑。《詩》《雅》注疏皆同，乃二艸也。惟陸《疏》以爲一艸，言其莖葉似竹，青緑色，高數尺。孔疏駁其非，引《小雅·采緑》證之，謂緑與竹定是别艸，得之矣。自《集傳》解爲緑色之竹，後儒不敢有異議，而前説俱廢。夫武帝斬淇園之竹，寇恂伐竹淇川，漢史誠有之，然唐以前諸儒，豈皆未見《漢書》者哉？又《水經注》亦引漢武、寇恂故事而辯之曰：「今通望淇川，並無此物。惟王芻、萹竹，注作編竹。不異毛興。」此善長得於目驗，當不誤矣。

案萹蓄，吴普《本艸》名扁辨，又名扁曼，節間有粉，多生道旁，方士呼爲粉節艸、道旁艸，入本經下品。李氏《綱目》云：「葉似落帚而不尖，弱莖引蔓，促節，三月開紅華，結細子。」

緑即《本艸》之藎艸，入本經下品。《説文》謂之莀艸，云可以染黄。《漢書》「諸侯盭綬」，晉灼云：「盭艸似艾，可染黄，因以名綬。」皆謂此。盭本作綟，與莀同，郎計反。《小雅》「采緑」與「采藍」並稱，以其皆染艸也。陶氏《别録》云：「藎艸生青衣川谷，九十月采，可以染作金色。」顔師古注《急就篇》亦云。唐本注云：「葉似竹而細薄，莖亦圓小。煮以染黄，色極鮮好，俗名菉蓐艸。」

《爾雅》：「骨謂之切，象謂之磋，玉謂之琢，石謂之磨。」毛公之傳《詩》亦然。是切、磋、琢、磨四者，各爲治器之名，非有淺深也。紫陽釋之，以爲磋精於切，磨密於琢，斯殆彊經文以就己説。

《詩》言「瑟」者三，一見《衛風》，兩見《大雅》。《集傳》於《旱麓》二「瑟」皆易傳、箋，自以縝密、茂密釋之。獨《淇澳》「瑟兮」，猶遵毛傳「矜莊」之訓。然《戴記》引《詩》，復改訓爲嚴密，於是三「瑟」字皆得密義矣。字訓須有徵據，瑟之爲密，出於程正叔，殆臆説也。

傳云：「僩，寬大也。」《韓詩》云：「僩，美貌。」《説文》云：「僩，武貌。」三解各異。《集傳》曰嚴毅，《章句》曰武毅，皆从《説文》。案，《荀子》云：「陋者俄且僩也。」僩與陋反，正是寬大義。毛爲荀弟子，字訓有本矣。唐楊倞其亮切。注引《方言》「晉、魏閒謂猛爲僩」證之，非荀意也。又案，今本《方言》僩作撊，二字殆相通。《左傳》昭十八年。「撊然授兵登陴」，注「忿貌」。武、猛、忿三義相近，但詩美武公之德，無取於武、猛，當從寬大義爲長。

「會弁如星」，鄭云：「弁，縫之中，飾之以玉。皪皪而處，狀似星也。」不云皪皪似星，而云皪皪而處，則經言如星，特象其布置之疏落，非取象於星光也。朱《傳》以爲如星之明，則稍異。武公雖大國之君，安得飾弁者，皆夜光之璧哉？又《釋文》云：「皪，本又作礫。」案，皪訓白貌，礫訓小石，皆非明義。

「菉筑如簀」，毛云：「簀，積也。」《韓詩》「緑䓯如蔶」，蔶，積也。薛君云：「緑䓯盛如積也。」簀、蔶字異，訓積則同。平子《東京賦》「芳草如積」，正用斯語，伊川解爲密比如簀，而朱《傳》从之。晦翁甚愛《韓詩》義，此獨棄而不用，豈惡其同毛與？

考　槃

《考槃》箋云「誓不忘君之惡」，誠害於理，而小敘以爲刺莊公，則不誤也。朱子非之云：「《詩》未有見棄於君之意。」不知君不棄賢，賢者何爲而隱？孔子曰：「吾於《考槃》，見遯世之士，而無悶於世。」見《孔叢子》。遯世無悶，豈有道時所爲哉？果如此，是乃邦有道，而貧且賤者，君子方以爲恥，焉得録其詩？

「考槃在澗」，《釋文》云：「澗，《韓詩》作干，云墝埆之處。」《文選》注引《韓詩》曰：「地下而黄曰干。」二注雖不同，然《韓詩》有内傳、有故、有説、有章句，容有兩釋也。董氏謂「在阿」《韓詩》作「在干」，是首、次二章皆作「在干」也，《詩》無此體。

「碩人之軸」，毛云：「軸，進也。」釋文、正義皆讀軸爲迪，以合進義。然毛不破字，殆未必然也。毛之傳《詩》，本於師授，豈容臆度哉？上章「薖」字本訓艸，而毛以爲寬大，於義尤遠，必欲爲之説，又當破「薖」爲何字乎？源謂軸以持輪，車得之始可以進，毛之訓進，或以此。蘇氏釋「軸」爲盤桓不行，與毛義正相反，乃臆説也。況進是進德之義，以美碩人，較優。

碩　人

蝤蠐，非蠐螬也。蝤蠐一名蝎，《爾雅》「蝤蠐，蝎」是也。一名蛣𧍢，一名桑蠹，《爾雅》「蝎，蛣𧍢」及「蝎，桑蠹」是也。身長足短，生腐木中，穿木如錐，至春雨後化爲天牛。蠐螬，一名蟦蠐，《爾雅》「蟦，蠐螬」是也，生糞土中，以背行，身短足長，如足大指，從夏入秋化腹育，又化爲蟬。郭氏《爾雅》注已分爲二物，陶貞白與蘇恭以爲一蟲，誤也。陳藏器《拾遺》辨之，當矣。

盼，从目分聲，匹莧切，目黑白分也。眄，从目丏彌兖切。聲，莫甸切，目偏合也，一曰邪視也。肹，從目兮聲，胡計切，恨視貌。三字音形義俱各别，今人多亂之。《碩人》詩「美目盼兮」，盼字从目从分，《説文》《玉篇》引《詩》及《石經》皆同。今諸本俱誤作肹，監本注疏亦誤，此不可不急正也。案，《廣韻》肹字收入霽、諫兩韻，一五計切，訓恨視，一匹莧切，訓美目，則誤之來久矣。《正韻》於霽韻既收肹字，訓恨視，於諫韻又兼收盼、肹二字，而訓盼爲顧，爲視，是誤以眄爲盼也。又以《詩》「美目」及《孟子》「肹肹」證盼字，是誤合盼、肹于一肹也。三字之溷亂，於斯極矣。

「施罛濊濊」，《説文》作「施罟濊濊」，《爾雅》「魚罟謂之罛」，則罛、罟本一義也。「濊濊」，毛云「施之水中」，《韓詩》云「流貌」，《釋文》引《説文》云「凝流也」，與韓義相反。近世楊用修云「水平則流凝」，引唐詩「江平不肯流」「水深難急流」二語證之，可謂辨矣。然今本《説文》云「礙流」，不云「凝流也」。案，《詩》「濊濊」本連「施罛」爲句，是言罛非言水也，礙流得之。《釋文》又引馬融云：「大魚罔，目大豁豁也。」則專指罛言。朱《傳》云：「罛，入水聲。」本傳語而增入聲義。

氓

里巷猥事，足爲勸戒者，文人墨士往往歌述爲詩，以示後世。如《陌上桑》《雉朝飛》《秋胡妻》《焦仲卿妻》《木蘭詩》之類，皆非其人自作也，特代爲其人之言耳，《國風》美刺諸篇大率此類。《集傳》概指爲其人自作，決無是理也。《大全》載輔廣之言，謂《谷風》與《氓》二詩，其文詞敘次，雖工文之士不能及，然其行一賢一否，信乎，有言者不必有德也。噫，俚語云：「癡人前不可説夢。」廣之謂矣。

耽，耳大垂也。湛，本宅減反。没也。皆非樂義。其訓樂者當作媅，《説文》云「樂也」。又作醓，《説文》云「樂酒也」。又作妉，《爾雅》云「樂也」。《漢·五行記》借用沈，云「荒沈於酒」。此四字皆不見《詩》。《詩》獨借耽、湛兩字爲樂義，但樂同而美惡不同。《鹿鳴》之「湛」，君臣之樂也。《常棣》之「湛」，兄弟之樂也。《賓之初筵》之「湛」，祭而受福之樂也，雖樂無傷也。《氓》詩之「耽」在男女，《抑》詩之「湛」在飲酒，則皆爲刺。然獨《氓》詩之「耽」，鄭釋爲非禮之樂者，蓋女而耽士，尤失其正，異於諸「湛」矣。《常棣》，《韓詩》云：「湛樂之甚也。」兄弟之樂，何妨於甚乎？又耽字從耳冘音淫。聲，古讀如沈，今丁南反。俗或作躭，非是。

《氓》詩言「總角之宴」，則婦遇氓時尚幼也。又言「老使我怨」，則氓棄婦時婦已老矣，必非三年便棄也。其言「三歲食貧」及「三歲爲婦」，止目初爲夫婦時耳。意氓本窶人，賴此婦車遷之賄及「夙興夜寐」之勤勞，三歲之後，漸致豐裕，及老而棄之，故怨之深也。然風俗薄惡如此，豈獨氓之罪與？

「信誓旦旦」，毛云「信誓旦旦」，然不解「旦旦」之義。故鄭以懇惻款誠述之。案，「旦旦」《説文》作「𢘓𢘓」，𢘓即怛之或體，注云「憯也」，此與鄭意正同。《廣韻》云：「𢘓，傷也。」亦即憯意。《詩》「旦旦」義當以此爲正。《玉篇》云：「𢘓，忒也，爽也。」則因《爾雅》而爲之説。然《爾雅》云「晏晏、旦旦，悔爽忒也」，是推釋詩人言此之意，非旦旦正訓也。又朱《傳》訓「旦旦」爲明，蓋即「有如皦日」之義，本與毛、鄭不同。《韻會》反謂此是毛義，失之矣。

竹　竿

《泉水》《竹竿》皆衛女思歸之詩也，而有異焉。《泉水》思歸而已，《竹竿》之思歸，由於不見荅也。故二詩取興皆以淇、泉二水，而意不同。婦人之適異國，猶小水之入大水也。「泌彼泉水，亦流于淇」，嫁者之常也。若在左在右，兩不相入，豈其常乎？故以爲不見荅之喻也。至釣者意在得魚，猶嫁者意在得禮。舟楫得水而後行，猶男女得禮而相配。首尾二興，又爲不見荅之反喻。此皆傳義，非後儒之穿鑿也。今概指爲賦體，徒以詞而已矣。

「佩玉之儺」，毛云：「儺，行有節度。」《説文》云：「儺，行有節也。」因引此詩。嚴《緝》取錢氏「柔緩」之訓，而解爲要身嫋儺，真屬謬説。

芄　蘭

宋沈括言：「芄蘭莢垂枝閒，如解結錐，故以爲興。韘亦當似葉，但不復見耳。」近世《本艸綱目》祖其説，言「芄蘭實尖如錐，葉後曲如張弓指彄。」據此則韘是決，非沓矣。但詩人託興，本喻人君當柔順温良，信任大臣，豈專爲觿、韘二物取象乎？況首章言支，不言莢也。毛、鄭義優，沈説纖巧甚矣。案芄蘭，陸《疏》名蘿摩，《本艸》名白環藤、斫合子，其實名雀瓢。三月生苗蔓延，葉長而鋭，根及莖葉斷之皆有白乳。六、七月有華，紫白色，實長二三寸，中有白絨，可作褥，輕煖。又陶隱居言其葉生啗、煮食俱可，與枸杞葉同功，諺云「去家千里，勿食蘿摩、枸杞」，以其補精彊陰也。

「童子佩韘」，毛以韘爲決，鄭以韘爲沓。《説文》訓韘與毛意同，朱《傳》兩存毛、鄭之説，陳氏《禮書》非毛、許而是鄭，馮氏《名物疏》非鄭而是毛、許。案《射禮》：「右巨指著決以鉤弦，食指、中指、無名指著沓以放弦。決用棘及骨及象爲之，亦名玦，亦名抉。沓用朱韋爲之，亦名極。」《大射禮》云「朱極三」是也。三者，中三指各一也。極，取其中於指。沓，取其沓於指也。韘之爲決、爲沓，《禮》皆無明文，而毛説較古，又有許説相輔，當得其真。許云：「韘，射決也，所以鉤弦，以象骨韋系著於右巨指。从韋，枼聲。或从弓作弽。」

敘以《芄蘭》爲刺惠公，而朱子不信。夫惠公譖殺二兄，違距王命，其狠抗不遜可知。敘云「驕而無禮」，正相合也。且即位時方十五六歲，宜有童子之稱，又何疑乎？然則爲此詩者，殆左公子洩、右公子職之徒與？

河　廣

嚴華谷謂《河廣》詩作於衞未遷之時，是不然。衞未遷時宋桓公尚在，敘不應稱襄公母矣。況襄公未立，尚可至衞，安知母子終不相見？詩猶可無作也，嚴特以渡河爲疑耳。然孔疏謂假有渡者之詞，非言渡河嚮宋，義儘可通也。至朱《傳》先云「衞在河北，宋在河南」矣，後又云「襄公即位，夫人思之」，豈未知襄公時衞已在河南邪？

伯兮

箋謂《伯兮》詩正指桓五年衛、陳、蔡三國從王伐鄭事，朱子以爲無明文可考，不知詩中「爲王前驅」「自伯之東」二語即其確證。孔疏謂：「三國會兵京師，始從王前驅而東行伐鄭。鄭在京師之東，非在衛東也。」其言甚明。

《説文》：「殳，以杸殊人也。《禮》：『殳以積竹，八觚，長丈二尺，建於兵車，旅賁以先驅。』」徐鉉謂：「積竹者，削去白，取其青，合之，取其有力，是殳用竹也。」案，殳之圍大處至二尺四寸，小處亦不減五寸，不能純用竹青，意必以木爲心，而傅積竹於外。故《考工記》廬人爲殳，廬人實攻木之工矣。崔豹《古今注》云：「棨戟乃殳之遺象，用木以赤油韜之。」此據後世之制而言，雖非古殳，要必相仿髴也。又案，殳本作杸，通作殳，或云杸、殳古今字。

毛傳云：「諼艸令人忘憂。」孔疏申其意，以爲諼非艸名，引《爾雅·釋訓》及孫氏注以證之。然據傳文義，明是以諼爲艸名。《釋訓》：「萲諼，忘也。」郭注云：「義見《伯兮》《考槃》詩。」又明是《伯兮》字作萲，《考槃》字作諼矣。若非艸名，則釋諼足矣，何必兼釋萲乎？又《説文》引《詩》作「藼艸」，云：「令人忘憂艸也。或作蘐，或作萱。」《韓詩》亦作萱艸，薛君云：「萱艸忘憂也。」則以諼爲艸名，先儒之説皆然，孔安得獨爲異乎？至朱《傳》以合歡當之，乃襲鄭樵之誤。《本艸》合歡在木部，非艸也。嵇叔夜《養生論》：❶「合歡蠲忿，萱艸忘憂。」《通義》駁之甚當。

有狐

「有狐綏綏」，毛傳以綏綏爲匹行貌，朱《傳》以爲獨行求匹貌。字訓相反，取興則同。案，朱《傳》此説，特見《齊·南山》鄭箋求匹之訓，因移以釋衛詩耳。然《南山》之綏綏，毛義實勝鄭矣。又案，綏綏元作夊夊，《説文》云：「行遲曳夊夊也。」《玉篇》云：「行遲貌。《詩》雄狐夊夊，今作綏。」

《有狐》首章朱《傳》曰：「在梁則可以裳矣。」次章曰：「在厲則可以帶矣。」卒章曰：「濟乎水則可以服矣。」初不解其意，既而思之，始知因次章厲、帶二字生情也。《爾雅》云：「由帶以上爲厲。」故朱《傳》訓厲不遵毛傳，直訓爲深水可涉處。既以在厲爲方涉，則在側當是既涉，故直曰濟乎水，而上章在梁爲未涉時，不言可知矣。且厲爲由帶以上，是方涉時可以束帶，故未涉而可以裳，既涉而可以服，亦遂隨文彊配之，殊不知《爾雅》「由帶以上」特以記水之淺深耳，非謂因涉而束帶也。况經云在側，何由見其既濟乎？而《爾雅》又云：「以衣涉水曰厲。」則在厲獨不可衣乎？

《有狐》次章，毛云：「厲，深可厲之旁。」毛蓋舉水以見岸也。厲本涉水之名，非岸名也。然厲必深水，

---

❶「嵇」，原作「稽」，據大全本、《四庫全書》本、嘉慶本改。

其旁之岸亦名曰厲。王氏曰：「岸近危曰厲。」此善得毛意。深水之旁岸，近乎危矣。

木瓜

木瓜之圜而小、味酸濇者爲木桃，其大而黄、蒂閒無重蒂《埤雅》謂之鼻，云是脱華處，俗呼爲咮，其著華處乃臍也。者爲木李。木桃又名樝子，《靁公炮炙論》謂之和圜子。木李又名榠莫零切。樝，陶隱居云：「山陰多木瓜，人以爲良果。又有榠樝，大而黄。又有樝子，小而濇。《禮記》云『樝梨鑽之』，古亦以此爲果，今則不然。鄭玄不識，以爲梨之不臧者。」是已。木桃下於木瓜，木李又下於木桃。二者之外又有榲烏没切。桲，蒲没切。生於北土，蓋榠樝之類，與林檎相似而異物，三者皆與木瓜同類。但木瓜得木之正氣，故貴之。又有山樝者，味似樝子，故亦名樝。《唐本草》謂之赤瓜子，宋《圖經》外類謂之棠梂子，即《爾雅》之朹音求。檕音計。梅也。雖有樝名，而類自别。

毛詩稽古編卷五

吴江陳處士啓源著

王變風

黍離

《集傳》曰：「黍苗似蘆，高丈餘，穗黑色，實圜重。」案此乃今之蘆粟，辨詳《總詁》。非黍也。陶貞白已有「黍苗似蘆，粒亦大」之語，晦菴殆祖其説乎？今北土自有黍，其苗似茅，高可二尺餘，一莖數穗，穗散垂，實細而長，黄色，性黏，用以釀酒，俗亦呼黍子，此乃黍矣。黍之不黏者爲稷。顔師古《急就篇》注言「黍似粢而黏」，粢即稷也。黍，稷莖葉穗粒皆同，而性有黏疏之異，俗通呼黍子。

稷、粢、穄，子例切。一穀而三名，音之轉也。又「日中星鳥，可以種稷」，《禮記》疏引《考靈曜》。一歲所最先，故《月令》謂之首種。粟乃粱類，非稷也。《爾雅》「粢，稷」注云：「今江東呼粟爲粢。」疏云：「據此，則粢、稷、粟是一物。而《本草》稷米在下品，别有粟米在中品，又似二物，先儒甚疑焉。」案，此乃郭之誤也。陶隱居曰：「凡粱米皆是粟類。」此得之。又案，粢本作齋，俗从米作粢，且用爲齍盛之齍，謬甚。粢乃餈之重文，音茨。《説文》云：「稻餅也。」《廣韻》云：「飯餅也。」俗以九日食餈餻，即此。「行邁靡靡」，靡字《釋文》無音反，據文義當讀上聲。《玉篇》：「𢒼，迷彼反。𢒼𢒼，猶遲遲也，今作靡。」案此詩毛傳「靡靡」訓「遲遲」，義同當亦音同。

君子于役

敘以《君子于役》爲寮友相思之作，朱子非之，改爲室家念其君子。夫大夫行役不歸，室家固當繫念，豈寮友之情獨應置之膜外邪？至於行役過多，自是王者之失，何必以「無考」爲譏。周之盛也，有《四牡》《皇華》之詩以勞使臣，今王者不念而寮友念之，其得失俱可知矣。又謂《君子陽陽》亦前篇婦人作，傅會至此，殆以經學爲兒戲。

「羊牛下來」，《集傳》曰：「日夕則羊先歸，而牛次之。」此祖《埤雅》之説也。《埤雅》云：「羊畏露早歸，故先於牛是已。」然《集傳》次章經文作「牛羊」，與注疏異，當是傳寫之誤。

君子陽陽

《君子陽陽》《中谷有蓷》《兔爰》三詩，敘皆云閔周，今觀其詞所云仳離、啜泣、百罹、百憂，其爲可閔無疑。至相招禄仕，陽陽自得，似難與彼二詩同論，而概以爲閔周，敘《詩》者其知本乎？善人隱居下位，則當國者皆小人。内之徒足以病民，外之必至於召寇。政荒民散，納侮興戎，皆由此作。見幾之士作詩以紀之，詞雖樂，情實悲矣。敘云「閔周」，旨哉！

「右招我由房」，毛云：「房中之樂。」孔氏申之，以爲天子路寢如明堂，有五室，無左右房，小寢則有之。然天子小寢皆係於路寢，此房中之樂，當於路寢之下、小寢之內作之。章氏昜謂：❶「房非房中之房，是《顧命》之東房、西房，蓋作之於路寢也。」又謂：「《儀禮》：房中弦歌《周南》《召南》，不合樂。此詩云執簧、執翿，則樂舞既備，不應作於房中。」其意以孔説爲非矣。今案，鄭《荅張逸》，以爲《顧命》之東、西房，乃鎬京宮室尚仍諸侯之制，故有之。則章謂房在路寢而引《顧命》，非確證也。至房中之樂，弦歌《周南》《召南》之詩，而不用鐘磬之節，見《燕禮》記注，然但指后夫人侍御於君子，女史諷誦之耳，若燕饗時樂工奏之，則不然矣。《鄉飲酒禮》云：「乃合樂《周南》《召南》。」注云：「合樂謂歌樂，與衆聲俱作。」疏云：「謂堂上有鼓瑟，堂下有鐘磬，合奏此詩。」《燕禮》云：「遂歌鄉樂《周南》《召南》。」疏云：「《鄉飲》云合樂，此歌鄉樂，亦與衆聲俱作。」疏又云：「既名房中之樂，用鐘鼓奏之者，諸侯、卿大夫之燕饗亦得用之，故用鐘鼓。婦人用之，乃不用鐘鼓。」又《周禮・磬師》「教燕樂、縵樂之鐘磬」，注云：「燕樂，房中之樂，所謂陰聲也。」二者皆教其鐘磬，則章謂凡奏二《南》俱不合樂，亦誤矣，安在執簧、執翿，非房中樂哉？

陶本音桃，再成邱也，《禹貢》「陶邱」是也。又窑也，《緜》詩「陶復陶穴」是也。「君子陶陶」，和樂貌，當

---

❶「章」，嘉慶本同，康熙抄本、大全本、《四庫全書》本作「張」。按，張昜，《南唐書》有傳，著《太玄注》，作「張」是。然康熙抄本於下文「章謂」亦作「章」，姑仍其舊。

音遥。「驅介陶陶」，驅馳貌，當音導。此兩「陶陶」，《集傳》皆無音反，俗儒遂誤讀如字。

揚之水

《詩》以「揚之水」名篇者三，毛、鄭皆訓激揚，宋儒易以悠揚之解，一急一緩，義相背馳。案《小爾雅》：「揚，翥舉也。」《説文》：「揚，飛舉也。」皆與激揚義近。《禹貢》揚州之得名，亦因水性激揚。今江、淮二水激揚乎？悠揚乎？此明驗也。又悠揚二字不見古書史，惟後代詞曲中頗有之，豈可據以釋經哉？至「彼其之子」，本指鄉里之處者，鄭箋云。《集傳》謂戍人自目其室家，殆未必然也。欲挈妻子以從軍，又以不得偕行而怨，恐非人情。

《揚之水》，《集傳》譏平王之忘親逆理，當矣。至謂周制，凡有討伐，皆用諸侯之師，王師止衛王室，不以出征，此未知出何典也。考之《周禮》，「大合軍，以救無辜，伐有罪。及戰，巡陳，眡事而賞罰。有功則獻愷，不功則奉主車」，此大司馬之職也。「宜於社，造於祖，立軍社」，大祝之事也。「抱天時，與大師同車」，大史之事也。「執同律，以聽軍聲」，大師之事也。「正治其徒役輂輦」，鄉師之事也。「合卒伍，簡兵器」，族師、縣師之事也。皆言出征時也。又偏兩卒伍之名、蒐苗獮狩之法，其爲制度甚詳。若徒使安居飽食，安用此紛紛者爲？周世紀載闊略，其用兵之事，誠難悉知。至成王踐奄、伐東夷，穆王征犬戎，共王滅密，宣王伐魯，皆王師親征之明證，見於《書》敘與《外傳》，可信也。周公之東征，宣王之南征、北伐，則又見於《詩》者也。誰謂天子之六師，不用以征伐乎？果如《集傳》所云，王室有難，則徵兵自衛，侯國有故，則僅責其自相救援，畿内不出一旅以勤之，非徒無以服諸侯之心，抑亦自弱其兵矣。《揚之水》怨其上，因出師不以義耳。假令爲復讎討賊之舉，民將荷戈，赴敵恐後，誰敢怨哉？《小雅》之《六月》《采芑》，《大雅》之《江漢》《常武》，率師者皆王臣也，執兵者皆王旅也。彼不怨而此怨，何爲也？

中谷有蓷

毛傳云：「蓷，鵻也。」《爾雅》云：「萑，蓷。」萑、鵻皆音追。萑與雈異，萑从艸隹音追。聲，益母艸也。雈从艸雚音貫。省聲，音丸，亂五患切。也，俗省作萑，與益母之萑溷，不可不辨。益母艸又名茺音充。蔚，陸《疏》、郭注皆言其方莖白華。然益母華有紫、白二種，李時珍謂白華者即《爾雅》之「萑，蓷」，紫華者即《爾雅》之「蓷，吐回切。牛蘈」音頹。也。蘈、蓷音同，是一艸，但華色異耳。又陳藏器《拾遺》有蟼音暫。菜，莖葉、性味與益母同而白華，亦即《爾雅》之蓷矣。

「暵其乾矣」，毛傳云：「暵，菸央居切。貌。陸艸，生谷中，傷於水。」鄭箋云：「鵻之傷於水，始則溼，中則脩，久則乾。」孔疏云：「水之浸艸，先溼後乾。今《詩》立文，先乾後溼，喻君子於己有厚薄，從其甚而本之也。」吕《記》、朱《傳》祖伊川之説，皆訓暵爲燥，以爲艸待陰潤而生，暵則乾矣，次則脩長者亦暵之，又次則生於溼者亦暵之，與注、疏正相反。案，注、疏解似迂，然暵字《説文》原作灘，注云：「水濡而乾也。《詩》曰：『灘其乾矣。』」其暵字，注云：「乾也。」引《易》「莫暵于離」，並不引此詩，可見漢時經文本作灘字。毛、鄭義與《説文》合，皆訓灘，非訓暵也。徐邈音漢，則晉世已作暵字。孔仲達作《正義》時經文則暵，而注義則灘，須剖析其異同，乃竟無一字置辯，徒將暵、菸二字依同牽合，後儒不究其故，因別爲之解耳。又案，⿰氵鷬俗从隹，作灘，它安反。今用爲水灘義，假借也。菸音於，鬱也，矮也。矮，於爲反，病也。

兔　爰

《集傳》謂：「作《兔爰》詩者，猶及見西周之盛，故云我生之初，天下尚無事。」朱子不信敘，其爲此言，宜也。案，敘以此爲桓王詩，其曰王師傷敗，指繻葛之戰也。繻葛之戰在桓王十三年，距西周六十四年，平王在位五十一年。距宣王之崩七十五年。幽王在位十一年。幽王雖西周，不得云盛時。如朱子之言，則作詩者必生於宣王時，又能追憶其盛，已非童幼無知，計其作詩時，應八九十歲，尚從征役，無是理也。東萊遵用敘説，而《詩記》録其語，殆未之思與？

訛，俗字也，本作吪，从口化聲，動也，《詩》「尚寐無訛」「或寢或訛」是也。又化也，《詩》「四國是訛」「式訛爾心」、《書》「平秩南訛」是也。譌，从言爲聲，譌言也，《詩》「民之譌言」是也。是吪、訛義同而分雅俗，譌則別爲一字。今《詩》概作訛，乃傳寫之誤。《正韻》并吪、訛、譌爲一字，謬甚矣。

葛　藟

《葛藟》詩，箋、疏本謂葛藟得河潤而生長，興己不受王恩，葛藟之不如。宋胡氏旦。反其説，以爲「葛藟宜生邱陵，不宜生水畔，以喻己之失所」，又引他詩咏葛藟語，爲葛性喜燥惡濕之證。然所引諸詩，惟《旄邱》

誠屬高阜耳，若《樛木》條枚蒙楚，止言其附木而生，不言所附之木，必在山，不近水也。至《葛覃》篇言「中谷」，谷者，《爾雅》以爲水注谿之名，其近水，更甚於河滸。《詩》言「萋萋」「莫莫」，反足爲葛性好水之一證。又此詩亦言「緜緜」，緜緜不絶，安見其生不得地哉？

「謂他人父」，言王無父恩也。「謂他人母」，言王無母恩也。元后作民父母，況九族之親乎？名雖父母，情則他人，親親之道微矣，所以爲刺也。《集傳》謂「流民失所，彊求親附於人，謂之父母」，於文似順，於義實疏。

采葛

《詩》言采多矣，或言采之地，則以地取義也，「沬鄉」「新田」之類是也。或言采之時，則以時取義也，蘩之「春日」、薇之「剛止」「柔止」之類是也。或言采之事，則以事取義也，「不盈頃筐」「不盈一匊」之類是也。《采葛》之詩，言采之外，無他詞焉，則義在葛、蕭、艾三艸矣。故傳云：「葛爲絺綌，蕭供祭祀，艾以療疾。」又云：「采葛事小。」傳文至簡，兹獨詳焉，良以興義攸存，不容略爾。箋申其意，以首章爲小事使出，次章爲大事使出，末章爲急事使出，亦非穿鑿之見也，東萊非之太過。

大車

「毳衣如菼」，詩以艸色比衣也。傳云：「菼，鵻也。」又以鳥色比艸。「毳衣如璊」，詩以玉色比衣也。

《説文》云：「禾之赤苗謂之虋，玉色如之。」蓋虋、璊同音也。又以禾色比玉，皆轉相況譬以明之，此古人體物之妙也。案，鄭謂雖色青，正義引《爾雅》郭注云「在青白之閒」，則淺青矣。毛云：「璊，赬也。」沈括《筆談》云「璊色在黄朱之閒」，則淺朱矣。又案，《爾雅》「再入謂之赬」，注以爲淺赤。又諸侯赤芾，而《斯干》傳謂諸侯黄朱，是黄朱乃赤也。據此二文，則赤淺於朱，赬又淺於赤。然細分則異，概舉則通。《説文》云：「赬，赤色也。」亦以赬、赤爲一矣。

《大車》詩「毳衣」，毛、鄭皆釋爲毳冕之服。大夫出封五命，此毛説。疏云：「出使封畿之外，即加命爲五。」或子男入爲大夫，此鄭説。皆得服毳冕。但毳冕之服，子男以朝聘天子及助祭，非服以聽訟。又《説文》引《詩》「菼」作「緂」，音同菼。云「帛雖色」，「璊」作「㻫」，音同璊。云「以毳爲罽」。居例反，亦作罽。故《埤雅》據此爲説，謂毳衣別是一服，非毳冕。李彭山、馮嗣宗亦謂毳冕之服以絲爲之，毳衣以毛布爲之，名同實異。此似之而實不然也。毛布者，褐也。《左傳》云「褐之父」，《孟子》云「褐夫」，《老子》云「被褐」，皆以爲賤服，大夫安得服之？又據《説文》「㻫」字之訓，則㻫即毛布矣。既謂毳衣爲毛布之衣，而又曰「如毛布」，有此文義乎？則毳衣之爲毳冕服，不可易也。毛謂服毳冕以決訟，當本於師説，或古制爾耳。康成好以《禮》釋《詩》，而不易此傳，必有見也。且大夫爵命之數，言其車服而可知，作詩者應借以指目其人，縱非服以聽訟，於義自通矣。

邱中有麻

《説文》無劉字，有鐂字，徐鍇以爲鐂即劉，當是也。通作留，周大夫采地，因氏焉。子國、子嗟，以父子而世賢，皆著名於東周，不知誰之裔，且受邑在何王之世也。羅泌宋人。以爲堯長子考監明之後，是不然。留乃東周畿内邑，緱氏縣有劉聚者，是堯之後，在夏世已有劉累，其來舊矣，不以周邑氏也。厥後八十餘年，而留邑復爲王季子采地，是爲劉康公，豈子嗟之遭放逐，併失其爵邑乎？

留子賢而放逐，周人思之，指邱中麻麥，以見惠政猶存，因望其來，而復立於朝，故敘云「國人思之」，明是舉國之公心，詩人代述之耳。鄭以「邱中」爲留子隱居之地，「來」爲獨來見己，則是朋友相思之作。其美之或出於私好，未足見留子之賢。毛義較正大矣。

《采葛》懼讒也，《邱中有麻》思賢也，《集傳》因《大車》一篇厠其閒，遂概指爲淫詩，果何據乎？懼讒者不知主名，則亦已矣，獨惜子國、子嗟賢而被放，已爲生不逢辰，幸而遺澤在人，風詩顯其姓氏。不意二千載後，復横被淫狡之名，反不如《采葛》詩人，姓氏湮没之愈也。二留有知，應攢眉於九原矣。

鄭變風

鄭《詩譜》引《國語》史伯之言曰：「鄢、蔽、補、丹、依、疇、歷、華，皆君之土也。」又曰：「右洛左濟，前華後河。」疏引韋昭注云：「華，華國。」今《國語》「疇」作畴，音柔，和田也。兩「華」字及韋注「華國」皆作莘，疇、畴音義俱近，或屬通用。《史記》注引亦作睞。至華、莘音義各別，因字形相似，遂致互異，兩書必有一誤矣。案，《史記·鄭世家》注，虞翻、司馬禎引《國語》皆作「歷華」，與《詩譜》同。《水經注》引「華，君之土也」以證華城，謂《史記》「秦拔魏華陽」即此。又云：「司馬彪注謂華陽亭名，嵇叔夜傳《廣陵散》於此。」虞，三國人；酈元，魏人；司馬，唐人，所見《國語》皆作華，則《詩譜》不誤矣。又案，宋庠《國語補音》，「歷華」無音反，獨標前莘字音所巾反，《玉海》引《詩譜》及《水經注》皆作華，引《國語》「前華後河」作莘。意《國語》兩華字，宋世尚一華一莘，後則俱變爲莘，其誤固有漸乎？要之，前華、前莘猶屬兩可，歷華之是華非莘，斷無可疑也。又案，歷華在八邑内，又云「皆君之土」，則鄭邑也。前華與河、濟、洛並列，則鄭境所距，非鄭地也，兩華定是兩地。韋注所云華國，本指前華之華。《水經注》引歷華而繫以韋注，是誤合兩華爲一，疏矣。又案，《玉海》引《郡縣記》「故莘城在汴州陳留縣東北三十五里，古莘國」，以證《國語》之「前莘後河」，《一統記》開封府鄭州有莘城，云即十邑併虢、鄶爲十邑。中之莘，此皆後人之傅會。

朱子《辯說》謂孔子「鄭聲淫」一語，可斷盡《鄭風》二十一篇，此誤矣。夫子言「鄭聲淫」耳，曷嘗言鄭詩淫乎？聲者，樂音也，非詩詞也。淫者，過也，非專指男女之欲也。古之言淫多矣，於星言淫，於雨言淫，於水言淫，於刑言淫，於游觀田獵言淫，皆言過其常度耳。樂之五音十二律，長短高下皆有節焉。鄭聲靡曼幼眇，無中正和平之致，使聞之者導欲增悲，沈溺而忘返，故曰淫也。朱子以鄭聲爲鄭風，以淫過之淫爲男女淫欲之淫，遂舉《鄭風》二十一篇，盡目爲淫奔者所作，幸免者惟《緇衣》《大叔于田》《清人》《羔裘》《女曰鷄鳴》五篇而已。其餘雖思君子如《風雨》，刺學校廢如《子衿》，亦排衆論，而指爲淫女之詞。夫孔子删《詩》以垂世立訓，何反廣收淫詞豔語，傳示來學乎？陶靖節《閑情賦》，昭明歎爲白璧微瑕，故不入《文選》，豈孔子之見，反出昭明下哉？

朱子於鄭詩，既悉判爲淫詞矣，然以爲未甚也，必斷爲淫者所自言，又以爲未甚也，必斷爲女説男之言。輔廣、劉瑾之徒和之，如出一口，後學沈於其説，以爲春秋時真有此等女子，自道其淫褻之情，毫無羞愧，竟不知作詩者本來面目矣。今取《山有扶蘇》《遵大路》《褰裳》諸篇，以朱子之解解之，其淫陋鄙媟，雖近世市井頑童所唱《掛枝詞》《打棗歌》，不是過焉。吾不知何物女子，具如此顔甲，如此口角，肆爲淫縱之詞，而聖人反有取焉，著之於經，俾後儒誦習也。然則《詩》其誨淫之書哉？

緇　衣

吕《記》、朱《傳》皆以《緇衣》篇爲周人作，非也。周人作之，當入《王風》矣。好賢自屬周人，鄭人述而爲此詩耳。改衣、授粲，盛稱王朝禮遇之隆，寵任之至，以見德足以堪，此與《淇奥》充耳、重較意正相同。❶又案，鄭、衛二武，皆賢諸侯。一相幽，無救於亡，一相平，無補於弱，不知當年相業何在？記載闊略，蔑由稽考，論世者不無憾焉。

---

❶「同」，原作「反」，據康熙抄本、大全本、《四庫全書》本、嘉慶本改。

將仲子

左氏好惡與聖人同，其傳《春秋》，持論平恕。如隱元年鄭伯克段，傳云「譏失教也」，詞簡而義確矣。《將仲子》詩敍亦言「莊公不勝其母，以害其弟，小不忍以致大亂」，意與左氏合。欲定莊公罪者，當以傳、敍之言爲正。《公》《穀》二傳謂《春秋》甚鄭伯，大鄭伯之惡，宋人喜爲苛論，取二傳之説，文致鍛鍊，以爲莊公有意養成弟惡，陷之於死。夫公、穀二子未嘗見國史，段實出奔，誤以爲殺，彼特據傳聞以爲縣斷耳，豈能定當日之情事哉？今觀兩《叔于田》詩，段所長止在飲酒、田獵、馳馬、暴虎，直一獃豎子耳。莊公機險百倍於段，心固未嘗忌之，祇以母所鍾愛，遠嫌避譏，不加抑制。詩所云「畏父母」「畏兄弟」「畏人之多言」是也。致段弗克令終，莊公不得無罪焉。若以爲有意殺弟，恐未必然也。嚴《緝》言《將仲子》首敍必經聖人之筆，故意與左氏合，良不謬矣。《集傳》從鄭樵之説，以此詩爲淫詞，又謂兩《叔于田》無刺莊公意，殆淺之乎言《詩》也。至引或説，言國君貴弟，不得出居閭巷，疑《叔于田》亦男女相説之詞。夫止因一「巷」字而誤讀其全篇，得毋以文害與？❶

❶ 「得毋以文害與」，嘉慶本同，康熙抄本、大全本、《四庫全書》本「毋」作「無」，「害」下有「詞」字。

叔于田

兩《叔于田》，玩其詞，皆美大叔，而敘云「刺莊公」。噫，此《詩》之不可無敘也。段之美，飲酒耳，搏獸耳，射御足力耳，美之乃以譏之也。然段之以此爲能，莊公之過也。《左氏》所謂「譏失教也」，微敘，則詩之意，將以詞害矣。

叔段善飲酒，工服馬，而得仁、武、美、好之名，猶稱宣姜爲邦媛、皇父爲孔聖云爾，是君子微文之刺，非小人虚譽之詞。嚴《緝》謂「京城私黨諛説之，稱爲美仁，猶河朔之人謂安、史爲聖」，過矣。鄭師一出，京人皆叛段，何嘗有私黨哉？

大叔于田

「火烈具舉」，毛、鄭訓烈爲列，謂「列人持火」，蓋宵田用以照也。《爾雅·釋天》「宵田爲獠」是也。《集傳》祖陳氏之説，訓烈爲熾盛，謂以火田也。《釋天》又云「火田爲狩」，《周禮》亦云「蒐田用火弊」是也。二説俱可通。但經云具舉、具揚，則「列人持火」近之。又末章云「火烈具阜」，烈爲熾盛，阜又爲盛，不應詞複如此。

清　人

《清人》詩「重英」「重喬」，解者不一説。英云絲纏，喬云縣羽，孔疏之説也。英以朱羽爲矛飾，矛上句曰喬，以縣英者，朱《傳》之説也。案，重英，毛傳云「矛有英飾」，箋申之云「各有畫飾」，是毛、鄭意直謂施采畫於矛矜巨巾反，又作穫棼。耳，非謂以他物爲飾也。故孔氏絲纏之説，見《閟宫》篇，而此詩不及彼，疏亦不質言之，而但爲疑詞，是絲纏本無的據也。至重喬之爲縣羽，姑通箋意而已，孔不以爲然也。傳云：「重喬，絫荷也。」孔申之云：「喬，高也。《釋詁》文。五兵建於車上，二矛最高，而復有等級，酋矛常有四尺，夷矛三尋。八尺曰尋，倍尋曰常。謂之重高。」傳解重高爲絫荷者，荷，揭也，謂二矛刃有高下，重絫而相荷揭，此解當矣。朱羽之説，始於王氏之譏用鄭箋，而朱《傳》因之。然鄭箋云：「喬，矛矜矛柄。近上及室矛之銎孔。題，識也。所以縣毛羽。」此訓喬也，非訓英也。又孔疏辯之云：「經傳不言矛有毛羽，鄭以時事言之，猶今之鵰毛矟。」然則縣羽乃漢制，未必周制也。《集傳》以朱羽解英，以縣英解喬，是合英、喬爲一事，而以漢制爲周制矣。至「矛上句曰喬」，古無此字訓也。近世馮嗣宗復京云，蓋緣《爾雅》「木上句曰喬」之語，類推而知之。噫！《釋木》之文，可借以釋器乎？　源謂重英、重喬，均當以毛傳爲正，箋云畫飾，疏云重高，俱善述毛意者也。兵車六建之中，二矛最出其上，人舉目即見之，故指以爲言。首章言其采畫之飾，次章言其負揭之形耳。

「駟介陶陶」，毛云：「陶陶，馳驅貌。」董氏釋爲樂而自適，《集傳》從之。夫駟馬被甲久不得歸，何自適之有哉？　果樂而自適，不當潰散矣。又陶字如毛訓當徒報反，如董釋當音遥，皆不與本音同。《集傳》無音而有協，不知欲從何讀。

羔裘

陳古刺今，《詩》之常也。《辯説》之譏《羔裘》敘，過矣！且云：「敘以變風不宜有美，故言刺。」夫《淇奥》《緇衣》《車鄰》《駟驖》諸篇，皆變風，敘何嘗不言美乎？至釋爲美其大夫，而欲以子皮、子産當之，不知詩止於陳靈，鄭二子之去詩世，已五六十年矣。襄二十九年魯人爲季札歌《鄭》，《羔裘》詩久編入周樂，是年子皮始當國，子産之爲政又在其後，魯何由先有其詩也？昭十六年鄭六卿餞韓宣子，子産賦鄭之《羔裘》，不應取人譽己之詩歌以誇客也。朱子説《詩》，無乃未論其世乎？近世僞爲《申公詩説》者，以此詩爲子皮既卒，子産思之而追賦，傅會至此，知有《集傳》而已矣。

《鄭·羔裘》三章，每章次句毛、鄭皆指大夫，不言裘，故以三英爲三德。程子改訓爲英飾，與上二章不類矣。《集傳》概以裘釋之，於首章云：「直，順也。侯，美也。毛順而美。」既言如濡，又言順美，不已複乎？於次章云「豹甚武而有力」，則又舍裘而美豹矣。亦自覺其迂也，繼之曰「服其所飾之裘者如之」，是仍指其人耳。何必多此詰詘乎？嚴《緝》從古注，得之。

遵大路

《鄭》之《遵大路》，猶《衛》之《考槃》也。二武皆有賢名，二莊不能繼其業，哲人知幾引身而去，不有君子，其能國乎？厥後州吁簒，公子五爭，二國之亂，若出一轍矣。秦康公棄其賢臣，穆公之業墜焉。觀《晨風》《權輿》二詩，知秦之不復東征也。

「無我魗兮」，魗字毛訓棄，音讎。鄭訓惡，音醜。《説文》作𢿱，云：「棄也。從攴𠷎聲。市流切。」音義皆同毛。《集傳》「市由反」，又云「與醜同」，殊少畫一。

女曰鷄鳴

《女曰鷄鳴》，刺不説德也。首二章士弋鳧雁，女則宜之，以爲燕賓之用，皆陳古説德事也，歐陽氏以勤生解之。夫勤生者，小民之細行耳，以此爲賢，將白圭、猗頓輩，皆可升堂入室耶？況夫婦相燕樂而不及賓客，則與説德何關。夙寤晨興，止自謀口腹之需，斯乃飲食之人，與留色者相去無幾，併不得謂之勤生，惡得謂之賢？始信古注之義長也。惟二、三章五「子」字，箋、疏皆指賓客，與首章差殊爲未當。今案，子字應是女目士之言。「與子宜之」，女爲士宜之也。「與子偕老」，承飲酒言，則所燕之賓與士相親愛，老而不衰也。若末章，則《集傳》當矣。

「襍佩以贈之」，傳云：「珩、璜、琚、瑀、衝牙之類。」「佩玉瓊琚」，傳云：「佩有琚瑀，所以納閒。」孔疏引《説文》《列女傳》《玉藻》注、《玉府》注，合諸説以推詳佩制，大約珩上横，兩璜下垂，衝牙在兩璜中央衝突前後，琚瑀則納於衆玉與珩之閒。《玉藻》疏所言亦略相同，而不及琚瑀，皆未若賈公彦《玉府》疏言之詳也。《玉府》注云：「《詩》傳曰：『佩玉有葱衡，衡即珩也。《大戴禮·保傅》篇作雙衡，《漢書》顔師古注、魚豢《魏略》及《三禮圖》

《韻會》皆從之。下有雙璜、衡牙、衡牙即衝牙。蠙玭同。玭，步因切。珠以納其閒。』」疏云：「《詩》傳謂《韓詩》。『衡，横也』，謂葱玉爲横梁，下以組縣於衡之兩頭，兩組之末皆有半璧曰璜，半璧曰璜，乃《逸禮》記文，見《周禮·大宗伯》注。故曰雙璜。又以一組縣於衡之中央，於末著衡牙，使前後觸璜，故曰衡牙。案，《毛詩》傳別有琚瑀，其琚瑀所置，當於縣衡牙組之中央，又以二組穿琚瑀之内角，衺係衡之兩頭，組末繫於璜。蠙，蚌也，珠出於蚌，故曰蠙珠。納其閒者，組繩有五，皆穿珠於其閒，故曰以納其閒。」賈疏之言佩制，較明於孔矣。朱子《集傳》、錢氏《詩詁》皆祖其説，而朱《傳》之言琚瑀稍異。朱謂：「珩上横，下垂三組，貫以蠙珠。旁兩組下係璜，而琚在中閒；中一組下繫衝牙，而瑀在中閒。又以珠貫上繫珩兩耑，下繫於兩璜，中則交貫於瑀。」錢謂：「雙璜上繫於珩，又有組以左右交牽之，兩組相交之處，以物居其閒，交納而拘捍之，故謂之琚。賈誼《新書》云：「佩玉捍珠以納其閒。」錢語本此。或以大珠，或雜用瑀石。」蓋朱以琚瑀皆爲佩名，琚在旁組之中，瑀在中組之中。錢以琚爲佩名，瑀乃石之可爲琚者，非佩名也。又惟中組之中有琚瑀，旁組之中不別繫玉。二説各異，黄氏《韻會》兩存之，不言其孰是。源案，中組有琚瑀，專爲拘捍兩衺組之用，不應旁組亦置之，故賈疏元言琚瑀所置在衡牙組中央，不言兩璜之組中有繫玉。又毛傳云：「琚，佩玉名。」孔疏引《説文》云：「琚，佩玉名。今本《説文》云：「瓊，琚。《詩》曰：『報之以瓊琚。』」與疏所引不同。瑀，石次玉也。」《玉篇》《廣韻》瑀注皆與《説文》同。然則瑀是美石名，非佩玉名，不得與琚各爲佩中之一物，《詩詁》之説良是。

又案，《大戴禮·保傅》篇云：「玭珠以納其閒，琚瑀以襍之。」盧辯注云：「總曰玭珠，而赤者曰琚，白者曰瑀。或曰：瑀，美玉；琚，石次玉。」《三禮圖》宋聶崇義。云：「蒼珠爲瑀。」朱《傳》云：「玉長博而方曰琚，大珠曰瑀。」説琚、瑀各不同。案，毛、許近古，當以《詩》傳及《説文》爲正。

佩，《説文》云：「大帶佩也。从人，从凡，从巾。佩必有巾，巾謂之飾。」徐云：「會意也。俗別作珮字，遂以从人者爲服用之稱，从玉者名其器，非是。」然珮字已見《玉篇》，云：「本作佩，或从玉。」則誤之來久矣。

有女同車　山有扶蘇　蘀兮　狡童　褰裳　揚之水

鄭詩二十一篇，其六篇皆爲忽而作。計忽兩爲君，其始以桓十一年五月立，是年九月奔衛。其繼以桓十五年六月歸，至十七年冬遇弑。前後在位不及三載，事至微矣，而國人閔之刺之惓惓無已者，豈非以其世子當立，而不克令終，故獨加憐惜與？案忽六詩，孔氏以《有女同車》《褰裳》二篇爲作於前立時，以《山有扶蘇》《蘀兮》《狡童》《揚之水》四篇爲作於後立時。今合之鄭事，殆不謬也。忽之立而即出奔也，因宋人之執祭仲也，釁起於外也。使結齊昏，有大援，或當時有賢方伯起而正之，則鄭突不能恃宋以竊國矣。故《有女》之刺辭昏，《褰裳》之思見正，皆汲汲於外援也。忽之歸而復見弑也，因惡高渠彌而不能去也，禍生於內也。使忽能用賢去姦，斷制威福，權臣不得擅命，與忠臣良士共圖國政，則臣下之逆節無自萌矣。故《山有扶蘇》諸篇刺其遠君子、近小人，主弱臣專，孤立無輔之事，所憂在內也。然則前立二詩，其作於忽之既奔，後立四詩，其作於忽之未弑乎？既奔，故多惋惜之情。未弑，故多憂危之語。詩人忠愛之思，千載如見矣。

有女同車

舜，凡卉也，而屢見於經。《詩》「顏如舜華」，喻其色也。《月令》「仲夏木堇榮」，紀其時也。《爾雅》别二名曰椵，音段。曰櫬，音襯。其華有赤、白、單葉、千葉之殊。或云白曰椵，赤曰櫬也。種之異者名扶桑，言華有光豔照日，如東海扶桑樹也。又名佛桑，音轉也。亦有赤、白、黄三種，赤者尤貴，名朱槿。嵇含《艸木狀》云：「朱槿，一名赤槿，其華深紅色，大如蜀葵。」

山有扶蘇

扶蘇、橋松，皆木也，宜於山。荷華、游龍，皆艸也，宜於隰。反喻昭公用人，賢不肖易位，高下失宜，山、隰之不如也。傳義本平正明簡，康成不用其説，分首章之興爲用臣之失所，次章之興爲養臣之失所，鑿矣。後儒争出新説以勝之，總不如傳義之當也。原鄭易傳之意，止爲扶蘇小木，不應喻君子，荷華佳植，不應喻小人耳。殊不知詩人託興，正不如此拘也。王鴡，鷙鳥，而興后妃；狼，貪獸，而興周公；雉，耿介之鳥，而興衛君及夫人；兔絲，良藥，麥，嘉穀，而興淫亂之事。儗人於倫，未可以律古詩。

子都、子充指君子，狂且、狡童指小人，鄭説是也。毛以狂狡目昭公，失之矣。詩以用舍失當對言，正敘所謂「所美非美」也，何得並列昭公哉？但首章子都、狂且，鄭以美好妍媸爲君子小人之喻，次章子充訓忠良，狡童訓有貌無實，則正言之。兩章一喻一正，文義差殊，亦未盡善。今案，前篇「洵美且都」，都與美别，訓爲閑習於禮，傳云：「都，閑也。」箋云：「閑習婦禮。」此篇都字，義亦當同。然則子都乃閑習禮法之君子，狂且乃愚妄無知之小人，亦是正言而非喻語，與次章一例也。又充爲充實，是真誠之義。狡爲狡獪，是變詐之義。二者正相反，君子小人之別也。然鄭以狡爲狡好，故訓爲有貌無實，與子充誠僞相對，義亦可通矣。孫毓申箋云：「此狡，狡好之狡。」下《狡童》篇疏亦訓狡爲狡好。《齊·還》篇箋云：「昌，佼好貌。」《釋文》云：「佼，本又作姣。」《陳·月出》篇「佼人」，《釋文》亦云。蓋佼、狡、姣三字，古通爲美好義，亦作妖。《白華》箋「妖大之人」，《釋文》云：「妖，本又作姣。」

「山有橋松」，鄭讀爲槁松，釋爲枯槁之義，明是破字，然不云「當作槁」，豈鄭所見本元作槁與？

游龍，傳云紅艸也，陸元恪以爲即馬蓼。據陶隱居《別録》，則紅與馬蓼兩艸也，云：「馬蓼生下濕地，莖斑葉大，有黑點，方士呼爲墨記艸。亦有兩三種。其最大者名蘢薣，即水葒也。」又云：「葒生水旁，如馬蓼，而甚長大。五月采實，《詩》稱游龍。」郭璞云：「即蘢古也。」蘇頌《圖經》以陶爲是。案，水葒華淺紅成穗，子如酸棗仁而小，炊炒初爪切，熬也。可食，亦蓼屬也。《蜀本草》言蓼有七種，水葒又在七種之外乎？

蘀兮

「叔兮伯兮，倡予和女」，傳以爲君責臣之詞，言倡者當是予，和者當是女也。箋以爲群臣相謂之詞，言女倡矣，則我將和之也。如箋意，則「倡」字當略斷，「予和女」三字連讀，然傳義勝矣。鄭之君臣不相倡和，應舉倡和之常理以正之也。康成之意，徒以叔伯乃兄弟之稱，當是群臣自相謂耳。案，《左傳》魯隱公謂公子彄爲叔父，見五年。鄭厲公謂原繁爲伯父，莊十四年。晉景公謂荀林父爲伯氏，宣十五年。安在叔伯之稱，君不可施於臣乎？

狡童

晦翁意主排敘，故曲護鄭忽。見《辯説》。不知詩之刺忽，非惡而刺之，乃憫而刺之也。憂之至不能餐，不能息，忠愛惓惓甚矣，何嘗疾之如寇讎乎？《辯説》云。至狡童之稱，箕子曾以目紂，亦不自《鄭風》始。「維子之故，使我不能餐」，朱《傳》釋之曰：「子雖見絶，未至於使我不能餐。」以「雖」代「維」，又横增入「未至」字，與詩意正相反。

朱子爲《鄭風》傳，滿紙皆淫媟之談耳。《狡童》《褰裳》二篇摹畫蕩婦口角，尤鄙穢無度，此正士所不忍出諸口，不知大儒何以形諸筆也。每展卷至此，輒欲掩目。

褰裳

鄭主芣騩宋庠《國語補音》曰：「芣騩音浮隗，山名，在密縣。騩又音愧。」而食溱、洧，溱、洧，鄭之名川也。三月上巳，士女祓除於此，又勝地也。毛傳止云水名，箋、疏亦未詳其源委。今案，溱，《説文》作潧，云：「潧水出鄭國。《詩》曰『潧與洧』。」其溱水出桂陽，非鄭水。又云：「洧水出潁川陽城山東，北入潁。」《漢·地理記》洧水亦同。《水經》云：「潧水出鄭縣西北平地。」注云：「潧水出鄶城北西鷄絡塢下，東南流逕賈復城西，又左合潧水。又南，左會承雲山水。又東南，歷下田川，逕鄶城西，謂之柳泉水。史伯所云食溱、洧即此。又南，縣流奔壑，崩注丈餘，其下積水成潭，廣四十許步，淵深難測。又南注於洧。《詩》『溱與洧』是也。世謂之鄶水。」《水經》又云：「洧水出河南密縣西南馬嶺山，又東過其縣南，又東過鄭縣南，又東南過長社北，又東過新汲縣東北，又東北過茅城邑東北，又東過習陽城西，折入於潁。」《水經》言洧水發源與《説文》《漢記》異。酈注謂陽城山乃馬嶺之統名，殆其然與？斯二水者，洧大而溱小。洧又逕鄭城中，由西北入而出其城南。《左傳》襄元年晉伐鄭，入其郛，敗其徒兵於洧上。昭十九年鄭大水，龍鬭於時門之外洧淵，皆鄭縣南之洧也。其成十七年晉以諸侯伐鄭，自戲童至於曲洧，則新汲縣之洧也。杜注云：「今新汲縣治曲洧城，臨洧水。」至溱、洧合流，桑《經》以爲在鄭縣，酈注非之，以爲在密縣南，辯證良不謬。然《溱洧》之篇言士女祓除，不應遠離都會。而並舉二水者，意以洧水中已兼有溱水，故併目之與？至下文專言洧外，則鄭城洧水獨流，信矣。《一統記》云「溱水至新鄭縣與洧水合」，此與桑《經》同。

朱子《辯説》，於《丰》《揚之水》《出其東門》三篇，皆云敘誤，而不言其誤之故。於《褰裳》，則以爲敘之失，本於子太叔、韓宣子語，而不著其何以失。於《野有蔓艸》，則引東萊語以當之，❶然東萊之譏後敘，不譏首敘也。蓋此數篇者，心欲非之，而不得其詞矣。至辯《風雨》以爲詩詞輕佻狎暱，辯《子衿》以爲詞意儇薄，夫《詩》之音節似此二篇者多矣，可盡目爲淫奔乎？至《揚之水》欲指爲淫詞，而詩之文義難通也，則訓兄弟

❶「引」，原作「有」，據康熙抄本、大全本、《四庫全書》本、嘉慶本改。

爲昏姻，此尤可笑。豈作詩者乃不昏不嫁，專事野合者哉？至辯《溱洧》以爲鄭俗淫亂，是風聲氣習流傳已久，不爲兵革不息，男女相棄而後然，此特據《漢・地理記》「鄭地山居谷汲，男女亟聚會」語耳。夫敘不可信，班固之書何以必可信乎？敘以淫風大行歸於亂離之故，使爲民上者知教養不可一日缺，斯誠有裨治道之言，縱令其事未確，猶當信之，況師傳有自乎？嚴華谷云：「鄭、衛多淫詩，衛由上之化，鄭由時之亂也。」《漢書》以爲風土之習使然，則教化爲虛言，而二《南》之義誣矣。噫！此篤論也。

丰

傳云：「丰，豐滿也。」篆作丯，《説文》：「艸盛丰丰也，從生上下達。」豐滿正盛之意耳。逢、蚌等字皆从此。其契、耕等字自从丯，丯讀如介，與丰異。

東門之墠

墠平易踐，阪峻難登，行上之栗易攀，室中之藏難覬，以興昏姻之際得禮則易，不得禮則難，毛義本通也。鄭以爲女欲奔男之詞，遂爲朱《傳》之濫觴矣。

風雨

傳以瀟瀟爲暴疾，則甚於淒淒矣。云膠膠猶喈喈，則無所加焉。世之亂也日甚一日，君子行己之道，祇得其常而已。以世亂而稍貶，非君子也；以世亂而加峻，是有心於矯俗，亦非君子也。故敘云「不改其度焉」。魏盧欽稱徐邈曰：「往者毛孝先、崔季珪等用事，貴清素之士，於時皆變易車服以求名，而徐公不改其常，故人以爲通。比來天下奢靡，轉相倣效，而徐公雅尚自若，不與俗同，故前日之通乃今日之介也。是世人無常，而徐公有常也。」噫！茲爲不改其度與？

子衿

「青青子衿」，毛傳云：「青衿，青領也。」衿字石經作裣，《釋文》云：「衿，本又作襟。」嚴《緝》謂衿、襟二字音義俱同，非也。案，《爾雅・釋器》「衣皆謂之襟」，注云「交領也」。又云「衿謂之袸」，音踐。注云「小帶也」。《説文》止有裣字，注云「交衽也」。然則衿、襟、裣三字各一義。《詩》當以襟字爲正，衿、裣特通用耳。《顔氏家訓》云：「古者衺領下連於衿，故謂之衿。」不知《詩》字多通用，不必彊爲之説也。《説文》又有衿字，云「衣系也」，籀文作裣，則衿字亦可作紟、裣。

「嗣音」當以毛義爲正，云：「嗣，習也。」古者教以《詩》、樂，誦之，歌之，弦之，舞之，孔氏引《王制》「四術」「四教」，《文王世子》「春誦夏弦」證之，當矣。此詩本刺學校廢，當責其學業之不習。若以音問爲言，則朋友相思之常語，非序意也。

揚之水

《狡童》《揚之水》，其一人一時之作乎？忽有兄弟而不可據，同心者僅二人耳。而讒閒又入之，此所以終於孤危也。「維予與女」「無信人言」，慮之深、言之苦矣。「不與我言」，「不與我食」，則迋女者已售其欺，雖有忠臣良士，奈忽何？

出其東門

荼，傳云「英荼」，箋云「茅秀」，語異而物同。其取義又異，傳取其白，箋取其輕也。朱子以茅華輕白可愛，喻女色之美，説又異於毛、鄭，而實本《漢書》注。《漢》郊祀歌云「顔如荼」，注：「應劭云：『荼，野菅白華也。言奇麗白如荼也。』師古云：『言美女顔貌，如茅荼之柔也。』」《集傳》本此。然古人託喻，義各有歸，正不必援彼釋此。其毛、鄭二説，則孔氏右鄭得之。

「匪我思存」，毛以存爲存救，則思應如字讀。鄭箋以爲思之所存，則思應讀爲去聲。毛義在存，鄭義在思也。下章「匪我思且」，《釋文》云：「且，音徂。」《爾雅》云：「存也。舊子徐反。」合之上章，則音徂者毛義，子徐切者鄭義也。陸不分毛、鄭，而別後反爲舊，未知舊指誰家。

野有蔓艸

敘云「思遇時」，殆謂處亂而思治云爾。「零露漙兮」，望澤之喻也。「有美一人」，目君之稱也。玩傳文亦無男女慕説之意，東萊疑後敘是講師所益，其信然乎？《左傳》鄭子太叔之於趙孟、襄二十七年。子齹昨何切。之於韓宣子，昭十一年。皆賦此詩，未必盡斷章矣。

溱洧

《溱洧》士女秉蕑，《集傳》以爲上巳祓除，祖《韓詩》注也。毛傳無明文，然所云：「涣涣，春水盛也。」今本無春水二字。則亦以爲春時矣。鄭云：「仲春冰釋，水涣涣然。」又云：「男女感春氣並出，託采芬香之艸而爲淫泆之行。」言仲春則非上巳，言託采香艸則非祓除矣。竊謂鄭俗雖淫，不應無故士女駢集，《韓詩》之説爲長。

古香艸名，後人借以名他艸，相沿既久，遂執今卉以實古名，此不可不辨也。古人最重蘭，《左傳》言其有國香，孔子以爲是王者之香，《離騷》咏之尤多，而兩見於《詩·國風》，如《鄭·溱洧》《陳·澤陂》之蕑，毛公皆以爲蘭是也。《神農本艸》列於上品，謂之水香。陶氏《别録》名蘭澤艸，出都梁山，又名都梁香。須女子種之，又名女蘭。女子小兒喜佩之，又名孩兒菊。《本艸綱目》以爲即今省頭艸，云：「唐《寶經驗方》言夏月置髮中，令髮不膱，之力切，黏也。故名。」其説良是。然今之省頭艸氣不甚佳，人亦莫珍，而古人顧重之如彼，此物性有變更耳。宋寇宗奭《衍義》、元朱震亨《補遺》皆以今之蘭華其葉如麥門冬者，當古之蘭艸，失之矣。《呂氏讀詩紀》曰「蕳即今之蘭」，誤亦同。

蘭艸與澤蘭同類而小別，俱生水旁，紫莖素枝，赤節緑葉，其莖圜、節長、葉無芒者爲蘭艸，莖微方、節短、葉有芒者爲澤蘭。《炮炙論》劉宋雷斅著。云：「大澤蘭即蘭艸也，小澤蘭即澤蘭也。嫩時可佩，八九月有華，赤白色，成穗。」又有生山中者名山蘭，與二蘭而三焉。其曰蕙者，今之苓蘦或誤作零陵。香是也。後人以葉長似茅，華黄緑色，或一莖一華，或一莖數華者，彊名爲蘭蕙，蓋誤始於黄山谷。然朱晦菴《離騷辨證》、陳正敏《遯齋閑覽》、熊太古《冀越集記》、陳止齋《盜蘭説》、方虛谷《訂蘭説》皆已辨之矣。

傳云：「勺藥，香艸。」疏引陸璣云：「今藥艸勺藥無香氣，非是也，未審今何艸。」東萊謂香不必在柯葉，故以藥艸之勺藥當之。朱《傳》、嚴《緝》皆從其説。然古人以香艸爲佩，亦以贈詒，往往取其柯葉之香，華不與焉。蓋佩欲其久，柯葉之香雖萎不歇，華則否矣。況上巳祓除時，安得有勺藥華乎？《集傳》以爲三月開華，殆據閩中風土，非所以解鄭詩也。又王砅音厲。《素問》注引《月令》「靁始發聲，下有勺藥榮」，是仲春第五候，恐亦非今之勺藥，豈與鄭勺藥一艸乎？

宋董氏因《韓詩》離艸語，遂疑勺藥是江離，雖屬臆見，然江離香艸見《離騷》，亦蘭之類也。《别録》云：「蘼《爾雅》《説文》並作蘪。蕪，一名江離，芎藭苗也。」陶隱居云：「葉似蛇牀而香，騷人取以爲譬。」則士女相贈，容或以之。案，《本艸》注言未結根者爲蘼蕪，既結根者爲穹藭，大葉似芹者爲江離，細葉似蛇牀者爲蘼蕪，是三艸同類而稍别也。又案，勺藥之名兩見《山海經》，《北山經》云「繡山，艸多勺藥、芎藭」，《中山經》云「洞庭之山，艸多荾、蘼蕪、勺藥、芎藭」。夫蘼蕪、芎藭，本與江離同類，而經與勺藥並稱。董以勺藥爲江離，或非誤。

毛詩稽古編卷六

吴江陳處士啓源著

齊變風

《齊詩譜》言：「懿王烹哀公，變風始作。」孔疏申之謂：「《公羊傳》及《世家》但言周烹哀公，不言何王，惟徐廣以爲夷王。然哀公烹後立弟胡公，胡公於夷王時被弑，其立必非夷王時。夷王之前有孝王，孝王無失德，受譖烹人定是暗主。《本紀》稱『懿王之立，王室遂衰』，明是懿王受譖矣。且言懿王時詩人作刺，或指《鷄鳴》而言。胡公歷懿、孝而夷，一君當三王，《謚法》『保民耆艾曰胡』，知胡公歷年久矣，益明烹哀公非夷王也。」孔此言當矣。案，《汲冢紀年》：「夷王三年，王致諸侯，烹齊哀公於鼎。」徐廣應本此爲説。然《紀年》之書，非先儒所取信也。又案，《書·顧命》「齊侯吕伋逆子釗」，《左傳》楚子言吕伋事康王，昭十二年。則齊丁公伋與周康王同時也。康王後歷昭、穆、共，至懿凡五王，丁公後歷乙公、癸公及哀僅四君，較其世次，以哀值懿猶爲疏也，不應更後矣。又《史記·三代年表》亦以哀公當共王世，胡公當懿王世，此皆證據之顯然者，不僅如孔氏所云也，鄭《譜》應不誤。又案，《禮記》疏亦出孔手，而《檀弓》「比及五世」疏言夷王烹哀公，與《詩》疏異，意彼有舊文因而未改耶？

鷄　鳴

《鷄鳴》次章，《集傳》曰「此再告」，末章曰「此三告」，可謂不參活句矣。一告不起待再告，再告又不起待三告，夫人誠賢也，君之怠惰，不已甚乎？夫詩人陳古刺今，設爲此警戒之詞耳。首章舉君夫人可以起之時，傳云：「鷄鳴而夫人作，朝盈而君作。」次章舉君夫人可以朝之時，傳云：「東方明則夫人纚笄而朝，朝已昌盛，則君聽朝。」《玉藻》云：「君日出而視朝。」以爲立言之次第，非真有兩度語也。末章又自言警戒之故，與上二章亦一時語，非兩度促之不起，至蟲飛時又促之也。

古人飛走之物皆可名蟲，《大戴禮·易本命》篇稱羽蟲、毛蟲、介蟲、鱗蟲、倮蟲是也。蟲亦可名鳥，《夏小正》丹鳥、白鳥指螢與蚊蚋是也。《鷄鳴》之蟲飛、《桑柔》之飛蟲，孔疏皆以爲羽蟲，理或然矣。羽蟲晨飛，其鳧雁之屬乎？群臣早朝者，或且翱翔而弋之。君與夫人，豈能貪同夢也？合《鄭》《齊》兩《鷄鳴》觀之，可定古人夙興之節。

還

《還》篇之肩，《七月》之豜，二字形異而音義同。然《齊》傳云：「獸三歲曰肩。」《豳》傳云：「豕三歲曰豜。」則似微有別矣。《夏官》注先鄭引《豳》詩亦作「獻肩于公」，而云「四歲曰肩」，與《詩》傳戾，故後鄭不從。其云「一歲曰豵，三歲曰特」，則合於《騶虞》《伐檀》《七月》毛義焉。

宁　東方之日　東方未明

《宁》敘云「刺時」，《東方之日》敘云「刺衰」，《東方未明》敘云「刺無節」，皆不斥言所刺之君。孫毓以爲自哀至襄，其閒八世，未審刺何公。孔疏以此三詩在《還》詩後，定是刺哀公。且言子夏作敘時，當知齊君號謚，何得闕其所刺？此特舉上以明下耳。源謂孫説良是也。孔子删《詩》，去作詩時世，近者百餘年，《詩》止於陳靈公，靈公之弒在宣十年壬戌，至哀十一年丁巳孔子反魯删《詩》，凡百十五年。子夏作《詩》敘，又在其後。遠乃六七百年，如《商頌》則千年矣。典文放失必多，美刺所指，固無容悉知。敘者存其信，闕其疑，故時君號謚或著或略，不獨《齊》三詩然矣。如以爲舉上明下，則《魏風》七篇、《檜風》七篇，敘皆不斥言何君，何嘗有上篇可明乎？《補傳》言《詩》敘亦考其人於史，魏、檜亡已久，并其史而亡之，故聖人不能知其詩爲何世，而太史公亦不能爲世家，信夫。

宁

充耳，瑱也，君以玉，臣以石爲之，詩瓊華、瓊瑩、瓊英是也。縣瑱以紞，都感切。織雜綵綫爲之，君五色，臣三色，即今絛繩，詩素、青、黃是也。此鄭義也。毛以素爲象瑱，青黃爲玉瑱，瓊華等爲佩。外又有纊者，所以縛瑱而屬於紞，以黃綿爲之。《漢書》「黈天口切。纊充耳」，黈，黃緜也，《宁》詩弗及焉。《集傳》曰：「充耳以纊縣瑱，所謂紞也。」是誤以紞爲充耳，又誤以纊爲紞矣。

東方之日

日月，君臣之象也。東方，明盛之時也。援古刺今之詞耳。此傳義。鄭以東方爲明而未融，取義甚迂。

東方未明

未明、未晞，皆言早也，末章云「不夙則莫」，則有時失之晚矣。詩互文以相備也，故敘云「刺無節」。蓋太早、太晚兼有之，不然與《鷄鳴》之警、《庭燎》之問何殊，而以爲刺哉？

「不能辰夜」，傳云：「辰，時也。」疏云：「不能時節此夜之漏刻也。」柳木柔脆不可爲藩，狂夫無守不能察漏。敘謂挈壺氏不能掌其職，正指此。」朱《傳》改經文辰字爲晨，云晨夜之辨甚明而不能知。誤耶？抑有意耶？

挈壺之法，孔疏據《周禮》注謂：「每氣分爲二箭，周歲二十四氣爲四十八箭，率七日彊半而易一箭焉。」此漢法也。其定刻，孔氏謂：「浮箭壺内，以出刻爲度。」賈氏謂：「漏水壺内，以没刻爲度。」《周禮》疏云：「箭各百刻，水淹一刻則爲一刻也。」陳氏謂：「浮没不同，大概則一。」信然矣。案，唐制銅烏，引水而下注，浮箭而上登，則孔氏浮箭之説，亦據唐制而言。

南　山

「冠緌雙止」，《説文》云：「緌，系冠纓也。」《内則》注云：「緌，纓之飾也。」疏云：「結纓頷下以固冠，結之餘者，散而下垂，謂之緌。」《集傳》訓爲冠上飾，襲《禮》注而未明。

盧　令

「其人美且鬈」，毛云「鬈，好貌」，鄭破字爲權，云「勇壯也」。疏申鄭意，謂：「好與美是一，故易之。」不知美是美德，首章傳甚明，好指儀容，與美異義，何嘗一乎？此詩敘云「陳古以風」，故三章皆以美德爲主，而仁則又有其政也，鬈則又有其容也，偲則又有其才也。容貌與才技雖非美仁之比，然詩人頌君往往及之。《終南》之「顔如渥丹」、《駟驖》之「舍拔則獲」皆是矣。《集傳》訓鬈爲鬚髮好，訓偲爲多鬚，而引《左傳》「于思」宣二年。語爲證，則兩章意複矣。況鬈義本《説文》耳，《説文》云「鬈，好貌」，不云鬚也。《左傳》杜注云：「于思，多鬢貌。」《釋文》、正義載賈逵注云「白頭貌」，皆不云鬚也。且合「于思」二字爲義，非偏釋一思字也。又案，《説文》云：「偲，彊力也。」引此詩，與毛傳稍異，而義亦通。

敝　笱

《敝笱》篇敘以爲惡魯桓微弱，是也。朱《傳》以爲刺莊公，失之矣。案，女子之歸有三：于歸也，歸寧也，大歸也。舍是無言歸者。文姜如齊，始於桓末年耳，時僖公已卒，不得言歸寧。又非見出，不得云大歸。則詩言「齊子歸止」，定指于歸無疑。然于歸時，文姜淫行未著也，末年如齊，桓即斃於彭生之手，詩何得責其防閑而以爲刺哉？蓋嘗考之矣。魯桓弒君自立，惟恐諸侯見討，急結婚於齊，以固其位，故不由媒介，自會齊侯于嬴，以成婚文姜。又僖公愛女，於其嫁也，親送於讙，則嫁時扈從之盛，與文姜之驕逸難制可知。桓既恃齊以自安，勢不得不畏內，養成驕婦之惡，已非一朝，特於晚年發之耳。然則笱之敝也，不敝於彭生乘公之日，而敝於子翬逆女之年矣。詩人探見禍本，故不於如齊刺之，而於歸魯刺之，旨深哉！《集傳》以歸爲歸齊，既失考證，義味亦短。

嚴《緝》謂：「鰥與魴、鱮又名鱅魚，又名鰱魚。同稱，非甚大之魚。衛人所釣，偶得其盈車者耳。」事見《孔叢子》，正義引之。斯語良然。然案《本艸》，鰥魚體似鯇而腹平，頭似鯇華板切。而口大，頰似鮎音黏。而色黃，鱗似鱒慈損切。而稍細，大者三四十斤；又性果敢，善吞啗，故又名鱤音感。魚，又名鮨音啗。魚。鱤者，敢也。鮨者，啗也。則定非敝笱所制矣。

載驅

「齊子豈弟」，鄭箋「豈弟」作「闓圛」，音開亦。訓爲開明，本《洪範》稽疑之文，卜兆有五曰圛，古文作悌。賈逵以今文較之，定爲圛。合《爾雅·釋言》之義，云：「愷悌，發也。」郭注引此詩。不妄也。況此詩四章，發夕、開明文義相協，翱翔、游敖字義相協，篇法當爾矣。又「發夕」，毛云「自夕發至旦」，謂乘夜而行也，解甚明易。朱《傳》訓夕爲宿，恐未安。

猗　嗟

《猗嗟》詩言揚者三，首章「抑若揚兮」，此一揚，顙之别名也。毛訓廣揚，猶《易》云「廣顙」爾。「抑若」者，美之之詞也，毛云「抑，美色」是也。首章「美目揚兮」，言目揚俱美。毛云「好目揚眉」，著揚之爲眉也。末章「清揚婉兮」，清指目，揚指眉。毛云「婉，好眉目」，總上清揚言也。此二揚，皆眉也。案，《鄘風》疏云：「目爲清，眉爲揚。因謂目之上下皆曰清，眉之上下皆曰揚。」此詩三揚一爲顙，二爲眉。顙即眉上，故得揚稱，三揚實一義矣。《集傳》首揚字連抑爲義，次揚字訓爲目之動，惟末章揚字指爲眉之美，一字而彊分三義焉。

《爾雅·釋訓》云：「猗嗟名兮，目上爲名。」毛公釋《詩》亦同。蓋古訓相傳如此。案，名字亦作顯，《玉篇》云：「顯，莫丁切。眉目閒也。《詩》『猗嗟顯兮』。」然則今《詩》「名」字，乃是「顯」字之通用，與名字本訓不相涉矣。朱子恐其驚俗，改爲威儀、技藝之可名。

魏變風

十五國之魏，鄭《譜》以爲與周同姓者，因《左傳》襄二十九年。晉叔齊語云虞、虢、焦、滑、霍、楊、韓、魏皆姬姓。故知之。其爲何人之後，則莫得而詳也。《大全》載劉瑾語曰：「先儒以魏所封，爲文王子畢公高之後。」此真謽説矣。富辰歷數文、昭十六國，僖二十四年《左傳》文。有畢無魏也。《史記·魏世家》言：「武王封畢公高於畢，後絶封，爲庶人。或在中國，或在夷狄。」不言封魏也。畢在長安縣西北，見《左傳》杜注。魏在河東，截然兩國也。成、康時畢公以三公爲東方伯，又受保釐之命，《書·顧命》《康王之誥》《畢命》諸篇紀其事，皆稱畢公，則不改封於魏可知也。其苗裔畢萬，仕晉獻公以爲車右，與伐魏而滅之，因食采焉。後分晉，遂爲七國之魏，事又具《左傳》及《史記》也。此二書與《尚書》皆非僻書也，瑾曾未寓目乎？乃妄以七國之魏爲十五國之魏，不畏後人撫掌乎？又謂先儒言之，不知是何等先儒，而不學至此。修《大全》者，又録其語於書，可謂無識矣。近世俗下書有《魯詩世學》者，言畢公始封爲畢伯，成王進爲魏侯。又言晉滅魏，畢萬降晉，爲大夫，復封於魏。此特村學究因瑾語而傅會其謬妄，本不足辯，聊紀於此，以見《大全》之詒誤後學不淺也。

周詹桓伯曰：「我自夏以后稷，魏、駘、芮、岐、畢，吾西土也。」《左傳》昭九年。則夏世已有魏國，其來舊矣。鄭《譜》云「周以封同姓」，豈滅彼而封此，如成王之於唐叔與？

疏謂《魏風》七篇，前五篇刺儉，後二篇刺貪，其事相反，故鄭於左方中分爲二君。此未必然也。恪嗇之人，往往好利無厭，安在儉不中禮者，必不貪乎？況《陟岵》敘云：「國數侵削，役于大國。」《十畝之閒》敘云：「國削，小民無所容。」此二篇未嘗刺儉也。魏之世次無考，其爲一君詩與數君詩，正未可縣定耳。

葛　屨

「摻摻女手」，毛云：「摻摻，猶纖纖。」然摻《説文》作攕，所咸切，《釋文》同。惟徐邈息廉反。則讀如衫。纖，

《説文》息廉切，《釋文》同。則讀如銛。二字音稍别，今人概讀爲銛音，惟嚴《緝》辨之。

「好人」，傳云：「好女手之人。」故「服之」是女手整治之也。「左辟」，女至門之儀也。「象揥」，亦女飾也。《集傳》以好人爲大人，因謂象揥是貴者之飾，恐未必有據。象揥兩見《詩》，一爲宣姜之飾，一爲縫裳女之佩，皆指婦人耳。《鄘風》傳云：「揥，所以揥髮。」疏申之云：「以象骨搔首，因以爲飾。」嚴《緝》以爲若今之篦，未知然否。案《西京雜記》言武帝宫人搔頭皆用玉，後世詩詞亦有玉搔頭之語，搔頭正揥髮之義，豈揥之遺制與？揥字又作楴，《廣韻》云：「楴枝，整髮釵也。」《集傳》謂「大人佩揥」，是丈夫而釵矣。

汾沮洳

「言采其藚」，毛傳：「藚，水蕮音昔。也。」孔疏引郭璞《爾雅》注，又引陸璣《艸木疏》，不爲置辯，亦疏忽矣。案《爾雅》「藚，牛脣」，郭注云：「《毛詩》傳曰『水蕮也』，如續斷，寸寸有節，拔之可復。」不用陸璣澤蕮之説。《爾雅》别有蕍蕮，郭注云：「今澤蕮。」蓋明以陸《疏》爲非也。孔疏兼存郭、陸之言，吕《記》、朱《傳》亦因之。惟嚴《緝》引曹氏語辯之甚悉，以爲藚非澤蕮，其説當矣。

園有桃

朱子《辯説》，於《園有桃》敘，獨取其「國小而迫」「日以侵削」二語，其餘皆以爲非，是謂魏之侵削專因國小，不由於無德教也。信如斯言，則德教之有無，無關於國之興亡，而小國不必自彊，大國不妨自恣矣，豈可爲訓乎？然《集傳》云：「詩人憂其國小而無政。」夫無政，正無德教之謂也。譏敘而仍襲其意，敘者有知，恐未必心服也。又辯《伐檀》非刺貪，《碩鼠》非刺君，然非貪鄙在位，君子何至甘心困窮？非君好重斂，有司何敢貪殘不顧？持論如此，豈爲知本哉？

《詩》言棘多矣，除《楚薺》《青蠅》二詩外，餘皆小棗也。然惟《魏》「園有棘」毛有傳。案，《爾雅》「樲，酸棗」，郭注云「樹小實酢」，即此棗矣。《神農經》列於上品，亦名山棗。出滑臺者佳，故以氏其縣焉。

陟岵

多屮木岵，無屮木峐，屺同。此《爾雅》文也。毛傳反之，疏以爲傳寫之誤。案，王肅述毛者也，其注屺岵亦依《爾雅》，《釋文》云。又《釋名》《説文》《玉篇》《廣韻》釋屺岵皆與《爾雅》同，則誤在毛傳無疑。又案，《卷耳》之崔嵬與岨，及此詩屺岵，朱子俱用毛説，殆姑仍傳文之舊耳，非真見傳是而《爾雅》非也。劉瑾乃謂《爾雅》之書後出，故不用，恐非朱意。毛傳得自河間獻王，獻王景帝子，事武帝，而孝文之世《爾雅》已置博士，見《孟子題辭》。終軍辯豹文鼮鼠，亦在武帝時，《爾雅》何嘗後出乎？

十畝之間

小敘云「言其國削小，民無所依」，《辯説》譏其無理，以爲國削則其民隨之，敘文無理。然孔疏已有説矣，古者侵其地則虜其民，此得地陋民稠者，以民有畏寇而內入故也。此言良是。晉取陽樊而出其民，狄滅衛而男女渡河者七百人，民皆不隨乎地，非獨魏然矣。

魏國，漢之河北縣也。今平陸縣，屬解州。《水經注》言：「其城南西三面皆距河僅二十餘里，北去首山十餘里，處河山之間，土地迫隘，故著十畝之詩。」案，酈語殆非詩意。魏之褊小，由逼近彊鄰，屢見侵奪，以致日蹙耳，非地勢使然也。若魏君能廣其德教，開拓其疆宇，則踰河越山，皆得而有之，豈以此爲限哉？

伐檀

《伐檀》首三句，毛傳以河清興明君，詩意當如此。河以濁顯，而此詩三章皆言其清，取義必在是。若指隱居之地，則言河足矣，何必取濁水而加以清名？董氏曰：「河雖濁，而在河之干者則清。」不知詩言河干，止謂置檀於此耳。至言清且漣，則統舉河水，不專指河干也。《詩》咏河多矣，並無言河水清者，獨此詩三言之，豈無意乎？

《集傳》釋《伐檀》詩，判爲賦體，謂「用力伐檀，本爲車以行陸，今河水清漣無所用，雖欲自食其力而不可得」。此語吾所不解也。不素餐者，謂不爲其事則不食耳，非謂爲其事而仍不食也。明知車無所用，何苦伐木爲之。既欲自食其力，不應作此拙計。以爲興體，猶曰託言耳。以爲賦體，是乃實事矣。天下有此愚而不情之君子哉？至「不稼不穡」四句，以刺貪言，本甚明捷，彊釋爲美君子，詞費而意晦矣。

鄭箋云「貆子曰貆」，義本《爾雅》。《説文》云：「貆，貉之類。」兩説不同，而《雅》義較古矣。又劉楨《詩義問》云：「貉子曰貊，貊形狀與貉異。」案，貉、貊本一字，本作貉，今作貊，音陌，北方豸種也。其訓獸名者本作貈，今借用貉。安得分爲兩獸名？劉説非也。近世李時珍《本艸》反謂《爾雅》「貆子貆」，貆乃貊之譌，此誤信劉説矣。況《伐檀》箋引《爾雅》語，正釋《詩》貆字，安得譌哉？李又云：「貆與貛同，今狗貛也。」彼見《埤雅》言「貛貉同穴」，而《説文》以貆爲貉類，故爲此説耳，不知貛乃野豕，亦見《説文》。貆，胡官切。貛，呼官切。二字音形各别，豈一獸乎？貛即《爾雅》之貒音湍。注云：「豚也，一名貛。」耳，非貆也。又案，貆，《釋文》云音桓，徐、郭音晅，《爾雅》釋文音丸。

「胡取禾三百億兮」，億本作意，滿也，又十萬之名也。三百億、百億、千億、萬億皆同此字，字从啻从心。啻，快也，从言从中。意加人爲億，安也。三字皆於力切。今億、意二字皆作億，此隸楷之變。

唐變風

《大全》載劉瑾語，謂君子欲絶武公於晉，故不稱晉而稱唐。晉詩名唐，見武公滅宗國之罪。《魏風》首晉，又見獻公滅同姓之惡。噫！瑾所謂君子者，何人耶？季札觀樂時，《詩》未經删定也，然已先歌魏，後歌唐，則晉之稱唐、唐之繼魏，非仲尼筆也。以一字寓褒貶，《春秋》教也，非《詩》教也。即使唐繼魏、晉稱唐定自仲尼之筆，亦未必如瑾所謂，況魯樂工所歌已爾耶？又唐之名，昉於帝堯，而爲晉之本號，未嘗劣於晉也。仲尼欲絶武公，何獨靳一晉名，而於唐則無所惜邪？《蟋蟀》敘論稱唐之故，以爲有堯之遺風。詳見下條。吴季子聞歌唐，亦歎其思深憂遠，有陶唐之遺民。見《左傳》襄二十九年。二語不謀而合，可見古義不誣也。

是稱晉爲唐，乃以美之。瑾以爲刺，何其悖耶！至於《魏風》七篇，《唐風》十二篇，其爲獻、武二公詩，僅《無衣》已下四篇耳，安得兩風之次第名稱，專爲二公而定耶？瑾何弗之思也。

蟋蟀

《蟋蟀》刺僖，敘説必有本，朱子譏爲「以諡得之」，殆深文耳。敘云「及時」，指每章前四句，云「以禮自娱樂」，指後四句，與經文正相合。朱子謂其相反，不可解也。敘又云：「此晉也，而謂之唐。本其風俗，憂深思遠，儉而用禮，有堯之遺風。」此統舉《唐風》而言，不專目一詩，與刺僖全無涉，特附見《蟋蟀》敘耳。文句顯然，非難知也。朱子漫不加察，合刺僖爲一事而譏之，讀書亦太鹵莽矣。且其詞曰：「風俗之變，常由儉入奢，而變之漸，必由上及下。」今謂君之儉反過於初，而民之俗猶知用禮，恐無是理。據此語，是俗之既奢者，必不能復儉矣，愚未敢信也。古人國奢示儉，國儉示禮，奢儉何常，惟上之化耳。唐民儉而用禮，堯之遺風也。僖公始爲非禮之儉，然俗染未深，故猶知用禮。且以規切其上，事理正合如此，又何疑焉。

漢傅毅《舞賦》云：「哀蟋蟀之局促。」古詩云：「蟋蟀傷局促。」局促之義，正與敘「儉不中禮」同。哀之，傷之，即敘所謂「閔之」也。傅毅，明帝時人。古詩亦名《雜詩》，《玉臺新詠》以爲枚乘作。乘，景帝時人，《文選》十九首，昭明列於蘇、李前，則亦以爲西京時人作也。此時毛學未行而《詩》説已如此，敘義有本，可知矣。朱《傳》以爲民俗勤儉，夫勤儉，美德也，何可云局促哉？

「職思其居」，傳云：「職，主也。」《十月之交》篇云「職競由人」，《左傳》鄭子駟引逸《詩》云「職競作羅」，襄八年。晉范宣子責戎云「言語漏洩，則職汝之由」，襄十四年。職皆訓主。主者，言主當如此，非實字也。「職思其居」謂主思其所居之事，義在居，不在職也，語本渾成，《集傳》既訓職爲主，復云「顧念其職之所居」，則又似爲職任之義，自相戾矣。歐陽氏解「職思其外」云：「不廢其職事，而更思其外。」亦以職爲實字，故句法多破碎。《大全》輔氏曰：「職思其居，謂所居之職也。其外，謂所職之外也。其憂，謂思之極而至於憂也。」此述朱而愈失之。夫經云思其憂，不云思而憂也。思其憂者，思其可憂之事，憂即其所思也。思而憂，憂又在思外也，文義不啻徑庭。況上章思其居、思其外，語本一例，若亦改「其」字爲「而」字，豈成文理乎？誤不僅在職矣。

《爾雅》云：「瞿瞿、休休，儉也。」蓋儉是有節制，而休休爲恬静之義，良士之心恬静而不囂浮，所以爲儉也。毛傳云：「休休，樂道之心。」樂道則無欲，亦儉意也，與瞿瞿、蹶蹶皆形容良士之心耳。輔廣以休休爲瞿瞿、蹶蹶之效，誤矣。

山有樞

「隰有榆」，朱《傳》曰：「榆，白枌也。」此襲《説文》而誤也。《爾雅·釋木》云：「榆白，枌。」孫炎云：「榆之白者名枌。」《東門之枌》毛傳云：「枌，白榆也。」解正相合《釋木》。此文當以「榆白」爲句、「枌」爲句耳。《説文》用《釋木》成語而不加分析，故詒誤於《集傳》。然《集傳》於此詩曰：「榆，白枌也。」於《東門之枌》曰：「枌，白榆也。」枌既白於榆，榆安得又白於枌乎？蓋亦弗之思矣。嚴《緝》辯此甚當，但謂是陸璣之誤，則

《艸木疏》並無此語，豈誤記許爲陸乎？

「山有栲」，疏引俗諺云：「櫄、樗、栲漆，相似如一。」案，栲，山樗也。樗，臭櫄也。櫄乃杶之或體，《書》作杶，《禹貢》「杶榦栝柏」是也。《左傳》作櫄，襄十八年「平陰之役，孟莊子斬雍門之櫄以爲公琴」是也。俗書爲椿。椿本別一木，即《莊子》所云「八千歲爲春秋」者，又名橓。今俗誤寫櫄爲椿，假而不歸久矣。橓，式閏切。椿、樗、栲三木同類而微分，《本草綱目》云：「椿皮細，肌實而赤，嫩葉香甘可茹。樗皮粗，肌虛而白，其葉臭。栲生山中，亦虛大，爪之如腐朽。」陸元恪亦云：「山樗與下田樗無異，葉似差狹耳。」然陸又謂：「山樗不名栲。栲葉如櫟，可爲車輻，或謂之栲櫟。」此特據方俗語耳。栲之爲山樗，《爾雅》、毛傳、《説文》皆同，不誤也。又案，《説文》栲作㭼，云：「从木尻若刀切。聲，苦浩切。」陸《疏》云「許慎栲讀爲糗」，則徐鉉此切非許意矣。《詩》栲字協杻，陸語應不謬。

揚之水

《唐風·揚之水》謂涑音粟。水也。《水經注》云：「涑水自左邑城西注，水流急濬，輕津無緩，故詩人以爲急揚之水。水側，狐突遇申生處。」觀此益信揚水是激揚，非悠揚矣。左邑，即曲沃也，秦改名焉。

《説文》無皓字，而《玉篇》有之，與皜、皡同字，皆爲白色義。《唐風》「白石皓皓」，《釋文》胡老切，《玉篇》《廣韻》音亦同。《廣韻》又云：「四顥，今作皓。」是與顥又同字。《韻會》以皓爲果老切，不知何本。

廣尺、深尺爲𡿨，廣二尋、深二仞爲巜。𡿨即甽字，巜即澮字。《書》「濬甽澮距川」，言深𡿨巜之水會爲巛也。《揚之水》「白石粼粼」，从巜，不从巛。《說文》：「粼，水生厓石閒粼粼也，从巜粦聲。」《玉篇》《廣韻》皆同。今《詩》本惟石經及吕《記》、嚴《緝》作粼，嚴辯之甚悉。餘本皆从巛，監本注疏亦誤。

椒　聊

《椒聊》毛傳但言「兩手曰匊」，不言升、匊之大小。宋董氏引崔《集注》以爲匊大於升，云古升上徑一寸，下徑六分，深八分。陳氏、吕氏亦言二升曰匊。案《周禮・考工・陶人》疏引《小爾雅》云：「匊二升，二匊爲豆。豆四升。」今《小爾雅》云：「兩手謂之匊。」宋咸注云：「匊半升。」與賈疏所引不同。陳、吕之説應本於此。又《考工記・桌人》疏云：「粟米算法，方一尺，深一尺六寸二分，容一石。縱横十截破之，一方有十六寸二分，容一升；百六十二寸，容一斗；千六百二十寸，容一石。」據此，容一升之量，立方一寸積方分者千，十得萬，六得六千，爲一萬六千分。平方一寸積方分者百，二則倍之，得二百分。《律吕新書》云：「合龠，爲合兩龠也，積一千六百二十分。十合爲升，二十龠也，積一萬六千二百分。」正合十六寸二分容一升之數，所言相符，當不謬也。若據董引《集注》之言，以立方之法計之，則容升之數僅得積方五百二十二分有奇，不能及一龠，多寡相縣，殆不然矣。又案，近世算術以長尺、廣尺、深二尺五寸爲古斛法，是每石積方二千五百寸，每斗積方二百五十寸，每升積方二十五寸也。方寸者二十五，爲方分者二萬五千，較賈疏所引粟米算法，每升多八千二百分，此雖云古斛法，特視今稍古爾。若三代嘉量之制，則賈疏近之。

綢繆

毛以三星爲參宿，舉昏姻之正期以刺時。鄭以爲心宿，歷舉其失時以爲刺。蓋毛以季秋至孟春爲昏期之正，鄭則專以仲春爲昏期也，毛義不易矣。近儒李氏有辯，是毛而非鄭，援據典確。三星斷宜指參，華谷從毛，得之。呂《記》主鄭而兼毛，朱《傳》則專主鄭矣。又此詩本刺昏姻失時，而朱《傳》反以爲既得昏姻，夫婦相語，尤非詩意。「如此良人何」，明是欲見而不得見，無可奈何之詞也，安在其喜而自慶乎哉？朱子之爲此解者，殆因越人《擁楫歌》用此詩「今夕何夕」句，爲嘉美之談耳。殊不知引詩斷章，不必如本。孔疏辯之，理自長矣。

心三星，正似連珠，雖小曲，然不可謂鼎立。鼎足而立者，如織女、胃宿之形，差似之耳。《大全》載劉瑾語曰：「心宿之形，三星鼎立。」此瞽人之道黑白耳。

《鄭》之《野有蔓艸》，《唐》之《綢繆》，皆言「邂逅」，而兩傳釋之，義各不同。《鄭》傳云「不期而會」，《唐》傳云「解說之貌」，意當日經文必有不同矣。《鄭》釋文云：「逅，本亦作遘。」《唐》釋文云：「邂，本亦作解。逅，本亦作覯。」此字形互異，略可見者也。案《說文》，不期而會是邂逅本訓，《鄭》詩正當此義矣。《唐》詩「見此邂逅」指昏姻，言昏姻之禮必相約而後成，豈可言不期而會？宜毛公之別爲釋也。傳「解說」，《釋文》音「蟹悅」，其義則箋、疏俱無發明。竊以上下章傳義推之，良人爲美室，粲者爲三女，皆夫目婦之稱，則此章義應相類。解緩而和說，豈指初昏之狀與？《釋文》又載《韓詩》云：「邂覯，不固之貌。」雖與毛義殊，亦足證此邂逅與《鄭》詩別矣。

《綢繆》《杕杜》《羔裘》三詩，敘不言刺何君，疏以其在《椒聊》《鴇羽》之閒，概判爲昭公詩，殆非也。《鴇羽》敘云「刺時」，並不云刺昭公。又言「昭公之後，大亂五世」，明是亂後始作。《鴇羽》非昭公詩，則《綢繆》諸篇可知矣。昭公之立，《左傳》雖云「晉始亂」，見昭二年。然在位僅七年，迨潘父弑之，亂斯甚爾。昭公時未至大亂，致民閒昏姻失時、父母莫養也。成師乃昭公親叔父，昭公又以曲沃封之，不得爲薄其宗族也。昭之後，歷孝、鄂、哀、小子、緡五君，而後併於曲沃。《綢繆》以下四詩，當作於最後一、二君之世。此時晉亂已久，容有昏姻失時、父母莫養者，而曲沃已在晉君五服之外，則所謂同父、同姓，自目其君之近屬而言，義固無不通也。孔疏誤解敘意矣。

杕　杜

「獨行瞏瞏」，瞏字从目袁聲，《説文》云「目驚視也」，引此詩。今詩皆作睘，俗人傳寫，妄減其筆畫耳。又毛云：「瞏瞏，無所依也。」無依之人多傍徨驚顧，與《説文》語雖異，義實相通矣。

「嗟行之人，胡不比焉？人無兄弟，胡不佽焉」，兩「胡不」非望詞，乃決詞也。言他人決不輔助我，正見其不如同父也。東萊釋此詩，謂：「他人如可恃，則行路之人，胡不來相親比？凡人無兄弟者，胡不外求佽助？」《逸齊補傳》解此亦與呂同，斯説得之矣。若甫言他人不如忽，又望其相助，不害於文義乎？鄭以爲求助於異姓之臣，朱以爲求助於行路之人，意異而誤同。惟毛無傳，意當如呂。

羔　裘

傳云：「居居，懷惡不相親比之貌。究究，猶居居。」是二語一意也。疏引《爾雅》李巡、孫炎注，以居居爲不狎習之惡，究究爲窮極人之惡，因衍其意云：「懷惡而不與民相親，是不狎習也。用民力而不憂其困，是窮極人也。」説究究與傳異，而義實勝。《祈招》詩云：「形民之力，而無醉飽之心。」斯與窮極人者異矣。

鴇　羽

《鴇羽》敘云：「昭公之後，大亂五世。」鄭箋以昭公、孝侯、鄂侯、哀侯、小子侯爲五世，此非也。敘既云昭公之後，自不應併數昭矣。朱子初説，不數昭而數緡，最得之。緡在位二十八年，視前數君獨久，其時豈得無亂？又滅緡之後，曲沃武公始繼晉而作《無衣》之詩，不容言晉亂者反闕緡而不數也。

鴇音保，从鳥𠦒聲。𠦒，博抱切，相次也，从匕从十。俗本寫作七十者誤。

黍、稷與粱、秫苗葉相似，而穗與粒不同。黍與稷、粱與秫穗粒各相似，而性之黏疏不同。稷之黏者爲黍，一莖數穗而散垂，其粒長。粱之黏者爲秫，一莖一穗而堅壯，其粒圜。稷、粱以爲飯，黍、秫以爲酒，猶秔與稬奴亂切。也。又古以粟爲穀之總名，自漢以後，始以名粱之細粒而短芒者。今北土皆食之，呼爲小米。

無衣

敘云：「美晉武公也。」疏云：「其臣之意美之耳。」蓋武公本無可美，美之者特其臣之意，此孔氏之善讀敘也。朱子弗究斯旨，謂是敘者以爲美，從而譏之，亦已固矣。至「豈曰」云云，猶「豈敢愛之」「豈無他人」云爾，此詩人句調之常也。稱天子爲子，猶勝於爾、汝，亦詩人稱謂之常也。況此乃大夫見請命之事，因而咏述之，非即以此詩上之天子，求其錫命也，謂爲倨慢無禮，無乃兒童之見與？

有杕之杜

武公以莊十六年命爲晉侯，至十七年卒，其兼有宗國僅一年耳，《有杕之杜》其即繼《無衣》而作乎？武公以不義得國，賢者恥立其朝，譬猶特生之杜，人罕託足，雖内致其誠，外盡其禮，猶恐不足枉君子之駕，況不求乎？故云「噬肯適我」，望君子之來而惟恐其不來也。「中心好之，曷飲食之」，求賢之道，當如此矣。

葛生

《葛生》篇嚴坦叔定爲悼亡之作，而以次章之塋域及末二章之「于居」「于室」證之，此非也。「蘞蔓于域」，傳雖以爲塋域，然與上章之「于野」及葛蒙之棘楚一例語耳，不必目其夫所葬也。「于居」「于室」，猶《大車》篇之「同穴」，不必死後方可言也。況次章之「于域」固可爲死亡之證，而三章之「錦衾」，獨不可爲生存之證耶？

采苓

《采苓》三章，皆兩言「人之爲言」，「爲」字釋文有平去兩讀，而以本或作僞爲非。案，「爲言」毛無傳，鄭云「爲人爲善言以稱薦之」，據此文義，「爲人」之爲當去音，「爲善言」之爲當平音，則經文爲字平、去二音俱通也，宜《釋文》之兩讀矣。孔疏申毛、鄭，俱從定本作僞義，於經文雖可通，然非鄭意也。竊謂經文「爲言」與「舍旃」一譽一毀，相對成文，則讀「于僞反」義優矣。疏云：「王肅諸本皆作爲言。」但未知王作何解耳。

《采苓》刺獻公，《逸齊補傳》以驪姬譖申生事證之，謂：「工讒者始以甘言投之，譬則苓，苓味美也。繼以苦言動之，譬則苦，苦味惡也。終則甘苦之言並進，譬則葑，葑味上美而下惡也。驪姬始請使申生居曲沃，此甘言也。繼夜半而泣，言申生將行彊於君，此苦言也。又請君老而授之政，乃其釋君，此甘苦並進也。」案，獻公信讒之失，莫大於殺申生一事。用以實此詩，頗優於理。其說三興義，亦曲而中。

毛詩稽古編卷七

吴江陳處士啓源著

秦變風

車　鄰

《車鄰》敘云「秦仲始大」，《駟驖》敘云「襄公始命」。始大，國始大。始命，命爲諸侯也。是秦仲尚未爲諸侯，而得備寺人之官者，疏謂附庸，雖未爵命，自君其國，猶若諸侯，故得有之，似矣，然非直此也。王朝公卿、大夫、士，《禮記》謂之内諸侯，《孟子》亦云「大夫視伯」，秦仲爲宣王大夫，自當備次國之制，非復附庸之舊，其有車馬、侍御、禮樂，無疑也。况詩以創見故美之，則前此雖君其國，未必有寺人矣，疏語殆未盡然。又朱子《辯説》以《車鄰》非秦仲詩，劉瑾從而和之，謂大夫不得有寺人，此詩疑作於襄公之後，亦誤。

閽寺守門，古制也，欲見國君者俾之傳告，不過使令賤役耳。《車鄰》疏引《燕禮》及《左傳》爲證，見傳命是其常職。然則寺人之令，《詩》非以爲刺也。嚴《緝》謂三代侍御、僕從，罔非正人，今秦用寺人爲失。夫侍御、僕從，豈給使令賤役者邪？楊用修因其語，遂極論之，又牽合繆公學箸人事，以爲後世刑餘爲周、召，法律爲《詩》《書》，皆始於此，故聖人録《車鄰》以冠《秦風》。議論雖美，然非《詩》本旨。

「寺人之令」，毛云：「寺人，内小臣也。」疏申之云：「寺人，是在内細小之臣，非謂寺人即是内小臣之官也。」蓋《周禮・天官》所屬内小臣，與寺人各一官，故辨之耳。此詩朱《傳》襲用毛傳語，《大全》亦引孔疏注於下，而節其語曰：「寺人是在内細小之臣，即今内小臣之官也。」吁！謬矣。裁去「非謂寺人」四字，是引疏而反其意也。又横改「是」爲「令」，夫孔氏所謂今，豈非唐乎？《唐書・百官記》未嘗有内小臣之官也。先儒之語，經其剪裁，便致不通，可哂已。

駟驖

「公之媚子」，毛、鄭釋之謂能以道媚於上下，使君臣和合。疏申之謂如《卷阿》吉士「媚于天子」「媚于庶人」，又如文王四友有疏附，皆能和合他人，使相親愛，不僅己能愛人而已。其曰子者，王肅以爲卿大夫之稱也。案，斯言得之。《集傳》訓爲所親愛之人，蓋以秦廷未必有大賢，如孔疏所稱耳。然襄公復世仇，興祖業，始列於諸侯，亦嬴之雋也。其臣雖不及疏附、吉士之賢，要豈無一二智略之士，可以宣道德意、和輯衆心者，與之圖謀國事哉？至嚴《緝》以便嬖當之，其舛尤甚。以嬖臣從獵而著之於《詩》，是刺也，非美也。況《詩》篇媚字多爲美稱，惟《書》言「側媚」，乃以側爲媚，故孔傳釋爲「諂諛之人」，惡其側，非惡其媚也。嚴氏此解不惟昧於《詩》理，且闇於字義矣。

「載獫歇驕」，載，始也，始試習之也。後儒謂以輶車載犬，其説始於《文選》張銑注。五臣多謬誤，不足信也。犬、馬皆畜，犬本以能走見長，何反用馬力載之乎？《集傳》又引韓愈《畫記》爲據，後世事恐難以證古。嚴《緝》引《補傳》謂：「歇驕非犬名，以車載犬，所以歇其驕逸。《爾雅》改歇驕从犬，以合毛氏耳。」此尤爲妄説。《爾雅》釋《詩》《書》字，音義同而形異者甚多，獨此二字因毛而改乎？其釋《詩》亦閒與毛異，何此二字必欲合毛乎？況歇其驕逸，亦不成文理。

小戎

戎世爲秦患，而襄公時周有驪山之禍，戎患尤劇。《小戎》敘所謂「西戎方彊，征伐不休」是也。幽王亡於襄公之七年，秦救周有功，十二年伐戎，至岐而卒，此數年中，皆征戎之時矣。襄公奉天子命，乘國人好義之鋭心，終身不能平戎，方張之寇，信難以力碎也。子文公始敗戎，收周餘民而有之。至七世孫穆公，用內史廖之計，取其謀臣由余，益國十二，遂霸西戎，自此戎弱而秦彊矣。然襄公以義興師，民心樂戰，故子孫得收其成功耳。《小戎》一詩，實秦業興盛之本。

《爾雅·釋畜》有二馵：一膝上皆白，惟馵。一左足白，馵。孔氏《詩》疏引郭注云：「馬膝上皆白爲惟馵，後左脚白者直名馵。」今郭注無此二語，蓋傳寫逸之。《小戎》詩「駕我騏馵」，毛云「左足白曰馵」，則郭所謂直名馵者也。案，馵从馬，二其足，之戍切。《埤雅》云：「以躁，故二絆其足。」《易》震卦「爲馵足」是也。又𩡧，馬一歲也，从馬，一絆其足，讀如弦，徐云户關切。又馽，絆馬也，从馬，囗音圍，回也。象回帀之形。其足，讀如輒，徐云陟立切。《左傳》「韓厥執馽馬前」。成二年。此三字皆以絆馬爲義而稍不同，音形亦别，《説文》

辯之甚明。又案，今《左傳》㬅作縶，杜注：「縶，馬絆也。」蓋縶即㬅之重文。

弓有韔有閉，皆見《小戎》。閉以竹爲之，韔以韋爲之。閉狀如弓，約於弓裏，既約之，則又納之韔中。韔字亦作鬯，《鄭風》「抑鬯弓忌」是也。又名櫜，見《彤弓》《時邁》二詩。又名韣，「授以弓韣」見《月令》。又名鞬，又名弢，「右屬櫜鞬」「伏弢嘔血」皆見《左傳》。一僖二十四年，一哀二年。弢亦作韜。

毛云：「閉，紲也。」《考工記・弓人》注引此詩作䪐，《儀禮・士喪禮》《既夕禮》二注引此詩皆作柲，又云：「柲，古文作枈。」然則閉、䪐、柲、枈四字，文異而義同。

縢，《釋文》云「直登切」。案，縢字《說文》《玉篇》《廣韻》皆徒登反，與縢同音。如《釋文》切，則宜讀如澂，俗作澄。呂《記》從之。

「載寢載興」，箋云：「閔君子寢興之勞。」《集傳》云：「思之深，而起居不寧。」鄭指君子言，朱指念君子者言，義皆可通。但上二章「温其如玉」「温其在邑」皆言君子，不應此章獨異，則箋義優矣。

蒹葭

雍，戎狄之墟也，周、秦皆興焉。公劉以下諸君，變戎狄而爲周，襄公以下諸君，復變周而爲戎狄，一用禮、一不用禮之故也。自襄公不用周禮以成風俗，秦遂終於爲秦，下迄漢、唐、宋，終不能復文、武之舊，襄公實爲罪首矣。此時周之遺民，猶及見西京文物，驟見襄公之棄禮，故異而刺之，久則胥化而爲秦，安之如故矣。夫子録《蒹葭》詩，著千古世道升降之大關也。但周之用禮，詳見《豳風》、二《雅》、《周頌》諸詩，秦之棄禮，僅《蒹葭》一篇及之，又全篇託興，語意深遠，必得敘而始明，此讀《詩》所以貴論世，而論世之不可無敘也。朱子不信敘説，故終不得此詩之解。

終　南

「有條有梅」，傳云：「條，槄音叨。也。」《爾雅》：「槄，山榎。」音賈。注云：「今之山楸。」是一木而異名也。楸、榎本一木，但楸葉大，榎葉小，略異耳，故生於山者名亦互通也。陸《疏》謂山楸亦如下田楸，其釋「北山有楰」，又謂楰爲山楸之異者，然則楸、條、楰三者，亦同類而稍別與？

傳又云：「梅，枏也。」枏字俗作楠，木生南方，似豫章，其樹直上，童童如幢蓋。高十餘丈，大者數十圍，氣甚芬芳，爲梁棟、器物皆佳，良材也。此非似杏實之梅，有辯，見《總詁》。

「黻衣繡裳」，《集傳》用孔氏《書》傳釋之曰：「黻之狀亞，兩己相戾。」案，「己」字誤。吾友楊令若旭云：「當作𢎘，不成字，無音可讀，非戊己之己。」斯言當矣。又案，「亞」字亦誤，當作亞，古弗字，因謂之黻。見《漢書・韋賢傳》師古注，又見顧野王《玉篇》。則此字上下兩畫，當中斷文作亞，與「亞夫」亞字異。

黄　鳥

「臨其穴，惴惴其栗」，言秦人哀此三良，爲之悼栗也，箋語甚明，朱《傳》謂「觀臨穴惴栗之言，是康公生納之於壙，罪有所歸」，恐非是。《史記・秦本紀》正義引應邵云：「穆公與群臣飲酒酣，公曰：『生共此樂，死共此哀。』於是奄息、仲行、鍼虎許諾，及公薨，皆從死。」竊意此三人者，定是然諾不苟、俠烈輕生之士，何至臨穴惴栗，待人迫而納之壙邪？ 但康公不特爲禁止，聽其自殺，則亦不能無罪。 要之，康公與三良迫於君父之亂命，不能以義決从違，雖有罪，當从末減。 若穆公要人從死，乃昏君暴主之所爲，應爲首惡也。《左傳》文六年。 及《詩》敘專罪穆公，信是定論。 班固《敘傳》稱田横義過《黄鳥》，劉德以爲《黄鳥》之詩罪穆公要人從死，亦得之矣。

晨　風

穆公雖不爲盟主，然寘晉救荆，霸西戎，亦嬴之雋也，而得士力爲多，如由余、百里奚、蹇叔、公子縶、公孫枝之徒，謀臣濟濟。 然傳謂賢人歸之，駛疾如晨風之入北林，信有之已。 康公嗣立，秦業遂衰，終春秋，見擯於中國。 士會之歸也，繞朝謂之曰：「子無謂秦無人。」見文十三年《左傳》。 可見康公棄賢，有人而不用也，卒爲晉所紿，詒笑於諸侯，非自取之乎？ 敘云：「忘穆公之業，棄其賢臣。」非無稽之談也。 朱子以爲婦人思夫之詩，夫「君子」之稱，豈獨妻可目其夫哉？

駮、駁音同而形異，義亦異。《秦風》「隰有六駮」，《爾雅》「駮如馬，倨牙，食虎豹」，字从交。《豳風》「皇駁其馬」，《爾雅》「駵白，駁」，字从爻。 兩字並見《説文》，駮註同《雅》，駁註云「馬色不純」，亦與駵白相雜義同。《易》「乾爲駁馬」，王廙云：「駁馬能食虎豹，取其至健。」則《秦》之駮也，此毛傳義。 宋衷云：「天有五行之色，故爲駁馬。」則《秦》《豳》二字俱通。《秦》梓榆此陸《疏》義。 青白駁犖，《豳》駁馬赤白，皆雜色也，《易》疏獨取王義，則字當作駮。

無衣

《無衣》詩敘以爲刺其君好戰，朱子以爲民自述其好戰，兩意相反。夫樂生惡死，人之常情，在爲君者務廣土地，不恤民命，則好戰或有之耳，謂民自好戰，豈其情哉？秦俗雖勇悍，要自商君變法之後，利於首虜之獲，始以好戰成風，春秋世未必然也。其時兵與晉遇，殆九敗而一勝耳，秦民果勇乎？怯乎？樂鬬乎？不樂鬬乎？此實事之可考者也。朱子又詆小敘，以爲與詩情不相協。夫不論世，何自知詩情哉？

「與子同澤」，鄭箋以澤爲褻衣，《釋文》與正義皆引《説文》云「絝也」，劉熙《釋名》以爲裁足覆胸背，又名鄙襢，又名羞襢，則非絝矣。劉、許皆漢人，未知孰是。又絝訓脛衣，今之韈也。古人上衣下裳，不用今之絝。

《無衣》篇，《集傳》極稱雍州土厚水深，其民重厚質直，周用之易以爲仁義，秦用之易以成富彊，後世建國者，宜定都焉。噫，晦翁此言，乃趙宋一代之習見，非萬世之通論也。藝祖嘗欲都關中而不果，後漸致削弱，故宋世謀國者長以爲憾，率交口稱羡關中，推爲奥區神皋。殊不知古帝王之興，各因利乘便，相度時宜以建立都邑，豈容執一乎？况此特論其形勢耳，非論其土俗也。若民性，貞淫厚薄，未嘗盡由地氣，堯、舜之仁義不下於文、武，元之彊暴不減於秦，皆非以雍興也。俗有淳澆，力有彊弱，惟上所化耳。如必恃地氣爲之，則禮樂刑政，反在所後矣。

渭陽

敘云「康公念母」，孔疏申之，以爲「秦姬生存之時，欲使文公反國，康公見舅得反，憶母宿心，故念之」。斯言善於論世矣。秦穆初心，本欲置重耳，惑於公子縶之謀，故先置夷吾，以罔利於晉。事詳見《晉語》。然二公子之仁、不仁，秦人共知之。穆姬惓惓於宗國，縶之謀，非姬之願也。況夷吾反國之後，首棄姊言，又背施，閉糴以召鄰釁，及身執於秦，姬復死争以釋之。姬見夷吾之不仁，必益思重耳之仁。登臺履薪之時，康公與焉，母之宿心，知之深矣。今重耳反國，得如母願，而母顧弗及見，回憶往事，自應愴然，故詩本送舅之詞，而敘云「念母」，旨哉！孔氏申之，深中當時情事。

宋廣漢張氏謂《渭陽》「念母，康公之良心。然不能自克於令狐之役，怨欲害之也」。吕《記》、朱《傳》皆録其説，然而誤矣。令狐之役，非修怨也，非貪利也，爲納雍也。秦之納雍，晉逆之也。初逆之，後距之，晉則無信，非秦之罪矣。源又謂康公此舉，正其念母之心爲之，母之欲置文公，以其仁也，雍好善而長，文公愛之而宦諸秦，誠立之，必能繼文之烈。晉又以無君而逆之，安得不納？納雍者，是穆公置重耳之初心，非公子縶置夷吾之譎計也。康公乃以爲是足以慰母於地下矣，故於其入也，猶監於吕、郤之難，而多與之徒衛，其慮之也周矣，豈料晉之變計哉！故余謂令狐之役，益見康公念母之心，且此舉若成，則秦、晉和好，當復如初，不至有河曲之師矣。

權　輿

箋云：「屋，具也。渠渠，猶勤勤。禮食大具，其意勤勤然。」疏云：「屋，具。《釋言》文。」案，今本《爾雅》屋作握，邢昺云李本作幄。屋、握、幄三字必有一是，而「屋，具」與箋義合，當以爲正矣。始則大具，今則無餘，文義相應，斯解爲長。《集傳》祖王肅，以屋爲屋宇，楊用修譏之，良是。或云夏屋即食俎，猶《閟宮》詩云大房也，亦可通。然箋義出《爾雅》，較有本。

陳 變風

《詩譜》謂大姬好巫覡歌舞，民俗化之。《地理記》亦謂大姬婦人尊貴，好祭祀用巫，故俗好巫鬼。其説略同，皆言陳俗之不美，自大姬始也。竊怪文王后妃之德，化及南國夫人、大夫妻與漢濱之游女，大姬親孫女，獨不率教，乃行事淫巫，開陳地數百年敝習。況傳稱胡公不淫，見《左傳》昭八年。斯亦足表正其封内，民顧不從君而從夫人，皆理之難曉者。朱子喜闢漢儒，然此説獨信用之。

朱子於《陳風》十詩，惟取《株林》一敘，餘皆辨以爲非。其本屬有據而疑爲無據者，《宛邱》《衡門》《墓門》三詩也。首敘出自採風之官，所指時世定有實據，安有以謚號彊配而欺後代之理？幽公之游蕩，僖公之愿而不思自立，他典闕之，猶幸存於《詩》敘，可資後儒之見聞，何忍棄之。陳佗之惡見於《左傳》，隱七年，桓五年。《墓門》之刺固其所宜，尤非無證也。其本非淫亂之詩，而斷爲淫詩者，《東門之沱》《防有鵲巢》二詩也。昏亂之君，忠言不入，惟賢妃與之共處閨房，燕笑之語或可漸化其心，此忠臣愛國者不得已之思也。《衛》之《静女》、《齊》之《雞鳴》、《小雅》之《車舝》皆此意。朱子以爲男女聚會之作，淺之乎言《詩》矣。同一憂也，君信讒而憂者，正也，男女有私而憂或閒之，非其正矣。朱子舍正而取邪，與夫子一言以蔽之旨，何其不相類與？其本是刺淫之詩而指爲淫人之自述者，《東門之枌》《東門之楊》《月出》《澤陂》四詩也。天下雖至無恥之人，發其淫私之事，則赧然面赤，決無將己身淫污之行，編爲詩歌，以示人者。即後世《玉臺》《香奩》之咏，及近今淫詞豔曲，皆是文人墨士寓興而爲之，未有淫者之自述也，朱子何弗思乎？况《東門之枌》云：「不績其麻，市也婆娑。」言其棄女工而不事，疾之之甚也。《澤陂》云：「寤寐無爲，涕泗滂沱。」言其更無他事，惟知戀色而已，鄙之之甚也。譏刺之意，已顯然于言中，豈淫者自道語邪？

宛丘

毛公之傳《詩》，李巡、孫炎之注《爾雅》，皆以宛丘爲「四方高，中央下」，獨郭璞反之，謂中央隆高曰宛丘。因《爾雅》宛中、宛丘上文有「水潦所止，泥丘」，下文有「丘上有丘，宛丘」，若以爲中央下，則與泥丘相似，而與「丘上有丘」不合矣。其改爲之説，非無理也。孔疏是毛，終不如郭之當。又案，《水經注》云：「宛丘在陳城南道東。王隱云漸欲平，今不知所在矣。」據此，則宛丘之形，難以目驗而知，宜先儒之各執一説也。又宛丘歲久，遂爲平地，斯乃丘之小者，故《爾雅》言「天下有名丘五，其三在河南」，而郭氏以爲宛、營諸丘碌碌，未足當之，益信鄙語之不謬矣。《玉海・詩地理考》載《輿地廣記》，歐陽忞著。謂宛丘地形正符「丘上有邱」之語，元魏時已失邱所在。悉，宋人，何由見之，殆屬傅會。

東門之枌

「穀旦于差」，差音釵，訓擇。箋謂擇善地而游，下文南方原氏女家是也。今以爲差擇善旦，未若箋之當。陰晴未可預期，豈容人擇邪？

衡門

「泌之洋洋，可以樂飢」，傳云：「泌，泉水也。洋洋，廣大也。樂飢，可以樂道忘飢。」廣大正目泉水言耳。蓋波流壯闊，至寂寞也，然可以樂道忘飢，與上衡門雖陋而可游息，兩喻本一意。孔疏申毛，乃以泉水涓流，漸至廣大，喻人君進德，亦積小成大，則樂飢語意迂回。況首章二興，文義參差，恐非傳意。又「樂飢」鄭本作「㾪」，療同。義更明捷。

東門之池

「可與晤歌」，毛訓晤爲遇，鄭訓爲對，孔氏通之，謂：「《釋言》云：『遇，偶也。』則遇亦對偶之義，是毛、鄭義本相同也。」朱《傳》釋爲解晤之意，亦通。但對字雖平實，而趣味較永矣。況以《詩》語觀之，「可與」二字已具有解晤意，不必複出。

郭氏注《爾雅》，以菅爲茅屬，陸氏《草木疏》以菅爲似茅，則菅、茅乃各一草。觀《小雅·白華》詩菅、茅並言，又以菅喻申后，茅喻褒姒，其説良是。《陳風》「可以漚菅」，孔疏既引郭、陸之説，又引《白華》箋「已漚名菅」之語，而繼之曰「未漚但名茅」，是誤合菅、茅爲一，又不悟其與郭、陸意異，疏矣。夫「已漚名菅」，對「未漚名野菅」言耳，豈茅之謂哉？然《白華》次章箋云：「白雲下露養彼，可以爲菅之茅。」則合菅茅爲一，實自鄭始。

「可以漚菅」，《集傳》云：「菅葉似茅而滑澤，莖有白粉。」此用陸《疏》語，然陸云根下五寸中有白粉，不云莖。案，《説文》：「莖，枝柱也。枝生於莖，故曰枝柱。根，木株也。」徐曰：「入土曰根，在土上曰株。」然則根與莖别矣，況根下五寸乎？

東門之楊

此詩與《鄭》之《丰》，皆親迎而不至者也，朱《傳》則以爲始有私約，既而不從。夫「衣錦褧衣」，庶人嫁服也，「昏以爲期」，親迎之候也，《詩》有明證，何云私約哉？

墓門

陳佗之惡師傅，猶楚商臣之有潘崇乎？崇教商臣弑君，卒享其富貴。佗以逆誅，傅相必不能獨免。崇特幸耳，其蒙惡聲於後世則均。

「歌以訊之」，《釋文》云：「訊又作誶，音信。徐息悴反。」案，徐音與上「萃」協，良是。陳第《古音考》引王逸《離騷》注引《詩》「誶予不顧」。及《雨無正》詩瘁、訊協韻。證之，益信而有徵矣。

防有鵲巢

「誰侜予美」，侜與譸義同，故《爾雅》云：「侜張，誑也。」本釋《書》「譸張爲幻」，而毛公即用以釋此詩。又《説文》云：「侜，有廱蔽也。譸，詶也。」則侜爲正，譸乃借矣。濮一之謂「侜，从舟，有裝載增加之意」，見《大全》。穿鑿杜撰，最爲可笑。舟、壽皆聲也，侜取舟之載，譸之壽又焉取乎？

貝母名蝱，葒草名游龍，梓榆名駮馬，綬草名旨鷊，皆見《詩》。蕨名鼈，萑名鵻，亦見《詩》傳。此植物而以禽虫得名者也。案，鷊，《爾雅》作虉，《説文》作鷏。

月出

《月出》詩「窈糾」「懮受」「夭紹」，皆舒遲之態，指佼人言，言其行步舒遲，有此姿致也。《集傳》以狀思者之情，殆未然。況三語皆兩字連緜，共爲一義，《集傳》窈、糾二字分爲兩釋，尤屬臆見。

株林

首章上二句「胡爲乎」是問辭，下二句「匪」字是諱辭，各二句爲一意。「適株林」即是「從夏南」，非以株林目其母，夏南目其子也。疏云：「婦人夫死從子，故主夏南言之。」是已。朱《傳》曰：「君胡爲乎株林乎？曰從夏南耳。然則非適株林也，特以從夏南故耳。」夫夏南本在株林，既從夏南矣，尚以爲非適株林乎？文義殊有礙。

澤　陂

《陳》《鄭》二風言蕑，毛並訓爲蘭，鄭箋「秉蕑」宗毛，而「蒲蕑」則從《韓詩》，破蕑爲蓮。疏申其故，以爲荷者其莖，蓮者其實，菡萏其華，三章連咏一物，不應次章别據他草。又蘭爲陸草，不産澤中，似矣。但蘭雖陸草，亦生水旁，何妨於澤陂咏之？至三章同物，徒取文義完整耳，古人手筆，不必以此法拘也，當以傳義爲正。

檜變風

羔　裘

《羔裘》敘云：「大夫以道去其君也。」凡去君之禮，待放於郊，得玦乃去。此詩應作於待放未絶之時，故三章皆言「豈不爾思」，可見古去國之臣，不忍忘君如此。春秋而下，斯風邈矣。《集傳》用敘説，却遺去國義。

「狐裘以朝」，鄭以爲黄衣狐裘是也。古狐裘有三，一錦衣狐白裘，天子之朝，君臣同服之。若檜君服以朝，是僭也，失不僅好潔。一狐青裘，大夫、士之服，非君服也。且人功粗惡，好潔者必不服之。一黄衣狐裘，息民之祭服之，即此詩之狐裘也。故箋云：「以朝服燕，以祭服朝。」祭謂息民之祭。孔申鄭義甚明，蘇氏改訓狐白，謬矣。

素　冠

素冠，毛以爲練冠，鄭以爲祥冠，吕《記》從毛，朱《傳》從鄭。孔申鄭易傳之意凡三：布不當名素，一也；刺不能三年，當先思其遠，不當思其近，二也；不能三年當謂三年將終，少月日耳，若全不見練冠，是朞即釋服，違禮之甚，敘不應止云「刺不能三年」，三也。源謂夷、厲之世，去文、武尚未遠，禮教猶存，喪禮尤所最重，時人習於禮法，見有三年中略少月日者，即異而刺之，以爲不能三年，孔語良是也。故王肅、孫毓皆以箋爲長。後此二、三百年，當春秋世，尚有禫而不忘哀，如孟獻子者，齊衰而問疾，如蟜固之於季武子者，而魯人朝祥暮歌，則子路笑之，成人聞子羔爲宰則爲兄衰，即宰我短喪之問亦僅言之耳，非實行之也，安得西周時即有易三年爲期者乎？朱子从鄭，得之矣，但次章素衣又襲毛傳「素冠則素衣」之語，《名物疏》辨之良是。

隰有萇楚

「知」訓爲匹，惟見於《萇楚》詩，匹謂妃匹也。詩本疾君之淫恣。又首章之「知」，與二、三章之「家」「室」，當一義耳，《爾雅·釋詁》「知，匹」語，殆專爲此詩注脚，故康成用之。宋儒以其驚俗，仍解爲知識義。

匪風

毛傳解《匪風》首章，與漢王吉《上昌邑王書》語合，吉治《韓詩》者，而義同毛，則非一家之私說矣。朱子喜用《韓詩》，兹獨以其同毛而易之。

周道，周之治道也，傳、箋義同。朱子見敘言「思周道」，故改作道路解。

鄭箋謂夷、厲時，檜之變風始作，《匪風》篇其作於厲王世乎？周自文、武以來，專以優柔寬簡爲治，此所謂周道也。厲變爲嚴急，監謗專利，民焦然不安生矣。群小逢迎其意，更舊章制法，則見刺於《板》《蕩》諸詩。《六月》敘言「《小雅》盡廢」，正指是時也。而《國語》亦云「厲始革典」，則政煩而民散可知，故《匪風》詩人思得一西仕於周者，告以周之舊政令，使以烹魚之法，爲治民之道也。毛傳云：「烹魚煩則碎，治民煩則散。」知烹魚則知治民矣。老氏亦曰「治大國若烹小鮮」，意正相同。聃爲周柱史，得窺周室藏書，述所聞以立言，斯言正周道也乎？毛公師授最遠，傳語亦有自來矣。又案，《書》言「帝德寬簡」，《易》言「至德易簡」，自古治術率用斯道，不獨周也。《詩》寓其說於烹魚，詞近而意遠矣。然惟毛公窺見斯旨，而箋、疏俱無發明。至宋儒談《詩》，略於興義，烹魚之説，遂莫顧而問焉。

曹變風

蜉　蝣

蜉蝣，興也，三章止各首句言蜉蝣耳。朱《傳》判爲比體，通篇皆指蜉蝣言，遂爲憂蜉蝣之不能久存，欲其於我歸處。夫蜉蝣一蟲耳，可共處乎？況與人何親，而愛念之至此乎？雖是託言，亦恐礙理。

「蜉蝣掘閲」，鄭云：「掘地解閲，謂其始生時也。」孔疏申之作「鮮閲」，云：「掘地而出，形容鮮閲也。」又云：「定本作解閲，謂開解而容閲。」鮮、解字形相類，必有一誤。然二義俱通，故並存之也。《埤雅》云：「掘土使開閲也。」亦依定本。案，《本草綱目》云：「蜣蜋、蜉蝣、腹育、天牛皆蠐螬、蝨蝎所化。」蠐螬生糞土中，而蜉蝣掘地而出，其蠐螬所化與？又《埤雅》引《管子》曰：「掘閲得玉。」今《管子》書並無此語，惟《山權數》篇云：「北郭有掘闕而得龜者。」房玄齡注云：「掘，穿也。穿地至泉曰闕。掘，求勿反。闕，求月反。」豈「掘闕得玉」别見他篇，而近本逸之乎？

三代時棉種未入中國，凡所謂布皆麻也，吉、凶俱用之，止以精粗爲辯。而吉服則染以玄黄之色，惟深衣不染。又與大祥同用十五升之布，但鍛濯灰治之，純音準，緣也。之以采，則與祥服異焉。《詩》云「麻衣如雪」，謂深衣也。如雪者，鍛濯灰治之功也。諸侯、大夫、士、庶人皆服焉。諸侯朝夕深衣，如《曹風》以咏昭公。首章言其衣裳之整飾，次章言其衣裳之衆傳云：「采采，衆多也。」多，卒章言其朝夕變易衣服，以見其奢也。朱《傳》解此三句即指蜉蝣言，夫蜉蝣而曰衣裳，是目其羽翼耳。首句言羽言翼，次句復言衣裳，不已複乎？泛以衣裳借言，猶可也，確指爲麻衣，愈不得以蜉蝣當之矣。況蜉蝣黄黑色，此《爾雅》郭注，而《集傳》遵用之者也。黄黑色而云如雪，可乎？

候人

祋，《説文》云：「殳也。从殳，示聲。或説城郭市里，高縣羊皮，有不當入而欲入者，暫下以驚牛馬曰祋，故从示。《詩》曰：『何戈與祋。』」《詩》祋與戈並何，定是殳。而叔重引之，文連羊皮，不知證殳乎？證羊皮乎？又《説文》：「杸，軍中士所持殳也。音殳。」毛晃有《毛氏韻增》。以爲《詩》祋字乃杸之誤。觀《説文》引《詩》，則東漢時已作祋矣。又杸、芾不協韻，毛説非也。

升氣曰隮，《周禮》眡祲掌十煇，九曰隮是也。《詩》兩言朝隮，《蝃蝀》之「朝隮」，虹也，爲將雨之徵。《候人》之「朝隮」，雲也，爲小雨之驗。木華《海賦》「薈蔚雲霧」，正用《曹》詩語，張子厚解「朝隮」爲登山伐木，誤矣。至薈蔚，正指朝隮；婉孌，正指季女，文義相應也。朱子分薈蔚爲草木，朝隮爲雲氣，亦未當。

季，幼。女，弱。二字各一義。傳云然。小人柄國，病害生民，彊力者猶堪自存，幼弱者必至大困。詩言「斯飢」，所以獨及季女也。帝堯嘉孺子，哀婦人，見《南華·天道》篇。正此意矣。

鳲　鳩

援古刺今，《詩》之常體，不獨《鳲鳩》然也。晦翁以爲是美非刺，徒以詞而已。況末章曰「胡不萬年」，蓋思之而不得見，若曰天何不假之年，使至今存也。思古之意顯然。

下　泉

慶讓之典不行，則諸侯無所畏忌，共公侵刻，下民失所正以此，《下泉》詩所以思明王賢霸也。朱子譏敘，以爲此天下之大勢，非共公之罪。夫使曹有賢君，民各得所，何必遠思王霸之正己乎？

洌，从水，清也。冽，从仌，寒也。「洌彼下泉」，毛訓洌爲寒，則當从二點。吕《記》、嚴《緝》皆从三點，非是。孔疏亦云「字从冰」，冰即仌字。《説文》云：「仌，凍也。象水凝之形。冰，水堅也。魚陵切。」臣鉉曰：「今作筆陵切，以爲冰凍之冰。」案，魚陵切今作凝，《説文》以爲俗字。

「浸彼苞稂」，鄭破稂爲涼，云：「涼草，蕭蓍之屬。」涼草不見《爾雅》，不知鄭氏何據。孔申其故，以爲稂乃禾中別草，浸則俱浸，不應舍禾而言稂，此得之而未盡也。《下泉》浸物，本喻虐政困民。蕭以祭，蓍以筮，皆草之可貴者，故恐其傷。稂爲害苗之草，鉏而去之，惟恐不盡，何反以見傷爲慮乎？鄭意或出此。涼爲草名，無他典可證，康成當别有據耳。

稂、莠雖害苗之草而皆有用於人，莠可入藥，其莖治目疾，名光明草。韋昭《國語》注云：「莠似稷而無實。」見《魯語》。又韋曜即昭。問荅曰：「莠，今之狗尾草。」《爾雅翼》引此。今目驗此草，誠似稷而不實矣。稂有米，可以療飢，又名狼尾草。《爾雅》「孟，《玉篇》作萻，云亡庚反。狼尾」，及「稂，童粱」，皆此草也。《本草》云：「生澤地，似茅，作穗。」又云：「莖葉穗粒並如粟，而穗色紫黄，有毛。荒年亦可采食。」《説文》以稂爲禾粟之不成者，《草木疏》亦以禾莠而不成爲稂，皆非是，羅願《爾雅翼》辯之當矣。又稊、稗亦能亂苗而皆可食，一斗可得米三升。稗黄白色，莖葉穗粒並如黍、稷，有水、陸二種。稊苗似稗，而穗如粟，紫黑色，陶隱居謂之烏木，云荒年可代糧而殺蟲，《爾雅》云「蕛，英」音提迭。是也。

毛詩稽古編卷八

吴江陳處士啓源著

豳變風

七　月

《豳風·七月》所紀人事物候，較遲於《月令》，毛傳以豳土晚寒釋之。後儒推明其説，各有不同。孫毓以爲豳土寒多，雖晚猶寒。陸德明《釋文》以爲晚節而氣寒，陸義較優矣。至鄭荅張逸，以爲晚温亦晚寒，孔疏取其説以述毛，因指舉趾、藏冰之類爲温晚之驗，隕蘀、入室之類爲寒晚之驗。宋嚴粲駁之，謂温晚寒當蚤，鄭言寒晚非是，此最得之，而猶未盡也。源謂地氣温寒之異分南北，不分東西，南方近日則温，北方遠日則寒。若南北相同，則雖東西懸絶，總爲日道所必經，温寒無異也。故層冰飛雪，多在極北之地，至西域諸國，如于闐、身毒、大秦，皆和煦，饒物産，此可證矣。豳乃漢栒邑，詳《公劉》篇。在中國西，不在北也，不應温寒頓殊。況《月令》作於秦相不韋，當據秦風土著書。秦、豳皆雍地也，藉田、較閲二事，亦見於《周禮》及《周語》，周亦雍地也，咸陽、豳、鎬總在二三百里内耳，温寒尤不應相異。今案，傳、箋所指晚寒有三條：于耜、舉趾在正二月，與《月令》季冬修耒耜、孟春耕帝藉異期，一也；七月鳴鵙與《月令》五月鵙始鳴不同，二也；纘武即大閲之禮，不以仲冬而以二之日，三也。孔疏所指晚寒有六條：《月令》仲春倉庚鳴，此在蠶月，夏三月。一也；《月令》季秋草木黄落，此云「十月隕蘀」，二也；《月令》季秋令民入室，此以改歲，仲冬。三也；《月令》季秋嘗稻，此云「十月穫稻」，四也；《月令》仲秋嘗麻，此云「九月叔苴」，五也；《月令》季冬取冰，此云「三之日納于縢陰」，六也。九者，非人事，即物候耳。論人事，則一在夏、商之閒，一在周、秦之際，相去千四五百年，制度之變更，土俗之沿革，難以一律論矣。論物候，則鳥之鳴、木之落，非一鳴而遽止，一落而輒盡者也，紀其始則早，咏其繼則遲，何必悉同。至五穀之種類，各有早晚，天子嘗新、薦廟，當在物初之時，豈得與民閒收穫同期？季秋入室，季冬修耒耜，言出令之始耳。踰月而民畢從令，理或然也。孟春始耕，仲春則無不耕，舉趾言其耕耳，非必原其始也。季冬取冰，即是二之日鑿冰藏之，或遲一月，不足異也。大閲、纘武，子丑兩月皆可行，周家既有天下，或稍更先公之制，未可知也。總之，《豳風》《月令》二書所主各不同，《月令》所主在布政教，必舉其初而言；《豳風》所主在紀風俗，多舉其盛而言，自不無先後之異，非地氣使然也，毛公晚寒之説，不必過泥。

《周禮・籥章》：「仲春擊土鼓，龡《豳詩》以迎暑。仲秋迎寒氣，亦如之。凡國祈年於田祖，龡《豳雅》，擊土鼓，以樂田畯。國祭蜡，龡《豳頌》，以息老物。」鄭氏箋《詩》，三分《七月》篇以當之。與《籥章》註小異。「女心傷悲」乃民風，故指爲《豳風》。作酒養老，人君之美政，故指穫稻、春酒爲《豳雅》。置酒稱慶，功成之事，故指「朋酒斯饗」「萬壽無疆」爲《豳頌》。雖屬臆度之見，然於義無礙也。朱子非之，以爲風中不得有雅、頌，是壞六義之體。不知《節南山》云：「家父作誦。」誦、頌字本通用。《崧高》亦云：「吉甫作誦。」又云：「其風肆好。」彼皆雅也，而得蒙風、頌之名，則《豳風》何害爲《雅》《頌》哉？至朱子所取三説以爲皆通者，吾未見其可也。一説謂《楚薺》諸篇爲《豳雅》，《噫嘻》諸篇爲《豳頌》。夫《楚薺》諸篇乃幽王刺詩，《噫嘻》諸篇乃祈年報社稷等樂章，此古敘之説，張、程、蘇、吕諸儒皆遵用之，並無異解。至朱子廢敘，始易以他説耳，不得據己之臆見，以爲故實，遂取《雅》《頌》諸篇，彊别之以豳也。一説取王安石謂：「豳自有《雅》《頌》，今皆亡逸。」夫豳，侯國耳，方自奮戎狄閒，安得有《雅》《頌》？假令有之，則《詩》有三雅、四頌矣。季札觀樂時，《詩》未删也，亦未火也，魯人何不併歌之？一説謂《七月》全篇隨事而變，其音節可爲風，可爲雅，可爲頌。夫風、雅、頌，詩篇之名，非樂調之名也，豈因音節而變哉？如因音節而變，則孰風？孰雅？孰頌？必待奏樂而後分，國史編《詩》，不應預額以四詩之目矣。况風也，而歙之可雅、可頌，獨不爲壞六義乎？是又自戾其初説也。然則兹三説者，殆無一通也。黄東發又述王雪山之説，謂《郊詩》者，籥章以鼓、鐘、琴、瑟四器之聲合籥也；《郊雅》者，笙師歙竽、笙、塤、籥、簫、篪、篴、音笛。管、舂、牘、應、雅十二器，以雅器之聲合籥也；《郊頌》者，眡瞭播鞉，擊頌磬、笙磬，凡四器。皆全用《七月》詩，特以器和聲不同耳。案，此説尤爲謬妄，考之《周禮》，全不相合。《豳詩》《豳雅》《豳頌》皆籥章所掌，不應與笙師、眡瞭分歙之也。《籥章》之文，止言擊土鼓，歙豳籥耳，無鐘、鼓、琴、瑟四器，王豈因《甫田》詩「琴瑟擊鼓」而傅會之與？《甫田》御田祖，乃始耕之祭。歙《豳詩》以迎寒暑，非始耕也，且《甫田》亦不言鐘也。又此四器，何以但可歌《風》，不可歌《雅》《頌》也？况樂器亦安得有風、雅、頌之别哉？彼徒見《笙師》有雅，《眡瞭》有頌磬，故妄生此説耳。不知

《笙師》之雅，即《樂記》所謂「訊疾以雅」，而注云「狀如漆桶，中有椎」者也，與風、雅之雅，名偶相同，義不相涉。又笙師所掌十一器，非十二器也。竽、笙等八者則歙之，牘、應、雅三者則舂之。舂者，築之於地以爲聲，乃奏樂之名，豈樂器之名耶？又此三器以奏《祴夏》，經有明文，與《豳雅》無與也。至頌乃磬名，音容，字亦作鏞，非三頌之頌。又鞉及頌、笙兩磬止三器，非四器也。眂瞭之職，亦不云奏《豳頌》也。且笙師十一器，眂瞭三器，止各一器蒙雅、頌之名，安得概彼諸器，悉爲雅、頌哉？謬妄如此，不知黃氏何以取之。

觱本作𧢼，从角𤕤聲。𤕤，古文誖字，或曰籒文。今𧢼省作觱。《說文》：「羌人所吹角屠𧢼以驚馬也。」《說文》引此詩作「一之日滭冹」。冹，分勿反。其引《采菽》詩作「滭冹濫泉」。

《下泉》《大車》兩詩，孔疏皆引《七月》「二之日栗冽」，以證冽字當从仌，不當从水，則此詩古本元作栗冽，唐初猶然矣。今本烈字豈衞包所改乎？烈从火，與傳「氣寒」義反，冽字得之。

「同我婦子，饁彼南畮」，同，謂婦子同來也。《集傳》曰：「老者率婦子而餉之。」迂矣！經文並不言老者，何得彊安蛇足乎？況《孟子》云「頒白不負戴」，《王制》云「斑白不提挈」，此先王之禮也，則饁餉之勞，不應及老者。觀《甫田》《大田》《載芟》諸詩，亦止言婦子，言婦士，可見矣。又《漢書·食貨記》引此詩，師古注云「其婦子同以食來饋之」，正與古注同。朱子甚愛顏説，而此復别爲之解，何也？

《詩》之田畯，田官也。《周禮》之田畯，田神也，即后稷也。鄭氏《籥章》注以「饁彼南畮」爲《豳雅》，豈合「田畯至喜」與「樂田畯」爲一事耶？康成注《禮》在未箋《詩》之前，此時殆未明《詩》義。

「女心傷悲，殆及公子同歸」，《集傳》以爲公子娶於國中，其許嫁之女預以將及公子同歸，而遠其父母爲悲。然以歸爲于歸，則歸者止是女，何云「及公子同歸」乎？文義不順矣。況古國君不臣其妻之父，往往娶於鄰邦。宋三世内娶，《春秋傳》以爲譏，僖二十五年《公羊》。可證也。即以周事言之，大姜，有逢音龐。氏女也，或云有邰氏女，有辯，見《生民》詩。大任，摯國女也，大姒，莘國女也，其先可例推，安得豳國大家連姻公室乎？傳云：「春女思，秋士悲，感其物化也。豳公子躬率其民，同時出，同時歸也。」此解爲正矣。

鶪雖惡聲之鳥，然能應候而鳴，故少皞氏以名官。《夏小正》《月令》《周書》皆用以紀時，而《詩》《爾雅》亦載其名。但《本草》不著形狀，後人無從別識，説者紛紛，不能定爲今之何鳥。近世李時珍《本草》據《爾雅》郭注「鶪似鶷胡達切。鶡午鎋切。鶷鶡，服虔以爲白脰鳥，李時珍以爲反舌。而大」之語，合之《爾雅》「鶌鶪醜，其飛也猣」音宗。郭云：「竦翅上下。」《説文》作㚇，注云：「斂足也。」之文，以爲今世有苦鳥者當是。其説云：「苦鳥大如鳩，黑色，以四月鳴，其鳴曰苦苦，又名姑惡。人多惡之，俗稱婦被姑虐死所化。此與尹伯奇化鶪之説相類，故以爲一鳥。」不知信否也。又案，鶪亦作鵙，其異名曰伯勞，曰伯趙，曰百鷯，曰博勞，以夏至鳴，冬至止，好單棲，血昏金鳴則蛇結，❶其聲鶪鶪，飛則竦翅上下。合此數者，是乃鶪矣。然物産之古有而今無者固不少，正難求之於目驗也。

「四月秀葽」，鄭箋疑葽爲王萯，房九切。孔疏已不以爲然。宋曹粹中《詩説》據《爾雅》「葽繞棘蒬」語，又參以劉向苦葽之説，以爲即今藥中小草。《名物疏》非之，謂「不榮而實曰秀，小草有華，不得云秀。如秀是

❶《埤雅》卷九曰：「鶪善制蛇，鳴則蛇結。」又曰：「金得伯勞之血則昏。」

吐華，則萋繞華以三月開，不以四月」。其説如此。源謂曹説得之。秀字原象禾實下垂，吐華非本訓也。況此章以成物之始紀將寒之漸，其言秀者，專取成實之義。小草以三月華，正當以四月成實，又何疑乎？不榮而實曰秀，榮而實者亦可通名曰秀。如黍稷言方華，亦言實秀，荼有華如野菊，而《月令》言「苦菜秀」皆是也。《爾雅》華、榮、秀、英四字分別異名，所謂對文則別，散文則通者耳，可過執哉？案，《説文》：「葽，草也。《詩》曰『四月秀葽』，劉向説此味苦，苦葽也。」劉、許皆漢人，已訓此詩之葽爲苦葽，其來古矣。今藥中小草味極苦濇，醫家以甘草煑之方可用，又有萋繞之稱。曹説信爲有本。

貉本作貈，左豸右舟。今經傳皆作貉，惟《爾雅》作貈。貉本莫白切，北方豸種也。今以貊代貉，而貉則以代貈，不可復正矣。貈又作貦、狢、𧳋。

貈、狐、貍是三種獸名，見《爾雅》《説文》諸書。「一之日于貈，取彼狐貍，爲公子裘」，謂取此三獸皮爲裘耳。《集傳》乃云：「貈，狐貍也。于貈猶言于耜，謂往取狐貍也。」竟以貈爲狐貍之總名，而合二句所指爲一事，誤矣。推其故，殆因讀毛傳而失其句讀也。毛傳云：「于貈，謂取。狐貍，皮也。」傳語簡貴，讀者多誤。傳「于貈」二字當讀，音豆。「謂取」二字當句。于，往也。經言往，不言取，故傳補言取。傳「狐貍」二字當讀，音豆。「皮也」二字當句。經言狐貍不言皮，故傳補言皮，皆以補爲釋也。且狐貍言皮，則貈之爲皮可知，義又互相備也。康成善會毛意，故不更解，但分別用裘之不同，箋云「于貈，往摶貈以自爲裘。狐貍，以共尊者」是也。仲達誤讀，謂取狐貍皮爲一句，故其申毛，詞多牽合，幸不失經意耳。朱子誤讀傳，併誤釋經矣。不獨《集傳》也，呂《記》解貈爲狐貍之居，因彊合北狄貉字爲一義。陸氏《埤雅》以于貈爲《周禮》祭表貈之事，皆讀毛傳而誤者也。夫傳，釋經者也，猶誤讀之，況經乎？

「言私其豵，獻豜于公」，毛云：「豕一歲曰豵，三歲曰豜。」鄭云：「豕生三曰豵。」《爾雅》文。豜字無訓。疏申箋意，謂：「豵既易傳，則豜亦非三歲之稱。《爾雅》：『鹿與麋，絶有力麛。』《說文》作麉，古賢切。鄭當以麛爲鹿麋之有力者。」案，經別公私，正以一物而分大小，見豳民愛君之誼，且與《周禮》「大獸公之，小禽私之」語相合。意周公既咏其事於《詩》，即倣此義以定仲冬大閱之法耳，故毛傳以彼文爲證，而先鄭之注《大司馬》職，亦引此詩，義不可易也。先鄭惟「四歲，肩」小異於《詩》傳，然非大義所關也。康成注《禮》、箋《詩》，俱易其解，左矣。又《小爾雅》云：「豕之大者謂之豜，小者謂之豵。」《說文》云：「豵，生六月豚。一曰：一歲豵，尚叢聚也。豜，三歲豕，肩相及者。」皆與毛義同。

莎雞非樗雞也，莎雞生草閒，樗雞生樗樹上。《爾雅》「螒，天雞」，此莎雞也。郭注以爲又曰樗雞，誤矣。崔豹《古今注》又以莎雞與斯螽、蟋蟀爲一物而異名，亦誤。朱《傳》用崔說。

傳云：「鬱，棣屬。薁，蘡薁也。」蘡薁亦名燕薁，《本草》云：「俗名野葡萄。」唐本注謂之山葡萄，云：「蔓生，與葡萄相似而小，亦有莖大如椀者。冬月惟凋葉，藤汁甘，子味甘酸。」宋《圖經》云：「蘡薁子生江東，實似葡萄，細而味酸。」案，孔疏引劉楨《毛詩義問》，言鬱樹高五六尺，實大如李，薁是鬱類而小別。又言晉華林園有車下李三百十四株，薁李一株。車下李即鬱，《史記·相如傳》「隱夫鬱棣」，徐廣注引郭璞曰：「鬱，車下李也。棣實似櫻桃。」薁李即薁。《草木疏》釋鬱與薁李，皆以爲實大如李，張揖亦謂薁爲山李，大似李而以株計，則薁乃木生，而《本草》以爲蔓生，子又有大小之異，《本草》恐誤。《常棣》詩別有辯。又案，郭璞言葡萄似燕薁，可作酒，見《文選·上林賦》李善注。陶隱居言葡萄即是此閒蘡薁。唐、宋《本草》蓋本此爲説，而蘇頌《圖經》以爲木高五六尺則小異，惟言子小則同。

《草木疏》以唐棣爲薁李，誠誤矣，然以薁李爲實大如李，不誤也。其釋《豳風》之鬱薁，則釋鬱而不釋薁，良以薁即唐棣，不必再釋也。其釋葛藟，以爲藟似燕薁，延蔓生。意陸所謂燕薁，非即薁李也，不然，唐棣木生，燕薁蔓生，不相類矣。《玉篇》以蘡薁爲草，而名木葉如梨者爲栯。《廣韻》以蘡薁爲藤，而名栯李爲栯，亦分燕薁、薁李爲二，與陸同也。郭、陶二家及唐、宋《本草》以薁爲葡萄，皆因陸《疏》藟似燕薁語而誤，不知燕薁、薁李，陸分爲兩植也。案，栯即薁字，通作奧。郁又有作㮋者，《廣韻》以爲俗字。

古有五菜，韭、䪥、薤俗。葵、蔥、藿是也，而葵爲之主。其見於《詩》者，《陳風》之荍，荊葵也。今名錦葵。《小雅》之芹，楚葵也。《魯頌》之茆，鳧葵也。然此特借葵爲名耳，惟《七月》詩「亨葵及菽」專名爲葵，乃正爲葵菜，但傳、箋、正義俱無訓釋。陸氏《埤雅》以紫莖、白莖當之，嚴《緝》宗其説。吕《記》以爲《爾雅》之終葵、繁露，所指各不同。今考之，《埤雅》之説當矣。案，紫莖、白莖葵，《本草》亦專名葵，入本經上品。古人種爲常食，有紫莖、白莖二種，以白莖爲勝，大葉小華，華紫黄色。其最小者名鴨脚葵，子輕虛如榆莢仁，四時皆可種，經年收采，有冬葵、春葵、秋葵之名。王楨《農書》曰：「葵，陽草也。其菜易生，備四時之饌。本豐而耐旱，味甘而無毒，蔬茹之要品也。今人不復食之，亦無種者。」已上見《本草綱目》。觀此可見古人食葵以此種爲正，豳民所烹，定指此菜。後世如宋玉賦、曹植《七啓》、王維詩所云露葵，皆是物也。《齊民要術》言種葵法，云：「掐苦洽切，瓜刺也。必待露解，收必待霜降。」葵以露名，意在斯乎？又其性滑，故名滑菜。至終葵、繁露，亦名落葵，亦名承露，亦名天葵，亦名臙脂菜。隱居云：「子紫色，女人以漬粉傅面，謂之胡臙脂。」《蜀本草》云：「葉圓厚如杏葉，子如五味子，生青熟黑。」李氏《綱目》云：「葉肥厚軟滑，作蔬和肉皆宜。八九月開細紫華，纍纍結實，熟則汁如臙脂，女人飾面、點脣、染布物，皆用之。」觀此諸説，今俗所稱紫草，乃斯種也，特葵之一類，不得專葵菜之名。若夫荍之爲荆葵，《爾雅》之菺戎葵，今名蜀葵。《本草》之黄蜀葵，今名秋葵。皆庭除之玩也，不爲菜。又如《爾雅》之莃音希。菟葵，《本草》之防葵，《素問》之龍葵，《廣雅》以地膚爲地葵，與鳧葵、楚葵之類，或謂葵止一種，或假葵以爲名耳。其戎葵又名吴葵，見《别録》。鳧葵又名水葵，見《楚詞》注及《後漢書》注。兔葵又名天葵，見《圖經》。名稱雜亂，不可悉辯矣。

菽者，衆豆之總名也。《廣雅》云：「大豆，菽也。小豆，荅也。」然實通爲菽矣。其角曰莢，葉曰藿，今作藿。莖曰萁。《詩》所言菽，率皆大豆也。大豆有黑、白、黄、褐、青、斑數種，今用作豉醬腐油者是，而黑者更可入藥，《神農經》列之上品，皆夏種秋收。其小豆則有赤豆、白豆、緑豆、䝁力刀切，亦作蹽。豆、穭力與切。豆諸種，䝁豆亦名鹿豆，《爾雅》「圈，巨員切。鹿藿，其實莥」女九切。是也，俗呼野緑豆。其胡豆則有豌豆、豌，於丸切。《玉篇》云豌豆夏收。蠶豆，而《廣雅》亦以跭胡江切。𨇾音雙。爲胡豆。《别録》中品有藊豆，今沿籬豆，又名蛾眉豆。《廣韻》作稨豆。稨，布元切。籬上豆也。又北典切。《酉陽襍俎》有挾劒豆，俗名刀豆。《本草拾遺》有黎豆，又名貍豆、虎豆。而黎豆者，實《爾雅》之「欇，音涉。虎櫐」云。《玉篇》曰「欇，豆名，虎櫐」是也。

米之疏者曰秔，黏者曰稬，奴亂切。俗作穤，又作糯。又誤讀奴播切。稻則其總名，今人皆以爲然，然非古也。《説文》云：「稻，稌也。稌，稻也。沛國謂稻曰稬。」又云：「秔，稻屬。」然則稻、稌、稬皆目黏者，而疏者直名秔也。觀《豳風》「十月穫稻，爲此春酒」，則益信矣。非直此也，《豐年》詩爲酒、爲醴獨言黍、稌，《月令》命大酋亦言秫、稻，黍乃稷之黏者，秫乃粱之黏者，而與稌、稻俱爲釀用，尤足爲明證。杜少陵詩「煙霜淒野日，秔稻熟天風」，秔稻與煙霜對，定是二物，可見謂稉爲稻，唐世猶然也。宋張舜民言《本草》專名稉爲稻，累朝釋略無言其可爲酒者。不知稻之爲稉，不僅見《本草》也。至用爲酒，《詩》《禮》已言之，《本草》偶弗及耳。凡穀之黏者皆可釀，北土多用黍秫，今世猶爾。釋《本草》者各據其方俗，故不及稻。後之釋者往往藍本舊注，未遑增入，非謂稻不可爲酒也，又何疑乎？

「九月叔苴」，傳云：「叔，拾也。」《説文》云：「从又，尗聲。南人謂收芋爲叔。」今借爲伯叔字，忘其本訓矣。《説文》又云：「尗，豆也。象尗豆生之形。」徐曰：「豆性引蔓，故从丨有歧枝，非上下之上，故曰象豆生形。小，象根也。」今作菽，後人所加。

「采荼薪樗」，樗字本應作槫。槫，惡木，敕書切。樗，乎化切，亦木名，以皮裹松脂可以爲燭，非惡木也。今諸書皆譌槫爲樗，又別作樺字以代樗。樺亦作檴、華，《莊子》「華冠縰履」是也。沿習已久，不可復正。

「九月築場圃」，圃字《釋文》有補、布二音，《集傳》博故切，以與稼協。案，稼字諧家聲，家字古讀如姑，稼則轉爲去矣。然四聲之學，始於元魏，古未之有，補、布二音，皆可協稼。

「塞向墐户」，治都邑之屋也。「亟其乘屋」，治野廬之屋也。治都邑之屋，在「入此室處」之前，治野廬之屋，在「入執宫功」之後，皆豫爲之備也。

「朋酒斯饗」，毛傳以爲黨正飲酒之禮，鄭箋以爲國君大飲烝之禮，説雖不同，然總是國家大典，歲歲舉行，宜與鑿冰、獻羔之禮同咏於詩也。横渠解爲民饗君，而諸儒從之，誤矣。古人飫燕食饗皆有常制，未聞庶人而用饗也。禮，大夫無故不殺羊，則庶人雖有故，亦不得殺羊也。公劉酌其群臣，執豕而已，豳民反用羊乎？非度也。兕觥，罰爵，尤非民所以敬君也，況斯饗也，民自以意爲之乎？抑國家本有此制乎？如民自爲之，是草野之人，無故攜壺挈榼，就君而勸之飲，豳俗雖古樸，未必相狎至此。如本有此制，則是豳公歲歲索民之酒食也，亦非體矣。

鴟　鴞

周公居東，即是東征，辟即致辟，孔氏《書》傳本無誤也。毛公《詩》傳雖無明文，然訓「既取我子」二語則云：「寧亡二子，不可毁我周室。」蓋亦以《鴟鴞》詩爲作於誅管、蔡之後矣。鄭氏誤以《金縢》居東爲避居，故解《鴟鴞》詩種種害義。朱《傳》从毛，盡埽鄭謬，當矣。乃後之述朱者，因其晚年與蔡仲默書，遂舍《集傳》而别爲之説，何其悖也。居東，辯詳見《尚書·金縢》。

鴟鴞，鸋音寧。鴂，毛傳不言何鳥。觀三章傳云「手病口病，故能免乎大鳥之難」，則不以鴟鴞爲惡鳥矣。《韓詩》謂鴟鴞之愛養其子，適以病之，不託於大樹茂枝，而託於葦蔄，此與《荀子》所言蒙鳩事相合。蒙鳩亦名巧婦，即《小毖》篇桃蟲也，故趙岐注《孟子》，以鴟鴞爲小鳥，陸《疏》釋鴟鴞，亦以爲巧婦，説皆同。惟王叔師《楚詞》注云：「鴟鴞，鸋鴂，貪鳥也。」則與巧婦别鳥矣。《爾雅》「鴟鴞，鸋鴂」，郭注云「鴟類」，殆祖王説，而陸氏《埤雅》力證其是，今用之。

「予手拮据」，毛云：「拮据，撠釋文云京劇反，本作戟。挶音匊。也。」「予口卒瘏」，毛云：「手病口病。」卒瘏兼手口，則拮据亦然，經二語互相備也。《韓詩》云：「口足爲事曰拮据。」意亦與毛同。《説文》云：「据，戟挶也。拮，手口共有所作也。」因引此詩，殆兼取毛、韓之義。

東　山

傳云：「蠋，桑蟲也。」《説文》以蠋爲葵中蟲。羅願云：「蠋，葵中蟲，亦食於藿，似蠶而不食桑。《詩》云『桑野』者，葵藿之下，亦桑野之地也。」案，《爾雅》：「蚅，烏蠋。」注、疏皆不言桑蟲。又此詩疏申毛云：「在桑野，故知桑蟲。」是傳第順經解之，非確見此蟲之食桑也，則爲葵蟲信矣。又蠋，《説文》作蜀，云：「从虫。上目象蜀頭形，中象其身蜎蜎。」今皆作蠋，殆以别於郡名乎？毛晃曰：「蜀，本从虫。而又加虫焉，俗也。」

《東山》詩兩言「烝在」，嚴《緝》辯之，以爲烝有進、衆、久三義。衆非所以喻獨宿，進可言蠋，不可言瓜，久義爲長，此得之矣。程子訓烝爲升，即進義也。朱《傳》以爲發語聲，不知何本。又案，黄氏《韻會》備引《詩》《書》以釋烝字，獨不及久義。《詩》「烝在桑野」「烝在栗薪」「烝也無戎」「烝然罩罩」，箋、疏皆訓爲久，何可遺也？其「烝之浮浮」爲火氣上行，乃烝之本義。「皇王烝哉」，烝訓君，「天生烝民」，烝訓衆，「烝烝皇皇」，烝訓厚，《韻會》皆及之。其升進之烝，與冬祭之烝，雖及之，然不引《詩》「烝衎烈祖」「禴祠烝嘗」爲證。

《東山》次章是行者之思，三章是居者之望，古注如此，既合敘意，又兩章各一意，曲盡人情，不嫌重複。程、吕諸儒皆遵用斯義。今概指行者思家言，趣味短矣。「我征聿至」，言我之行者當遂至也，「瓜苦」「在栗薪」，喻君子留滯於外也。「自我不見，于今三年」，言久不見君子也，感陰雨而興歎，因洒埽以待其來。又指瓜苦爲喻，而自言不見之久，寫室家望歸之情，婉而至矣。今既以爲行者之語，遂謂三年不見，是不見瓜苦，思致纖巧，恐非古人文義。

蠨蛸，《釋文》云：「蠨，《說文》作蟰，音夙。」今《說文》「蟰，穌音蘇。彫切」。蟰本以肅得聲，陸氏所云乃叔重之舊音矣。案，《玉篇》作蠨，先幺切，則此字音形之改，其來已久。

《本草綱目》論螢有三種。一種能飛有光，乃茅根所化。吕氏《月令》「腐草爲螢」是也。一種長如蠶，尾後有光，無翼，乃竹根所化，亦名爲蠲。《明堂月令》「腐草爲蠲」是也，亦名宵行。一種水螢，居水中。李氏此言，殆未必然。螢之化也，先有光而後生翼，其如蠶者，是初化時爾。陶隱居言：「初時如蛹，腹下有光，數日變而能飛。」此說得之。又螢從草化，亦得濕熱之氣而生，或草或水，隨近棲託，故是一種，安得分而三之？至宵行之名，是因朱《傳》而傅會。案，宵行非蟲名，楊用修辯之甚確，說載《通義》。

毛、韓兩家師授各異，然毛傳之意，有得韓而始明者，如《東山》詩「鸛鳴于垤」是也。毛云：「垤，螘塚。將陰雨，則穴處先知之。鸛好水，長鳴而喜。」此但言螘之知雨及鸛之好水，至鳴之必於垤，初不言其故，箋、疏亦無明解。朱《傳》求其說而不得，遂謂螘知雨而出垤，鸛就食之，遂鳴於其上，誤矣。《草木疏》言鸛食魚，《埤雅》言鸛甘帶，蛇也。並不云好食螘。朱子此言，殆格物猶未至與？案，《韓詩》薛君章句曰：「鸛，水鳥。巢居知風，穴居知雨，天將雨，而螘出壅土，鸛鳥見之，長鳴而喜。」見《文選》張華《雜詩》注，李善引之。蓋鸛鳥本不知將雨，見垤而知之，故喜而鳴也，傳意始曉然矣。

《說文》無鸛字，而雚字注引《詩》「雚鳴于垤」，故後儒皆以鸛、雚爲一字。毛氏《韻增》、黄氏《韻會》直謂「雚已从隹，而又加鳥，乃俗人之誤」。然《說文》云：「雚，小爵也。」陸氏《草木疏》云：「鸛似鴻而大。」合此二說，雚、鸛大小異形，定非一鳥。以鸛旁之鳥爲俗所加，非篤論也。字兼鳥、隹二旁，如鷹、鵃、雛、鶴等皆是，詳見《總詁》正字類。何獨疑於鸛乎？《東山》釋文云：「鸛本又作雚。」不云字又作雚，蓋亦不以爲一字矣。

破斧

《豳風》七篇，《七月》《鴟鴞》《狼跋》三詩敘，朱子無譏焉。《東山》詩敘以爲周大夫作，朱子以爲周公自作，此稍異矣，然於義俱通，無關得失也。《伐柯》《九罭》二詩，敘以爲刺朝廷不知公，言公不宜居東，王當早迎公歸，朱子則以爲東人喜得見公而欲留之，二説乃大相反。較而論之，敘義似勝也。公在朝則澤及四海，公在外則惠不能及一方，東人留公於東，何爲乎？況公之居東，因王疑未釋也，王疑一日未釋，則公之身一日不安，何足爲公喜？王疑釋而公西歸，王室之幸也，天下之幸也，亦東人之幸也，不以爲喜，而顧欲留之，斯乃兒女子之見，非有識者之言矣，夫子豈録其詩乎？至《破斧》篇，美周公而惡四國，敘説原無不通，傳以四國爲管、蔡、商、奄，有《尚書·多士》篇可證。朱子不從，而改爲軍士所作，以荅前篇，不知何所考據。又訓四國爲四方之國，而譏敘爲無理。夫四國作亂，而詩人惡之，何謂無理哉？

毛云：「隋駝、妥二音。銎曲容切，孔也。曰斧，方銎曰斨。」然則二者皆斧耳。豳人用以取桑，非兵器也。毛又云：「鑿屬曰錡，木屬曰銶。」孔氏未能審厥狀，而《釋文》以銶爲獨頭斧，則二者亦斧類，而制稍別，非兵器也。《集傳》謂爲征伐所用，殆不然。此詩每章首二句，毛、鄭本以爲興，毛以斧斨切於民用，喻國家之有禮義，四國破之、缺之，是其罪也。鄭以喻成王、周公，不如毛義之正大。

朱子既以《破斧》詩爲軍士荅周公矣，又從而爲之説曰：「當日披堅執鋭之人，皆能以周公之心爲心，而不自爲一身一家之計，蓋亦莫非聖人之徒也。」夫創爲此説者，特出於己之臆見耳，乃遂據爲故實，而發兹歎美之言。一周公唱於上，衆軍士和於下，殆若目見之，其自信亦篤矣哉！

伐柯　九罭

《伐柯》《九罭》皆刺王不知周公，此毛説。鄭謂刺群臣，非也。王肅、孫毓皆是毛。而因告王以迎公之道，詞旨略相同。《伐柯》首章言迎公當得其人，次章言迎公當厚其禮。《九罭》篇首尾皆言衮衣，欲王以上公之位處公，即上篇以禮迎公之意也。中二章則以鴻不宜於陸、渚，喻東土下國，非所以居公，亦見王之迎公當早也。毛、鄭、孫、王諸家説雖小殊，而大旨不外此。不獨見周公之德爲人所説服，亦見作詩者惟恐王之不用周公，又惟恐王之待公未盡其道。憂國之情，好賢之意，纏緜懇惻，具見於詩，故足爲訓也。《集傳》悉埽斯義，於《伐柯》不過曰「首章比見公之難，次章比見公之易」而已，於《九罭》不過曰「喜得見公，惟恐其歸」而已。夫東人以見公爲喜而欲留之，乃一人之私情，何關朝廷理亂之故哉？不但令讀者絶無觀感，且使古人作詩之苦心，無由白於後世矣。

狼跋

詩以狼爲興，但取其跋胡、疐尾，爲進退兩難之喻，初不計其物之善惡也。伊川以狼爲惡獸，非所以喻聖人，故變其説，以爲狼以貪欲而陷於機穽，公以無欲而舒泰自如，意甚美矣。然以狼喻聖，固爲儗非其倫，反狼之惡，以見聖之美，是又以聖與狼較論善惡也，亦非所以尊聖。

「公孫碩膚」，《集傳》以爲詩人之意，謂公之被毀，非四國之所爲，乃公自讓其大美耳，不使讒邪得加忠聖也。或譏其傷巧，又自解曰：「作詩之體當如此，如昭公爲季氏所逐，《春秋》却書『公孫于齊』，如其自出。」噫！過矣。《春秋》凡諸侯出奔，皆以自出爲文，並無書某人出其君某者。先儒釋其旨，謂譏其君之自取，以示警也，見《春秋》襄十四年杜注。爲魯諱，惟書孫，不書奔耳。周公之遭謗，豈亦自取乎？若如朱子之言，非敬公，乃譏公也。又案，公孫謂致政，非謂遭謗也。公攝政七年，致太平，一旦復辟告老，故云孫此大美耳。「赤舄几几」，則又言其留相成王之事。

「几几」，傳云「絇貌」絇字亦作屨，見《玉篇》。絇是舄頭飾，几几即其貌狀，初未及安重意。詩但舉公之服飾，以見公之留相成王，而德稱其服，居位無慚之意，自可想見舉足安重，特其一端耳。執此以爲公之美意，反陋矣。王氏謂：「几乃人所凭以安，故几几當訓爲安。」安石最多傅會，此尤鄙淺可笑。

毛詩稽古編卷九

吴江陳處士啓源著

小雅

鹿鳴之什正小雅

朱子以《鹿鳴》三篇爲上下通用之樂，劉瑾申之，以爲考《儀禮》上下通用止《小雅》、二《南》，不歌《大雅》，可見《大雅》獨爲天子之樂，斯言謬矣。鄭《譜》云：「用於樂，國君以《小雅》，天子以《大雅》。然而饗或上取，燕或下就。」所謂上取者，如《左傳》謂《文王》爲兩君相見之樂，《禮記》言賓入大門而奏《肆夏》，又言兩君相見升歌《清廟》，下管《象》。《傳》《記》既有明文，又經孔疏引證，瑾獨未見乎？《儀禮》闕逸甚多，所存諸侯之禮，止《鄉飲》《燕禮》《鄉射》《大射》諸篇，稍及奏樂之制，何可執以相概也？

鹿鳴

《鹿鳴》敘云：「燕群臣嘉賓也。」此言作詩之本意也，與《四牡》之勞使臣、《皇華》之遣使一例也。若夫升歌合樂之類，則就詩之用於樂而言，非作詩之本意也。朱子見《儀禮》《學記》之文而改訓之，曰：「此燕饗通用之樂歌。」乃言樂，非言詩矣。況升歌合樂，必三詩連奏，朱子於《四牡》《皇華》二詩，何不併以燕饗通用釋之，而仍從敘乎？近世鄒忠允辯之，以爲是燕非饗，説見《通義》。當矣。但作《鹿鳴》者專爲燕，而歌《鹿鳴》者則不僅燕，燕饗通用亦非誤，然非所以釋詩耳。

傳云：「苹，蓱也。」鄭以水草非鹿所食，故訓爲藾蕭。宋羅願謂鹿豕亦就水旁求食，食萍容有之，不必易傳。近儒趙宧光亦言嘗畜麋鹿，性嗜水草。然經明言野苹，箋義長矣。又孔氏申箋，引《草木疏》云：「苹，葉青白色，莖似箸而輕肥。」朱《傳》則曰：「青色，白莖，如箸。」止倒置「白」「色」兩字，而物色已不同。誤耶？抑他有據耶？

嘉賓，毛、鄭專指群臣，朱《傳》兼指本國之臣及諸侯之使，蓋本於《鄉飲酒》《燕禮》注之説也，殊不知孔疏已有辯矣。又《四牡》《皇華》等篇，皆言己國群臣，《鹿鳴》不應獨異，畢竟古注爲優。

後儒釋經所立新説，往往是先儒吐棄之餘。即如《鹿鳴》篇「周行」訓爲至道，「德音孔昭」訓爲嘉賓之明德，康成注《禮》時已作此解，後箋《詩》方改訓「周行」爲周之列位，「德音」爲先王德教。當時舍彼而取此，必有見矣。

蒿之類甚多，惟青蒿得專蒿名。《爾雅》云「蒿，菣」，去刃切。《詩》亦云「食野之蒿」，皆直云蒿耳，不若莪、蘩、蔞、蔚之屬，必以他名相別也。《本草綱目》云：「諸蒿皆白，此蒿獨青，殆此異與？」又云：「二月生苗，莖葉俱深青，七八月有黃華，甚細，結實如粟米。」《本經》名草蒿，又名方潰，列於下品。

四牡

敘云「有功而見知則說矣」，朱子譏其語疏而義鄙。夫見知而說，人情自當如此，何云疏鄙哉？且敘言見知則說，不言必待知而後說也。視土芥、寇讎之論，尚爲蘊藉矣。

「王事靡盬」，呂《記》引董氏曰：「《說文》煮海爲鹽，煮池爲盬。盬苦而易敗，故傳以不堅訓之。」《大全》亦載董語，誤以爲呂氏曰。案，今《說文》鹽字注云：「鹹也。古者宿沙初作煮海鹽。」盬字注云：「河東鹽池，袤五十一里，廣七里，周一百一十六里。」並無董氏所云。況池鹽乃風結成，不用煮，煮池語尤爲妄說。又案，毛傳釋盬字，《鴇羽》云「不攻緻」，《四牡》云「不堅固」。《鴇羽》疏以爲盬、蠱字異義同，引昭元年《左傳》文，證盬是蠱之害器敗穀者，故爲不攻牢、不堅緻之義，此說近之。

傳訓「騑騑」爲行不止貌，「嘽嘽」爲喘息貌，「駸駸」爲驟貌，皆取疲苦之義，故又云「馬勞則喘息」，蓋以馬之勞，見使臣之勞也。朱子見《采芑》「嘽嘽」毛云衆也，《常武》「嘽嘽」毛訓盛貌，遂合彼兩傳以訓此詩曰：「嘽嘽，衆盛之貌。」與「勞使臣」義不相蒙矣。此爲勞使，彼皆出軍，義各有當，訓解亦殊，始知古人釋經用意精密也。又案，嘽字原从口旁，《說文》云：「嘽，喘息也。」則喘息乃本訓矣。

傳云：「鵻，夫不也。」《爾雅》云：「隹其，鳺鴀。」郭注：「今鵓鳩。」蓋夫、鳺、鵓，不、鴀、鳩，各音韻同，而字形異也。呂《記》引郭注云：「今鶉鳩。」《集傳》亦云：「今鶉鳩。」嚴華谷論鵻有十四名，而鵓鳩、鶉鳩兩名並列。大抵鵓、鶉字形相似，始也誤鵓爲鶉，繼則鵓、鶉分爲兩稱。譌以仍譌，是可哂矣。案，《爾雅》注疏、

《廣雅》《方言》、陸氏《草木疏》諸書皆無鵓鳩之名，鵓字不見《說文》，而《玉篇》有之，云：「步忽切。鵓，鶉音速。鳥。」不言是鳩名也。惟《埤雅》辨鵓鳩非鳴鳩，亦不言與祝鳩一鳥。則鵓鳩之名，殆始於宋世。

皇皇者華

《詩》之次弟，雖閒有倒置者，然《鹿鳴》《四牡》《皇皇者華》三詩，所謂「工歌《鹿鳴》之三」也，見《儀禮》《左傳》諸書，又見《六月》小敘，其先後不可易矣。李氏以爲先遣後勞，《皇華》當在《四牡》前，真謬說。

「每懷靡及」，傳云：「每，雖；懷，和也。」鄭、王各述毛意，而說不同，王云：「雖內懷中和之道，猶自以無所及。」鄭所據毛傳無「每，雖」二字，又據《春秋》外傳「懷私爲每懷」語，因破毛傳「和」字爲「私」，云：「每人懷其私，相稽留，則於事將無所及。」孔疏並載其說，而不辨其孰是。今案，《魯語》穆子曰：「懷和爲每懷。」韋昭注引鄭後司農云：「和當作私。」則是《魯語》原文本作和，其作私者，亦即鄭說耳。惟《晉語》姜氏引此詩，戒重耳順身縱欲，又引《西方書》，及《鄭》詩之言「懷」，皆爲私義。要是斷章立說，未必此詩本訓也，懷私恐非毛旨。又末章毛傳云：「雖有中和，當自謂無所及。」此正首章「每，雖；懷，和」之解，王肅即用以述毛，於義允當。孫毓《詩評》亦謂毛傳上下自相申成，得之矣。鄭既破和爲私，又彊解中和爲忠信，以牽合「周」義，皆曲說也。

「周爰咨諏」，《釋文》：「諏，子須切。」《說文》及《玉篇》皆同。《示兒編》云：「今《禮部》『十九侯』，諏字將侯切。」然則《釋文》之音古矣。駒、濡、驅、諏天然協韻，朱《傳》四字皆作二反，似不必。

《春秋》内外傳説《皇華》詩有「五善六德」之説，咨、諏、謀、度、詢爲五善，内傳本文自明，注亦無異義。至外傳之六德，韋昭注於五善之外取「周」以備數，與毛公詩傳不合。孔氏申之，言周者彼賢之質，不應數爲使臣之德，故傳云自謂無所及於事，則成六德，無所及是謙虚、謹慎之義，當以之爲一也。源謂毛義誠勝，但孔疏之言猶未盡也。外傳之六德，本文亦自明矣，云：「懷和爲每懷，咨才爲諏，咨事爲謀，咨義爲度，咨親爲詢，忠信爲周。君況使臣以大禮，重之以六德。」據此文義，則所謂六德，即上六語是矣。「忠信爲周」，言咨於忠信之人，即内傳之訪問於善爲咨耳。周、咨一義，韋分爲兩德，是其誤也。懷和爲每懷，在五善之外，「雖有中和，自謂無及」，傳以備六德之一，與外傳正相符，義不可易矣。且穆叔以懷和爲一德，而康成破和爲私，懷私可謂德乎？又謂傳「中和」是釋「周」義，而指爲六德之一，誤又與韋等。孔疏雖曲爲回護，不能掩其失也。

常棣　伐木

《常棣》之於兄弟，《伐木》之於朋友，故舊，皆燕也。然《常棣》兼飫禮，《伐木》兼食禮，或曰：「文王詩當殷世，不得以周家禮文律之。」理或有然。

《常棣》《伐木》兩詩所言朋友兄弟，名稱相溷，竊嘗辨之。《伐木》之父舅兄弟，即《常棣》之朋友，而《常棣》之兄弟，非《伐木》之兄弟也，當以九族内外爲斷。《常棣》之兄弟，九族以内也。《伐木》之諸父及同姓兄弟，九族以外也。九族在五服之中，止可稱兄弟，不可稱朋友。九族之外無服，《禮記・大傳》所謂「六世親屬竭矣」者也，斯可謂之朋友矣。九族内歌《常棣》以燕之，九族外與異姓，俱歌《伐木》以燕之，兩詩所用應爾。《常棣》六章，傳云：「九族會曰和。」箋云：「九族從己，上至高祖，下至玄孫之親也。」明謂《常棣》之兄弟在九族内矣。

兄弟相承覆而榮顯，朋友相切正而和平，二語實二倫要道，而《常棣》《伐木》兩詩，止寓其旨於興中，此先儒言興所以不厭深求也。朱《傳》釋興體，往往用數助語衍之，使其句法相似，不復論其義趣。別有辯，詳《總詁》。於此兩詩將先儒華萼相承、嚶鳴切直諸語，概芟削不用，後之學者，何自窺詩人微旨乎？其釋《常棣》曰：「常棣之華，則其萼然而外見者，豈不韡韡乎？凡今之人，則豈有如兄弟者乎？」以爲兩「則」字、兩「豈」字、兩「乎」字相呼應，是乃興體矣。然經文本無此六字，朱子始增入耳。豈周公作詩時尚無當於六義，必待二千載後之《集傳》，方成興體耶？誣矣！又六字中兩「則」字尤屬横入，不顧文義，今讀之不甚通，殆是點金成鐵也。至《伐木》篇，則以伐木興鳥鳴，又以鳥鳴興求友，殊滋葛藤。

常棣

「常棣之華，萼不韡韡」，毛、鄭皆以興兄弟，而毛取衆多爲義，鄭取相承覆爲義，稍不同，鄭義勝矣。多而不睦，安用多乎？孔氏申之，云：「華下有萼，萼下有柎，華萼相承覆而光明，猶兄弟相和順而榮顯。」如此説詩，方可以興。

《豳風》之鬱，車下李也。薁，薁李也。《小雅》之常棣常華，白棣樹也。三者各一木。孔疏謂薁是鬱類而小别，又引晉官閣銘證之，❶則欝、薁各一木矣。陸《疏》謂：「欝實大如李而色赤，棣實如櫻桃而正白。」有赤、白二種。《史記·相如傳》注徐廣。引郭璞語謂：「欝即車下李，棣實似櫻桃。」則欝、棣各一木矣。陸《疏》又謂：「郁李實大如李，常棣實如李而小。」則薁、棣各一木矣。後世説者多誤。掌禹錫修《嘉祐本草》，於郁李條下引陸氏《常棣》疏，而妄益之曰：「一名薁李。」是合薁、棣爲一木也。李氏《綱目》既襲其誤，又以欝李、車下李、常棣爲郁李之别名，是合三木爲一，其誤逾甚。陸元恪以唐棣爲郁李，固失之，至釋欝、棣兩木，未嘗誤也。

欝、薁、棣三木相類而結實異，欝、薁大如李，棣小如櫻桃。薁李是薁，非常棣，先儒釋常棣，並無言其名薁李者。《本草綱目》既以薁爲野葡萄，又以常棣爲薁李，誤矣。然則陶隱居所謂「子赤色可啗」，韓保昇所謂「子如櫻桃，甘酸而少濇」，寇宗奭所謂「子如御李子，紅熟可啗」者，定是常棣，但不得謂之薁李耳。又《漢書》《相如傳》。師古注言「棣，今之山櫻桃」，《急就篇》注言「常棣子熟時正赤色，可啗，俗呼小櫻桃，隴西人謂之棣子」，所言名狀正與《本草》諸注合。

常棣，常本如字，俗閒乃有讀棠者。《示兒編》辯其誤，當矣。今案，此誤大抵唐世已然，李商隱詩云：「棠棣黄華發。」近世有草俗呼棣棠，華色黄，春末開，李詩定指此。意當時常字已有棠音，故顛倒俗呼，以合雅華稱目，併改「常」下从木耳。又《漢·杜鄴傳》引《詩》作棠棣，師古注亦同，李善注謝宣遠詩及曹子建《親

❶「官」，嘉慶本同，康熙抄本、大全本、《四庫全書》本作「宫」。

親表》，兩引《詩》，皆作棠棣，傳寫之誤，不知始自何年，要皆因音誤故字誤也。

「萼不韡韡」，鄭讀不爲柎，訓萼足。今皆从王肅，讀入聲。案，《説文》：「不，甫久切。」然箋云「古聲不、柎同」，則甫久切其後矣。古詩《日出東南隅行》，「不」與「敷」「夫」協韻，亦作柎音也。又甫鳩切，陶靖節《酬劉柴桑詩》「不」與「周」「秋」「疇」「游」協韻是也。孫愐《唐韻》始有分勿切，讀與「弗」同，《内典》「不」也作此音矣。近世並讀逋骨切，蓋始於温公《指掌圖》，以杯字發聲。而孫奕《示兒編》、陳正敏《遯齋閒覽》皆祖其説。黄公紹《韻會》遂收入二沃韻，於是不字有甫鳩、甫久、分勿、逋骨四切，而柎音雖最古，反驚俗矣。鄭夾漈云：「不，本萼不之不，音趺。因音借爲可不之不，音否。又因義借爲不可之不，音弗。」斯言良是。楊用修《丹鉛總録》論「萼不」之義，引華不注山餘不谿證之，尤爲詳確。說見《通義》。楊又辯韡字从𠌶，不从蕚，此語亦當。案，𠌶音吁，《説文》云：「草木華也。从𠂹亏聲。𠂹，象草木華下𠂹形。」俗借邊垂字，誤。隸無𠌶字，遂从蕚作韡。

「原隰裒矣，兄弟求矣」，鄭箋以原隰相聚喻兄弟相求，義甚迂緩。朱《傳》謂積尸原野，惟兄弟相求，解裒爲積尸，亦屬武斷。二説俱未安。伊川云：「此章敘兄弟相賴之事，當死生患難之可畏，則思兄弟之助；方困窮離散，群聚郊野時，則求兄弟相依恃。」此説得之。

「況也永歎」，毛云：「況，兹也。」則此語正與《邶》詩「兹之永歎」同。朱《傳》以況爲發語詞，又欲破字爲怳，左矣。《出車》詩「況瘁」仍從毛訓兹。又案，況从水，旁三點。《説文》云：「寒水也。」有从仌，旁二點者，《玉篇》《廣韻》以爲俗字，得之。宋郭忠恕《佩觿集》，始别况、从二。况、況爲三字，云：「况，發語之端。況，寒水也。況，形況。」此乃妄説，古止有一況字，訓寒水，餘義皆借。《正韻》襲《佩觿》之謬。

「外禦其務」，《釋文》云：「務，如字。《爾雅》云『侮也』，讀者又音侮，此從《左傳》及外傳之文。」據陸語則務字不必改字，亦不必改音矣。朱《傳》則從內、外傳。

「飲酒之飫」，毛云：「飫，私也。」《爾雅》義同。箋、疏申之，以爲飫禮在路寢內，不在公朝，故爲私，良是矣。《説文》引此云：「飫，燕食也。」飫立而燕坐，二禮本異，許以飫爲燕，殆因詩本燕兄弟而説飫，故通名之與？今作「厭飫」解，則始於蘇氏。案，厭飫字本作饇。饇，飽也，乙庶切，从勹𣪘聲。俗因飫義與燕連，而燕、厭音相似，遂譌燕飫爲厭飫。《左傳》「飫賜」，杜解飫爲饜。《唐韻》亦云：「飫，飽也，厭也。」後儒相承，竟以飫代饇，而飫則亡其義，饇併亡其字矣。

「和樂且孺」，毛云：「孺，屬也。《爾雅》同。王與親戚燕則尚。」毛、鄭云屬者，以昭、穆相敘次，二義不同，合之方盡屬意。後儒以孺子慕親牽合爲親慕之義，爲費力。

伐木

敘云：「自天子至於庶人，未有不須友以成者。」此泛論其理耳。若詩所言，則皆天子之事也。肥羜，天子之燕禮也。天子饗亨太牢，故知燕禮用羊。若諸侯燕，牲以狗，不用羊豕。八簋，天子之食禮也。燕惟飲酒，無飯食。簋盛黍稷，故知是食。公食大夫禮六簋，故知天子八簋。諸父、諸舅之稱，天子所施於同姓、異姓之臣也。父舅兄弟而以爲朋友者，天子之下交，不過百辟卿士，周之布在列位者，非王懿親，即王姻黨，舍父舅兄弟而外，無可爲友矣。至臣庶之取友，則不僅是。

《伐木》首章一興而取義凡三：聞伐木而驚鳴，喻朋友相切直，一義也；既鳴而遷，喻友自勉厲，得升高位，二義也；處高木者，鳴求在深谷者，喻君子居高位，不忘故友，三義也。毛傳取興本優，鄭易傳不爲興，止因二、三章皆承伐木爲端耳，殊不知舉伐木可兼鳥鳴，古多省文也。李氏以《四牡》詩「將母」例之，良有見。

許許，傳云：「柹貌。」《説文》作所所，云：「伐木聲。」朱《傳》解爲衆人并力之聲，引《淮南子》「舉大木者呼邪許」證之，似矣。然以漢語證周詩，恐未足據信。況小毛公本漢人，何必舍毛而取《淮南子》。

「兄弟無遠」，箋云：「兄弟，父之黨，母之黨。」疏引《爾雅·釋親》之文，謂妻黨亦可言兄弟，箋、疏之意，皆以兄弟兼同、異姓也。朱《傳》曰：「先諸舅而後兄弟者，尊卑之等。」其意偏指異姓爲兄弟矣。上章言父舅，則同、異姓之尊者，皆可爲朋友。此章言兄弟，則朋友之同儕者，何得獨遺同姓乎？

《伐木》篇毛傳分爲六章，章六句。吕《記》、朱《傳》從劉氏説，分爲三章，章十二句。劉氏以三「伐木」爲章首，故分爲三章，其説良然，然此不自劉氏始也。案，傳、箋下疏語統釋一章，例置每章之末，此詩若從毛，當六句一疏，分爲六條，今乃總十二句爲一疏，作三次申述。又小敘下疏指「伐木許許，釃酒有藇」爲二章上二句，「伐木于阪，釃酒有衍」爲卒章上二句，又指「諸父」「諸舅」爲二章，「兄弟無遠」爲卒章。是此詩三章，章十二句，孔疏已如此，不始於劉氏也。但孔疏釋《詩》專遵毛、鄭，何此詩分章忽有異同，又不明言其故？劉欲改毛章句，當援孔疏爲説，而竟以己意斷之。朱、吕亦止云從劉，俱若未見孔疏者，此皆不可解。

天保

《説文》云：「上，高也。時掌切。下，底也。户雅切。」此上、下皆指其位，當讀上聲。其訓爲上之、下之者，則讀去聲。《玉篇》《廣韻》上字訓高者音去聲，《韻會》以爲俗讀。訓登升者音上聲，與《説文》異。下字音義與《説文》同。《天保》敘「下報上也。君能下下以成其政」，此一上三下，惟中閒下字當去聲耳。《釋文》云：「下下俱户嫁反。」恐非是。

「何福不除」，傳云：「除，開也。」箋云：「開出以予之。」故《釋文》「治慮反」，讀去聲。其讀平聲者，訓爲去舊，即除官之除也。《集傳》改除訓而不改其音，疏矣。況福禄之來，但欲其增新，何取於去舊？新、舊積累，不尤爲福之大乎？開出義較長。

「戩穀」，傳云：「戩，福也。」本《爾雅・釋詁》文。《集傳》取聞人滋之説，謂戩與翦同，而訓爲盡，吕《記》、嚴《緝》皆從此解。案，聞人氏之説，止因《説文》戩字引《頌》「實始翦商」爲證，故合戩、翦爲一耳。然《説文》戩字注云：「滅也。」轉滅義爲盡義，迂矣。況福義本可通，何必求新。

「于公先王」，毛訓公爲事，謂四時之祭，往事先王也。案，周之追王，雖止太王、王季，然后稷以下，亦統稱先王，如《書・武成》稱后稷爲先王，《周禮・大宗伯》皆稱先王，外傳不窋稱先王，又數后稷至文爲十五王皆是。此詩言先王，足兼諸盩已上矣，傳義不必易。

「民之質矣，日用飲食」，質，成也，平也。民事盡平，則爲君上者，惟有日用飲食、相燕樂而已。《易》需卦九五「需于酒食」，與此義同。虞之無爲，周之垂拱，所以爲至治也。程子訓質爲實，而《集傳》因之，以爲民皆質實無僞，日用飲食而已。夫百姓日用而不知，《易大傳》之所譏也，《詩》反以歸美於君上耶？

「群黎百姓」，箋云：「黎，衆也。」本《釋詁》文。《集傳》改訓黑，而以秦言黔首證之。然訓黑者本作黧，黎訓履黏，或借爲黑義耳。況用秦言以解周詩，何如徑遵周公之《爾雅》哉？

「如月之恒」，毛、鄭訓爲月上弦，此古義也。《釋文》云：「恒，字亦作緪，同古鄧反。沈古恒反。」則此恒，元與訓常之恒，音義各别。嚴《緝》謂恒無弦義，止有常久之義，解爲常盈而不虧。夫古無盈而不虧之月，乃以稱願其君乎？案，恒，本作亙，《説文》云：「常也。从心从舟在二之閒，胡登切。」《天保》恒訓弦，古恒切。《生民》恒訓徧，古鄧切，其皆借乎？然《説文》又云古文恒从月，作𠄨，因引《詩》「如月之恒」，則恒字元以月取義，上弦未必非本訓也。俗作恒，誤。

采薇

正雅篇次，皆周公所定，其先後之敘，自有取義，不以作詩時世爲斷也。如《小雅》文王詩九篇，《天保》以上治内，《采薇》以下治外，義各有當，非苟而已。《常棣》詩雖作於成王時，既在治内之列，則不得不先。又《詩譜》推其故，以爲周公閔管、蔡被誅，若在成王詩中，則彰明其罪，故推而上之，託於文王，親兄弟之義。王肅亦以爲然，於《魚麗》敘下，傳特著其説。二子所見，良不妄也。朱子因《常棣》一篇是周公作，遂謂以後諸詩皆非文王事，左矣。《采薇》詩敘言：「文王之時，西有昆夷之患，北有玁狁之難，以天子之命命將帥，遣戍役，故歌《采薇》以遣之。」晦翁力抵其説，以爲非文王詩，殊不知敍之昆夷，即詩之西戎，《緜》詩之混夷，《孟子》之昆夷也。《史記》言文王伐犬戎，《書大傳》言西伯伐犬戎，顔師古注《漢書》，以犬夷、畎戎、昆夷爲一。《帝王世紀》亦言文王時有混夷。此伐西戎爲文王事，歷歷有據者也。玁狁不見他典，獨見於《逸周書》敍，其言曰：「文王立，西距昆夷，北備玁狁，謀武以昭威懷，作《武稱》。」斯非伐玁狁之一證與？《逸周書》七十一篇，見劉歆《七略》及班固《蓺文》目，其《克殷》篇，《史記》亦采用之，且文字古質，非僞託之書也。然則謂《采薇》之爲文王詩，無可疑矣。

「歲亦陽止」，毛、鄭皆指夏十月，而解陽字不同。毛以爲曆盡有陽之月，自十一月復至九月剝。方至十月，鄭引《爾雅》「十月爲陽」之文，是鄭以歲陽專據十月，而毛則否矣，鄭説長也。又歲陽即首章歲莫，周正建子也，足證《小傳》「《詩》無周正」爲謬説矣。

「小人所腓」，箋云：「腓當作芘。」蓋破字也。《集傳》云：「腓，猶芘也。」竟用爲字訓，誤矣。案，腓字三見《詩》，此詩腓字及《生民》篇「牛羊腓字之」，毛皆訓辟，《四月》篇「百卉具腓」，毛訓病。鄭於彼兩詩皆從毛，獨此詩破字。孔疏推其意，以爲「君子所依」，依戎車也，「小人所腓」，亦當腓戎車，不得有避患義，故易之。夫以避爲避患，王之述毛然耳，其實毛意未必如此。毛當謂此戎車者，君子所依而乘，小人所避而弗敢乘，何嘗非避戎車乎？案，腓亦作萉，音肥，又房未反。班固《幽通賦》「安慆慆而不萉」，《文選》注曹大家訓萉爲避，《漢書》注鄧展亦訓避，義正與毛傳合。朱《傳》從鄭，不如從毛之當也。至引程子隨動之説，朱子已覺其誤，欲删之而未及。語見《大全》。然吕《記》、嚴《緝》皆用此解，不知腓乃躁動之物，非隨動之物也。《易》

咸、艮兩卦注疏及《本義》，皆取躁動之義，程《傳》則於咸訓躁動，於艮訓隨動，在一經中已自相矛盾矣。

出車

《爾雅》：「邑外謂之郊，郊外謂之牧。」郊、牧異地，然統言之，皆可名郊。《出車》詩首章言牧，次章言郊，鄭箋云：「牧地在遠郊。」是郊即牧也。疏引《司馬法》云：「王國百里爲遠郊。」又引《白虎通》云：「近郊五十里，遠郊百里。」可見遠郊者，即牧地。《周禮·載師》職「以牧田任遠郊之地」，斯其證矣。然則近郊但可名郊，遠郊可名牧，又可名郊。箋、疏合兩章郊、牧爲一，非無據也。《集傳》曰：「郊在牧内。」又曰：「前軍已至牧，後軍猶在郊。」朱子不信《爾雅》，此却泥之太過。

「彼旟旐斯」，《集傳》引《曲禮》及楊氏之言，以爲旟即朱鳥，旐即玄武，因以下章之旂爲即青龍，此誤矣。《曲禮》曰「前朱鳥而後玄武，左青龍而右白虎」，是軍陣之法，非旗幟之名也，與《周禮·司常》所言各一事，其前、後、左、右，又與《大司馬》文義不相通。《曲禮》言君以軍行之法，❶《大司馬》治兵，亦寓出軍之制，宜相同也。《大司馬》職云：「諸侯載旂，軍吏載旗，百官載旟，郊野載旐。」今以《曲禮》之前、後、左、右合之，則交龍爲旂，即左青龍矣，載之者，國君也。君若主兵，則當居中。若從王出征，則從者未必一國，亦應分列左右，不應專爲左翼也。熊虎爲旗，即右白虎矣，軍吏實載之。軍吏是諸軍帥所將，乃鄉遂之正卒，其偏爲右

---

❶ 「君」，原作「右」，嘉慶本同，據康熙抄本、大全本、《四庫全書》本改。

翼，於義何取？且鳥隼之旟，爲在前之朱鳥，而百官者乃卿大夫，以其屬衛王，何以當爲前驅？龜蛇之旐，爲在後之玄武，而郊野者乃州長以下所將羡卒，何以當爲後勁？此皆難彊爲之説矣。鄭氏注《禮》，以陣法言之，良有見也。至以爲旗名，本崔靈恩之説，已經孔氏《禮》疏駮正，楊豈未見耶？

南仲之名，見《出車》《常武》二詩，《出車》詩傳云：「文王之屬。」未詳其譜系也。羅泌《路史》言禹後有南氏二臣，勢均争權而國分，南仲即其後。泌語本《周書·史記解》，其以爲禹後，則見《史記·夏本紀》贊，贊云「禹後有男氏」，索隱云「《系本》男作南」是也。斯語信矣。泌子苹謂：「盤庚子生而手把南字，號南赤龍。孫仲爲紂將。」據此，則仲乃殷後，非夏後。不知出何典，殆妄也。

毛傳云：「方，朔方，近獫狁之國。」又云：「朔方，❶北方也。」疏申之，以爲北方大名皆言朔方，《堯典》「宅朔方」，《爾雅》「朔，北方也」，皆其廣號。傳與疏皆不指朔方是何地，朱《傳》始以靈、夏等州當之。宋靈、夏，今寧夏衛，在漢爲朔方郡，似矣。然漢自借《詩》語以名郡耳，豈可援漢郡以釋周詩哉？又靈、夏爲陝之極邊，去長安千餘里。商之末造，邠岐近地，皆淪於戎狄，南仲雖良將，豈能於一年中，窮兵直至北垂，連平二寇乎？朔方之爲靈、夏，吾未敢信也。漢置朔方郡在武帝時，賈、鄭、孫、王諸儒豈不知其事？而不用以釋《詩》，良有見矣。

「昔我往矣」「喓喓草蟲」兩章，箋義最婉曲詳盡。前章自朔方出平二寇，復還朔方，總敘往返始末。後章更

---

❶「朔方」，原作「方朔」，據康熙抄本、大全本、《四庫全書》本、嘉慶本乙。

述南仲在西方，諸侯歸附之情，今千載後讀此詩者，如目覩當年用兵方略，此先儒釋經所以能論世也。今以首章爲既歸在塗之語，後章爲室家思望之情，夫「豈不懷歸，畏此簡書」，欲歸而未得歸之詞也。既身在歸塗，則還家有期，何必復作此語耶？至「赫赫南仲」「薄伐西戎」，其詞奮張，非室家思望之言，則東萊辯之允矣。

卉字，《釋文》許貴切，則去聲，音諱。《説文》許偉切，則上聲，音虺。《玉篇》《廣韻》皆兼此兩讀。

杕杜

首章「日月陽止」，即《采薇》之「歲亦陽止」，謂遣戍年之歲暮也。次章「卉木萋止」，即《出車》之「卉木萋萋」，謂遣戍明年之春暮也。三詩一遣二勞，語意相應。出師之初，告以歲暮即歸，至期而望之，情也。此陽止之時，女心所以傷也。然連平二寇，未獲遽歸，踰期至春暮，則卉木萋矣。勞、還兩詩，皆實紀歸時之景色也，故首章云「征夫遑止」，僅言可以歸耳，次章云「征夫歸止」，則實欲歸矣。前雖望之，明知其未歸，後則知其將歸，而望之益切也。一傷一悲，情同而事異矣。次章傳云「室家踰時則思」，正謂踰「曰歸」之時耳。孔疏申之，以「萋止」爲時未黄落，在歲暮之前，此於文義未順，恐非毛意。

古人行役，未有不念父母者，《汝墳》《鴇羽》《陟岵》《北山》諸詩皆是，或自念之，或室家代念之。惟《四牡》《杕杜》詩，則上之人探其情而念之，所以爲正雅也。孔疏以爲婦目夫之稱，迂矣。

正《小雅》二十二篇，其爲文王詩者九，《鹿鳴》至《杕杜》。武王詩者四，《魚麗》《南陔》《白華》《華黍》。周公、成王詩者九。《南有嘉魚》至《菁菁者莪》。正《大雅》十八篇，其爲文王詩者八，《文王》至《靈臺》。武王詩者二，《下武》

《文王有聲》。周公、成王詩者八。《生民》至《卷阿》。武王爲周家開創之主，而詩篇獨少者，良以周之王業，悉定於文王之世，惟留伐紂一事，以待武王，又耄期受命諸務日不暇給，故詳文而略武與？不獨《詩》然也，《書》述先德，必文、武並稱，至《康誥》《酒誥》《無逸》《蔡仲之命》諸篇，則盛稱文德而不及武，可見周室開代首王，斷應屬文。後之學者，欲彰其事殷之小心，反諱其造周之大業，豈善於論世者哉？

魚麗

王伯厚名應麟，宋末人。《困學紀聞》引葉氏語，謂：「漢世文章無引《詩》敘者，魏黄初四年詔云：『《曹風》刺遠君子近小人。』蓋《毛詩》敘至此始行。」案，葉語非是。司馬相如《難蜀父老》云：「王事未有不始於憂勤而終於逸樂。」此《魚麗》敘也。班固《東京賦》云：「德廣所被。」此《漢廣》敘及《鼓鐘》毛傳也。一當武帝時，一當明帝時，皆用敘語，可謂非漢世耶？

《魚麗》詩前三章，先儒於「旨」「多」「旨」三字絶句，下「且多」「且旨」「且有」各二字爲句。《釋文》云：「異此讀則非。」因上旨、多、旨三字言酒，下多、旨、有三字言物，下三章疊此三字，不得復言酒也。《集傳》於「酒」字斷句，句法較渾成。但旨、多、多、旨、旨、有六字皆承酒言，下三章文義未順。陳櫟言多、旨、有三字上言酒而下言物者，見物與酒稱，語見《大全》。不知此篇言萬物盛多，酒成於人力，雖多有限，物僅與之稱，安在其盛多乎？源謂「有酒」斷句，多、旨、有三字仍可説魚，三章各末句結上三句耳。酒既旨、多、旨，魚又多、旨、有，中俱用「且」字關兩意，下三章遂承魚而言，句法與文義皆無礙也。

孟詵《食療本草》有黄顙魚，即《魚麗》詩之鱨也，亦名黄鱨魚，又名黄頰魚，無鱗而色黄，群游作聲軋軋，音握。故又名鉠𩶮，音央鴨。又名黄𩶮。毛傳云：「鱨，揚也。」孔疏釋之，以爲魚有二名，豈非此魚有力解飛，取義於輕揚乎？《埤雅》之説。陸元恪以爲名黄揚，正以色黄而性揚也。《本草》李注以陸爲譌，失之矣。

鯊魚有二，一吹沙小魚也，又名鮀，徒何切。大者長四五寸，居沙溝中，吹沙而游，唼音帀。沙而食，味美，俗呼阿浪魚。一鮫魚，背皮粗錯如真珠斑，有鹿沙、虎沙、鋸沙諸種，出東南近海郡，亦名沙魚。《魚麗》之鯊，吹沙也，《爾雅》云「鯊，鮀」是也，毛傳亦云。

鱧魚，《本草》名蠡魚，亦名鮦音同。又音重。魚，入本經上品。而陶隱居言其有小毒，無益，不宜食。意物性古今不同也。《爾雅》鱧注以爲鮦，又云「鰹音堅。大鮦，小者鮵」。音奪。《埤雅》以爲即此魚矣。今俗呼黑魚，非珍品也。《魚麗》詩「鱧」與「魴」並稱，豈亦視爲美味耶？

《爾雅》「鰋，鮎」，孫炎以爲一魚，毛公《詩》傳亦以鰋爲鮎，《説文》鮎亦訓䱡，又云：「䱡，鮀也。鮀，鮎也。」而䱡即鰋之重文，皆以鰋、鮎爲一。惟郭璞分爲二，云：「鰋，今鰋額白魚。鮎，別名鯷。」《詩釋文》引郭注作鮧，音啼。又在私反。《魚麗》釋文引之，且云：「目驗毛解，與世不協，恐古今名異。」意蓋右郭矣。《埤雅》既引郭注，又溷二注爲一，彊郭以从孫，而不明斷其是非，將焉適從乎？《詩詁》及《韻會》皆剿襲陸《疏》，且言鮎腹平著地，宜得鰋名，亦非郭氏鰋額本義。《本草綱目》列鮧魚之名，❶曰鯷魚，曰鰋魚，曰鮎魚，注云：「古

❶「列」，嘉慶本同，康熙抄本、大全本、《四庫全書》本作「别」。

曰鰋，今曰鮎。北人曰鰋，南人曰鮎。」是鰋、鮎直爲一魚矣。然則郭注《爾雅》，分鯉、鱣、鱧、鯇爲四魚，説皆勝先儒，惟鰋、鮎之分爲二，則非也。又案，《别録》有鱯胡化切。魚、鮠音危。魚、人魚，陶隱居以爲皆鮎之屬。

六　笙

六笙詩，《集傳》以爲有聲無詞，説本劉原父。吕《記》、嚴《緝》俱不從，可稱卓識。後儒辯證最多，而近世郝仲輿敬。之論尤爲詳確，具載長儒《通義》中矣。源又謂作詩者多取詩中一、二字，或總括其大義，以立篇名，若有聲無詞，則《南陔》《由庚》等名，何自來乎？《魯鼓》《薛鼓》有譜而無詞，則僅冠之以國號，不能更立别名矣。朱子取以爲證，非其類也。況聲者，樂也，詞者，詩也，無詞則非詩矣。縱有譜，當入《樂經》，或附見《禮記》，不當與《雅》篇並列矣。乃毛公本置六詩於什外，朱又反收之於什中，又推《白華》爲次什之首，何自相矛盾也！夫什者，篇之總也。無詞則無字句，無篇章，何由數之爲什乎？

毛詩稽古編卷十

吴江陳處士啓源著

南有嘉魚之什上正小雅

《小雅》次什之首，至宋儒而兩更。不數六亡詩而以《南有嘉魚》爲什首者，毛公之舊也。蘇子由嫌其非孔子之舊，仍數六詩於什中，而更以《南陔》爲什首。朱子又據《儀禮》奏樂之次，升《南陔》於《鹿鳴》什末，抑《魚麗》於《華黍》詩下，更以《白華》爲什首。夫子由之更什，祖《六月》敘及康成之説，於《詩》之篇第元無改也。至朱子之據《儀禮》，則不能無議焉。《鄉飲酒禮》：「笙入，樂《南陔》《白華》《華黍》，乃閒歌《魚麗》，笙《由庚》；歌《南有嘉魚》，笙《崇邱》；歌《南山有臺》，笙《由儀》。」《燕禮》亦然，此《儀禮》奏樂之次也。夫先樂《南陔》三詩，所謂「笙入三終」也，次閒歌《魚麗》，笙《由庚》等六詩，所謂「閒歌三終」也。《南陔》在笙入之列，則不得不先。《魚麗》在閒歌之列，則不得不後。各以類相從耳。此奏樂之度，豈編《詩》之次乎？若必據此以定《詩》之先後，則閒歌之後，尚有合樂三終，所奏者《關雎》之三、《鵲巢》之三也，亦當移置二《南》於《小雅》後。又《鵲巢》之三，越《草蟲》而取《采蘋》，今此二詩視之爲倒置矣，何不依合樂之敘正之乎？朱子既憑《儀禮》之文，定《詩》篇之先後矣，又謂《六月》詩敘《魚麗》句本在《華黍》下，而鄭氏移置於《南陔》之上。

夫鄭未移之《詩》敘，遠在千餘年前，朱子何自見之哉？嚴坦叔《詩緝》一依毛傳之舊，仍以《南有嘉魚》爲次什之首，良爲有見。

《魚麗》《南有嘉魚》《南山有臺》三詩，朱《傳》皆釋爲燕饗通用之樂，特見《儀禮》鄉飲及燕皆閒歌此三詩，因據以立説耳。不知古人之用樂，與作詩之本意，不必相謀。宋馬端臨《文獻通考》論之甚詳。小敘所謂「萬物盛多，能備禮」者，作《魚麗》之本意也。「樂與賢」者，作《南有嘉魚》之本意也。「樂得賢」者，作《南山有臺》之本意也。既有此三詩，後乃取爲閒歌之樂章，非專爲閒歌而作此三詩也。敘自釋詩，不釋樂，有何誤哉？朱子專以燕、饗釋三詩，故於《魚麗》《嘉魚》皆謂以所薦之羞起興。《魚麗》傳云：「極道其美且多，以見主人禮意之勤。」《嘉魚》傳云：「道達主人樂賓之意。」夫對客而自誇其饌，何鄙也？對客而自稱君子，是何禮也？至《南山有臺》篇，玩其詞意，殊與燕飲不類。凡詩爲燕飲作者，必言酒肴樂舞之事，及爲勸侑之詞。如燕群臣則云「鼓瑟吹笙」，云「我有旨酒」矣；燕兄弟則云「儐爾籩豆」，云「飲酒之飫」矣；燕朋友則云「釃酒有藇」，云「有肥牡」「有肥羜」，云「陳饋八簋」矣；燕諸侯則云「厭厭夜飲」矣。今《有臺》篇所稱南山、北山之所有，既非饌客之需而頌美君子，又絶無勸侑之意。若《鹿鳴》之「式燕以敖」，《常棣》之「和樂且孺」，與《伐木》《湛露》之「飲此湑矣」「不醉無歸」者也，安在其爲燕饗之詩也？

南有嘉魚

小敘云：「太平君子至誠，樂與賢者共之也。」至誠當斷句，惟至誠則能致賢之來，又能任賢之久。詩直言與賢，敘更推其與賢之心，非必於詩詞有專指也。康成釋「烝然」爲「久如」，以合敘「至誠」之意，固矣。且君子至誠與賢，其心始終如一，豈僅於賢之未來遲之而已哉？遲，直冀反。箋云：「久如遲之也，違之者，謂至誠也。」《集傳》以烝然爲發語聲，尤屬臆説。王肅述毛云「烝，衆也」，得之。吕《記》祖王義。

《南有嘉魚》，嘉非魚名也，猶下章《樛木》之樛、《甘瓠》之甘云爾。黄氏宋黄震，字東發。《日抄》曰：「嘉魚，非指丙穴之魚。丙穴魚飲乳泉而美，未必元名嘉魚。自《詩傳》引此以釋《詩》，世遂名其魚爲嘉魚。」黄言嘉魚不指丙穴，是也。言嘉魚因《集傳》得名，非也。以丙穴魚釋《詩》，《埤雅》之説而《集傳》因之耳。嘉魚出於丙穴，見左太沖《蜀都賦》，其名之來已久，豈因《集傳》而得乎？蓋丙穴之嘉魚，直是後世好事者采《詩》語以名之耳。毛云：「江漢之閒，魚所産也。」箋、疏亦止云：「南方水中有善魚。」皆不以嘉爲魚名也。孔仲達唐人，時丙穴已有嘉魚之名，而不引以爲證者，豈非以後世事不可證周詩乎？足見先儒釋經之慎矣。

「纍之」「綏之」兩「之」字，「來思」「又思」兩「思」字，皆助詞，故「纍」與「綏」協，「來」與「又」協，皆不用句尾爲韻。「式燕又思」，箋、疏以爲燕而又燕，得之矣。朱《傳》既從古注，復載或説，以思爲思念，祇贅耳。

少皞以祝鳩名司徒，祝鳩乃孝順謹慤之鳥，故掌教之官有取焉。「翩翩者鵻」兩見《小雅》，《四牡》以況使臣，《南有嘉魚》以喻賢者。彼勞使臣，義取於慤謹；此美賢者，意主於專壹，皆與設教之旨同。上以此立教，下即以此成德，無異趣也。《集傳》以《嘉魚》末章之興爲全不取義，《通義》駁之良是。

《詩》以「又」字協韻，凡四見《小雅》。《南有嘉魚》及《小宛》各有其一，《賓之初筵》有其二。「嘉賓式燕又思」「天命不又」，《集傳》皆音亦，「室人入又」，則由、怡二音，「矧敢多又」，則亦、異二音。近世陳第《古音考》以爲俱無的據，且言：「又，即右也，右手也。《詩》右字有以、意兩音，四『又』字皆當音意。『燕又』與來協，來音利。『不又』與富協，富音係。『入又』與時協，時音是。『多又』與識協，識職吏切。」其説似矣。然古人韻緩，凡與右、又同韻者，所協字多在支、紙、寘韻內，如仇協逵，母協杞、止，裘協試之類，不勝屈指。又古不分四聲，支、紙、寘、質可通爲一讀，而職、物、緝亦與質通用。「多識」古注元讀如字，不必音職吏切，「燕又」之來、「入又」之時，亦不必作去讀也。來字，古陵之反，時用今音，本自協耳。至富字，古方二反，《我行其野》協異，《瞻卬》協刺，《召旻》協時，《閟宮》協熾，併《小宛》凡五見，所協皆同。

南山有臺

傳以臺爲夫須，《爾雅》亦然。郭注云：「可以爲禦雨笠。」《草木疏》云：「莎草，可爲蓑笠。」郭、陸俱誤。別有辯，見《無羊》。故《都人士》稱臺笠矣。字或从草作薹，殆後人所益。《都人士》釋文云：「臺，《爾雅》作薹。」然今本《爾雅》仍作臺，與《詩》同也。《玉篇》及《唐韻》即《廣韻》。又有籉字，毛氏《韻增》、黃氏《韻會》皆載之，云「笠也」，皆承郭、陸之誤。而以當《詩》之臺笠字，於是臺、薹、籉一字而分爲三矣。又案，《爾雅》：「薃，音浩。侯莎，其實媞。」音隄，《夏小正》「緹縞」傳云：「緹縞者，莎隨也。緹者，其實也。」即此草。蓋與夫須一草。《爾雅翼》以爲其根即藥中之香附子，又名雀頭香，《江表傳》魏文帝遣使者於吳求雀頭香即此。《本草綱目》云：「莎葉如老韭，五六月抽莖，三棱，中空，莖端復出數葉。開青華，成穗如黍，中有細子。其根有須，須下結子一二枚，轉相延生。」此近時要藥也，而陶氏不識，諸注亦略，可見古今藥物興廢不同如此。

萊，傳云：「草也。」陸《疏》以爲草名，其葉可食，而孔氏取之，當矣。案，萊亦名藜，《本草綱目》云：「即灰藋音掉。之紅心者。灰藋葉心有白粉如灰，故名，藜心則紅粉。案，灰藋今俗呼灰莧。莖葉稍大，河朔人名落藜，南人名胭脂菜，亦曰鶴頂草。嫩時可食，老則莖可爲杖。」原憲藜杖應門，即是物也。《韻府》以爲落帚者誤。

「樂只」，只字古訓是，今訓哉。《樛木》篇兩義俱通，前已辯之矣。至《南山有臺》之「樂只」，正小敘所謂「樂得賢」也。如以爲樂哉君子，則君子自指王者，樂即「邦家之基」「萬壽無期」云云耳，非樂得賢之樂也。以爲樂是君子，則君子正謂賢者，樂乃王者樂之，下文盛稱其效，正所謂立太平之基也，與敘義最合。則只字訓是爲長。

《易》姤卦「以杞包瓜」，一杞也，而釋者各異。張曰大木，馬曰枸杞，鄭曰杞柳，凡三焉。見《易釋文》。此三木皆載於《詩》，而《小雅》之「南山有杞」「在彼杞棘」，嚴坦叔以爲山木，王伯厚以爲杞梓，見《困學紀聞》。則所謂大木也。《左傳》楚聲子以杞梓比卿才，襄二十二年。《孔叢子》載子思之言，以杞梓比干城之將，又稱其連抱，是必木之高大而材者。《草木疏》云：「其樹如樗，理白而滑，可爲函。」樗非材木也，而謂杞如之，殆僅取其形似乎？

「南山有枸」，傳云：「枸，枳枸。」孔疏引宋玉賦「枳枸來巢」以證毛説，嚴《緝》譏之，以爲《風賦》「枳句來巢」字作「句」，李善注「橘踰淮爲枳。句，曲也」，音溝，非毛義也。案，嚴説非是。陸元恪《草木疏》已引此語證枸矣，云：「古語曰枳枸來巢，言其味甘，故飛鳥慕而巢之。」孔惟謂枸木多枝而曲，所以來巢，稍不同耳。要之，枳枸之爲木其枝則曲，其實則甘，二者俱足致鳥。陸、孔兩疏各取一義，俱可通也。句、枸古字本通用，李善注《文選》，不知引毛傳及陸《疏》爲證，訓枳句爲木名，而妄以枳爲橘變之枳，句爲詘曲之鉤，是李之謬也。況孔、李俱唐人，而孔先於李，安得據李而非孔哉？

枳枸雖南産，而咏於周詩，其在《禮》，枸，《禮記》作椇。則婦人以爲摯，見《曲禮》。人君燕食以爲庶羞，見《内則》。是北土亦珍其味也，豈以其甘美如飴，見陸《疏》。故遠致之耶？字又作檳椒，《本草》列其名曰蜜檳椒，曰蜜屈律，曰木蜜，曰木餳，曰木珊瑚，曰雞距子，曰雞爪子。其木名又曰白石木，曰金鉤木，曰枅栱，曰交加木。或言其味，或似其形也。《雷公炮炙論》云：「弊箄皁、俾、閉三音。淡鹵，如酒霑交。」注云：「交加即蜜檳椒也。」蓋此木能薄酒矣。又《山海經》有甘華，《海外北經》平邱、《東經》䟽邱、《大荒南經》蓋猶之山、《西經》有沃之國皆有此木。郭注云：「赤枝幹，黄華。」楊慎補注以爲即枳枸。

梓、椅、楸、榎四木，同類而小别，故《秦風》之「條」，得兼楸、榎之名，《小雅》之「椇」，得兼楸、梓之名。椇名鼠梓，《爾雅》、毛傳同。又名虎梓，見郭注。又名苦楸見陸《疏》。是也。郭以爲楸屬，陸又以爲山楸之異者，然則條爲山楸，椇又條之異者與？又案，此詩五章，而臺、萊、桑、楊、杞、李、栲、杻、枸、椇，取興於卉木者，凡十焉，皆以爲賢者之喻也。《埤雅》縷而析之，每物各豎一義，持説甚優。然鄭箋云：「山有草木以成其廣大，喻人君有賢臣以自尊顯。」義亦平正。

蓼蕭

古人言四海，多專指荒裔之國，故《蓼蕭》敘「澤及四海」，鄭箋以爲國在九州之外，而引《爾雅》所言四海及《虞書》「外薄四海」釋之，然鄭箋之言又與《禮記・明堂位》《周禮・職方氏》《爾雅・釋地》之文互異。箋云：「九夷、八狄、七戎、六蠻，謂之四海。」案，九夷、八蠻、六戎、五狄，此《禮記・明堂位》之文也。《爾雅》有二文，上文同鄭箋，下文今本無。同《明堂位》，而無九夷。邢昺述先儒云：「上文是殷制，下文是周制。」理或然與？四夷、八蠻、七閩、九貉、五戎、六狄，《周禮・職方氏》之所掌也，《逸周書》同。注云：「周所服之國數也。」鄭荅趙商，以爲四夷總言四方；夷狄、九貉，即九夷，在東方；八蠻在南方，閩，其別也；戎狄之數，或五或六，兩文異。此鄭據《爾雅》下文相較爲説也。《爾雅》下文惟李巡本有之，鄭與李同時人，當見此文矣。然鄭於《蓼蕭》箋則取上文，其注《職方》及《布憲》則取下文，蓋亦未有定見。《周禮》賈疏謂：「《詩》敘與《爾雅》及《禮》異，是傳寫之謁。」豈未見上文與？

戎狄之數，或五或六，康成兩存《禮》《雅》之文，不辯其孰是。孔疏載其荅趙商語，以爲無國數可明，故不敢定。然八蠻、六戎、五狄國名，李巡之注《爾雅》，已備列之，李注今見《禮記・王制》疏。疏云：「九夷，一玄菟，二樂浪，三高驪，四蒲飾，五鳧臾，六索家，七東屠，八倭人，九天鄙。八蠻，一天竺，二咳首，三僬僥，四跂距支切。踵，五穿胸，六儋耳，七狗軹，八旁春。六戎，一僥夷，二戎夷，三老白，四耆羌，五鼻息，六天剛。五狄，一月支，二穢貉，三匈奴，四單于，五白屋。」惟九夷據《東夷傳》文，餘俱本李注。源案，淵博如鄭，又與李同時，李所知，鄭安有未悉，而云「無國數，不敢定」者，豈以李所指諸國名不見經傳正文，無足據信耶？闕疑之道，當如是也。又案，《周書·王會解》記成周之會，四夷來獻者，凡六十國，既與《明堂》《職方》異，又載伊尹爲四方令，東夷十，南蠻六，西戎九，北狄十二，亦與《爾雅》上文不同。書史殘缺，傳聞異詞，戎狄五六之數，信難以臆定也。又案，盧辯《大戴禮》注謂：「《職方》所言周所服四海種落之數，《明堂位》所言朝明堂時來者國數，《爾雅》所言夏所服，與殷之夷國似矣。然以戎論之，朝明堂者六，而隸職方者五，是朝者之數浮於服也。」夫聲教所被，皆可言服，朝則稱臣奉貢，自比諸侯之列矣，豈猶未得謂之服乎？此說之難通者。盧又譏鄭引《爾雅》其數不同，終使學者疑其所聞，是未識康成闕疑之意矣。

周之王業，雖成於文、武，然興禮樂，致太平，實在周公輔成王時。嘗讀《戴記·明堂位》《周書·王會解》二篇，想見當時華夷一統之盛。《蓼蕭》「澤及四海」，孔疏引越裳來朝事，以爲此詩之作，當在周公攝政之六年，良有然也。合《明堂》《王會》二文以讀此詩，覺成周一會，儼然未散。

《蓼蕭》首章「燕笑語兮」，三章「孔燕豈弟」，一詩兩燕，義當畫一。鄭氏於首章云：「與之燕而笑語。」孔氏申之爲燕飲，三章則訓燕爲安，前後異解矣。源謂以「孔燕」爲甚燕飲，則不詞，以「燕笑語」爲安樂而笑語，文義無礙也，則兩燕俱訓安爲當。嚴《緝》解孔燕爲盛燕，然孔本訓甚，轉甚爲盛，恐費力。

《雅》之《蓼蕭》《采芑》《韓奕》，《頌》之《載見》，皆言鞗革。《蓼蕭》傳云：「鞗，轡也。革，轡首也。沖沖，垂飾貌。」案，鞗，革轡也。以絲曰轡，以革曰鞗，鞗之有餘而垂者曰革。《爾雅》「轡首謂之革」，郭云「轡，靶勒」是也。《說文》：「靶，必駕切。轡，革也。」革末以金飾之，狀如烏蠋，名曰金厄，《韓奕》所言是也。此詩之沖沖，

《載見》之有鶬，則金飾之貌狀。

「和鸞雝雝」，《集傳》云：「在鑣曰鸞。」劉瑾疑其與《駟驖》傳異，謂鑣字當作衡，此非也。《駟驖》箋云：「置鸞於鑣，異於乘車。」此詩傳云：「在鑣曰鸞。」彼取箋文，此仍傳語耳。況和鸞所在，先儒本無定解。《駟驖》疏云：「鄭注《夏官・大馭》及《經解》《玉藻》皆曰鸞在衡，和在軾。」蓋依《韓詩内傳》及《大戴禮・保傅》篇文也。然《蓼蕭》傳「在軾曰和，在鑣曰鸞」，箋不易之。《烈祖》箋又云：「鸞在鑣。」蓋和鸞所在，經無明文，且殷、周或異，故鄭爲兩解。據此，則在衡、在鑣俱通也。又《左傳》「鍚鸞和鈴」，桓二年。杜注：「鸞在鑣，和在衡。」孔疏云：「《考工記》『輪崇，車廣，衡長，參如一』，則衡所容，惟兩服馬。《詩》每言八鸞，當謂馬有二鸞。鸞若在衡，衡惟兩馬，安得置八鸞？以此知鸞必在鑣。鸞在鑣，則和必在衡。」據此，則在鑣之説長也。宋羅願謂：「《詩》言四牡八鸞，鑣，馬銜也，馬口兩旁各置一鸞，四馬應八鸞矣。」殆祖此疏。至杜謂「和在衡」，與毛、鄭異，孔亦不辯，意以經無明文，未可臆決乎？然羅氏又謂：「四牡八鸞見《采芑》《烝民》《韓奕》《烈祖》諸詩，乃王臣及侯國之車。若天子車名鸞路，豈反置鸞於馬，定當在衡。」斯語亦有理。《蓼蕭》之鞗革、和鸞，鄭以爲説天子車飾，是正指鸞路也，鸞當在衡矣。且言車飾，不言馬飾，則非在鑣可知。疏謂其不易傳者，以《駟驖》已明，此從可知鄭意或然。

湛露

「厭厭夜飲」，傳云：「厭厭，安也。」疏云「安閒之夜」，《爾雅》作「懕懕」，云安也，郭注云「安詳之容」。《説文》引此詩作「懕懕」，亦云安也。然則詩字亦當以「懕懕」爲正，其義則一「安」足以蔽之。朱《傳》曰：「安也，久也，足也。」久訓出蘇氏，殆因安而附益。至「厭足」當作「猒」，《説文》云：「猒，飽也。从甘从肰。」《詩》厭字本爲懕之借，不得又兼猒義。案，厭字，於輒切。《説文》「笮」迫也，阻厄切。俗作「壓」，厭已从厂，呼旱切。俗又加土，誤也。舍猒字不用，而以厭當其義，再誤也。因《詩》之借厭，而轉以猒義釋懕，是緣俗誤而又加誤也。小學不講，謬舛至此。又《韓詩》厭厭作愔愔，薛君云「和説貌」，與安義殊，而亦相近。

《湛露》篇，鄭分下三章，以「豐草」喻同姓，「杞棘」喻庶姓，「桐椅」喻二王之後，似屬穿鑿。然謂同姓則夜飲，異姓則否，以見古人一燕飲，亦寓親疏厚薄之等，其説不可廢也。

「在宗載考」，傳云：「夜飲必於宗室。」宗室二字，箋、疏俱無申述。案，《采蘋》傳云：「宗室，大宗之廟也。」是即毛公之自注矣。又《禮記・昏義》「教於宗室」，注云：「宗子之家。」蓋亦指廟言。然此皆大夫、士之禮，故有宗子。若《湛露》之在宗，乃天子燕禮，則宗室者，直謂宗廟之寢室耳。《爾雅》：「室有東西廂曰廟，無東西廂有室曰寢。」是廟、寢俱可名室。燕則是寢，非廟矣。《鳧鷖》詩「既燕于宗」，與此「在宗」義正同。但彼爲賓尸，在廟門外之西室，此爲燕同姓，在廟後之寢室。要之，同在廟中，則可同謂之宗也。毛又釋夜飲爲私燕，私燕即《楚薺》之「燕私」也。孔疏云然。備言燕私，惟與諸父兄弟共之，異姓不得與，故箋、疏皆以「在宗載考」爲燕同姓諸侯夜飲之禮，同姓則成之，異姓則止之矣。《楚薺》又云「樂具入奏」，謂由廟而入寢也。廟在前，寢在後，故言入，入寢即在宗也。朱《傳》以宗爲路寢之屬，則是王之燕朝與小寢，非廟中室矣，恐不得名之爲宗。

杞、棘皆堅彊之木，故以興「顯允君子」，顯允，明信也。桐、椅是柔韌之木，故以興「豈弟君子」，豈弟，樂易也。詩意較然，康成徒取同類、異類爲説，箋以杞與棘異類，喻異姓諸侯，桐與椅同類而異名，喻二王之後。惟同姓則一類，故廣舉豐草。遂無暇及此義。

彤弓

《彤弓》詩經文明言饗，而《集傳》反言燕，雖饗畢之後，容或繼以燕，然畢竟饗爲主，且釋經者，不應故與經違也。又此詩專主賜弓，饗亦因賜而設耳，故敘云「錫有功」，不云饗也。今先言燕而後及賜，已失經意矣，況經不言燕乎？

「受言藏之」，謂諸侯受天子之賜，而藏之於家也。《左傳》襄八年：「晉范宣子來聘，公享之，季武子賦《彤弓》，宣子曰：『城濮之役，我先君文公獻功於衡雍，受彤弓於襄王，以爲子孫藏。匄也，先君守官之嗣也，敢不承命？』」宣子言受言藏，若爲此詩下注脚矣。毛傳、鄭箋及王肅述毛意，皆指諸侯言，無異説也。王安石以爲王受弓獻而藏以待賜，鑿矣！迂矣！東萊踵此以立論，謂藏之王府，不妄與人，後世視府藏爲已私分，至有以武庫兵賜弄臣，與此異矣。持論雖佳，恐非詩旨。朱《傳》從之，嚴《緝》仍用古注。

「右之」「醻之」，毛、鄭異解。毛以右爲勸有功，醻爲報功，雖承上章饗字而言，然不指酒也。鄭以右爲賓受獻爵，奠於薦右，醻爲獻酢之後，主復醻賓。義亦可通，但不如毛之渾然。

菁菁者莪

朱子釋《子衿》《菁菁者莪》二詩，皆不從小敘，而自立新説。及作《白鹿洞賦》，中有曰：「廣《青衿》之疑問。」又曰：「樂《菁莪》之長育。」門人請其故，荅曰：「舊説亦不可廢。」可見朱子傳《詩》之意，衹爲從來遵敘者株守太過，不能廣開心眼，玩索經文，領其微旨，故悉埽舊詁，别開生面，爲學《詩》者示一變通之法，以救後學之滯，俾與古注相輔而行，原不謂《集傳》一出，便可盡廢諸家之義也。其中或矯枉過直，不無所偏，朱子固自知之，應不罪後儒之指摘耳。今人奉《集傳》爲繩尺，束注疏而不觀，此末學之陋也，非朱子之本懷也。

《菁莪》首章箋云：「既見君子，官爵之而得見也。」案，此語未盡然。官爵之者，在成材之後耳。此詩主君子長育人材，而天下喜樂之。至於成材而授官，乃其餘意，觀敘語可見。源謂前三章皆以莪之長，喻材之育，則此三「既見」，因教誨之而得見也。所見之君子，在鄉則鄉老、鄉大夫諸職，在國則大司成、大、小樂正諸職，如遇視學養老，則併得見天子矣。末章以舟之載物，喻君之用人，則此一「既見」，因官爵之而得見也，所見之君子，直應謂王者，而司馬有辯論之權，或當兼目之。

「既見君子，樂且有儀」，箋云：「心既喜樂，又以禮儀見接。」是樂主見者，言有儀主君子言也。歐陽氏《本義》全指君子，嚴華谷非之，謂：「以『樂且有儀』指君子，則『既見』二字無所歸。《詩》中『既見君子』二十有二，見於九詩，《汝墳》《風雨》《唐・揚之水》《車鄰》《出車》《蓼蕭》《菁菁者莪》《頍弁》《隰桑》。其接句皆述喜之之情，謂見君子者喜，非所見者喜也。」斯言得之矣。源謂樂字即下章喜字、休字，歐陽以屬君子，實爲無理。鄭以有儀指君子，元是見者自幸之詞，無妨文義。但一句分屬兩人，終未渾成。且以儀爲相接之儀，趣味亦短。嚴《緝》云：「見善教之作成，是有儀主賢才。」言得之矣，惜語未明暢。東萊《詩記》載吕氏之説曰：「長育人材之道，固多術矣，而莫先於禮儀。禮儀者，内外兼養，非心過行無所從入，此人材所以成也。故曰『《菁菁者莪》廢則無禮儀』。」旨哉斯言！嚴説應本此。案，古人言儀，並非僅容貌之謂，儀、義、宜三字本相通，如《鳲鳩》箋訓儀爲義，《烝民》釋文「儀」作「義」，傳訓宜，《文王》詩「宜鑒于殷」，《戴記》作「儀鑒」，皆是。《説文》云：「儀，度也。」度謂法度，合於法度則謂之宜。《詩》言禮儀，猶言禮義云耳，故育材者必以之。此詩首章「有儀」，與《六月》敘之「禮儀」，語意本相應，可見詩言育材，以禮儀爲要術，吕氏得其旨矣。《詩記》録吕説於小敘下，而首章正解復用歐陽語，不知果以何説爲是。

「汎汎楊舟，載沈載浮」，箋云：「沈物亦載，浮物亦載。喻人君用人，文亦用，武亦用。」孔疏謂載字，與「載飛」「載止」「載震」「載夙」同類，當訓爲則，鄭以載解義，非經中之載。余謂疏語太拘，《詩》中載字取任載之義者多矣，「謂之載矣」「受言載之」「載是常服」之類。何必專訓爲則邪？至《集傳》以爲舟之則沈則浮，喻人之未見君子，而心無所定，於義尤疏。未見而思見，繫念最篤，何云無定？況經文初無未見君子語也。又舟之浮者，常也，沈則不復浮矣。如以爲無定，則是浮而又沈，沈而又浮也，舟之在水，豈有是乎？

毛詩稽古編卷十一

吴江陳處士啓源著

南有嘉魚之什下變小雅

六　月

《六月》北伐，鄭箋以爲遣吉甫，信矣。至毛傳以爲親征，並無明文也。王肅、孔晁述毛旨，始有親征之説，徒據首二章傳文爲詞耳。首章傳云：「日月爲常。」二章傳云：「出征以佐其爲天子。」大常，王所建，而出行征伐，成己爲天子之大功。此王、孔二家所據爲親征之證也。不知毛傳元不言佐己，其云「佐其爲天子」指吉甫言，更爲明順。至王建大常，雖《周官》有明文，見《司常》及《大司馬》。然玩傳語，未嘗謂建此以行也。傳云：「棲棲，簡閲貌。飭，正也。日月爲常。服，戎服也。」夫簡閲者，將出師，先選擇其士衆車馬，如《周禮·大司馬》「四時蒐田，教民坐作進退之法」是也。平時簡閲，王猶親莅之，況命將出征乎？大常之建，應在此時耳。二章傳又云：「必先教戰，然後用師。」可見首二章，毛皆指簡閲言，章末兩「出征」，則明簡閲之故，何嘗以爲親出哉？故末章傳云：「使文武之臣征伐，與孝友之臣處内。」傳義顯然矣。肅見此傳與己矛盾，復爲之説曰：「王出鎬京而還，使吉甫追逐，❶乃至大原。」則尤可笑。躬率六師，業已就道，乃未見敵而先歸，中興賢主，何舉動輕率如此乎？又案，簡閲近在京師，自當躬親其事，征伐在千里之外，擇人而任之，乘輿可以無出，此事勢之常，無足怪也。孔疏欲證成王説，以爲得毛旨，乃云：「不得載常，簡閲遺將獨行。」此吾所未解。

「六月棲棲」，劉執中彝。以六月爲建巳之月，吕《記》從之，朱《傳》以爲建未之月。此本不足置辯，但周世民間紀物候，或用夏正，至朝廷大政令，必以周正紀月，出師征伐，國家大事，焉有舍周正而用夏正者哉？《詩小傳》宋梅堯臣著。謂「《詩》無周正」，非也。必如《豳風》之《七月》，《小雅》之《四月》，方可定其爲夏正耳。《小明》之二月未嘗建卯，《十月之交》之十月未嘗建亥也。各有辯，見本詩。

于字有三訓，於也，往也，曰也，《詩》具有之。今莫識曰義，然《六月》詩兩「王于出征」，若不訓于爲曰，文義終不可通，鄭箋得其解矣。孔疏謂《詩》中于字，傳止有於、往兩訓，故不用曰義述毛，不知傳文質略，安知非偶遺之耶？案，於、曰二義，皆見《爾雅·釋詁》，其曰義，郭注引此詩證之。又《説文》「亏」字注云：「於也。象氣之舒，從丂，從一。」夫「于」象氣之舒，「曰」從口從乙，亦象口氣之出，見《説文》。古人製此二字，意元相同矣。又案，于、於同義，《詩》多用于，而於字亦閒出。於，本古文烏字也，古文烏作[illegible]，❷又省作[illegible]，

❶「逐」，原作「遂」，據康熙抄本、大全本、《四庫全書》本、嘉慶本改。

❷「[illegible]」，據《説文解字》當作「[illegible]」。

隸變作於，借爲「於乎」字，轉其義而不改其音也。又爲于義，則音義俱轉矣。於字見《詩》者，《静女》《著》《權輿》《蜉蝣》《九罭》《白駒》《下武》《板》《清廟》九詩，凡十七字，皆于義，央居切。至《伐木》《靈臺》與《雝》《賚》二頌，則釋文有兩音，要音烏之義長也，餘皆歎詞矣。又於爲歎詞，元象烏鳥之鳴，斯假借而不離本義者，故他典作烏，亦作嗚。

「共武之服」，釋文云：「共，鄭如字，王、徐音恭。」王、徐之音，述毛者也。孔疏用鄭説，述毛亦讀如字，恭音之義無聞焉。朱《傳》云：「共與供同。」未知王、徐亦此義否也。觀《巧言》之「匪共」「止共」、《小明》之「靖共爾位」、《召旻》之「昏椓靡共」，皆訓爲「供具」之供，則意當同矣。嚴《緝》既音共爲恭，又引鄭箋云：「共，典也。」箋本謂嚴者與翼者共典兵事，共典猶同典耳，非以典釋共也。裁割先儒之言，而不顧其文義，將誰欺乎？又案，箋分嚴、翼爲兩人，云：「群帥之中有威嚴者，有恭敬者，共典兵事。言文、武之人備。」此義亦勝。嚴者能率厲士氣，敬者能撫緝衆心，或以武節著，或以文德優，人各有能，在用才者兼收之耳。吉甫文武俱長，所以爲元帥也。孔以鄭述毛，不爲無見。

《六月》詩所言地名凡五，焦穫也，鎬也，方也，涇陽也，大原也。毛、鄭概無注釋，惟焦穫則疏引《爾雅》耳。鄭訓涇陽爲涇水之北，涇水北非一地，初不以秦、漢之涇陽縣當之也。鎬、方無可考，直以爲北方地名而已。惟大原之名見《禹貢》及《左傳》，彰彰有據，而注、疏皆無一語及之，良以《六月》之大原，非《禹貢》《左傳》之大原也。朱《傳》始以今大原府陽曲縣釋之。案《出車》詩，南仲既平玁狁，即伐西戎，則二寇定相接壤。玁狁自是西北之狄，其遁亦應向西北而去，吉甫安得反東行逐之，至今山西之陽曲哉？《通義》駁其誤，允矣。或又謂大原即唐原州，今平涼府固原州及涇州地。後魏始置，其命名或取《詩》「大原」。源謂此近之矣，而亦無確據。後魏去周宣千餘載，即使因《詩》取名，亦屬臆説，況未必然也。毛、鄭去古不遠，大原果屬高平，漢高平即後魏原州。後魏猶有傳聞，漢世豈反不知，而不取以證《詩》乎？案，雍州之地，多以原得名，見於《詩》《書》者，《禹貢》曰「原隰底績」，《公劉》曰「度其隰原」，又曰「于胥斯原」，又曰「復降在原」，又曰「瞻彼溥原」，《皇矣》曰「度其鮮原」，《緜》曰「周原膴膴」，《吉日》曰「瞻彼中原」，皆雍地也。《六月》之大原，其諸原之類與？定在雍州北境，但必欲確指爲何地，則穿鑿之見耳。

毛傳云：「焦穫，周地接於獫狁者。」斯言殆未然也。焦穫又名瓠口，在今涇陽縣北。今涇陽縣即漢池陽縣也，在西安府城北七十里，而咸陽縣亦在府城西北五十里，縣城東二十五里爲古鎬京，焦穫去之僅數十里耳，何得便與獫狁爲鄰？西周畿内方八百里，而獫狁乃在都城數十里外，直是肘腋之際。周世戎狄雖多錯處中國，亦不應密邇如此。況吉甫逐之，尚行千里，而獫狁巢穴反近在百里内，尤不可信。

《爾雅·釋地》「周有焦護」，與穫同。郭注：「今扶風池陽縣瓠中是也。」然則郭所謂瓠中，乃釋焦護，非偏釋護也。《爾雅》以焦護爲十藪之一，則焦穫乃一地，非兩地也。《集傳》釋焦護忽分而爲二，云：「焦，未詳所在。穫，郭璞以爲瓠中。」知引《爾雅》注矣，又不玩其文義，何耶？

《出車》，傳謂方即朔方，觀《六月》詩，則益知《詩》之朔方，非漢朔方郡矣。詩云「侵鎬及方，至于涇陽」，言獫狁之來，由鎬而方，而涇陽也。是朔方之地，在涇陽與鎬之閒矣，方之去周京，當比鎬爲近。劉向云：「千里之鎬，猶以爲遠。」鎬去京師千里，方復較近焉，則不及千里矣，豈可以漢之朔方郡當之哉？

以《詩》之文勢，合之今之地理，涇陽其即焦穫乎？焦穫最近京邑，玁狁犯周，當至是而止。詩數玁狁之惡，故先言焦穫，見其縱兵深入，迫處内地。繼又追本其始，自遠而來，故言鎬與方，紀其外侵所經也。言涇陽，紀其内侵所極也。以其初至，故曰至。以其久居而不去，故曰整居。初至則泛言涇水之陽，久居則實指其地名，立詞之常也。涇水經流千六百里，水北非一地，焦穫亦在其北耳。總之，焦穫、涇陽皆舉近而言，鎬與方皆舉遠而言，箋云：「鎬也，方也，皆北方地名。」玁狁之來，由遠而近，詩人據目前所見，自應先舉其近，後舉其由遠而近之路也。孔疏云：「鎬、方雖在焦穫之下，不必先焦穫乃侵鎬、方。」蓋亦同。

「薄伐玁狁，至于大原」，傳云：「言逐出之而已。」疏申其意，以爲宣王德盛兵彊，不必與戰。此語固然，然猶未盡也。大抵東、西、南三夷皆有城郭室廬，知慕德義，易馴伏，故可招致而臣屬之。北狄逐水草，轉徙無常居，性桀驁好殺，不可德綏威攝，揚子雲所謂中國之堅敵也。善謀國者，但固其疆圉，令不我犯足矣。故《采芑》詩曰「蠻荆來威」，《江漢》詩曰「于疆于理，至于南海」，《常武》詩曰「徐方既來，徐方既同」，或致其朝貢，或正其封域，如臂使指。且彼三詩不言諸國之來侵也，意所云背叛者，止是不修貢職，自稱雄於一方，又甚則旁犯鄰境耳，而宣王輒舉兵入其地，彼亦惶懼引罪，稽首闕廷焉。若《六月》詩則異是，述玁狁入寇情形，縱兵蹂躪，彌亘千餘里，❶京畿重地，半爲戎馬之場，彼三詩寧有是乎？至吉甫出征，僅僅驅之遠遁，不若蠻荆、淮徐諸國，望風懷附也。彼三詩多稱詡國威，此一詩反張皇敵勢，豈勇於彼而怯於此哉？當年事

---

❶「亘」，原作「亙」，據康熙抄本、大全本、《四庫全書》本、嘉慶本改。

勢，實應爾爾。後世東南荒服，漸内屬爲郡縣，惟北狄倔彊沙漠，長與中國抗衡，古今事略相同。讀宣王征伐四詩，可得其概矣。

「飲御諸友」，疏云：「進其宿在家諸同心之友與之飲，以盡其歡。」然則諸友乃吉甫之友，非王之友也。吕《記》引范氏之言曰：「王以群臣爲友。」東萊又申之曰：「《酒誥》『大史友，内史友』，君固以臣爲友也。」持論雖美，然非詩意矣。《集傳》以爲吉甫私燕，尤失之。詩正以王燕吉甫，必進其好友與之共飲，使得盡歡，又於常牲之外《燕禮》：牲用狗。加以珍膳，見寵異功臣之特厚耳。至若吉甫召會親友，燕飲於私家，乃其常事，且何關於國政，而著之《雅》篇哉？

采　芑

宣王能新美天下之士然後用之，傳語。故詩人以采芑、新田爲喻。田之肥美，由於耕治之方新；士之勇武，由於教養之有素也。《集傳》以爲因賦起興，是采菜、民田乃實事矣，豈三代節制之師乎？《通義》已有辯。《集傳》又曰：「芑，苦菜。」此襲用《草木疏》語而誤也。《疏》云：「芑似苦菜。」今脱去「似」字，豈欲溷荼、芑爲一物乎？ 又金路有鉤，革路無之，經云「鉤膺」，則此路車是金路，非戎車。又鐃與鐲直角切。皆名鉦，而鐲以節鼓，非静之義，傳云「鉦以静之」，則此鉦是鐃非鐲。正義辯之，皆歷有明據，而《集傳》不從，未解其何故。

芑菜，陸《疏》以爲似苦菜。案，宋《嘉祐本草》謂之白苣，王禎《農書》謂之石苣。《食療本草》云：「白苣似萵苣，葉有白毛。」李氏《綱目》云：「葉色白，折之有白汁。正、二月下種，三、四月開華，黄色，如苦蕒，結子亦同。八月、十月可再種，故諺曰：『生菜不離園。』」蓋白苣、苦苣、萵苣俱宜生食，不宜烹，通可曰生菜。而白苣稍美，得專其稱也。然則荼是苦苣，辨見《邶・谷風》。芑是白苣，同類而小別耳。元窓今作恪。以爲相似，信矣。《集傳》不察，溷爲一菜。

王國六軍，用車千乘。《采芑》「其車三千」，則十八軍矣，非出師之常，故鄭以爲羨卒盡起。孔疏以爲出六遂及公邑，後世王氏以爲用侯國之兵。蓋古者天子用兵，先取於六鄉，鄉不足取六遂，遂不足取公卿采邑及諸侯邦國，皆本有此制，非臆説也。朱子譏其文害詞，詞害意，故《集傳》云：「此極其盛而言，未必實有此數。」夫詩人誇詡之談，容或過甚，然此詩「其車三千」，一語而三及之，不憚重複，殆是紀實之詞，非虚張之説也。況萬乘之國，出車三千，何足爲異？晉霸國耳，昭十三年治兵邾南，甲車四千乘，見《左傳》。而薳啓疆所言長轂九百，見昭五年《左傳》。尚不在其中，合而計之，幾及五千乘矣。宣王，成周盛天子，三千之車，詎足爲多而過疑之？

《説文》以隼爲鵻之或體，云：「鵻，祝鳩也。從鳥隹聲，或從隹一。」徐云「思允切」。《爾雅翼》據其説，以爲《詩》之「翩翩者鵻」，皆隼也。案，鵻乃謹愨孝順之鳥，故《詩》言將父將母，以之爲興，而《嘉魚》篇以喻賢人。《左傳》謂之「祝鳩，少皞氏以名司徒，主教民」，亦取其孝也。隼爲鷙屬，鷙鳥也。《易》解卦「公用射隼」，以象誖逆之人，《九家易》言其性疾害。詎可合爲一哉？況《説文》鵻諧隹聲，明與隼異讀。又訓爲祝鳩，則定非鷙鳥。以隼爲或體，當必有誤。徐氏思允切，殆横以隼音加之耳。又案，鵻、隼皆見《爾雅》，曰「隹其，鳺鴀」，注「今鵓鳩」，此鵻也。曰「鷹隼醜，其飛也翬」，注「鼓翅翬翬然疾」，此隼也。陸璣之釋《詩》也，翩鵻、鴥隼亦各爲之疏，皆以爲兩禽矣。

隼，一鳥也，《説文》以爲祝鳩，陸氏《詩疏》云：「即春化布穀者。」則又以爲鳲鳩。羅願《爾雅翼》疑爲鵻符悲切，音皮。鴔，音及。云：「今俗名鵓鵖。」則又是鴔鳩。《爾雅》云：「鴔鳩，鵖鴔。」一鳥而兼三鳩，果安所折衷乎？吾則以《詩》《易》《爾雅》之言斷之而已。《詩·秦風》「鴥彼晨風」，《小雅·采芑》《沔水》兩言「鴥彼飛隼」，咏鸇晨風。咏隼，皆言鴥。鴥者，迅疾貌，正《爾雅》「其飛也翬」之謂，可見鷹鸇與隼同是鷙鳥。《易》以比小人，亦以其貪殘善搏擊也，其與鳩殊類明矣。

《爾雅·釋詁》：「蠢，作也，動也。」《釋訓》：「蠢，不遜也。」《説文》：「蠢，蟲動也。」《玉篇》云：「動也，作也。」《廣韻》云：「出也，動也。」然則動其本義，而借爲不遜與？《書》「蠢茲有苗」「越茲蠢」「今蠢」「允蠢」，《詩》「蠢爾蠻荆」，《禮記》「春之爲言蠢也」，先儒釋之，皆不離動義。字又溷惷，惷，亂也。《左傳》「今王室實蠢蠢焉」，昭二十四年。今本惷作蠢，是也。惷、蠢音同，義亦相近，無妨通用耳。《采芑》，《集傳》曰：「蠢，動而無知貌。」無知義，古未之有，語本伊川，而蔡氏亦祖此以釋《書》，是誤以惷愚義爲蠢義矣。惷，書容、丑江二切。因惷、蠢隸文相似，致斯謬也，詒誤至今，輒以蠢爲無知之稱目，反忘其動義矣。

元老壯猶，《易》所以稱「丈人吉」也。後世趙營平、馬伏波，皆以老將立功，非其證與？朱《傳》曰：「方叔雖老，而謀則壯。」一似壯猶非老將所能，短於義矣。況傳引《曲禮》云：「五官之長，謂三公之爲二伯者。出於諸侯，曰天子之老。」則元老之稱，自以方叔官爵言，不言其齒也。

車攻

「宗廟齊豪」,《爾雅》作毫。戎車齊力,田獵齊足」,《爾雅》此文,釋《吉日》詩也。毛公用之入《車攻》傳,而以尚純、尚彊、尚疾推明厥旨。蓋《吉日》云「既差我馬」,差,擇也。《車攻》云「我馬既同」,同,齊也。擇之使齊,二義相因矣。然兩詩皆紀田獵,宜專以齊足取義,而篇中言四牡、四黄,乃齊力、齊豪之事,齊足反不及焉。不獨此兩詩也,凡《詩》曰四牡、乘牡,曰乘駒,皆齊力也。曰四黄、乘黄,黄騂色。❶ 曰駟驪,黑色。曰駟騵,赤馬白腹。曰四騏,青黑色。曰四駱,白馬黑鬣。曰乘鴇,驪白襍毛。曰乘駽,青驪色。皆齊豪也,獨齊足不言駟乘。又《周禮·校人》職:「大祭祀、朝覲、會同,毛馬而頒之。凡軍事,物馬而頒之。」毛馬即齊豪也,物馬即齊力也,亦無齊足之事,豈齊足非周制與? 案,《詩》載馬名最多,類皆以毛色爲定,其以力舉者,止有駒、牡兩稱,並無以疾足得名者。《爾雅·釋畜》所列諸馬,亦以毛色辯名,惟云「絶有力,駥」,如融切。則以彊力得名耳。若夫騉音昆。蹄、騉駼、音徒。盜驪、宜乘、褭奴了切。驂之屬,皆彊力疾足之馬名,然非常之駿,不在恆畜之列也。竊意古人之名馬,止據毛色,而力與足不與焉。雖有齊者,亦無由別其名,而配以駟乘之文矣,宜其不著於《詩》也。其師田之馬,力與足既齊,而色復齊,則詩人特表異之,以見畜牧蕃息之美。如《六月》之四驪、《采芑》之四騏、《大明》之駟騵、《秦》之駟驖、《鄭》之乘黄、乘鴇,及此詩之四黄皆是,要非天子、

---

❶「色」,嘉慶本同,康熙抄本、大全本、《四庫全書》本作「也」。

諸侯不能具也。若夫《渭陽》之乘黄以贈人，《裳裳者華》之四駱以保禄位，《駜》之乘黄、乘駽以在公，則齊豪而已，不必兼力與足矣。

《車攻》二、三章言「行狩」，言「于苗」，猶未田獵也。孔疏以爲先致其意，吕《記》以爲有司先爲戒具是也。宣王適東都，以會諸侯爲主，會同之後，因而田獵，以娱賓客耳。二章《集傳》云：「至東都而選徒以獵。」五章又云：「既會同而田獵。」一似未會而先獵，❶既會而復獵者，語意殊未明劃。

「甫草」，傳云：「甫，大也。」箋云：「甫田之草也。鄭有圃田。」故《釋文》云：「甫，鄭音補。」朱《傳》從鄭，吕《記》、嚴《緝》則否，嚴謂：「下章言獵於敖地，不應又言圃田也。」然案圃田澤在今開封府中牟縣西北七里，敖山在今開封府鄭州河陰縣西北二十里，計二地相去僅百餘里，各舉一名，以互見其所在，義亦可通也。又案，甫草《韓詩》作圃草，見《後漢書・馬融傳》。融《廣成頌》曰：「《詩》咏圃草。」章懷注引《韓詩》「東有圃草」云云。康成先受《韓詩》，又馬之弟子，故直據此文解之，非破字也。又《周語》「藪有圃草」，注訓圃爲大，云：「茂大之草。」則圃、甫二字，古本通用。又圃田《水經注》作甫田，其水爲甫水，尤足爲證。

孔疏謂：「宣王時未有鄭國，圃田在東都畿内，故宣王得往田焉。」此語非是。《王制》設封建之法，名山大澤不以肦。音班，賦也。《周禮》九州澤藪皆掌於職方，正使有鄭圃田，不得在其封内。且非直此也，諸侯境内，天子自應得田。《春秋》僖二十八年，天王狩於河陽，河陽晉地也，時文公方霸，而襄王以衰，周弱主猶狩

❶「一」，原作「二」，據康熙抄本、大全本、《四庫全書》本、嘉慶本改。

於其境內，況宣王正當全盛乎？又《左傳》文十年，楚子與諸侯田於宋之孟諸，宋不以爲嫌也，霸主尚爾，何況天子？孔氏之言，不稽於典矣，然朱《傳》從之。

夏獵曰苗。《車攻》言夏獵也，行狩，乃獵之總名。故毛傳行狩不言冬，而于苗言夏。又云：「艾草爲防，或舍其中。」正仲夏教茇舍之法也。東萊《詩記》從之。《集傳》以苗爲狩獵之通名，殆不然毛說。

「赤芾金舄」，傳云：「金舄，達屨也。」案，《小爾雅》云：「屨尊者曰達屨，謂之金舄而金絇也。」宋咸注云：「禮，黑屨青絇，赤舄黑絇。」詳注意，則金舄當是赤舄之特異者。注言黑屨、赤舄皆與絇異色，正見金舄之爲達屨，以其色與絇同。絇者，舄頭飾也。古人重之，以爲成人之飾，《玉藻》：童子不屨絇。金舄之色直達於絇，所以殊其制，而獨得達名也。傳文達屨，義亦應爾。孔疏中之，以爲金舄即赤舄。舄有三等，白舄、黑舄在赤舄之下，其尊未達。赤舄之尊，莫過屨之最上達者，故曰達屨。此殆臆説耳。孔子魚，名鮒，著《小爾雅》。先聖九代孫，其書最古，其説又甚優，而孔氏不用，未知何意。

《車攻》第五章，鄭以爲諸侯從王田罷，賜射餘獲之事，蓋田獵所獲禽，王擇取三十，其餘頒賜臣下。然必習射澤宮，令中者取之，賤勇力，貴禮讓也。事在田獵之後，而文在田獵之先者，疏謂承上章諸侯來會而言，令其事相次，故射夫即指諸侯。又謂田無射禮，惟既獵乃有班餘獲射，其説如此。蓋詩人敘事，嘗有先後倒置者，如《騶虞》之二、三章，《定之方中》之首二章，《出車》之四、五章，皆取文便也。後儒釋此詩，惟求事順，遂解「決拾」以下三章，皆爲田獵之事，而班餘之射缺如矣。七章所謂「大庖」，乃是王所擇取之三十禽與？士大夫無與也。朱《傳》於七章方及澤宮習射之典，不已贅乎？況射中之後，方可獲禽，詩「助我舉柴」在「舍矢如破」之前，就令兩章通指田獵，事之前後，終未順也。案，第五章文義定是專言射禮，諸侯爲射而集，故直目爲射夫，決拾、弓矢皆射具，故言之特詳。田獵雖不廢射，然所主不在此，竟以射夫目諸侯，非名也。「助我舉柴」，亦因班餘時聚諸禽以待射，故有積禽。若方獵時，其所殺獲尚布散原野中，未可言積也。王者之田，殺不盡物，豈如後世所誇風毛雨血、禽相鎮壓、獸相枕藉者哉？舉柴當在澤宫，明矣。

《爾雅·釋訓》云：「徒御不驚輦者也。」舉全句而釋之，其專爲《車攻》詩可知。傳云：「徒，輦也。」義亦同矣。輦，載任器，見《周禮》，詩所咏正指此，但文義未顯。故子夏之徒特著之於《爾雅》，俾後之讀《詩》者，不至誤解爲徒行耳，無如後人之誤自若也。

吉日

《吉日》篇「漆沮之從」，宋李樗引《尚書》孔疏「漆沮在涇水之東，一名洛水，即《職方》雍州之浸」以解之。吕《記》、朱《傳》皆祖其説，則此漆沮在馮翊，即《禹貢》之漆沮也。近世馮氏《名物疏》謂地近焦穫，其山多獸，水多魚，漁獵宜於此地，理或有然。馮又謂惟漆水又名洛，不當併以沮爲洛，今録其略曰：洛水出今陜西慶陽府環縣，經延安府甘泉縣，鄜州宜君縣子午嶺，至中部縣，入西安府界。經耀州及同官縣，至富平縣，合沮，歷蒲城、同州至朝邑縣東南，入渭。此洛水即漆也。沮水出自延安府宜君縣，至子午谷，合子午水，歷中部縣，東南流入西安府界，至富平縣，合漆水。此馮翊之漆沮也，去鎬京三百餘里。若出扶風漆縣者，與馮翊之漆爲涇汭所隔，豈能飛渡而合爲一水耶？其扶風漆水出自鳳翔府麟遊縣西普潤廢縣，故漢漆縣也，流經岐山北，大欒水自西北注之，與杜水合，《齊詩》所謂「自杜漆沮」者也。其沮之所在，孔仲達云未聞，近韓邦奇云：「出鞏昌府階州角弩谷，東南入渭。」此扶風之漆沮也，《緜》詩「漆沮」指此。馮謂漆沮有二，而此詩漆沮是馮翊之水，信矣。至謂漆沮不得俱名洛，則猶未盡焉。《禹貢》「導水又東過漆沮」，孔傳云：「漆沮，二水名，亦曰洛水，出馮翊北。」疏引《水經注》云：「沮水出北地直路縣，東入洛水。」今《水經》同。又云：「鄭渠在太上皇陵東南，濯水入焉，俗謂之漆水，又謂之漆沮。其水東流，注於洛水。」今此文見注而稍不同。又濯作濁，漆作柒。《漢書》引《禹貢》此文，顔師古注亦云：「漆沮即馮翊之洛水。」此皆統名漆沮爲洛而馮所譏也。以今考之，漆、沮、洛乃各一水名，漆、沮俱入洛，洛入渭，三水源異而委同耳。案，《漢・地理記》北地郡歸德縣注：「洛水出北蠻夷中。」漢歸德，今慶陽府合水縣，隋置洛源縣於其東北，後併入合水。蓋指洛水之初入塞爲源，以名縣也。又《山海經》云：「白於之山，洛水出其陽，東流，以注於渭。」宋樂史《寰宇記》以爲白於山一名女郎山，在合水縣北二十里，亦謂洛出合水縣，與隋洛源意同，此皆言洛之源也。又案，《地理記》馮翊懷德縣注：「《禹貢》北條荆山在南，下有彊梁原。洛水東南入渭。」《周禮・職方氏》注亦言洛出懷德，此與《禹貢》傳、疏及師古注意同，皆言洛之委也。洛之委與漆、沮合，則已兼有二水在其中，馮謂不得併名洛，過矣。《雍録》言洛水入塞後，經鄜、坊、同三州乃入渭，漆在沮東，洛又在漆、沮東，漆至華原而西合沮，華原今省入耀州。《寰宇記》言漆、沮合於此，俱入富平之石川河。漆、沮又東南至同州白水縣，乃合乎洛，而南流合渭。在朝邑縣西南三十二里，有漢懷德故城。三水雖分，至白水縣溷爲一流，故孔安國、班固皆指懷德入渭之水爲洛水，而曰洛即漆沮也。韓邦奇言洛自洛，而漆、沮二水入焉，說亦相合。韓，雍人，所見當得其真矣。又案，「瞻彼洛矣」

指此洛，宋王氏以爲東都水，非是。

雍州有二漆沮，在馮翊者入渭之下流，《禹貢》之「漆沮既從」疏以爲扶風水，誤也。「又東過漆沮」是也。在扶風者入渭之上流，《緜》詩之「自土沮漆」、《潛》頌之「猗與漆沮」是也。《潛》傳云：「漆、沮，岐周之二水矣。」惟《吉日》之漆沮，宋蘇子由、李迂仲皆指爲洛，則馮翊之水也。近世馮嗣宗祖其説，謂馮翊之漆沮地近焦穫，多産魚獸，宜爲漁獵之地，信矣。然扶風之漆沮，正《潛》篇所云多魚者也，且其水經流岐下，而岐陽之地，實周家較獵之場。楚椒舉言成王有岐陽之蒐，語見昭四年《左傳》。世傳石鼓文十篇，紀宣王田獵之事，地亦在岐陽，其文次篇言漁於汧水，云「汧也沔沔」，王厚之云：「汧，水名。」末篇言狩於吴岳，云「吴人憐亟」，鄭樵云：「吴即吴岳。」汧水出扶風汧縣，吴岳即汧水所自出，皆與扶風之漆沮相近。又文之體製，頗與《車攻》《吉日》相似，所述物産，有麋、豕、麀、鹿、雉、兔、鰋、鰋同。鯉、鰟、鄭樵云「卑連反」。鮊、鄭樵云「音白」。鯊、鱮之類，其多獸多魚，不下於焦穫矣。又其地即《周禮》之弦蒲、《爾雅》之楊陓。音絝。《周禮・職方氏》「雍州之澤藪曰弦蒲」，注云：「弦蒲在汧。」疏云：「吴山在汧，西有弦蒲之藪，汧水出焉。」《爾雅》「秦有楊陓」，注以爲在扶風汧縣西。楊陓與焦穫各居十藪之一，《吉日》之漆沮，安在非扶風之漆沮乎？

「漆沮之從，天子之所」，毛傳云：「從漆沮驅禽而至天子之所。」孔疏云：「以獵有期處，故驅禽從之也。」蓋古者戰不出頃，田不出防，不逐奔走。此三語亦見《車攻》傳。故天子、諸侯田獵之禮，必使虞人驅禽而至入於防中，然後射之。未嘗登歷山險，蒐求狐菟，不輕萬乘之重，更見三驅之仁，其義良深矣。《騶虞》傳云「虞人翼五豝以待射」，《駟驖》詩云「奉時辰牡」，《周禮・大司馬》職云「設驅逆之車」，皆是禮也。此禮廢而後世人主盤於遊畋，始有歷邱墳，涉蓬蒿，口敝於叱咤，手倦於鞭策者矣。下章「悉率左右，以燕天子」，即上章之意，傳云：「驅禽之左右，以安待天子。」箋云：「順其左右之宜，以安待王之射。」射禽必自其左，故云順其宜也。《集傳》云：「視獸之所在而從之，惟漆沮之旁爲盛，宜爲天子田獵之所。」是徒以利獸爲樂，古制蔑如矣。又謂「悉率左右」是「從王者率同事之人」，夫在王左右者，獨非從王之人乎？誰率之，而誰所率者乎？文義殊不可通。

「悉率左右」，傳云：「驅禽之左右。」箋申之曰：「率，循也。悉驅禽順其左右之宜。」箋語釋經文最順，而申傳義猶紆。傳「驅」字下，更須補出「循」義，方可通耳。玩傳語，竟似訓「率」爲驅，而傳「之」字應解爲往，文義始明，然以釋經，不如箋之優也。箋殆易傳，孔以爲申傳，未必然矣。又案，《文選注》李善引此傳云「驅禽於王之左右」，句法較完成，然玩孔疏，則「於王」二字，乃李所益也。

毛詩稽古編卷十二

吴江陳處士啓源著

鴻雁之什變小雅

鴻　雁

二《雅》皆士大夫作也，朱《傳》謂《鴻雁》是流民作，訓「之子」爲流民自相謂，殆非是。之子，侯伯卿士爲王巡行勞來者也。歐陽以爲使臣，義亦同。「爰及矜人」，恩澤及此可憐之人也。「哀此鰥寡」，哀此孤獨者而收恤之也，皆「之子」劬勞之事，古義本如此。漢蕭望之曰：「『爰及矜人，哀此鰥寡』，上惠下也。」望之治《齊詩》，解亦同毛、鄭矣。《集傳》曰：「劬勞者，皆鰥寡可哀憐之人。」則「爰及」「哀此」四字爲虚設矣。況此流民，豈必皆偏喪者哉？

鴻與雁同類而異禽，毛傳云「大曰鴻，小曰雁」是已。《博物記》又有三同、三異之説。三異者，色有蒼白，群有多寡，飛有高下也，則不止大小爲異矣。或謂凡雁類，其大小、陶隱居云。蒼白見《本草綱目》。亦各不同。案，《鄭風》雁與鳧並言，《爾雅》亦以鳧爲雁醜，而《九罭》箋言：「鴻，大鳥，不宜與鳧鷖之屬，飛而遵渚。」《草木疏》亦云：「鴻鵠羽毛光澤純白，似鶴而大。」則鴻之大，非雁比矣。陸《疏》又云：「有小鴻，大小如鳧，白色，今人直謂鴻。」則鴻自有二種，雁之白者亦鴻也。陶隱居云：「又有野鵝，大於雁，似人家蒼鵝，謂之駕鵝。」案，駕音戈，《説文》作鴚，云：「鴚，鵝也。」合而論之，小而蒼者雁也，小而白者小鴻也，大而白者鴻也，大而蒼者鴚鵝也。《爾雅》云：「鵱音六。鷜，力于反。鵝。」注云：「今之野鵝。」則鵱鷜又鴚鵝之別名。

雁、鴈二字俱見《説文》，雁字入隹部，云鳥也。鴈字入鳥部，云鵝也，又云「雁讀若鴈」，並非重文，則二字異禽，亦異字矣。《玉篇》《廣韻》皆以鴈爲鴻鴈字，而別出鳫字爲鴈之重文，其雁字則依《説文》訓鳥，未嘗合雁、鴈爲一也。徐鉉以雁爲知時鳥，大夫以爲摯，昏禮用之，故從人，而謂鴈字從人從厂，義無所取，當從雁省聲，則雁、鴈不同字明矣。《韻會》云「雁或作鴈」，始以爲一字。後人習而不察，二字久通用，非古也。又據徐説，鴻雁字當從隹作雁，與《玉篇》《廣韻》異。今玩《説文》，則徐説爲長。雁雖與鵝相類，不應徑釋爲鵝。鳥乃統名，可以目雁矣。《詩》雁字皆當從隹，其從鳥者誤也。又案，《爾雅》及《禮記》俱號鵝爲舒鴈，《莊子·山木》篇記主人烹鴈事，是鴈乃畜禽，定指鵝也。意謂鵝爲鴈，古人本有此稱名，觀《説文》雁字注，則益信矣。近世魏校《六書精蘊》釋鴈字，謂「鵝似雁而德不然，故以僞亂真之『贗』取其義」，理或有然。

矜人，貧窮之人也。鰥寡，無告之人也。此流民中之最苦者，而無告又甚於貧窮。矜人則賑餼之，「爰及」之謂也。鰥寡則收恤之，「哀此」之謂也。此勞來安集之加厚者，而收恤尤厚於賑餼。下章「百堵皆作」，則凡流民俱及之，而矜人、鰥寡亦在其中。勞來安集，當有此三者之差矣。侯伯、卿士爲王行撫綏之政，委曲周詳如此，故三章皆劬勞爲言。

《鴻雁》詩三言「劬勞」，皆謂侯伯、卿士也。鄭箋獨以次章「劬勞」屬流民言，與首尾二「劬勞」異，誤矣。案，「雖則劬勞，其究安宅」，指使臣言，文義甚協。「于垣作堵」，皆使臣經理之，安得不勞？及民各得所，則爲上者亦身享太平之樂，豈不一勞永逸乎？《集傳》三「劬勞」皆指流民，義雖畫一，然以「之子」爲侯伯、卿士，毛義斷不可易。

「百堵皆作」，傳云：「一丈爲板，五板爲堵。」鄭箋引《公羊傳》以破之，云：「五板爲堵，五堵爲雉，雉長三丈則板六尺。」案，毛、鄭所云五板，纍五板也。鄭所云五堵，接五堵也。纍言其高，接言其長。板廣二尺，纍之，則一堵之牆高一丈。其板之長則毛以爲一丈，鄭以爲六尺，而堵、雉之長，亦從而異。《公羊》後於毛，未足深信。然「雉長三丈」語，鄭又據《左傳》「都城百雉」爲説，於義較優。詳見孔疏。

「維彼愚人，謂我宣驕」，箋云：「謂我役作衆人爲驕奢。」役作，指上于垣、作堵也，義似通而實迂。作堵本以安民，雖愚人決不謂之驕耳。呂《記》載王氏之説云：「謂我劬勞者，以我于征、于垣爲劬勞也。謂我宣驕者，以我矜憐撫掩爲宣驕也。」此解得之。蓋此「驕」字與「驕子」之「驕」義同，矜憐撫掩，有類於姑息，則疑爲驕。《巷伯》詩「驕人」，謂王聽信其言，所驕縱之人也，故亦以「驕」與「勞」對言。《史記》田蚡曰：「此吾驕灌夫罪。」用「驕」字亦同此二詩義。

庭燎

勤政，美德也。然精過用則不繼，氣太盛則易衰，故鋭始者或鮮終矣。《庭燎》敘云：「美宣王，因以箴之。」美其勤，箴其過於勤也。箋釋「箴」義，謂不正雞人之官，而自問早晚，爲宣王之過，恐非敘者之旨。又美而因箴，特善中小失耳。《齊》詩「未明」「倒衣」，則直以爲刺者，彼詩末章云「不夙則莫」，是早晚無常，昧寢興之節，乃暗主所爲，與勤政者異矣。

《庭燎》問夜，是形容勤政之心如此，不必真有是問也。注疏以「未央」爲夜半，疏云「未央」是王問夜時，非對王之詞。「未艾」爲雞鳴之前，「鄉晨」爲辨色時，亦是設爲漸次如此，非真有三度問也。假令未央時庭燎已設，諸侯已至，王直應起而視朝矣，何得未艾時又問，鄉晨時又問耶？

「夜未央」，毛訓央爲旦，鄭訓爲「未渠央」，原未見其確爲夜半也。夜半之説，始於王肅之述毛，而孔氏申明之耳。然以事理論之，夜半而諸侯至，終屬太早。宋儒據《説文》訓央爲中，則是夜尚未中，又在夜半之前，❶其早彌甚。《釋文》引《説文》云：「央，久也，已也。」又引王逸《楚詞注》云：❷「央，盡也。」盡與已義同。《廣雅》云：「央，盡也。」又云：「央、極，已也。」諸解俱不相遠。源謂此詩「央」字，當從盡義，夜未盡而朝者來，於情理爲近，且與傳、箋義不相違，宜可用也。又案，今《説文》云：「央，中央也，從大在冂之内。冂，古熒切。古文作冋，或從土作坰。一曰久也。」並無「已也」二字，豈《韻譜》逸之與？嚴《緝》引《説文》，則與今同。

「夜未艾」，毛訓艾爲久，取耆艾義。鄭云：「芟末曰艾，音乂。」孔右鄭，然毛義勝矣。王安石訓爲盡，李

❶「又」，原作「文」，據康熙抄本、大全本、《四庫全書》本、嘉慶本改。

❷「逸」，原作「翼」，嘉慶本同，據康熙抄本、大全本、《四庫全書》本改。

迂仲引《左傳》昭元年。「國未艾」注證之。然今杜注云：「艾，絶也。」並不云盡，不知李所據何注。況久義已可通，何必更新。

《庭燎》二、三章傳云：「晣晣，明也。煇，光也。」然則「晣晣」「有煇」，與首章「之光」本同義耳。王氏以意別之曰：「光者，燎盛也，晣晣則其衰也，煇則光散矣。」斯穿鑿之見也。《集傳》因其説，遂訓晣晣爲小明，煇爲火氣，天欲明而煙光相雜。又謂吴才老説煇字有功。此特見上文「夜鄉晨」，下文「言觀其旂」，故別爲煇字立解，又併晣義而易之。然字訓須有本，豈可臆斷乎？案，《説文》晣訓明，煇訓光，《玉篇》亦同。《廣韻》晣、煇並訓光，皆與毛傳合矣。

未央、未艾，義本不甚相遠也，而孔仲達過析之。光煇、晣晣字訓本未嘗有異也，而王介甫彊分之。彼謂作詩者立言當有漸耳，然亦不可過拘。

「煇」字以「軍」得聲，讀如薰；「旂」字以「斤」得聲，讀如芹，皆古音也。音則俱音，叶則俱叶可也，《集傳》一音一叶，何也？

《庭燎》詩或引姜氏脱簪事爲證，而嚴坦叔非之，以爲此詩乃鋭意求治之初，脱簪乃末年怠政之事，非同時也。此誤矣。孔疏謂：「宣王美詩，多是三十年前事，箴規之篇當在三十年後，王德漸衰，容美、刺並作也。」又謂：「《大雅》六篇，《小雅·六月》至《鴻雁》及《斯干》《無羊》七篇，皆王德盛時作，其事多在初年。自《庭燎》盡《我行其野》，是王德衰時作，多在三十九年前後。」況《庭燎》敘元謂美而因箴，則正王德將衰，美惡兼有之時也。脱簪之諫，容或當此際。且安知不因姜后一言，復勵精圖治，故有未央之問。詩人慮其不能持久，故寓箴於美乎？」

沔　水

《周語》三十二年，宣王伐魯，立孝公，諸侯從是而不睦，不睦則朝宗之典缺矣。宣王廢長立少，仲山甫諫而不聽，終致魯人弑立。魯之亂，宣王爲之也，何以服諸侯乎？宜有不朝者矣。《沔水》之詩，其作於三十二年之後乎？

「載飛載揚」「載起載行」，箋、疏皆指諸侯妄相侵伐，一喻一正也。吕《記》、嚴《緝》以「起」「行」指念亂之人，謂念之甚而起居不寧也。案，「起」「行」與「飛」「揚」詞氣相應，箋、疏爲長。

晉公子賦《河水》，韋昭注《國語》，以爲「河」當作「沔」。杜預注《左傳》，以爲是逸詩。僖二十三年。源謂杜注得之。河、沔字形雖相似，不應内、外傳兩書同誤。

鶴　鳴

《鶴鳴》詩純是託興，一章之中設喻者四焉，而不及正意。此與《秦》之《蒹葭》、《陳》之《衡門》，體製相似，非古注則其旨茫無可測識矣。毛、鄭以爲誨宣王用賢，説必有本。朱子棄而不用，自立新解，分爲四意，而文義各不相蒙。夫古人作詩，皆有爲而發，語意定有專指，安得一詩而分四意乎？其云「誠不可掩」，「理無定在」，乃平居談理之言，非因事納誨之語也。至首章「爲錯」，既解爲「憎而知其善」，次章「攻玉」，又引程子之言，證明其義，則前後復自相背戾。程子之言謂君子受小人横逆之加，則可修省以成其德，如石之攻玉也。憎而知其善，謂不以私怨而蔽人之賢，如古之舉不棄讎者耳，兩義迥别矣。又程語雖爲篤論，然以斷章則可，非此詩正解也。詩以「他山之石」喻異國沈滯之賢，見王者取人當旁求遠攬，揚及側陋，取譬之意在他山，不在石也。嚴《緝》既遵古注，又附程語於後，獨不思詩以石喻賢者，程以石喻小人，義正相反。愛其詞之美，而忘其義之乖，疏矣。

《鶴鳴》誨宣王求賢，毛義允矣。但箋、疏述之，語多冗複，今約舉其説曰：賢者身隱而名著，與鶴鳴之遠聞無異也，可不求而列諸朝乎？但賢人不貪名利，性好隱居，猶良魚之在淵，不似小魚之在渚，此毛義，鄭稍異。故求之甚難也。誠置之高位，而不使小人並處其閒，如彼園之上檀而下蘀，則人皆樂觀於其朝矣。然賢人不擇地而産，其生長他邦沈滯未舉者，皆有治國之才，猶石之可以爲錯焉，俱當招致之，爲我用也。求賢之道，不忽於側微，不閒於遐遠，則無遺賢矣。

詩以他山喻異國，非以玉石相對，爲一美一惡之喻也。如興意在玉石，則凡石皆可用，他山之文不爲虚設乎？又《説文》訓錯《説文》作厝。爲厲石，則錯之爲用博矣，治玉特其一端耳。首章傳謂「錯可琢玉」，蓋因下章獨言攻玉，故不更及他義也。若詩取「爲錯」之意，當不僅在此。

《草木疏》謂穀皮可爲布、爲紙，葉又可茹，《本草》亦用以入藥，其益於人多矣。傳以爲惡木，殆因上章之蘀而連及之與？要之，詩人取興，偶因一時寄託，物之美惡，元無定也。又案，今亦名楮，亦名構，亦名穀桑，種有雌雄，雄者皮班，可爲冠，華成長穗如柳，可食，不結實。雌者皮白，結實如楊梅。

祈　父

《祈父》詩毛、鄭皆以姜戎之戰爲證，然未定此詩之作在戰敗之前與後也。嚴《緝》斷爲未敗時作，謂詩中「靡所止居」「有母尸饔」，皆非敗後語，此信矣。至謂宣王料民大原，人不足用，乃令祈父出禁衛以從軍，作者呼祈父而責之，所以刺宣王，則誤甚。《國語》言「宣王既喪南國之師，韋昭注云：「敗於姜戎時所亡。」乃料民於大原」，是料民在千畝敗績之後，因喪師而料民，非料民以出師也。山甫諫云：「無故而料民，天之所惡。」若爲出軍而料民，豈得言無故哉？

《祈父》詩「王之爪牙」，凡爲王宿衛者皆可稱。吕《記》引董氏之言，取夏官屬司右、虎賁、旅賁所掌當之，良是。鄭箋釋爪牙，專取司右所掌勇力之士，孔疏泥其説，又見司右勇力之士，《周禮》不言守衛，而守衛者乃是虎賁氏所掌虎士，遂曲爲之解，謂司右、虎賁氏連官，俱率屬以衛王，故司士正朝儀，路門之右，言虎士，不言其官；路門之左，言大右，即司右。不言其屬，互文以相明也。此以論《周禮》設官之意則甚善，以釋《詩》「爪牙」之義，則稍拘矣。疏又謂此勇力之士，選右當於其中，若車右，出征是其常職，今見使從軍，則不爲車右，使之爲步卒，故恨也。此語殆不然。所謂選右者，持選爲王五路及屬車之右耳。若六軍之車右，則甸賦所出甲士三人，右已在其中，豈必取足於衛士哉？且此勇力之士以備車右之選，非必人人皆右也，安得以趨走爲恨哉？總之，此輩職在衛王，不在從軍，衛王則爲右與趨走，皆其本分，從軍則乘車與徒步，俱非所甘心。疏語恐非詩旨。又衛士專主衛王，故稱王之爪牙。《集傳》泛指六軍之士，《大全》又録朱善語以申之，皆非是。善謂六軍以衞王室，不出征討，蓋襲《揚之水》集傳之説，已有辯，見《王風》。

「靡所止居」「靡所底止」，皆自道其苦，所謂「轉予于恤」也。有母不得奉養，使之自主饔飧，尤是憂恤之最甚者。三章末句，語意本無異，嚴《緝》解「尸饔」句云：「我有母在，當爲主饔以養之，汝乃不知，是不聰也。」與上句文義未順。

酒食是議，婦人之事，故尸饔不言父而言母也。嚴《緝》曰：「言有母，則無父矣。」不已鑿乎？況詩之作，不專主一二人而言，安得宣王爪牙之士，皆無父也？朱善泥嚴説，遂謂孤子從征，見祈父之不仁，則尤可笑。幼而無父爲孤，謂三十以下者，三十有室，不名孤矣。見《曲禮》鄭注。詩詞中未有以見其幼也，且古有「親老無昆弟，不從征役」之令矣，不聞以無父而免之也。

白駒

《鶴鳴》誨王求賢，《白駒》刺王不用賢。始不能求，繼不能留，王德之衰有漸矣。拒直諫，聽讒言，君子見幾，當有拂衣而去者。幽王之世，尹氏、虢石父及皇父等七子，小人接迹於朝，雖幽王之暗，亦由宣王之棄賢有以致之。《伊訓》曰：「敷求哲人，俾輔於爾後嗣。」古聖主樹人，豈僅爲一世計哉？

《白駒》詩是賢人既去，願望其來之詞，非來而欲留之也。「縶之維之，以永今朝」，設言其來則當如此也。「所謂伊人，於焉逍遥」，又言今此賢人於何遊息乎？箋云然。杳不知其所適，思之甚也。焉訓何，於虔反。後儒讀爲如字，語直而義短矣。《釋文》云：「焉，於虔反。又如字。」箋、疏俱不用後音。

《白駒》第三章，兩句一韻，天然相協，但思字複見耳。然《詩》恆有之，無礙也。朱子隔句協韻，已屬多事，又讀「來」爲云俱反，與駒字協，尤不可解。首句韻自有三、五句協之，何必次句先協？次句韻應協四、六句，何反舍之而協首句？是隔句協韻之法，先自亂之。

賢人君子，人閒之景星、慶雲，身所遊歷，自光遠而有耀，如玉之輝山、珠之潤岸矣。《白駒》賢人，徒爲邱園之賁，詩人惜之，故望其來思也。《集傳》載或説，音賁爲奔，訓爲來之疾，云本之於王氏。案，《釋文》云：「賁，徐音奔。」此又王氏之所本也。元朗言毛、鄭，全用《易》爲釋，豈欲以徐音破之乎？然隋曹憲注《廣雅》，謂賁飾義，亦當音奔，則徐邈此音，未必不與毛、鄭同解也。疾來義雖可通，不如賁飾優矣。

「爾公爾侯，逸豫無期」，傳、疏謂責其不來，言惟公侯得以逸豫耳，爾豈公耶？爾豈侯耶？何爲逸豫無反期也。此解甚平正。《詩緝》云：「爾若爲公侯，則將勤勞國事，無有逸豫之期。蓋羡其退居之樂也。」亦得之。《楊用修集》言宋人經義已作是解，華谷蓋有所本矣。《集傳》曰：「若肯來，則以爾爲公，以爾爲侯，而逸豫無期。」恐礙於義。作詩者何人，乃能以公侯爵人邪？果能之，何不留賢者使勿去也？《詩記》以此二句爲責在位之人，則一章四「爾」字不能畫一，文義亦未安。

末章言白駒一入空谷，不復返矣，然我猶設生芻以待之，誠愛其人之德美如玉也。今其人固不可見，寧獨無音問之可傳乎？萬勿吝惜於此，而有遠我之心也。望之至也。箋、疏解「生芻」二句，頗迂拙，《集傳》近之矣，但語焉而未詳，故更爲述之。

黄鳥　我行其野

此二詩，皆棄婦之詞也。室家相棄，由王失教而然，所以爲刺也。朱《傳》祖范氏、《黄鳥》。王氏《我行其野》。之説，俱以民適異國釋之，因篇中「此邦之人」「復我邦家」，是身在他邦語耳。然古者士、庶人得越國而娶，此二詩之婦人，當是自異邦來嫁者。古注自通，不必易也。宣王末年雖多秕政，當不至如幽、厲之甚，《鴻雁》矜人甫獲安堵，何不還踵，而流離失所乃爾？魏之民猶有「樂郊」可適，西京之世，反不若乎？

黄　鳥

孫奕《示兒編》以此詩黄鳥爲今之黄雀，此妄説也。彼謂七、八月閒不應有倉庚耳，不知此鳥至冬始蟄，秋日鶯聲山間，嘗聞之，何得謂無？況季夏、初秋，粱黍自可成熟，今北方皆然。《月令》嘗黍在仲夏，嘗穀在孟秋矣。穀，鄭注以爲黍、稷，其仲夏所嘗，蔡氏以爲蟬鳴，黍以仲夏孰。黄雀，古通名，雀字亦作爵。《晉語》「雀入于海爲蛤」、《月令》「爵入大水爲蛤」，指斯禽也，並無以黄鳥名之者。疏又以《秦風·黄鳥》亦是黄雀，尤誤。案，《左傳》言三良殉葬，在文六年之夏，詩人覩物起興，此時安得有黄雀乎？

《黄鳥》「無集于榖」，榖字從木，木名也。「莫我肯穀」，穀字從禾，百穀之總名也，又善也，皆以㱿得聲。㱿，苦角反。然則穀善之穀，本借百穀之穀，不借榖木之榖也。榖、穀各一字，《埤雅》乃謂惡木名榖，猶甘草名大苦，謬矣。

我行其野

樗、蓫、葍，傳以爲託興，箋以爲記時，傳義是也。《集傳》釋爲賦體，而演其義曰：「我行野中，依惡木以自蔽，於是思昏姻之故而就爾居。」夫野中豈無嘉樹，何爲必依惡木？本爲昏姻而往託，何云因惡木而始思之？文義如此，誠令人難曉。呂《記》云：「惡木尚可芘，而爾不我畜，則樗之不如。」何等明順！嚴《緝》亦同此意。

「言采其蓫」，箋云：「蓫，牛蘈。」《釋文》徒雷反。疏云：「《釋草》無文。」案，《爾雅》有「蓫薚，音湯。馬尾」，又有「蘈，吐回反。牛蘈」，即益母草之紫華者，詳見《王風》。一同經字，一合箋文。然兩處郭注所說莖葉名狀，俱與陸《疏》之牛蘈不符，則《詩》《雅》所言定是別草，宜孔氏以爲《釋草》無文也。邢昺引此詩及箋語證《爾雅》之牛蘈，謬甚矣。又《詩釋文》：「蓫，敕六反。」《爾雅》釋文：「蓫，他六反。」字音亦不同。

蓫，《釋文》云：「本又作蓄。」陸《疏》云：「今人謂之羊蹄。」案，羊蹄《本草》入本經下品，一名東方宿，一名連蟲陸，一名牛舌菜，一名鬼目，洪邁《續筆》以爲即《爾雅》之苻鬼目，然郭注所言莖葉及子皆與《本草》羊蹄異，非一草。一名蓄，一名禿菜，子名金蕎麥，獨無牛蘈之稱。惟鄭箋及陸《疏》謂之牛蘈。陶隱居云：「今人呼禿菜，即蓄音之譌。」理或然與？又李氏《綱目》云：「羊蹄以根名，牛舌以葉形名，禿菜以治禿瘡名也。鄭樵指爲《爾雅》之菲及蕢者，誤矣。」李又說其名狀云：「近水濕地極多，葉長尺餘，似牛舌之形。入夏起臺，開華結子，華葉一色。夏至即枯，秋深復生。莖葉陵冬不死，根長近尺，赤黃色。」

蓫雖惡菜，然陸元恪言其可爲茹，滑而美。曹子建著之於《七啓》，亦以爲佳味。《七啓》云：「芳菰精稗，霜蓄露葵。」李善注引《詩》「采蓫」而云：「蓫與蓄同。」張銑注云：「蓄菜與葵宜於霜露之時。」意蓄味本不佳，得霜而始美與？《本草》言其陵冬不死，正霜蓄之義矣。又案，蓄當作堇，蓫、堇字異而音義同，見《廣雅》，亦見《唐韻》。

《爾雅》有二葍，葉細而華赤者葍，藑渠營切。茅也。葉大而華白復香者葍，䔰音富。也。此詩「采葍」，箋以爲䔰，陸《疏》亦同。然陸又云：「其草有兩種，葉細而莖赤，有臭氣。」則葍、䔰之葉復有細大之分矣。傳以葍爲惡菜，應指細葉者。

「成不以富，亦祇以異」，《論語》引此，朱子用毛、鄭義解之。及釋《詩》則更立新説，以爲雖實，不以彼之富而厭己之貧，亦祇以新之異於故耳，責人而不失忠厚之意也。意甚美，然太巧矣。又《詩》本作「成」，《論語》引之作「誠」耳。《集傳》釋《詩》成字，仍用《論語》誠義，亦屬疏忽。

斯干

《斯干》之爲宣王詩，見劉子政《昌陵疏》，非小敘一家之説也，而朱子終以爲疑。「新宫」之名見《儀禮》《燕禮》。《左傳》昭二十五年。鄭、杜兩注及《詩》之箋、疏見《由儀》敘下。皆以爲逸篇，而朱子引李氏之説，以爲即《斯干》詩。於先儒所信則疑之，於先儒所闕則實之，意在立異而已。

《斯干》「考室」，孫、王述毛，止言宫室，鄭氏兼寢廟言。後儒執《雜記》之文，謂廟成則釁，寢成則考，敘言考室，不得兼廟，皆以鄭氏爲非。然孔疏已有辯矣，言「考之取義甚廣，國富民安，居室安樂，皆是考義。猶《無羊》云『考牧』，非獨據一燕食而已」，故《無羊》疏云：「牛羊復先王之數，牧事有成，是爲考牧。」然則考室、考牧，與《雜記》考義自别，並非燕飲落成之説也。經典考字多訓成，宫廟既成，謂之考室，牧事有成，謂之考牧云爾。《曲禮》曰：「君子將營宫室，宗廟爲先。」詩人美宣王，豈反略其重者？後儒執《雜記》之義，卻違《曲禮》之文矣。又劉向《昌陵疏》亦寢、廟並言，與鄭説相符也。嚴《緝》泥考義爲落成，因謂《無羊》之考牧，是作牧養之牢而落成之。夫落成者，成室而飲酒於其中也。嚴將謂宣王君臣群聚於圈牢中而飲酒耶？又引陳氏語，訓「考牧」牧字爲牧養之牢，尤屬謬説。牧字從攴普木切，小擊也。從牛，會意，養牛人也，通用爲守養義，而牧地亦可名牧。若借以名牢，則經傳無其文也。又解首章「爾羊來思」「爾牛來思」爲來歸於牢，謂兩言來，所以見牢之成，是於經外彊生枝節矣。作詩之意，在牧人稱職，牛羊蕃息，以歸美於宣王耳，豈區區頌一牢乎？況「來思」果爲歸牢，則下章兩言「爾牧來思」矣，牧人亦牢居耶？下文即繼以「何蓑何笠」「以薪以蒸」，豈亦牢中事耶？

《斯干》首章，傳、箋皆以爲興體。澗水毛云：「干，澗也。」喻王德流行，南山喻國用富足，竹苞、松茂喻人民衆多而佼好，兄弟相好，亦指民閒骨肉相親愛言，如此故能立宗廟、修宫寢也。今則釋爲賦體，徑指宫室言。源謂以詞則今説爲近，以義則古注爲優。宣王承亂，何得遽興土功，必先布德修政，使國富民安，然後及營繕之事，故詩人發此興，爲全篇引端耳。況棟宇堂室之盛，四、五章始極言之，首遽以竹苞、松茂形容其美，非立言之次第。

「無相猶矣」，鄭改猶爲瘉，義勝於毛。毛訓猶爲道，言無相責以道也。瘉乃詬病之義，與好反，一勸一戒，相對取義，較明劃矣。猶、瘉古音本同，觀《正月》詩「瘉」與「後」「口」字協可見。又瘉與媮、偷、鍮、愉皆以俞得聲，而諸字俱託侯反。渝、羭、揄、榆亦以俞得聲，而夷由反，益信瘉、猶同音，鄭雖改字，非無因也。《集傳》訓猶爲謀，謂相圖謀，義稍迂。與毛等。或説改作尤，亦取義與好反，音與「猶」同耳。但古尤字音怡，不音猶。《載馳》詩「無我有尤」，「尤」與「思」「之」協，《四月》詩「莫知其尤」，「尤」與「梅」協，梅音迷也。《易》賁、剥、大畜、蹇、鼎、旅六小象皆有尤字，與疑、喜、之、載等字協，載音菑也，尤並不同猶韻，則破字均而鄭爲當矣。

《斯干》寢、廟並營，康成之説長矣。但取二、三、四、五章經文分配兩意，恐非詩旨。箋謂「似續妣祖」是立廟，「築室百堵」以下是成寢，「攸芋」章則總言之，而「攸躋」復言廟，「攸寧」復言寢也。然細玩詩語，何嘗有此乎？營建宫室乃繼述之事，則「似續」亦可指寢也。《鳧鷖》詩云「來燕來處」，《楚薺》詩云「笑語卒獲」，則居處、笑語亦可指廟也。拾級登階，孰非躋乎？不必爲祭祀也。薦馨受福，獨非寧乎？不定是燕息也，安得一一分配哉？至破「似」爲巳午之巳，釋「西南其户」爲天子燕寢之户，比於大夫一房之室户，則較偏於西，比於宗廟路寢之四户，則獨有其南，尤爲穿鑿之見，不如傳義之平正矣。

「如跂斯翼」，翼指人之兩臂也。毛云：「如人之企竦翼爾。」孔疏云：「如人企足竦臂翼然。」嚴《緝》云翼如《論語》「翼如」之翼，取喻本極明徑。歐陽訓翼爲敬，禮有以企足爲敬者乎？迂矣。然朱、吕皆從之。

「如矢斯棘，如鳥斯革」，毛、韓兩家字異而義同。毛云：「棘，稜廉也。」《韓詩》棘作朸，旅即反，云「隅也」。見《釋文》。《韓》之隅，即毛之棱廉。孔申毛云：「指矢鏃之角爲棘，蓋古有此名。」是矣。毛又云：「革，翼也。」《韓詩》革作翱，《說文》云古翮切。云「翅也」。見《釋文》。《說文》注同。韓之翅，即毛之翼，兩家之訓相同，可見其義有本也。鄭訓棘爲戟，謂如人之挾弓矢戟其肘，訓革爲毛希革露，謂此時必張其羽翼，固已迂矣。歐陽又以臆爲解曰：「棘，急也。革，變也。」夫以急爲如矢行急而直，猶可通也，以變爲鳥驚變而竦顧，其迂不更甚乎？

翬，雉，五色成章，飛則尤爲絢爛，《斯干》以比宮室，固取其勢，亦取其文也。箋云：「此章四『如』，皆謂廉隅之正，形貌之顯。」又云：「翬，鳥之奇異者。」顯與奇異，定指翬之五色而言。疏申之云：「翼言其體，飛言其勢。」恐鄭意不盡於此。《集傳》以爲華采而軒翔，庶得之。

「噲噲其正，噦噦其冥」，毛以正爲長，冥爲幼。鄭以正爲晝，冥爲夜。詩備述室之寬明，無暇及人之長幼，疏申鄭易傳之意，允矣。但傳語簡質，而王、崔二家述毛各異，正當擇善而從，不必舍毛從鄭。《釋文》云：「長，王丁丈反，崔直良反。幼，王如字，本或作窈。崔音杳。」案，「正，長」本《釋詁》文，「冥，幼」本《釋言》文。《釋言》「冥，幼」或作「冥，窈」，孫炎、某氏皆訓爲深闇之義。孔疏以深闇之義雖安，而與「正，長」不協，故據王注述毛。源謂「正，長」「冥，幼」俱用崔音爲毛義，亦可通也。孔必欲讀長爲上聲者，特泥於《爾雅》之文耳。《爾雅》「正，長」與「孟，伯」「耆，艾」並列，斷不得讀爲平聲。然毛傳字訓自有師傳，不皆本《爾雅》。《雅》自爲長幼之長，傳自爲長短之長，字形偶同，不妨音義各別也。長言其堂廡之彌亙，窈言其窔奧之邃深，意正相當矣。

《爾雅》有二莞一蔇。方寐切。鼠莞，郭注云：「亦莞屬。纖細似龍須，可以爲席。」一莞。「苻蘺，其上蒚」，音翮。某氏曰：「《本草》云：『白蒲一名苻蘺，楚謂之莞蒲。』」郭氏曰：「西方人呼蒲爲莞蒲，今江東謂之苻蘺，西方亦名蒲。中莖爲蒚，用之爲席。」是二莞别草矣。《斯干》「上莞」，鄭云「小蒲之席」。孔引《爾雅》苻蘺及郭注莞蒲語證之，言莞與蒲一草而有大小。《釋文》謂莞草叢生水中，莖圓，江南以爲席，形似小蒲而實非，意與鄭異。據箋、疏，此莞乃苻蘺，據《釋文》，此莞乃鼠莞，箋、疏之説長矣。鼠莞是莞類，不得專莞名。苻蘺有莞蒲、白蒲之名，元與蒲一草，故鄭以爲小蒲。而《集傳》亦訓莞爲蒲席，善會鄭意矣。濮一之謂苻蘺即燈心草，誤甚。彼特見《釋文》叢生形圜語耳，不知《釋文》所言是鼠莞，非苻蘺也。燈心草，宋開寶始載入《本草》，亦言其可織席及蓑，然非鼠莞也。鄭樵謂鼠莞是龍芻，但龍芻《神農經》本名龍須，郭注不應言「似龍須」矣。李時珍《綱目》以爲《别録》有龍常草，似龍須，即鼠莞。又《山海中經》「賈超之山多龍修」，注云：「龍須也。似莞而細。」皆與《爾雅》注合。又案，莞有胡官、古完二反，字亦作莀。《廣韻》曰：「似藺而圓。」

「載衣之裳」，毛以爲下之飾，取習爲卑下之義。鄭以爲晝日衣，取當主外事。王肅申毛云：「天下無生而貴者，欲爲君父，當先知爲臣子。」斯義勝矣。《集傳》曰：「裳，服之盛也。」以裳爲盛，豈目絺繡言與？然古人衣必與裳俱，雖燕私亦然，不獨冕服也。「之子無裳」，則以爲憂矣，惟童子不裳，以便趨事耳。有裳，何遽爲服之盛乎？

裼，傳云「緥也」，《韓詩》作褅，見《釋文》。《説文》亦作褅。裼、褅皆他計切，音替。《古音攷》以爲音啻，誤也。《説文》從衣啻聲，諧聲取其同韻耳，非讀如啻也。啻，施智切，與翅同音。又案，⿰衤啻，《廣雅》作⿰衤商，注天帝切。

無羊

《無羊》傳云：「蓑，所以禦雨。笠，所以禦暑。」蓋蓑專爲雨設，笠主於禦暑，而遇雨亦用之。故《良耜》傳云：「笠，所以禦暑雨。」則兼言之矣。又《都人士》傳云：「臺，所以禦雨。笠，所以禦暑。」是臺指蓑言，與笠二物也。康成謂以臺皮爲笠，陸《疏》謂臺皮堅細滑緻，可爲簦笠，南山多有。孔疏亦言臺、笠是一物，皆與毛異，恐未必然。羅願《爾雅翼》辯之當矣。其略云：「臺但可爲衣，不可爲笠，不應合臺、笠爲一物也。《齊語》『首戴茅蒲，身衣襏襫』，韋昭注云：『茅蒲，簦笠也。茅或作萌，竹萌之皮所以爲笠。』則笠不用臺可知。」又云：「襏襫，蓑薜音避。衣也，則襏襫以莎草爲之。今人作笠，亦多編筍皮及箬葉。其臺爲衣，編之若甲毿毿下垂，則莎但爲衣，不爲笠。」案，羅説良是。臺是草名，而笠字從竹，不從草，則古人爲笠，用竹萌，不用臺，明矣。自鄭氏合臺、笠爲一物，後人因別作籉字而訓爲笠，誤以生誤也。惟傳義精確，不可易。又案，蓑，《説文》作衰，從衣象形。又作⿱⿱亠口⿰朩朩，古文也。後借爲「等衰」字用，而蓑笠復加草作蓑，非古也。又案，蓑字《玉篇》有素和、素回二切。《廣韻》云：「蓑，草名。可爲雨衣。」素回音與衰近，草可爲衣則莎也，豈蓑字元讀如衰，因以莎草爲之，故後人轉讀如莎乎？蓑從草，俗有從竹者誤。

「三十維物」，傳云：「異毛色者三十也。」疏申之云：「謂青、赤、黄、白、黑，毛色別異者各三十也。」五色各三十，合之則百五十物。上文黄牛、黑脣之犉，特黄色三十中之一物耳，而其數已及九十，牧事之盛可知。

「衆維魚矣」，衆謂衆多，言魚之多也。鄭解衆爲人衆，云「人衆相與捕魚」，迂矣！傳云「陰陽和則魚衆多」，並不以爲人衆也。疏謂由魚多故捕者衆，彊通兩家之説耳。《魚麗》詩美萬物盛多，獨舉魚爲言，此亦以多魚爲豐年之夢，義正相符。《集傳》曰：「衆謂人也。人不如魚之多，夢人乃是魚，則爲豐年。」此尤不可解。人如魚，特人滿耳，於年何與乎？又「人乃是魚」一語，猶劉子云「微禹，吾其魚乎」云爾，見昭元年《左傳》。此當爲洪水之祥，何反爲豐年之兆？

旐、旟各是一物，箋云「夢旐與旟」，傳云「旐、旟所以聚衆」是也。上專言魚，下並言旐旟，語意異而句法同，古人不妨有此。《吉日》之伯、禱，一事也，而兩言「既」，《無羊》之旐、旟，二物也，而止一言「維」，各從文便耳。「衆維魚」猶云「衆哉魚」，「旐維旟」猶言「旐與旟」，兩「維」字不必過泥也。朱子必欲齊以一律，故人少魚多、旐少旟多之説出焉。

《無羊》朱《傳》云：「旐，郊野所建。旟，州里所建。」此錯舉《周官·司常》《大司馬》二職之文，而各取其一，不知何意。案，《周禮·春官·司常》《夏官·大司馬》所頒旗物各異，蓋司常所頒，仲冬大閲之禮，大司馬所頒，仲秋治兵之禮。彼注云：「秋辨旗物，冬簡軍實。以出軍之旗則如秋，以尊卑之常則如冬。大閲備軍禮，而旌旗不如出軍之時，空辟實也。」賈疏申其義，以爲大閲是教戰，非實出軍之法，故謂之空。治兵是出軍法，故寄出軍之旗於彼。是冬之空當避秋實，出軍之法也。二職旗物之互異，其故如此。今以旐、旟二者言之，《司常》云：「州里建旟，縣鄙建旐。」注：「州里、縣鄙，鄉遂之官，互約言之。」疏謂鄉之下次州，又次黨，又次族，皆建旟。又次閭，又次比，皆建旐。遂之下次縣，又次鄙，又次酇，皆建旐。又次里，又次鄰，皆建旟也。此賈公彦《周禮》疏之説也。孔氏《干旄》詩疏則云「族建旐，酇建旟」爲異，餘同。賈、孔皆申鄭互約之義。《大司馬》云：「郊野載旐，百官載旟。」注：「郊，謂鄉遂之州長、縣正以下也。野，謂公邑大夫。載旐者，以其將羨卒也。百官，卿大夫也。載旟者，以其屬衛王也。」疏謂鄉遂之正卒屬軍吏，其羨卒，使州長以下不爲軍吏者將之，公邑亦然。其天地四時之卿、大夫屬各六十，有選當行者。合此觀之，是《司馬》之郊，已兼《司常》之州里縣鄙，而野與百官又在其外。二職文義本不相倫，豈得各取其一，以相配乎？朱子之引《周禮》，誤矣。《集傳》又云：「旐統人少，旟統人多。」其説本於張子厚，然統人多少之故，非源所能知也。以《司常》所頒而言，則五職建旐，五職建旟，所統鄉遂之民，數略相等也。以《大司馬》所頒而言，則六官之屬，豈能多於六鄉、六遂及四等公邑之羨卒乎？若就朱子所錯舉之文而較論之，則建旟之州里，止當建旐之郊之半，而野猶未與焉。是旐統人甚多，而旟至少也。今乃反之，何其不稽於典乎？

毛詩稽古編卷十三

吴江陳處士啓源著

節南山之什變小雅

節南山

求車之家父，非作誦之家父，正義辯之明且核矣。朱子猶疑其人之同異，祇欲證此詩之作非幽王時，意主於駁小敘耳，獨不思東遷後《雅》已降爲《風》哉？劉瑾附和其説，謂隱三年「尹氏卒」，即此詩之師尹，求車之家父，與之同時，此尤可笑。隱三年《左傳》本作「君氏卒」，君氏，隱公母聲子也。其言尹氏者，《公》《穀》二傳之文耳。左氏親見國史，所書又魯事，必無誤。二傳之言，得於傳聞，舛謬最多，其釋《春秋》此文，謂平王崩，隱公奔喪，尹氏爲主，故書其卒。夫隱公如周，不見《春秋》經，經但書「武氏子來求賻」耳。賻禮尚缺，致其來求，焉肯奔喪？二傳之不足信，明矣，豈可執以爲據哉？況如瑾意，必謂西周時不得有尹氏，而凡言尹氏必是一人，然後可也，則《常武》詩云「王謂尹氏」，《常武》亦東遷後作耶？《春秋》昭二十三年書尹氏立王子朝，距隱三年二百二載矣，亦可合爲一人耶？何弗之思也！瑾又謂喪亂、卒斬、鞠訩、大戾等語，皆亂亡以後之詞，殊不知古注本以喪亂爲疾疫，卒斬爲諸侯自相殘滅，訩訟、乖戾爲民俗之不善，未嘗謂王室亂亡也，後儒自誤解耳，反執此以疑經乎？ 且古人稍見亡徵，即極口言之，如祖乙曰「天既訖我殷命」，微子曰「殷遂喪」，箕子曰「天毒降災荒殷邦」，此時紂未亡也。 又況幽王時，不僅政亂而已，饑饉、寇盜、癘疫、流亡、戎狄侵陵、諸侯背叛，蓋亦多有。 觀《周語》言「幽王九年，王室始騷」，與《大雅・瞻卬》《召旻》二詩所云，及《小雅・漸漸之石》以下三詩敘可見，必以爲東遷後作，不已固乎？

《節南山》，近世趙凡夫以「節」字爲「巀」字之譌，巀，子結切。 此有理也。 巀省作卩，卩又譌作節耳。《説文》巀字注云：「陬隅高山之卩也。」與毛傳高峻義元不相背。《釋文》云：「節，在切反。 又如字，又音截。」凡三音。 其如字，乃巀之音也。 後儒專讀爲截音，《詩詁》遂以池陽巀嶭五葛反。山當之，誤矣。 漢池陽縣爲今涇陽縣，在西安府北五十里，而巀嶭山又在縣北七十里，古鄗京在今咸陽縣西南，咸陽縣在今西安府西北五十里。 詩言南山，明是鄗京之南，安得遠指池陽北之巀嶭耶？ 黄公紹信其説，而録之於《韻會》，何弗考也。又《禮記》引此詩，朱子章句訓爲截然高大，亦誤。 截，斷也，與高大何關？ 況節音截，非訓截也。

「憂心如惔」，《釋文》云：「惔，《説文》作炎，才廉切。」孔疏亦云。 今案，《説文》引《詩》作「憂心炎炎」，不作「如炎」。 其惔字注引《詩》「憂心如惔」，與今《詩》正同。 又注云：「惔，憂也，徒甘切。 炎，小熱也，直廉切。」二字音義各異，「憂心炎炎」，似別是一詩。 但孔、陸二家所引同，不應俱誤，豈古本《説文》元作「如炎」，而「炎炎」乃《韻譜》之譌乎？

「有實其猗」，朱《傳》先述傳箋，後載或説，以爲皆不甚通。 或説出蘇氏，以實爲草木，猗爲長茂，呂

《記》、嚴《緝》皆從之。劉瑾又以「我落其實」、《淇澳》詩「綠竹猗猗」爲「實」字、「猗」字之證，殊不知猗訓爲長，可言草木之枝葉，不可言草木之實。若竟以草木爲山之實，則文義又未安。《左傳》「我落其實而取其材」，實對材言，定是果實之義，杜注亦云吹落山木之實。非泛指草木，劉所引非其證矣，宜朱子以爲不甚通也。案，實字，毛、鄭皆訓滿；猗字，毛訓長，鄭訓旁。毛謂南山高峻，而有滿之使平均者，因草木之長茂，興大師尊盛，而有益之使平均者，以用衆士之智能。鄭謂山既高峻，又有草木平滿其旁猗之畒谷，使之齊均，興尹氏既尊顯，亦當以政教養育民庶，使之齊均。與蘇説俱未明順，吾寧從古。

《節南山》詩兩言「不弔昊天」，傳訓弔爲至，箋又轉至爲善，言「不善乎昊天也」。後儒據成七年、襄十七年《左傳》引此《詩》，改爲愍恤之義，然玩左氏兩傳，善義自通，其訓爲愍恤者，杜注之説耳，未必邱明本意也。

「弗躬弗親」「弗問弗仕」，古注目幽王，得之。教王躬親機務，問察民情，欲其自爲政也。自爲政，則尹氏不得專恣矣。下章「不自爲政」，王肅以爲政不由王出，意正相應。蘇氏謂尹氏付政姻婭，誤矣。詩刺王委任尹氏，方嫉尹之擅權，反教以躬親問察哉？

「勿罔君子」，箋破勿爲末，言不問察之，則民將末略欺罔其上，比傳義爲徑捷。《小爾雅》勿、末二字同訓爲無，是勿與末義本相通也。

「昊天不傭」，傭訓均，毛傳與《爾雅》同。《釋文》云「敕龍反」，《詩》《雅》同。《説文》云：「傭，均直也。余封切。」案，《玉篇》：「傭，恥恭切。均也，直也。又音庸，賃也。」然則借爲賃義，故轉音庸耳。徐鉉以庸音施於均直，恐非是，宜以《釋文》爲正。

《爾雅》云：「訩，訟也。」《説文》訩作詾，云：「説也。省作訩。」毛傳訓訟與《爾雅》同。《集傳》訓爲亂，不知何本。

「俾民心闋」，傳云：「闋，息也。」案，《説文》：「闋，事已閉門也。」事已閉門，其息之時乎？更借之爲止，爲盡，爲終，爲曲終，皆不離息義。《莊子》「瞻彼闋者，虚室生白」，《釋文》引司馬彪云：「闋，空也。」蓋指室之牖，殆反借閉門義。

正　月

傳云：「癙、痒，病也。」《爾雅》同。舍人云：「癙、癵、力專切。瘇、痒，皆憂憊之病。」孫炎云：「癙者，畏之病。」癙字不見《説文》，要之與痒俱諧聲，非取鼠、羊爲義也。宋劉彝曰：「鼠病而憂，在於穴内，人所不知。」殆是臆説。

「民之無辜」四句，申言上無禄也。毛以爲無罪而役於圜土，罰爲臣僕。鄭以爲王刑殺不辜，并及其家之賤者。説雖不同，總是言王之濫刑，非言國亡而身爲臣虜也。「念我無禄」，指己身言。「于何從禄」，指天下言。「于何從禄」，即無禄意，非言國亡之後，從他人受禄也。「瞻烏爰止」，方謂別歸賢君，然亦預計之詞耳。詩人語意，本有層次，《集傳》曰：「無罪之民俱被囚虜，未知復從何人而受禄，如視烏飛，不知止於誰之屋也。」六句一意，複甚矣，況謂被虜爲受禄，可乎？

中林宜有大木，而維見薪蒸，喻朝廷宜有賢者，而但見小人。《韓詩外傳》亦云「言朝廷皆小人也」，蓋毛、韓同解矣。朱《傳》以興分明可見之意，與刺時義何關。

「召彼故老，訊之占夢」，言侮慢元老，妄信徵祥也。「具曰予聖，誰知烏之雌雄」，言君臣皆自聖，賢愚無別也。意分兩層，此毛、鄭之説，後儒莫有易之者。惟《集傳》曰：「譌言如此而王莫之止，及詢之故老，訊之占夢，又皆自以爲聖人，亦誰能別其言之是非乎？」不知自以爲聖者是何人，指王乎？指故老與占夢乎？故老本言召，何得改爲詢乎？既自謂聖人，正當自負知言，何以言之是非反不能別乎？文似順，義實乖矣。

「胡爲虺蜴」，《釋文》云：「蜴，星歷反。字又作蜥。」《詩緝》辯之，謂「蜥音析，蜴音亦，陸氏誤以蜴爲蜥也」，信矣。然《説文》引《詩》，亦云「胡爲虺蜥」，是古本多有作蜥者。意《釋文》元本本云：「蜥，星歷反。字又作蜴。」後人傳寫據今本爲正，遂互易蜥、蜴兩字，以致音與字違。嚴氏反譏陸誤，殆未之思也。

箋、疏以虺蜴見人而走，喻民聞王命而逃，朱《傳》以虺蜴爲肆毒害人之喻，義相反而皆通。王氏以虺喻害人，以蜴喻畏人，一語而分兩意，鑿矣。

蠑螈、蜥蜴、蝘蜓、守宮，《爾雅》以爲一物。蠑螈，《説文》作榮蚖，云：「榮蚖，蛇醫，以注鳴者。」又云：「在草曰蜥蜴，在壁曰蝘蜓。」《本草》又有石龍子，亦得守宮、蜥蜴之名。陶隱居辯之，以爲有四種，蛇醫一也，龍子二也，蜥蜴三也，蝘蜓四也。崔豹《古今注》謂蝘蜓、守宮、龍子爲一物，其長細者名蜥蜴，短大者名榮蚖、蛇醫。蘇恭《唐本注》以龍子、蜥蜴爲一物，蝘蜓、蠑螈爲一物。蘇頌《圖經》以在草澤者爲蠑螈、蜥蜴，在屋壁者爲蝘蜓、守宮。諸説紛紛，皆未得其真。今參以毛傳、陸《疏》之説，則蜥蜴即石龍子，其在水者名榮蚖，又名蛇醫，蝘蜓即守宮，在屋壁閒，形皆相類而小異，故《爾雅》合四名爲一物也。分之則蝘蜓、守宮爲一物，蠑螈、蜥蜴爲一物，石龍子又名蜥蜴，守宮者又爲一物，其爲種凡三矣。《說文》之榮蚖，水蜥蜴也，《正月》詩「虺蜴」指此，在草者則兼乎水、陸焉。

《說文》云：「坡者曰阪，一曰澤障，一曰山脅。」《正月》箋以阪田爲崎嶇墝角之處，其山脅之謂乎？然《爾雅》十土，可食者三，而阪與原、隰並列焉。阪之不如原、隰者，止以陂陀不平耳。詩名爲田，則猶是可食之土也，故特苗得生之。

「執我仇仇，亦不我力」，《爾雅・釋訓》：「仇仇、敖敖，傲也。」注云：「皆傲慢賢者。」毛、鄭釋《詩》亦同，蓋古義相傳如此。《集傳》曰：「執我堅固，如仇讎然。」夫詩言仇仇，何嘗言如仇乎？古人用重語，多離其本訓，此篇之京京、瘐瘐、蔌蔌皆是，況執留之固，亦是美意，何至以仇讎比之？

《集傳》載或說，疑《正月》詩是東遷後作，以「赫赫宗周，褒姒威之」二語爲據。《通義》辯之，謂西周亡後不即東遷，引《左傳》「攜王奸命」見昭二十六年。語，及《汲冢紀年》「虢公翰立王子余臣」事證之，而以此詩爲作於東西周之交。案，犬戎入周，在幽王十一年庚午，至明年辛未，平王始徙都洛邑，則謂西周初亡，未即東遷，信有然矣。但以此詩之作，在西周既亡而未東遷之時，恐未必然也。夫「赫赫宗周，褒姒威之」，何害爲西周未亡時語耶？《國語》幽王三年三川震，伯陽父料周之亡不過十年。又鄭桓公爲周司徒，謀逃死之所，史伯引檿弧之謠、龍漦之讖，決周之必弊，其期不及三稔。然則周之必亡，而亡周之必爲褒姒，當時有識之士，固已明知之，且明言之矣，安在褒姒威周之語，獨不可著之於《詩》乎？況篇中所云「具曰予聖」，及「旨酒」「嘉肴」「有屋」「有穀」等語，顯是荒君亂臣奢縱淫泆、燕雀處堂之態，若犬戎一亂，玉石俱焚，此輩已血化青燐，身膏白刃，尚得以富貴驕人哉？

九章三「載」字，惟「爾載」《釋文》才再反，因此載指車中所載之物，故異其音耳。「既載」之載不過與「覆載」字同義，朱《傳》亦音才再反，誤矣。下章「不輸爾載」，與上「爾載」同，朱《傳》無音而有協，亦屬疏忽。

輔字雖從車旁，然製字之義，與車無涉。《說文》云：「人頰車也。」《左傳》「輔車相依」，僖二年。注云：「輔，頰輔。車，牙車也。」其從車旁，殆取義乎牙車矣，故字亦從面作䩉，見《易》咸卦。《釋文》云：「輔，虞作䩉。」然則頰車乃輔字本義。惟《正月》詩「乃棄爾輔」專以車言，毛、鄭皆無明辯，孔疏釋之云：「爲車不言作輔，則輔是可解脱之物，如今人縛杖於輻以防輔車。」蓋借近事揣度而爲此說也。《考工記》言作車之制甚詳，獨不及輔，《爾雅·釋器》亦無文，後人無由確指爲何物矣。《韻會》云：「車兩旁木曰輔。」此特據孔疏語爲故實也。《正韻》曰：「車輔，夾車兩旁木。又頰顋也，形如車輔，故曰輔車。」反以車木爲本義，而借爲頰車，誤矣。

「昏姻孔云」，傳訓云爲旋。案，云即古雲字也。《說文》云：「雲，古文省雨作云。又作，象雲回轉之形。」後人加雨作雲耳，其以云爲言，義乃借也。趙凡夫謂經典「云」字本皆「言」字，「言」字草書似「云」，因而致誤。此未必然。《埤雅》曰：「雲氣周旋盤薄，故曰旋。」此足暢毛旨矣。《左傳》鄭游吉引此詩而曰：「晉不鄰矣，其誰云之。」襄二十九年。以云爲歸附，亦取旋義。

《說文》有椓字，無㧻字，《玉篇》二字並收。《書》「劓刵椓黥」，《詩》「椓之丁丁」「天夭是椓」「昏椓靡共」，俱從木，《韻會》以《説文》椓字注訓㧻，又引《詩》「天夭是椓」，誤矣。

君子宜居人上，其高明廣大之氣象，雖貧賤仍自若也。小人宜在人下，其猥鄙瑣陋之情態，雖富貴亦不改也。《正月》末章「佌佌」「蔌蔌」語，可謂善於體物。

十月之交

鄭氏謂《十月之交》《雨無正》《小旻》《小宛》四篇皆刺厲王詩，篇第在《菁莪》後，《六月》前，毛公移置於《正月》篇下，併改詩敘刺厲爲刺幽。其説甚謬。蘇氏駮之，逸齋又據經文證其五妄，允矣。源亦謂厲、幽均無道，而其實有殊。厲乃暴君，幽惟昏主。暴君重斂煩刑，而政由己出，臣民尚知悚懼，不敢自擅，故厲王之世，楚子熊渠畏伐，去其三子王號，則流彘以前，威福尚未去也。昏主荒沈酒色，置政事於罔聞，致姦兇之輩弄權植黨，蔽主虐民，甚且視君上如弁髦，《十月之交》之「皇父」是也。皇父就封於向，挈其百僚以行，朝廷爲之一空，目中不知有天子，使在厲王時，其敢然乎？厲王之虐，能懾遠裔之彊藩，反不能制畿内之卿士乎？況皇父作都，徹民牆，萊民田，肆惡無忌，真蠹國之渠，病民之首，流彘之役，民當共食其肉，不特皇父一身而已。大子靖尚幾不免，皇父之家豈能獨全？就令有存者，宣王中興，自當順民所欲，不復録用其後。乃征徐之舉，首命皇父爲卿士，以六師之重，委之罪人之子弟，使與忠貞之召、穆公同執兵柄，不幾拂民心、墮士氣乎？由是言之，則作都之皇父，定是征徐者之後人，仕於幽王之世，而不克紹其前烈，一如吉甫之後有師尹，申伯之後有申侯云爾。而趣馬之蹶，爲《韓奕》蹶父之後，可知矣。仲達爲鄭氏左袒，力證《十月之交》爲厲王詩，至引《中侯擿雒貳》之文以助其説。《中侯》曰：「昌受符，厲倡嬖，期十之世，權在相。」又曰：「剡者配姬以放賢，山崩水潰納小人，家伯罔主異載震。」謂文至厲適十世，剡、豔古今字，豔妻、家伯與《詩》事同，山崩水潰即此詩川沸山崩也。噫，緯書之言，其可信哉？宣王元舅是申伯，則厲王后自應姜姓，何得姓剡？川沸山崩，即三川震、岐山崩之事，不必舍《周語》而信緯書也。又孫毓《詩評》疑褒姒生於龍妖，不應有七子之親。殊不知褒人育之，又進之於王，則褒人之族，即其親黨矣，安知七子不因褒姒而進乎？

「十月之交，朔月辛卯。日有蝕之」，孔疏謂漢世通儒，未有以曆考此辛卯日蝕者。吾友顧英白偉。云：「虞劆推十月辛卯朔在幽王六年乙丑歲，《大衍曆》以爲然。以《授時曆》推之，是歲十月辛卯朔泛交十四日五千七百九分，入蝕限。」余案《唐書》日蝕議，言漢世大儒皆以日蝕非常，闕而不論，黄初以來，始課日蝕疏密，至張子信而益詳。宜乎辛卯日蝕，漢世無考也。仲達生於唐初，不見大衍曆議，故不以虞劆之言爲然耳。要之，曆家推算之法，至後世而愈精，故漢以前日蝕之差以日計，唐以時計，宋、元以刻計，今以分計。英白博極群書，尤精於天文曆象，而考據詳慎，悉本經史，觀所著《司天考》可見，其言信而有徵矣。又孔疏言：「王基謂此交會在共和之前，而較之無其術。」以孔之右鄭，欲證此詩爲刺厲，而不能以王基之説爲然，則在幽世無疑。

「朔月辛卯」，朔月猶月朔也。今本《集傳》作朔日，當是傳寫之誤。案《禮記·玉藻》，凡月朔皆稱朔月，《論語》亦以月吉爲吉月，古人多倒語，無足異也。魏鶴山著《正朔考》。謂十月之交乃是夏之十一月，爲周正朔之月，故曰朔日，以證周之不改時月，此真無稽之論。況交乃日月之交會，非兩月之交也，併誤解交義矣。

《補傳》又謂《詩》於夏正皆言月，於周正皆言日，此夏正，故言朔月。斯尤爲妄説。《詩》以日紀月，惟《豳風·七月》篇耳，以日陽月陰取義，非以夏正爲別也。夏之三月，於周爲夏而非春，如夏正必言月，則載陽之月乃夏之春，何以亦言日乎？又如《四月》篇之秋日，若以周正言，則午、未、申三月也，其冬日則酉、戌、亥三月也，申月以前，安得「百卉具痱」，亥月以前，安得「飄風發發」乎？

辛卯日蝕，曆推當在六年。川震山崩，據《國語》在三年，《史記》本紀在二年。震電未知在何年，要非必一年事也。詩因日蝕之異而作，併數從前災變言之耳。朱《傳》將震電、川沸、山崩俱指爲十月事，不知何據。原其意，特欲以非時而雷電，證十月之建亥耳。然古太平之世，雷不驚人，電不眩目，幽世之震電，必有過常者，當時以爲異，而詩人以「爗爗」表之，異在過常，不在非時也。況川沸、山崩，豈必在十月方爲變哉？

「百川沸騰，山冢崒崩」，正《周語》幽王三年三川震、岐山崩之事也，孔氏以爲沸騰者，沸出相乘陵，是水盛漫溢，與震異。又彼言三川震，是歲即竭，亦非沸騰。又百川與三川不同，《詩》所言自是厲王時事。斯膠滯之見已。地震則水溢，勢所必然，何得謂沸騰非震？震時則沸騰，震後則又竭，正在一歲中耳，何害爲一事？三川韋昭注云：「涇、渭、汭也。」專舉其大，百川兼目其小，大水泛溢，小水豈得安流？《詩》與《國語》，文異而事同也，疏彊分之，固甚已。

《爾雅》「山頂冢崒者厜才規反，鄭箋作崔。㕒」，五規反，鄭箋作嵬。正釋《詩》「山冢崒崩」之文，言山頂之巉巖有崩落者也。鄭箋依此爲説，疏申之云：「徐邈以崒子恤反，則當訓爲盡，不應天下山頂盡崩，故鄭依《爾雅》訓崔嵬。」據此，則子恤反非《爾雅》義也。《爾雅》釋文云：「崒，子恤反。」《詩釋文》云：「崒，舊徂恤反。

宜依《爾雅》子恤反。」是陸以子恤反當崔嵬之義，與孔異，而孔得之。

「蹶維趣馬」，《周禮》趣馬下士，鄭箋誤以爲中士，孔疏辯之甚明。顔師古《漢書》注、朱子《詩傳》皆襲鄭之誤。

《小雅》言豔妻，猶《大雅》言哲婦，色豔而性哲，各舉其一以目之耳。傳云：「豔妻，褒姒。美色曰豔。」是也。孔謂天子之后，不當以色名之，而以鄭厲后姓剡之説爲是，迂矣！美色之稱，既非所加於王后，獨可稱妻稱婦乎？

「抑此皇父」，鄭云「抑之言噫」。《釋文》云：「抑，徐音噫。」《瞻卬》篇「懿厥哲婦」，鄭云：「懿，有所傷痛之聲。」孔疏申之，以爲懿、噫音義同。又《楚語》「懿戒」，韋昭讀懿爲抑，蔡邕石經《論語》「意與之與」，孟蜀始改意爲抑。是抑、懿、噫、意四字古音本同，故往往通用。

「曰予不戕」，《釋文》云：「戕，王作臧。臧，善也。」孫毓《評》以鄭爲改字。案，此詩毛無傳，王述毛作臧，孫又以戕爲鄭改，則古經乃臧字矣。孔疏用鄭述毛而不存王説，殊爲疏漏。

黽勉、密勿、侔莫、文莫，皆自勉之意。「黽勉從事」，《韓詩》作「密勿」，語異而義同也。晉欒肇《論語駁》云：「燕、齊謂勉彊爲文莫，今語猶然。」《方言》云：「侔莫，彊也。北燕之外郊，凡言努力，謂之侔莫。」蓋四者音相似，❶義亦通矣。《方言》又有薄努、勔釗、勖兹之稱，亦爲勉義。

❶「音」，原作「因」，嘉慶本同，據康熙抄本、大全本、《四庫全書》本改。

從王事而不敢告勞，臣子之分也，所惡者，讒口耳。劉子政《封事》曰：「君子獨處守正，不撓衆枉，勉彊以從王事，則反見憎毒讒訴。」因引此詩，向引此詩作「密勿從事」，當是《韓詩》。意正與箋、疏同。朱《傳》訓從事爲從皇父之役，誤矣。皇父之徒，正劉向所謂衆枉耳，豈從其役哉？求媚於權門而不得，因爲此怨詞，成何品行，而夫子録其詩乎？下章「我獨居憂」，又云「皇父病之」，所見亦小矣。

「噂沓背憎」，傳云：「沓，猶沓沓。」案，《説文》云：「沓，語多沓沓，從水從曰。」徐鉉云：「語多沓沓，若水之流，故從水，會意。」此足暢毛旨矣。又案，《板》詩「泄泄」，孟子以爲「猶沓沓」，亦取雜沓競進之意。小人争先獻媚，每有此醜態，與下文無禮無義，非先王之道，意正相合。若以爲怠緩悦從，則反其義矣。又《釋文》云：「噂，《説文》作僔，云聚也。」今《説文》噂、僔二字皆引此詩，噂注云「聚語也」，僔注如《釋文》所引。

雨無正

《詩》篇以意取名者，《雨無正》《巷伯》《常武》《酌》《賚》《般》，凡六，而《雨無正》之名尤難解。敘云：「《雨無正》，刺幽王也。雨自上下者也，衆多如雨，而非所以爲政也。」箋、疏發明其意，以爲王之教令甚多，而事皆苛虐，非所以爲政之道，意始曉然。敘語簡質，詞旨艱深，古文類多有此。朱子譏其尤無義理，不已過乎？又永叔謂此詩七章，無衆多非政之義，與敘絶異，所當闕疑。源謂敘此詩者，解命題之意，原作詩之由，如是而已。所云衆多非政，乃謂詩由此而作，非必詩中語，悉不離乎此也。首章言刑罰不當，蓋亦無政之義，下遂及人心之離，忠言之蔽，仕進之危，又極其敝而言之，何嘗非衆多無政意乎？且使敘果出漢儒手，何難依傍經文，爲明白易曉之語，而故艱晦其詞，開後世以疑端乎？觀此敘，愈信其來之古。

《雨無正》首章，古注謂天本浩浩廣大，王不能繼長其德，毛云：「駿，長也。」致天降此饑饉滅國之災，而旻天又疾王以刑罰威恐天下，其災更有甚者，將及王身。王不慮之圖之，舍毛云「除也」。彼有罪而伏辜者不加刑戮，其無罪之人反牽連相引而偏得罪，皆刺王之詞也。《集傳》用蘇氏之説，全以天變言，謂天不大其惠而降此災，如何不圖慮而爲此乎？彼有罪而饑饉，既伏辜矣，此無罪而死亡，則如之何？源謂詩人刺亂，不得專爲怨天之語，刺詩之作，原以諷切當世，俾聞之者因之省悟耳。語語怨天，豈欲天之省悟乎？況使荒主亂臣，得委其責矣。此章上五句，箋、疏稍爲煩碎，其解「弗慮弗圖」以下，不可易也。嚴《緝》從古義，得之。

箋、疏「降喪饑饉，斬伐四國」爲三義，喪也，饑饉也，斬伐也。朱《傳》總之以「饑饉之後，群臣離散，其不去者作詩以責去者」。又謂「正大夫離居」是因饑饉而散，此必無之理也。離居者，自爲遠禍計耳，見幾高蹈，在下僚則可，非大臣所當爲，故詩人譏之，豈因饑饉而去乎？身爲王臣，家有采邑，尚不能餬其口，豈散去之後，反能免其窮困乎？

首章《釋文》云：「旻天，本有作『昊天』者，非也。」疏云：「上有昊天，明此亦昊天。定本作昊天，俗本作旻天，非也。」孔、陸意異，而孔得之。作「旻天」者，因《小旻》首句而誤耳。《埤雅》云：「幽王時始曰昊天疾威，繼曰旻天疾威。」亦據孔立説。今注、疏、《集傳》經文皆作旻，惟石經作昊。

朱子因「周宗既滅」一語，疑《雨無正》爲東遷後詩，劉瑾又附和之，謂「正大夫離居」及「爾遷于王都」之語，似是東遷之際，群臣懼禍離居，不隨王遷，若使幽王尚在，不應言「周宗既滅」。去而挽之，當曰還，曰歸，不應言「遷于王都」，以證此詩是東遷後作。似矣，而實非也。大康雖失位，夏未亡也，而五子曰「乃底滅亡」。紂雖無道，殷未亡也，而祖伊則曰「既訖殷命」。古雖昏暴之朝，其諱言亦不若後代之甚。即如伯陽父、史伯論周之亡，皆直言無隱，此亦幽王之時也，何嘗以不祥語而不出諸口乎？況周宗者，以周室爲天下所宗也，幽王昏亂，諸侯不朝，天下無復有宗周者，謂之既滅亦宜。至王肅述毛，以爲先王之法，有可宗之道，幽王棄之，故曰「既滅」，取義亦優。是「既滅」語，不必待東遷後方可言也。又「離居」「出居」，正與《十月》末章「我友自逸」意相合。大抵幽王時，見幾之士多有去國遠害者。鄭桓公，王室懿親，官居司徒，尚寄孥虢、鄶，爲逃死之計，其屬疏而在下者可知也。去而復來，固當曰還曰歸，而言遷，亦無不可。因一字而疑之，不幾以文害乎？❶ 至謂東遷之際，群臣懼禍，不隨王遷，此尤必無之事。西京宮室爲禾黍矣，犬戎復出没其閒，群臣不歸東都，將安歸乎？群臣非王戚，即世族也，從王有禍，從犬戎反無禍乎？《左傳》襄十一年周伯輿之大夫瑕禽曰：「昔平王東遷，吾七姓從王。」則從遷者，亦不少矣。又曰：「若蓽門圭竇，其能來東底乎？」則當日人情，但有欲從王，而力不能達者，必無能從而不欲者也。晉、宋之南遷也，中朝舊臣，類皆跋涉千里，求故主而事之。古今人情，豈甚相遠乎？又篇中語，有斷不可通于東遷後者，首章之「若此無罪，淪胥以鋪」，次章之「庶曰式臧，覆出爲惡」是也。平雖庸暗之君，不至若幽之無道，況立國之初，人心未

❶「害」下，康熙抄本、《四庫全書》本有「意」字，大全本有「義」字。

固，何敢淫刑以逞，且肆行惡政哉？

周宗、宗周，見於經傳者不一，在西周則指鎬宗，在東周則指王城。爲天下所宗，故曰周宗。宗，尊也。朱《傳》解宗爲族姓，而謂將有易姓之變，殆是臆説。

「聽言則荅」，與《桑柔》篇「聽言則對」，其義一也。鄭箋以此爲可聽用之言，彼爲道聽之言，又以荅爲距違，以對爲應荅，語同而解異，鑿矣。當以傳爲正。

「聽言則荅，譖言則退」，毛傳云「以言進退人也」，疏申其意曰：「王好信淺近，受用讒佞。若有道聽非法之言，則應荅而受之。若有譖毁之言，則用其言而罪退之。」蓋責王也。朱《傳》以爲責臣，云：「王有問而欲聽其言，則荅之而已，不敢盡言。譖言及己，則退而離居，責其懟然於王也。」如朱説，則聽言是己之言，譖言是人之言，兩言字不應異解。荅字内亦無不盡言之意，王信讒言，雖欲不退，亦不可得，何謂懟然？此於義皆難通也。吕《記》用其説，嚴《緝》稍易之，然不如古注之當。

五章，毛傳以「哀哉不能言」爲「哀賢人不得言」，以「哿矣能言」爲「可矣，世所謂能言」。夫曰「世所謂」，則僅見許于俗人，決非賢者。箋、疏申之，謂賢者之中有此巧、拙二種，恐失毛旨。古未有以巧言爲善者，《虞書》與令色、孔壬並稱，《周書》亦與便僻、側媚類舉，《小雅·巧言》篇亦云「如簧」「厚顔」，而孔子尤惡之，屢見於詞，豈有反用爲美稱者哉？《表記》「詞欲巧」，未必是聖人語，七十子之徒得之於傳聞耳，仲達引以爲證，誤矣。至《左傳》昭八年晉叔向引「不能言」，證小人之言僭而無徵，引「能言」，證君子之言信而有徵，此特斷章耳。杜注謂叔向時《詩》義如此，亦未必然。蘇氏云：「言之忠者，世所謂不能言也。常可人意者，佞人之言也，此世之所謂能言也。」得之矣。

小旻

「潝潝訿訿」，朱《傳》用蘇説，以「相和相詆」解之，蓋因翕是合義，訿是毁義，依傍而爲此説也，詩義殆不然。毛傳云：「潝潝然患其上，訿訿然思不稱其上。」《爾雅》云：「翕翕訿訿，不供職也。」夫人臣之職，當竭力以効用於上，而精白無私，以當上心。今不惟不爲上用，而反爲上患；不惟不能稱上意，而又故與上違，以思爲不稱，故謂之不供職也，《雅》與傳殆相發明。孔疏以專權争勢爲患上，背公營私爲不稱，良然。

「國雖靡止，民雖靡膴」，毛訓靡止爲小，靡膴無訓。王肅述毛，訓爲少。鄭訓止爲禮，膴爲法。小與少，禮與法，兩家字訓，義各相配。孔疏申毛，既以靡止爲小矣，及訓靡膴，又取箋義。朱《傳》以民雖不多訓靡膴，用王説矣，則以靡止爲小可也，乃以國論不定釋之，義互相參差矣。又案，《釋文》云：「靡膴，《韓詩》作靡腜，猶無幾何。」然則王以爲少，蓋本《韓詩》。

毛傳釋《小旻》卒章，用不敬小人則亦危殆之意，本於《荀子》狎虎語。華谷非之，謂此篇諸章止言不能聽謀，並無畏小人之説。荀子引《詩》是斷章取義，毛乃荀之弟子，故祖其師説，非《詩》之正指也。斯言似之而實非。詳玩經文，前五章皆刺時之語，末一章獨爲自警之詞，蓋先言小人謀議不臧，譏王誤聽，因又自言當明哲保身，未可攖小人之怒，文義正相合，何必全篇皆言聽謀乎？荀、毛師弟同堂，其《詩》説應得之面受，非若異世徒據成書也。荀果斷章，毛豈不知而用爲正解乎？

小宛

《小宛》刺幽王，解者紛紛。朱《傳》盡埽諸説，定爲兄弟相戒之詩。合之詩詞，甚爲相似，獨「天命不又」一語，終屬難通。朱《傳》曰：「各敬慎爾之威儀，天命已去，將不復來，不可不懼也。」惟天子受命於天耳，大夫戒其兄弟，可妄稱天命乎？下復云：「時王以酒敗德，臣下化之，故首以爲戒。」仍不能脱刺時義矣。

《氓》之鳩、《小宛》之鳴鳩，如《爾雅》之鷗鳩、鶻鵃也，傳亦云鶻鵰。《釋文》云：「鵰，陟交反。《字林》作鵃。」是鵃、鵰形異而音同矣。亦作嘲鳥，朝鳴曰嘲，夜鳴曰啾，《禽經》「林鳥朝嘲，水鳥夜啾」是也。鳴鳩好朝鳴矣，《月令》之鳴鳩，《莊子》之鷽鳩，《左傳》之鶻鳩司事，皆此鳥。陸元恪以爲班鳩，非是。《埤雅》及《爾雅》疏辯之甚明，吕《記》、朱《傳》皆誤。

以小鳥不能戾天，興小人之道不能成高明之功者，毛氏之説也。以小鳥尚思戾天，興王不能自彊，鳴鳩之不如者，歐陽氏之説也。二説雖相反，而取義實同。然案鳴鳩即《莊子》之鷽鳩，所謂「決起而飛，搶榆枋，時則不至而控於地」者，乃斯鳥矣，焉能戾天乎？則毛傳之義爲允。又案，許叔重謂鳴鳩奮迅其羽，直刺上飛數千丈，入雲中。許讀《詩》而未究其旨，故有此誤耳。《本草》言鳴鳩在深林閒，飛翔不遠，當得其真。又與《莊子》及毛傳合，不謬矣。《名物疏》辯之，亦同鄙意。

《集傳》釋《小宛》三章，以庶民采菽興善道人皆可行，蜾蠃負子興不似者可教而似，因以「式穀」終采菽意，「似之」終負子意，此亦彊爲分配語耳。采菽之興，何自獨别爲善道乎？况似之者，正似其善道，何得分爲兩義？

「式穀似之」，《詩詁》以似爲「似續」之似，言王不能治民，則將爲能治者繼而有之。案，《詩》中「似」字多與「嗣」通，此解良得之。又此章以上四句與此二句，文義各相承，采爲采菽，負爲負螟蠕，則似之亦當爲似爾子，謂嗣有汝之萬民耳。鄭云似蒲盧之得子，殆未然。

螟蠕、尺蠖與蠋，皆不能穴木，惟在樹上食葉。尺蠖似蠋而小，行則首尾相就，詘而復伸。螟蠕又似尺蠖而青小，至夏俱羽化爲蛾。

蜾蠃雖名土蜂，然《爾雅》云「蜾蠃，蒲盧」，又云「土蠭」，則二蟲也。蜾蠃又名細要蠭，又名蠮螉，入《神農經》下品。土蠭則見陶氏《别録》，郭景純曰「大蠭在地中作房者爲土蠭」，此也。其細要蠭，則陶隱居言「其雖號土蜂，不就土中作窟，但摙土作房」者也。

《爾雅》：「蜾蠃，蒲盧。」注云：「即細要蠭也，俗呼爲蠮螉。」《詩》毛傳及《釋文》之説亦同，是一蟲而四名也。宋彭乘著《墨客揮犀》。謂其類有三：銜泥營巢于屋壁間者爲蜾蠃，穴地爲巢者爲蠮螉，巢于書卷及筆管者名蒲盧。蜾蠃、蒲盧，捕桑蠖及小蜘蛛之類，蠮螉惟捕蠨蛸與蟋蟀。彭蓋以地中之土蠭爲蠮螉也。至巢于書卷、筆管及屋壁者，故是一蟲耳。蜾蠃、蒲盧，《爾雅》、毛傳、《説文》皆以爲一物，必無誤也。

「我日斯邁，而月斯征」，鄭云：「我，我王也。蓋戒王宜與群臣勤勞於政事，日有所往，月有所行，無止息也。」歐陽及王氏皆訓爲日月之行甚速，與《論語》「日月逝矣」同義，則「我」字爲贅矣。

「哀我填寡，宜犴宜獄」，言衰亂之世，政以賄成，窮盡寡財之人無辜被繫，在上反謂之宜，故可哀也。歐陽氏謂因窮寡而争訟，云宜者，言其勢不得不然。夫致民窮寡，雖由上之失道，然君子樂道安貧，自應處之泰然，何至争訟哉？惟無知小民，窮以致濫，容或有之耳。歐陽以此爲宜，恐非詩人之旨。

小弁

《小弁》詩，朱子注《孟子》，純用敘義，及爲《辯説》，則又疑宜臼詩與傅作皆無據，豈因趙岐注及王充《論衡》皆指爲伯奇事，故褭回無定見耶？然二《雅》所咏，必有關于王朝得失，吉甫父子私家之事，朱必入《雅》。

弁、般、槃、盤，字異而音義同，皆借用爲樂意。「弁彼鸒斯」，以鳥之樂，興己之憂也。《集傳》曰：「弁，飛拊翼貌。」未知何本。

《小弁》四章，箋云：「柳木茂盛則多蜩，淵深而旁生萑葦。言大者之旁，無所不容也。」《韓詩外傳》引此，亦云「言大者無所不容」，毛、韓異家而同義矣。夫以王者之大，不能容一太子，使之如舟流之靡届，曾柳淵之不如。詩人以此託興，直是觸目傷心，放子孤臣，情事應爾。朱子論興體，多主全不取義之説，故於此俱略而弗求，遂令讀《詩》者漠無觀感。

「析薪扡矣」，《説文》「杝」從木也，聲音豸。《玉篇》亦然。《釋文》「扡」從手也，聲音侈。音隨形異，其義則同。《集傳》字從《説文》，音從《釋文》，失之矣。黄氏《韻會》辯此甚明，而《正韻》仍襲朱《傳》之誤。近日俗下書有《字彙》者，辯《詩》杝字從木不從手，彼未見古注疏也。又案，扡字亦作拸，俗作扯。

刺天矣，恐無是理。

《小雅》多呼天之語，如「昊天不傭」「昊天不惠」「昊天不平」「浩浩昊天」「如何昊天」「昊天已威」「昊天大憮」之類，「天」字皆稍斷，當云「昊天乎」，蓋呼而訴之也。古注本如此，今皆以爲歸罪於天，則非刺時也，乃刺天矣，恐無是理。

巧　言

《巧言》首章兩「憮」字，上「憮」毛訓大，下「憮」無傳，鄭兩「憮」皆訓傲。兩「憮」必欲畫一，則鄭義勝矣。「昊天大憮」，疏申毛云「王甚虐大」，不成文義矣。朱《傳》從毛訓大，其釋「已威」「大憮」云：「昊天之威已甚矣，昊天之威甚大矣。」二句意兩分，不應下句又蒙威字。

《爾雅》云：「慎，誠也。」《詩》慎字毛、鄭多用此訓，宋儒以其不入俗，悉改之。案，「慎爾優游」「考慎其相」，猶可釋爲謹慎，至《巧言》兩「予慎」，非誠義莫通矣。朱《傳》改訓爲審，可謂巧於諧俗。

憮、僭二字，吕《記》作「幠」作「譖」，與諸本異。案，幠字本《爾雅》注，郭引此詩。譖字與僭同音，亦作不信解，則從心從巾，從人從言，皆可通也。但譖字不應讀側蔭切耳。又「昊天大憮」，注疏本作大，《釋文》云：「大，音泰。本或作泰。」今吕《記》、朱《傳》、嚴《緝》皆作泰。

「僭始既涵」，❶僭字本訓數，音朔。鄭訓不信。涵字毛訓容，鄭訓同。《釋文》云：「僭，毛側蔭反，鄭子念

---

❶ 「僭」，原作「譖」，嘉慶本同，據大全本、《四庫全書》本改。

反。涵，毛音含，鄭音咸。」皆音隨訓異，不可溷也。近世僭字皆作不信解，而仍讀側蔭切，義從鄭而音從毛，恐誤。吕、朱皆有此失，惟嚴《緝》無音得之。

「聖人莫之」，毛以莫爲謀，朱《傳》從王氏訓定。案，莫之訓定者，當音貊，《大雅》「求民之莫」，「莫」與「赫」「獲」協韻，「貊其德音」，《左傳》昭二十八年。《樂記》引《詩》「貊」皆作「莫」，兩《釋文》皆亡白反。又《爾雅・釋詁》「嗼」莫字。字亦與貊同，訓爲定，則莫、貊同音。可知此詩莫字協「作」，協「度」，豈同彼莫乎？《釋文》云：「莫，或作漠，或又作謨。」是毛之訓謀，乃詩之本旨，漠、謨二字，《爾雅》皆訓謀矣。

「往來行言，心焉數之」，箋、疏義長矣。「心焉數之」，與「出自口矣」正相反。君子之言，必再三思，惟心知其善，然後出之，故往來俱可通行。小人之言，但取口給，不必由衷，故敢爲大言以欺世。知乎此，可以得聽言之準則矣。歐陽以行言爲道路之言，而宋儒皆從之。朱《傳》又以碩言爲善言，此於「心數」及「自口」二語俱少義趣，不如古注之優。又碩本訓大，轉爲善義，殊費力。

「既微且尰」，「尰」《説文》作「瘇」，云「從疒童聲。籀文從尣，作𡰥」。《玉篇》同，又云「或作尰」。案，尣，《説文》云：「𡯌，布火切，蹇也。曲脛也。烏光切。從大，象偏曲之形。」今監本從九作尰，非是。又案，尰亦作瘇，《漢・賈誼傳》：「天下之勢，方病大瘇。」

何人斯

蘇與暴，箋云「皆畿内國名」。疏謂蘇即河内温縣，本於《左傳》杜注也，成十一年。而暴則未聞。今案，

《春秋》文公八年「公子遂會雒戎，盟于暴」，杜注云：「鄭地。」范甯《穀梁》注亦同。幽王時鄭尚未遷，暴未爲鄭有，且與雒戎盟于此，則地必近洛，意暴亦東都畿內國與？　又案《世本》「暴辛公作壎，蘇成公作篪」，譙周《古史考》「暴辛公善壎，蘇成公善篪」，孔疏皆斥其謬，當矣。　然蘇、暴二公之謚，因此得傳於《詩》敘，不爲無補。

「否難知也」，《釋文》云：「否，方九反。　一云鄭符鄙反。」案，箋云：「反又不入見我，則我與女情不通，女與於譖我與否，復難知也。」方九切當譖否之義，符鄙切當情不通之義矣。　細玩箋文，讀爲符鄙切者得之。《集傳》曰：「爾之心我不得而知。」則否字成贅。

「俾我祇也」，毛以祇祈支反。　爲病，則上章盱病是蘇公自謂。　鄭以祇止支反。　爲安，則上章盱病指何人而言，鄭說優矣。　盱、祇皆承見我，上言一來見我，於女何病，下言一來見我，於我得安也。　又《卷耳》之「吁」，此詩及《都人士》之「盱」，毛皆訓病。　朱《傳》吁訓憂歎，盱訓望，各隨文釋之，不知《詩》之義，難盡以文拘也。又引《易》及《字林》《三都賦》證望義，然《易》之「盱豫」，古注無訓望者，至呂忱、左思二人皆後于毛，疑毛而信呂、左，可乎？

壎，《周禮》《爾雅》皆作塤，孔疏以爲古今字異。　案，《說文》壎從土熏聲，則壎字較古矣。　又毛傳「土曰壎」，疏以爲《漢書·律曆記》文，此二人各述所聞耳，班書後出，毛不得襲其語。

「爲鬼爲蜮」，蜮，《釋文》或、域兩聲，音域者，短狐也。　《韻會》獨取或音，謂即顔師古所云「魅蜮」。　案，《文選·東京賦》注，李善引《漢舊儀》東漢人衛宏著。　云：「魊，鬼也。　魊與蜮古字通。　昔顓頊三子，一居若水爲魍魎蜮鬼。」師古所云「魅蜮」，正指此。然《漢書》「人主之大蜮」，東方朔以比董偃。宋劉攽謂短狐淫氣所生，朔以指偃，正當不必遷就魅魊，洵爲篤論。源亦謂短狐潛居水中，人不得見，故詩人與鬼並言。若是魅魊，則亦鬼耳，《詩》並言之，不已複乎？黄説殆未然也。又案，《文選》「魊，鬼」之蜮，❶亦音域。

「有靦面目」，傳曰：「靦，姡也。」活、括二音。《釋文》云：「姡，面醜也。」《説文》亦同。疏引《説文》云：「姡，面靦也。」與今本異，未知孰是。案，箋云：「姡然有面目。」疏云：「靦、姡皆面見人之貌。」孫炎《爾雅》注云：「靦，人面姡然。」又《越語》范蠡曰：「余雖靦然而人面哉？」韋昭注云：「靦，面目之貌。」《説文》亦以靦爲面，見《廣雅》，又訓姡爲靦，皆不及醜義。況經云「有靦面目，視人罔極」，但言其與人相見無窮極耳，並無可醜之意也。今本《説文》必有誤，當以疏引爲正。

「有靦面目，視人罔極」，言有面目，則非鬼蜮也，與人相視方無窮極，豈能終身不見我？蓋以收全篇之意也。案，此詩八章，言詞煩複，要其旨歸，不過責其來見而已。前四章「不入我門」「不入唁我」「不見其身」「其爲飄風」，皆怪其不來見也，五、六章兩言「壹者之來」，望其來見也，此鄭説。七章要之以詛，亦欲與之相見，面釋其疑也。末章又言，除是鬼蜮，則不可見女，靦然而人面，終有相見之期，今之不來見，何爲乎？彼反側而抱愧於心，所極難者見面耳。必欲與之相見，彼將無地自容，正所以窮極其情也，而絶之之意，不言可知矣。

---

❶ 「蜮」，康熙抄本、《四庫全書》本、嘉慶本同，大全本作「魊」。

巷伯

《周禮》「内小臣」，奄人，而稱上士，是奄官之長，故箋、疏以巷伯當之。伯，長也。寺人無爵，且屬於内小臣，則奄人之卑者，故不以當伯長之稱。宋之説《詩》者，謂寺人即巷伯，已失據矣。朱《傳》又謂寺人即内小臣，則誤尤甚。夫内小臣與寺人並列于《周禮·天官》屬下，明是二職，豈未之見乎？

《巷伯》詩是本爲寺人又被讒譖而作，朱《傳》以爲遭讒被宫，故作此詩，徒見次章毛傳引顔叔子、魯男子事，《漢書·史遷贊》比之《小雅》巷伯之倫，因有是説耳。今案，毛傳以經文「侈兮」，侈之言，❶是必有因而益大之義，必因小嫌構而成罪。作詩之人，當自謂避嫌之不審，故引二人之事。顔叔子納鄰之嫠婦，雖執燭繼薪，然人不可户説，是避嫌之不審也。必若魯男子閉門不納，則避之審矣。疏以爲止證避嫌，寺人，奄者，所嫌不必因男女，是明以遭讒爲既宫之後也。又末章毛傳云：「寺人而曰孟子者，罪已定矣，而將踐刑，作此詩也。」設遭讒而後宫，則踐刑之時尚未爲閹，安得自稱寺人耶？以此傳之言合之前傳，則知毛公意中未必如朱子之説矣。至班掾比史遷於巷伯，止以同是閹者，又皆有傷悼之詞，故取以相方耳，非謂兩人皆遭讒而被宫也。況子長之腐刑出於帝意，並非因譖而然，此兩者皆非所據矣。《集傳》於篇末引楊氏語，以爲説不同而亦有理，殆亦不安於前説乎？

❶「言」上，康熙抄本、大全本、《四庫全書》本有「爲」字。

首章「萋」「斐」，正言貝錦。次章「哆」「侈」，正言南箕。一是形容其文彩，一是形容其張大。《集傳》訓萋、斐爲小文貌，哆、侈爲微張貌，謂由小文而成貝錦之大文，由微張而成南箕之大張，以喻緣飾小過，致成大罪。説雖巧，恐非詩意也。夫貝錦出於人工，其文固積小以成大，南箕縣象於天，有一定之形，何得云由小至大乎？案，朱子之爲此解者，殆因鄭箋「箕星踵狹舌廣」語，謂踵狹是微張，舌廣是大張，而成箕也，遂并萋、斐二字，亦依此立説耳。殊不知傳訓哆爲大，侈爲有所因，故鄭以「箕星踵狹舌廣」，是舌因踵而益大，申明傳義，則哆、侈句已兼踵舌義矣，安得分哆、侈爲踵狹，成箕爲舌廣耶？至於萋、斐，傳訓爲文章相錯，明就已成之錦言，與有因益大之義，絶不相蒙，小文之解，尤爲穿鑿。

「哆兮侈兮」，《詩記》載董氏逌。語，謂崔《集注》作「侈兮哆兮」，《説文》作「誃兮哆兮」。詳其文義，蓋謂誃字聲音讀如撦，又謂如詩之侈，非謂詩作誃也。董誤解《説文》義矣。

「緝緝翩翩」，《釋文》云：「緝，《説文》作咠。」案，今《説文》引《詩》云「咠咠幡幡」，不獨咠字異，而「幡幡」亦與下章相易，其以咠爲聶語，又與毛傳口舌聲義别，其三家《詩》乎？

毛詩稽古編卷十四

吴江陳處士啓源著

谷風之什變小雅

谷風

「維風及穨」，傳云：「穨，風之焚輪者。風薄相扶而上，喻朋友相須而成。」風薄指穨風，相扶指谷風也。穨風力薄不能上升，賴谷風扶之而上，以喻友之相成如此。孔疏解此甚明，嚴氏譏其以焱釋穨，誤矣。傳語簡貴，豈可以粗心讀之哉？

焱從下而上，穨從上而下，是李巡、孫炎之説，而郭璞因之耳。據《爾雅》正文，未見其必然也。扶揺謂之焱，即《南華》之扶揺，信從下而上矣。焚輪謂之穨，焚取象於火，火乃炎上之物，安得自上而下乎？注《爾雅》者，止因穨是下墜之名，故爲此解。然以字義考之，穨从秃貴聲，秃，貌，又暴風也。隤从阝貴聲，下墜也，《説文》《玉篇》諸書並同。俗通作穨。是二穨本各一字，不得援下墜之隤，釋暴風之穨矣。毛傳「風薄相扶」，薄當爲迫義，谷風、穨風皆欲上升相迫，則其升愈速，喻朋友相規切，則德業益進也。疏以風薄指穨風，相扶指谷風，特通毛、郭兩家之説，毛意未必然也。陸農師曰：「風之鋭而上者爲猋，風之旋而上者爲穨。《莊子》曰：『摶扶摇羊角而上者九萬里。』扶摇即猋是也，羊角即穨是也。今羊角旋轉而上，如燄焚輪之象也。」案，《莊子》釋文引司馬彪云：「風上行，謂之扶摇。風曲上行，若羊角然，謂之羊角。」陸義應本此。合之《爾雅》，則上行如焚，旋轉如輪，名義允協，可正景純之誤。

蓼莪

莪、蒿、蔚，分之各一草，合之皆蒿類。辯詳《總詁》。《蓼莪》詩意，主於分言，則各一草矣。在《爾雅》，莪則莪蘿也，蒿則蒿菣去刃切。也，蔚則蔚牡菣也。《埤雅》莪俄而蒿直，蔚粗而莪細，形稍異矣，然初無美惡之分。朱《傳》云：「莪，美菜。蒿，賤草。」未知何據。嚴《緝》據《爾雅》「蘩之醜，秋爲蒿」，及彼注疏「蘩、蕭、莪、蔚之類，始生，氣味各異，其名不同，至秋老成，則皆蒿」之語，以爲莪始生，香美可食，至秋高大，則粗惡不可食，喻子初生，猶是美材，至於長大，乃是無用之惡子，其取義優矣。但次章「伊蔚」終屬難通，不如古注之當。

視莪爲蒿，猶云看朱成碧也，憂思之極，精神憒亂之所致也。箋、疏此解較爲平正。東萊謂莪蒿不能報天地之生育，猶人子不能報父母之劬勞。説本歐陽，亦可通，但「匪」「伊」二字爲虚設耳。

大東

毛以首章爲興，故述傳者言以待客之禮，喻天子恩施之厚。歐、蘇釋此，謂先王之世，侯國富足，吕《記》、嚴《緝》皆從之，此賦而非興矣。《集傳》亦云「興」而絶無發明，惟直録詩語，而於上四句中間，各加一「則」字，豈所謂全不取義者乎？然簋有飧，鼎有匕，各一事；砥言平，矢言直，各一義。今乃曰「有飧則有匕，如砥則如矢」，是何理哉？

飧、匕，恩施之厚也。砥、矢，貢賦賞罰之均直也。所履、所視，當總目此而言。鄭箋分飧、匕爲所履，砥、矢爲所視，迂矣。首章爲全篇綱領，下章所譏，皆反此爲義。而五章以下，取譬不一，則專刺曠官。良以周之盛時，布德行政，雖出於王，亦由在位多賢，克舉厥職也。幽王之時，皇父七子、尹氏、虢石父輩接迹於朝，皆巧佞之徒，貪殘之子，殫民之財，竭民之力，所謂君子者如此，而在下之小人，又何所視乎？詩人所以顧之而潸然也。

「小東大東」，箋云：「小大言賦斂之多少也。小亦於東，大亦於東，言其政偏。」此解甚自然，蘇、吕皆從之。今以爲東方大小之國，失之矣。

「無浸穫薪」，毛訓穫爲艾，則字宜從禾。鄭云：「穫，落，木名。」則字宜從木。「檴，❶落」，《爾雅·釋木》

---

❶ 「檴」，原作「穫」，據《爾雅》改。

文。陸氏《草木疏》云：「今梛榆也。其葉如榆。」從鄭説也。竊謂優於毛矣。

鄭箋破經字，爲後儒所譏，然如「舟人之子，熊羆是裘」，改舟爲周、裘爲求，則非無見也。舟與周、裘與求不僅音同，形亦相似。況古衣裘字原作求，象形，其从衣，後人所加耳。此詩傳寫之時，昧者一概加之，其致誤良有由也。箋云：「周人之子，周世臣之子孫，退在賤官，使搏熊羆，在冥氏、穴氏之職。」疏引《裳華》敘「棄賢者之類，絶功臣之世」二語證之，正相合。

《爾雅・釋訓》：「皋皋、琄琄，鞙同。刺素食也。」夫以瑞玉爲佩，傳云：「璲，瑞也。」則居官者也，而不以其才之長，故曰素食。箋、疏用《雅》意釋《詩》本無誤，後儒易之，未見其勝也。

《大東》詩五、六、七章取興星漢，詞意反覆，鄭以喻王朝官司虚列而無實用，正與首章「君子所履」相首尾。古之君子法先王之道，賦役平均，今之在位者反之，故爲曠職也。《韓詩外傳》以南箕、北斗喻有位而無其事，意正相同。今皆解爲望天恤己，不見恤而怨之之詞，其説始於歐陽，不如古義之正矣。

報章，傳云：「報反成章。」疏申之云：「織之用緯，一來一去，是報反成章。織女有西無東，不見倒反，是無成也。」義儘通矣。《集傳》改爲報我之章，未見其勝，且人何德於星，而望其報我邪？

「服」雖从舟旁，然製字之義，會意在車。《説文》服字注云：「車右騎所以舟旋。」其以車得名者亦有二：四馬外二爲驂，内二爲服，一也，《詩》「兩服上襄」「兩服齊首」是也；兩較謂之牝服，二也，《詩》「不以服箱」是也。箱以容物，在兩較之内，故服箱相屬成文矣。邱氏謂服箱猶駕車，而朱《傳》從之，恐不如毛義之當。

啓明、長庚，毛傳、《韓詩》《廣雅》皆以爲一星。毛傳云：「日旦出則明星爲啓明，日既入則明星爲長庚。」《韓詩》云：「大白晨出東方爲啓明，昏見西方爲長庚。」《史記索隱》引此語。《廣雅》云：「大白謂之長庚。」曹憲注謂「晨見東方爲啓明，昏見西方爲長庚」。三家之説相符，不可易矣。自孔疏爲兩歧之解，而後儒異説紛紛。其最無理者，則鄭樵分爲金、水二星，而謂金在日西故東見，水在日東故西見之説也。夫金、水各有晨昏度行，晨度則在日西行，昏度則在日東耳。如鄭言，是金星有晨度無昏度，水星有昏度無晨度矣，豈不謬哉！《集傳》皆指爲金星，與毛傳合，最得之。又案《説文》：「启，从户从口，開也。」「啓，從攴启聲，教也。」明星義取于開，依字當作启。

畢有掩兔之畢，傳取焉。有祭器之畢，箋取焉。疏兼存二説，又引孫毓語，謂祭器之畢，取象于畢星，而掩兔之畢，又取象于祭器而施罔焉，蓋右鄭也。今世則專宗毛説。

「維北有斗」，朱《傳》兼南斗、北斗兩説，蓋因孔疏有「箕斗並在南方，箕南而斗北」之語也。案，南斗與箕皆以初秋昏見於南方，直是箕西而斗東耳，其爲南、北之分，雖有之，然亦微矣。況上章言東、西，原以在人之東、西言，則此章維南、維北，自當與之同意，何偏以二星相較而分南北？源謂以北斗當之爲允。

四　月

《四月》篇，當亂而行役之詩也。《韓詩》止以爲歎行役，嚴《緝》譏其未盡詩意，當矣。毛傳質略不明，王肅述其意，以爲四月行役，六月未得歸，闕一時之祭，故云「我先祖獨非人乎？王何忍不恤我，使我不得修子道」。孔疏非之，以爲敘不言征役，傳亦無此意，因引孫毓語，謂：「從征踰年乃怨，文王之師，猶采薇而行，歲暮乃歸。又行役不親祭祀，攝主修之，亦未有闕，豈有數月之閒而以爲刺？」孔又自言：「首章始廢一祭，❶已恨王之忍。復闕二祭，彌應多怨，何秋日、冬日之下，更無先祖之言？」源案，疏言敘、傳不及征役，則誠然矣。至謂一時未久，而引文王《采薇》詩相較，則非也。文王之出師，所謂説以先民，民忘其勞者，雖久何傷？至若幽王之無道，不恤下情，當時被役之人，必有不能堪命者，豈論時之久暫乎？一時不祭，猶以爲怨，則秋冬兩祭俱廢，其爲當怨，不言可知。詩語互文相備，往往有之矣。敘、傳雖不言征役，然詩人託興，恆據目覩爲言，六章「滔滔江漢」，定應身在南國，故有斯語，獨非征役之一證乎？又《左傳》文十三年公自晉還，鄭伯會公于棐，欲其如晉請平，季文子賦《四月》，見征役踰時，思歸祭祀，不欲如晉。又《孔叢子》記孔子云：「吾於《四月》，見孝子之思祭。」則王氏之解，歷有明徵，仲達譏之，過矣。

「先祖匪人，胡寧忍予」，漢、唐、宋諸儒解此，皆云我先祖豈非人乎，忍使我遭此亂？夫以己身遇亂之故，至詈先祖爲匪人，雖鄙夫傭豎，不忍出諸口，豈有詩人之温柔敦厚，而作是語哉？解者何弗思也！孔仲達既指爲悖慢之言，而復曲爲之説，引《正月》詩怨父母爲比，不知「匪人」二字，非僅怨也，直是詈矣。源謂古人文字簡質，須頓挫讀之方明暢，如《節南山》詩「昊天不傭」「昊天不惠」，鄭云：「昊天乎！師尹爲政不平，又爲不和順之行。」又「昊天不平」，箋亦云：「昊天乎！師尹爲政不平。」《巧言》篇「昊天已威」「昊天大憮」，箋亦云：「昊天乎！王甚可畏，王甚敖慢。」皆「昊天」二字讀斷，下二字自指師尹與王，蓋呼天而訴

❶「一」，原作「二」，據康熙抄本、大全本、《四庫全書》本、嘉慶本改。

之也。此詩先祖，亦是呼而訴之，當云：「先祖乎！我獨非人乎？何忍使我遭此亂？」呼天呼祖，總是怨極而無可控告之詞耳。宋儒釋經，但求詞氣平正，其以匪人屬先祖，宜也。鄭氏知解昊天爲呼天，不知解先祖爲呼祖，豈天不可詈，而祖獨可詈乎？又此特依鄭義，爲遇亂自傷，當少易其説耳。若以爲行役思祭之詩，則王肅之解自安，不必更新也。

「腓」字三見《詩》，《采薇》《生民》二詩傳訓爲避，《四月》詩傳訓爲病。今案，三詩之「腓」，義訓既殊，字形亦異。訓避之「腓」與「萉」通，前於《采薇》詳之矣。其訓病之腓，則本作痱，《文選謝瞻《九日詩》。注》李善云：「《韓詩》曰：『百卉具腓。』薛君曰：『腓，變也。謂變而黄也。』毛萇曰：『痱，病也。』今本作腓字，非也。」據李言，則《毛詩》作痱，不作腓，唐世寫《詩》者，誤以《韓》字入《毛詩》，後遂相沿，莫知改正耳。又案，腓、萉、痱三字皆可訓爲避，但論其本義，則腓是足肚，萉是枲實，痱是病，《説文》云「風病」。各不同。《詩》三「腓」，皆借用也。

《爾雅·釋詁》：「廢，大也。」《四月》詩「廢爲殘賊」，毛傳云：「廢，忕音誓。也。」以大爲忕，當是後人傳寫，增入心旁。《釋文》：「忕，本又作大。此是王肅義。」疏亦云：「定本廢訓爲大，與鄭不同。」則忕爲大之誤，信矣。又箋云：「言在位者貪殘，爲民之害，無自知其行之過者，言大於惡。」案，忕訓慣習，箋語並無慣習意，其言大於惡，則正是大爲殘賊也，是康成箋《詩》時，原據傳中「大」字爲説耳。鄭、王之述毛本同，孔、陸皆以爲異，殊不可解。

北山

華谷辨《詩》有三杞，以《小雅》之《四牡》《杕杜》《四月》《北山》此四詩之杞皆枸杞。然惟《四牡》《四月》毛訓枸檵，《杕杜》《北山》無傳。《杕杜》箋云：「杞，非常菜。」《北山》箋云：「杞，非可食之物。」則以此二杞爲枸杞，未必毛、鄭意。陸《疏》謂枸杞春生，可作羹茹，安得爲非常菜，不可食乎？

《北山》詩「旅力方剛」，毛、鄭旅訓衆。《書·秦誓》「旅力既愆」，孔傳亦訓衆。李氏疑此兩「旅力」，但指作詩者及良士，是一人之力，不得云衆力，故改訓爲陳，引《左傳》「庭實旅百」杜注及《後漢·傅毅傳》注爲證。訓旅力爲陳力，於義亦通。嚴《緝》云：「《秦誓》夏氏解云：『衆力，如目力、耳力、手足力也。』或説旅爲陳，然陳力方剛，則不詞矣。」案，華谷斯言得之。《集傳》曰「旅與膂同」，蔡沈《書傳》宗其説，殆非是。膂乃脊骨，人之背脊非用力之處，以力屬膂，取義既疏。又古膂本作吕，象形，篆文始作膂，从月从旅。旅本五百人之名，从㫃，音偃。从从。从，俱也，故爲衆。膂、旅通用，古未之有。惟黄公紹謂：「膂通作旅，人之一身以脊骨爲主，故曰膂力。」此特因朱、蔡而附會，非典也。

《北山》詩連用十二「或」字，各兩「或」意自相反。首二「或」，「燕」與「瘁」反也。次二「或」，「息」與「行」反也。又次二「或」，「逸」與「勞」反也。又次二「或」，「舒遲」與「促遽」反也。又次二「或」，「湛樂」與「畏咎」反也。終二「或」，「閒暇」與「冗煩」反也。其叫號之義，毛訓呼召，孔申之爲徵發呼召，故《釋文》號字讀去聲，協平聲。夫徵發呼召，正劬勞之事，不聞之所以爲安逸也。今號字讀平聲，言深居安逸，不聞叫呼之聲，義亦可通。

鞅掌，毛云失容，鄭云促遽，語異而旨同也。其釋鞅爲負荷，掌爲奉持，正促遽之實。促遽必失容，鄭乃以申毛耳。孔云意異，殆未然。

議事易，而任事難。議事者立身事外，任事者置身事内，此「出入風議」與「靡事不爲」，所以一暇而一勤也。又箋云「風，猶放也」，則應如字。而《釋文》「風音諷」，與鄭意異。而鄭音風，乃風逸之風，與上「出入」爲類。如陸音風，乃風刺之風，與下「議」爲類。風刺義較優矣。

無將大車

《無將大車》，敘以爲「大夫悔將小人」，此與《荀子·大略篇》引《詩》合。又《韓詩外傳》引此詩，以證所樹非其人，亦同敘義。可見古義相傳如此，非一家之説也。《集傳》以爲行役勞苦之詞，恐非是。朱子説《詩》，每執詩詞爲準，此篇詩詞，何嘗有行役意乎？大車，牛車也，以任重，非行役所乘也。況是興，非賦也。

「不出于熲」，《集傳》曰：「熲與耿同，小明也。在憂中耿耿然不能出也。」案《説文》：「耿，耳著頰也。从耳，烓口迥切。省聲。熲，火光也。从火頃聲。」《玉篇》：「熲，火光也。亦作耿。」並無小明之訓。錢氏《詩詁》始創爲此解，朱子用以釋《柏舟》。彼「耿耿」重文，爲貌狀之詞，猶可通，施於此詩，則當云不出于小明，成何語乎？鄭箋云：「使人蔽闇，不得出于光明之道。」此與「冥冥」正相應，義本優，不必易也。

小明

詩名「小明」，鄭以爲幽王日小其明，而歐陽氏非之，謂：「《大雅》有『明明在下』，《小雅》有『明明上天』，故名篇者，加大、小於明上，以記别也。」蘇氏亦謂：「《小旻》《小明》，所以别於《大雅》之《召旻》《大明》，《小宛》《小弁》亦然。其在《大雅》者，必是孔子删之，故無聞耳。」案，此説非是。觀《書·金縢》言「公爲詩，名之曰《鴟鴞》」，《左傳》言「許穆夫人賦《載馳》」，「秦人賦《黄鳥》」，《國語》言「衞武公作《懿戒》」，可見作詩時篇名已定。康成云：《關雎》敘箋。「三百十一篇，並是作者自爲名。」斯言信矣。《大雅》之《大明》，作於周之初年，安得預知幽王之世，有作《小明》者，而加「大」以記别哉？且《詩》篇重名固甚多矣，《雅》之《杕杜》《黄鳥》《谷風》《甫田》，名皆與《國風》同，而《白華》之名，兩見於《小雅》，《國風》之《柏舟》《無衣》，則亦兩見，《羔裘》《揚之水》則三見，何獨不爲記别也？然則「小」之爲義，縱未必如箋、疏所云，至若歐、蘇二家以爲别於《大雅》，萬無此理矣。又案，《小旻》《小明》，鄭皆有訓釋，以《小旻》所刺，比於上二篇爲小，故取名於「小」，此與「日小其明」之説，俱迂曲難從。《小宛》《小弁》，鄭無發明，疏推其旨，以爲鳴鳩、鷽斯皆小鳥，幽王才智卑小，似鳴鳩之不能高飛，鷽斯小鳥而甚樂，歎宜臼之不如。意較平正可用。

《小明》首、二、三章，皆紀節候。首章云「二月初吉，載離寒暑」，次章云「日月方除」，三章云「日月方燠」，又此兩章皆云「歲聿云莫」。述毛者皆以二月爲始行之時，「昔我往矣」即指始行，「方除」「方燠」即是二月。鄭以二月爲始行，與毛同，而釋「方除」「方燠」爲四月，釋「昔我往矣」爲初到「艽野」，則與毛異也。今總兩家之義而較論之，毛訓「除」爲除陳生新，二月仲春，非新舊代禪之時，《唐風》「日月其除」，自指歲莫，不指二月。又二月天氣方寒，不得言燠，述毛者未必得毛旨矣，不如鄭讀除爲余，引《爾雅》「四月爲余」。除、余字異音同，且與下章「方燠」相應也。孔疏曰：「《洪範》曰燠曰寒，寒爲冬，則燠爲夏。」得之矣。然鄭謂二月始行，四月到艽野，則未當。凡《詩》中「昔我往矣」，皆言始出時，非既到時，訓往爲到，不太迂乎？源謂詩二月，周二月也，建丑之月也。《爾雅》余月，夏四月也，建巳之月也。《小明》大夫當是巳月始行，至丑月尚未得歸而作詩耳。「二月初吉」，正指未得歸而作詩之時也。「方除」「方燠」，追憶其始行之時也。「載離寒暑」，總計其自始行至不得歸之時也，時已由暑迄寒矣。暑即「方除」「方燠」，寒即「二月初吉」也。「歲聿云莫」，與《蟋蟀》「歲聿其莫」同，彼疏以爲九月，聿訓遂。遂者，自始向末之詞。歲莫在十月，九月實未莫，故曰遂莫，言自此而向莫也。是已九月暑退而寒來，亦追憶之詞也。二月爲建丑之月，故首句云「明明上天」，《爾雅》「冬爲上天」，而丑月於夏時爲冬，作詩者指所見之天以起興爾。既以上天起興，因述所至之地，紀所值之時，而總計其離家之日，以起下憂畏之意。首章次第如此，二、三章又追數始行之期，見離家之久，不過即首章意曲暢之耳。然則首章「我征徂西，至于艽野」，自言西征而至艽野，不言始行也。「二月初吉，載離寒暑」，是當二月朔而追計其已歷寒暑，不言二月始行也，鄭云「二月朔始行」，誤矣。二、三章「昔我往矣」，是言始行，鄭又誤以爲「往至艽野」。後儒多取毛而舍鄭，然但知鄭訓「我往」之誤，不知其二月始行之誤，故皆以「方除」「方燠」爲二月，而不顧義之難通也。或執詩無周正語，謂二月是卯月。夫以夏正言之，必丑月方歲莫，聿莫爲遂，莫月當建子，冰壯地坼之時，安得有蕭可采、菽可穫哉？

鼓　鐘

毛、鄭釋《鼓鐘》篇，皆以爲幽王作樂於淮上。歐陽疑史無幽王東巡事，逸齋辯之，以爲史與經異，猶當舍史而信經。若史之所缺，幸存於經，豈得反疑經而信史？《詩緝》亦言古事固有不見史，而因經以見者，《詩》即史也。斯皆篤論。胡一桂謂成王時徐夷、淮夷已不爲周臣，宣王遣將征之，亦不自往，初無幽王至淮、徐之事，豈得作樂於淮上？吁，謬矣。幽王十一年中巡歷游幸之事，胡氏能一一數之，如後代實録、起居注乎？不然，何由保其不一至淮、徐也？又淮夷、徐夷之在周，特叛服不常，非終不爲臣也。成王時淮夷、徐戎並興，伯禽伐而平之矣，見《書·費誓》及《史記·魯世家》。又《通鑑外紀》云：「成王二年，周公定奄及淮夷。」未嘗不臣周也。《常武》詩宣王親征，未嘗不自往也。召公征淮南，則疆理至于南海。王自征淮北，則徐方來庭。《詩》有明文，胡未見乎？

《鼓鐘》咏淮水，首言「湯湯」，繼言「湝湝」，又繼言「三洲」。毛傳云：「湝湝，猶湯湯。三洲，淮上地名。」初不分水之盛衰先後也。且此三章止刺奏樂之失所耳，非刺其流連忘返也。蘇氏曰：「湯湯，水盛也。湝湝，水流也。三洲，水落而洲見也。言幽王之久於淮上也。」與毛意異。《集傳》解「湝湝」與「三洲」皆祖毛説，又引蘇語以繼之，殊少畫一矣。又蘇説雖新巧可喜，然釋三洲，則於義難通。《爾雅》云：「水中可居者曰洲。」可居之地，必有人民室廬，若水落而後見，直是出没水中沮洳之埸耳，非可居之地也，何得謂之洲乎？

「懷允不忘」，懷，至也。用禮樂得其宜，至信而不可忘，與次章「不回」、三章「不猶」，皆指淑人君子言，箋、疏本無誤也。《集傳》用王氏説，以爲思古之君子不能忘，則是作詩者自謂，與下二章文義不倫矣。況思者止是「懷」耳，經文「允」字不已贅乎？又案，懷之爲義最多，思也，和也，安止也，至也，來也，皆見於《詩》，傳、箋各隨文釋之。宋儒必欲概以思之一義，故往往不得詩旨。

鄭樵據《儀禮》作樂之次，以解《鼓鐘》之卒章，謂凡奏樂有四節：首節升歌三終，比歌以瑟；次節笙入三終，輔笙以磬；三節閒歌三終，歌笙相禪，所謂「鼓瑟鼓琴，笙磬同音」者也。已上皆奏《雅》。四節合樂三終，歌二《南》，所謂「以《雅》以《南》」者也。吁，鄭之傅會，一至此乎？真《詩》《禮》中無文手矣。彼所據者，《鄉飲酒禮》《燕禮》二篇文耳。升歌、笙入、閒歌、合樂四節，惟此二篇爲詳。其見於《鄉射》《大射》者則已略，此乃鄉國禮也，非王禮也。又《詩》三百篇皆可歌也，其見《儀禮》而入樂者，二《南》各三，《小雅》共十二，及《新宮》《肆夏》《陔》《勺》等數詩外，餘不概見。至《文王》《清廟》《振羽》《九夏》《湛露》《彤弓》諸詩，所用稍見於《周禮》《禮記》《左傳》，而《儀禮》弗載焉。蓋具於亡篇，而今不可考矣。鄭欲執此二篇之文，盡周家奏樂之制，可乎哉？《鼓鐘》所咏，天子作樂之事也，其爲朝聘、燕饗，雖未可知，要必非鄉飲酒與侯國之燕也，其所用之樂節與詩章，未必與鄉國同也。區區以二篇之文，傅會而爲之説，陋矣。其言笙、磬、雅、南，俱不合古義，辯見下條。

「笙磬同音」，孔疏申毛，以笙磬爲一器，其申鄭，以笙與磬爲二器。案，傳訓笙磬爲東方之樂，明是阼階之笙磬，見《大射禮》。則笙乃磬名，信爲一器矣。至箋之分爲二器，未見其然也。箋不解「笙磬」，意必同毛。

其釋「同音」云：「謂堂上堂下八音克諧。」亦與傳「四縣皆同」語意相合。孔特見箋言八音，故分笙、磬爲二，使與鐘及琴、瑟，備金、石、絲、匏四音，以當八音之半耳，然未必是鄭意。

「以雅以南，以籥不僭」，雅者，先王之雅樂；南者，四方之南樂；籥者，羽舞之籥樂，傳義允矣。鄭以雅爲萬舞，與籥分文、武，異於毛，不可從。宋蘇氏復自立説，謂雅是二《雅》，南是二《南》，舛謬尤甚。大雅、小雅，詩六義之一也，非樂名也。樂以雅名，則《風》《雅》《頌》皆得奏之，不僅二《雅》矣。至二《南》之南，猶十五國之國也，目其地而言也。當時所采詩，或得于南國，周、召不足以盡之，故不言國而言南耳，尚不得與二《雅》並列于六義，況樂名乎？《文王世子》之「胥鼓南」，鄭氏釋爲南夷之樂。《左傳》之「南籥」，襄二十九年。杜氏以爲文王之樂，俱不云二《南》也。又案，雅、南之義，三家《詩》説皆與毛同。《文選》《東都賦》。注劉淵林引《韓詩内傳》云：「王者舞六代之樂，舞四夷之樂，大德廣之所及。」六代皆雅樂也，四夷則南樂在其中也，德廣語毛傳亦云也。又《後漢·陳禪傳》引《詩》云「以雅以南，韎任朱離」，注引《韓詩》薛君云：「南夷之樂曰南。四夷之樂，惟南可以和於雅，以其人聲音及籥不僭差也。」又云：「《毛詩》無『韎任朱離』之文，蓋見《齊》《魯詩》。」即注語觀之，薛君南義既同毛，而齊、魯之詩，復備列於四夷樂名，可見南爲南夷，古義皆然矣。又有辯，詳《總詁》。

《集傳》：「僭，協七心反。」案，《釋文》僭字有七念、子念、楚林三反，其楚林反，沈重音也，與「琴」「音」二字韻本同，不必用協。

楚薺

《楚薺》《信南山》《甫田》《大田》《瞻彼洛矣》《裳裳者華》《桑扈》《鴛鴦》《魚藻》《采菽》《都人士》《黍苗》《瓠葉》，凡十三篇，敘皆以爲思古詩。其可指名者，《楚薺》四篇思成王，《魚藻》思武王，《黍苗》思宣王也。此三王者，一開創，一守成，一中興，皆周家令辟，尤詩人所不能忘情者矣。其餘敘稱古王，不知何屬。要以三王而外，有道之主，僅有康王，詩人所指，當不外此。惟《黍苗》則兼思其臣，《都人士》《瓠葉》又思及其民。

《楚薺》以下十篇，朱子《辯説》謂其和平詳雅，無風刺之意，如出一手，當是正雅錯脱在此。敘以爲傷今思古，不應十篇相屬，無一語見衰世之意，似矣。然詩人寓意深遠，固有不可泥其詞者。《采薇》《出車》《杕杜》多嗟怨之詞，《行露》《摽梅》《野有死麕》少和平之語，列於正風、正雅，可謂刺詩乎？安在《楚薺》十篇不可爲刺也？又人當衰亂之時，道大平之樂，必言之娓娓不休。班、張之賦，喜述西京之盛時，元、白之詩，多咏開元之勝事，皆此意也。《楚薺》諸篇所言，祭典之肅，農政之詳，錫命之有章，禮文之必謹，報功恤賢之厚，仁民愛物之恩，詞煩而不殺，感歎無聊之情，已躍然言外矣。當日思古非一人，作詩亦非一手，十詩者特一斑爾，乃訝其多乎？

朱子又云：「《楚薺》詩精深宏博，何得爲變雅？」斯言誤矣。《風》《雅》之正、變，分於時之治亂，不分於詞之工拙也。《風》之《七月》、《雅》之《六月》《斯干》諸詩，其精深宏博，不減於《楚薺》，何以皆列於變詩？且三百篇皆經也，不論正變，爲經一也，安得粗淺儉陋之詩而爲經哉？

《采齊》《肆夏》，先鄭注《周禮》，劉德、文穎注《漢書》，皆以爲逸《詩》。惟《玉藻》「趨以采齊」，康成注云：「齊當爲『楚薺』之薺。」蓋謂齊音當讀如茨耳，孔疏云：「音同耳，其義則異。」非謂「采齊」即《楚薺》詩也。《大全》載劉瑾語曰：「先儒以《楚薺》即《采齊》。」豈誤讀康成注乎？何闇於文義至此。

《詩緝》言《詩》有二棘。「吹彼棘心」「園有棘」是酸棗。《楚薺》以棘配薺，《青蠅》以棘爲樊，必非酸棗，當是《爾雅》之「茦，刺」。案，「茦，刺」注云：「艸刺鍼也。」《方言》云：「凡艸木刺人，北燕、朝鮮之閒謂之茦，自關而西謂之刺，江湘之閒謂之棘。」合此二文，茦、刺信有棘名矣。又《方言》注云：「《楚詞》曰『曾枝剡棘』，亦通語耳。《橘頌》意本謂橘枝有若棘，而景純引之，正見凡艸木有刺者，皆可名棘也。」則二詩之棘，當泛指艸木刺人者。

「神保是饗」，毛云：「保，安也。」鄭云：「安而饗其祭祀。」未嘗合神、保二字爲鬼神稱號也。朱《傳》既從毛訓保爲安，又云「神保，蓋尸之嘉號」，則又非毛義。劉瑾申之曰：「祖考之神，降而安於尸之身，故因以號尸。」夫尸以象神耳，神豈真降其身耶？朱《傳》又引《楚詞》「靈保」證之，謂是以巫降神之稱。朱子又曰：「靈保，神巫也。神降而託於巫，身則巫，而心則神。今詩中不説巫，當便是尸。」案，此誤尤甚。尸至尊，將祭，始卜而得之，巫賤役，有常職，豈可合爲一乎？《周禮》有「司巫」，乃群巫之長也，其秩中士而已，不敢與祝、史比肩，況尸乎？又案《楚詞》「思靈保兮賢姱」，王逸注云：「靈，巫也。姱，好貌。思得賢好之巫與神相保樂也。」則「靈保」二字，古人原不用爲巫號。

毛訓「肆」爲陳，「將」爲齊，音劑。謂既殺而縣肉於架，分齊其所當用，此未熟時也。鄭讀「肆」爲剔，言剔其骨體於俎，「將」則奉而進之，此既熟時也。義各有屬，不可互易。朱《傳》「肆」從毛，「將」從鄭，於事爲不次矣。

「爲俎孔碩」，鄭解爲「從獻之俎」，東萊非之，以爲是薦熟之俎，因燔肉、炙肝，不可言孔碩也。然鄭以碩爲肥碩，亦通。案，俎之爲用多端，有薦腥之俎，薦爓余廉切。之俎，薦熟之俎。又有肵其、靳二音。俎，所以載心舌。而燔炙皆從獻之物，故名從獻之俎。鄭解「肆」「將」爲肆骨體而進之，則薦熟之俎，已具上章。此章之俎，謂之從獻，與燔炙合爲一事，亦有理也。

「我孔熯矣」，毛以熯爲敬，與《爾雅》同，此古義也。呂《記》從《説文》訓乾，此乃熯字常訓，與詩意遠矣。《集傳》訓竭，蓋欲彊通乾義於詩也。夫敬而不愆於禮，文義甚順，何必以筋力既竭，見盡禮之難哉？嚴氏引《王風》「熯其乾矣」、《左傳》「外彊中乾」語以證竭義，尤費力。

「既匡」之匡，箋訓爲筐，蓋筐乃匡之或體，鄭非改字也。匡本訓飯器，从匚音方，受物之器。𡈼音皇。聲。今作匡，隸省也。

《楚薺》所咏，皆天子祭禮也，《儀禮》廢缺，天子、諸侯祭禮無存焉，故箋、疏引特牲、少牢、士大夫禮，推類以明之，如燔炙、受嘏、利成之類是也。其天子祭禮，載《周禮》《戴記》，而亦見於此詩者，則如剥烹、祭祊、鼓鐘、迭尸之類是也。朱之據少牢嘏詞，遂判此詩爲公卿力農奉祭之詩，不知《少牢禮》乃侯國大夫所行，非天子公卿之禮也。又謂天子詩不應列於《小雅》，夫《小雅》諸篇，何一非天子詩哉？

「鼓鐘送尸」，鼓與鐘，二器也。疏云「鳴鐘鼓以送尸」，是已。《周禮·鐘師》「掌金奏，以鐘鼓奏《九夏》」，《肆夏》其一也，尸出入奏之。雖鐘鼓偕作，仍以鐘爲主，故謂之金奏，而掌以鐘師，此王禮也。《集傳》以爲公卿奉祭，而復用《鐘師》文以釋送尸，自相違戾。《名物疏》駁之，允當。

信南山

《信南山》《甫田》《大田》三詩，皆咏曾孫，傳、箋指成王，因《信南山》敘有「幽王不能修成王之業」語也。東萊非之，謂曾孫之名，周之後王皆可稱。然周之後王，可當詩人追思者，孰有如成王哉？文、武開創時，武功多於文治，禮樂制度尚有未遑。周公攝政之六年，制禮作樂，頒度量於天下，始號太平。疆理之法，祭祀之典，大率皆成王時所定，康王以後坐享其成而已。故正雅及《周頌》，文、武而下止有成王詩，餘後王弗及焉。則思古者惟思成王，固其宜也。

「我疆我理」，傳云：「疆，畫經界也。理，分地理也。」正義申之云：「正經界之疆，分土地之宜。」又云：「分地理者，分别地所宜之理。」若《孝經》注云『高田宜黍稷，下田宜稻麥』是也。」案，理字如此解，方與疆義有辨。《左傳》云「先王疆理天下物土之宜而布其利」，成二年。杜氏注云「布殖之物，各以土宜」，與此詩傳、疏同義。《緜》詩「疆理」，孔疏之解亦相符。宋王氏以疆爲大界，理爲溝塗；劉氏以疆爲夫畛塗道路，理爲遂溝洫澮川。彼徒取與「南東其畝」文義相接耳，然非古義也。若論字訓，則《攷工記》有「水屬理孫」之語，劉氏較勝焉。

毛詩稽古編卷十五

吴江陳處士啓源著

甫田之什變小雅

甫田

朱子譏小敘，謂《甫田》敘用「自古有年」生説，《大田》敘用「寡婦之利」生説，《瞻彼洛矣》敘以「命服」爲賞善、「六師」爲罰惡，《裳裳者華》敘用「似之」二字生説，《桑扈》敘用「彼交匪敖」生説，總謂其傅會《詩》語，以欺後世也。然小敘之文，不與《詩》類者多矣，彼果欲傅會，何不每篇用一語以生説哉？且敘語不類《詩》者，朱子既以《詩》無此意，置而弗用，其類於《詩》者，又有生説之疑，亦太苛矣。

《楚薺》《信南山》《甫田》三詩，敘皆以爲思古，不獨《甫田》然也。《甫田》敘思古，古字偶與《詩》「自古有年」同耳。朱子譏之，以爲敘專以此立説，斯深文之論矣。案，小敘之古，指成王時也，《詩》之「古」，與「今適南畝」對，則指成王以前。疏以《信南山》推之，謂此古亦禹，理或然矣。敘之「古」乃《詩》之「今」，非《詩》之古，豈用以生説哉？

《甫田》詩毛、鄭異解，後儒又於毛、鄭外立説紛紛，雖亦短長互見，要不及古注之優。如「今適南畝」以爲王之觀稼，「攘其左右」以爲饋饁之物者，子由之説也。「烝我髦士」以爲進髦士而勞之，兩「農夫之慶」以爲賴農夫之福而年豐者，紫陽之説也。文義俱可通，但詩人立言，當有次第。首章言大古豐年之美、成王農政之詳，次章又備述報祈之禮，至三章始及省耕勸農之事耳。「今適南畝」即解爲王之親行，則「曾孫來止」一章，不已複乎？適畝不指王，則烝髦亦非勸勞矣。賴農夫之福而有年，歸美於下，誠爲厚意，然一人有慶，兆民賴之，古有是言矣，不聞兆民有慶，一人賴之也。惟攘取見上下之相親，摹寫情事，雖稍嫌其纖曲，而較之王、述毛。鄭易傳。之解，差爲自然。源謂首章傳義不可易矣，餘三章則鄭近之，其「攘」「嘗」二語，姑從近義可爾。

首章鄭易傳義，而孔疏是之，然鄭惟説「十千」合一成公田之數，似勝耳。毛云：「十千，言多也。」王肅、孫毓皆從之。其以「甫」爲丈夫，以「取陳」爲賒貰，世、射二音。以「介」爲舍，皆彊立異也。甫、父雖同義，然以丈夫爲田名，則太迂，不如傳謂「天下田」，即大田之義也。《齊》「甫田」、《雅》「甫草」，傳皆訓大，大實甫之恆訓矣。補助固有常典，但盛世家給人足，民或無藉於賒貰，不如傳言「尊者食新，卑者食陳」，別其老壯，示孝養之道也。《七月》詩「農夫」，亦指少壯言。老者不任耕作之勞，故專目壯者爲農夫耳。至以「介」爲廬舍，字訓無本，尤屬臆説。不如王肅述毛，以「介」爲大、「止」爲定，言治道所大、功所定止，蓋太平年豐治功，所以美大而成定也。《生民》傳亦云：「介，大。止，定。」正義本此。

《韓詩外傳》及《漢書·食貨記》論井田之法，皆以爲八家各受私田百畝，公田十畝，是爲八百八十畝，餘二十畝爲廬舍。何休之注《公羊》，范甯之解《穀梁》，趙岐之注《孟子》，宋均之説《樂緯》，皆以爲然。而《甫田》孔疏據《孟子》之言以規其失，謂二十畝爲廬舍，則家别私有百二畝半，何得言八家皆私百畝？家取公田十畝，各自治之，安得爲同養公田？又謂郊外用助法，是九之中税一，國中用貢法，是十一之中税一，内外通率爲什一，故謂之徹。班固取《孟子》爲説而失其本旨，諸儒皆襲其謬。鄭氏《匠人》注並無此説，俗以鄭意同於諸儒，又失鄭旨。源案，孔氏此言，非篤論也。公田百畝，私田百畝，《孟子》舉其大數耳。野外之廬以便田事，《七月》「亟其乘屋」、《信南山》「中田有廬」及此詩鄭箋解「攸介」爲廬舍，皆指此也。非公田二十畝，將焉給之？同養者，就公田百畝統言之耳。分治、共治，俱可言同，不必八家聚於一處也。況共治則推諉易生，分治斯勤惰可考，若論立法之無弊，則分治善矣。至於郊外、國中通率爲什一，於義則尤疏。九而税一，十一而税一，多寡相縣，既非王者無偏之政，又國外百里爲郊，郊以内所謂國中而用貢者也，其地僅方百里者四耳。王畿千里，爲方百里者百，而什一而税一者，才居百之四，其餘皆九而税一，通率之，安得爲什一乎？《禮記》正義亦孔氏所定也，其釋《王制》「公田藉而不税」，仍約《孟子》《樂緯》之言，以爲八家共治八百八十畝，以外二十畝爲井竈廬舍，意與《漢記》同，蓋亦不能守其一説矣。

《甫田》次章所言祭典凡五：社也，方也，「農夫之慶」則蜡與臘也，「御田祖」則始耕之祭也。社祭土神，必與稷俱，方祭五官之神，蜡祭百物，臘祭先祖。五祀，始耕祭田祖，社、方在仲秋，蜡、臘在孟冬，皆報祭。始耕之祭，以孟春吉亥行之，則獨爲祈祭。此章先言報，後言祈，合兩年之事，相爲首尾，其猶《信南山》之由「雨雪」而及「霢霂」，與《生民》「以興嗣歲」之義乎？

「琴瑟擊鼓，以御田祖」，毛云：「田祖，先嗇也。」案，田祖一神而名不同，《周禮・大司徒》謂之田主，《籥章》謂之田祖，《禮記・郊特牲》謂之先嗇，皆指神農也。《籥章》又有田畯，非此詩之田畯。即《郊特牲》之司嗇，皆指后稷也。則田祖、田畯，乃二神矣。至《七月》《甫田》諸詩之田畯，毛云「田大夫」，「今之嗇夫」。《噫嘻》頌及《爾雅》謂之農夫，此田官也，非神也。王安石云：「生而爲田畯，死而爲田祖。」謬矣。古今來爲田官者多矣，安得死便祭之乎？且田祖是神農，於田神爲最尊，安得田大夫即其前身乎？

朱子疑《楚薺》四篇爲《豳雅》，因《甫田》次章「擊鼓，以御田祖」語與《籥章》文合也。然此四詩言祭多矣，曰先祖，曰皇祖，曰社，曰方，何嘗專樂田祖哉？所述器名，有鼓、鐘、琴、瑟之類，不言土鼓也。況與公卿之説，又自相戾矣。

「以穀我士女」，毛以穀爲善，鄭以穀爲養，鄭義允矣。「穀士女」文承「稷黍」下，養義較相屬焉。又上章「烝我髦士」，善義已具，不必複出也。《集傳》兼二義而主於養，得之。

「曾孫來止」，鄭云「出觀農事」，其爲耕耘耨穫時，未可定也。《集傳》以爲來饁耘者，則確指耘時矣。豈據下文「禾易長畝」語耶？夫易而治理，長而竟畝，信爲耘所致。然「易長」之下，復言「善有」，成而大有，乃秀實義，不又似穫時乎？

「如茨如梁」，毛云：「梁，車梁也。」孔氏申之，引《孟子》之「輿梁」，謂梁能容車渡，則必高廣，故以比禾積。劉瑾釋朱《傳》，以爲即《小戎》之「梁輈」，豈別有據耶？然梁爲輈上句衡，其高廣能幾何？舍其容車者，而取喻於車上之一物，非詩人夸美之旨矣。

大田

古人樹穀，必先相地之宜，而擇其種，每歲命田官講求之，以令於民，故隨土之高下肥瘠，皆可以蓺殖，而地無遺利。《大田》詩首言「既種」，正其事也。箋引《月令》「季冬，民出五種」證之，疏又引《月令》孟春之月「善相土地所宜，五穀所殖」，及《周禮·司稼》「辨種稑」、《草人》「物地相宜」之文，可見古人農政之詳密矣。後世不講農政稼穡之事，任民自爲之，彼老農雖精於其業，然見聞不越鄉曲，豈能遍歷天下，訪求百穀之種而樹之乎？《周禮·職方氏》言「荆、揚二州宜稻」，要止約略其大概耳，其閒地固有高阜者，自應雜樹他穀也。近日江南之民止恃稻爲食，一值旱暵，高鄉輒告饑，此宜有變通之法也。源謂今北土所謂小米、黍子，即古之黍、稷、粱、秫也，當多取其種，試其與南土相宜者，凡山原遠水之地，則樹之以爲常，其下田仍以蓺稻，則墝埆可化爲菑畬，而水旱皆無患矣。是在士大夫及豪富有力者倡率之，以爲民先耳。

「曾孫是若」，鄭云：「成王於是止力役，以順民事，不奪其時。」於義允矣。蘇氏改爲順王所欲，殊無意味，然諸家多從其説。

「方」「皁」「堅」「好」，皆指穀實而言，不若《生民》詩歷道苗稼生成之次第，故彼連用十字，而此僅以四，蓋生長之條茂，已具於前章「庭」「碩」中矣。又「堅」「好」，即《生民》之「堅」「好」也。至《生民》之「方」，毛以爲極畝，鄭以爲齊等。此詩之「方」，毛無傳，鄭以爲生房，謂孚甲而未合時也。彼生時統言其苗，此成時專言其實，所以異乎？然則此詩之「方」「皁」，正與彼詩「實發實秀」相當耳。發管而秀出，則先有孚甲，而實猶未堅，所謂皁也，毛云「實未堅者曰皁」，故兩詩皆以「堅」「好」繼之。

「田祖有神，秉畀炎火」，毛云：「炎火者，盛陽也。」孔氏申之，以爲四者盛陽氣贏則生，消之則付於所生之本，蓋明君出而爲政，蟲蝗不生，詩人歸功於田祖之神，言若爲我驅除之云爾。後人緣此乃立焚蝗之法，謂之善於斷章則可，若用爲正解，則秉畀者乃人也，非田祖之神也，與詩語戾矣。《集傳》以爲古之遺法如此，殆不其然。

《詩》中「祁祁」凡六見，《采蘩》訓舒遲，《七月》《出車》《玄鳥》皆訓衆多，《韓奕》訓徐靚，《大田》訓徐，諸訓惟「衆多」稍遠，餘皆不離「舒徐」之義，嚴《緝》辯之詳矣。案，「霢霂」言其小，「祁祁」言其徐，小雨必徐徐則入土深而能生穀，董江都所謂「太平之世，雨不破塊」者是也。然北方所蓺多黍、稷、粱、秫，故宜此耳。若荆、揚，惟恃稻爲食，夏月插蒔，非翻盆大雨，則農夫束手。信乎土俗各殊，難以一概論也。

「此有不斂穧」，疏云：「定本、《集注》『穧』作『積』。」董氏曰：「崔靈恩《集注》『不斂穧』亦音穧。」是同一《集注》也，孔以爲「穧」作「積」，❶董以爲「穧」作「穧」矣。《集注》一書，唐尚存，宋已無之，董所見，不如孔之真也。

「來方禋祀」，謂曾孫之來，禋祀四方之神，此箋、疏之義，後儒莫有易之者。獨董氏自立説，謂隨所來之方而禋祀之，誤矣。案，《曲禮》謂「天子祭四方，歲徧」，即《月令》四時迎氣之禮，此一時各祭一方也。《周

---

❶「積」，原作「種」，據康熙抄本、大全本、《四庫全書》本、嘉慶本改。

禮・大司馬》「秋獮，致禽以祀祊」，乃仲秋而報成萬物。注引《詩》「以社以方」證之，此一時俱祭也。若隨所致之方而祭之，則與二祭皆不合，恐無此禮。

田家饋饁，乃其常事，非以夸示觀者。《集傳》云：「農夫相告曰，曾孫來矣，於是乃與其婦子饁彼穫者。」然則曾孫不來，農竟終日不食耶？且穫者即農夫也，相告者何獨不穫而饁也？皆所未解。其以爲饁穫，豈因下文「方」「祀」乃仲秋事乎？較之《甫田》之饁耘，差有據矣。

《集傳》以《山有樞》爲荅《蟋蟀》，以《破斧》爲荅《東山》，以《大田》爲荅《甫田》，以《裳裳者華》爲荅《瞻彼洛矣》，以《鴛鴦》爲荅《桑扈》，以《采菽》爲荅《魚藻》，以《既醉》爲荅《行葦》，以《假樂》爲荅《鳧鷖》，何周室君臣上下唱酬之盛也。至《楚薺》等十篇，朱子以爲如出一手，則《甫田》已下六詩，乃一人所作，又分爲一贈一荅，是自相矛盾矣。

瞻彼洛矣

《周禮・職方氏》「雍州，其浸渭洛」，注云：「洛出懷德。」詳見《吉日》。此洛水，即《禹貢》之漆沮，而亦《瞻彼洛矣》之洛也。詩人託興，多取目驗爲言，幽王變雅作於西京，當指雍州之浸以起興矣。故毛傳云「宗周浸溉水」，鄭亦以爲水之灌溉，爲明王恩澤之喻也。王氏以爲東都之洛，非是。

「韐」本作「帢」，左从巿。音弗。韍乃其或體。韍與帢，皆祭服而異制者。大夫以上服韍，士則無韍而有帢。制如榼，而缺四角。其色韎，見《説文》。謂之爲韎帢。其非祭，則通服韠。然則韠也者，士及大夫以上所同。韎韐也者，士之所獨也，以配爵弁，見於《士冠禮》。故「韎韐有奭」，鄭訓爲諸侯世子未爵命之服，王氏據《周禮》「兵事，韋弁服」及《左傳》「韎韋跗注」之文，而改訓爲戎服，恐不然也。案，《周禮·司服》「凡兵事，韋弁服」，鄭云以韎韋爲弁，又以爲衣裳，不言以韎韋爲韠也。《左傳》「跗注」或作「否注」，「否」讀爲「幅」，「注」訓爲「屬」，謂幅有屬者。杜氏訓爲戎服，若袴而屬於跗，皆非韠也。安得以衣弁爲韎韋，而牽合韎韐爲一事哉？又爵弁、韋弁，陳氏《禮書》疑爲一物，元無確據。況爵色微黑，而韎色淺赤，兵事之韋弁，必非韎韐所配之爵弁。《禮書》臆度之見，不足信也。然則韎韐之稱，惟士得專之耳，豈概爲戎服之名哉？

「鞞琫有珌」，毛云：「鞞，容刀鞞也。琫，上飾。珌，下飾。」《公劉》篇「鞞琫容刀」，毛云：「上曰鞞，下曰琫。」疏申毛以爲鞞是刀鞘之名，琫是鞘之上飾。下不言飾，指鞞之體，上則有飾可名。疏引《公劉》傳：「琫，上飾。鞞，下飾。」與彼文異，當是偶誤。《名物疏》譏毛説自相矛盾，孔不得已而爲之詞，又引《釋名》「下末之飾曰琕」，琕即鞞字，鞞正是下飾。今案之，殆不然也。《小爾雅》云：「刀之削謂之室，室謂之鞞鞛。琫同。珌，鞞之飾也。」《説文》曰：「鞞，刀室也。」《廣雅》云：「鞞靳，折、製二音。刀削也。」義皆同疏，並無以鞞爲下飾者。況鞞爲下飾，則珌又爲何物耶？《瞻彼洛矣》傳以琫、珌對言，故言上飾、下飾。《公劉》以鞞、琫對言，故傳言上下而不言飾，鞞非飾也，而琫在其上，則鞞爲下矣。古文簡質不達意，未嘗相矛盾也。孔氏申之，善達毛意，亦非彊爲之詞也。《釋名》「下末」之説，殆誤解《公劉》傳意耳，反據以規毛，可乎？又此詩《釋文》云：「鞞字，或作琕。」馮欲合鞞、琕爲一字，蓋據此也。然《説文》無琕字，《玉篇》則有之，則以爲即玭字，云蒲蠲、蒲賓二切，《書》作「蠙」。是琕與玭同，不與鞞同也。又案，杜注《左傳》以鞞爲上飾，鞛爲下飾，而《玉篇》同其誤，先儒已譏之矣。《小爾雅》宋咸注以珌爲上飾，琫爲下飾，《玉篇》《廣韻》亦以珌爲上飾，互有異同，俱不足信，當以此詩傳、疏爲正。

裳裳者華

觀《巧言》《何人斯》《巷伯》《角弓》諸詩，幽王之世，讒諂盈庭矣。勳賢之裔因此失其禄位，故有《裳裳者華》之刺焉。前三章，皆援古以規今也。勳賢之家，子孫相繼而榮顯，上之固有譽有慶，下之亦駟馬乘車，猶華之裳裳而光美焉，惟讒諂不行，故如此。今則不然，慶譽轉爲憂畏，乘駟降爲徒步矣。故末章盛稱先人之德「左」「宜」「右」「有」，子孫當世享其禄，不應見絶也。敘所云讒諂者，其號石父、暴辛公之流與？

「裳裳者華」，裳即常字，信矣。然董氏謂此華即常棣，則謬甚。詩云「芸其黄矣」，又云「或黄或白」，書傳並無言常棣華黄者。《集傳》既從毛訓裳裳爲堂堂，復引董氏語，何弗深考與？嚴《緝》訓裳裳爲如衣裳之襛厚，亦牽合而無理。且引《説文》訓《何彼襛矣》爲衣厚以自證，又甚不倫。衣厚自訓襛，不訓裳也。且衣、裳各有厚薄，何得偏爲厚哉？

《裳裳者華》之首章，與《蓼蕭》相似，語同而情異矣。彼爲躬逢，此爲追憶也。説詩所以貴論世，不可以詞害也。《集傳》以《蓼蕭》爲天子燕諸侯之詩，以《裳裳者華》爲天子美諸侯之詩，殆徒以其詞也夫。

傳云：「似，嗣也。」言先人有是才德，子孫宜嗣其禄位。以似爲嗣，《詩》之恆訓耳。《集傳》曰：「有之於内，是以形之於外者，無不似其所有。」夫「維其有之」，正承上「宜」與「有」耳，「左之」「右之」，可云在内乎？

且形之於外者，又何所指乎？

桑　扈

禮文法度，王者所以辨名定分，範圍一世，不可一日無也。故君臣上下守此勿失，則尊卑得安其位，親疏得遂其情，長幼得明其敘，家邦、鄉國、内外、大小皆得循其分而洽其歡，政令於是乎成，風俗於是乎美。中國以寧，四裔以服，天祐之，萬邦賴之，此非徒一人之樂，而天下之樂也。樂莫大焉，故曰樂胥。胥，皆也。毛云。不然，鶯然之桑扈，猶有文章之可觀，人反不如乎？三章之「戢」「難」，君上之有禮文者也。末章之「思柔」「匪敖」，臣下之有禮文者也。幽王之朝，動無禮文，則放恣驕僻，無所不爲，將何以示軌物，保福禄乎？孫毓述毛「樂胥」之旨，見孔疏。足稱閎義，然猶未醒，故聊爲衍暢其説。至鄭以「胥」爲「有才智之名」，迂矣。近以爲語詞，尤無義趣。

「萬福來求」，猶云「自求多福」，古人固多倒語也，嚴《緝》得之。《集傳》曰：「無事於求福，福反求之。」纖甚矣。

鴛　鴦

《鴛鴦》詩四章，以實義爲興，此又一興體也。交萬物有道，不僅在鴛鴦之「畢」「羅」，自奉養有節，不止於乘馬之「摧」「秣」。舉一以概其餘，故傳以爲興，而箋復廣其義。要之，祭魚獸而後田漁，齊三舉而恆日滅，亦僅以道其略耳。明王惠愛撙節之政，固未易更僕數矣。

「鴛鴦在梁，戢其左翼」，言以右翼掩之，舉其雄者而言耳。案，《爾雅》：「鳥翼右掩左，雄。左掩右，雌。」疏説本此。《集傳》引張子語曰：「禽鳥並棲，一正一倒。戢其左翼，以相依於内，舒其右翼，以防患於外，左不用而右便故也。」果爾，則《爾雅》之言妄矣。張豈得於目驗乎？然目驗之事，正難以釋古經也。

「乘馬在廄」，乘字毛無傳，王、徐繩證反，云四馬也。鄭訓如字，云王所乘之馬。疏申其意，以爲王所乘是天子之馬，而不常與粟，無事則摧，摧，芻也，有事則秣，秣，粟也，正見其節用。二説較論之，鄭義爲長。

頍弁

朱子《辯説》譏《頍弁》敘曰：「敘見詩言『死喪無日』，便謂孤危將亡。不知古人勸人燕樂多爲此言，如『逝者其耋』『他人是保』之類。且漢、魏樂府猶如此，如『少壯幾何』『人生幾何』是也。」斯言似矣，然執此語而欲斷《頍弁》爲燕樂，非刺時，終非確證也。案，《詩》中燕樂語，有即其實而道之者，「飲酒之飫」「飲此湑矣」「不醉無歸」是也。有願其然而言之者，此詩之「既見君子，庶幾説懌」「樂酒今夕，君子維宴」是也。美刺不嫌同詞，必論其世，方知其意，此所以不可無敘也。

毛以皮弁在首，興王者之在上，而鄭不以爲興。蓋天子燕同姓則服皮弁，故舉以發端。言王服是皮弁，維何爲乎？宜以燕也，而奚弗爲？鄭解優矣。夫皮弁，燕服也。酒肴，燕具也。兄弟，當與燕之人也。兄弟與王休戚相關，如蔦蘿之託於松柏，皆欲王之明，不欲王之暗，故未見則恐其危亡而憂，既見則冀其開悟而樂。其思與王燕飲而諫正之者，意在此爾。然則此章上六句，當各二句自爲偶，「豈伊異人」，特起下句，於上無所承也。《集傳》之釋此乃云：「有頍者弁，實維伊何乎？爾酒既旨，爾肴既嘉，則豈伊異人乎？乃兄弟，而匪他也。」玩其文勢，以「實維伊何」承頍弁，「豈伊異人」承酒肴，各增一「乎」字，使其句法相應，同呼起「兄弟匪他」，斯舛於義矣。服弁者，王也，有酒有肴者，又王也，何得歸之兄弟乎？又《集傳》本以此三章爲賦而比，輔廣、劉瑾改爲賦而興又比，因「伊何」與「豈伊」兩相應是興也。此未必朱意，然《集傳》二「乎」字，實貽之誤。

蔦與鳥，俱都了反，《説文》《玉篇》皆同。《正韻》泥了反，不知何義。今吴下土語尚存古音，而學子反失之。蔦，《廣雅》作樢。

《爾雅》以女蘿、兔絲爲一物，《頍弁》傳又以兔絲、松蘿爲一物。兔絲之别名又曰唐，曰蒙，曰王女，蓋一草而六名也。《艸木疏》辯松蘿非兔絲，後世《埤雅》《爾雅翼》《名物疏》諸書，率宗之而爲説，其言甚明矣。然草木多有異物而同名者，況古今異語，方俗殊稱，可勝詰乎？女蘿、松蘿之名，可施於兔絲，亦可施於别草，不必執此以概彼也。陸以目驗而疑之，過矣。李善注《古詩十九首》，於「兔絲附女蘿」既引陸《疏》之言，又謂古今方俗名草不同，斯語得之。

「實維何期」，箋云：「何期，猶伊何也。期，詞也。」故《釋文》期音基。朱《傳》從鄭解，而期無音反，殊爲疏忽。

車　舝

古者娶婦之家，三日不舉樂，朱《傳》以《車舝》爲燕樂其新昏，殆未講於斯禮乎？ 呂《記》遵傳，❶得之。

《左傳》叔孫昭子賦《車轄》，昭二十五年。以舝爲轄，意二字其通用乎？ 案，舝、轄並見《説文》，舝入舛部，云：「車軸耑鍵也。兩穿相背，从舛，𥄉省聲。𥄉，古文偰字。」轄入車部，云：「車聲也。从車害聲。」然則轄既爲車聲，又兼舝義，字亦作轄，見《節南山》箋。

今人以「閒關千里」爲涉歷長塗之稱，「閒關」字本此詩也。案，毛傳：「閒關，設舝也。」朱《傳》以爲「設舝聲」。聲之義，其取於轄乎？ 要之，車欲行必設舝，既行必有聲矣。宋董氏曰：「車鍵而行則有聲，故古人以閒關爲聲，又爲驅馳，本諸此。」斯語良然。

《車舝》首章，與三章詞旨略相同。「匪飢匪渴」，忘其飢渴也。「式飲」「式食」，忘其酒肴之不美也。惟好友可以燕喜，而今之燕喜不必好友也。惟有德之人可以歌舞，而今之歌舞不必有德也。皆設爲得季女而喜極之詞。

《示兒編》論「景行行止」云：「鄭箋以景行爲明行，晦菴以景行爲大路，博考經傳，景訓大，訓明，並無訓

---

❶「傳」，嘉慶本同。康熙抄本、大全本作「敍」，《四庫全書》本作「序」。

慕者。自明皇《孝經敘》有『景行先哲』之語，❶後人因之爲景慕之説。不知當以景訓明，行訓踐，謂明踐先聖之道也。」孫此語當矣。案，《孝經敘》疏亦訓景爲明，但謂法則此明行哲王，文義重複，又須補出法則之意，敘語未爲完善。疏之釋敘，必欲與詩義合耳，不如孫氏隨文解之，較明暢也。又案，《説文》「景，光也」，《玉篇》「景，光景也」，皆無慕意。《廣韻》云：「景，大也，明也，像也，光也，炤也。」像義與倣傚相近，或可轉爲慕。今之《廣韻》即《唐韻》也，《孝經》注成於天寶二年，孫愐《唐韻》成於天寶十年，二書之出同時，豈唐世景字有倣傚之訓耶？殆非也。源謂古人采用經文多歇後語，如「友于」「詒厥」之類皆是，《孝經敘》正暗用「行止」意耳。行止者，則而行之，箋云。謂則傚古先哲王也。又案，毛傳云：「景，大也。」疏申爲遠大之行，與箋小異而大同。

「以慰我心」，《韓詩》作「以愠我心」，云：「愠，恚也。」孔疏言，孫毓載毛傳作「慰，怨也」。王肅述毛，亦云：「新昏指褒姒，大夫不遇賢女，徒見褒姒讒巧嫉妬，故其心怨恨。」《釋文》毛傳亦作「慰，怨也」，而曰「本或作『慰，安』者，是馬融義。馬昭、張融論之詳矣」。案，今傳云：「慰，安也。」箋云：「慰除我心之憂。」疏云：「憂除則心安，非異於傳，肅言非傳旨。」合孔、陸之言觀之，可見馬融以前述毛者，皆主「慰，怨」。鄭爲馬弟子，始以「安」義申毛。然孫、王及《釋文》皆作「慰，怨」，是唐以前猶安、怨兩義並行也。奉敕爲《詩

❶ 「孝」，原作「考」，據康熙抄本、大全本、《四庫全書》本、嘉慶本改。

疏》，❶原以毛、鄭爲主，不得不伸鄭而詘王，由是安義獨行，而「慰，怨」之解後儒莫聞，聞亦莫信矣。源謂慰字《説文》本有兩訓，一曰安也，一曰恚怒也。恚怒與怨近矣。《凱風》傳慰訓安，此傳訓怨，字同而義異。毛自得之師傳，豈拘於一律乎？況怨義與《韓詩》愠義相合，安知毛傳《詩》時，經文不作「愠」乎？詩本因褒姒而思賢女，通篇極言賢女之可思，末仍以惡褒姒結之，篇法宜然，孫、王之説優矣。

青蠅

詩三章皆以蠅興讒人，初無兩體也。《集傳》分首章爲比，下二章爲興，劉瑾釋之謂：「首章青蠅對君子，下章以對讒人，故比、興不同。」案，斯乃晦菴創立之論，詩人之比興，元不如此。辯詳《總詁》。詩言君子無聽，則讒人之搆亂可知；言讒人罔極，則君子之不宜聽可知。興者，興其意乎？抑徒興其詞乎？

賓之初筵

此詩首二章毛以爲燕射，鄭以爲大射，後儒説《詩》者或從毛，或從鄭，或首章從鄭，次章從毛，此崔《集注》之説，吕《記》從之。皆考據禮文爲言。獨朱《傳》則在不毛不鄭之閒，雜取大射、燕射之禮，源不知其何所折衷也。其釋首章，有不可解者六焉。次章依鄭解以爲言祭，則此章是將祭而擇士，宜爲大射矣，而《集傳》所引

---

❶ 「奉」上，康熙抄本、大全本、《四庫全書》本有「孔」字。

多《燕射禮》，此不可解者一也。大射射皮侯，燕射射獸侯，《集傳》引天子熊侯、諸侯麋侯，大夫、士布侯，乃獸侯也，燕射之侯也，將射，繫左綱。又《鄉射禮》而燕射如之者也，遷樂之事，亦燕射之同於鄉射者也，則宜以此章爲燕射矣，然引《大射》「宿縣」之文，此不可解者二也。「樂人宿縣」，《大射》之文也，「厥明將射，遷樂於下」，《鄉射》之事也，既禮文各異，宜分別下語爲鄉射矣，乃仍蒙《大射》之文，不顧後人指摘乎？此不可解者三也。劉瑾以爲參約二禮之文。夫參約之者，必其文雖異，其義原不相妨，則可耳。大射之不改縣，孔疏論之甚明，乃彊益遷樂文於大射下，可乎？此不可解者四也。孔疏引《燕射》《鄉射禮》，所以申毛意也，引《大射禮》，所以申鄭意也。然諸侯大射，無改縣之事，故言天子宮縣階前，妨射位，須改縣以避之，諸侯與臣行禮略，不備軒縣，不足妨射，不須改。蓋敘以此詩爲刺幽王，則所言當爲天子之大射矣。朱《傳》既不遵敘，而以爲武公悔過詩，則此章乃諸侯之大射也。諸侯大射不改縣，禮文可考也，《集傳》顯與立異，又不自明其故，可乎？此不可解者五也。詩既爲悔過而非刺王，則所言皆諸侯禮矣。《集傳》之釋大侯，既歷陳天子、諸侯、大夫、士之異，復獨舉天子之侯，著其制度物色，而諸侯反不及焉。此不可解者六也。凡此六者，其能服先儒之心以塞後學之議乎？至其從《韓詩》而議小敘，《通議》辯之允當，茲不復贅。

「各奏爾能」以下，鄭所指祭末之禮有三。「各奏爾能」，子孫獻尸之禮也；「手仇」「入又」，賓長兄弟及佐食加爵之禮也；「酌彼康爵」，弟子舉觶之禮也。朱《傳》用獻尸、加爵二意，而「康爵」二語亦總於加爵中。

「賓載手仇」，鄭箋「仇」讀爲「𣂪」。案，𣂪从斗𡗜聲，把也。𡗜亦音拘，从䀠从大，目衺也。䀠，九遇切，左右視也，从兩目。今俗本𣂪字，左俱作奭。奭本召公名，又加一畫，誤矣。𣂪又作⿰𡗜阝。

「酌彼康爵，以奏爾時」，毛訓康爲安，鄭訓康爲虛，而毛義爲允。朱《傳》既從毛矣，又引或説，讀康爲抗，引《禮記・明堂位》「崇坫康圭」證之，以爲即坫上之爵，不知《禮》注謂爲高坫，亢所受圭，奠之於上也。是亢者，猶言舉耳，《禮》疏云：「亢，舉也。」非圭之名也。彼上有「崇坫」語，故義可通。若移以釋此詩，則將云酌彼舉爵，成何語乎？又鄭氏注《記》，讀康爲亢，乃破字也。同一破字，見於箋《詩》者，輒痛譏之，見於他注者，反遷就《詩》語以合之，誠不知何意。

「俾出童羖」，箋云：「羖羊之性，牝牡有角。」羖羊，黑羊也。吴羊白，夏羊黑。《爾雅》：「夏羊：牡，羭；牝，羖。」是黑羊牝者名羖。《説文》：「夏羊牡曰羖。」是黑羊牡者名羖。箋又以羖爲牝、牡之通名，三説各異。案，郭璞《爾雅》注謂夏羊爲黑羖䍾，音歷。又云今人便以牂、羖爲白、黑羊名。然則黑羊牝、牡皆名羖也。觀箋語可見漢世已然，不始於晉。又案，吴羊之牂，猶夏羊之羖也。《爾雅》云：「羊：牡，羒；音墳。牝，牂。」《苕之華》傳亦云：「牂，牝羊也。」而《説文》《玉篇》皆以牂爲牡羊，則吴羊之牝牡溷稱，信如郭所云矣。毛據漢初之稱釋牂，故與《爾雅》同。鄭據漢末之稱釋羖，故與《爾雅》異。

毛詩稽古編卷十六

吴江陳處士啓源著

魚藻之什變小雅

魚藻

「有頒其首」，傳云：「頒，大首貌。」《釋文》云：「頒，扶云反。」《説文》同。案，《説文》：「頒，大頭也。从頁分聲。」則此詩頒字，乃其本音本義。惟寡字从頒，頒訓分、賦。要之，訓分而讀布還切，自有「攽」字專之，他典特借用頒耳。徐氏《韻補》徑讀頒爲布還切，而不存舊音，疏矣。《玉篇》符云切，又音班。《廣韻》亦有二反。

采菽

首章之菽，牛俎之芼也。次章之芹，加豆之菹也。皆所以待諸侯之禮。以此爲興，乃興之不離正意者。「玄衮及黼」，玄衮惟上公方可服，黼則自公以下，至於毳冕之子男、絺冕之孤卿，皆得服之，故詩言及，則五等諸侯，皆在其中矣。東萊祖子由之説，以爲專指上公，不如箋、疏之義爲允。

「觱沸檻泉」，《爾雅》《説文》皆作「濫泉」，《詩》「檻」字乃借也。《説文》：「濫，从水監聲。」引此詩。徐云盧瞰切，《詩釋文》「檻」銜覽、下斬二反，從檻字本音。然則「檻泉」之檻，但借濫義，不借濫音也。《爾雅》「濫泉」，《釋文》無音反，邢疏云濫、檻音義同。兩字音本不同，不知邢欲從何讀。案，《玉篇》「濫」作「灠」，盧瞰切，云涌泉也。張揖《廣雅》「濫泉」之濫，與《詩釋文》檻字同音，殷敬順《列子》釋文，濫字亦咸上聲，是濫字二音俱通，邢殆欲從檻讀也。又案，《爾雅·釋水》有四泉，其三見《詩》。一濫泉正出，正出，涌出也。注引《公羊傳》昭五年。「直出」釋之，此詩濫泉是也。一沃泉縣出，縣出，下出也。注云從上溜下，《曹風》「冽彼下泉」是也。一氿泉穴出，穴出，仄出也。注云從旁出也，《大東》「有冽氿泉」是也。惟一見一否爲瀸，音纖。《詩》所未及。

柞字五見二《雅》，《釋文》皆子洛反，惟《采菽》「維柞之枝」有兩音，云子洛反，又音昨。《説文》用昨音，然當以子洛爲正矣。朱《傳》，《車舝》才洛反，《緜》篇子洛反，兩存其音。《韻會》止存昨音，未當。

「平平左右，亦是率從」，鄭以左右爲連屬之國，《集傳》以爲諸侯之臣。夫諸侯能辨治小國，使之循順，所以爲有功也。若朝於天子，其臣從之，乃其常事，何足稱美哉？又《左傳》晉魏絳引此詩以規悼公，襄十一年。亦取遠人服從之義。

優游之優，本從彳，丑亦切。此詩「優哉游哉」及《白駒》「慎爾優游」是也。今惟監本注疏作優，餘本俱作優矣。二字義亦相通。《玉篇》云：「優，優游也。」《廣韻》同。又云：「通作優。」案，《佩觿集》辯此二字，以優爲優游，優爲倡優，誠是矣。然《説文》無優字，其優字則訓饒，又訓倡，已兼二義。優游與饒意近，併優於優，亦可也。今世文典，不別用優字矣。又案，《説文》：「優，从人憂聲。」「憂，和之行也。从夊惪聲。」引《詩》「布政憂憂」。「惪，愁也。从心从頁。」徐鉉曰：「惪見於顔面，故從頁。」優游義亦近和，豈後世以憂代惪用，因加亻旁於憂以相別，繼又因優、優形溷，遂并優於優與？其《信南山》之「優渥」，《説文》引《詩》作「瀀」。

角弓

「騂騂角弓」，《釋文》云：「騂，《説文》作弲，火全反。」案，《説文》：「弲，角弓也。洛陽名弩曰弲。烏全反。」並不引此詩。又案，《説文》：「觲，用角低卬便也。從羊牛角。《詩》曰：『觲觲角弓。』息營切。」是騂自作觲，不作弲也。陸豈因《説文》名角弓爲弲而誤引與？不然，則唐本《説文》與今有異也。

孔疏謂角弓乃別是弓名，如今北狄所用，於古亦應有之。若弓人合六材以成弓，角僅居六材之一，不得以名弓。斯言當矣。《集傳》曰：「角弓，以角飾弓也。」恐非是。飾者以爲美觀，在既有弓之後耳。六材缺一則不成弓，角乃弓之體，何云飾耶？《爾雅》云：「以金者謂之銑，以蜃者謂之珧，以玉者謂之珪。」注云：「用金、蚌、玉飾弓兩頭，因取其類以爲名。」然則弓之飾當以是三者，不聞用角也。又案，《説文》：「弧，木弓也。弴，都昆切。畫弓也。弲，角弓也。」《爾雅》：「無緣者謂之弭。」郭以爲今之角弓，則角弓之別是弓名，信矣。但角弓見《詩》《雅》及《説文》，必古有此器。孔謂今北狄所用，豈唐世華人已不用乎？

「老馬反爲駒，不顧其後」，傳云：「已老矣，而孩童慢之。」箋義亦同，皆取侮老之意，言王侮慢老人，不念後日年老，人亦將侮己也。朱《傳》曰「讒人貪取爵位，而不知其不勝任」，於義亦通。案，杜少陵詩「老馬爲駒總不虛」，是自嘲其健啗，雖老年如少壯時，蓋亦有不量力之意焉。朱子之解，其因杜而引伸之與？然少陵用事，特斷章耳，若《詩》之正解，則箋、疏義長。呂《記》從古，甚當。

「如食宜饇，如酌孔取」，教王以敬老之道也。箋云：「食老者，宜令之飽。飲老者，當度其所勝多少。」鄭以此語釋《詩》，雖驚俗，然善悉老人之情態矣。老人氣衰，不能飢，亦不能多醉，曲體其情，斯爲敬也。爲人子者，尤不可不讀此箋。

猱，毛以爲猨屬，陸《疏》云獮猴也。《說文》作夒，云：「貪獸也。一曰母猴。」又云：「猴，夒也。」《廣雅》云：「猱、狙，親去切。獮猴也。」《史記》索隱、《漢書》注引之，意皆與陸同。《樂記》注亦釋獶爲獮猴。案，猨性靜，猴性躁，《樂記》「獶雜子女」，正言侏儒倡優戲弄之態，必不取喻於静者矣，以猱爲猴，當是也。猨、猴二獸形狀相類，故毛以爲猨屬。孔申傳云：「猱乃猨之輩屬，非即猨。」得之矣。《爾雅》郭注云猱亦獮猴之類，又云猱似獮猴而黄，則猱與猴別獸，與陸意異。《漢書》《相如傳》。顔注云：「猱，乃高反，又音柔，即今之所謂戎，亦作狨。皮可爲鞍褥者。唐世以狨皮爲鞍褥，貴賤通用，宋太宗始禁士庶不得乘狨毛煖坐，見葉夢得《石林燕語》，即此獸也。戎音柔，聲之轉耳，今狨音戎。非獮猴也。」案，狨色黄赤，故名金線狨，顔語正與郭注合。《埤雅》因其說，遂以猱、狨爲一獸，而與猴各釋，殆不然也。嚴《緝》云「猱即王孫」，此與元恪《疏》同，當以爲正。王孫，猴之別名也，亦名胡孫。漢王延壽有《王孫賦》，唐杜甫有《覓胡孫詩》，皆指獮猴。又案，猱字《樂記》作獶，《史記·相如傳》作蝚，當以《說文》夒字爲正。《說文》云：「從頁巳止夊，其手足。」鉉等曰：「巳、止皆象形。」

「雨雪瀌瀌，見晛曰消」，箋、疏以雪喻小人，日能消雪，喻王能誅小人，劉向《災異疏》引《詩》，亦同此義。蘇氏訓爲消釋親族之怨，因敘有「九族相怨」語也。然讒邪擯黜，則親睦自敦，怨恨之消釋，意足該之矣。吕《記》、嚴《緝》皆祖蘇説，不如《集傳》從古注之得也。

菀柳

古人釋經，不輕信其所疑，故《左傳》引《詩》「我之懷矣，自詒伊戚」，及「何以恤我，我其收之」，杜注皆以爲逸詩，而説《雄雉》《小明》《維天之命》三詩者，亦不用以爲證。蓋《詩》語多有相同，見存者尚然，既逸者可知矣。朱子據《戰國策》「上天甚神，無自瘵也」之語，欲改《菀柳》詩「甚蹈」爲「甚神」，恐非闕疑之道。「居以凶矜」，吕《記》、嚴《緝》皆解爲幽王所以自居，與「式居婁驕」之居同，而引《書》「惟厥攸居」語證之，以爲古人論治亂，每言夫居，見君心之所關重也。意甚美矣，然此詩本旨正未必然。鄭云：「王必罪我，居我於凶危之地。」意雖淺，而實得之。解古人語，正不必過求深也。

都人士

朱子《辯説》云「《都人士》敘蓋用《緇衣》之誤」，是不然。敘縱非子夏作，然其來古矣。《緇衣》，公孫尼子作也。尼子者，七十子之徒，與大毛公俱六國時人。毛公傳《詩敘》，尼子作《緇衣》，孰先孰後，未可定也，何知非《緇衣》用敘，而必爲敘用《緇衣》乎？古人文字互相仍襲者甚多，《易》《詩》《書》皆聖經，亦往往有之。敘所謂「古者長民衣服不貳，從容有常，以齊其民，則民德歸壹」，當是先正遺言，敘《詩》者與尼子各述所聞，著之於書耳。又敘意是舉古之節儉，駁今之奢淫，朱《傳》謂「亂離之後，不復見昔日之盛美，而歎惜之」，義稍異，若較論之，則敘義長也。觀詩篇所述，並非紛華綺靡之事。狐裘、充耳、垂帶、卷髮，皆平常之服飾也，臺笠緇撮，尤儉之至也。春秋之世，亂離更有加矣，冕弁、裘服、瓊玉、笄珈之儀容，載於《國風》及《左氏傳》者，尚燦然可觀，豈西京之世，反不得見乎？況舉古之節儉，以駁今之奢淫，方是立訓之意，所以爲經也。若如《集傳》之説，則直是蕭后之述煬帝，宮女之説玄宗耳，何關於世教，而夫子録之哉？

古之所謂有德者，必考其實，故稱人之美，往往與容、服、言、行爲言，四者俱有迹而可信也。《表記》曰：「君子恥服其服而無其容，恥有其容而無其詞，恥有其詞而無其德，恥有其德而無其行。」德藏於心，行見於事，故德必驗之於行也。《孝經》論先王之法，《孟子》論堯、桀之異，亦以服、言、行爲言。雖不及容，而服足兼之矣。《都人士》首章「狐裘黄黄」，服也；「其容不改」，容也；「出言有章」，言也；「行歸於周」，行也，與《表記》正相合。然容、服、言可飾於外，行不可矯於一時也，行尤重焉。《集傳》「行」讀如字，「周」訓鄗京，誤矣。稱人之美，顧略其所重乎？《左傳》襄十四年，君子引此詩，以證楚子囊之忠，杜注：「忠信爲周。」意正與毛合。毛云：「周，忠信也。」況以周爲忠信乃《詩》《書》之常訓，何足爲異，而必欲易之？

「彼都人士」，箋、疏以士爲庶民，嚴《緝》辯其誤，而謂士與女對舉，是貴賤之通稱，當矣。源謂士之稱，可通於貴賤，但此詩所謂士，大率主貴者言耳。民望之目，充耳、垂帶之飾，非士大夫不能當之。惟「臺笠緇撮」實爲賤服，然《郊特牲》言，蜡祭，諸侯使者「草笠而至」，注引此詩「臺笠」。貢於大羅氏，所以「尊野服」。諸侯使者，必士大夫。《玉藻》云：「始冠緇布冠，自諸侯下達，冠而敝之。」是未敝之時，貴賤皆緇布也。然則「臺笠緇撮」，一則因事而服之，一則初冠而服之，雖非貴者常服，要亦有時而服焉，何必定指爲庶民。況此詩中三章，皆士、女對舉。女稱君子，女則大家女也。女獨舉其貴，不應士偏指其賤。鄭以士爲民者，徒見敘「民德歸壹」之文耳。不知古人言民，亦通上、下稱之，不專指民也。且詩所述言行、服飾之美，正敘所云「衣服不貳，從容有常」者，即以五章皆指長民者言，何不可哉？

「綢直如髮」，傳云：「密直如髮也。」箋云：「其情性密緻，操行正直，如髮之本末無隆殺也。」蓋內密而外正，又始終不渝，見女德之盛耳。後儒貪取髮字立說，故求巧而反拙。朱《傳》訓爲髮之美，既於「如」字難通。嚴《緝》用《解頤新語》說，謂此女之髻密而且直，如其本髮，不用假髢以爲高髻，此亦未然。案，此篇除首章而外，下四章皆以女對士言，若從毛義，則二、三章皆言性行，四、五章皆言容飾。若從鄭說，則「綢直」咏其性行，「尹吉」稱其氏族，「卷髮」美其儀容，三章之意各有指，末章承「帶」「髮」二意而咏歎之，不與上三章一例也。朱《傳》反謂以四章、五章推之，當言髮之美，殊不知「尹吉」一章，閒於其中，何獨不倫耶？況四章、五章，士言「垂帶」，與女言「卷髮」同也，此章之士，何不亦言垂帶，而言「臺笠緇撮」耶？

「彼君子女，謂之尹吉」，毛訓尹爲正，孔疏申之，以爲正直而嘉善，蓋以性行言也。鄭以「謂之」二字，是指成事而言，故易傳，讀吉爲姞，其乙切。云：「尹氏、姞氏，周室昏姻之舊姓也。人見都人之家女，咸謂之尹氏、姞氏之女，言有禮法。」其說亦通。但尹是氏，姞是姓，兩家女子一稱其氏，一稱其姓，文義不倫。且古者稱婦人必稱其姓，未有獨舉其氏者。源意「尹吉」二字，是專有指目之稱。古者以姓稱婦人，必有所繫以別之。或繫姓於謚，莊姜、定姒之類是也。或繫姓於國，韓姞、秦姬之類是也。或繫姓於字，孟姜、季姬之類是也。或繫姓於氏，則有舉其父母家之氏者，狐姬、孔姞之類是也；有舉其夫家之氏者，夏姬、欒祁之類是也。周之盛時，必有姞姓之女，嫁於尹氏，而以賢著聞者，當時舉婦人之賢，輒云「尹姞」，故《詩》言「謂之」，明是本有是人而指目之詞，猶曰彼大家女子，有號爲某人者云爾。尹乃少皞氏之後，己姓，若並述兩姓之女，則當云己吉矣。

「謂之尹吉」，畢竟傳義爲長。二章「綢直」、三章「尹吉」，皆言性行之美也。士德之美詳於首章，女德之美詳於二、三章，美是人者，固宜詳於德矣。康成之易傳，祇因「謂之」二字未安耳。然尹正、吉善是美德，「謂之」云者，言人稱其美德如此，於文義何礙？況幽王時，尹爲大師，蹶惟趣馬，二氏正當盛時，其女子之都雅、嫻麗，豈必不如曩昔，而顧云不見哉？

「我心苑結」，苑本作蕰。《説文》云：「从艸温聲，於粉切。」引《左傳》「蕰利生孽」，昭十年。「積也，又滯也，詘也。俗作蘊」。此詩「苑結」及《禮運》「大積焉而不苑」皆作苑。《詩釋文》：「於粉反，徐音鬱，又於阮反。」《禮》釋文「於粉反」，《鄶・素冠》「蘊結」釋文亦「紆粉反」，當以此反爲正矣。

「匪伊垂之，帶則有餘。匪伊卷之，髮則有旟」，箋云：「帶於禮自當有餘，髮於禮自當有旟。」可見一衣帶之微，一笄總之末，皆有禮法存焉。而古王制禮之嚴，都人守禮之恪，俱隱然於言外。詩人思古之意如此，所以有關於人心世教也。蘇氏曰：「古之爲容者從其自然，而非彊之。」是惡知禮意，然猶有不致飾之義焉。朱《傳》曰：「自然閑美，不假修飾。」則直爲豔體之佳句矣。

敘云：「刺怨曠也。」蓋謂刺時之多怨曠耳。征役過時，王政之失，故復申言之云：「幽王之時，多怨曠者也。」則刺怨曠者，正刺幽王也。鄭氏不會敘意，釋之曰：「譏其不但憂思而已，欲從君子於外，非禮也。」此誤矣。韔弓、綸繩，特託爲此語，以形容其必至之情，豈真謂欲從行哉？況刺詩之作，必有關於王政之興衰，民風之美惡，故聖人録之，以爲後世永鑑。乃區區與里巷婦人較論得失，何陋也。朱子《辯説》謂此詩怨曠者自作，非人刺之，駮敘與遵敘異，而誤解敘意則同。又謂非有刺於上，則害義尤甚。征役頻興，室家睽隔，民生愁困，誰實使然？上之失道，不言可知矣。猶云非刺，則是君之於民，竟可秦越視也，而元后父母，不反爲妄語乎？

藍，箋云「染艸也」。案，其種有五，菘藍堪染青，蓼藍堪染碧，惟馬藍可作澱，三者華實相同而葉稍異。蓼藍葉如蓼，菘藍葉如白菘，馬藍葉如苦蕒。蓼藍歲可三刈，故《月令》仲夏有禁。馬藍見《爾雅》，郭氏謂之大葉冬藍。《小雅》「采藍」，不知何藍也。又有吴藍、木藍，與諸藍不同，而皆堪作澱。

「五日爲期，六日不詹」，傳云：「婦人五日一御。」疏申其意，以爲舉近以見遠，五日爲御之期，至六日而不至，猶以爲恨，況日月長遠乎？此解優矣。鄭以五日一御是諸侯之制，庶人無此禮，故改訓爲五月之日、六月之日，殊不知作詩者借禮爲言端耳，豈實指采藍婦乎？朱《傳》曰：「五日爲期，去時之約也。」遠行而約以五日歸，恐未必然。

傳云：「詹，至也。」《爾雅·釋詁》同。案，詹訓多言「至」，乃借也，然義出《雅》傳，亦云古矣，不誤也。朱《傳》曰「詹與瞻同」，吾未敢信。瞻借詹，雖《史記》有之，《周本紀》。然「至」義自通，不必改訓。況《詩》中瞻字甚多，何《采藍》《閟宫》二篇，獨去偏旁哉？

韔弓、綸繩，簝、疏以爲婦人因夫不歸，悔當時不與之俱往。此必無之事，而或有之情也，作詩者探其情而言之耳。後儒以妨於義，改訓爲追想君子在家之事，説可通而趣味較短。

黍　苗

周家十臣，惟太公之後有桓公，召公之後有穆公，皆克紹先烈。周公雖元勳，其子孫不及也。然穆公之乃心王室，忠貞勞勩，尤非桓公所得比。驟諫厲王，又脱宣王於難，而以子代之。及王立，復爲之平淮夷，城謝邑，上能宣布王德，下能慰安衆心。穆公先朝舊臣，年高望重，盡悴事國，不敢告勞，真無忝厥祖矣。故當時既咏其事，而奕世之後，猶歌思不忘，有《黍苗》之篇也。皇父作都於向，萊民之田，徹民之屋，雖由幽王之闇，然使得大臣如穆公者董其役，則任車牛必有其制，告成歸處必有其期，何至大爲民患哉？此《黍苗》篇不徒刺王，又刺其大臣也。敘云：「王不能膏潤天下，卿士不能行召伯之職。」詩旨良然。

「我任我輦，我車我牛」，毛、鄭分爲四事，云：「有負任者，有輓輦者，有將車者，有牽傍去聲。牛者。」駕車之牛在轅中，此將車者事也，所謂「我車」也。其在轅外者，須人在前牽之，在旁傍之，所謂「我牛」也。《集傳》易「我牛」之訓曰「牛所以駕大車也」，豈以「我車」爲駕馬乎？案，鄭氏牽傍之説，本於《周禮·牛人》及

《罪隸》之文，《詩》疏引之，有明徵矣，焉用更新乎？

「原隰既平」，疏言「五土有十等，獨原、隰最利於人」。案，《爾雅》有十土，其可食者三。隰也，下濕。平也，大野。原也，廣平。陸也，高。阜也，大陸。陵也，大阜。阿也，大陵。七者非沮洳萊沛，即險陗墝埆，非樹藝之地。原也，可食者。阪也，陂者。隰也，下者。三者高下不同，皆可種而食。原、隰之名凡再見，而可食、不可食異焉。《公羊傳》何休注云：「原宜粟，隰宜麥。」此可食者也。孔謂「原、隰最利於人」，亦指斯土。

原、隰、阪皆可食，而原、隰尤利人，先王疆理所獨詳也，故《周禮·夏官》之屬設邍古原字，从辵从备从录，自《爾雅》變爲原，而「原泉」字加水旁爲源。師以辨其名，而詩人咏之尤多。然《爾雅》有兩原隰，其一可食，其一不可食，並見於《詩》，異實而同名，不可不辨也。案，《詩》有兼言原隰者，曰「于彼原隰」，曰「原隰裒矣」，曰「畇畇原隰」，曰「原隰既平」，曰「度其隰原」。有獨言原者，曰「鶺鴒在原」，曰「至于太原」，曰「瞻彼中原」，曰「中原有菽」，曰「周原膴膴」，曰「度其鮮原」，曰「于胥斯原」，曰「復降在原」，曰「瞻彼溥原」。有獨言隰者，曰「隰有苓」，曰「隰則有泮」，曰「隰有荷華」「隰有游龍」，曰「隰有榆」「隰有杻」「隰有栗」，又曰「隰有栗」「隰有楊」，曰「隰有六駮」「隰有樹檖」，曰「隰有杞桋」，曰「徂隰徂畛」，曰「隰有萇楚」「隰桑有阿」者各三。今以《爾雅》兩原隰合而論之，曾孫之所田、召伯之所平、公劉之所度，其爲可食之原隰無疑。至《皇華》喻使臣，《常棣》喻兄弟，則用以託興，不過廣平下濕之通名也。《小宛》之中原有菽可采，《緜》詩之周原「堇荼如飴」，《文王》之遷程，《公劉》之遷豳，將欲建國立都，墾田蓺穀，其所營度相視，必非墝瘠之場。《邶》《唐》《秦》三風及《小雅》二詩，各著隰之所産榆、杻、楊、駮及赤楝，山厄切，即桋，中爲車輞。俱材木也。桑可飼蠶，大苦、苓。枸檵杞。

可入藥，樣、栗有實可啗，亦嘉植也。而《載芟》之「隰畛」，則千耦聚而耘焉。此六原十三隰，定是可食之土。至於《常棣》之「原」，禽鳥所集；《六月》之「原」，戎馬所馳；《吉日》之「原」，射獵所向，必非稼穡之地。《衛》隰以有泮，鄭讀爲畔。稱中，必瀦中。《鄭》之「荷華」「游龍」，水草也，《鄶》之「羊桃」，即萇楚。蔓草也，而隰生焉，則亦沮洳澤障而已。

隰　桑

《隰桑》之思君子，猶《邱中有麻》之思留子也。留子隱居，而能廣農桑之利，君子在野，而能著庇蔭之功，周尚多賢矣，惜幽、莊兩王皆棄而不用也，此西周之所以東，而東周之不復西也。雖然，《隰桑》詩音節略與《風雨》同，使編入《國風》，朱子定以爲淫詞矣。

《詩》中「遐」字，《集傳》多訓爲何，宗《表記》鄭注也。《表記》引《隰桑》「遐不謂矣」，「遐」作「瑕」，鄭曰：「瑕之言胡。謂，猶告也。」此解明順，故朱子用以釋此詩，併及他詩遐、瑕二字。然鄭先注《記》，後箋《詩》，箋《詩》時往往改其前説，所見必有進，不應徒執其舊解也。呂《記》釋此以爲欲進忠告於君子，此又用《左傳》杜注也。《左傳》鄭伯享趙孟，子產賦《隰桑》，趙孟曰：「武請受其卒章。」襄二十八年。杜注云：「武欲子產之見規誨。」東萊之説本於此矣。然玩詩語及鄭箋，並無規誨意。惟箋末引《論語》「愛之能勿勞乎？忠焉能勿誨乎」二語，疏申其意謂：「彼以中心善之，不能無誨。此則中心善之，心不能忘。其義略同，故引以爲驗。」杜見「忠誨」與「謂」相近，故有規誨之説，不知鄭本訓「謂」爲「勤」，決不以「誨」證「謂」也。元凱雖《左》

癖，而疏於《詩》矣。鄭引《論語》，既貽誤於杜，杜注《左傳》，又貽誤於呂，千餘年未有能辯其故者。源又謂孔疏申箋，亦未得箋意也。鄭訓「謂」爲「勤」，勤與勞同義。《釋詁》勞、謂皆訓勤。《論語》言愛之，則必勞來之，孔安國《論語》注：「人有所愛，必欲勞來之。」鄭應用孔説。《詩》言愛之，則必勤恩之，語意相符，故鄭引之以證不謂，非證不忘也。意在愛勞，不在忠誨也。

「中心藏之」，鄭玄、王肅皆謂訓藏爲善。鄭説見箋，王説見《表記》疏。然《詩釋文》云：「藏，王才郎反。」則肅不訓善，與《禮》疏異意。《詩釋文》所謂王，或非肅乎？蓋古者止有臧字，後人始加艸，故《漢書》「藏」皆作「臧」。當時《詩》字必作臧，故訓爲善也。然臧字本兼藏義，亦可訓匿。觀《孝經》引此詩，注云「愛君之念，恆藏心中」，晉孫秀舉此詩以荅潘岳，亦作藏匿解可知。故《表記》皇氏疏，亦訓包藏。

白華

敘以此詩爲周人作，正如《小弁》詩是大子傅作耳。朱《傳》指爲申后自作，不知何據。後世《長門賦》《明君詞》皆出文人手，何嘗自作乎？

「滮池北流」，傳云「滮，流貌」，箋云「酆、鄗之閒水北流」，《説文》作淲，云「水流貌」，皆不以滮池爲水名。《水經注》云：「滮池水出鄗池西，而北流入於鄗。」則實有滮池之水矣。案，酆在西，鄗在東，滮池在鄗西，正酆、鄗之閒也。後人因箋語，遂取水之在酆、鄗閒而北流者，名之以滮池云爾。凡後世地名與經語合者，率皆此類。《水經注》又云：「《毛詩》曰：『滮，流貌。』而世傳以爲水名。」蓋亦同鄙意。

鶖似鶴而清濁不同，所謂秃鶖也，亦名扶老，善與人鬭。脯脩食之，益人氣力，走及奔馬。近世《本草綱目》據景焕《閒談》及環氏《吴紀》，謂海鳥爰居即此禽，誤矣。秃鶖咏於《詩》，又人所常見，臧文仲聞人也，何至不識而祀之乎？

鴛鴦戢翼，取陰陽相下義，義本《爾雅》，又與《易》「男下女」意相合，此箋、疏之解，信而有徵者也。朱子宗横渠之説，以不失其常釋之。

緜蠻

《辯説》譏《緜蠻》敘，近世郝仲輿敬。駁其誤，至詳確矣。説具《通義》。又謂《集傳》釋此詩皆爲鳥言，不成文義，尤爲篤論。案，《詩》之託爲鳥言者，必如《鴟鴞》篇則可，彼云「徹土」，云「捋荼」，云「予羽」，云「予尾」，以爲鳥自謂，宜也。此詩之教誨、車載，豈鳥所望於人哉？

毛傳云：「緜蠻，小鳥貌。」《韓詩》薛君章句云：「緜蠻，文貌。」語雖小異，其爲貌而非聲則同。朱《傳》以爲鳥聲，本於劉執中彝。殆臆説也。案，黄鳥、倉庚，一禽也，其見於《詩》，曰「睍睆」，曰「熠燿」，目其色也。曰「交交」，曰「緜蠻」，指其形也。其以聲音著者，惟《葛覃》《出車》兩詩，俱曰「喈喈」耳。《七月》云「有鳴」，不云如何鳴也。《凱風》云「好音」，不知如何好也。意「喈喈」而外，更無可儗似矣。

未事而教之，事至而誨之，鄭因經「教」「誨」異文，故爲此分釋耳。其實「教」「誨」一義也。敘云：「飲食教載。」則言教而誨在其中矣。

瓠葉

《瓠葉》敘言「幽王棄禮，雖有牲牢饔餼而不肯用」。華谷非之，以爲觀《賓之初筵》，幽王乃宴飲之過，故此詩極陳簡儉之意，似矣。然《頍弁》詩言王有旨酒、嘉肴，不以宴其親族，則與此敘意正相合也。況《賓之初筵》刺其沈湎淫泆，非刺其奢也。蓋幽王所與宴飲皆匪人，狎客耳，至於嘉賓懿戚，固其所疏而不欲近也。其宴飲之時，惟有「載號載呶」「亂我籩豆」而已。至於一獻百拜之儀，又其所畏而不欲行也。《賓筵》詩刺其越禮，《瓠葉》詩刺其廢禮，惟越禮則廢禮愈甚。牲牢饔餼，所以行禮也，宜其不肯用矣，敘之言詎爲過乎？

瓠、壺同類而微别，瓠形長，壺體圜也。《豳風》「斷壺」，落其實也。《小雅》「瓠葉」，烹其葉也。一爲農夫之食，一爲庶人之菜，其用等耳。孔疏引《七月》以證瓠葉云：「彼雖壺體，與此爲類，明亦農夫之菜。」

《瓠葉》篇言庶人飲酒事耳，然可以觀禮焉。爲酒本以燕賓，先與父兄室人酌而嘗之，親親也。用瓠葅，儉也。賓至加以兔羞，備獻酢醻之儀物，儉而禮重也，敬賓也。箋謂「禮不下庶人，庶人依士禮立賓主爲酌名」。夫飲酒所以行禮，庶人能行酒禮，故稱君子。彼醉而伐德者，小人而已矣。案，古者教民，必以德行道藝，故庶人皆知禮，有士行，《詩》所言，乃紀其實也。成周風俗之美，於此可見。

漸漸之石

《漸漸之石》敘云：「戎狄叛之，荆舒不至，乃命將帥東征。」《苕之華》敘云：「幽王之時，西戎、東夷交侵中國，師旅並起，因之以饑饉。」《何草不黄》敘云：「四夷交侵，中國背叛，用兵不息。」三敘所言乃一時之事，而不見於史，此可補其闕矣。春秋之世，處處皆有戎狄，滅衛，伐邢，病燕，《公羊傳》謂「中國不絶若綫」，僖四年。賴齊、晉之霸，稍攘除之。幽王時，正其蠢動之初與？然周之一代，實與戎狄相終始。自古公避狄以來，王季伐西落鬼戎，又伐余無之戎、始呼之戎、翳徒之戎。文王伐翟，伐昆夷，伐獫狁，成王再伐淮夷。穆王伐犬戎，伐徐戎。懿王之世，西戎侵鄗，翟人侵岐，又敗於犬戎。孝王伐西戎，夷王伐大原之戎。至厲王之末，而獫狁、蠻荆、徐戎、淮夷皆叛。宣王中興，四出征伐，僅克厎定，然其末年，竟有千畝之敗，繼以幽王之昏暗，逮驪山禍作，而周轍遂東矣。蓋三代以前，戎狄錯處中華，故爲患最劇。孔安國《書》傳云：「秦始皇逐出之。」孔去秦未百年，傳聞應不謬。王肅謂「自紂時，戎夷始錯處中國」，則未必然。案《禹貢》，淮夷、嵎夷、萊夷、島夷、西戎之類，皆在九州境内。后稷子不窋，竄徙戎翟，即豳地也。此皆虞、夏之世，中華之有戎狄，其來遠矣。大抵開闢以來，風氣古樸，深山險水，王者聲靈未能徧及，戎狄嘯處其閒，如今楚粤箐峒中有蠻獠耳。乘諸夏之式微，時出爲寇，王者興則討平之，如《采薇》《出車》及宣王諸詩所咏是也，無王者則狼噬豕突，無所顧忌，中國坐受其敝，而《漸漸之石》《苕之華》《何草不黄》之詩作矣。又案，周、秦皆興於雍，其被戎患亦略同。秦犬邱、大雒之族没於西戎，秦仲復爲戎所殺，子莊公破戎，孫世父伐戎被獲，襄公復伐之。自周轍東，而雍之戎患，秦獨當之矣。三詩敘所指，其周、秦興滅之關紐乎？然同一戎也，周以之興，亦以之亡。而秦復以之興，興亡之故，不在戎已。

《漸漸之石》三章，毛傳本不言興，鄭、王、孫三家述毛，皆以興釋之，將戎狄、荆舒分配詩詞，説各不同，鄭以上二章上二句爲戎狄叛，上二章次二句、卒章上四句爲荆舒不至，每章下二句爲東征。王、孫以每章上四句爲戎狄叛，下二句爲荆舒不至，東征總六句而言。多支離穿鑿，俱非毛旨。況經止言東征，敘本用兵之由，故並舉戎狄與荆舒耳。必欲分裂經文，配此二役，不太牽合乎？詩止言道塗之險艱，跋涉之勞苦，直是賦體，非興也，宋諸儒之説得之。

「有豕白蹢，烝涉波矣」，毛傳云：「將久雨，則豕進涉水波。」蓋以此爲將雨之兆也。横渠以此爲久雨之驗，而以離畢爲再雨之徵，謂豕性負塗，雖有白蹢而不見，因久雨多潦，濯其塗而見白，是雨止未久也，乃月離于畢，雨徵又見，此苦雨之甚也。嚴《緝》推論之甚明暢，是張意本與毛殊。朱《傳》以「豕」「月」爲將雨之驗，既從毛矣，復載張語，而不辨其異同，不已疏乎？又張説太巧，不若毛之平。豕雖負塗，然謂潦水濯之方見白蹢，則穿鑿之見也。

顧英白云：「月入畢中則多雨，舊以陰陽爲説，非也。天街在畢之陰，七政中道也，焉得謂離其陰則水乎？畢宿在天街之陽，月入之即雨，焉得謂由其陽則旱乎？余驗之皆然。有若之不知，《家語》。則未敢信也。」又嘗謂：「余言月之離畢，未有不在其陰者，但必相傳著方雨，遠之則否矣。」此英白得之目驗，然則離陰離陽，必非孔子之言，乃後儒妄託也。《史記》列傳載有若事，獨删去此語，子長世掌天官，當知其誤耳。

「月離于畢」，《大全》録朱子之言曰：「畢是漉魚底漉音鹿，滲也。叉罔，漉魚則其水淋漓而下，若雨然。畢，星名，義取此。今畢星上有一柄，下開兩叉，形亦類畢，故月入之即雨。」噫，此決非朱子語，記之者妄耳。畢之爲器有二，見《小雅》《月令》《國語》諸書，而毛氏以爲所以掩兔者，此田獵之畢也。見《特牲饋食禮》，而鄭氏以爲助載鼎實者，此祭器之畢也。並不云用以取魚，且叉罔之名甚不典，其似畢，不見書史。朱子居閩，豈言其土俗乎？宋季閩粵捕魚之器，何可以證古經？其誤一也。畢星好雨，自是陰陽之氣相爲感召，《洪範》鄭注謂：「雨，木也，爲金妃。畢乃西宫之宿，從其妃之所好。」理或有然。乃謂叉罔水下淋漓若雨，故天星象之，豈未有叉罔時天上無畢宿耶？即有之，而不好雨耶？其誤二也。先王制器尚象，仰觀俯察，畢器本象星以爲形，亦因星而得名，孫毓之《詩評》、郭璞之《爾雅》注其説皆然，不可易也。孫炎謂以罔名畢，郭璞謂以畢名罔，孔疏是郭。今反謂畢星名義取諸魚罔，其誤三也。三誤本易知，但後世學者見其説出於朱子，遂不敢置疑，故辯之如此。

苕之華

《詩》有苕之華，《爾雅》有陵苕，《神農本經》中品有紫葳，郭景純見《本草》紫葳亦名陵苕，故援以注《爾雅》，而毛傳以苕華爲陵苕，名又相合，故孔疏又援《爾雅》以釋《詩》，三書所云當爲一草，無疑矣。其貌狀則《爾雅》有黄華、白華之釋，鄭箋有紫赤而蕃之稱，陸《疏》有似王芻而華赤葉青之説。其别名曰蔈、曰茇，見《爾雅》，茇華、陵苕、瞿陵，見《本草》，鼠尾，見陸《疏》。其以爲瞿麥者，則張揖與陶隱居之誤也。顯慶中蘇恭修《唐本草》，始以紫葳爲陵霄，後之注《本草》者，率沿其説，然未有用以釋《詩》之苕華者，而朱《傳》始用之。今驗之，有不相類者三焉。孔疏通《爾雅》及鄭箋、陸《疏》之説，謂苕華有黄紫、白紫，今陵霄華面赤背黄，無紫、白色者，不類一也。陸《疏》言陵苕可染皁，沐髮即黑，《本草》經所言亦同，今陵霄華葉俱無染皁之用，不類二也。陸《疏》言苕華好生下濕，《本草》經亦言生下濕水中，故《陳風》「旨苕」生於邛邱，則陸《疏》别釋爲苕饒，今陵霄偏生於燥土，不類三也。二物色性皆殊，明是别草矣。又陶氏《别録》注引《博物記》云：「郝晦行太行山北，得紫葳草。」必當奇異。今陵霄乃凡卉耳，何足爲奇異哉？案，箋、疏言苕華紫赤，則芸黄爲衰落之色。若陵霄色黄，則芸黄乃言其盛，不可喻時之衰也。故朱《傳》别取附物而生，雖榮不久爲説。夫華之榮謝各有常候，非因特生而久、附物而速也。況詩人身當危亂，則已集於枯，何榮之有？而僅云不久乎，取喻殊失實矣。物名未覈，則經意亦殺，學《詩》所以重多識。

蘇頌《圖經》疑陵蒔爲鼠尾草，因苕華陸《疏》有鼠尾之名也。案，鼠尾亦名陵翹，亦名烏草，即《爾雅》之葝鼠尾也。郭注言其可以染皁，《别録》言其生平澤中，《蜀圖經》言下濕地有之，而陶隱居、陳藏器亦言其可染皁，此與陸《疏》之説苕華俱相合，而鼠尾名又同，當是也。惟韓保昇言有赤、白二種爲稍異，然較之陵霄，猶爲近之。

「牂羊墳首」，言無是道也。「三星在罶」，言不可久也。「人可以食，鮮可以飽」，治日少而亂日多也。傳語明白簡當矣，後儒之説，徒紛紛耳。

心之爲明堂，猶房之爲天駟，營室之爲天廟，取象於人事，爲星之别名耳。董氏逌曰：「心出在明堂者，正也，至將没而望於魚笱中，其能久乎？」語見吕《記》。❶ 此謬矣。心即明堂，又出在明堂乎？且天星晝夜

❶「記」，原作「語」，嘉慶本同，據康熙抄本、大全本、《四庫全書》本改。

一周，其行疾速，罶微小，所容無幾，不能久留星光，故云不久，豈必謂將没時乎？

何艸不黄

「何艸不玄」，箋云：「玄，赤黑色。草芽蘖者將生必玄。」蓋謂明年之春猶未歸也。劉彝直以爲黑腐之色，與鄭異。朱《傳》云「既黄而玄」，則從劉也。然草之朽腐黑而已，豈復兼赤乎？案，玄與黑不同，《周禮・鍾氏》注以爲緅緇之閒是也。燕名玄鳥，正以其羽色。夏以建寅之月爲正，故尚玄亦取草木牙蘖之色。以草玄爲初春，鄭説信而有徵矣。

毛詩稽古編卷十七

吴江陳處士啓源著

大雅

文王之什上正大雅

文王

「文王受命作周」，歐陽據敘語以駁鄭氏稱王之説，謂敘言受命作周，不言受命稱王也，信矣。但《詩》《書》言文王受命，皆言受天命也。天命之，豈僅命爲諸侯乎？緯書「赤雀」「丹書」之語雖不可信，然改元布號，諒應有之，必非仍守侯服也。即以此詩觀之，於文王則曰「其命維新」，於殷則曰「天命靡常」，明謂天以命殷者，改命文王矣。雖不顯言稱王，而其實已不可掩也。向讀《武成》書已有辯，今因歐陽語復論之。

文王受命之年，先儒論之各異。以爲受命九年而崩者，孔安國、劉歆、班固、賈逵、馬融、王肅、韋昭、皇甫謐之説也。以爲受命七年而崩者，伏生、司馬遷之説也。案，《武成》「誕膺天命，九年」，《逸周書·文傳解》「文王受命之九年，召太子發」，以是證之，則九年之説信矣。康成不見古文《尚書》，又不信逸《書》，故以七年爲斷。

孔疏謂文王受命之五年，勞還帥，勞訖被囚，其年得釋，即以歲莫伐者，六年始稱王，此言非也。受命改元，縱未稱王，其形已露，況三分有二，儼然勁敵，紂豈得囚之？既囚，豈得復釋？揆之情事，當不爾矣。又《左傳》襄三十一年。衛北宮文子云：「紂囚文王七年，諸侯皆從之囚。紂於是懼而歸之。」斯語定不謬，孔謂其年得釋，與七年之期互異，尤未可信也。至六年稱王，本於康成《乾鑿度》注，原屬臆説，史遷《周本紀》、皇甫謐《世紀》，皆言受命元年即稱王矣。

《文王》篇言文王受命作周，故首章即言受命之事。首二句言未受命之先，德已著見於天。末二句言既受命之後，事天治人，皆能奉若天道。中四句正言受命之事，而仍以德之顯、命之時相配而言。蓋作周之本，在於受天之命，受命之本，在於與天合德，《詩》美文王，德乃第一義矣。《集傳》以首二句爲文王既没，而其神在上，昭明于天，以末二句爲其神在天，升降于帝之左右，是以子孫蒙其福澤而有天下。舍人而徵鬼，義短矣。案，吕《記》引朱子初説，本與古注合，後忽易之，不知何見。

亹亹字見於《易》《詩》《禮記》《爾雅》。《爾雅》云：「亹亹，勉也。」《易》疏、《繫詞》。《詩》傳、《文王》。《記》注《禮器》。皆用此解，則勉義非無徵矣。宋徐鉉以《説文》無亹字，欲改「亹亹文王」亹字从女从尾，董逌從而和之，又引崔《集注》作「娓娓文王」爲據，皆謬説也。經典字不載《説文》者多矣，可勝改字？崔《集注》宋世已無其書，不知董氏何由見也。宋庠《國語補音》謂「經典相傳皆作亹字，改之驚俗」，當矣。董又引《説文》云「娓，勉也」。案，今《説文》云：「娓，順也。」並無勉訓。又娓字許慎本讀若媚，其無匪切，乃徐音也。

「陳錫哉周」，朱《傳》解爲上帝敷錫於周，非也。「陳錫」謂文王能敷施恩惠，豈指上帝乎？《左傳》兩引此詩，皆釋之曰能施，《國語》一引此詩，即承之曰布利，皆與毛、鄭合矣。「哉」字毛訓載，鄭訓始。其訓爲語詞者，李氏之謬也。《集傳》用其説，而復代以「于」字，「哉」與「于」本不相倫，可通用乎？至載、始兩訓，毛、鄭雖殊，然載亦可訓始，其曰「載行周道」，王肅述毛意耳。《左傳》《國語》引此皆作載。《左傳》羊舌職云：「文王所以造周，不是過也。」宣十五年。「造周」正是始義。《國語》芮良夫云：「載周以至於今。」「載周」與「至今」，首尾之詞也，與造周同義。韋昭注云：「載成周道。」「載成」者，始成之也。惟杜預《左傳》注曰：「載行周道。」預事晉武帝，肅實帝之外王父，宜乎襲用其語矣。

「本支百世」「不顯亦世」，言君世爲君，臣亦世爲臣也，所世皆顯德之士，不在譏世卿之例矣。又春秋時周、召、毛、凡、蘇、蔡諸族，皆周初公卿後，宣十年《左傳》疏云：「鄭《駁異義》引《尚書》『世選爾勞』，又引《詩》刺幽王絶功臣之世。然則興滅繼絶，王者之常，譏世卿之文，於義何居？」此篤論也。可見世卿自是先王舊典，不始於東周也。譏世卿乃公羊子之説，非《春秋》本旨。

「思皇多士」，「皇」訓「美」者，呂《記》引顏氏之説也。毛云：「皇，天也。」「於緝熙敬止」，「緝」訓「續」、「熙」訓「廣」者，歐陽氏之説也。毛云：「緝熙，光明也。」「假哉天命」，「假」訓「大」者，蘇氏之説也。毛云：「假，固也。」此説之異於先儒而有理者也。

「有商孫子」，臣有商之子孫也，言天命之如此，二語意本協，此箋義也。今云「即有商之孫子」，觀之既不接上義，下語又複出矣。

「殷士膚敏，祼將于京」，毛云：「殷士，殷侯也。」疏謂即前商之孫子，當矣。士者，男子之通稱，五等諸侯及公卿大夫皆可得此名，此文「凡周之士」「思皇多士」「濟濟多士」即其明證。《集傳》曰：「諸侯之大夫入天子之國曰某士。則殷士者，商子孫之臣屬。」其説本《漢書》師古注。朱子自言最愛顔説，玆其一與？然釋「士」字，何其拘也。二王之後來助祭，有《振鷺》之詩，微子來見祖廟，有《有客》之詩，二頌所美，何嘗指其臣屬耶？且前章云「商之孫子」「侯于周服」，此服「黼冔」，而「祼將」正侯服之事，如何以臣屬當之。

「王之藎臣」，傳云：「藎，進也。」箋云：「王之進用臣，當女祖爲之法。」❶夫「多士」「周楨」，❷文王進臣之事也，詩之文義前後相應，古注允矣。今解爲忠藎之臣，恐大迂。藎本染草之名，詩人以其音同，故借爲進義，毛公得於師授，當不誤也。由進而復轉爲忠，不已遠乎？今忠藎二字習爲常語，忘其本訓。

「永言配命」，《集傳》曰：「命，天理也。」天理即德耳，言修復，言配，不既複乎？源謂此篇凡八言「命」，當通爲一義，正詩敘「受命作周」之「命」也。「其命維新」「帝命不時」「假哉天命」「上帝既命」，言命之歸於周也。一言「靡常」，兩言「不易」，言命之所以去商而歸周也。文王與天合德，故能受之。成王能述修文王之德，則亦能配之。配命者，謂配合上帝眷命之意。配命之實，不外聿修，配命之效，自致多福，四語意相連貫。毛、鄭但云配天命而行，不云何者爲命，正以此詩屢言命，其義本同，不須復解也。

---

❶「當」下，康熙抄本、大全本、《四庫全書》本有「念」字。

❷「周」上，原重「士」字，嘉慶本同，據康熙抄本、大全本、《四庫全書》本删。

聿、遹皆訓述，毛義也，亦《雅》義也。見《釋言》。德即爾祖之德，故云述而修之，句義又相接成矣。今以爲發語詞，未知何本。

「駿命不易」，《釋文》云：「易，毛以豉反，言甚難也。鄭音亦，言不可改易也。」然此詩毛不爲傳，孔疏述毛，則仍用鄭説「甚難」之解，其出於王肅、孫毓與？案，《大學》引此詩，鄭注云：「天之大命，持之誠不易也。」彼釋文云：「易，以豉反，注同。」則康成初説，原以爲「難易」之易，箋《詩》時改之耳。

「宣昭義問」，毛訓義爲善，鄭訓爲禮義之義。《釋文》云：「義，毛音儀，鄭如字。」蓋音隨訓異也。朱《傳》則訓從毛，音從鄭。

天無聲臭，難可倣傚，欲順之者，當法文王，此正見文王德合於天也，與首章義相應矣。朱《傳》解「於昭」「陟降」，皆以爲其神在天，則已非合德之意，至末章，《傳》又言文王與天同德，終首章之義，何前後之不相顧也。

大明

《大明》《緜》二篇，《集傳》皆以爲周公作之以戒成王，不知何本，殆因《文王》篇而連及之耳。夫《文王》詩之爲周公作，僅見於《呂覽》，《呂覽》之言，出於戰國策士，非傳信之書，録其説以存疑可也。《文王》篇尚未可確指爲周公，況此二篇乎？

《大明》敘云：「文王有明德，故天復命武王也。」夫文、武皆有明德，皆受天命，敘於文言德，於武言命，互文爾。前篇專言文王，此篇由文而及武。欲言文則追本王季、大任，欲言武則追本大姒，詞雖泛及，意有專歸，猶《思齊》亦言任、姒而總以頌美文王，立言當有賓主也，敘獨言文、武，得詩之旨矣。朱子《辨説》曰：「此詩言王季、大任、文王、大姒、武王皆有明德而天命之，非必如敘説。」是謬矣。《詩》《書》但言天命文、武，不言命王季也，況任、姒婦人，亦受天命乎？《周南》敘僅美后妃之德化，朱子猶大譏之，以爲禮樂刑政悉出婦人之手，及自爲《辨説》，則謂婦人而受天命，是何言之相戾耶？

「明明在下」章，毛傳目文王，鄭兼指文、武，爲一篇之總括，鄭説勝矣。近皆以爲泛論其理，則不然。敘言「有明德」，正指首句「明明」言耳，若泛論，「明明」不得解爲明德，當兼美惡爲義，與敘不合。況《詩》中凡言「明明」，皆爲美稱，茲何得獨異？又敘言文王有明德，與天命武王意互相備，是顯以《詩》之「明明」爲文、武之明德矣。以爲泛然論理，尤不合也。案，詩主美周，而首章爲全詩發端，先言周之得天，見周所以興，繼言天之棄殷，愈見周所以興，此總言之，下七章方詳述之耳。若章首徒泛論其理，章末又言殷而不言周，與全詩絶不相蒙，恐無此篇法。

「天位殷適」，傳云：「紂居天位，而殷之正適也。」疏引鄭氏《書》敘注「微子爲紂同母庶兄」事釋之。夫同母而分適庶，最非通論，且事出《吕覽》，不見正經，何足深信。鄭據之以釋《書》敘，孔又據之以釋《詩》，過矣。微子庶而長，故爲元子，紂少而適，故爲正適，名稱自合，何必同母乎？

「摯仲氏任，自彼殷商，來嫁于周」，箋云：「摯國中女曰大任，從殷商之畿内嫁於周。」疏申之云：「殷商爲有天下之大號，而云自彼，以商對周，故知自其畿内。」此語得之。《集傳》以爲商之諸侯皆謂之殷商，不必定在畿内，此未必然也。就商時言，則周亦商之諸侯，不得獨名摯爲商，而與周分彼此也。自成王時追述而言，則摯亦周耳，非商也，文義難通，不如畿内之説當。案，《周語》云：「摯、疇之國由太任。」注云：「二國奚仲、仲虺之後。」夫仲虺雖國於薛，既相湯致王，爲開代勳臣，其子孫當别有食采於王畿，如周之周、召二公者，則摯爲畿内國，信矣。又《唐書》世系表云：「祖己七世孫徙國於摯，祖已者，仲虺之後。」此語非是。季歷娶婦時尚未爲世子，乃古公初年也。計古公在位去武丁未久，祖己事武丁，其子當與古公同時，此時大任已生於摯，安得其七代孫方國於摯乎？宋洪邁言《唐書》世系表皆承用各家譜牒，故多謬誤，良然矣。

「曰嬪于京」，朱子以爲疊言以釋上句之意，又引《書》「釐降二女于溈汭，嬪于虞」證之，此本鄭箋，然非詩旨也。上句「來嫁于周」，詞甚明白，何必重言以釋之哉？況《堯典》孔傳本謂舜能以義理下二女之心，使行婦道於虞，並不如朱子所云也。王肅述毛曰：「盡婦道於大國。」正與《書》傳同，意優於鄭矣。

「文定厥祥」，毛以「文」爲大姒有文德，而「祥」爲善。鄭以「文」爲納幣之禮，「祥」爲卜吉，意各别矣。孔疏申毛，既言大姒文德，又言文王以禮定其卜吉之善祥，則「文」字作兩解，殊少畫一，❶而以卜吉爲善祥，亦非毛訓祥爲善之意也。竊謂昏乃嘉禮，毛云善者，猶云嘉禮耳。大姒賢，故文王聞而求之，是當時嘉禮因大姒文德而定，毛意當如此。

岐周即今鳳翔府岐山縣，在府城東五十里。莘國在今西安府同州郃陽縣南二十里，有古莘城。二國皆

---

❶「一」，原作「少」，嘉慶本同，據康熙抄本、大全本、《四庫全書》本改。

在渭水之北，所謂「親迎于渭」者，當是循渭而行，非渡渭也，「造舟爲梁」不知過何水。傳箋無明文，嚴《緝》以爲渡渭，恐非是。

「造舟爲梁」，造字慥、草、阜三音俱可讀，本作艁。《説文》云：「造，古文从舟。」《方言》云：「艁舟謂之浮梁。」《玉篇》云：「天子船曰艁。」《廣韻》云：「以舟爲橋曰艁。」此其證矣。案，傳「天子造舟，諸侯維舟，大夫方舟，士特舟」，本《爾雅》文也，彼注李巡曰：「比其舟而渡曰艁舟。」孫炎曰：「艁舟，比舟也。」然則比舟乃艁字本義，餘訓皆借耳，觀古文从舟可見。《左傳》「艁舟於河」，昭元年。孔疏云：「艁爲至義，言舟相至而並比也。」艁本爲比舟，何必由至義以通之，迂矣。《集傳》云：「造，作也。作舟于河，比之而加版。」夫訓造爲作，是詩僅言作舟耳。作舟止成舟，如何便成梁耶？苟不補出比義，詩幾爲不全語矣。

「纘女維莘」，纘大任之女事者，維在於莘也。「長子維行」，莘之長女，維行大任之德也。大任之配王季，維德之行；大姒之配文王，亦維德之行，故曰纘也。兩「行」字義本同，今以爲「女子有行」之行，非是。

「保右命爾」，箋云：「安而助之，又遂命之。」疏申之云：「身體康彊，國家無虞，安之也。多生賢輔，年壽九齡，助之也。文王之受丹書，已云降德滅殷。發誅紂及渡孟津，白魚入舟，是又遂命之也。」剖析甚明。《集傳》於此三字不甚分別其義，意丹書、白魚之事非所欲言乎？然經文字義，須一一有歸也。源竊爲之説曰：文王爲西伯，已三分有二。及武王伐紂，諸侯八百國不期而會孟津，是又遂命之也。民心即天命，故以當之。庶不入讖緯之説耳。

武王告神之詞，已稱周王發矣，至牧野臨敵，反曰「維予侯興」，此本其初而言也。言此以侯而興，即知彼以王而亡，興亡之際，故抑揚其詞，且使後人知鑒矣。至嚴《緝》載朱子之言曰：「予侯猶言我后，商人稱之也。」義亦通。

「會朝清明」，毛傳云：「不崇朝而天下清明。」鄭易傳，解清明爲昧爽，孔疏是之，然毛義正大矣。至嚴《緝》以清明爲雨止，則傳會殊甚。彼引《尚書》孔傳「雨止畢陳」及《六韜》「武王至河，雨甚雷疾。太公率衆先涉」此兩文爲證，且言師以雨敗者多矣，故以清明爲得天助，太公先涉，故以尚父鷹揚發之，皆謬説也。《六韜》之書，後人贋作，其可爲據耶？孔安國之言，本於《周語》伶州鳩，州鳩言陳未畢而雨，爲天地神人協和之應，故孔傳引之，證休命之意。是孔以得雨爲天助，而嚴以雨止爲天助也。用其説而反其義，可乎？

緜

《緜》詩「自土沮漆」，是扶風之漆沮，《名物疏》語已詳於《吉日》篇矣。馮又云：「不窋徙居戎翟之閒，在今慶陽府。公劉遷豳，在今西安府邠州淳化縣西百二十里三水縣漢縣也。元廢，明世復置。界，當涇水之西。及大王自豳遷岐，踰梁山，始至岐山北，漆沮合流之處。梁山在今西安府乾州城西北五里，當豳之西南。」孔仲達《緜》詩疏云：「漆、沮在豳地，二水東流亦過周地。」非也。若漆、沮在豳，則公劉「于豳斯館」已有宫室，大王何爲「陶復陶穴」哉？正以大王初至扶風之地，故未有家室耳。源嘗三復詩詞，合之毛傳，知馮語良是也。今以《緜》詩首章爲大王居豳事者，始於康成耳，毛傳本無是説也。傳於首章即述大王避狄、去豳遷岐之事，而繼之曰陶其土而復之，陶其壤而穴之，則明以復穴係之岐下，爲古公初到之居矣。又曰未有寢廟，未敢有家室，蓋因五章「俾立室家」「作廟翼翼」並言，此章止言家室而不言廟，故補其未及，是明以此章「未有」與五章「俾立」遥相首尾，彼既在岐，此不應獨在豳矣。又三章傳曰「周原，漆、沮之閒」，合周原與漆、沮爲一，是明以首章之居傳訓「土」爲「居」。漆、沮，即居此周原矣。夫遷岐之始，草萊甫闢，復穴而居，理或有之。公劉居豳，至大王已經十世，安得尚無家室？不獨「于豳斯館」見《公劉》篇而已，再考《七月》篇所稱「塞向墐户」「入此室處」「入執宫功」「亟其乘屋」「躋彼公堂」諸語，皆有家室之證也。至於蠶績裘裳，稱觥獻兕，朕陰春酒，諸禮儀文物燦然畢具，豈穴居人所能辦邪？則首章所言，其爲初到岐周，未遑築室時事，無疑也。首章先言岐土之荒涼，下章方言大王相度經營之次第，立言之敘，當如此也。康成誤認傳意，故於首章之述遷豳則解之曰「爲二章發」，不知二章傳安得預發之首章，決非毛旨。孔又過執箋説，曲爲解釋，謂在豳實有宫室，因欲美大王在岐新立，故云在豳未有，以爲立文之勢。夫詞氣抑揚，詩人容或有之，但不應太過其實。況同一岐土，始榛蕪而後輪奂，方見大王創造之美，何得以豳相較，乃成文勢乎？然箋、疏之致誤，其故有二。一則見次章方説遷岐，首章定是未遷時。一則見傳訓古公爲豳公，遂謂因在豳而稱之也。獨不思首章先言岐下風土，次章追數遷居情事，文義未嘗不順。且相度既定，即繼以築室、耕田事相接續，次章之義，自應與下諸章連貫成文也。又古公本自豳而來，則雖在岐，亦可蒙豳公之號，不必過泥。若泥豳公爲未去豳之稱，則「民之初生」，傳釋「民」爲周人，獨不可證其爲周原之民乎？此章之誤，始於鄭而成於孔，後儒相習，莫覺其非，得馮義方見毛傳之真面目，故備論之，以俟後之博識者。

瓞爲瓜紹而小於先歲之瓜，稷爲礜之冑而後世益微，不能如礜之爲天子，故詩以爲喻，箋云「緜緜然若將無長大之時」是也。緜緜亦微細之意，譬是瓜，稷至紺是瓞，大王肇基王迹，則非瓞矣。詩欲美大王之盛，而先言其先世之衰，故言瓜瓞，以爲式微之喻也。後世文人用瓜瓞爲故實者，專以況子孫蕃衍、宗祀延長，與卜世卜年同意，殆誤認詩旨。

復、穴皆土室，復則纍土爲之，穴則鑿地爲之，其形皆似窑竈。箋云：「復者，復於土上。鑿地曰穴，皆如陶然。」是也。朱《傳》云：「陶，窑竈也。復，重窑也。」是直居於窑内矣，恐無此理。況陶、復既各爲一物，爲古公所居，下又贅「陶穴」二字，不成句法。案，復字本作𡨦，《説文》云「地空也」，引此詩。朱子「重窑」之訓，不知何本。又案，古者窟居，隨地而造，平地則纍土爲𡨦，言於地上重複爲之也，高地則鑿土爲穴，𡨦、穴皆開其上以取明。

「堇荼如飴」，堇字訓爲堇荁者音謹，訓爲烏頭者音靳。朱《傳》從孔疏，以堇爲烏頭，而仍用《釋文》之謹音，疏矣。

「堇荼如飴」，孔疏云：「《内則》『堇荁枌榆』，則堇是美菜，非苦荼之類。《釋艸》云：『芨，堇艸。』郭曰：『即烏頭也。』則堇者，其烏頭乎？若堇荁之堇，雖非周原，亦自甘矣。」嚴《緝》非之，謂烏頭乃毒物，肥美之地，能使草無美惡皆猥大，豈能變毒爲美？此堇定是堇荁之堇。案，嚴説良是。毛傳云：「堇，菜也。」鄭箋云：「菜雖苦者甘如飴。」若是烏頭，則當云草，不當云菜，且其味辛，亦不苦也。孔失毛、鄭意矣。又荼雖名苦菜，《草木疏》言其得霜則甜脆而美，故《禮》羊之苄、豚之包皆用之，本非惡菜也。又《爾雅》：「齧，苦堇。」注云：「今堇葵也。葉似柳子，似米，汋食之滑。」《本草》：「堇汁味甘。」《公食大夫禮》：「鉶，芼皆有滑。」

注：「滑，堇荁之屬。」《士虞禮》：「鉶羹同苦，若薇，皆有滑。夏葵，冬荁。」注以苦爲荼，荁爲堇屬。合此諸説觀之，二物正是同類。苦荼、苦堇同以苦得名，然堇味甘美，荼亦甜脆，堇則禮用以爲滑，荼則禮用以爲芼，安得謂非類乎？孔誤矣。大抵二菜元非苦物，但未必如飴耳。周地獨如飴，所以美也。若甚苦之物，雖膏壤，豈能變爲甘哉？又案，《士虞禮》注既訓苦爲荼、荁爲堇屬，即引《詩》「堇荼如飴」證之，是康成注《禮》，明以此詩之堇爲苦堇矣，孔雖申鄭而不得其意。

孔以堇爲烏頭，朱《傳》又從之，故堇荁之堇無復詮釋。今案，堇、荁一類也。《内則》注云：「荁，堇類。冬用堇，夏用荁。」《釋文》云：「荁似堇而葉大。」是已。又案，苦堇兩見《本草》，草部及菜部皆收之。《唐本草》「水堇」言其苗也，入菜部，本經「石龍芮」言其子也，入草部中品。陶隱居云：「生石上，其葉芮芮然短小，故名。」《説文》言其根如薺菜，如柳，烝食之甘。《後漢・馬融傳》注言其華紫，葉可食。唐本注亦云：「此菜野生，非人種，葉似蕺，華紫色。」李氏《綱目》云：「此旱芹也。又有一種黄華者，有毒殺人，謂之毛芹。」

慰、止、左、右，定民居也，疆、理、宣、畝，授民田也，各分四義。孔疏云：「乃安隱其居，乃止定其處，乃處之於左，乃處之於右，乃爲之疆埸，乃分其地理，乃教之時耕，箋云：「時耕曰宣。」乃治其田畝。」分疏明且確矣。然又云：「疆、理是一，宣、畝亦同，但作者以『乃』閒之而成句耳。」夫時耕與治田誠一事也，疆是分其經界，理是辨其土宜，截然兩義，何可合爲一乎？此過泥箋語矣。又此詩「疆」字，監本注疏不从土，《釋文》作强，云：「本亦作彊，同居良反。今俗本此詩，皆增土作疆矣。」案，疆本作畺，《説文》云：「界也。从畕，三，其界畫也。」疆乃或體，又作彊、壃、疅。又案，畕，比田也，从二田，音與畺同。

鼛、皋通用，《周禮·地官》「鼓人掌鼛鼓」，《考工記》「韗人爲皋鼓」，總一鼓也。章氏《考索》謂「皋者，緩也，故以節役事」，良然。

毛傳以皋門、應門爲天子之制，鄭箋謂諸侯亦有皋、應，毛説當矣。諸侯無皋、應，朱子辨之是也。孔疏欲證鄭説，引襄公十七年《左傳》宋人稱皋門之皙，謂諸侯有皋門，亦有應門，誤矣。宋築者謳言澤門，不言皋門也。據杜注，澤門是宋東城南門，非外朝門也。毛云：「王之郭門曰皋門。」孔云：「郭門者，宮之外郭之門。」案，彼《釋文》言「澤門，本或作皋門者，誤」，孔所據，當此本矣。然則以爲朝門者，豈服、賈諸家之説耶？

傳云：「冢土，大社也。」案，《祭法》「王爲群姓立社曰泰社」，疏云「在庫門之内右」，正此大社矣。朱子謂大王初立岐周之社，武王通立周社於天下，且以漢初令民立漢社稷證之，語見《大全》。誤矣。大社之尊，正惟天子得立耳，安得天下盡立乎？諸侯有國社、侯社，大夫以下又有置社，安得又立大社乎？皋、應二門爲天子之制，則諸侯不得立，何大社反通於天下乎？況漢事亦未可證周也。

「肆不殄厥愠，亦不隕厥問」，傳云：「肆，故今也。」今，指文王言。《緜》詩爲文王而作，而推本於大王，應以文王爲今也。故，承上章立社言。大王立社有用衆之意，故今文王不絶恚怒敵人之心也。朱《傳》「肆」字從毛解，又以「不殄」爲大王事，則「今」義贅矣。又「故」爲因上之詞，即非「新故」之故矣。《爾雅》「肆，故今」，與毛傳同，則亦釋《詩》也。郭注乃云：「肆既爲故，又爲今，義相反而兼通。」殊非《詩》《雅》之旨。

柞棫，《爾雅》云：「棫，白桵。」音綏。郭注以爲小木叢生，有刺，實如耳璫，紫赤可食。陸《疏》據《三蒼》説，以爲棫即柞，其材理全白、無赤心者爲白桵。孔疏並存兩説，不能辨其孰是。朱《傳》本從郭注，而《大全》引東陽許氏語申之，則純襲陸《疏》之言，與朱意正相反，而引以爲證，舛矣。案，白梜，《本草》用其核爲藥，名蕤儒隹切。核，入本經上品。陶隱居云：「大如烏豆，有文理，如胡桃核。」蜀韓保昇云：「葉似枸杞而狹長，華白，子附莖生，紫赤色，大如五味子，多細刺。」宋蘇頌云：「木高五六尺，莖間有刺。」此三家注所紀物色形相，皆與郭氏同，朱子獨取其説，良有見矣。至陸《疏》之棫，亦載《本草》，言櫟有二種，一種不結實者名棫，是也，然非此詩之棫。

「柞棫拔矣」「柞棫斯拔」，拔字从手旁，蒲貝反。疏云：「拔然生柯葉也。」柭本蒲八反，訓擢。柯葉生正拔擢之狀，音雖殊，義實相因耳。《韻會》拔字四見，獨於泰韻作柭，从木旁。注云：「《禮韻》續降。」豈非後人傳寫妄易偏旁，而《禮韻》併收之耶？於泰韻注云「又見隊韻」，於隊韻注云「又見曷、黠韻」，則四韻共一字。彼三韻皆爲拔，何此韻獨爲柭乎？

「昆夷駾矣，維其喙矣」，毛云：「喙，困也。」孔疏云：「喙之爲困未詳。」案，《晉語》靡笄之役，郤獻子傷，曰：「余病喙。」韋昭注云：「喙，短氣貌。」郤以喙爲病，病豈非困乎？短氣亦困之狀，此足證毛義矣，仲達何未憶及耶？又《方言》云：「𣨶，㑊倦也。」郭注云：「今江東呼極爲𣨶。」因引外傳郤語。又曰：「𤸎，極也。」注亦云「江東呼極爲𤸎」，然則喙、𣨶、𤸎三字通用矣。又《廣雅》𤸎、困同訓極，《廣韻》𤸎字亦引此詩，云困極也，亦作喙，亦作𣨶。

「虞芮質厥成」，傳云：「質，成也。成，平也。」疏云：質，成，平，《釋詁》文，「三字義同，言二國詣文王而得成其和平也」。案，成乃鄰國結好之稱，《左傳》求成、請成、行成、董成，皆此義。「質厥成」猶云成其成爾，正指相讓而退言，始争而今讓，是乃成矣。從此歸周者四十餘國，文之王業乃大，故繼之曰「蹶厥生」，蹶生與初生相首尾。周家王業之生，大王始之而漸興，文王動之而益大，正見文王之興，本由大王，與敘義合。後儒解「成」字、「生」字異説紛紛，俱非詩旨。

棫樸

棫、樸、薪、槱，是俊乂盈朝之喻，烝徒、舟楫，是策力畢効之喻，敘所謂「能官人也」。朱子論興體最輕，於此二興，止以數助字畢之，不究其義，宜其以敘爲誤矣。至次章之奉璋，三章之六師，正舉祀、戎兩大事，見賢才之用，乃漫解爲天下歸之。夫天下之歸，豈僅助祭之髦士，從征之武夫已哉？其作人之化，能使汚俗一新，箋謂：「作人者，變化紂之惡俗。」綱紀之施，能使四方咸理，則又言其政教之美，見官人之效耳。朱《傳》總歸於文王之德，夫文德雖盛，恐助理之人亦不可少，況能官人，不益見其德盛乎？

《棫樸》次章，王肅述毛，以爲不言祭，孔疏亦以傳解「璋」而不言瓚，則不以爲祭，殊不知傳云「半圭曰璋」，璋瓚之璋，獨非半圭乎？傳文質略，偶不及瓚耳，安見其必非祭也？肅謂璋瓚不名璋，疏引王基語駁之矣，而仍用肅説以述毛，不知何意。

「追琢其章，金玉其相」，皆言文王之聖德，正所謂「勉勉」也。「綱紀四方」，又言其政教之美，及於天下耳。《集傳》云：「追之琢之，所以美其文。金之玉之，所以美其質。勉勉我王，所以綱紀乎四方。」或問所美之人爲誰，朱子曰：「追琢金玉，所以興我王之勉勉也。」據此，則「其相」「其章」當興綱紀四方矣。上二語各四字分爲兩截，恐破碎不成文義。

「追琢其章，金玉其相」，二語皆比也。《集傳》以此章爲興，失之矣。章，周王之文也。相，周王之質也。追琢者其文，比其修飾也。金玉者其質，比其精純也。一喻一正，相爲形況，《有客》篇「追琢其旅」，《白駒》篇「金玉爾音」，同一句法耳。綱爲罔之綱，紀爲絲之紀，以喻我王之爲政於四方，亦比也。假象於器物，而去其如似之稱，《詩》中比體，類此者多有，如「我心匪石」「我心匪席」「价人維藩」「大師維垣」諸詩皆是，《集傳》概以賦目之矣。但朱子釋《詩》，多於興中分立比體，獨此詩本比也，而又以爲興，殊不可解。

旱麓

首章毛傳純用《周語》爲説，謂「陰陽和，山藪殖，故君子得以干禄易樂」，本不以上二句爲興也。鄭易之曰：「林木茂盛者，得山之潤澤也，喻周民豐樂，由其君之德教。」始以爲興體矣。疏申其意，謂「詩美君德，當以養民爲主，不應惟論草木。《周語》遺其興意，毛傳亦於作意未盡，故箋申而備之」。源謂此詩之旨，《周語》及毛傳盡之矣。「陰陽和，山藪殖」，乃紀實事，非取喻也。山藪，民所取材也。物産蕃庶，財用富足，正所以養民，安得謂惟論草木乎？《魚麗》詩即魚、酒二物，以明萬物之盛多，此詩即榛、楛二木，以明資用之饒裕，舉一以見百，其義同也。古人引《詩》雖多斷章，然如單穆公所云，乃正解也。吕《記》以榛、楛喻君子，以榛、楛得麓而滋茂，喻君子承先祖而受福，亦以此章爲興，而興義則殊。蓋箋、疏以君子目大王、王季，而吕《記》用邱氏説，以斥文王，故取興亦别也。

《詩》三言瑟：「瑟兮僩兮」，傳云「矜莊貌」；「瑟彼柞棫」，傳云「衆貌」；「瑟彼玉瓚」，毛無傳，而箋云「潔鮮貌」，案此「瑟」《釋文》云又作璱，《說文》引《詩》亦作璱，云「从玉瑟聲，玉英華相帶如瑟弦也」，則與彼二瑟本異字矣。

「鳶飛戾天，魚躍于淵」，鄭氏《中庸》注云：「聖人之德至於天，則鳶飛戾天，至於地，則魚躍于淵。是其明著於天地也。」此解本與傳義不遠，及箋《詩》，則以鳶飛喻惡人遠去，魚躍喻民喜得所，義短矣。疏申鄭意，以爲變惡爲善，乃作人之義，殊不知道被飛潛，萬物得所，作人氣象如此，尤爲廣大也。

「民所燎矣」，《釋文》云：「燎，《說文》作尞，云柴祭天也。」案，尞，《說文》曰：「从火从昚。昚，古文慎字，祭天所以慎也。」又尞與燎別，《說文》：「燎，放火也。从火尞聲。」此詩燎字，鄭箋訓熫燎，則是燎，非尞矣。陸氏引《說文》，非箋義。

毛詩稽古編卷十八

吴江陳處士啓源著

文王之什下正大雅

思齊

《思齊》，「文王所以聖也」，敘語。首章正言所以聖，故專美大任之德能，上慕先姑之所行，下爲子婦之所續耳。《集傳》以聖母賢妃並言，失輕重之權矣。《周南》敘言后妃而不言文王，朱子猶大譏之，及釋此詩，乃直謂文王聖德本於内助，何耶？又孫奕《示兒編》欲讀「思齊」之「齊」爲「見賢思齊」之「齊」，言大姒思齊於大任，又思媚於周姜，是此章專美大姒，而謂文王聖德，全由婦力也，謬益甚矣。

《思齊》次章，鄭義多勝毛。以「宗公」爲「大臣」，與《晉語》胥臣引《詩》合，勝毛「宗神」之訓。以「寡妻」爲「寡有」，與《康誥》「寡兄」義合，勝毛「適妻」之訓。以「御」爲「治」，與《大誥》「御事」義合，勝毛「迓迎」之訓。「宗公」與「御」，孔疏右鄭，言之備矣，至寡妻之義，並加申述，未置抑揚。源謂寡爲寡有，兩見《尚書》孔傳，《康誥》「寡兄」、《康王之誥》「寡命」，皆以寡有爲美稱。此箋云「寡有之妻，言賢也」，正與二書相符，較之適妻惟一之解，當出其上矣。若蘇氏以爲猶言寡小君，最爲謬説。寡小君者，對異國之謙詞耳，詩方頌美文王之聖，反代謙其妃后爲寡德耶？

鄭取「雝雝在宮」三章并爲二章，章各六句，以「在宮」爲養老於壁雝，「在廟」爲祭於宗廟，「不顯」四句承「在宮」，「不聞」四句承「在廟」，各取二「亦」字、一「肆」字文義相對。古之人二句總結上二事，於經文極明整，但判「在宮」爲壁雝，終屬武斷，故後儒不从其説。惟「無斁」訓爲無擇，源竊有取焉。言古人口無擇言，身無擇行，以身化臣下，令此士皆有名譽，成髦俊也。疏謂此經本有作擇者，不爲破字，較優矣。又射斁二字俱訓爲猒，一篇中字異而義同，似屬未安。若從鄭，則無此嫌。

「雝雝在宮」三章，毛、鄭異解，近儒皆宗毛而小變其説。「不顯亦臨，無射亦保」，毛云：「以顯臨之，保安無猒也。」今則以爲雖幽隱而若有臨之，雖無猒射常有所守。「肆戎疾不殄，烈假不瑕」，毛以爲大疾害之人，不絶之而自絶，功業廣大，豈不長遠？今則以爲大難雖不殄絶，光明自無玷缺，此其不同也。源謂「戎疾」二句，兩説俱可通，其「不顯」二語，則毛義爲優。孔申毛意，以此二語承上「雝」「肅」，言雝雝、肅肅此顯德也，然此顯德豈獨在宮廟乎？亦以臨於民上矣。既以顯德臨民，民無猒者亦皆安之。上句言君臨下，下句言民化上，意自相成也。案，《大雅》《周頌》多言「不顯」，皆反訓爲顯，惟《抑》詩「無曰不顯」，連「莫予云覯」成文，明是正言不顯，與特言不顯者自别，不可以例此詩也。至於雖無猒射亦常有守，則尤礙於文義。不猒正是能守耳，反云雖不猒亦有守哉？

《思齊》之三、四、五章，文義相承，故兩用「肆」字。肆，故今也。故者，因上生下之詞也。「亦臨」「亦保」，言君民感孚之妙，故繼以惡人殄絶，王業遠大，皆以治功言。「亦式」「亦入」，言文王性與天合，故繼以「成人」「小子」，修德敏行，皆以學術言。章斷而意接，兩「故今」不虛設矣。

「古之人」，謂古昔聖君，非指文王也，毛、鄭意同。王肅云「文王性與古合」，是言古人，正借以美文王耳，於義自通。李氏以爲指文王，非是。《詩》言「古」多矣，「自古有年」「古訓是式」「自古在昔」「振古如兹」，未嘗以近世爲古也。東萊引《典》《謨》「稽古」爲證，亦不然。以《典》《謨》「稽古」目堯、舜、禹、咎繇，亦後儒之臆説，孔氏《書》傳，不作是解矣。

「古之人無斁」，傳云：「古之人無猒於有名譽之俊士。」《釋文》以爲此王肅語，是斁字毛無傳也。疏亦言「斁」字經本有作「擇」者，然則作「斁」而訓猒，乃王肅述毛如此。毛無傳，安知不同鄭爲「擇」乎？唐世《詩》學有毛、韓二家，而疏云作「擇」，不言是《韓詩》，則當指毛本言矣。竊意古本《毛詩》，元有擇、斁兩文，鄭、王述毛，各據一字立解，後儒傳寫，誤譔王語入傳，遂以王説當毛義，而目鄭爲易傳。幸「擇」字尚存他本，故不疑鄭改經耳。陸既知傳文是肅語，又云毛音亦訓猒，殆習而不察也。又孔疏不言作「擇」者係何《詩》，而董逌迺言《韓詩》作「無擇」，此特因疏語而臆度其然，未有他據，不足信也。

皇　矣

首二章傳、箋本指文王，後儒以爲大王之事，殆非也。玩經語，與大王事不合者有三：大王居位，當商祖甲之世，時商未有秕政也，何云「其政不獲」乎？一也。大王避狄遷岐，勢最微弱，後雖寖以彊盛，爲王業之基，然終身爲諸侯，未嘗受天之命，何得云「受命既固」乎？二也。先言文王而後追溯其前代，故三章云「帝作邦作對，自大伯王季」，蓋謂天之興周邦而生明君也，自大伯、王季之時已然矣，若由大王順敘之，則當云「至」，何云「自」乎，三也。後儒以爲大王事者，徒以二章言刊除之事，惟遷岐之始當有之，又三、四章述王季之德，首二章當言大王耳。殊不知生聚漸蕃，則草萊亦漸闢，文王地廣民衆，倍加於大王時，又遷程，遷豐，連作兩都，皆翦榛蕪而爲廬舍，轉荒翳而成膏腴者也，豈能無事於刊除邪？至三章述王季，以「自」字發端，爲追溯之詞，愈證首二章之言文王也。況次章云「帝遷明德」，七章云「予懷明德」，兩「明德」前後相應，自應屬文王矣。又《漢書·郊祀記》載匡衡奏議云：「『乃眷西顧，此維予宅』，言天以文王之都爲居也。」衡治《齊詩》者而爲此言，則首二章之美文王，非毛、鄭二家之説矣。

「其政不獲」，指二國言，則「爰究爰度」，亦應指四國言，句法本同也。程子以「究度」爲天意，四語文義不倫矣。且「究度」是天意，則下語「上帝」，不複出乎？

「爰究爰度」，傳云：「究，謀。度，居也。」「此維與宅」，傳云：「宅，居也。」蓋古宅、度二字通用，皆待洛反而訓居，傳義允矣。鄭訓度爲謀，非古義。又《禮記》引《詩》「宅是鄗京」，王充《論衡》引《詩》「此維與宅」，石經《堯典》「宅嵎夷」，「宅」皆作「度」，《公劉》「度其隰原」「度其夕陽」，二「度」字，疏述毛意，亦引《皇矣》傳，訓爲居。又《小爾雅》云：「里、度，居也。」義亦相合。

「上帝耆之」，毛訓耆爲惡，鄭訓耆爲老。鄭謂天須假音暇。此二國，養之至老，取義亦優。但以下語合之，則毛説爲允。憎、惡義同，憎其以淫虐之人用大位，行大政，正惡之之實也。《集傳》用或説，改「憎」爲

「增」，訓「式廓」爲規模，皆臆創之解。惟訓「耆」爲「致」，本《武》頌毛傳，較爲有理。但解「耆之」爲「所欲致者」，文義全不與經合，而「耆之」「之」字無歸著，不如毛説之當。

「此維與宅」，鄭云：「見文王之德而與之居，言天意常在文王所。」此與匡衡奏議見本篇首條。意同，皆以爲天居之。下章「帝遷」，即此義，遷而就文王，與之居也。漢世皆作是解，定有本矣。始則顧之，既而宅之，語意相應。且天無首目而言顧，天無形體而言宅，其爲假託之詞又同，古注妙得經意，不可易也。程子曰：「使其居西土以王天下。」鄭漁仲曰：「可與居天子位。」《集傳》曰：「以此岐周與大王爲居宅。」三説小異，而以「與宅」爲人居之則均，殊不知周自后稷以來，世居西土，不必至文王時，天始與之。且周之興以修德，不以宅岐，誇宅岐爲天與，尤非詩指。至詩言「與宅」，不言何所宅，正連上「西顧」爲文，謂宅西也。若言居天子位，是經文乃不宅之語，必須鄭氏代補，尤屬謬見。

《皇矣》次章，首八句，言刊除林木，以作室治田。作、屏、修、平、啓、闢、攘、剔，皆刊除之事。毛、鄭止統爲一義，並不言孰爲不材而去之，孰爲美材而留之也。蓋作詩者欲形容生聚之蕃，非講論樹蓺之法，意有所主耳。《埤雅》論刊除次第，謂始之所去，惟木之枯弊者，椔、翳。既而民益衆，復闢地以容之，則併去其茂者，灌。又次及其材者，栵、檉、椐。終則及其材之美而宜蠶者。檿、柘。此義優矣。朱《傳》祖程子之説，以「作」「屏」爲拔去，「啓」「辟」爲芟除，是去其不材也。以「修」「平」爲疏密得宜，「攘」「剔」爲去其煩冗，使得成長，是留其美材也。持説甚美，然非詩之正恉，且未聞灌、栵之材於檉、椐也。《名物疏》辯之甚當，兹述其意而廣之。

椔、翳、灌、栵、檉、椐、檿、柘八者，除椔、翳、灌非木名，餘五木皆嘉植也。芝、栭、即栵。蔆、椇，人君燕食之庶羞，見《内則》及鄭注。栭材可爲車轅，見陸《疏》。河柳《爾雅》：「檉，河柳。」入藥，一年三秀，寇氏《衍義》謂之三春柳，天將雨先起氣以應之，《草木疏》謂之雨師，又大寒不凋，有松柏之性靈。壽木即椐。似竹，有節，長八九尺，圍三四寸，自然合杖，不須削理，見《漢書》師古注，而《草木疏》亦言其節中腫似扶老，可爲馬鞭及杖。檿、柘宜蠶，取其絲以弦琴瑟，清響異常，材又中弓。榦五者皆有用於人，而與槁、椔。弊、翳。叢生灌。之木同在刊除之列者，詩特借此以見民之樂就有德，歸懷日衆，嚮時園圃林麓，漸變爲民居耳。周之興也，轉榛棘爲室廬，其衰也，化宫廟爲禾黍。興衰氣象，徵於草木而可知，詩人言在此，意在彼，不可徒泥其詞也。若從伊川之解，則僅老圃之事耳，豈所以美文王哉？

「其灌其栵」，傳云：「栵，栭也。」此《爾雅》文，《説文》亦同。郭注謂子如細栗，陸《疏》謂葉如榆，皆以爲木名也。程子曰「行生曰栵」，而朱《傳》从之，不知何本。程、朱之爲此解者，定以「栵」字木旁从列，有行列之義，且經文灌、栵同句，欲取叢生、行生相配成文耳，不知字訓須有本，栵字《釋文》例、列兩音。元諧列聲，何嘗會行列意乎？又古人文體不似後世之拘，豈必兩兩相配以求工乎？

栗種最多，其小者有二。實如橡子者，名榛栗，見《邶》《鄘》《曹風》及《大雅》之《旱麓》。如指頭者名茅栗，即《爾雅》之栭栗，注以爲樹似槲樕而卑小，子如細栗者也。亦名栵栗，見《大雅·皇矣》篇，《釋文》云「江淮之閒呼小栗爲栭栗」，《廣韻》云「栵，細栗。今江東呼爲栭栗，楚呼爲茅栗」是已。又《草木疏》釋榛栗云：「又有茅栗，其實更小，而木與栗不殊。但春生夏華，秋實冬枯爲異耳。」此亦指栵也，然則茅栗之稱舊矣。《筆談》及《埤雅》謂當爲芧栗，茅字乃芧字之譌，未知果當否也。

「帝遷明德」，謂天意去殷而即周，徙就文王之德，與上章「西顧」「與宅」相應。「串夷載路」，謂周家習行此常道，至文王則益大，天意徙就之以此。毛訓路爲大，當作是解。王肅述毛，以「載路」爲居大位，文義未安。至程子訓「載路」爲滿路，後儒仍其説，謂民之歸周者，滿路而不絶。夫以載爲滿，古無此字訓也。且上言帝遷，不言民歸，字義、句義俱乖舛而難通矣。案，此章民之歸周，皆於刊除見之，若乃習行常道，克當帝心，又言民歸之，本語義相承，各有所主也。《集傳》從鄭，以「串夷」爲患夷，云即昆夷，而滿路之解則從程。

《爾雅·釋詁》：「妃，媲也。」「天立厥配」，毛傳同。毛不破字，作傳時經文「配」字，當从女旁矣。故箋、疏皆解爲賢妃，而以大姒當之。《爾雅》某氏注亦引此詩云「天立厥妃」，則益信矣。歐、程解爲配天，而吕《記》、嚴《緝》从之，義雖可通，然非詩指。朱《傳》則宗鄭，而目爲大姜。

《爾雅·釋詁》：「省，善也。」「帝省其山」之「省」，正合斯義，故鄭用其語。「柞棫斯拔，松柏斯兑」，正所以善其山也。鄭又謂「和其風雨，使樹木茂盛，非徒養其民人」，是也。後儒以訓善驚俗，仍爲省視解，然下二語難通矣。又《禮記·大傳》「大夫、士有大事，省於其君」，鄭注「省」亦訓善。何景純釋《爾雅》，反云未詳其義乎？

「兑」本卦名，説其本義也。字兩見《詩》，《緜》傳云「成蹊也」，《皇矣》傳云「易直也」。行道故言成蹊，松柏故言其材榦滑易而調直，各隨文釋之耳。《集傳》兩「兑」皆訓通，行道而言通，即成蹊意也，以松柏爲通，迂矣！因解之曰「此言山林之間道路通」，又云「木拔道通」，竟忘此詩「斯兑」連「松柏」爲句矣。

「帝作邦作對」，傳云：「對，配也。」箋云：「作配，謂生明君也。」案，《文王》篇「克配上帝」，意正同。君以臣爲配，故曰匹，曰仇。天以君爲配，故曰對，曰配。配者，相須之義，天須君以代治民，君須臣以共治民，民失所則無以爲配矣，此古人字法之妙也。今以對爲當，未見其勝。

《左傳》引《皇矣》之四章作「維此文王」，《詩》疏及《左傳》疏皆謂師有異讀，後人不敢追改。今王肅注及《韓詩》亦作「文王」，是異讀之驗。以源意論之，當以作「文王」者爲正。此經毛無傳，王述毛者也而注爲「文王」，則毛本作「文王」可知。《左傳》引《詩》作「文王」，復云近文德矣，申言九德爲文王之德，則傳文決無誤。況王此大邦，非文王不足當之，鄭以追王爲說，殊費回護。

明、類二字，程、朱俱不用古注。程以「明」爲知之，「類」爲踐之，蓋轉肖似爲踐履，與「明」分知、行兩義也，解「類」字稍紆回矣。朱以察是非、分善惡二義相配，夫察事之是非，分人之善惡，一「明」字足盡之，何必增立「類」名哉？若聖人明無不燭，則察是非、分善惡，特明中之條目，尚未能盡明義，安得分配類義乎？不如《左傳》以「照臨四方言明」其爲義廣大也。至「類」訓爲善，《爾雅》文也。勤施無私，乃人君之善道，義出《左傳》，是《詩》說之最古者，故鄭箋既云「類，善」，又引《左》語實之也。案，《詩》凡言「類」，多訓爲善，如「永錫爾類」毛云「善也」。「而秉義類」鄭云「善也」。皆是，箋義不妄矣。又嚴《緝》謂明、類是一意，長、君是一意，順、比是一意，彼徒求文義整齊耳。

毛引《左傳》「擇善而從曰比」，疏申其意，言服、杜注皆不得其解，當謂擇善而從以比方文王。案，服云「比方損益古今之宜而從之」，杜云「比方善事使相從」，是服、杜釋「比」義重於「擇」，孔釋「比」義偏於「從」，俱可通。但「克比」之比，與下「比」字文同而義殊。上「比」擇善而從，惟取其能比，未定所比何善也；下言

「比文」，是專美其文德，不主於比意，各有指矣。孔欲彊「克比」義與下「比」合，不已固乎？又「比」與「文」毛皆依《左》爲解，則此兩字當分爲二德，孔謂「克比」即「比文」，尤非毛旨。

「比于文王」，箋云：「王季之德，比于文王。盛德以聖人爲匹。」世有稱子而美其似父者，安有稱父而美其似子者乎？斯已慎矣。朱《傳》訓「比于」爲至于，吕《記》用李氏説，謂後世亦繼其德，比于文王，於義皆安。但《左傳》釋此文爲九德之一，不應指後人言。又「文」爲一德，與八德同例，則此「文」字，乃美德之泛稱，不專指謚號。所謂「文王」，非西伯昌之文王也。劉炫云「可比於上代文德之王」，見《左傳》疏。較爲明優矣。毛用《左傳》「經緯天地」語以釋此「文」，意當與劉同。箋、疏之申毛，恐未合其意。

「其德靡悔」，言德盛如此，無可悔之舉動也。「德」字總上九德言，《左傳》云「九德不愆，作事無悔」，乃此詩之正解。薄德之人，動輒有悔，悔在事，不在德也，自亦悔之，不徒人恨之。此詩毛不爲傳，意應同《左》。鄭謂德比文王，人無以不應比而悔之者，孔據《公劉》傳述毛，謂文王之德不爲人恨，而王季比之，《集傳》謂其德無遺恨，皆以「悔」指德言，與《左》毫釐之差。

「無然畔援」，傳云：「無是畔道，無是援取。」箋云：「畔援猶跋扈。」《釋文》引《韓詩》云：「畔援，武彊也。」鄭義殆本於《韓》。《漢書・敘傳》云：「項氏畔换，黜我巴漢。」師古曰：「畔换，彊恣之貌，猶言跋扈也。《皇矣》篇曰：『無然畔换。』」顔又本鄭義。朱《傳》祖毛，得之。正叔訓爲黨比，恐屬臆説。

「誕先登于岸」，岸字毛訓高位，鄭訓獄訟，皆迂。程、王兩家取涉川濟難義，庶近之。《集傳》云：「岸，道之極至處。」此内典「到彼岸」之義也，晦菴蓋陰襲其意。然詩爲用兵發端，非講學也，未敢奉爲正解。

毛以阮、共、旅爲周地名，而「徂」爲往，鄭以阮、徂、共爲三國名，而「徂旅」爲徂國之旅。毛以阮、共爲密人所侵，而文王遏之，鄭以阮、徂、共爲密人之黨，而文王侵之。兩家之説種種差殊，然毛之師傳甚遠，鄭説又本《魯詩》，非出臆見，而皇甫謐攷據甚精，亦用鄭説，皆非無稽之談也。先儒之説，有當並存之，不必斷其孰是者，此類耳。案，《孟子》引「徂旅」作「徂莒」，以旅爲地名者良是。莒非《春秋》「莒子」之莒，《孟子》疏誤。旅、莒音相近，故異文與？朱《傳》以爲密師，殆未必然。

以阮爲國名，密人侵之，文王因以伐密者，其説本於《汲冢紀年》。《紀年》云：「帝辛三十二年，密人侵阮，西伯帥師伐密。三十二年，密人降於周師，遂遷於程。」宋儒用此説《詩》，而諱其所自出。

《爾雅》「按」「遏」皆訓止。「以按徂旅」，《釋文》云：「按，安旦反。本又作遏，安葛反。」是此詩按、遏二字俱可用，義亦相通，但按字並無遏音也。《韻會》始收按字，入七曷韻，注云「捺也」，引《白起傳》「按據上黨」爲證。然《史記》注並不音按爲遏，非其證也。朱《傳》按亦音遏，豈宋世有此俗音乎？

「以篤于周祜」，注、疏、吕《記》、嚴《緝》及石經皆同，吕《記》引《孟子》亦有「于」字，惟《集傳》本無之，未知文公削之與？抑後人傳寫而誤脱與？

「度其鮮原」，毛云：「小山别大山曰鮮。」此《釋山》文也。注云「不相連」。鄭云：「鮮，善也。」此《釋詁》文也。《爾雅》釋文二「鮮」皆息淺反，則上聲爲正矣。《詩釋文》云：「鮮，息淺反。又音仙。」二音並存，以在前者爲正，則亦宜讀上聲。案，「鮮原」見《周書・和寤解》云：「王乃出圖商，至于鮮原。」及《汲冢紀年》，云：「帝辛五十二年，周始伐殷。秋，次于鮮原。」直言是地名，孔晁以爲近岐周之地，孔疏亦以爲去舊都不遠，《通鑑外紀》云：「鮮原在岐之陽，不出百里。」即程邑，《周書》「文王在程，作程寤、程典」，謂此也。又案，周之程邑在漢爲安陵，《前漢·地理紀》云：「安陵，闞駰以爲本周之程邑。」即今西安府咸陽縣。

「不長夏以革」，漢毛、鄭及宋程、張、呂、嚴諸儒各立一説，源獨取毛義，毛云：「不大聲以見於色。革，更也。不以長大有所更。」傳以「夏」爲「大」。孔氏取孫、王二家之説述之，謂「不大其音聲以見於顔色而加人，不以年長大有所變革於幼時，言其天性自然，少長若一」，斯義優矣。康成謂是乃中人以上所能，不足以美文王，故别爲立説。不知疾言遽色，賢者不免，惟聖人德性中和，學養純粹，方可信其無，鄭何淺視之哉？彼立説紛紛，莫能相尚，何不返求諸傳乎？

「詢爾仇方」，毛云：「仇，匹也。」疏申之云：「詢謀於女匹己之臣，以問其伐人之方，和同女之兄弟。君臣既合，親戚和同，乃往伐崇。」此解甚當。謂臣爲仇匹者，猶《兔罝》之「好仇」、《假樂》之「群匹」也。自鄭用怨耦曰仇之訓，而後儒遂以崇侯譖西伯事實之，則文王此舉，乃爲修怨而動，是忿兵，非義兵也，何以爲聖人哉？又以此章文義論之，「仇方」「兄弟」，皆共事之人也，「鉤援」「臨衝」，皆攻敵之具也，同其詢謀，備其器械，然後以之伐人，詩語本有倫次。若以詢仇爲征伐，則方言伐人，忽及親親之義，既言親親，又説用兵之事，語雜亂無章矣。又後漢伏湛，治《齊詩》者也，言文王征伐，詢之同姓，謀於群臣，因引此詩證之，意正與毛同，尤足徵傳義之當。❶

---

❶ 「尤」，原作「大」，據康熙抄本、大全本、《四庫全書》本、嘉慶本改。

「以爾臨衝」，《釋文》云：「臨，《韓詩》作隆。」案，古臨、隆字同音，《古音考》引證甚詳。然今北人土語猶呼臨爲隆，則不僅古音爲然。

「崇墉言言」「崇墉圪圪」，傳以言言、圪圪爲高大，箋以爲將壞皃，意正相反。案，《左傳》僖十九年。宋子魚言文王伐崇，三旬不降，後伐之，因壘而降。則文王之於崇，乃降服之，非破滅之也，固無事壞其城矣，傳義得之。又案，《説文》「仡」作「圪」，云「牆高皃」，引此詩，正與傳合。

「是禷是禡」，疏引《周禮・肆師》注云：「禡，祭造軍法者，其神蓋蚩尤，或曰黄帝。」「蓋」者疑詞，「或曰」者存異説也。朱《傳》曰「謂祭黄帝及蚩尤」，合兩説爲一，以爲並祭二神，殊失先儒之旨。《大全》引《漢書》高帝祭黄帝、蚩尤於沛庭以爲證，夫漢興之初，諸事草創，豈必據古禮哉？使古禮如是，康成不當爲疑詞矣。

禡、貉、貊三字，文異而義同，師祭也。《周禮》作貉，亦作貊，餘書皆作禡。有三音，《詩》《爾雅》《王制》《周禮》諸釋文及《説文》皆讀爲駡，《肆師》釋文又音陌，《王制》釋文又音百。《肆師》注云：「讀如十百之百。」《甸祝》疏引杜子春云：「讀爲百爾所思之百。」取多獲禽牲、應十得百之義，皆從「百」音也。應邵《漢書・敘傳》注曰：「禡者，馬也。馬者，兵之首，故祭其先神。」此誤矣。馬祭謂之伯，《吉日》之「既伯」是也，疏云：「伯者，長也。馬之祖始，故謂之伯。」「既伯既禱」是馬祭，祭天駟。「是類是禡」是師祭，祭黄帝、蚩尤。《爾雅》有明文，可溷爲一乎？《韻會》於禡字注引《吉日》詩，是溷伯、禡爲一祭，殆因應而誤也。《正韻》遂讀伯爲禡，增入去聲禡韻中，誤逾甚矣。又案，「類」《説文》作「禷」，从示類聲，《爾雅》同，《玉篇》云「或作胄」；禍，或省作禡，籀文作𩡧。

「是致是附」，傳云：「致其社稷群神，附其先祖，爲之立後。」致、附與禷、禡連文，亦當言祭，傳義允矣。且古人繼絶存亡之道，即行於弔伐時，賴傳語得見之，源深有取焉爾。案，崇國見《春秋》宣元年，晉趙穿帥師侵崇，曰：「秦急崇，必救之。」是崇乃秦之與國，當在雍地，與故崇相去不遠，豈非文王克崇，復徙封於此，故東周之世，其國尚存乎？不獨崇也，《春秋》時黎侯失國奔衛，後狄相酆舒復奪其地，見《詩·邶風》及《左傳》。黎在殷畿内，乃文王七年五伐中之國名也，誅其君而存其祀，亦崇之類矣。

《詩》《書》皆言天命文王，不言天命大王、王季也。《皇矣》，《集傳》言首二章天命文王，三、四章天命王季，誤矣。夫受天命者，縱非赤雀、丹書之謂，要必三分有二，大畏小懷，駸駸乎有一統之勢，方足當之，大王、王季有是乎？朱子以首二章爲大王之事，遂以「受命既固」爲天命大王，因併謂天命王季。不知「天命」二字，非諸侯所敢當也，《禮》不云乎：「惟天子受命於天。」

靈　臺

《靈臺》篇先言靈德及於民，次言靈德及於物，終言靈德見於樂，意凡三層。然合樂於璧雝，正以驗民物之和也。箋云：「文王立靈臺而知民之歸附，作靈囿、靈沼而知鳥獸之得其所。以爲聲音之道與政通，故合樂以詳之。」此足盡一篇之大恉矣。朱、吕以爲述民樂，説本《孟子》。然臺池鳥獸，樂與民同，鐘鼓管籥，聞而色喜，是孟子納牖之誨，斷章以立言耳，豈詩之正旨哉？靈臺以望氛祥，璧雝以造俊秀，乃國家大政教所係，非娛游之地也。

「不日成之」，毛云：「不日有成也。」鄭申毛云：「不設期日而成之也。」趙岐《孟子》注云：「不與之相期日限，自來成之也。」《國語》韋昭注云：「不程課以時日也。」諸家語異而意同。《集傳》以「不日」爲「不終日」，恐不然。工作自有次第，非可雜然而施力也，雖多人，豈能不終日而成臺乎？ 又靈臺之靈，本指文王之德言，毛云「神之精明者稱靈」，鄭云「文王化行，似神之精明」，《説苑》云「積愛爲仁，積仁爲靈」，是也。蘇氏靈訓善，亦通。朱子謂「如神靈所爲」，是特從不終日取義而已。

嚴《緝》譏毛傳「靈道行於囿沼」之語，以爲鹿之馴、鳥之潔、魚之躍，皆性之常，豈必靈道之行？ 嚴語非是。鹿與魚、鳥，至微之物，亦各適其天性，正見萬物得所，文王德化之無不徧也。 案，虞舜《簫韶》既奏，而致儀舞之祥，文王民物含和，而有鼓鐘之樂，一以樂而播其和，一以和而被之樂，其爲德化之所感，一也。

毛傳云：「濯濯，娛游也。 翯翯，肥澤也。」《釋文》引《字林》云：「鳥白肥澤曰翯。」《説文》云：「翯翯，鳥白肥澤貌。」疏申毛云：「娛樂游戲，亦由肥澤故也，二者互相足。」朱《傳》移「肥澤」以訓濯濯，而翯翯獨取潔白義，其用疏意與？ 然《漢書》《相如傳》。注文穎曰：「濯濯，肥也。」師古引「麀鹿濯濯」證之，朱《傳》實本此。

「於論鼓鐘」，箋云：「論之言倫也，於得其倫理乎？ 鼓與鐘也。」案，古「論」字本與「倫」通，《王制》云：「凡制五刑，必即天論。」彼注云「與天意合」，疏云「謂就天之倫理」，《釋文》云「論者，倫理也」，皆以「論」爲「倫」義，與此箋同矣。 呂《記》引《樂記》證之曰：「『論倫無患，樂之情也』，鄭以論爲倫，義本諸此。」殆非是。《樂記》「論」字，乃論説之論，「論倫者」，論其倫者，安得謂論即倫乎？ 「於論」之論，是《樂記》「倫」字，非《樂記》「論」字也。嚴《緝》引《書》「無相奪倫」及《樂記》「論倫無患」，以兩「倫」字證《詩》「論」字，得之。

「矇瞍奏公」，傳云：「有眸子而無見曰矇，無眸子曰瞍。」《韓詩》薛君曰：「無眸子曰矇，眸子具而無見曰瞍。」與毛意正相反。《春官・瞽矇》鄭司農注、《周語》韋昭注、顧野王《玉篇》皆與毛同。《釋文》引《字林》云：「瞍，目有眸無珠子也。」《説文》云：「矇，童矇也，一曰不明也。瞍，無目也。」孔疏云：「矇矇然無所見，故知有眸子而無見。矇有眸子，故知瞍當無。」然則二字亦不甚相異，説《詩》者以意爲分別耳。

下　武

「下武維周」，傳云：「武，繼也。」箋云：「下，猶後也。後人能繼先祖者，惟周家最大。」此字訓稍迂，而文義則無弊矣。後儒各立新説，吕訓「下」爲「繼」，「武」爲「武功」。「下」訓爲「繼」，比「後」義更迂。又下篇繼伐，方言武功，不應兩篇同意。朱子改「下武」爲「文武」，則尤未安，不獨破經字也。全詩之義，皆稱美武王，而此章言其能配三后，故先以三后發端，末句方及武王。哲王，即三后，謂大王、王季、文王也。《下武》正述三后之美，言周家相繼而益盛，世有明哲之王。今三后雖殁，而精氣猶在天，武王能配行其道也。四語本有倫次，若首句即並舉文、武，通章文義，俱雜亂無章矣。嚴華谷以「下武」爲「不尚武」，尤無理。周樂名《武》，頌篇亦名《武》，受命則曰「武功」，伐紂則曰「我武」，何嘗諱言武哉？

「世德作求」，箋云：「求，終也。」義本《爾雅》。案，此求字元作逑，《玉篇》云：「逑，終也。亦作求。」則此詩求字，乃通用耳。字可通，而義不可改也，後儒不知，遂別爲之説。

「孝思維則」，毛云：「則其先人也。」夫則其先人，所謂繼述之孝也，義優矣。《集傳》用李氏説，解爲民之法則，不獨義短，且與「下土之式」語意複出。

「昭茲來許」，毛云：「許，進也。」疏申之云：「禮法既許而後得進，故以許爲進。」此殆臆説，毛意未必然。案，《後漢書》注東平王引《詩》云：「昭哉來御，慎其祖父。」御本有進義，意「來御」者，《詩》之原文與？

「昭茲來許」，與下篇「遹追來孝」，兩「來」字《釋文》俱云：「來，王如字，鄭音賚。」孔疏述毛，從鄭音賚，訓勤，未知王述毛，作何解也。後儒皆讀如字，而説各殊。「來許」之來，陳氏解爲有自來，而以許爲助詞，吕、嚴俱用之。朱子解「來」爲後世，而「許」爲所，兩説朱較長。「來孝」之來，朱、吕云追先人之意而來致其孝，此本《禮器》鄭注也。嚴華谷祖曹氏説，云致其方來之孝，來者，嗣續無乏意。曹説近之，惜未得王肅義，較其短長也。要之，許若訓進，則勤行進善，於義明順。「遹追來孝」，如後儒之解，則「遹追」應讀斷，不若「述追王季勤孝之行」經語爲渾成也。

文王有聲

「築城伊淢」，方十里之城也，鄭箋以爲大於諸侯，小於天子。疏申其説，謂鄭言城制，有兩解。公之城方九里，侯伯方七里，子男方五里，天子之城方十二里者，此《周官·典命》注，據《典命》「國家以命數爲節」之文而推之也。天子之城方九里，大國方七里，次國方五里，小國方三里者，此《考工記·匠人》注，據《匠人》「營國方九里」之文而推之也。以《匠人》《典命》俱是正文，故兩存之。酆城十里，過於九，而不及十二，故曰大於諸侯，小於天子，正用《典命》注爲説矣。源案，《周書·作雒解》言「周公作大邑成周於土中，城方千六百二十丈」，計方里爲方三百步，每步六尺，方里爲方百八十丈。雒城方千六百二十丈，正合天子方九里之制。又《左傳》鄭祭仲言「大都城百雉，三國之一」，雉長三丈，百雉得三百丈，三之得九百丈，爲方千五百步，又與鄭次國城方五里之制相符。以此二文證之，則《匠人》注説爲長。

方十里爲成，成閒有溝名淢，「築城伊淢」，舉淢以見成也。成方十里，豐城亦方十里，與城相偶，故曰匹。古注本明，朱《傳》殊溷。

「王公伊濯」，毛訓濯爲大，即《釋詁》文也，言文王之事益大耳。後儒由滌濯之義，轉訓爲明著，不已迂乎？

豐在豐水西，鎬在豐水東，相去止二十五里。武王雖徙鎬，仍不離豐水旁耳，故「豐水東注」「豐水有芑」，皆是在鎬京目豐水而言。朱《傳》載或説解「豐水有芑」章，謂「豐水生物蕃茂，武王豈不欲有事於此？但欲貽謀子孫，故不得不遷」，獨不思豐水爲豐、鎬二京之所共乎？

鄭《譜》以《文王》以下八篇爲文王詩，《下武》二篇爲武王詩，是言此十篇爲二王而作，並不云作於二王時也。朱子不詳察《譜》文而漫譏之，過矣。又謂正雅皆成王、周公以後之詩，亦非確論。《棫樸》《靈臺》《下武》三詩，稱王不稱謚，《旱麓》併不稱王，疏以爲或生時及未稱王時作，其説亦通，何必概指爲没後作乎？又周家一代禮樂，皆周公所定。正雅諸篇，即樂章也，今云作於成王、周公以後，則是周公在時，正雅尚未備也，所定之樂，當歌何詩乎？且周公之後，不聞更有制禮樂者，《雅》《頌》諸篇之爲金奏、爲工歌，又何人所定乎？

毛詩稽古編卷十九

吴江陳處士啓源著

生民之什上正大雅

生　民

姜嫄爲帝嚳元妃，見《家語》《世本》《大戴禮》《史記》諸書，宜爲可信。然揆之事理，實有難通，誠如張融所駁矣。説見孔疏。且非直此也，姜嫄果帝嚳元妃，則棄爲嫡子，自應繼嚳而立，何得先立下妃子摯，又立次妃子堯，而終不及棄乎？宜吕《記》、朱《傳》皆舍毛而從鄭也。

巨跡之説，近於誕罔，嚴《緝》是毛非鄭，以爲《列子》異端，云「后稷生乎巨跡」。緯書妄説，詳見孔疏。史遷好奇，見《周本紀》，疏引之。皆不足據，似矣。然「武，跡；敏，拇」之文，見於《釋訓》。《爾雅》正典，已有是説也。況使后稷之生，果係人道交接，有父有母，則周家不應特立姜嫄之廟，別奏先妣之樂，而《生民》《閟宫》二詩，亦何爲獨美稷之母，不及其父乎？天地之大，奇詭變幻，難盡以理概耳。

《爾雅·釋訓》：「履帝武敏。武，迹也。敏，拇也。」《爾雅》釋《詩》，多舉全句，不應此獨截去「歆」字，則

「敏」字絕句,「歆」字屬下句讀,其來甚古,不自朱《傳》始也。又毛訓歆爲饗,則上下兩屬皆通,屬上句爲致敬而神饗,屬下句爲神饗而介福。鄭先訓介爲左右,而繼之云:「心體歆歆然,其左右所止住,如有人道之感。」則明以「歆」字屬下句,與《爾雅》同。惟《儀禮・喪服》注引此詩於「歆」字絕句,《周禮》賈疏引此亦然。意鄭先注《禮》,未達《詩》義,後箋《詩》,方改其句讀與? 至賈疏所引,則襲鄭之《禮》注耳。

《生民》詩自次章至八章,凡言「誕」者八,誕皆訓大,歎美之詞也。次章「誕彌」,大其生之易也。三章三「誕置」,大其神異之驗也。四章「誕實匍匐」,大其幼而岐嶷也。五章「誕后稷之穡」,大其教稼之功也。六章「誕降」,大其得嘉種以祭也。七章「誕我祀」,大其將祭之事也。文義皆明順。朱子疑其不甚通,過矣。古人文字簡貴,非如後世之平直。至以爲發語詞,尤不敢信。《公劉》篇每章冠以「篤」字,與《生民》詩之「誕」同耳,豈亦發語詞乎?

「先生如達」,達字乃借也,本當作羍,從羊大聲,或省作伞,它末切。

稷之見棄,毛、鄭以爲欲顯其奇異,《史記》以爲疑其不祥,後儒皆從《史記》,然孔氏已有辨矣。說見正義。源亦謂一棄不已,而至再至三,定是欲驗其靈異,不然業已棄之,勿問其存亡可矣,又不然,當牛羊腓字時即收育之,如䢵子之於子文可矣。宣四年。何必自隘巷,而平林,而寒冰,屢遷之不憚煩乎? 蘇明允不信迹乳之說,謂稷之見棄,由不坼副、無菑害之故,而引鄭伯寤生事證之,其謬尤甚。莊公之寤生,致驚其母,擬之非其倫矣。夫以不坼副、無菑害謂不祥,則必坼副、菑害方謂之祥也,恐無此人情。

《采薇》詩「小人所腓」,鄭破「腓」爲「芘」,前已辨之矣。《生民》詩「牛羊腓字之」,鄭亦從毛訓避,不用己說，而朱《傳》反襲其破字之訓，此不可解也。胡一桂申其意曰：「牛羊見稷，以足腓遮芘之，如有愛之之意。」此尤爲謬說。經止一「腓」字耳，既爲足腓，又爲芘，一字安得兩訓耶？況牛羊之足腓，豈能芘護嬰兒邪？

傳文質略，然實簡而盡，如「鳥覆翼之」，傳云：「大鳥來，一翼覆之，一翼藉之。」上補出翼字，下補出藉字，經意曉然矣。覆、翼兩字，詩本互文相備，故傳即以補爲釋也。蘇氏曰：「覆，蓋也。」則漏翼義。又曰：「翼，藉也。」則藉非翼字本訓。古人造語之妙，信非後人可及。

「厥聲載路」，路，大也。毛、鄭同。此時聲音已大，不復如呱呱時也。陳氏解爲滿路，陋矣。載無滿訓，辨見《皇矣》。以路爲大，字訓之常，何用求新乎？「覃」「訏」言長大也，后稷稍已長大，去初生被棄時遠矣，豈猶在平林隘巷中，而聲音得達於路耶？

「種之黃茂」，傳云：「黃，嘉穀也。茂，美也。」言穀種之嘉，疏以黍稷色黃，當此穀。又言其美盛，二字各一義。蘇氏曰：「黃茂，嘉穀也。」併二義而一之，襲傳語而失其旨。

《釋詁》苞、蕪、豐、茂也四字同義，而其三皆見《生民》之五章，故箋用其義。但豐言草，茂、苞言苗，所指各殊。

毛以「實苞」爲本，而鄭以爲茂；毛以「實種」爲雍種，而鄭以爲生不雜，鄭優矣。朱《傳》謂「方」「苞」指漬種時，而「種」爲布種，殆不然。朱又云：「種，甲坼而可爲種也。」豈未甲坼時不可爲種乎？

方、苞、種、褎、發、秀、堅、好、穎、栗十字，乃禾生之次第。孔疏以方、苞爲春生時，種、褎爲夏長時，發、秀以下爲秋成時，當矣。然不如嚴《緝》以方、苞、種、褎爲禾之始生而苗，發、秀爲禾之中而秀，堅、好、穎、栗爲禾之成而實，尤爲明確也。又此十字，方、種、堅、好皆與《大田》詩同，而鄭氏釋方、種字兩詩異義，嚴推其故，謂《大田》「方」「皁」與「堅」「好」文連，是成熟時，故以「方」爲孚甲始生，此「方」「苞」在「種」「褎」前，是苗初生時，故以「方」爲齊等；《大田》「種」「戒」是未耕以前，故以「種」爲擇其種，此詩前言「種之黄茂」，則種已擇矣，繼言「種」「褎」，在「方」「苞」之後，故以「種」爲生不雜。此最詳盡，可補孔疏之不及。源案，兩詩「方」字之異，信如嚴説。至《大田》「既種」，箋云「相地之宜而擇其種」，是擇其與土性相宜，不僅欲其不雜也。此詩「實種」，箋以爲苗生之不雜，是止言不雜於稂莠，不兼地宜之意。則二「種」字所指各殊，匪直時有先後而已。

「有邰家室」，毛以邰爲姜嫄之國，孔疏申之，謂邰是稷之母家，當自有君，而以封稷者，或滅或遷，皆未可知。然傳又言之矣，云「堯見天因邰而生稷，故封於邰」，則以邰封稷，自是特出堯意。但邰君未必有罪，不應奪其土地，則徙封之説長也。宋羅泌《國名記》以爲大王復取有駘氏曰大姜，是駘猶在，不以封稷，稷封之駘在武功，姜姓之駘在琅邪。案，大姜之爲有邰氏女，見《列女傳》，而《史記》正義亦引之，以證太姜之賢。見《周本紀》。然孔疏不用其説者，豈非以其與毛相左耶？不僅是也，《周語》伶州鳩言「武王伐殷，歲在天黿，即玄枵，齊分野。我皇妣大姜之姪伯陵之後，逄音龐。公之所馮神」，是大姜乃有逄氏女，非有邰氏女也。《左傳》昭二十年，晏子言有逄伯陵居爽鳩氏之墟，以及大公居之，是大姜之國雖在琅邪，而非有邰也。意有逄即邰之徙封，或舉其舊號而曰有邰，如宋之稱商，晉之稱唐，楚之稱荆與？然無可考已。孔氏之不用《列女傳》，良以此。

秬、秠，黍類也。穈、芑，粱類也。孔疏引《爾雅》郭璞注，釋穈爲赤粱粟，芑爲白粱粟，郭説必有本也。宋沈括《筆談》及蘇頌《圖經》皆以爲赤黍、白黍，此誤也。彼徒見《詩》「穈」字與《説文》「䵏」字字畫相近，又見陶隱居《别録》有丹黍米，彊以《爾雅》赤苗之虋當之，故有是説也。不知《説文》「䵏」字下从黍，靡爲切，《詩》「穈」字《爾雅》《説文》皆作虋，莫奔切，音形俱别，截然兩字。䵏字从黍，訓爲穄，即稷也。《玉篇》云：「穄，䵏，似黍不黏。」與从禾之穈何涉哉？至於丹黍、赤粱，色偶相同，元是二穀，何可合爲一也？穈、芑之訓，當以郭爲正矣。又案，有赤黍名稴，胡兼切，見《玉篇》，陶氏丹黍米，其是物乎？又秠即秬類，是黑黍之二米者，羅願以爲即來牟，亦謬。

「是任是負」鄭云：「任，猶抱也。」疏云：「以任、負異文，負在背，故任爲抱。」源案，古「妊」字通作「任」，鄭豈以抱之於懷，猶婦人之懷妊，故訓爲抱與？然「我任我輦」箋云「有負任者」，則又合任、負爲一，所謂對文則異，散文則通也。王氏訓爲肩任，未知何本。

后稷郊祀，毛以爲堯所特命，鄭以爲二王之後，宋儒皆非之。然論詩之文義，六章「以歸肇祀」，末章「后稷肇祀」，兩「肇祀」相應，而中閒皆言祭祀，則定指一祭而言，不得分七章所言爲后稷主祭，末章首五句所言爲人祭后稷也。又李氏譏毛「特命」之説，而以魯郊爲比，謂成王、伯禽皆非禮，豈堯與稷亦然。殊不知所謂禮者，創自天子耳，況聖德如堯，可以議禮制度，稷之播穀，又功及萬世，錫以異數，非私恩也，何得以常禮律之。董氏譏鄭二王之説，以爲后稷於舜，不得爲二王後。夫舜繼堯，堯繼嚳，嚳之子孫在堯、舜時，正猶周之杞、宋耳，詎非二王後耶？況「肇祀」者，始祀也，若以爲祀其先，則稷居九官之列，爲天子公卿，尚不得祭宗廟，必待就國而始祭乎？理又難通矣。故傳以「肇祀」爲「始歸郊祀」，不可易也。但以毛、鄭二説較之，則毛爲尤勝。鄭破「肇」爲「兆」，不如依字訓始，一也。稷既改封就國於母家，則高辛氏之後，必更有爲嗣者，修其先代禮物，邰不得亦爲二王後，二也。前五章言后稷功美，帝堯特賜，正是報功之典，若因二王後而得郊，則非歸功后稷之意，三也。此郊祀專指祈穀，不及至日之郊，或因后稷功在播穀，故特賜此祭，若二王後，則兼行至日之郊矣，四也。然則鄭氏二王後之説，止可用之於首章之禋祀，不可用之於六、七、八章之肇祀矣。

「或舂或揄」，揄音由，非本音也。揄自音俞，訓「引」耳。抒臼抒，取出也。謂抒米以出臼。之義，字當作抭，又作䑌，又作舀。舀，以沼反。《周禮·舂人》注、《儀禮·有司徹》注皆作抭，《説文》作舀，从爪臼，而抭、䑌乃其或體。

傳以蹂爲蹂黍，箋易傳以爲潤濕之，取舂、揄、簸、蹂及釋、烝之次第也。孫毓是鄭，但論字義，則毛爲當，吕《記》、朱《傳》皆从毛。又「釋」左从米，漬米也，與「解釋」字異。

傳釋「載謀載惟」，引《周禮·肆師》莅卜三語，嘗之日，莅卜來歲之芟。獮之日，莅卜來歲之戒。社之日，莅卜來歲之稼。即繼之曰「所以興來而繼往也」，蓋已預透「以興嗣歲」之義。又繼之曰「穀熟而謀，陳祭而卜矣」，此足莅卜之意，非「載謀載惟」正解。然謀、惟意即在其中，言當穀熟時已謀度祭祀之禮，感秋成而思報也。又陳祭時，又預卜來歲之善否，因祭而祈年也。后稷之功，莫大於播穀，后稷之祭，莫重於祈穀，故此章雖言祀事，而終之以「興嗣」之文，可見謀、惟祀事，正爲興嗣而然。傳預透末句義於此，所以釋謀、惟本意，不專分析二字字訓也。若分析謀、惟字訓，則箋語明確矣。云：「諏謀其日，思念其禮。」

郊之位在國門外，須祭軷而行。蕭、羝、燔、烈，皆爲軷祭也。自此而往郊，祈穀於上帝。「以興嗣歲」，正言往郊之意也，此指將祭時。下章豆登、香升，斯爲正祭時矣，二章文義相承。後儒以后稷諸侯，不得郊祀，故以「取蕭」爲祭先，「取羝」爲祭軷，燔、烈總上兩祭，於三句文義則通矣，但祭先本出孝思，祭軷自爲行遠，與祈年之典絶不相蒙，章末「興嗣」語不已贅乎？況軷之所祭，即七祀中行神，乃祭之小者，詩主美大后稷肇祀之禮，不應舉其小祭，且與祀先大典並稱，尤爲不類。

嚴《緝》辨「豆登」登字曰：「登升之登無丿，豆登之登有丿。」案，「豆登」字本作𢍚，从二手持肉在豆上也，隸作登，从手持肉在豆上，與登升字從癶音撥。从豆絶異。嚴僅以丿之有無别之，疏矣。

《生民》詩八章，架構至爲精密。首章推原后稷生於姜嫄，是一篇之綱領，末二句「載生載育，時維后稷」，則已爲下七章立案。次章言后稷之生，不坼副，無菑害，此「載生」之事也。三、四章言稷之始而見棄，繼而見收，以及稍長有知識，好種植，此「載育」之事也。五、六、七、八章言其爲稷官而教稼，封有邰而肇祀，烝民乃粒，上帝居歆，爲周室開基之太祖，所謂「時維后稷」也。況此七章文義，俱首尾相銜，連環而下，章法極其工矣。且起句言「厥初」，由今而溯之初也。結句言「迄今」，由初而推之今也。一起一結，遥相呼應，此最有格律之作，學長篇詩者宜熟玩之。

行葦

《行葦》雖成王詩，然所言皆先王事，惟「曾孫」始目成王耳。首章箋以爲先王之愛物，五章箋以爲先王將養老行射禮，七章箋以爲成王承先王之法。蓋敘云「周家忠厚」，是言累世積德，非美一王也。先王之法，箋謂指文、武，其愛物、行射之事，當别指先世有道之君矣。案，《吴越春秋》言公劉慈仁，行不履生草，運車以避葭葦。又班彪《北征賦》云：「慕公劉之盛德，及行葦之不傷。」又《後漢・寇榮傳》云：「昔文王葬枯骨，公劉敦行葦，世稱其仁。」皆以行葦勿踐爲公劉事，漢世古書史猶多，當必有據，豈三家《詩》説乎？康成雖不言何王，意或相合矣。

《行葦》後敘，東萊疑爲講師附益，容或有之。朱子譏其隨文生義，無復倫理，恐不然。仁及草木，愛物也；内睦九族，親親也；尊事黄耇，敬老也。總爲王者忠厚之道，何謂無倫理哉？又謂説此詩者不知比興之體，音韻之節，此特以毛、鄭二家指行葦勿踐爲忠厚之實事，不以爲興，而「或肆之筵」四句，故言毛公分章，謂之故言。自爲一章，不以「几」字上叶「爾」字、「御」字下叶「斝」字耳。殊不知詩即行葦一物，見王者愛物之仁，於義自通，何必判爲興體？又此篇毛分首章爲六句，次章四句，三章六句，後四章章四句，文義允愜。説見吕《記》。必欲易之以就韻，則「或肆之筵」四句分屬兩章，在本章既遭割裂，在前後章復成贅疣矣。三百篇中同韻而異章、同章而異韻者，不僅此詩，能悉更定之乎？又因「曾孫」二字，疑此詩爲祭畢而燕，恐未必然。曾孫雖是主祭之稱，然非祭時亦可稱也。《貍首》詩言射不言祭，亦云「曾孫侯氏」矣。蒯聵自稱曾孫以告三祖，哀二年。乃是戰時，非祭時。

葦是叢生之物，故毛傳釋「敦」爲聚貌。朱《傳》以敦聚爲句萌之時，已非本義。又其取興，則以「勿踐履」與「莫遠具爾」，以「苞」「體」「苨苨」與「肆筵」「授几」，尤爲不倫。敦聚如朱解，則勿踐履時葦未成形方體。生葉苨苨。也。至肆筵、授几，即「莫遠具爾」之實事耳。兩義豈能相配乎？

苞，草名也，可爲麤履，又本也，茂也。其見《詩》者，如「苞栩」「苞櫟」「苞杞」之類，皆訓爲叢生，則通作枹。《生民》之「實苞」，《行葦》之「方苞」，鄭皆訓茂，此《爾雅·釋詁》文也。朱《傳》訓爲甲而未坼，不知何本。

「方苞方體」，方者，方來而不已，方將苞茂，方將成體，其葉又苨苨然美好，故不忍傷之，此正方長不折之意，所以爲仁也。鄭箋以爲終爲人用，故愛之，是直利之耳，所見小矣。

「莫遠具爾」，鄭以「爾」爲揖而進之，蓋《燕禮》有「爾卿」「爾大夫」之文也。爾字毛無傳，故疏以箋義述之，謂無論遠近，皆揖之使進。

「嘉肴脾臄」，疏云：「燔炙是正饌，以脾函爲加助，則經文是『加肴』矣。」又云：「箋以脾函爲加，故謂之嘉，是『嘉美』之加。」又云：「定本、《集注》，經皆作『嘉』。」是當時經文，或「加」或「嘉」，本各不同也，未知誰得其正，惜毛不爲傳，無由定之。宋董氏言舊本皆作「加肴」，定本作「嘉」，唐改從定本，此特因疏語而揣度其然。玩箋文，則漢世經本已有作「嘉」者矣。孔氏申箋云「正饌之外所加善肴」，則脾與臄合兩義而兼存之，亦未盡善。

「敦弓」兩章，鄭以爲大射，王肅述毛以爲燕射，孔疏是鄭，吕《記》是王。案，此兩章前後皆言飲酒之事，前言飲酒是燕族人，敘所謂「内睦九族」也，後言飲酒是養老，敘所謂「外尊事黄耇」也。燕族人則旅酬之後，射以爲樂，養老則先期行射禮，擇士以爲賓，此燕射、大射之别，一在燕末，一在先期。而兩章言射在燕族之後，養老之前，則二説俱可通也。但此射爲燕射，則當承燕族取義，與下章養老各一禮。王既以爲燕射，而又以爲養老之燕射，則失經文先後之次，孔氏譏之宜矣。東萊不从後敘，謂此詩前後所言飲酒爲一事，無睦族、尊老之别，故以王説爲然。然此詩首敘本言忠厚，而忠厚元非一端，後敘列言三義以當之，亦非誤也。必如吕意，則全詩皆燕同姓語耳，首敘之義，恐未盡於此。

「敦弓既堅」，《釋文》云：「敦，音彫。徐又都雷反。」此兩讀俱非敦字本音。傳訓「敦弓」爲畫弓，《説文》弴字亦訓畫弓，是敦本弴字，詩借用敦，依字仍當作弴耳。《説文》云：「弴，都昆切。」則此詩敦字，亦應如本音矣。都昆切雖出徐鉉，然弴以𦎫得聲，𦎫字从亯从羊，讀如純，此叔重舊注也。純、𦎫、敦、弴聲韻皆同，則「敦弓」之敦，斷宜以如字爲古音矣。陸音、徐反，俱不必拘。

「敘賓以賢」，毛云「賓客次第皆賢」，復引孔子矍相之射證之，是論其素行之賢也。鄭謂多中爲賢，較切於射。然毛説實爲正大，況素行賢，則射亦必多中矣。

「四鍭如樹」，意在美其中耳，《集傳》曰：「言其貫革而堅正也。」貫革豈禮射所重乎？

「敘賓以不侮」，東萊獨取晦菴「不以中病不中」之説，源終嫌其巧。箋云：「不侮，敬也。」其人敬於禮則多中，此即射義内正外直之意，宜可用也。今《集傳》先訓不侮爲敬，後及不以多中陵人之説，則朱子之所折衷有在矣。

「酌以大斗」，《釋文》云：「斗字又作枓，都口反。徐音主。」《小雅》「維北有斗」，《釋文》亦兩音，而音「主」者，沈重也。據徐、沈音，是「斗」與「主」「醹」元同韻，不必用叶也，《集傳》叶之，贅矣。近世陳第《古音考》音主爲祖，音斗爲堵，亦謬。主、祖、堵今亦同韻，不獨古也，何必改音？況主、斗同音，不僅韻同，何反分爲兩音乎？案，《説文》「十升曰斗，當口切」，「枓，勺也，之庾切」。此詩「大斗」爲酌酒之器，則依字當作枓。又案《易》豐卦「日中見斗」，與「蔀」字、「主」字協，彼《釋文》云：「見斗，孟作見主。」蓋以音同，故通用也。《説文》枓字亦諧斗聲，則斗、枓二字古音爲「主」無疑。《正韻》四語韻中收此兩字，皆音主，得之。

「以祈黄耇」，王氏解爲乞言，良是。下章引、翼、介、福，則善言之益也，敘云「養老乞言，以成其福禄」，正指此爾。毛訓祈爲報，鄭訓祈爲告，俱未若王義長。嚴《緝》從之。

《爾雅》云：「鮐背、耇，老壽也。」則「黄耇鮐背」特老人之通稱耳。《大全》載輔廣之言，謂鮐背則老更甚於黄耇，不知出何典。毛傳云：「鮐背，大老也。」不言黄耇次之也。《方言》云：「秦晉之郊、陳楚之會曰耇鮐。」二者省文而合爲一稱，其非兩義可知。《釋名》云：「九十曰鮐背，或曰黄耇。」亦以二者爲同實而異稱，並不如廣所言也。

「鮐背」箋云：「台之言鮐也，大老則背有鮐文。」疏引《爾雅》舍人注以爲背似鮐魚。案，鮐音臺，又音台。《史記·貨殖傳》「鮐鮆徂禮切。千斤」，《漢書》同。《文選·吴都賦》「王鮪鯸鮐」，指此魚也，宋羅願《爾雅翼》以爲即今之河豚魚。又案《文選》劉逵注云：「鯸鮐狀如科斗，大者長尺餘，腹下白，背上青黑，有黄文。」

性有毒，雖小獺及大魚不敢啗之。烝煮食之肥美。」據此，則羅語良是。

《行葦》末二章是養老之事，故「以引以翼」，毛、鄭以爲成王之事黄耇，吕、嚴以爲黄耇之輔成王，義皆可通矣。朱《傳》指爲頌禱之詞，則黄耇者，特稱願之虚言耳，無所指目也，引翼之者誰？又誰所引翼者乎？

既　醉

「公尸嘉告」，公者，君也。天子祭宗廟，以卿爲尸，卿出封則爲侯伯，侯伯入仕王朝則爲卿，皆有君道，故稱公尸。以爲周先公之尸者，非是。成王時七廟，爲先公者三，其四皆王也，豈大王以下無嘏詞乎？雖曰舉尊以概卑，然文義偏枯矣。況周先公未追王者，自得蒙王號，享王祭，《武成》《大告》稱后稷爲先王，《周禮·大宗伯》「六享」所稱先王，則偏指后稷以下也，何獨於尸而以公名之？朱《傳》又引秦稱皇帝，而男女稱公子、公主相例，則愈儗非其倫。秦不師古，全無禮文法度，豈成周比哉？至天子女下嫁，三公主之，故有公主之稱，非自天子爲公也，且至今猶然，不獨秦也，此證尤屬疏漏。

「其告維何」，箋云：「公尸所以善言告之，是何故乎？」蓋此「維何」與下三「維何」語氣稍異，故鄭特加訓釋，是問其告之故，非問其告之詞也。祭饌既美，助祭者又有威儀，克當神明之意，正荅以告之故也。《集傳》以爲尸告之如此，又謂自此至終篇，皆尸告之詞，恐非是。詩僅八章，而五章皆嘏詞，反居其大半乎？又古嘏詞當有成文，著於禮經，非臨時臆撰也，觀《少牢禮》載大夫嘏詞，則天子亦應有之矣。成周詩人全譺禮經成語，目爲己詩，尤無是理也，況此五章文體，與《少牢》嘏詞不類。

「君子有孝子」與「威儀孔時」連文，故毛、鄭以君子爲群臣，然首二章「君子」皆目成王，不應此獨異也。朱、吕以孝子爲主人之嗣子，則與下三章「祚胤」「孫子」詞意重複。惟嚴《緝》云：「威儀甚得其宜，由成王有孝子之行。孝子之行無有匱竭，能化天下皆爲孝。」斯得之。但「威儀」上承「朋友」，嚴語尚未分明，當云「群臣之威儀甚得其宜，由君子有孝行以先之」，則上承「朋友」既明劃，而下起「不匱」又有情矣。

「孝子不匱，永錫爾類」，毛云：「匱，竭。類，善也。」疏申之謂：「以孝道轉相教化，無有匱竭，則天長賜王以善道也。」《周語》釋「類」義云「不忝前哲之謂」，夫克肖前人，何善如之？與毛義相成矣。世德相承，實天意使然，故云「永錫」也。鄭訓類爲族類，謂孝行無匱竭，長與女之族類，又據《左傳》所引證「考叔純孝，施及莊公」爲説，不知左氏以證「施及」，當取「不匱」義，非取「錫」「類」也。況此與下章同言「永錫」，皆謂天與之耳，鄭以「爾類」爲人與？「祚胤」爲天與？義不劃一矣。

「室家之壼」，謂善道施於室家而廣及天下，毛訓壼爲廣，與《周語》合，必是古義相傳如此也。鄭以壼爲捆，謂室家先捆致相親，以化天下使相親，則意太迂曲，不如毛氏訓「廣」合之《周語》「廣裕民人」之解爲順矣。近有以室家指民閒言者，更爲明捷，又與毛傳、《周語》不相違，可采也。至朱《傳》「深遠嚴肅」之説，恐礙於義。深居九重，王者之常事，何勞臣子致祝邪？況聞聲稱朕，趙高所以愚二世也，而詩人亦以此稱願於王，是成周賢公卿與亂秦宦豎所見乃略同，吾未敢信。

鳧鷖

敘言「守成」，又言「持盈守成」，持盈正所以守成也。盈易溢，溢則成者毀矣，持之使勿溢云爾。「無有後艱」傳云：「言不敢多祈也。」斯持之之道與？

朱《傳》以《鳧鷖》爲賓尸之樂，殆非也。繹者，祭名也，祭祀樂章宜歌《頌》，豈歌《雅》哉？繹祭之樂歌，自有《絲衣》矣，焉用《鳧鷖》乎？朱子之爲此説，徒據「公尸來燕」語耳。然詩詞與樂章不相應者多有，此詩雖咏繹，非必奏之於繹祭時也。《鵲巢》詩豈國君娶婦之樂，《采蘩》詩豈夫人助祭之樂乎？又以《假樂》爲尸荅賦，一似賓尸時王與公尸即席唱酬者，❶尤令人難信。

《鳧鷖》五章「公尸」，毛傳皆指宗廟言，鄭箋分之爲五，以首章「在涇」爲祭宗廟之尸，次章「在沙」爲祭四方萬物之尸，三章「在渚」爲祭天地之尸，四章「在潀」爲祭山川社稷之尸，末章「在亹」爲祭七祀之尸。曲爲分配，永叔譏其臆説，信矣。然或謂天地、山川、社稷之有尸，乃漢儒之説，不足信，此大不然也。案，《周禮・大司樂》「大祭祀，尸出入奏《肆夏》」，《大祝》「大祭祀，隋許規切。釁、逆牲、逆尸」，《小祝》「大祭祀，送逆尸，沃尸盥」，凡言大祭祀者，兼天神、地祇、人鬼而言也。而《國語》亦言「晉祀夏郊，董伯爲尸」，是郊祀天地有尸矣。《周禮・士師》「祀五帝，則沃尸」，「若祭勝國之社稷，則爲之尸」，是祭五帝與祭社稷皆有尸矣。

---

❶「與」，原重文，嘉慶本同，據康熙抄本、大全本、《四庫全書》本删一「與」字。

《禮記・曾子問》：「天子既殯，五祀之祭，尸三飯不侑，酳不酢。」又《月令》注引逸《禮・中霤禮》云：「凡祭五祀於廟，用特牲，有主有尸，皆先設席於奥。」是祭五祀有尸矣。《緇衣》篇繹祭，高子以爲靈星之尸，是祭星辰有尸矣。此皆見於經傳，安得謂漢儒之説乎？况漢世近古，其傳聞必有據。《石渠論》《白虎通》所言，《石渠論》云：「周公祭天，大公爲尸。」《白虎通》云：「周公祭大山，召公爲尸。」《既醉》正義引之。未可疑其妄也。

《鳧鷖》五章，陸佃以前四章分配神祇祖考，而末章總之，較勝於箋矣。「來成」，言祖也。「來爲」，言考也，傳云「厚爲孝子」，則考可知。天神在上，故言「來下」，地祇在下，故言「來崇」，此與敘甚合。

「福禄來爲」，毛云「厚爲孝子也」，鄭云「爲，猶助也」，助之正以爲之，鄭申毛意耳。「爲」訓助，故《釋文》云「于僞切」，又云「協句如字」。朱《傳》訓助而無音叶，豈欲讀如字乎？

假樂

《假樂》「假」字，音暇，訓嘉，《詩》《禮記》《爾雅》三釋文皆同。朱《傳》據《中庸》《左傳》改爲嘉，不知假本訓嘉，何必破字也。案，假字有遐、賈、嫁、暇、格五音，其音暇者凡五見《詩》及注。此詩「假樂」與《周頌》「假以溢我」「假哉皇考」三「假」字，傳皆訓嘉。《商頌》「昭假遲遲」，箋訓暇，又《皇矣》箋引《書》「五年須假」，亦爲暇義。此五「假」字，《釋文》皆音暇，而假之一音，實兼嘉、暇兩義也。又案，朱《傳》假作嘉，非音嘉也。近世俗本《集傳》直云音嘉，誤矣。以楊用修之博雅，亦據其音爲正，列假字於《轉注古音》楊所著書名。六麻韻中。甚矣，俗本之誤人也。

《大明》篇「保右命爾」，《假樂》篇「保右命之」，一指武王，一指成王，文同義亦同也。鄭箋於《大明》云：「安而助之，又遂命之。」於《假樂》則以爲「成王官人，必群臣保右而舉之，乃後命用」，何忽異其説也？右本訓助，轉爲薦舉之義，不已迂乎？舉而後用，官人之常，何足稱美乎？此詩毛無明解。案，《中庸》引此，鄭氏注云：「保，安也。右，助也。」孔氏述之云：「天乃保安右助，命之爲天子，又申重福之。」當以此解爲正，《集傳》亦主《禮》疏。

「不愆不忘，率由舊章」，古注本指成王，蘇氏以爲子孫遵成王之法，恐不然。朱《傳》則併下二章皆言子孫矣。詩本嘉成王，何反詳於子孫而略於成王也？又「穆皇」以下既祝子孫，則與首章所指各別，文義亦不相蒙。《大全》載劉瑾語，乃謂下三章皆申首章，而一一分配之，述朱而失其旨矣。

「無怨無惡」，鄭云「天下皆仰樂之，無有怨惡」，歐陽云「其臨下無有怨惡於人」，意大同而小異，皆謂不爲人所怨惡也，此説得之。其以爲無私怨惡於人者，誤矣。不獨横增一「私」字也，有私惡必有私好，止言無私怨惡，文義反成遺漏矣。《集傳》兼載兩説，而反寘鄭義於後。

「燕及朋友」，以族人之恩及之也。禮有族食、族燕，燕乃其常。群臣有功則燕，非其常也，故云「燕及」，以美王恩意之隆也。此箋説。朱《傳》訓燕爲安，而曰「人君能綱紀四方，臣下賴之以安」，文義亦通，但與下「不解于位」不相顧矣。「不解」兼指君臣言也，君臣皆勞，民始得安，何得臣獨逸乎？東萊云：「上逸則下勞矣，上勞則下逸矣。不解于位，民所由休息。」朱《傳》既云臣賴君以安，而又引吕語，不自相牴牾耶？

《邶風》「伊余來塈」、《大雅》兩「民之攸塈」，凡三「塈」，傳、箋皆訓息。《假樂》疏據《爾雅》「呬，息」某氏注引《詩》「民之攸塈」，以爲「塈」與「呬」古今字，良是也。案，「呬」《説文》作「𩐎」，云：「卧息也。从鼻隶聲。」然則《詩》作「塈」，乃借也。《説文》「塈」作「墍」，云：「仰塗也。从土既聲，其冀切。」《書》「塗塈茨」《梓材》。當此義矣。《詩》借爲息，故《釋文》云虚器切，音亦不同。至「㤅」者，乃古愛字，《玉篇》以當此「塈」，恐不然。又《正韻》釋塈字引《詩》「來塈」「攸塈」，从仰塗取義，訓爲依附，説亦可通，但不知何所本。其《摽梅》「塈」字，毛訓取，與三詩同音而異義。

毛詩稽古編卷二十

吴江陳處士啓源著

生民之什中正大雅

公　劉

《大雅》自《公劉》至《召旻》，正、變雅十有六篇，敘皆得作者主名，召康公、穆公、凡伯、衞武公、芮伯、仍叔、尹吉甫、凡伯，共八人。召康公三詩，皆正雅也。其變雅則召穆公三詩，二刺厲王，一美宣王也。衞武公、芮伯各一詩，皆刺厲王也。仍叔一詩，尹吉甫四詩，皆美宣王也。兩凡伯共三詩，一刺厲王，二刺幽王也。《抑》爲武公作，《桑柔》爲芮良夫作，别見《春秋》内外傳。《崧高》《烝民》，則吉甫自著名氏，餘皆賴敘以明，其説必有所受矣。朱子不信小敘，故除武公、芮伯、吉甫四詩外，皆爲疑詞，《卷阿》詩則又參以《紀年》之説。

《書·武成》孔傳云：「公，爵。劉，名。」彼疏云：「公劉之後，有公非，公組紺之類，先公多矣，獨三君稱公，當時之意耳。」《詩·公劉》疏則取王肅之説，以公爲號而非爵，且言三君獨稱公，豈餘君不爲公也？所見良是。然不言之於《書》疏者，殆東於傳義耳。

不窋竄翟，公劉遷豳，其故迹多載圖經。《史記》正義云：「《括地記》：不窋故城在慶州宏化縣南三里。」案，唐慶州即漢北地郡，今爲慶陽府，不窋冢在府城東三里，城内有不窋廟，是不窋竄居在今慶陽府也。鄭氏《豳譜》云：「今屬右扶風栒邑。」《史記》正義云：「公劉徙漆縣。《括地記》：『豳州新平縣，即漢漆縣也。』」案，栒邑在今西安府邠州三水縣西二十五里，邠州西有新平廢縣，本漢漆縣，而公劉墓及廟皆在邠州城東六十里，是公劉遷都在今邠州也。慶陽與邠州相去五六百里，兩地本甚縣隔，然慶陽舊號北豳，韋昭注《國語》，以不窋竄戎爲在豳，殆以此與？又慶陽之寧州治西亦有公劉邑，寧州亦稱豳寧，意豳都獨在漆縣，而豳境所統，則兼及於北地乎？但公劉侯國，其封域廣輪不應及五六百里之遠，蓋夏時西裔已棄爲戎翟之居，土曠民稀，不得以常制限也。

公劉遷豳，毛傳以爲本居於邰，遭夏亂迫逐，避中國之難，遂平西戎疏謂與之交好，得自安居，非戰而平之也。而遷其民，邑於豳焉。呂《記》不然其説，以爲參之《國語》《史記》，不窋已竄西戎，至公劉而復興，拓大境土，遷都於豳。是公劉之遷，毛以爲自邰而避亂，呂以爲在戎翟而復興，事情正相反。後儒率宗呂矣，但毛氏遠有師授，傳聞最真，未可漫以爲非也。夫史遷以公劉爲不窋孫，中閒止隔鞠陶一世，不容他徙，當仍在戎狄之閒，故不言公劉遷豳，而曰子慶節立國於豳也。不知「爰方啓行」，即遷豳之實事，況詩中明有「于豳斯館」「豳居允荒」之語，尚可非毛而信遷乎？至《周語》言「不窋奔翟」，公劉不應更在邰，與毛傳相矛盾。《緜》篇孔疏又以爲不窋已竄豳，猶尚往來邰國，未即定居於豳，至公劉而盡以邰民往居焉，是定居於豳自公劉始，此足通兩書之異而未盡也。仲達斯言，猶拘於《周本紀》所著世次，及康成《豳譜》謂公劉與太康同時之説耳。《本紀》以周十五世當夏、殷二代千三百年之久，先儒已規其謬。孔疏云：「計每世在位八十許年，子必將老始生，以理推之，實難據信。」《史記》索隱、正義辨之，意亦同。《豳譜》之言又與《周語》不合，辨見下條。俱未可信。則公劉之與不窋，相去不知幾世，決非祖孫也。源謂不窋失官奔翟，因夏之衰，韋昭以太康之亂當之，應不誤。迨少康中興，纂禹之績，愛民重農，不窋子孫自當還於舊都，修先人之職，則有邰疆土仍如故。《竹書紀年》云「少康三年復田稷」，沈約注云：「后稷之後，不窋失官，至是而復。」復其官，必并復其國矣。至公劉再遭夏亂，是桀時。説見下條。始去有邰，定都於豳耳。故不窋之竄，公劉之遷，皆避夏亂，皆自邰出，事略相同，而時世不必相接。後儒不信毛傳，皆因過信《史記》以兩君爲祖孫世次相近之故，故特論之，以俟識者擇焉。

公劉遷豳，毛傳止云遭夏人之亂，未定何王之世也。鄭《譜》指爲太康時，孔疏疑之，謂據韋昭《國語》注，不窋與太康同時，公劉乃不窋孫，不應共世，當矣。但謂不窋失官，在太康始衰之時，公劉見逐，在少康未立之前，此特遷就其説，曲爲鄭《譜》回護耳。夫太康之後，又歷仲康、帝相兩王，始滅於寒浞，則少康未興以前，豈得越兩王而名爲太康時邪？《譜》之言仍不合也。案，子長作《周本紀》，拘於太子晉十五王及衛彪傒十五世之語，皆見《周語》。晉言「后稷靖民，十五王而文始平之」。傒言「后稷勤周，十五世而興」。當是賢君有十五耳，非世數盡於此也。所記世次，最爲疏漏，公劉之爲后稷曾孫，未可信也。婁敬説高祖，言周自后稷封邰，積德累善十餘世，公劉避桀居豳。漢初去古不遠，敬所聞當有據矣。夫十餘世則非曾孫，避桀則非與太康同時，此足正《本紀》及《豳譜》之失。敬語今見《史記》，子長録之於傳而不改《本紀》之誤，何弗思乎？

《公劉》之言「篤」，猶《生民》之言「誕」也。傳云：「篤，厚也。」敍所謂「厚於民」是也。首章言去邰之事，次章言度地之勤，三章言建立都邑，四章言燕勞群臣，五、六章言築室授田，利民富國之事，而六以「篤」字冠之，則皆厚於民之道也。公劉之厚非一端，而避夏遷豳，尤爲厚之至。公劉食足兵彊，雖遭迫逐，猶可固守，如篇首言其可居而弗居，可安而弗安，有疆埸，有積倉，而皆去之弗惜，以脱民於鋒刃，厚莫加於此矣。太王之避狄遷岐，殆其家法乎？然二君雖當奔竄之餘，而相度從容，經理周密，絶非流離播遷倉皇失措者比。蓋其棄國之初，胸中先有成畫，去小利，就大謀，度可爲而後動，非徒姑息爲仁，退避爲義者也。厚德之中，有大略存焉，見於《緜》《公劉》兩詩矣。

「于橐于囊」，諸家釋橐、囊各異，約之有四説焉。毛傳曰：「小曰橐，大曰囊。」《玉篇》解亦同。孔疏申毛，引《左傳》趙盾食靈輒，寘食與肉於橐，及《公羊傳》陳乞盛公子陽生於囊，以橐僅容物，證其小，囊可容人，證其大，此一説也。干寶《晉紀論》引此詩，吕注云：「大曰橐，小曰囊。」與毛傳反，此又一説也。《釋文》引《説文》曰：「無底曰囊，有底曰橐。」孫奕《示兒編》亦引之，今本《説文》云：「囊，橐也。橐，囊也。」與二書所引不同。此又一説也。《唐韻》云：「橐，無底囊。」徐鍇曰：「無底曰橐。」《漢書》師古注云：「無底曰橐，有底曰囊。」《刑法記》及《趙充國傳》二注皆同。宋董氏及朱《傳》因之，此與《釋文》反，又一説也。四説各異，而毛傳最古矣。又孔疏引趙盾、陳乞二事似爲確證，然《史記·平原君傳》云「若錐之處囊中」，《漢書·揚雄傳》云「士或自盛以橐」，又云「范睢扶服入橐」，則囊未嘗不以盛物，橐未嘗不可容人也。意二物本大同小别，可以互稱，人各以意名之，故説各不同乎？

「干戈戚揚」，箋云：「戈，句孑戟也。」疏無發明。案，《考工記・冶氏》：「戈廣二寸，内倍之。胡三之，援四之。」注云：「戈，今句孑戟也。或謂之雞鳴戟，或謂之擁頸。」又《禮記・文王世子》注云：「戈，句孑戟也。」疏云：「如戟，有孑刃。」因引《冶氏》文，而繼之云「以其句曲有孑戟」。又《曲禮》疏云：「戈，句孑刃也。如戟而横安刃，但頭不向上而鉤也。直刃長八寸，❶横刃長四寸，接柄處長四寸，並廣二寸，用以句害人。」據此諸説，是戈、戟皆句兵，但小枝向上爲戟，平之爲戈，微有不同，故戈亦蒙戟名，而以句孑别之。句孑者，以其横安刃不向上而鉤也。《説文》謂之平頭戟，云「戈，从弋，一横之，象形」是已。又莊四年《左傳》「楚武王授師孑焉」，杜引《方言》云：「孑者，戟也。」疏云：「《方言》戟，楚謂之孑。郭注云『取名於句孑也』。戟有上刺之刃，又有下句之刃，故以句孑爲名。」是戈、戟之用，俱在句孑，大類而小别也。《方言》又云：「凡戟而無刃，秦、晉之閒謂之孑，吴、揚之閒謂之戈，東齊、秦、晉之閒謂其大者曰曼胡，其曲者謂之句孑。」曼胡，郭注云：「句孑，曼胡，即今之雞鳴句孑戟也。」夫戟而無刃，殆即所謂横安刃不向上者，正指戈而言。然則孑者，本以名戈，而楚獨以名戟，杜特據《楚語》釋孑耳，故《冶氏》疏引《左傳》注云：❷「孑，句孑。」是服、賈諸家語。不言是戟，與杜異也。

「爰方啓行」，毛、鄭皆釋爲方開道路而行。蓋時遭迫逐，道路必有阻難，故整其師旅，設其兵器，以方開

❶「寸」，原作「尺」，據康熙抄本、大全本、《四庫全書》本、嘉慶本改。

❷「冶」，原作「野」，據康熙抄本、大全本、《四庫全書》本、嘉慶本改。

之也。《齊語》管仲曰：「君得此士也三萬人，以方行天下。」二「方」字字法相同。《集傳》曰：「方，猶始也。」文義亦通，但與上二語少情。

毛傳謂公劉遷豳，從者十有八國，本指諸侯也，曾氏以爲民之從遷，而引爲「既庶既繁」之證，誤矣。諸侯之從，不過同避夏亂耳，非同適豳也，豳地能容十八國乎？

「而無永歎」，傳云：「民無永歎，猶文王之無悔也。」此特釋長歎之爲悔爾，民不以遷爲悔，猶文王之作事，無所可悔也。仲達謂「民不恨公劉，猶文王之德，不爲人恨」，遂用此義以述《皇矣》詩，殆未得毛旨。

「鞞琫容刀」，朱《傳》既從正義釋「容刀」爲容飾之刀，又引或說，謂容刀如容臭，言鞞琫之中容此刀，此誤解《詩》并誤解《内則》也。案，《内則》疏引庾氏蔚。語云：「以臭物可以修飾形容，故謂之容臭。」正與《詩》疏容刀同義。

《詩》多言原隰，皆泛指廣平下濕之地耳。獨《公劉》篇「度其隰原」，鄭氏著之於《豳譜》云：「在《禹貢》雍州岐山之北，原隰之野。」孔疏申之云：「《禹貢》雍州『荆岐既旅』『原隰底績』，是岐山、原隰屬雍州也。公劉居豳，度其原隰以治田，是豳居原隰之野。」孔氏《書》疏又云：「原隰，豳地，從此致功，西至豬野。」鄭玄以《詩》云「度其隰原」即此原隰，是也，據此當爲地名。況《禹貢》「原隰底績」上有荆岐、終南、惇物、鳥鼠，皆山名，下有豬野，是澤名，而原隰與之並列，定非地形高下之通稱。鄭氏既引《書》以作《豳譜》，孔氏復合《詩》《書》二文以證其爲一，則《公劉》篇之「隰原」，自應訓爲地名矣。然鄭氏箋此詩云「度其隰與原田之多少」，則仍是廣平下濕之通稱耳。孔氏亦隨文釋之，末雖引《豳譜》，而不爲置辨，殊屬疏忽。

「取厲取鍛」，鍛者，治鐵之名，非石名，亦非鐵名也。毛傳云：「鍛，石。」鄭嫌以鍛爲石名，故申之云「鍛石所以爲鍛質」。孔疏云：「質，椹也。鍛金之時，須山石爲椹質。」是鍛雖非石名，然取石以供鍛用，則毛之訓爲石，仍是道其實也。朱《傳》訓爲鐵，鐵未有名鍛者，豈以爲鍛成之鐵乎？鍛成之鐵已爲人有，不比山閒頑石，可取之無禁也。又《釋文》云：「鍛，本又作『碫』。《説文》云：『碫，厲也。』」豈厲與鍛乃一石乎？又今《説文》「碫」作「碬」，徐音乎加切，與《釋文》異，別有辨，詳《附録》。

「芮鞫之即」，傳云：「芮，水涯也。」箋云：「芮之言内也。」然則芮乃水内涯名，非水名也，字當作「汭」。《周禮·職方氏》：「雍州，其川涇汭。」鄭氏注引《詩》「芮鞫」證之，及箋《詩》，則不用前説，孔疏以爲注《禮》時未詳《詩》意，良是也。蘇氏反取其《禮》注，《通義》駁之，當矣。又案，《職方》賈疏亦辨其故，謂「《詩》上言『夾其皇澗，泝其過澗』，故以『芮鞫』爲外内。周公制禮時，以汭爲水名，汭即皇澗，名爲汭耳」。賈以汭爲皇澗之別名，殆是臆説，不如孔疏之當。又「鞫」訓水外，字當作「坭」，《職方》鄭注引《詩》作「泦」，《漢書·地理記》引《詩》作「阸」，師古曰「《韓詩》作阸」。案，坭、泦、阸三字不見《説文》而見《玉篇》，皆居六切，注云：「水外曰坭。阸，古岸也。泦，水文也。」《廣韻》泦訓同《玉篇》。坭、阸二字皆兼曲岸水外之義，則「芮鞫」鞫字當以坭爲正，餘皆借也。

洞　酌

《公劉》《洞酌》《卷阿》三詩，皆召康公戒成王，而意各有所指。《公劉》戒以厚民事也，《洞酌》戒以修德行道也，《卷阿》戒以求賢用士也。鄭氏釋《泂酌》，用《左傳》「昭忠信」之説，正合敘意。潦水可薦神明，所謂皇天親饗也；豈弟爲民父母，所謂有德有道也。成王他日命君陳曰：「至治馨香，感于神明。黍稷非馨，明德惟馨。」蓋深有得於此詩之義矣。蘇子由以爲行潦至薄，挹而注之，可以餴饎，見物皆可用，喻君子之於人才彊教悦安，未嘗有所棄，猶父母之無棄子，與敘意全不相蒙。況「民之父母」「民之攸歸」「民之攸塈」，民字應概指士庶言，何得專目賢才？又求賢用吉士，是下篇立言本旨，不當此詩豫及之也。

「可以餴饎」，言行潦可供餴饎之用耳，朱《傳》釋餴義，謂「烝米一熟，而以水沃之，乃再烝」，一似用行潦專爲再烝也，豈一烝時不須水乎？又毛云：「餴，餾也。」正義引《爾雅》孫炎注云：「烝之曰餴，勻之曰餾。」郭璞注云：「餐音修。飯曰饙，饙熟曰餾。」而申之云：「烝米謂之餴，餴必餾而熟之，故言饙餾。」然則一烝之後，勻之便熟，何用更沃水乎？又餴字義，《説文》云「一烝米」，《玉篇》云「半烝飯」，《廣韻》亦云「一烝」，並無再烝之説。又案，餴本作䭻，或作饙。

《泂酌》詩《集傳》引《表記》「彊教」「悦安」、《大學》「民好」「民惡」之語，不過證「豈弟」「父母」之義，非有兩層意也。《大全》載輔廣之言，以「彊教」「悦安」爲成民之才，「民好」「民惡」爲體民之心，又云「既有以成其才，又有以體其心」，則是豈弟、父母成二義矣，世有彊教悦安尚與民心好惡相違者乎？

卷阿

《卷阿》詩十章，凡十言君子，而其六則言豈弟，箋、疏皆目大臣，即敘所謂「賢」也。敘所謂「吉士」，則經文之「藹藹吉士」「藹藹吉人」也。能信任大賢，處之尊位，則衆賢滿朝矣。嚴坦叔推演其説，以爲成周雖多吉士，不可無大賢以爲之統盟，時周公有明農之請，召公恐周公歸政之後，成王任用非人，故勸王虚心詘己，求豈弟之賢而任之。斯語良是也。朱子《辨説》謂「賢」與「吉士」不得分爲兩等，同一「豈弟君子」，《泂酌》目成王，不應此篇遽爲賢人，似矣。但首章云「來游來歌」，七章云「維君子使，媚于天子」，來是自外而至之詞，非所以稱王，媚于天子，不得云王使媚之，均礙於文義。又召公意在勸王用賢，何得二、三、四章徒爲頌禱之諛詞，不一及本旨乎？朱《傳》以爲極言壽考、福禄之盛，以廣王心而歆動之，五章之後乃告以致此之由，此特彊爲之詞耳，詩意未必然。

人主用賢，始則虚心詘體以致其來，終則寵賚錫予以報其功。而賢者既用，上則能成就君德，下則能表正民俗，中則能使庶僚竭力以致太平，其義皆具於《卷阿》詩矣。首章取興卷阿，末章稱述車馬，正用賢始終之道也。二、三、四章三言「俾爾」，謂君德成也。五、六章兩言「四方」，謂民俗正也。七、八章兩言「藹藹」，謂庶僚竭力也。九章言鳳鳴之和，桐生之盛，謂致太平也，此用賢之效也。首尾二章論人君用賢之道，而中八章皆盛稱其效以爲勸，篇法、章法最爲完整。

《卷阿》，《集傳》云：「召康公從成王游，歌於卷阿之上，因王之歌而作此以爲戒。」其説本《竹書紀年》。《紀年》云「成王三十二年，王游於卷阿，召康公從」是也。然阿是大陵之通稱，卷是卷曲義，非地名也，詩以爲興，不言王游於此也。且《紀年》言王游，不言王歌也。言王歌見《紀年》注，則在十八年，非歌於游卷阿時也。歌見後。《紀年》因《詩》而傅會，《集傳》又因《紀年》而增益之耳。《紀年》之書，先儒不用以釋經，故朱子雖祖其說，而不著其所自出。

首章「飄風自南」，《釋文》「飄」作「票」，云「本亦作飄」。其「匪風飄兮」「飄風發發」，《釋文》皆云「飄，本又作票」。案，票，《說文》云：「火飛也。从火⿴臼囟，與䙴同意。」䙴，七然切，舉之或體，从舁囟聲，升高也。火飛必上升，故云同意。今爂字惟見《周禮》，他書皆作票，隸省也。《周禮·草人》「輕爂用犬」注：「爂，輕脆者。」疏云：「爂、脆聲相近，故知爂即脆也。」又《漢書》「票姚校尉」「票騎將軍」師古注以爲「勁疾之皃」，《五行記》谷永言成帝「崇聚輕票無誼之人」，合諸說觀之，票乃輕速之稱，蓋从火飛取義也。毛訓飄風爲回風，疏引《爾雅》「回風飄」李巡注云：「回風，旋風也。」凡風之回旋者，必輕揚而迅速，《詩》飄、票文雖異，義則相通矣。

「伴奐」，毛訓爲「廣大有文章」，音判渙，鄭訓爲「自縱弛之意」，音畔換，孔疏辨之矣。「茀祿」茀字，毛訓小，音弗，鄭訓福，音廢，《釋文》引徐、沈二家語，亦甚明。呂《記》、朱《傳》皆從鄭訓而用毛音，不已疏乎？又「伴奐」如鄭解，則與「優游」意複，不如毛訓之當。且本於孔子之言，孔晁引之云：「奐乎其有文章，伴乎其無涯際。」見正義。尤爲有據。

馮、翼、孝、德，分爲四義，皆指賢人之德言。馮、翼是施用之名，孝、德是成行之稱，孔疏之解甚當。呂《記》謂馮翼目成王言，言王當有所馮依，有所輔翼，必得有孝有德者然後可。則四「有」字文義參差，殆非詩旨。

「鳳凰于飛」，箋云：「時鳳凰至，因以爲喻。」孔疏引《書·君奭》「鳴鳥不聞」證之，當矣。案《周語》內史過曰：「周之興也，鸑鷟鳴於岐山。」韋昭注云：「鸑鷟，鳳凰之別名也。《詩》云：『鳳凰鳴矣，于彼高岡。』」其岐山之舊乎？」此又一證也。又《周書・王會解》云：「西申以鳳鳥，方揚以皇鳥。」解所言正指成王時，王城既成，大會諸侯及四夷之事，此尤足爲證，而孔不之引，豈偶未及耶？至《竹書紀年》云：「成王十八年，鳳凰見，遂有事於河。」沈約注云：「鳳凰翔庭，王援琴而歌，作《神鳳操》。」此《集傳》所謂游歌也。《紀年》非正典，宜不爲孔所據信矣。按《神鳳操》曰：「鳳凰翔兮於紫庭，余何德兮以感靈，賴先王兮德澤臻，于胥樂兮民以寧。」詞調卑弱，非三代人手筆，其爲僞作無疑。

吕《記》云：「『亦集爰止』，言萃聚也。『亦傅于天』，言布散也。」此二義取興最優，萃聚喻入佐朝廷，與「媚于天子」相應，布散喻出莅民社，與「媚于庶人」相應。

「藹藹」，毛云「猶濟濟」，鄭云「奉職盡力」，意皆出《爾雅》。疏合二義言之，云「美容又盡力」。夫美容盡力，所以爲吉士也。蘇氏改訓衆多，則下「王多」複出矣。又《釋文》云：「藹，《説文》作譪。」案，《説文》：「譪，从言葛聲，臣盡力之美。」亦與《釋訓》同。又此字近世有上、去二讀，《正韻》解、泰二韻皆收之，非古也。《釋文》：「譪，於害反。」《説文》《玉篇》並同，止有此一音，無讀上聲者，又皆入言部。《示兒編》云：「譪字，《釋文》與《禮部韻》並音去聲。」意宋世已有上聲之誤，故孫特致辨與？

「維君子使」，《集傳》以君子目王，自知與下句文義難通也，因引《六月》篇「王于出征，以佐天子」相例。不知彼詩「于」本訓「曰」，出征以佐天子，正王命吉甫語也，故「王」與「天子」文連，無礙於義，非此詩之比。

以鳳凰、梧桐爲太平之實驗，而致此瑞則由王之用賢，此毛義也。以鳳凰喻賢士，梧桐喻明王，此鄭義也。較論之，鄭義差長。

「既庶且多」「既閑且馳」，言賢者車馬之盛，見王寵賚之隆也。若君子目王，不過王有此車馬耳，與優賢意何關？

「矢詩」，即首章之「矢音」也。「遂歌」，即首章之「來歌」也。來歌、矢音承上「豈弟君子」言，矢詩、遂歌承上兩「君子」言，皆謂賢者矢之而爲歌也。但首章來歌以矢其音，是賢者自歌之，末章矢詩而遂爲歌，是樂工歌之爲異耳。末章傳云：「不多，多也。明王使公卿獻詩，遂爲工師之歌。」傳泛言公卿，是即詩之「君子」，而敘所謂賢也。箋以矢詩爲召公自言，孔疏因謂《公劉》《泂酌》《卷阿》即所矢之詩，而此二語爲三篇總結，似矣。然「矢詩」「遂歌」與「來歌」「矢音」首尾文義相應甚明，箋、疏之述傳，殆未合詩意。

生民之什下變大雅

民勞

《民勞》敘下箋云：「厲王，成王七世孫也。」疏引《世本》及《周本紀》明其世次，以爲共王生懿王及孝王，孝王生夷王，此誤矣。案《本紀》，孝王乃共王弟，夷王乃懿王子也。《世本》即《史記》所據，亦應與《本紀》同。疏又引《左傳》服虔注，言「召穆公是康公十六世孫，康公與成王同時，穆公與厲王並世，世數不同者，生子有早晚，壽命有短長故也」。此語固然，而猶未盡。案，召康公最稱多壽，《論衡》言其百八十歲，必有據矣。計其生存時，當及見七八世孫，成又沖主，特與其雲仍同輩耳，世數差殊，又何足怪。

「汔可小康」，毛云：「汔，危也。」鄭云：「汔，幾也。」疏申毛云：「汔之下云小康，明是由危即安，故以汔爲危。」又申鄭云：「汔之爲危，無正訓，又勞民須安，不當更云危，故以汔爲幾。」源謂孔氏失毛、鄭意矣。毛云「危」，即「近」義，《易》曰「其殆庶幾」，「殆」與「危」，義皆可通於「近」。但毛語未明，故鄭云「幾」，正申毛「危」意，非易傳也。又《爾雅·釋詁》：「噊、幾、裁、殆，危也。饑，音祈。汔也。」幾、饑、危、汔轉互相通，毛「危」、鄭「幾」同歸「近」義耳，豈有異乎？又案，汔，《爾雅》《說文》皆作汽，从水气聲。气即古氣字，省作汔，借爲乞與、請乞義。但《爾雅》釋文汽音蓋，《詩釋文》及《說文》皆許訖反，音各不同。《說文》云：「水涸也。或曰泣下。」與《詩》《雅》義又不同。《廣雅》：「汔，許乞反。盡也。」音同許、陸，而訓釋又異，當以毛、鄭爲正。

「無縱詭隨」，毛訓爲詭人之善，隨人之惡，朱《傳》訓爲不顧是非而妄隨人，雖小異而實同歸也。《後漢書·陳忠傳》引此詩，章懷注云「詭詐委隨之人」，朱說當本此。

「憯不畏明」，《說文》引之，憯作朁，❶云：「曾也。从曰兓聲。」❷臣鉉等以今昝字即朁之譌。又《說文》別有憯字，云痛也，則朁、憯是兩字。《詩》中憯字多訓曾，當以不著心旁爲正，惟《雨無正》「憯憯日瘁」當从心耳，後人傳寫，合兩義於一字，久矣。

「柔遠能邇」，見《書》，亦見《詩》。鄭注《書》則曰：「能，恣也。」箋《詩》則曰：「能，猶伽也。」伽字唐初已

❶ 「朁」，原作「替」，據《說文解字》改。下二「朁」同。

❷ 「兓」，原作「兟」，據《說文解字》改。

不載字書，音義莫考，《釋文》借用《廣雅》「如」字訓《廣雅》云：「如，若也，均也。」釋之，正義用《書》注「恣」意釋之，然鄭箋自有解矣，箋云：「安遠方之國，順伽其近者。」則「伽」義當與順相同。又《釋文》云：「能，徐云毛如字，鄭奴代反。」據徐反，「能」與「耐」通，「伽」當訓忍，訓任。徐邈晉人，去鄭未遠，宜得「伽」字之解矣。但毛傳「能」字無訓，孔述毛全用鄭「順」意，不知徐云毛如字，當作何義也。

板

《板》《蕩》首章「上帝」，皆謂王者，《板》詩二、四、五、六章，《蕩》詩次章及《桑柔》首章「天」字，亦斥王，毛、鄭之説，有自來矣。三家義雖無攷，然《韓詩外傳》以「上帝板板，下民卒癉」爲君反道而民愁，則「上帝」亦指君。《爾雅·釋詁》云：「天帝、皇、王，君也。」正謂此諸詩耳。後儒易其説，最是拘墟之見。又「天之牖民」下文皆言王者之事，尤難徑屬上天。李氏解爲順天理以牖其民，迂矣。朱《傳》曰：「天之開民，其易如此。以明上之化下，其易亦然。」亦迂。

「靡聖管管」，毛以「管管」爲「無所依繫」，必有本也。訓爲小見者，蓋因管字而傅會之，曹氏之陋説，《詩緝》引之，誤矣。案，管本作悹，《廣韻》云：「古滿切。《詩》傳：『悹悹，無所依。』又音貫。」然則此詩管字，乃悹之借也，與管見義何預？

《爾雅·釋訓》云：「憲憲、泄泄，制法則也。」小人逢迎其主，往往創立新法以助其虐，厲王時紛更舊典必多，《周語》太子晉曰「厲始革典」，斯其證也。首章「靡聖管管」，六章「無自立辟」，正此意。孟子解「泄泄」

云：「言則非先王之道，以先王爲非，故敢於自立法也。」與《釋訓》意合。朱《傳》以「泄泄」爲怠緩悦從，恐非孟子「沓沓」之義。沓沓者，雜沓競進之貌，辨見《小雅·十月之交》。故以無禮義、非先王實其説。夫無禮義、非先王，豈止於怠緩悦從哉？案，《説文》「泄泄」作「呭呭」，云「多言貌」，「沓沓」云「語多沓沓」，義正相符矣。又「多言」與「制法則」似異而實同，人主紛更舊典，群小必争先獻媚，各進其説。《説文》解字義，故止云多言，《爾雅》釋《詩》義，則推其多言之故。

《詩》三言泄泄，「泄泄其羽」傳云「雉飛而鼓翼也」，「桑者泄泄兮」傳云「多人貌」，「無然泄泄」傳云「猶沓沓也」，三「泄泄」所指異而義則同。鳥之鼓翼爲求雌也，人之衆多急蠶桑也，臣之雜沓争獻媚也，總爲競進趨先之態。朱《傳》皆反其義。

「天之方蹶」，蹶，俱衞反，動也。朱《傳》既解爲動矣，又云顛覆之意。訓顛覆，則「蹶」當居月反。今兼兩義，不知讀何音。

「辭之輯矣」「辭之懌矣」，鄭以詞爲王者之政教，蓋上文戒群臣毋助王爲虐，因言國之安危係於出令如此，不得輕變先王法也。其説本當，而嚴《緝》非之，謂戒以僚友言論宜相和協，誤矣。夫言論貴其是，豈必其同乎？以下數章觀之，當時懽懽者止一老夫耳，其囂囂者、謔謔者、夸毗者皆隨聲附和，唯諾恐後者也，尚慮其不相合哉？嚴又譏鄭以上、下文皆責僚友，中忽言王者出令，詞意不倫，則不獨失詩意，併失鄭意。鄭原云此戒語時之大臣，政教雖出於王者，而輯之懌之，臣亦與有責焉，故告戒之，與上、下文正一意，安得謂不倫乎？

「聽我囂囂」，毛云：「囂囂，猶警警也。」疏引《爾雅》「警警，傲也」申之謂傲慢其言而不聽也。囂，五刀反，朱《傳》許嬌反，訓爲自得不肯受言之皃。以自得訓囂囂，雖本《孟子》趙注，然轉爲不肯受言，迂矣。

傳云：「夸毗，以體柔人也。」義同《爾雅》，先儒皆遵用。朱《傳》獨曰：「夸，大也。毗，附也。小人之於人，不以大言夸之，即以諛言毗之。」夫夸毗與籧篨、戚施一類，乃見成稱目，非可分析取義也，此解不已疏乎？況毗，人臍也，轉訓益，訓厚，訓輔，並無作阿附解者。案，夸毗《玉篇》《廣韻》皆作⿰身夸⿰身比，⿰身比字《集韻》亦作⿰身毘，⿰身生與毗字本訓不相蒙。

《爾雅》：「籧篨，口柔也。戚施，面柔也。夸毗，體柔也。」此三者曲盡小人狐媚之態，而皆見《詩》。今合之他典，則《周書》「巧言令色便辟」語異而義同，巧言即口柔，令色即面柔，便辟即體柔耳。《論語》亦言「巧言令色足恭」，注云：「足恭，便辟貌。」《書》傳亦云：「便辟，足恭。」孔仲達釋「夸毗」云：「便辟其足，前卻爲恭。」今經生解足恭異此，誤也。則足恭也，便辟也，夸毗也，三名而一實也。《孟子》述曾子、子路之言，所謂未同而言者，其口柔乎？諂笑者，其面柔乎？脅肩者，其體柔乎？取人與律身皆當戒此三者，聖賢之垂訓，古今同符如此。又案，籧篨《廣韻》作蘧蒢，戚施《説文》作𪓰𪔂，《廣雅》及《玉篇》作⿰戚見⿰施見，《晉語》以二者爲疾名，《説文》以籧篨爲粗竹席，𪓰𪔂爲詹諸，取象於廢疾與器物，其賤惡之稱與？夸毗亦必有所象，今不得其説矣。

「喪亂蔑資」，毛以蔑爲無，資爲財，義本通也。《集傳》曰：「資與咨同，嗟歎聲。」不獨改字，文義亦乖。

「民之多辟，無自立辟」，立辟者，立法也。自立法，必廢祖宗之法，所謂國將亡，必多制也。成王之賢也，「由舊章」，厲王之暴也，「自立辟」，可識興亡之故矣。李氏謂民多邪僻，王不宜又爲邪僻，朱、吕皆從之，此非詩旨。《左傳》宣四年，孔子引此詩，譏洩冶處邪僻之世，不可自立法，意正與古注同。不然洩冶諫君，可言邪僻乎？

又此兩「辟」字，毛、鄭上訓邪僻，下訓法，故《釋文》上「匹亦反」，下「婢亦反」。下章「大師」，毛、鄭以爲三公，故《釋文》音泰。吕《記》「立辟」从李氏，訓邪僻，「大師」从王氏，訓大衆，而音反仍襲《釋文》之舊，殊少檢點。

以「大宗」爲同姓世適，「宗子」爲王之適子者，鄭康成之説也。以「大宗」爲巨室，「宗子」爲同姓者，王安石之説也。晉士蔿對獻公，僖五年。引此詩云：「君其修德而固宗子，何城如之？」宗子暗指申生，正適子之謂，鄭説有本矣。李樗從王説，反引《左傳》證之，誤矣。

「及爾出王」，毛訓王爲往。王之訓往，獨見此耳，説《詩》者頗以爲疑。近世《説文長箋》言「狂、迋、誑、往等字皆从㞷，《詩》『出王』本作㞷，石經因凡字從㞷者俱渻㞷爲王，併『出㞷』字亦省作王」，斯言良是也。案，《説文》㞷从𡳿在土上，𡳿本象艸出，而借訓往。㞷以𡳿取義，訓艸木妄生，則亦可借訓往，傳義有徵矣。又趙謂此字是石經所改，則孟蜀以前經文尚作㞷也，故㞷、乎光切。王雨芳切。異音，而《釋文》無音反。是唐本之爲㞷字，可知也。後儒不察，妄爲往音以就之，陋矣。夫王字止有平、去兩讀，安得有上聲乎？

毛詩稽古編卷二十一

吴江陳處士啓源著

蕩之什上變大雅

蕩

《蕩》敘云：「厲王時天下蕩蕩，無綱紀文章，故作是詩。」《爾雅》云：「版版、盪盪，僻也。」箋云：「蕩蕩，法度廢壞之貌。」蓋上帝本指厲王，譏其無法度，而在民上爲人君也。此詩「蕩蕩」，與堯之「蕩蕩無名」、《洪範》之「王道蕩蕩」，取義各别矣，歐陽氏訓爲廣大，殊失詩旨。蘇氏因此謂小敘「蕩蕩」與詩之「蕩蕩」不合，夫敘《詩》者豈能逆料後人之誤解乎？案《説文》，平坦義當作愓，狂放義當作像，亦作惕，滌除義當作盪，廣大義當作潒。蕩本水名，與此四義俱無涉。今愓、像、潒三字不用，以一蕩字總其義，而閒亦作盪，此俗之譌也，古經文必有别矣。即如《詩》「魯道有蕩」，此愓字也。《書》「以蕩陵德」、《論語》「其蔽也蕩」「古之狂也蕩」，❶及《詩》

❶「古」，嘉慶本同，康熙抄本、大全本、《四庫全書》本作「今」。

「蕩蕩上帝」，此慘字也。法度廢壞，正狂放義矣。《書》「洪水蕩蕩」，孔傳訓滌除，此盪字也。《論語》「君子坦蕩蕩」，及「堯之蕩蕩」，當作潒，潒訓水潒瀁，近廣遠義矣。《書》「王道蕩蕩」，孔訓開闢，則亦廣遠意，當作潒也。漢世去古未遠，所見經本較真，又師授有自，故訓釋得其當。後儒徒據俗本妄肆紛更，譏先儒爲誤，豈非經學之一阸哉？

又案經典中語同而美惡異義者甚多，如同一「欽欽」，《晨風》以爲憂，《鼓鐘》以爲樂。同一「翩翩」，《四牡》以興使臣，《南有嘉魚》以興賢者，《巷伯》以刺讒人。同一「藐藐」，《抑》篇以爲不相入，《崧高》以爲美貌，《瞻卬》以爲大貌。「豈弟君子」，至美之稱也，而齊人譏文姜亦用之。「繾綣從公」，昭二十五年《左傳》語。忠愛之誼也，而召公惡詭隨則謹之。此類難勝詘指，蓋自有經以來，字體屢更，經文亦屢易，衞包所改之經，已非漢隸之舊，況古文大篆乎？較之删定之原文，不啻内典之遭翻譯矣。又加以傳寫之踳誤，俗學之沿譌，垂二千年後，古經面目幾不可復問。然字形雖易，而字義猶可攷，此漢、唐注疏所以爲功不小也。

「曾是掊克」，毛訓掊爲自伐，克爲好勝。蓋定本「掊」作「倍」，倍是兼倍於人，故爲自伐，毛殆據「倍」字釋之耳。箋不易傳意，漢世經本皆作「倍」也。《釋文》云：「掊，聚斂也。」案，《説文》訓掊爲把，乃入水取鹽之名。《史記·武本紀》「掊視得鼎」，注以掊爲手把土，皆是剥取之義，陸云「聚斂」，當是也，然此止釋「掊」義耳。王氏曰：「掊斂好勝之人。」掊訓從陸，克訓從毛，此得之。朱《傳》徑解爲聚斂之臣，恐遺克義。《漢書·敘傳》師古注引此詩而釋之曰：「掊克，好聚斂，克害人也。」豈謂以聚斂行其克害乎？朱子最喜顔監，殆祖其説。但克害之事多端，寧僅聚斂？顔注云云，或分爲二義，亦未可知。

《蕩》詩兩「義」字皆訓宜,「而秉義類」言汝所秉用之人宜善也,箋訓類爲善。「不義從式」言沈湎之行不宜從而法式之也。案,古義、儀、宜三字通用。「宜鑒于殷」,《禮記》引之「宜」作「儀」。「如食宜饇」,《釋文》云「宜」本作「儀」。「其儀一兮」,箋訓儀爲義。「我儀圖之」,《釋文》儀作義,傳訓宜。此詩兩「義」之爲「宜」,毛、鄭不誤矣。後人亦知義訓宜,不知此兩「義」及《烝民》之「儀」直當「宜」字用也。義、儀、宜古皆音俄,音同,故用之亦不甚別。

「流言以對」,毛傳云:「對,遂也。」夫彊禦衆怨之人宜黜逐也,不根之流言宜遏絶也,而使之得遂,是王用人、聽言之不審也。用人不審則寇攘進矣,聽言不審則詛祝興矣。孔申傳云「爲流言以遂其惡事」,毛意未必然。鄭以對爲荅,義短於毛。

詛者,盟之細也。詛用牲,而祝無之,祝又詛之細也。古重盟詛之禮,蓋其風始於苗民,而後王因著爲令。《周禮·春官》之屬有詛祝,惟此「祝」如字讀。《秋官》之屬有司盟詛,民之不信者,其獄訟則使之詛盟,皆掌之以官,而朝廷之上亦自行之。《巧言》詩「君子屢盟」,是王與臣下盟也,蘇公欲詛「何人」,是大臣互相詛也,此皆君臣相疑,乖戾不和所致。厲王之時,群小接迹,流言交構,君臣之閒不能相信,至要神質鬼以釋其疑,宜其多詛祝矣。東遷而降,斯風尤盛,如鄭詛射潁考叔者,晉詛無畜群公子,魯作三軍則詛之,陽虎亂魯則詛其君及國人,秦伐楚則亦詛之於神,事不勝枚指。後世民情愈澆,鬼神不足約束之,於是上不立此法,下亦莫重其事矣。《集傳》以詛祝爲怨謗,即周公所謂「小人怨汝詈汝」,晏子所謂「夫婦皆詛」者也,與箋、疏異,文義亦通。但厲王行監謗之令,國人以目而已,敢厥口詛祝乎?

傳云：「咆哮，猶彭亨也。」韓愈《石鼎聯句》詩「豕腹脹彭亨」，蓋用其語。然鄭之述毛云「炰烋，氣矜自健之貌」，與韓咏鼎腹意異。韓雖用毛語，而失其旨矣。案，《易釋文》大有卦。引干寶注云：「彭亨，驕滿皃。」《玉篇》《廣韻》「彭亨」作「憉悙」，注云「自彊也」，意皆同鄭。

「如蜩如螗」傳云：「蜩，蟬也。螗，蝘也。」陸《疏》云：「宋、衛謂之蜩，海岱之閒謂之蟬。蟬，通語也。螗，蟬之大而黑色者，一名蝘蚻。」然則蜩爲總名，螗乃諸蜩中之一種。郭之注《爾雅》同此義，又與毛傳合，當是也。孔疏據《爾雅》舍人注謂方語不同，三輔以西爲蜩，梁、宋以東謂蜩爲蝘。是螗、蜩一物而異名，與郭義殊，殆不然。《爾雅》所列蜩之種凡七，而總名之曰蜩，螗之名居七者之一耳，何關方語乎？又《爾雅》云：「蜩，蜋蜩，螗蜩。」首一「蜩」總諸蜩也，蜋蜩與螗蜩，七蜩中之二也。孔疏引之云「蜩，蜋蜩，螗」，截去一「蜩」字，意舍人句讀然乎？不如郭之當矣。孔舍郭而取舍人，既失之，邢昺述郭者也，載舍人語於《雅》疏，而不知其與郭異，其疏忽尤甚。

「内奰于中國」，傳云：「不醉而怒曰奰。」《説文》引傳語「奰」作「⿱⿲目目目⿲大大大」，云：「壯大也。从三大音闉，本作六。與「大小」字別。三目。二目爲䀠，居倦切，目圍也。三目爲⿱⿲目目目⿲大大大，益大也。平秘切。」然則今作「奰」，省文也。又《魏都賦》「姦回内贔」，劉淵林引此詩證之，「奰」作「贔」。孔疏引《西京賦》「巨靈奰屭」語以證此詩，彼「奰」亦作「贔」也。奰、贔其一字乎？《説文》有⿱⿲目目目⿲大大大字，無贔字，贔殆⿱⿲目目目⿲大大大之破體，後遂分爲兩字耳。

鬼方之名，見《易》既、未濟卦及《詩・蕩》之篇。《易釋文》云：「鬼，遠也。」《詩》傳曰：「鬼方，遠方也。」孔疏云「未知何方」，然則國之所在，不可攷矣。後儒見《易》言「高宗伐鬼方」，《商頌》亦言高宗伐荆楚，疑爲一事，遂謂鬼方即荆楚。宋黄震之説。或又謂今貴州本羅施鬼國地，即古鬼方，皆臆説也。高宗在位五十九年，所伐豈必一國乎？《世本》謂黄帝娶於鬼方氏，《大戴禮・帝繫》篇謂陸終娶於鬼方氏，要不知在何地。匡衡言「成湯化異俗而懷鬼方」，則殷時鬼方本服從于中國，武丁時復畔，故伐之耳。孔疏以爲「鬼方，殷之諸侯，故施於紂世」，良然。案干寶《易》注云：「鬼方，北方國。」見李鼎祚集解。《文選》注引《世本》注云：「鬼方，於漢則先零戎。」見《玉海》。先零，西羌也。皆不言是南裔，則以爲荆楚者非是。

《蕩》以紂比厲王，則厲之惡如紂矣，然而不亡者，以時無文、武耳。商之季，天爲民生文、武，民之幸，非商之幸也。不然，安知武庚不爲宣王哉？芮良夫云：「天下有土之君，厥德不遠，罔有代德。時爲王之患，其惟國人。」語見《周書・芮良夫解》。噫！代德者必如文王乃可，穆公假陳其言，殆深爲厲王危乎？雖然訖周之世無文王而周以亡，上天立君之局，至此乃變，後世之興亡，惟力是視而已。

抑

《抑》之篇，其作於共和之世乎？自共和元年迄平王十四年，爲歲八十有五，而衛武公薨。《楚語》言「武公九十五，猶箴儆於國」，計其壽，當百歲左右也。厲王未流彘時，武公尚在童年，共和時則方少壯，《抑》詩應作於此際矣。孔仲達謂「武公時爲諸侯庶子，無職事於王朝，不應作詩刺王，必是後來追刺」。蘇氏主其説，而源以爲未然。詩發於性情，主文譎諫，無出位之嫌，匹庶尚可爲之，況侯國公子？武公好學，老而彌篤，少壯時必德性過人，彼目擊厲王之虐而發憂危之語，固其宜也。其後用以自警，至耄不忘，入相於周，必曰諷誦焉，大師之官，因取而列於《大雅》矣。敍云：「刺厲王，亦以自警。」漢侯苞苞著《韓詩翼要》十卷。亦云：「衛武公刺王室，亦以自戒。行年九十有五，猶使人日誦是詩而不離於側。」毛、韓義同也。吕《記》、嚴《緝》以爲庶子時作，當矣。又此詩本爲刺王而作，非爲自警而作也。朱子《辯説》以敍之刺王爲失，遂引侯苞語，以削其刺王室之説。夫武公自警，特侯國詩耳，何得編於《雅》哉？

「靡哲不愚」，謂王政暴虐，賢者佯愚以免禍，不爲容貌，毛、鄭之説當有本也。觀《韓詩外傳》引箕子佯狂事以證此詩，異家而同説，可見矣。朱《傳》以此詩刺時，故别立新解，謂「哲人而無威儀，則無哲而不愚」。夫既無威儀，何名哲人乎？或謂此哲人乃自以爲哲，猶後言「哲婦傾城」。不知婦人無非無儀，故無貴於哲，若哲夫則成城矣，豈可證此詩？況詳玩經文，並無自以爲哲之意。

「無競維人」，言莫彊於得賢人也。訓四方而化其俗，是得賢之效，正見其所以彊也。古注本明白正當，後儒皆從之。《集傳》「盡人道」之解，頗爲迂闊。案《左傳》哀二十六年，子貢言衛輒内無獻之親，外無成之卿，而引此詩，因繼之曰：「若得其人，四方以爲主，而國於何有？」此《詩》説之最古者，箋、疏之解不謬矣。

「無言不讎」，毛以讎爲用，則應平聲，鄭以讎爲售，則應去聲，故《釋文》有市由、市又二反。案，古「讎」「售」二字通用。《漢書》曰「酒讎數倍」，又曰「收不讎」，如淳及師古注皆讀爲售，是也。又案，《表記》引此詩，鄭注以讎爲荅。《韓詩》「讎」作「酬」，《藝文類聚》引此詩作「詶」，亦是荅義。荅與報，二語正相敵，較爲優矣，吕《記》、朱《傳》、嚴《緝》皆從之。

「子孫繩繩」，《爾雅》作「憴憴」，云「戒也」，鄭箋本此以釋《抑》詩。《螽斯》毛傳云：「繩繩，戒慎也。」意亦同，蓋字訓古矣。況謹飭自持是保世之意，故兩詩以言子孫，取義亦長。蘇氏以爲不絶貌，殊短於味。

「相在爾室，尚不愧於屋漏」，鄭指祭末陽厭之禮，尸謖之後，改設饌西北隅。殆不謬也。古人以祀爲大事，伊尹言桀慢神，武王言紂昏棄肆祀，皆以祭典不虔，爲亡國之大罪。厲王無道，助祭者無嚴敬之心，武公刺詩應及之矣。又下文言「神之格思」，明是祭時語。《中庸》引之，以證齋明承祭之説，其引「屋漏」，亦與《烈祖》篇連文，可見詩本言祭也。朱《傳》純以「慎獨」立解，夫戒慎恐懼，聖賢主敬之學自應如此，非因畏鬼而然也，何必援神明以自繩束邪？

「彼童而角」，鄭以喻皇后預政，殆狃於「厲倡嬖郯配姬」之緯書也，誠謬矣。然後儒以爲理之必無，與投桃報李相反，亦非詩意。源謂厲王用事之臣，必有無知而自用者，將壞亂王室，故經文曰「彼」，是實有指目之稱。傳云：「童，羊之無角者也。而角，自角也。」夫無角而自謂有角，猶無能而自謂有能，詩人設喻之意應爾。

「實虹小子」，傳云：「虹，潰也。」本《釋言》文。彼《釋文》云：「虹、訌同。」此古字通用，與虹霓之虹無涉也。曹氏解爲螮蝀，而嚴《緝》從之，誤甚。

詩人稱目其君，尊之則曰天，曰上帝，親之則曰爾、汝，曰小子，難以常禮拘也。又《民勞》以下諸篇雖刺厲王，實兼戒用事之臣，則《抑》篇「實訌小子」「於乎小子」，或指臣言亦可。《周書・芮良夫解》云「爾執政小子」，是當時有此稱謂矣。嚴《緝》以爲武公自稱，非是。

《説文》引「告之話言」以爲傳語，豈指《左傳》襄二年文乎？然傳本引《詩》，何不徑以爲《詩》語也？若文六年傳則云「著之話言」，文稍異，非許所引矣。案，《傳》云：「話，古之善言也。」《説文》作語，云：「合會善言也。」古言多善，須合會之，二意互相足矣。又案，「語」籀文作「譮」，《玉篇》作舙，云古文語，《集韻》同，今經典俱作話。又「話」本户快反，讀如壞。《正韻》收入禡韻，讀如「華岳」之華，蓋就俗音。

寢、夢二字義别，《詩》惟《正月》「視天夢夢」、《抑》篇「視爾夢夢」當作夢，莫紅切。餘俱當作寢。莫鳳切。案，《説文》云：「寢，寐而有覺也。从寐从夢。」引《周禮》六寢之文。又云：「夢，不明也。从夕，瞢省聲。」是寢者，寢寐之義，夢者，昏昧之義。今經典相承通作夢，其誤久矣。又案，《廣雅》：「寢，想也。」今人以夢作寢，失之矣。

桑柔

《周書・芮良夫解》其言與《桑柔》詩往往相合，意芮伯先作《解》以戒王及執政小子，戒之不從，又作詩刺之乎？《詩》所謂「告爾憂恤，誨爾敘爵」「誦言如醉」，正目作《解》言也。《解》云：「爾執政小子不圖善，偷生苟安，爵以賄成。」夫偷生苟安則不知憂恤矣，爵以賄成則不能敘爵矣，亦既告之誨之，無奈其如醉何？故後著之於《詩》，冀其聞而改悟。忠臣憂國，卷卷無已，類如此。又厲王朝除召穆公、芮伯、凡伯二三賢臣外，餘皆貪佞小人，專利監謗之事，先意逢迎者，正不僅榮公、衞巫輩也。故詩亦刺王信用小人，如所云「惟彼愚人，覆狂以喜」「維彼忍心，是顧是復」，不一詞而足。其刺群臣，亦不外貪佞二意，如「朋友已僭」「貪人敗類」「征以中垢」及「善背」「善詈」「用力」「爲寇」諸語，皆與《周書》所戒相符。合《詩》與《解》觀之，流彘之由，居可知矣。

箋云「芮伯，字良夫」，疏據《左傳》引芮良夫詩及《周書》有芮良夫篇證之。然據《周書》，則良夫乃芮伯名，非字也。《周書》芮伯曰「予小臣良夫」，自稱當以名，不以字矣。

經傳多言劉，如無盡劉、遏劉、咸劉、虔劉，大抵皆訓殺。惟《桑柔》篇「捋采其劉」，毛云「爆爍音剥落。而希」，而《爾雅·釋訓》「毗劉，暴樂」音同上。之文亦正釋此詩，❶蓋古義如此，故《雅》、傳同也。又詩言「捋采」，止取其葉耳，於樹之根榦無損，何得云殺乎？王氏訓此劉爲殺，舛矣，况捋采其殺亦不成語。又轉爲盡義，何其迂也。《集傳》訓爲殘，殘即稀疏意，蓋陰用爆爍之解，而又不肯顯襲其詞。

「民靡有黎」，傳云：「黎，齊也。」孔申之謂：「民既被兵，或存或亡，無齊一平安者。」此解本通，鄭易傳，訓爲「不齊」，過矣。王安石訓爲黑，言黎民猶言黔首，説本杜撰，而施於此詩尤謬。不僅民靡有黑不成語也，華谷譏之如此。詩本言民遭禍亂，少得生存耳，豈謂民皆白首乎？嚴《緝》訓黎爲衆，庶得之。但詩本極言民生凋敝，不應止言不衆，則傳義尤允。

「天步」「國步」，步皆訓行。「天步艱難」，謂天行此艱難於申后也。「國步斯頻」，謂國家行此困急於民之道也。傳云：「頻，急也。」「國步蔑資」，謂國家行政輕蔑民之資用。毛、鄭義本如此。程子以天步爲時運，陳氏以國步爲國運，今遂習爲常語。但訓步爲運，終未安。

---

❶「訓」，當是「詁」字之訛。《爾雅》之文在《釋詁》篇。

傳云：「濯，所以救熱也。禮，所以救亂也。」箋云：「手持熱物之用濯，猶治國之道，當用賢者。」疏謂惟賢人能行禮，箋正申足傳意。今因用賢之解，與上「敘爵」語相接成，故皆從鄭，然傳義實優，匪直與衛北宫語合也。見《左傳》，疏亦引之。周家一代，專恃禮爲治，春秋卿大夫，恆以禮之有無，決國之存亡與人之休咎，則以濯喻禮，傳得詩旨矣。又毛公爲荀卿弟子，荀卿之書，謂隆禮爲儒術之先務，故毛之釋《詩》，亦多言禮。如《鄭·東門之墠》《唐·蟋蟀》《豳·破斧》《伐柯》諸傳皆是。此詩以禮救亂，亦其師説然也。

「好是稼穡」四語，毛、鄭既異解，而後儒釋之，復人各一説。吕《記》兼用李、歐二氏之説，謂好是稼穡，民力不可輕也，惟有功於民者，使之代耕而食稼穡，當以爲寶，必以禄養賢才。意實本於王肅之申毛，而嚴《緝》衍之，尤爲明確。嚴以「好稼」言重農，「代食」言任賢，「維寶」言詔禄不可輕，「維好」言擇人不可濫，此青出於藍矣。朱《傳》用蘇氏之説，謂君子欲進而不能進，則維退而務農以代禄食，雖勞而無患，恐非詩旨。

「具贅卒荒」，傳訓贅爲屬，蓋贅肬、贅壻皆繫屬義，然與荒虚義不相協，故鄭氏申之以爲「見繫屬於兵役」也。朱《傳》由屬義轉爲危義，恐大迂遠。夫有所繫屬，何言危乎？

以「旅力」爲膂力，於《北山》篇已辯其誤矣，至《桑柔》篇「靡有旅力，以念穹蒼」，亦作膂力解，文義尤不可通。詩本責在朝諸臣莫肯協力同心，憂念天變耳。念之當納誨於王，修舉政事，以挽回天意，定須大小群僚合力爲之。訓旅爲衆，正合詩意，何反釋爲膂耶？且「靡有」者，是當念而不肯，非欲念而不能也。今謂危困之極，無力以念天禍，尤不可解，念天禍焉用拳勇乎？況正因危困，故須憂念，反云危困而不能憂念乎？

「寧爲荼毒」，孔疏以荼爲苦菜，毒爲螫蟲，殆未然也。荼爲禮食所用，豈螫蟲之比哉？荼蓼之荼乃穢草，薅之欲其速朽，詩或指之。

「征以中垢」，傳云：「中垢，言闇冥也。」孔申之謂：「垢者，土處中而有垢土，故以中垢言闇冥。」是合兩字，方成闇冥之義。朱《傳》分訓中爲隱暗，垢爲汙穢，則由蘇氏語而衍之也。至嚴《緝》云：「中垢，内汙也。以閨門之事汙衊君子，如王鳳之誣王商。」尤爲妄説。「中垢」與「式穀」相對，言君子小人性行之不同如此耳，豈如嚴所云哉？君子光明正直，無事不可對人言，小人反之，其所行作，甚且不可告妻子，此傳所謂闇冥也。知小人之闇冥，則良人之「式穀」，必然光明正直；知光明之爲善道，則闇冥之不善可知。詩一語，意又互相備也。

「聽言則對，誦言如醉。」聽言，道聽之言。誦言，誦《詩》《書》之言也。聞淺近之言則應荅，聞正言則眠卧如醉，《左傳》杜注亦云：「昏亂之君，不好典誦之言。」無識之人往往如此，此非箋、疏一家之説也。《韓詩外傳》述郭公出亡，御者責其不聽諫則怒，御者稱其大賢則以爲然，而引此詩證之，正與箋、疏同意。近解迂回太甚。

《桑柔》詩末二章，三言民俗之敗，皆歸咎於執政之人。上欺違，則民心罔中矣。上尚力而不尚德，則民行邪僻矣。上爲寇盜之行，則民心不能安定矣。此詩刺王而兼及朝臣，故篇末縷陳之也。王肅述毛，皆主民言，殆非毛意，當以箋爲正。

雲　漢

宣王遭旱之年，箋、疏不能定其早晚，以《雲漢》敘推之，殆初年事乎？敘云「宣王承厲王之烈」，是去前王未遠也。又云「内有撥亂之意」，是撥亂方有其意，未見諸政事也。又云「天下喜於王化復行」，是前此王化尚未及行也。其在初即位時，可知矣。皇甫謐以爲宣王元年不耤千畝，天下大旱，二年不雨，至六年乃雨，孔疏疑其無據，然合之敘，非謬也。又經言「饑饉薦臻」，與六年乃雨説亦相符。劉道原《通鑑外紀》，全祖士安之説，諒有見矣。《竹書紀年》以爲二十五年大旱，禱之而雨，此不可信。又敘「厲王之烈」箋云：「烈，餘也。」《爾雅》本有此訓，故鄭用之，後儒以烈爲暴虐，不如訓餘之自然。

《左傳》謂天灾有幣無牲，僖二十五年。而《雲漢》詩云「靡愛斯牲」，《祭法》鄭注亦云「祭水、旱用少牢」，與《左傳》異。《周禮・大司徒》賈疏及《禮記・祭法》《詩・雲漢》篇孔疏皆推明其故，而説各不同。賈疏謂祈禱無牲，灾滅之後有牲。孔氏之説則不然，其《禮》疏以爲，初遇水旱，先須修德，不當用牲，若水旱歷時，禱而不止，則當用牲。其《詩》疏則引《祭法》注，見上。又引《春官・大祝》六祈注「造、類、禬、禜皆用牲，故説用幣而已」，知天灾祈禱皆用牲。較論三説，《詩》疏長矣。

「蘊隆蟲蟲」，傳云：「蘊蘊而暑，隆隆而雷，蟲蟲而熱。」疏云：「蘊，平常之熱，而隆隆又甚熱，故暑熱異文。」「蘊隆」經本單舉，而傳爲重文，古義當爾矣，王氏「蘊，積；隆，盛」解，真臆説。《釋文》云：「蘊，本又作煴。」紆文切。《説文》：「鬱煙也。」正義云「温字定本作蘊」，則古本經文，蘊、煴、温三字雜見也，煴與温亦訓爲蘊積耶？

「斁」旁从攴，音亦，解也，又厭也。其音妒者，本作殬，旁从歺，音櫱。敗也，通作斁。《詩》惟《雲漢》篇「耗斁下土」訓敗，音妒，餘俱音亦。但殬、斁俱諧睪聲，睪，羊益切，音與妒遠。殬之得聲，意古人韻緩，或可相通乎？

子由釋《雲漢》詩，有可取者三。釋「寧丁我躬」云：「與其耗敗下土，寧使我身當之，無使人人被其患。」釋「寧俾我遯」云：「苟我不當天心，寧使我遯去以避賢者，無以我苦此庶民。」釋「黽勉畏去」云：「棄位以避憂患，非人主之義，故黽勉不敢去，以求濟難也。」皆勝古注。

「靡有孑遺」，毛云：「孑然遺失也。」疏云：「孑然，孤獨之貌。無有孑然得遺漏者。」《孟子》趙注云：「無有孑然遺脱，不遭旱灾者。」皆以爲孑然。《小爾雅》云：「孑，餘也。」訓「靡有餘遺」尤明直。朱子因《説文》「無右臂」之解，遂釋謂「無復有半身之遺者」，正使留得半身，尚可以爲民哉？

「先祖于摧」，傳云：「摧，至也。」與《釋詁》義同。疏用孫説申毛，以「于摧」爲于何所至，言民皆餓死，先祖之神將無所歸也。轉「至」爲「歸」義，太迂。源謂至者，猶云來假耳，言酷旱如此，天將使我民無有遺留，先祖之神何不助我畏此旱灾而來假乎？毛意或如此。康成改摧爲嗺，固非是，蘇氏摧落之解，亦屬臆説。

鄭破摧爲嗺，云：「嗺，嗟也。先祖之神于嗟乎！告困之詞。」如箋義，則經文「于」字當讀爲「吁」，《釋文》無音反，非陸之疏，即傳寫之脱漏也。

「滌滌山川」，傳以滌滌爲旱氣，蓋貌狀語，無關滌之本訓也。朱《傳》用王説，謂山川如滌除，此依文傳會耳。《説文》引此作「蔋蔋」，徒歷反。與滌除何預哉？又《樂記》「狄成滌濫」，疏引《詩》「踧踧周道」證狄，「滌滌山川」證滌，云皆物之形狀。但彼注以狄、滌爲往來疾貌，義稍殊。

「我心憚暑」，憚字毛訓勞，則丁佐反，鄭訓畏，則徒旦反，疏及《釋文》辯之甚明。朱《傳》兼取勞、畏兩義，不知當何讀。又丁佐反者，字本作「癉」，《説文》云：「勞病也。从疒，單聲。」然則《大東》「憚人」、《小明》

「憚我」、此詩「憚暑」，皆借也。勞、畏二義，異音并異字，安得兼之於一字乎？

「云如何里」，「悠悠我里」，二「里」字一訓病，一訓憂，兩意皆通。《爾雅》：「痙，病也。悝，憂也。」里乃痙、悝之借耳。鄭解《雲漢》之里爲憂，而嚴《緝》譏其破字，誤矣。朱《傳》從鄭，訓里爲憂，得之，但引《季布傳》「無俚」爲無聊賴，以爲義同，則未當。有聊賴則不憂，憂則無聊賴，俚正是聊賴之義，與里訓憂相反，安得同？

「昭假無贏」，昭假二字，王申毛以爲昭其至誠於天下，朱《傳》以爲精誠昭假於天，義皆可通，而王較優矣。《詩》言「昭假」者五，《烝民》「昭假於下」、《噫嘻》「既昭假爾」、《泮水》「昭假烈祖」、《長發》「昭假遲遲」及此詩是也，惟《烝民》《泮水》二「昭假」，經文一言「于下」，一言「烈祖」，所指自明，不容異解，其三「昭假」，古注多以「及民」取義，近解率用感天爲説。其《噫嘻》詩，朱子初説雖訓爲格上帝，而《集傳》則易之，惟《雲漢》《長發》，皆以爲昭假於天。案，「昭假遲遲」，疏用箋義述毛，以假爲寬暇，説近迂。獨其注《記》《孔子閒居》，謂湯之明道下至於民，與「遲遲」意義較順，詳見《總詁》。似勝於《集傳》也。至「昭假無贏」，則王義尤得之。上章「靡人不周」，言群臣恤民之事，此又欲其始終不倦，故勸以昭布至誠，施惠於下，無或少有留贏，以民命瀕危，當賑救之，無棄其成功也。此於前後文義，最爲通貫矣。

毛詩稽古編卷二十二

吴江陳處士啓源著

蕩之什下變大雅

崧高

《崧高》傳並舉甫、申、齊、許四國，以爲姜氏四伯之後，鄭箋因之，以甫、申爲甫侯、申伯，當矣。至以甫即訓夏贖刑之甫侯，則吕《記》譏之，謂二人宜皆宣王時賢諸侯，而鄭氏遠取穆王時人爲非是。然以古況今，文義之常，以同姓名賢配申伯而爲言，正見稱美之至，箋義不謬也。至康成注《記》時，未悉《詩》義，故以甫爲申甫，及箋《詩》則改之，仲達辯之甚明。而嚴《緝》反取其舊説，斯舛矣，王伯厚《困學紀聞》駁之允當。

「王命召伯，定申伯之宅」，王肅曰：「召公爲司空，主繕治。」孔疏引之，以明獨使召伯營謝之故，肅所謂召公，專指穆公也，時穆公適爲司空耳。《集傳》引或説曰：「大封之禮，召公之世職。」是謂康公以來世世爲司空也，殆非肅意。別有辯，見《韓奕》篇。

「王命傅御，遷其私人」，傳云：「御，治事之臣也。」鄭以爲冢宰，雖未必然，然既王命之，定是王臣，非申伯之家臣也。朱《傳》以爲家臣之長，不知何據，又引漢明帝賜東平國傅手詔，以爲古制如此，恐周制未必同漢也。申伯當是有土之君，入相王室，如衛武公、虢文公之類。周家王后，皆侯國女，申伯是王舅，若非舊爲國君，安得與王室連姻？其城謝也，猶下篇之城齊，乃遷國，非始封也。孔疏以爲申伯舊國已絶，今改而大之，恐未然。申伯身在王朝，其家室仍在申，「遷其私人」者，自申而遷於謝耳。申伯眷戀闕廷，未遽返國，而家室在塗，宜有將導統率之者。又新邑人民未習申伯威德，其家室先到，豈能賓至如歸？亦須王臣銜命，而往以鎮服之，此豈家臣可勝其任哉？迨後申伯遄行，則家室已獲寧居，故徑從郿入謝，不復過其故都矣，六章「謝于誠歸」是也。案《一統記》，今南陽府南陽縣附郭爲古申國，今汝寧府信陽州，在南陽府城北二百七十里，州境内有古謝城，是申與謝兩地相去亦不甚遠，申伯私人，當自今南陽府至信陽州耳。

《崧高》第六章云「申伯信邁」，又云「謝于誠歸」，又云「式遄其行」，一似始疑其不果行，今方信其行者。鄭箋以爲申伯不欲離王室，王氏以爲王之數留，兩意正相反。較而論之，則鄭説長也。此篇屢言「王命」，又言「王纘之事」，又言「王錫」「王遣」「王餞」，不一而足，玩其詞氣，殆是王促之使行，非留之也。古諸侯在其國則南面而爲君，入王朝則北面而爲臣，又當勤勞於職，非若後世重内而輕外也。況申伯以卿士進爲牧伯，箋云：「申伯，周之卿士。」又「南國是式」箋云：「改大其邑，使爲侯伯。」疏引《左傳》，謂侯伯是爲州牧。新膺重寄，自應執謙引避，宣王倚毗念切，亦宜敦迫再三，反謂申伯欲行而宣王固留，情事豈應爾爾。

「王餞于郿」，郿在鎬西，非適謝之路，故箋云北就王命於岐周，以郿在岐之東也。嚴《緝》乃謂郿有文王廟，故至郿策命申伯，誤矣。鄠、鎬相去止二十五里，鄠亦在郿之東，與鎬等耳，何得道郿而入謝哉？

「申伯番番」，傳云：「番番，勇武貌。」曹氏改釋爲「耆艾之狀」，而嚴《緝》宗之，非也。彼謂「番番」與《書・秦誓》「番番良士」同，而《書》言「旅力既愆」，則「番番」不得爲勇武之稱耳。殊不知「番番」語其平昔，「既愆」語其目前，在《秦誓》詞意原無礙也。《爾雅・釋訓》云：「番番，矯矯，勇也。」與傳義同，此解不可易矣。又「番」音波，若作耆艾解，則當音婆，與「皤」通，班固《辟廱詩》「皤皤國老」是也。嚴仍音波，音與義左矣。嚴本又作畨，注云：「畨，《書》作番，音義同。」尤謬妄。此詩諸本無作畨者，不知嚴所見何本也。且字書亦無畨字，俗人誤減其筆畫，寫番爲畨則有之，元不成字也。案，番本音煩，獸迹，从釆从田，象形，假借爲波音耳。又案，釆音辨，辨别也。若去上丿，則米字矣，豈容溷乎？

《雅》詩四言「嘽嘽」，毛公解之各異，《四牡》傳云「喘息貌」，《采芑》傳云「衆也」，《崧高》傳云「喜樂也」，《常武》傳云「盛也」。蓋《四牡》勞使臣，故言其行役之勞。《采芑》《常武》美出師，故言其軍容之壯。《崧高》紀就封之事，故言其内喜樂而外安舒，合於入國不馳之禮，以見申伯之賢，義各有當也。今概訓爲衆盛，而先儒釋經之微旨，不可得見矣。

「周邦咸喜」，鄭以周爲徧，言徧邦之人相喜而慶也。蘇氏以爲指王臣之使申者，然王臣在申當云周人，不得云周邦，況王臣素與申伯共事，久知其賢，何至申而方喜？又申有賢君，不必周人代爲之喜，皆情事之難通者也。嚴《緝》謂普天莫非王土，侯國皆可稱周邦，此南方諸國得良牧而喜也，其説似矣。然周邦既爲通名，則何由見爲南方諸國？且前言南國、南邦、南土，皆别而名之矣，何此忽統名以周也？《詩》中「周」字不訓爲國名者，豈獨是詩，宋儒之解，不已固乎？

烝民

《烝民》詩雖因贈行而作，然意不專在贈行也。經八章，其言「出祖」，言「徂齊」，末二章始及之耳。首章言山甫之生，次章言山甫之德，三章言山甫之職，四、五、六章備言山甫之德，可以事上率下，保身出政，能稱厥職，而宣王之知人善任，以致中興，不言可知矣。蓋與《崧高》詩同是贈行，而體製既殊，意義亦别。申伯之職，以藩翰爲重，故首章既及之，而通篇述就封始末甚詳。山甫之職，兼總内外，城齊之役其暫耳，故篇末方言之，復卷卷望其遄歸，二詩旨趣各有在也。《崧高》敘云「建國親侯」，《烝民》敘云「任賢使能」，允矣。

「有物有則」，箋、疏謂物者，象也，五性象五行；則者，法也，六情法六氣。是物乃性，則乃情也。孟子釋此詩曰「有物必有則」，猶云有性必有情，正見性善情亦善，義亦相符矣。吕《記》取楊氏之説，以物爲形，則爲性，朱《傳》同之，其義較優，而實本《孟子注疏》。趙注云：「有物則有所法則，人法天也。」孫奭云：「所謂物者，即自人之四肢、五臟、六腑、九竅，達之於君臣、父子、夫婦、兄弟、朋友也。所謂則者，即仁之於父子，義之於君臣，禮之於夫婦、兄弟，信之於朋友也。仁、義、禮、信，皆天命之性。」此趙注「人法天」之意乎？但兄弟以恩合，宜與父子同言仁，孫疏專屬之於禮，未爲允當。楊氏之言，詳見吕《記》。斯青出於藍矣。

《書·舜典》「出納朕命」、《詩·烝民》「出納王命」，言出納雖同而職則異。龍爲納言之官，其職掌如後世封駁之任而已。山甫式百辟，保王躬，賦政四方，是百寮之長，佐王出政者也，故傳以「喉舌」爲冢宰，疏亦引《周官·大宰》之「贊聽治」及「歲終詔王廢置」，爲出納之實事。

「我儀圖之」，朱《傳》以儀爲度，言圖度之，於本句則理順矣，然非字義也。案，《説文》：「儀，度也。」乃法度之度，非揆度之度也。法度之度，徒故反，揆度之度，待各反，音義各别，安得誤溷爲一，又移其誤於他字乎？又案，毛訓儀爲宜，文義本通，但孔疏述之大迂。源謂毛意當云：德輕易舉也而莫能舉，我亦宜自謀舉之，乃舉之者維仲山甫耳，信乎山甫之德深遠而莫助也。如此則數句文理皆順，而儀、愛「愛」義見下條。二字訓解，正不必更新。

「愛莫助之」，毛云：「愛，隱也。」疏云「《釋言》文」。案，《釋言》「愛」作「薆」，蓋愛、薆古通用，此詩之字形雖愛，而義則薆也。毛學由師授，故得其真。源謂尋繹傳義，可考正經文者，此類是已。

韓　奕

首章以禹比宣王，言王能平大亂、命諸侯，有倬然顯明之道，是道乃宣王之治道也，故以倬然美之。近解以道爲路，謂韓侯由此路而入朝受命，真屬戲論。

「鞗革金厄」，毛云：「厄，烏蠋。」鄭云：「以金爲小鐶，往往纏搤於革切。之。」孔疏申二家之説，謂「金厄者，以金接轡之端，如厄蟲然。箋以不言如厄故易傳」。據疏語，則毛、鄭之解金厄，元是一物，但取義異耳。然古人制器尚象，多即以所似之物名之，如畢以星得名，爵以鳥得名，皆是。即此章「玄衮」，乃龍首也，❶

❶「乃」上，康熙抄本、大全本、《四庫全書》本有「衮」字。

「赤烏」，烏乃鵲字也。金厄既似厄蟲，亦可名厄，何必言如？

「炮鼈鮮魚」，疏云：「炮，毛燒肉也。缹，烝也。服虔《通俗文》云：『燺煑曰缹。』炮與缹別，而此及《六月》『炮鼈』，音皆作缹，則炮與缹，皆烝煑之也。」案，《韓奕》釋文：「炮，薄交反。徐云甫久反。」《六月》釋文無音反，殆傳寫之脱漏也。毛燒之義不可施於鼈，兩詩炮字，俱作缹音爲當。又案，缹，《廣雅》云「焷謂之缹」，注音不。《玉篇》云：「缹，火熟也。」《廣韻》云：「缹，烝煑也。字今作缹。」焷音皮，又音碑。

「維筍及蒲」，鄭云：「蒲，深蒲也。」疏引《周禮·醢人》「深蒲」注，謂蒲蒻入水深，始生水中者是。案，《説文》作「蔉」，云：「蔉，蒲蒻之類也。从艸深聲。」則深蒲自是蒲之名。

蒲可爲席，亦可爲菹，故《書》有「蒲筵」，《周禮·醢人》「加豆，有深蒲筍菹」。其見於《詩》者，《澤陂》《魚藻》之蒲皆興也，惟《韓奕》筍蒲則爲蔌焉。案，《本草》香蒲入本經上品，吴普《本草》謂之醮石。宋《圖經》云：「春初生嫩葉時，取其中心入地白蒻大如匕柄者，生啗之，甘脆。又以醋浸，如食筍，大美。《周禮》蒲菹是也。今人罕有食者。至夏抽梗於叢葉中，華抱梗端，如武士奉杵狀，俗名蒲槌，亦曰蒲蕚華。華中蘂屑細若金粉，謂之蒲黄。亦本經上品藥也。」《韓奕》傳云蒲蒻，箋云深蒲，正指大如匕柄者。

「韓侯顧之」，毛傳云：「曲顧道義也。」孔疏云：「君子不妄顧視，而言顧之，則於禮當顧。謂升車授綏之際，當曲顧以道引其妻之禮義。於是之時，當有曲顧也。」傳義既有本，而仲達發明之尤明確矣。古人步言視聽，無敢越禮，正目而視，猶云上則敖，下則憂，傾則姦，必予之以節焉，況可無故回首顧視乎？詩人寄興託詞，雖不必悉拘於禮文，然國君於親迎之際，瞻顧無常，乃失容之大者，豈反咏之以爲美乎？漢世近古，先王禮教猶存，諸儒皆七十子之徒，淵源有自，故毛傳雖簡實，而推詳「顧之」二字，不憚詞費，定是師傳如此。可見古人行禮，無一節敢忽，又見古經立言，無一字或苟，真有補於世教人心者也。魏、晉以還，放達成風，瞻顧小節，尤莫知自束於禮，幸先儒之説縣諸功令，學《詩》者尚得闡明其義。至宋儒盡棄古注，往往據所習見以釋古經，直謂韓侯無故而回顧，而古人瞻顧不苟之義，置之不講，今世經生遂無由得聞。嗚呼！禮教之壞，不獨庸俗人致之矣。楊用修論此詩，言若非禮而妄顧，則是覘籢裝之厚薄，窺媵御之冶容，雖似戲談，實爲正論。

「有熊有羆，有貓有虎」，各以類分句。羆者，熊類也。貓者，虎類也。熊、羆皆蟄獸，熊如豕，黑色，羆大於熊，色黄白，又有小而色黄赤者謂之魋，三種皆見《爾雅》，一類也。虎白爲甝，音含。黑爲虪，式竹切。似虎淺毛謂之虦。音孱。貓非捕鼠之貓也，《周書・世俘解》「武王狩，禽虎二十二，貓二」，即此貓、虎矣。其似貓而食虎豹者謂之狻音酸。猊，即今獅子。三者皆見《爾雅》，亦一類也。《爾雅》又云「熊虎醜」，蓋其猛又相同也。故古者畫熊虎於旗，教則師都建之，❶出軍則軍吏載之。

「韓姞燕譽」，言既安之，又有顯譽，二字各一義也。《射義》引《貍首》詩「則燕則譽」，正與此詩義同。蘇氏曰：「譽，樂也。」殆欲破譽爲豫。案，服虔注《左傳》，訓譽爲游，又引《孟子》「一游一譽」，見昭元年孔疏。譽、豫似可通用，然元凱已不用其説矣。

---

❶「教」下，康熙抄本、大全本、《四庫全書》本有「戰」字。

「溥彼韓城，燕師所完」，鄭箋訓燕爲安，云「古平安時，衆民所築完」也，則「燕師」二字爲不詞矣。王肅、孫毓皆以燕爲燕國，得之。至《水經注》載肅語，謂今涿郡方城縣有韓侯城，王符《潛夫論》亦言宣王時有韓侯國近燕，近儒有據此立説，謂此詩之韓，在今順天府固安縣，非西安府之韓城縣，殆未必然也。爲此説者，因燕遠於韓，不得用其師，貊是東夷，與今韓城隔遠，不應以貊錫韓耳。然命燕城韓，東萊引《春秋》事例之，洵爲允當。且非直此也，周公作洛，四方民大和會，五服咸至，無間遠邇。山甫城齊，自鎬而往，與燕之去韓，路亦相等。至以貊爲東夷，鄭氏注《周禮》，據漢世言之耳。《魯頌》「淮夷蠻貊，莫不率從」，本謂淮夷行如蠻貊，非謂蠻貊亦服魯，傳義不謬也。《孟子》言貊五穀不生，此北方氣寒之證。《説文》亦以貉爲北方豸種，此詩「其追其貊」又與「奄受北國」連文，其爲北垂荒裔無疑矣。貊，俗字也，本作貉。此詩「追貊」、《書》「華夏蠻貊」，石經皆作貊，注疏作貊，而諸本因之。

吕《記》、朱《傳》以燕爲燕國，其説當矣。然所謂燕師者，直是燕國之民，而召公子孫受封於燕者，率之以城韓耳。朱《傳》謂「韓初封時，召公爲司空，王命以其衆爲築此城」，此言非也。燕雖召公之國，召公未嘗至燕也。召公自食采於畿内，若召公率之，則所用之衆，乃王師也。王師而謂之燕師，天子而蒙侯國之號，可乎？況召公爲司空，不見經典，朱子爲此説者，特因《崧高》疏載王肅語，謂「召公爲司空，主繕治」，遂意召氏當世居此職耳。不知宣王時，城謝則使召穆公，城齊則使樊仲山甫，穆公一身，尚未必常居司空之職，況其先世乎？又案，召康公歷事文、武、成、康四王，封韓大約在成王時也，《周書·顧命》列諸臣位次，召公嘗爲冢宰，而司空則屬毛公。詳見孔氏《書》傳。《左傳》又云：「聃季爲司空。」見定四年。則成、康之世爲司空者，已有兩人明著於經傳，而召公不與焉，安得謂召氏世居此職邪？又周家六卿，並無世職者，成王時蘇公爲司寇，康叔亦爲之，穆王命君牙爲司徒，而幽王時番爲之，鄭桓公亦爲之。謂司空獨世屬召氏，豈其然乎？

豹有赤、白二種，皆黑文，羆有黄、白二種，《韓奕》詩所獻，則各指其一也。《玉海》云：「《山海經》春山多赤豹，中山、東胡有黄羆，成王時東胡獻此獸。」

江漢

《崧高》《烝民》《江漢》《韓奕》四詩，皆尹吉甫作，申伯、韓侯稱爵，仲山甫稱字，召穆公稱名，詩以寓興而已，非有義例也。然穆公獨稱名者，殆以别於召公、召祖而言之與？

《江漢》「淮夷來鋪」，傳云：「鋪，病也。」疏云：「『鋪，病』，《釋詁》文，彼『鋪』作『痡』，音義同。」蓋此詩文「鋪」而義「痡」，亦《烝民》愛、薆之類，此經字之賴傳以正者也，《詩》中字似此者多矣。

「秬鬯一卣」，毛、鄭異説。秬鬯必和鬱，❶不和鬱不名鬯，此毛説也。和鬱名鬱鬯，未和鬱名秬鬯，此鄭説也。孔氏右鄭，然鄭之爲此説者，止因《周禮》鬯人、鬱人分爲二職，而鬱人掌鬱，鬯明是鬯人所掌，尚未和

❶ 本段「鬱」字，除最後三句外，原均作「鬰」，據文義、大全本及《説文解字》改。下段「鬱」字，原亦作「鬰」，今亦改，不再出校。

鬱，故分而二之耳。殊不知《周禮》二職對舉，則秬鬯、鬱鬯誠有未和、已和之分，若盡舉經傳中秬鬯概以未和鬱解之，則又非也。鬯之爲義，取芬芳條暢，元因鬱草而得名耳。《說文》鬯字注云：「以秬釀鬱艸，芬芳攸服，以降神也。」此可證矣。使止是黑黍之酒，則與常酒等耳，何獨取名於鬯？竊意鬯之名，本因鬱草，而秬黍之酒，實爲和鬱而釀，則當其未和鬱時，亦概以秬鬯名之，後遂別名已和者爲鬱鬯，故《周禮》分而爲二。要之，對舉則別，散文則通也。鄭氏執《周禮》之文以釋《詩》，固矣。又孔氏申毛，既引《禮緯》「秬鬯之草」及《中候》「鬯草生郊」之文，證鬱金草亦可名鬯草矣，復言古今書傳香草無稱鬯者，何自相背戾哉？案，秬鬯之稱，見於《詩》《書》《左傳》者，不一而足，皆稱秬鬯，並無稱鬱鬯者，豈非以言鬯，則鬱在其中乎？又案，此鬱金乃鬱金華，出鬱林郡。漢鬱林郡，今廣西貴州潯、柳、邕、賓諸州。《一統記》惟載柳州羅城縣出鬱金香，即此也，與藥中鬱金根，名同物異。鬱金根無香，出蜀中。鬱，今通作鬱。《說文》：「鬱，從林，鬱省聲。木叢生也。」與鬱異字。

《周禮・鬱人》注謂「鬱草若蘭」，以其俱是香草，故取以相方耳。若鬱金之種類，又各不同。朱穆《鬱金賦》云：「歲朱明之首月，步南園以迴眺，覽草木之紛葩，美斯華之英妙。」是華以四月也。傅玄賦云：「葉萋萋而翠青，英蘊蘊而金黃。」是華色正黃也。楊孚《南州異物記》云：「鬱金出罽賓，色正黃，與芙蓉華裏嫩蓮相似，可以香酒。」此與傅賦合。至《唐書》言太宗時伽毘國獻鬱金，葉似麥門冬，九月開華，狀似芙蓉，其色紫碧，香聞數十步，華而不實。《本草綱目》引此。《本草》云：「其華十二葉，爲百草之英。二月、三月有華，狀如紅藍。」《埤雅》引此。兩書言華之色候互異，以朱、傅二賦較之，又不同，其種類當不一矣，不知古人所用何種也。又案，罽賓、伽毘皆遠夷，鬱林郡在古世亦屬荒服，鬱金非常有之物，而古人每祭必用，未審從何取給。豈三代時中華本産斯卉，而後世無之，天時地氣有變遷與？

「告于文人」，謂告于召氏先祖有文德者也，《集傳》以爲文王，非是。上「圭瓚」「秬鬯」，正賜之爲告文人之用也，若是文王，王何不自告之而以賜虎哉？又下言「于周受命」，是就文王廟命之，此時方告文王耳，詩人敘事，自有次第也。

「錫山土田」，傳云：「諸侯有大功德，賜之名山、土田、附庸。」經無附庸而傳云云者，當是引成語，連及之耳。且傳自述周制如此，非言賜召公也。孔疏申之曰「土田即是附庸」，恐非毛旨。

「于周受命」，鄭以周爲岐周，蓋岐下有周原，周之名實昉于此，故詩言周，所以别於酆、鎬也。嚴《緝》以周爲酆，殊無謂。彼謂文王作酆，當有其廟耳，殊不知岐乃王迹所基，周之别廟多在焉，豈獨無文王廟乎？況召公采邑亦在岐陽，上文「錫山土田」，正岐地也，就彼錫命，于理尤允。

常　武

《常武》敘云：「召穆公美宣王也。有常德以立武事，因以爲戒然。」旨哉斯言，可以論世已。宣王懲艾前愆，厲精圖治，赫然中興，信稱令主，但英明過甚而學養未純，雖鋭於始，必倦於終，穆公早得之幾先矣。宣王少長於穆公家，其資性之純駁，公所素知，故方勤政之初，已切鮮終之慮，以《常武》名篇，而因美以爲戒，洵老臣納誨之深心也。厥後魯戲立而諸侯貳，千畝敗而戎患興，武事不立，實由德之不常，此詩殆有先見。當時國史，深識穆公作詩本旨，而著之於敘，誠有本之言也。又案，《小雅》宣王詩十四篇，美刺兼之，《大雅》宣王詩六篇，有美無刺。然《小雅》兼美刺而終之以美，善善長也，《大雅》專於美而終之以戒，不欲没其實也。夫子之編二《雅》，厥旨微矣。

「南仲大祖，大師皇父」，毛、鄭異解，孔疏引孫毓之言，以鄭説爲長，當矣。但謂命將本祖，而援陳勝舉兵稱項燕事比之，恐非確證。勝之稱燕，假其名也，非以爲祖而追本之也。孫既誤而孔亦不覺，胥失之。案，封申伯則遠舉四岳，錫召虎則追泝康公，命皇父則先述南仲，皆本其祖德以爲榮，而《韓奕》篇亦言「先祖受命」，《烝民》篇亦言「纘戎祖考」，數詩立言之體，大略相同。

「王奮厥武，如震如怒」，《釋文》曰：「此兩『如』字，一本作『而』。」案，如、而二字古通用，震、怒又非譬況語，經文當以「而」字爲正。鄭箋云：「王奮揚其威武，而震雷其聲，而勃怒其色。」明是「而」字之解，孔疏申之爲「如」，恐非鄭意。

「鋪敦淮濆」，毛無傳，述毛者以鋪爲陳、敦爲厚，謂布陳敦厚之陳於淮濆。鄭讀敦爲屯，言陳屯其兵於淮上。鄭破字固不可從，述毛者亦費力。王氏以爲厚集其陳，而後儒皆宗之，然鋪字未醒。案《釋文》云：「鋪，《韓詩》作『敷』，云『大也』。敦，《韓詩》云『迫也』。」大迫淮濆，與「濯征徐國」文義相類，當是也。又《後漢書・馮緄傳》引此詩亦作「敷敦」，注云：「敷，布也。布兵敦迫淮水之涯。」《典引》注引此作「鋪敦」，云：「敦，猶迫也。」鋪敷雖異而敦迫則同，勝鄭、王之説矣。

《江漢》「淮夷來鋪」，鋪字毛訓病，則與痡字通。《常武》「鋪敦淮濆」，鋪字徐音孚，《韓詩》作敷，訓大。

意經文兩鋪字，古本容或異文矣，嚴《緝》欲合爲一，恐非是。「如飛如翰」，毛云：「疾如飛，鷙如翰。」二字各一義，疾言其神速，鷙言其精悍也。故疏云：「鷙是鷙鳥，若鷹鸇之類。」申傳意甚明。朱《傳》統訓爲疾，恐遺「如翰」義。

《常武》詩紀淮北用兵之事，先及淮濆，繼征徐國，蓋此時叛者非一國矣。疏謂淮浦之國非淮夷，殆未然。《禹貢》徐州有淮夷，《費誓》之淮夷與魯接壤，皆在淮北也。況《江漢》疏言淮南、北皆有夷，何《常武》疏又言淮浦所伐非夷乎？意此時淮北之國徐爲大，宣王討叛，先治其小者，支黨既散，然後以兵臨徐，孤立無援，故不待痛而服，此用兵之次第也。鄭箋以爲既服淮浦，又大征徐國，得之。

瞻　卬

「懿厥哲婦」，《釋文》云：「懿，於其反。」鄭箋云：「懿，有所傷痛之聲。」孔疏云：「懿與噫字雖異，音義同。痛傷褒姒亂國政也。」古詩義本如此。案，《書・金縢》：「信！噫！公命我弗敢言」彼《釋文》云：「噫，馬本作懿。」然則懿、噫通用，古字之常耳。宋李樗引《漢書》師古注，解之曰「言幽王以褒姒爲美」，此彊古經以就今字也。朱《傳》因之，且訓爲懿美之哲婦，則是詩人美之，并非幽王美之矣。夫「爲梟爲鴟」，何美焉？況《楚語》「懿戒」，韋讀懿爲抑，則從之，《詩》「懿厥哲婦」，鄭讀懿爲噫，獨不可從乎？又抑亦讀噫，《十月之交》「抑此皇父」是也。幽王時皇父亂政於外，褒姒亂政於内，二詩皆噫之，傷禍本也。然皇父七子，皆恃豔妻以爲奥援，則褒姒尤屬戎首矣。

「時維婦寺」，毛云：「寺，近也。言幽王維婦人是近也。」歐陽訓寺爲寺人，義雖通，然詩止言婦人亂國，無一語及閹豎，不應此獨並稱之。又歐陽僅曰「舉類而言耳」，朱《傳》則云：「幽王嬖褒姒，任奄人，以致亂。」直謂此詩兼刺婦、寺矣，豈因《召旻》箋而爲之説與？

「介狄」，毛無傳，王述之，以介爲大道，狄爲遠慮。鄭以爲被甲之夷狄，孔疏是鄭，得之矣。案，《小雅・漸漸之石》《苕之華》《何草不黄》三詩，敘皆言四夷交侵，下篇亦言「日蹙國百里」，此介狄之明證也。幽王不此之懼，而反讎視忠臣，可勝歎哉！《集傳》本從鄭，又引或説，以介狄爲女戎，而以婦寺當之，殊屬穿鑿。

召　旻

閹寺之禍，始見於齊之貂、宋之戾，至秦之高而甚焉，三代以前，未嘗有也。幽王時亂政小人，《詩》有尹氏、有皇父七子，《國語》有虢石父，皆非寺人，即史伯所云「讒慝暗昧」「頑童窮固」「侏儒戚施」「妖試幸措」，亦非寺人也。其寺人僅有遭讒被刑，無可控訴，而作《巷伯》詩以鳴其不平者，其他閹官，未必怙寵弄權可知。蓋周官法度精密，此時未盡亡，又勳舊之族世掌國鈞，此輩止供洒埽，給使令，未敢預政也。《召旻》篇「昏椓靡共」，毛傳昏字無訓，椓訓夭椓，未嘗以爲閹人。鄭箋始以昏爲閹官，即《周禮》閽人之官。閽、昏通。椓爲毁陰，孔疏證成其説，言傳意亦與箋合，愚以爲未必然也。鄭生桓、靈之世，目覩諸常侍之惡，故激而爲此解耳，然以論世，則疏矣。朱子不用其説，良爲有見，但《瞻卬》篇又以任閹人爲説，則失之。

「靖」訓爲謀，本於《釋詁》，「夷」之爲滅，則恆訓也。「實靖夷我邦」，言此昏椓回遹之人，實謀滅王之國也，語本簡捷。後儒以靖夷爲治平，謂王所使治平我邦者非其人，迂矣。

《召旻》之五章，上四句言君子之病，下三句言小人之盛也，毛傳得之。「維昔之富不如時，維今之疚不如兹」，疏申傳云：「明王富賢人，今世則病之。」解甚明徑。「彼疏斯粺」，傳云：「彼宜食疏，今反食精粺。」亦簡當。又與「胡不自替」文義連貫，後儒之解俱不及。又箋云：「米之率，糲洛帶切。今作糲，音厲。十，粺九，鑿八，侍御七。」是糲米一石，得米九斗爲粺也。《説文》云：「粺，毇許委切。也。毇米一斛，舂爲八斗也。」與箋異，箋得之矣。別有辨，見《大雅·生民》篇。又「替」《説文》作「普」，云：「從竝白音自，與「黑白」字別。聲，廢一偏下也。又作暜，從曰。音越，與「日月」字別。又作朁，從兟。」所臻切。從二先，先乃先後之先，非首笄之先。二先爲兟，子林切。徐鉉曰：「今作替者非是。」案，替字見《玉篇》，入夫部，從㚘。㚘，蒲旱切，並行也。徐應指此。《玉篇》別有普、暜字，而云今作替，則替雖俗字，其來久矣。

「池之竭矣，不云自頻」，傳云：「頻，厓也。」案，《説文》「頻」作「瀕」，云：「水厓。人所賓附，頻蹙不前而止。從頁，從涉。」然則頻字本義元爲水厓，後人借爲頻數之頻，而別作濱字以當水厓之義耳。《釋文》引張揖《字詁》，以爲頻是古濱字，箋破頻爲濱，疏以傳爲古字通用，皆非是。

周、召分陝而治，爰有二《南》之詩。二公，皆周之元臣也。召康公之後，又有穆公，翊戴宣王，周文公之後，無聞焉。故幽王之世，《黍苗》篇思穆公，《召旻》篇思康公，分見二《雅》。康輔創業，穆佐中興，祖孫濟美，俱爲王室倚賴，相望於二三百年之中，宜乎思召者，甚於思周矣。雖然《詩》始於《周》《召》，而《風》之終以《豳》，《雅》之終以《召》。以二公爲《風》《雅》之始終，夫子敘《詩》，其有微旨乎？

毛詩稽古編卷二十三

吴江陳處士啓源著

頌

周　頌

《周頌》三十一篇，朱《傳》之與敘合者，《清廟》《我將》《時邁》《思文》《振鷺》《豐年》《有瞽》《潛》《有客》《閔予小子》《訪落》《敬之》《小毖》《酌》《般》，凡十五篇。其迴與敘別者，《天作》《昊天有成命》《執競》《臣工》《噫嘻》《雝》《載芟》《良耜》《絲衣》，凡九篇。《天作》以爲祀大王，而不思經文兼頌文王。《昊天有成命》及《執競》以爲康、昭以後詩，而不思《周頌》俱周公所定。《臣工》《噫嘻》以爲戒農官，而不思《頌》篇皆用於祭祀。《雝》詩以爲武王祭文王，非禘太祖，而不思文王廟中不應斥言昌後。辨詳《通義》。《載芟》《良耜》徒譏敘誤，不能定其何用，而不思祭社稷，豈獨無樂章。《絲衣》以爲祭而飲酒，不能詳其何祭，而不思絲衣士服繹祭之明證。敘説本不必易，此皆失之顯然者。至於《維天之命》《維清》《烈文》《載見》《武》《桓》《賚》凡七篇，則朱《傳》與敘在離合之閒，尤有當辨者。《維天之命》及《維清》皆以爲祭文王，本與敘不遠，而獨削其告大平、奏《象》舞之説。夫上推天命，下及曾孫，明是功成治定，歸美祖考之詞，此因大平而祭，非常祭也。至《象》《箾》之舞，是文王之樂，見於《左傳》，敘語實有明徵，奈何必欲棄之？《烈文》《載見》皆助祭之詩，亦與敘合，而不用其初即政及始見之意。夫諸侯助祭，常事耳，惟莅阼之始見廟臨諸侯，詩人樂見新王丰采，故述而爲歌，敘説豈可廢乎？其《武》《桓》《賚》三詩之説，與敘不異矣，然據《左傳》楚子之言，以《武》爲《大武》之首章，《賚》爲《大武》之三章，《桓》爲《大武》之六章，則甚非也。《通義》辨此甚詳。《左傳》以「耆定爾功」爲《武》之卒章，並不以《武》爲《大武》之首章也。《周頌》篇止一章，無疊章者，傳指末句爲卒章，意以一句爲一章與？且「耆定爾功」爲卒章，則此句之後，不得更有《武》頌矣，朱子反目爲首章，方欲借《左》以證成其説，而顯與之違，何以取信於人邪？其三、其六，杜注本以篇言之，不言章也。朱子何弗察也。

清廟之什

清廟

康成據《書》傳「周公攝政五年，營成周」，合之召、洛二誥《書》敘，知洛邑之成，亦在五年，而六年朝諸侯，與《明堂位》所言爲一事。東萊非之，而據《洛誥》「周公誕保文、武受命，惟七年」之語，以爲成洛邑在七年，不在五年。又謂《洛誥》「王在新邑烝祭歲，文王騂牛一，武王騂牛一」，與《清廟》敘祀文王爲一事。源案，孔氏《書》傳、毛氏《詩》傳，皆以作洛爲七年事，則《清廟》祀文王在七年，理固有之也。但《洛誥》所謂受命七年，乃總計周公居攝之年，所謂烝祭，乃爲封魯而祭，非爲成洛而祭，又兼祭文、武，非專祭文王，東萊引以爲據，恐與敘未必合。

「駿奔走在廟」，傳以駿爲長，箋以駿爲大，箋義與《周書·武成》傳合，可從也。「顯」「承」「無射」，傳指文王，箋指祭者，傳義爲優。

維天之命

敘云：「《維天之命》，大平告文王也。」傳引孟仲子美周之禮，鄭亦以爲周公將欲制作，先祭告文王，後儒莫從其說。然合之經文，斯言良是。經云「我其收之」，又云「曾孫篤之」，收之者，所以承先，篤之者，所以傳後也，非禮樂孰當之哉？周家爲治，全恃禮樂，周公制禮作樂，是輔相成王一大事業，故降至春秋，日尋兵革，猶聘問燕好，以禮相維，而天王亦賴以全其守府之尊者二三百年，其重可知矣。但周公制作，必有所因，文王爲受命開基之祖，居位最久，意五十年中，規模制度犁然備矣。今紀載闊略，無由考其詳，然稍著於經傳者，如禴祠、烝嘗、靈臺、辟廱，皆見於《文王》正雅。《書·康誥》言用刑立政，言任人必以文王爲法。至晉韓起見周禮於魯，則文之《易》象在焉。吴季札觀周樂於魯，則文之《南》《籥》舞焉。又《詩》言文王之典，《書》言文王之謨，孔子亦言文王之文，信乎文王之時，制作已備也，特未布之天下耳。周公既致太平，更取而斟酌釐定之，爲一代大法，《明堂位》所謂「六年頒度量」是也。此詩正作於斯時，所云收聚文王之德，惠順文王之意，指制禮作樂，於義爲允。

「假以溢我」，與「假樂」假字，皆訓嘉，音暇，毛、鄭所同。其溢字，毛訓慎，鄭訓盈溢。盈溢之訓，今世通用，其訓慎，則見《釋詁》，一云「溢，慎」，一云「溢、慎，静」，慎則必静，義亦相通也。舍人云「行之慎」，郭氏以爲義見《詩》，正指此頌矣。孔疏云：「文王有嘉美之道，以戒慎我子孫。」義本諸此。王、崔申毛作順字解，見《釋文》，又云「慎，本或作順」。蓋讀本不同。然合之《爾雅》，則慎字爲正也。又「假」《説文》作「誐」，誐音娥，云「嘉善也」，與毛、鄭字異而義同。

維清

《勺》與《象》，皆舞曲也。《勺》舞見《禮記》之《内則》及《儀禮》之《燕禮》，《象》舞見《禮記》之《文王世子》《明堂位》《祭統》《内則》《仲尼燕居》諸篇。鄭氏注《内則》，以《勺》爲文舞，《象》爲武舞，疏引熊氏語證之，蓋《勺》即《頌》之《酌》，《象》即《頌》之《武》也。其《維清》敘云「奏《象》舞」，獨見於《左傳》襄二十九年，不在六樂之列，與《大武》之象異。《大武》之象，象武王之伐，《維清》之象，象文王之伐，此雖經典未有明文，而先儒相傳如此，當有本也。吕《記》於《維清》敘下引劉氏語，以《象》爲文舞，即《左傳》之《象箾》，歌《維清》以奏之，《勺》爲武舞，即《大武》，歌《大武》以奏之。夫以《象》爲《象箾》，雖與鄭異，然猶與《周禮・樂師》賈疏合也。至《酌》《武》明有二頌，乃合之爲一舞，可乎？

《維清》篇惟鄭氏釋之最明，而後儒莫用者，因祭天、枝伐之説出於緯書耳。《中候我應》云：「枝伐弱勢。」注云：「伐紂之枝黨，以弱其勢，若崇侯之屬。」《我應》云「伐崇謝告」，注云：「謝百姓，且告天，主爲崇也。」既以祭天非文王事，勢必以「肇禋」屬之成王。然「迄用有成，維周之禎」，正指文王之典，而中隔「肇禋」一語，文義不續，故朱子疑經有闕文。則何如仍以「肇禋」屬文王，文順而義貫也。源謂祭天、枝伐雖緯書之説，然文王之伐崇類祭，見《皇矣》詩，此可信也。類祭之爲祭上帝，見《書・舜典》《泰誓》及《禮記・王制》諸書，此又可信也。合二者觀之，則以「肇禋」爲文王始祭天，非無稽之談也。又周世武功，惟文王最多，文王武功，以伐崇爲大，故《文王有聲》篇言繼伐，獨舉伐崇爲言，《皇矣》篇之「是類」，又正指伐崇之事，則肇禮雖言祭，實美文王征伐之功。以經證經，枝伐之言，非謬矣。

烈文

朱子《辨説》譏《烈文》敘，以爲詩中未見即政意，然《清廟》敘言「成洛邑、朝諸侯」，詩中亦無此意，而《集傳》取之。同一敘也，何是彼而非此？

「烈文辟公，錫茲祉福」，毛以爲文王錫諸侯，鄭以爲天錫文王，歐陽以爲文、武錫我君臣，於義皆通。《集傳》謂「諸侯助祭，使我獲福，是諸侯錫我」。夫祭而受福，不歸功於祖考，而以爲臣下之力耶？楊用修駁之，當矣。嚴《緝》又謂「辟公夾輔，以克興周祚，是錫我以福」，斯尤爲妄説。嗣王莅政之始，諭誥諸侯，自當稱揚天命，原本祖德，以爲立言之端。乃徒歸美群下，感其翊戴之私，津津道之不置，何其陋也。

《烈文》篇皆告諸侯語，首四語告以文王之德，次二語告以武王之德也。箋謂「辟」爲卿士，「公」爲諸侯，殆不然。卿士日在王朝，豈與外諸侯並敕之乎？毛義勝矣。毛又以「封靡」爲大累，「崇」爲立，言武王克紂時，諸侯無大累於汝邦者，仍立之爲君。嘗論其世，知斯語誠然也。殷未亡，三州之侯黨惡於紂，紂誅，應概從翦滅，但其中或出脅從，不皆助紂爲虐，大累於民，武王仍封立之，俾得自新，洵曠蕩之恩也，此時亦在助祭之列矣。其黨惡之甚者，則弔伐加焉。《孟子》云「滅國五十」，《周書·世俘解》云「武王征四方，凡憝國九十有九」，謂此也。《周書》又云「凡服國六百五十有二」，則所謂無大累而得封立者也，足證此詩傳義矣。箋以「崇」爲增其爵土，恐非是。進爵益地，所以賞有功也。僅無大累而已，遽膺此賞，可乎？王氏以「封靡」爲專利傷財，字義雖通，但詩旨恐不爾。

天作

《天作》詩「彼作矣」「彼徂矣」，二「彼」字，皆彼萬民也。「彼作」言民之先在岐者，作室以居，「彼徂」言民之後至岐者，望岐而往也。蘇氏以「彼作」指大王，「彼徂」指文王，誤矣。「岐有夷之行」，岐謂岐周之君，正目大王、文王言耳。蘇又謂「岐周之人，世載其夷易之道」，亦謬。

「彼徂矣，岐有夷之行」，朱子據《韓詩》改「徂」爲岨，又於「岐」字絕句，持之甚堅。然徂之爲岨，是從沈括之誤引，岐字絕句，又出師心之創說，皆與《韓詩》無涉也。韓惟「矣」字作「者」不同於毛耳，其訓徂爲往，行爲道，岐字屬下句讀，並無異於毛。案，《後漢·南蠻傳》引《詩》云：「彼徂者岐，有夷之行。」注引薛君章句云：「徂，往也。夷，易也。行，道也。彼百姓歸文王者，皆曰岐有易道，可歸往矣。易道謂仁義之道易行，故岐道阻險而人不難。」朱子徒執其「岐道阻險」一語，改徂爲岨，竟不思徂之爲往，薛君自有正訓。其云阻險者，反明夷行之之義，非釋徂義也。且括之誤引，朱子所明知，而必欲從之。信後儒之謬説，疑古經之正文，誠不識其何意。

朱子以《天作》爲祭大王詩，故首尾俱以岐山立説，因以岐山之道路平易釋「有夷之行」，斯舛矣。夫「有夷之行」，謂平易之道也，康成引《易》乾易、坤簡當之。《韓詩》章句亦以爲仁義之道，故曰「子孫保之」，言世世守此道耳。今以爲道路平易，豈欲子孫保守此道路乎？

昊天有成命

鄭氏論祭天地有郊、丘之異，固不可盡信，至《昊天有成命》爲郊祀天地，《詩》小敘所言不誣也。朱子據歐陽《時世論》，判此篇爲祀成王之詩，《通義》辨之允當。案，以「成王」爲王誦之謚，漢以來元有此疑，賈誼《新書》引叔向言，以成王爲武王子。故韋昭《國語》注已辨之，不意先儒吐棄之説，復見采取於歐、朱二公也。至「宥密」二字，《外傳》訓宥爲寬、密爲寧，鄭箋申其意云「寬仁所以止苛刻，安静所以息暴亂」，甚爲正當。朱《傳》改訓宥爲宏深，近世楊用修非之，良有見也。案，宥字《説文》本訓寬，其見於經典者，《易》云「宥罪」，《書》云「流宥」「宥過」，《周禮》及《王制》皆云「三宥」，盡取寬義，而《南華》亦有《在宥》篇。彼《釋文》云「寬也」。蓋宥字義，止一寬盡之，更無他訓。朱子因寬而轉爲宏，又因宏而轉爲深，全是遷就經文，以入己説耳。況寬仁、安静，乃是帝王御世大德，與《書》「臨下以簡，御衆以寬」同義，一二字足垂法千古，所以爲經也。宏深、静密，取義不已迂乎？輔廣演爲四義，尤可哂也。

毛傳釋《昊天有成命》，純用《外傳》叔向語，鄭箋亦因其解，獨「熙，廣；純，固」，則破廣爲光，固爲故，蓋因《外傳》訓字皆同《爾雅》，「廣光」「固故」必以音近而誤，故改之也。然《外傳》又云「廣厚其心，以固和之」，又云「終於固和」，而毛氏引之，亦作「廣」「固」，不應數處同誤。況「以固和之」「終於固和」，若固爲故，則二語不詞矣。鄭之破字，殆非也。案，韋昭注《國語》，「熙廣」用鄭説，「固和」則否，豈非以固字本無誤乎？源又謂熙之訓廣，《詩》《書》多有之，乃字義之常也，亦不必更改。

我將

《我將》兩「右」皆訓助，諸家所同也。朱《傳》釋爲右手之右，云「右，尊也」，此好新之過也。於「維天其右之」，云「天降而在牛羊之右」，天與牛羊敘尊卑乎？真屬戲論。於「既右饗之」，云「文王降而在此之右」，不知「此」字何所指，文義難通矣。案，右字本訓助，其作佑者，徐鉉以爲後人妄加也。此詩《釋文》云：「右，本亦作佑。」

右手字本作又，象形。其右字則爲助義，《詩》「左右流之」「保右命爾」「保右命之」「維天其右之」「既右饗之」「日右敘有周」「既右烈考，亦右文母」，諸「右」字皆助也，古經右助字俱如此。他典多添旁作佑，當是衞包所改，《詩》「右」字偶未改耳。朱《傳》於《周頌》「右」字皆訓右手之右，又轉爲尊義，殊費迂回，胡其不講於小學也？

祭天用特牲，而《我將》明堂享帝之時，❶乃兼言牛羊，孔疏以爲配者用太牢，故得有羊。又言《夏官・羊人》「釁積，供羊牲」，「積」是積柴，然在「釁」下，則是槱燎，非祭天，故有羊牲，以見此詩「維羊」乃爲配享而設，非享帝所用也，辨之亦詳確矣。華谷用《詩故》之説，亦引《羊人》文證祭天有羊牲，不如孔義之當。

時　邁

「莫不震疊」，傳云：「疊，懼也。」疏云：「《釋詁》文。彼疊作慴，音義同。」案，《説文》：「慴，懼也。讀若疊。」是疊、慴二字同音，可通用也。徐鉉「疊」徒協反，「慴」之涉反，分爲兩音，《詩》《雅》釋文亦然。❷古今異音如此，孔所據乃古音。又《爾雅》郭注云：「慴，即懾也。」然《説文》懾、慴各一字而音同。

「明昭有周，式敘在位」，《韓詩外傳》引之者凡四，皆以爲任賢稱職之證，與毛、鄭義相符矣。《集傳》以「在位」爲諸侯，以「式敘」爲慶讓之典，較切巡狩時事。

執　競

「執競」「無競」，二「競」義本同也。「無競」猶「不顯」，反詞也。《集傳》云：「武王持其自彊之心，故其功

---

❶「時」，嘉慶本同，康熙抄本、大全本、《四庫全書》本作「詩」。

❷「雅」，原作「惟」，嘉慶本同，據康熙抄本、大全本、《四庫全書》本改。

烈之盛，天下莫得而競。」則下「競」字，乃争競之競，非自彊之競矣。又天下之競，非武王之競矣，豈不毫釐千里。

吕叔玉《周禮》注，以《時邁》《執競》《思文》爲三夏，先鄭引之，而康成不從。韋昭、杜預注内外傳，與吕説小異而大同，皆以《肆夏》《昭夏》《納夏》當此三詩，不如康成所見卓矣。朱子取吕、韋二注語載之《集傳》，意在與鄭箋立異也。然既遵吕説，則《執競》乃《昭夏》，周公制《周禮》時已著爲樂章，令鐘師奏之，乃又謂「成康」爲二王之謚，而《執競》是昭王以後詩。夫周公所定樂章，安得預歌昭王詩哉？前後語自相戾矣。劉瑾謂《時邁》《思文》信爲《肆夏》《納夏》，而《執競》之爲《昭夏》則否，蓋不敢斥言其非，而又難於彊飾，故作此騎牆語。

思文

「貽我來牟」，鄭引僞《大誓》「赤烏以穀來」語證之，後儒以爲妄説而不用，謂貽是稷以貽民，非天以貽武，似矣。然《説文》云：「來，周所受瑞麥來麰也，天所來也。」《漢書》劉向引此詩作「釐麰」，云：「釐麰，麥也，始自天降。」皆言天賜之，不言稷播種之也。向又言「武王君臣以和致和而獲天助」，意與鄭同。又此詩及《臣工》篇皆特舉來麰，不旁及餘穀，與他詩泛稱嘉種語意自殊，則赤烏銜穀之祥，當時容或有之，不得以涉于符瑞，而概斥其誣也。又此詩上四句言后稷粒食斯民，復其常性，下四句言天以后稷養民之功，賜武王以嘉祥，使有天下，兩意相承也。若如後儒之説，謂后稷貽民以來牟之種，徧養下民，則仍是「粒我烝民」之意；謂陳其君臣父子之常道於中國，則仍是「莫匪爾極」之意，詞旨不冗複哉？況后稷播種，其爲嘉穀多矣，何獨取來牟一物，鄭重言之也？又案，來牟，大麥也，是一穀之名，《吕覽》《説文》及劉向《封事》其説皆同。《韓詩》「貽我嘉𪎊」，薛君云：「𪎊，大麥也。」見《文選》注。班固《典引》曰：「玄秬，黄𪎊。」亦以爲一物矣。惟《廣雅》分爲大、小二麥，來，小麥。牟，大麥。朱《傳》、嚴《緝》從之，非是。

《時邁》《思文》皆言「時夏」，箋云「樂歌之大者稱夏」，又云「夏之屬有九」，韋昭《國語》注亦云「樂章大者曰夏」，是稱樂爲夏，古有此名也。《集傳》釋夏爲中國，且謂《肆夏》《納夏》因「時夏」語得名，然則《執競》不言夏，何以名《昭夏》乎？

臣工之什

臣工

《臣工》敘云：「諸侯助祭，遣於廟也。」朱子非之，而以爲戒農官之詩。夫戒農官，何與於祭祀，而編之於《頌》乎？況合之經文，未見其然也。經先戒臣工，後戒保介，勸農之詞，獨詳於保介耳，其戒臣工，全不及農事也。又臣工者，有位之通稱，保介者，鄭箋《詩》及注《月令》，皆以爲車右，高誘《吕覽》注以爲副，俱不云農官也。朱子欲證成戒農官之説，特取高誘注而益之曰「農官之副」。凡官有長必有貳，何由知此副定屬農官乎？且農官之正安在，乃獨戒其副乎？

「維莫之春」，疏謂是周之季春，而夏之孟春。一引《月令》及《農書》，證耕事當在建寅之月，不當遲至夏之季春。一引《王制》及《明堂位》，證諸侯朝祭同在夏之孟月，助祭而遣，應以孟春。援據甚詳確。後儒多易之，左矣。至朱子初説，言商、周改正朔，但爲歲首，其朝祭猶用夏正。夫朝祭大事，不用本朝正朔，則所改之正，將施於何用乎？

赤烏所銜，惟來牟一穀，周以爲受命之瑞，故獨著於《思文》，而《臣工》詩又特稱之，下又言帝命，言上帝，正見其爲天賜也。若謂后稷播植之，則當如《生民》《閟宮》二詩廣舉諸穀名，以美大其功矣。

「命我衆人」，朱《傳》曰：「衆人，甸徒也。」案，周世甸徒有二，《禮記·祭義》「五十不爲甸徒」，是指四丘之甸所出長轂一乘之甲士、步卒，從君獀狩者也，《周禮·天官》「甸師徒三百人」，亦名甸徒，用以耕耨王耤，《國語》所云「庶人終畮」者是已。《臣工》詩不言獵，亦不言耕耤，朱《傳》所謂甸徒，不知何指，述朱者何並無申釋也？

《管子》曰：「農有一耜，一銚，音姚。一鎌，音廉。一槈，一椎，一銍，然後成農。」而銚、槈、銍三器，皆見《臣工》詩。銚，即詩之「錢」也，用以耕。槈，或作鎒，俗作耨，即詩之「鎛」也，用以耘。銍，詩亦名銍，用以穫。今備覈之，《爾雅》「𠞰謂之疀」，郭云「皆古鍬鍤字」。𠞰《説文》從斗，作𣂪，引《爾雅》亦作𣂪，土雕切。疀，《説文》云：「𣂪也。楚洽切。」徐曰：「鍬、鍪、銚、𣂪、鍫皆同一字。」案，鍬，七遙反，邢疏音秋。《詩釋文》云：「銚，七遥反。何士遥反。沈音遥。」《方言》又有𣂪、鏵、鍏、臿、畚、梟、梩諸名，《世本》云：「垂作銚。」以上爲名甚多，實與錢一器矣。《爾雅》「斪斸謂之定」，李巡云「鉏別名」，郭璞云「鉏屬」，《詩》疏引《釋名》云：「鎛，鉏頭也。」《廣雅》云「定謂之槈」，《吕氏春秋》云「槈六寸以閒稼」，高誘以爲耘苗之器是也。《世本》亦以爲垂作之。《攷工記》：「段氏爲鎛器。」然則鎛也，斪斸也，定也，槈也，鉏也，一器也。《爾雅》又云「斫謂之鐯」，張略切。郭云「钁也」，而《説文》以钁爲大鉏，此又鎛之同類而稍別者與？　銍，《釋文》、正義皆引《釋名》《説文》解之，劉云「穫禾鐵也」，許云「穫禾短鎌」。　又《小爾雅》「截穎謂之銍」，亦言穫也，獨此器無名。　傳云：「錢，銚；鎛，鎒；銍，穫也。」銚與鎒廣其名，穫言其用矣。　又案，錢本田器名，即淺切，後世借爲貨泉字，讀如全，他書史皆然，惟此詩錢字，猶存本音本訓。

噫嘻

《噫嘻》篇「昭假」，鄭引《堯典》「光被四表，格于上下」釋之，言能成王業，其德著且至也。　朱《傳》引《書》「格汝衆庶」，則脱去「昭」義矣。

「既昭假爾」，爾字毛、鄭俱未有所指，孔述毛云：「王之政教光明至於天下，德既光明顯著如此。」以「如此」二字代「爾」字，句法較穩。　嚴《緝》引錢氏云「爾，語詞」，正祖孔意。　朱子初説以「爾」指上帝，《集傳》以「爾」指田官，均未安。

「駿發爾私」，朱《傳》云：「溝洫用貢法，無公田，故皆謂之私。」此言殆非是。　井田有公田，故在民者，以私別之耳。　鄉遂之田，既無君民之分，豈得名之以私哉？　毛傳云：「上欲富其民而讓於下，欲民大發其私田。」孔疏申之，以爲「《大田》『雨我公田，遂及我私』，是民意之先公也。此云『駿發爾私』，言不及公，是王意之讓下也」。此見盛世君民相愛之情，傳、疏義優矣。又朱子以溝洫法論此詩者，説本鄭箋耳。鄭因《詩》「三十里」「十千耦」適合一川萬夫之數，當是每三十里分爲一部，設一主田吏，即此詩農夫也，故引《地官·遂人》文證成其説，似專指鄉遂貢法矣。然疏謂「萬夫乃四縣之田，六遂三十縣爲七部，猶餘二縣，蓋與公邑采地共爲部。何者？《遂人》云：『川上有路，以達于畿。』鄭云：『至畿則中有都鄙，遂人盡主其地。』是都鄙與遂同制此法，故知其共爲部也」。據此，則鄭所謂一川萬夫，應兼鄉遂、都鄙言，井田八家之衆，亦在其内矣。朱子專用溝洫爲説，祖鄭而未究厥旨。

康成之説，巧合詩語，然論此詩本旨，不如傳義之平正也。傳云：「終三十里，言各極其望也。」王肅申之：「三十里天地合，所之而三十則天下徧。」疏亦謂「人目所望，極於三十。每各極望，則徧及天下。萬爲盈數，故舉十千，非謂三十里内有十千人也」。不拘拘以夫田之數相配，最得之。

振鷺

《振鷺》詩「在彼無惡，在此無斁」，朱《傳》從鄭箋解之，義本勝，又載陳氏説以爲「彼不以我革其命而惡我，我不以彼墜其命而厭彼」，誤矣。此詩「我客」兼指二王後，周革商命，未嘗革夏命也。墜命者，桀、紂耳，非東樓與微子也。況彼墜其命，是爲可傷，有何可厭？厭之非人情，在惡薄小人或有然耳，乃以無之自多乎？又無惡斁而有譽同指客，句法本相應，若惡屬客，斁屬我，則與「有譽」文義不貫矣。

豐　年

敘云：「秋冬報也。」不言報何神，箋謂烝嘗，據敘「秋冬」，詩「祖妣」文也。後儒各自立說，王氏以爲祭上帝，蘇氏以爲秋祭四方、冬祭八蜡，朱《傳》以爲田祖、先農、方社之屬，曹氏又謂大享明堂，四方、八蜡、天地百神無所不報，諸說紛紛，皆無確證。案，宗廟之祭，以展孝思，非報田功，鄭云烝嘗，未可信也。報祭上帝，即大享明堂爾，歲止一祭，不容分用秋、冬兩時，況明堂樂章已有《我將》，何又歌《豐年》？田祖之祭，在孟春吉亥，不在秋冬，又是祈祭，非報祭。至秋報社稷，當歌《良耜》，不應又以此詩爲樂章。此皆失之顯然者，王、曹與《集傳》之說，俱未必然也。蘇氏以爲方蜡，或近之，其饗農致天地百物，則總於八蜡中矣。

《豐年》敘，朱子《辨說》譏其誤，及爲《集傳》，仍用敘說，蓋細思之，知其不可易也。朱克升《疏義》謂《集傳》初本作「穀始登而薦於宗廟」，濮一之、胡一桂、輔廣俱宗此說。改本作「報賽田事」，趙氏以此說爲是。而以初本爲是。殊不知穀登而薦者，即《月令》「嘗新」「薦廟」之事也，稷、菽、麻、麥皆有薦，何無詩乎？且此詩稌、黍並言，將以薦黍乎？薦稌乎？二穀又不應同薦矣。晦翁已悟其非而改，克升尚執爲是，非善述朱者也。劉瑾疑朱子既謂敘誤，猶用其說，是後來所改有未盡，豈未見初說乎？

「亦服爾耕」「亦有高廩」，二「亦」字鄭皆訓爲大，義本《釋詁》，但彼「亦」作「奕」，孔疏以爲音義同，古字容有然矣。源又謂「亦」者，旁及之詞，《噫嘻》之「服耕」，與上「駿發」同意，《豐年》之「高廩」，即上「黍」「稌」所藏，皆非旁及之事，惟訓大爲允當也。鄭意應爾，而疏無發明，故辨之。

有瞽

敘云：「始作樂而合乎祖也。」《武》敘云：「奏《大武》也。」《酌》敘云：「告成《大武》也。」此三頌，疏以爲一時之事，今以《酌》箋觀之，殆不然。箋云：「周公居攝六年，制禮作樂，歸政成王，乃後祭於廟而奏之，其始成，告之而已。」據此則告成當在居攝之六年，《酌》是也，合樂奏《武》，當在成王即政之初，《有瞽》及《武》是也，疏失箋意矣。又《武》頌奏《大武》而已，《有瞽》箋曰：「合者，大合諸樂而奏之。」是所奏不止於《大武》也。《維清》疏云：「大合諸樂，乃爲此舞。」則文王之南籥，當亦奏於此時。又《春官·大司樂》「以六舞大合樂」，注謂「徧作六代之樂」，而此箋亦言大合諸樂，則敘所云「始作樂」，是始作《大武》，所云「合乎祖」，是以《大武》而與諸樂合奏之爾。疏謂經止説周之樂器，當獨奏《大武》，合樂者，合諸樂器，非合異代之樂，此未必鄭意。諸器畢備，特作樂之常，何云大合諸樂也？況經所言，惟「縣鼓」是周制耳，餘器則《虞書》《商頌》已有之，豈專爲周樂設哉？

「有瞽」，《釋文》云：「無目眹曰瞽。眹，直謹切。」案，《説文》：「眹，目精也。從目关聲。勝、賸皆從眹聲，疑古以朕爲眹。」許所謂古，其古文乎？眹又作眲，《後漢·盧植傳》注云「無目眲曰瞽」是也。又案，《靈臺》傳以有眸子爲矇，而《有瞽》箋釋瞽爲矇，則瞽非無眹者矣。《説文》瞽字注亦云「但有眹」，俱與此《釋文》異。《靈臺》疏又以瞽爲矇、瞍之總名，此皆以意分別，不可執也。《廣雅》云：「瞽、矇、瞍，盲也。」殆通稱耳。

潛

《爾雅・釋器》云「槮音糝，又霜甚反。《說文》作罧，所今切。《字林》山沁切。謂之涔」，潛同。又音岑。毛之傳《詩》本之。《小爾雅・廣獸》云：「橬，槮也。積柴水中而魚舍焉。」李巡、孫炎、郭璞注《爾雅》皆本之，是潛之爲取魚器也古矣。王介甫謂積柴取魚疑於盡物，不可爲訓，故改釋潛爲取之深。夫取之深而有多魚，殆幾於竭澤，獨不爲盡物乎？案，古人捕魚之具見於《詩》者，曰緍，曰梁，曰笱，曰罛，曰竹竿，曰九罭，曰罩，曰汕，曰綸，曰網，曰罶，併此詩之潛，凡爲名十有二，其中如梁之堰水，是爲絶流，罭之細目，亦同於數罟，不僅積柴爲盡物矣。

《潛》篇朱《傳》引《月令》「季冬，天子嘗魚，先薦寢廟」及「季春薦鮪」之文，輔廣辨之曰：「今《月令》但有季冬至寢廟之文而已，季春薦鮪乃敘說也。」吁，季春薦鮪之文載在《月令》，人皆見之，廣獨不見邪？修《大全》者又筆其語於書，可嗤也。

「鰷鱨鰋鯉」，箋云：「鰷，白鰷也。」孔疏無申述。案，《爾雅》：「鮂，音囚。黑鰦。音茲。」注云「即白鰷，江東呼爲鮂」者是也。《韻會》云：「亦作儵鰵。」《莊子》「儵魚出游」，「食之鰌鰵」，《荀子》「儵，浮陽之魚」，《淮南子》「儵魚望之可見，即之不可得」，皆此魚也。《埤雅》云：「鰷狹而長，似鱨而白，性浮，江淮之閒謂之䱗。」羅願言此魚好游，故濠梁有魚樂之喻，理或有然。《本草》謂之䱗䱗同。魚，注云：「長數寸，狀如柳葉。今俗呼䱗鰷，與鱨皆凡魚也，而䱗味尤不臧。」詩徒取多魚，故不辨其美惡與？

雝

《雝》敘「禘大祖」，吕《記》述之良是，惟以「皇考」爲武王、「烈考」爲文王，則易古注。吕謂此詩推得禘之由，而頌皇考爲獨詳，武王初有天下，宜當之，又「烈考」配「文母」而言，宜爲文王耳。源謂造周之功，文爲最盛，故《雅》《頌》推本王業，恆詳文而略武。又「烈考」「文母」，子母並稱無嫌，古注本通也。朱《傳》不用敘義，《辨説》謂《詩》不及嚳、稷，則非禘大祖，若吉禘於文王，則與敘又不協。其以爲祭文王，則同於箋，惟謂武王祭之則異。然朱子初説實不如此，嚴《緝》云：「古注以皇考爲文王，烈考爲武王，朱氏從之。」既以烈考爲武，决非武王主祭矣。但朱子言禘，素不主鄭學，初説祭文王，未審以爲何祭也。

宋李樗謂周穆王名滿而有王孫滿，襄王名鄭而有衛侯鄭，魯武公名敖而有公孫敖，證《雝》詩祀文王不諱昌之義，此非確證也。周人以諱事神，生時無諱也。廟既毁，亦無諱也。衛侯鄭與襄王同時，不得有諱，此正與衛襄公名惡而大夫有齊惡事同，《穀梁傳》所謂「君子不奪人名，不奪人親之所名」是也。昭七年。王孫滿當定王時，穆王已在三昭、三穆之外，公孫敖當僖公時，武公已在二昭、二穆之外，親盡廟毁，不得有諱。如《檀弓》謂「既卒哭，宰夫執木鐸以狥於宫曰『舍故而諱新』」是也。若周公定禮樂在居攝之六年，與此二義俱無當，何得取以爲證乎？然《雝》詩不諱昌，何也？曰疏言之矣：詩是四海歌頌之聲，本非廟中之事，故其詞不爲廟諱，及採之爲經典，所謂《詩》《書》不諱，故無嫌耳。孔語或近之，然則奏爲樂章，必更有釐定矣，益信古人詩、樂分爲二教也。

載　見

「鞗革有鶬」，鄭云：「鶬，金飾貌。」疏以爲即《韓奕》之「金厄」是也。朱《傳》取《烈祖》箋「聲和」語釋之，恐未當。彼言八鸞，故以鶬鶬爲聲耳，轡首之金有幾而亦和鳴哉？況車上設鈴，本取其聲，革末垂金，止以爲飾，詩人稱美，義各有歸，宜乎訓解之不同也，何得移彼釋此？

「以孝以享，以介眉壽」，疏謂「三言『以』者，皆以諸侯爲此」，良是也。又謂孝、享、介、壽通爲一事，則未盡。案，三者雖皆指祭言，而義亦微別。孝者，内盡其心，所謂合萬國之歡心也；享者，外備其物，所謂三牲魚腊，四海九州之美味也；介眉壽者，祭畢而受嘏，所謂小大稽首，使君壽考也。此三者，皆賴諸侯之助。

「綏以多福」，安諸侯以多福也。「俾緝熙于純嘏」，使繼續廣大其純嘏也。李氏之解本於鄭箋、孔疏，而「緝熙」義較優，總欲諸侯亦享其福耳。朱子初説以爲均福於諸侯，意本相同，後復變其説，與《烈文》篇「錫兹祉福」同解，未見其勝。

有　客

「亦白其馬」，傳以爲「亦周」，箋以爲「亦武庚」，傳得之矣。先代之後，亦得如王朝，自乘所尚，所以尊大之也。若駁武庚以美微子，恐非客所欲聞，詩人忠厚之旨，當不其然。

「且」字有四音，子餘切者，其本音也，《説文》訓薦，又七也切，此二音人所習聞。又音徂，《鄭風》「匪我思且」，《釋文》云「存也」，「士曰既且」，《釋文》云「往也」。又七敘切，音取，《韓奕》「籩豆有且」，鄭云「多貌」，《頌》「有萋有且」，毛云「敬慎貌」，而《韓奕》「有且」，則兼菹、取兩音。《正韻》且字音慈庚切，而引《頌》萋且當之，誤矣。慈庚切應讀如聚，與「取」各一音，不知何本。

「敦琢其旅」，箋謂以治玉比擇人，蓋雕琢皆治玉之名，本於《爾雅》，非鄭氏臆説也。嚴《緝》據《棫樸》毛傳，謂雕琢分別金玉，雕本治金之名，其言治玉是鄭意，非毛意，誤矣。《棫樸》詩「追琢」與「金玉」連文，毛姑即經文而分釋之耳，非雕字定訓也。此詩「敦琢」，自當以《爾雅》爲正。案，雕、追、敦，字異義同。

「薄言追之，左右綏之」，追，送也。已發上道，王使追逐而餞送之，左右之臣又與燕飲安樂之，觀《韓奕》詩，韓侯出宿而顯甫往餞，可見古禮如此。朱《傳》曰：「追之者，已去而復還之。」夫不留之於未行，而追之於已去，往返僕僕，重勤嘉賓，恐古人無此待客之禮。又訓「左右」爲無方，説本蘇氏。賓禮掌於行人，郊勞贈賄，皆有常儀，饗燕芻牢，皆有定制，非可意爲厚薄也。安而留之，豈得無方乎？

「既有淫威，降福孔夷」，傳云：「淫，大。威，則。」鄭申大則之義，「謂用殷正朔，行其禮樂，如天子也」。朱《傳》雖不訓威爲則，而意與毛、鄭同。至呂《記》、嚴《緝》，俱載什方張氏語，以淫威爲誅武庚事，此最爲謬説。周家忠厚待人，其命微子也，但述成湯以聖德受命，勉其踐修，詞氣和平，如骨肉相告語，並無猜防之意，豈於其來朝，無故舉亂亡之禍，以傷其心哉？後世智略之士，稱揚朝廷威德，以攝遠夷叛賊，則有之矣，不聞忠厚之朝，施此於象賢之裔也。

武

「嗣武受之」，毛訓「武」爲迹，爲嗣文王之迹而受之。鄭以爲嗣子武王，文義俱通。但《雅》《頌》稱先王，皆以王配謚而言，其單舉謚，惟《江漢》「文、武受命」、《閟宫》「至于文、武」而已，彼二王並舉，容或省文，此專目武王，不同彼例。且嗣子之稱，雖對文王言，亦非所施於既殁之後，當以傳義爲正。

「耆定爾功」，疏謂「宣十二年《左傳》引此詩，云『耆，昧也』」，誤矣。「耆，昧」者，引「於鑠王師，遵養時晦」而釋之耳，乃隨武子之言也。楚子引「耆定爾功」，亦在宣十二年，然並不訓「耆，昧」，豈誤合二文爲一乎？

閔予小子之什

閔予小子

以武王崩，周公即攝政，七年歸政之後，成王廟見而作《閔予小子》《訪落》《敬之》《小毖》四詩者，此毛公之意，而王肅述之也。以成王年十三，免武王喪，將即政而朝廟，作《閔予小子》《訪落》《敬之》三詩，自言不堪任事，周公始居攝，其《小毖》一詩則作於歸政之後者，此鄭氏之説也。今觀之，鄭之誤有三焉。成王免喪，年僅十三，自難躬親萬幾，周公大聖人，又其親叔父也，豈不知君德淺深？必待其自言不能，方始居攝乎？誤一也。《頌》雖非成王自作，然必意嚮果如此，詩人乃述而歌之，觀三詩所言，皆敬天法祖、勤學好問之事，十三歲童子意嚮如此，可謂天姿過人矣，何至惑於流言，疑忌周公，積年不悟？誤二也。又四詩小敘，首曰「朝於廟」，次曰「謀於廟」，又次曰「進戒」，又次曰「求助」，蓋因朝而謀，因謀而進戒，因聞戒而求助，四敘語意相連貫，而皆稱嗣王，定是一時之事，鄭分前三詩在居攝前，後一詩在歸政後，相去七年，誤三也，則王義允矣。宋儒好貶鄭學，而《閔予小子》三詩，獨從其免喪朝廟之説者，蓋謂周公居攝，止行冢宰事，嗣王見廟，臨群臣，當在新立時，不應遲至七年後耳。不知公之攝政，縱未必踐阼，負扆南鄉朝諸侯，然謂僅行冢宰事，未必然也。當是時，出則征伐四方，入則制禮作樂，以至建親藩，營洛邑，事事皆出公手，此豈尋常臣職乎？其訓於王，則曰「沖子」，曰「孺子」，曰「小子」，豈臣子對君之稱乎？非常之舉，非聖人不能行，故堯、舜禪讓，湯、武征誅，尹之放，公之攝，皆曠古一見之事。姦人託之以爲利，儒生諱之以爲誣，其不知聖人一而已。源謂成王初免喪時，非不祀先接下，但公方居攝，政非己出，不必有咨問之言。及歸政之後，親理庶務，自當從容延訪，以盡下情，博采群言，以裨治道，四詩正作於此時矣。

《閔予小子》四詩，朱子既謂免喪時作矣，及釋「粤夆」「桃蟲」，又以爲指管、蔡事。輔廣述朱，亦以《訪落》篇「多難」爲指管、蔡，則是成王之疑公，以至悟而迎公，皆在未免喪時矣。嘗考之《書·金縢》，殆不然也。周公居東二年，罪人斯得。二年以前武王崩，管叔方在殷也，聞之而流言，言達於周而王疑，王疑而公出，不知幾閱月也。二年之後得罪人，而王不悟，因作詩詒王，王見詩而猶不悟，始有風雷之警，又不知幾閱月矣。居喪二十七月，此王肅之説。除居東二年，前後僅三月耳，豈能歷此多故哉？況成王衰絰之中，不應服弁服也，宅憂諒陰，不應出郊也，公亦在衰絰中，不應迎以衮衣、繡裳也，此皆理之難通者。然則四詩之作，在七年歸政後，無疑也。若成王初免喪，疑公方甚，安得有懲前毖後之言乎？

孔疏引《曲禮》云：「天子在喪，曰予小子。」以證《閔予小子》三詩是初免喪時作，非也。案，予小子，古天子之恒稱也。《召誥》《洛誥》及《周官》載成王之言，皆有此稱。作洛在攝政之七年，孔氏《書》傳、毛氏《詩》傳説同。除喪已久，至作《周官》，在四征弗庭之後，則即政又久矣。又康王命畢公、穆王命君牙，亦自稱予小子。《畢命》作於十二年，王在位久矣。《君牙》之作，未詳何年，未必初立時也。《江漢》詩亦云「無曰予小子」，《紀年》謂伐淮夷在宣王六年，雖未必果爾，要非初即位事矣。此皆見於《詩》《書》，歷歷可據者，《曲禮》之言，殆未可泥。

訪　落

庭，直也，此《詩》《書》常訓也。「陟降庭止」，言文王上事天，下治人，皆以直道也。「紹庭上下」，言繼文王之直道，施於上下也。兩詩俱言庭，意相符合矣。朱《傳》以庭爲庭户之庭，「陟降庭止」既以見羹、見牆釋之，至《訪落》之「紹庭」二語，則云「紹其上下於庭，陟降於家」。夫鬼神陟降於庭，本屬虚想，非實有其事也，將何以紹之？況紹庭二字亦不詞矣。又朱子解「陟降庭止」，本用《漢書》注説，因謂「顔監精史學，而不牿於專經之陋，故獨得《詩》之本旨」。源謂斯言不然。經義宏深，專精於是者尚詆其陋，反謂涉獵者得之乎？

艾，歷也。歷，數也。《釋詁》文也。鄭訓「朕未有艾」，轉歷而爲數，不如王氏訓歷之爲徑也。《集傳》謂如「夜未艾」之艾，則艾爲盡矣。又云「予不能及」，及與盡異義，當何適從乎？又此篇《集傳》本順文釋經，須語語相綴，方得文義蟬連，中閒脱去「維予小子」二語，殊屬疏忽。

敬　之

疏謂《周頌》諸篇，皆當時實有其事，詩人見之而述爲歌，則作者主名不可考矣。《閔予小子》四篇，當是一人手筆，《敬之》篇述成王君臣相告語之言，皆旁人代爲之詞耳。朱《傳》曰：「成王受群臣之戒而述其言。」又曰：「乃自爲荅之之詞。」是直以此四詩爲成王作矣。

「陟降厥士」，士，事也，天之事也。二氣之運行，萬物之化育，皆天之升降其事也。朱《傳》曰「陟降於吾之所爲」，則與「日監在兹」意複出矣。

小　毖

「莫予荓蜂，自求辛螫」，荓蜂亦作甹夆，訓爲瘳曳。毛、鄭之解與《爾雅》同，其來古矣。訓爲使蜂者，王氏之謬説也，彼之《新經》《字説》，皆此類耳，不意朱、吕大儒乃爲所惑。且安石之爲此説者，徒見下句言螫耳，然「辛螫」並言，豈辛者蜂之味耶？又「辛螫」《韓詩》作「辛赦」，云：「赦，事也。」見《釋文》。可見經字元多借用，非有師授不能得其真，徒據今本而妄爲傅會，失之遠矣。

桃蟲、飛鳥之喻，泛言事理如此，當謹於微，詩名《小毖》以此，非有所指也。疏用王肅述毛，言將來患難當慎其小，非悔不誅管、蔡，詩意良然。鄭謂成王悔不早誅管、蔡，以至叛亂，此誤矣。管、蔡乃成王叔父，流言僅口語小罪，豈得輒加刑戮？況此時已扶殷叛矣，以爲叛於居東後者，亦鄭之臆説，向讀《金縢》書已辨之。

鷦巧而危，故得巧雀、巧匠、巧女、巧婦、女匠、韈匠之名。而《荀子》説蒙鳩，有「苕折卵破」之喻，即桃蟲也，小於黄雀，取茅秀爲巢，大如雞子，所須不過一枝，《爾雅》曰「桃蟲，鷦，其雌鴱」是也。先儒以爲鴟鴞、鸋鴂亦此鳥矣。《小毖》箋合鷦與題肩及鴞三者爲一鳥，其以爲鴞者，即鸋鴂之説。至曰「鷦之所爲鳥，題肩」，則證成「拚飛」義也，然疏云事不知所出矣。案，陸璣謂桃蟲之雛化而爲鵰，焦貢《易林》亦言桃蟲生鵰，鵰與題肩皆鷙鳥，意與鄭同，其説當有本。

載　芟

朱子《辯説》謂「《載芟》《良耜》二詩，未見有祈報之異」。夫春祈秋報，總爲農事，故歷言耕作之勤，收穫之盛，以告神明，而一則願其將來，一則述其已往，祈報意自在不言中矣。豈能句櫛字比，務與題意相配，如後世詩人，較工拙於毫芒者哉？

《載芟》敘云：「春藉田而祈社稷也。」疏引《祭法》釋之，以此社是泰社。其《禮記·祭法》疏引《載芟》敘，則以此詩所祈是王社。兩疏皆出孔氏，而説互異，較論之，《詩》疏義長矣。《詩》疏云：「《祭法》：『王爲群姓立社曰泰社，王自爲立社曰王社。』此爲百姓祈祭，當主於泰社。其稷與社共祭，亦當謂泰社社稷。」《祭法》疏云：「泰社在庫門内之右。王社所在，書傳無文，崔氏云『王社在藉田，王所自祭，以供齍盛』。今從其説，《詩·頌》『春藉田而祈社稷』是也。」源謂詩主爲民祈祭，誠如疏言。況詩言主、伯、亞、旅、婦媚、士依，自説民間父子家室藉田終畝，惟甸徒三百人，乃庶人之役於官者，不應有此稱也。則藉田與祈社當各爲一事，《月令》「孟春躬耕帝藉，仲春命民社」，俱在春時。而社爲泰社無疑矣。至《郊特牲》疏謂：「社爲五土總神，稷是原隰之神，有社必有稷，稷壇在社壇西，或云在其北。」據此，則王社在藉田亦應有稷，《詩》疏以「社稷共祭，定是泰社」，又似王社不必有稷，説亦自相矛盾也。至崔氏之説，《通義》引《穀梁傳》語云「天子親耕，故自立社」。❶證之，其非無本，信矣。至蘇氏用以釋此詩敘，則未必然耳。又案，《周禮·大司徒》「設其社稷之壝，而樹之田主」注云：「田主，田神，后土、田正之所依也，詩人謂之田祖。」疏云：「句龍爲后土，配社。棄爲田正，配稷。此田主當在藉田中，依樹木爲之。田主爲神農，祭尊可以及卑，故使后土、田正依之，同壇共位也。」賈氏以田主在藉田中，蓋亦本崔氏之説。

《載芟》篇「俶載」以下方及播穀，以上則甫闢其土也。華谷謂首言芟、柞，地尚有草木，當是新墾之田，理容有之。故「千耦其耘」，既耕而耘也，是去草木根株；「緜緜其穮」，既苗而耘也，是去苗閒草。不獨箋疏之解甚明，即經文前言「其耘」承「芟」「柞」之文，後言「其穮」承「傑」「苗」之文，二耘之不同，一覽而較如也。

❶ 「社」，原作「解」，嘉慶本同，據康熙抄本、大全本、《四庫全書》本及《四庫全書》本《詩經通義》改。

朱子初説「千耦其耘」，本從箋義，《集傳》改釋爲去苗閒草，未審何意。劉瑾宗朱，亦指其誤。「十千維耦」，謂萬人相與爲耦，當得五千耦也。「千耦其耘」，謂爲耦者千，當得二千人也。二文有辨。孔疏云。

「有嗿其饁」，傳云：「嗿，衆貌。」《釋文》勑感反。《説文》：「嗿，聲也。他感切。」音義俱不同。李氏曰：「嗿者，衆人飲食之聲。」殆合毛、許二義而爲之説。然經文嗿字本指饁言，則是方饋時耳，何遽有飲食聲乎？不若毛氏。《韻增》釋爲衆聲，不言飲食，足通毛、許之異，而經義亦合。

《載芟》之婦士，即《七月》之婦子也，皆謂行饁之人。婦女幼弱不任耕耘，則使之行饁，故彼詩婦子繼以饁畝之文，此詩婦士上承嗿饁之語。傳云：「士，子弟也。」義允矣。李氏以婦士爲夫婦，恐非詩旨。

「有飶其香，有椒其馨」，古注目酒醴言，玩文義亦當然。《集傳》云：「飶，芬香也，未詳何物。」是不欲以酒醴當之也。案，《説文》云：「飶，食之香也。」與《詩》注異，朱子其因此而致疑與？

「振古如兹」，毛云：「振，自也。」鄭云：「振，亦古也。」鄭義雖本《爾雅》，然不如毛之當矣。《集傳》訓振爲極，不知何本，況「極古」語亦未順。

良　耜

「其饟伊黍」，箋謂「豐年之時，賤者猶食黍」，而彭氏以爲無珍味，意相反。夫農夫豈食珍者耶？彭殆食肉糜之見也，《大全》偏録其語。

荼、蓼並見《爾雅》，荼者，荼委葉也，某、郭皆引此詩。蓼者，薔虞蓼也，孔疏云。王肅皆以爲穢本作薉，蕪也，田中穢草也。草，而荼爲陸穢，蓼爲水穢，當矣，但未詳荼之性狀。《爾雅》：「荼，委葉。」郭注引《詩》而外，亦不著其形。今案，《古今注》云：「荼，蓼也。紫色者荼也，青色者蓼也。其味辛且苦，食明目。或謂紫葉者爲香荼，青色者爲青荼。亦謂紫色者爲紫蓼，青色者爲青蓼。其長大不苦者爲高蓼。」或作馬蓼。此與王氏水、陸二穢意同，朱子所謂辣荼，或即斯草，但不當以苦菜當之耳。

蓼雖穢草，然古人飲食資其性味，《内則》烹雞豚魚鼈，皆實蓼腹中，又切之以和羹膾，與葱芥等耳。漢史游《急就篇》蓼與葵、韭、蘇、薑並列於蔬品，《淮南子》亦云「蓼菜成列」，《説文》以爲辛菜，而《尹都尉書》有種芥、葵、蓼、韭、葱諸篇，見劉向《别録》。又《北史》蕭大圜云：「穫菽尋氾氏之書，露葵徵尹君之録。」又《漢書·藝文》目農家者流有《尹都尉》十四篇。長沙定王故宫有蓼園，其調和食味大有用也。《良耜》篇特以其妨稼故薅之。案，顔師古言蓼有數種：「鋭而薄，生於水中者曰水蓼。葉圜而厚，生於澤中者曰澤蓼，一名虞蓼。」《唐本草》謂虞蓼爲水蓼，蘇恭注云：「生下濕水旁，葉似馬蓼，大於家蓼。」韓保昇《本草》言：「蓼有七種，曰青蓼，香蓼，水蓼，馬蓼，紫蓼，赤蓼，木蓼。紫、赤二蓼葉小，狹而厚。青、香二蓼葉相似而薄。馬、水二蓼葉闊大有黑點。木蓼亦名天蓼，蔓生，葉似柘葉。六蓼華皆赤白，子大如胡麻。惟木蓼華黄白，子皮青滑。諸蓼皆冬死，惟香蓼宿根重生。」合此諸説觀之，唐、蜀二《本草》之水蓼，其即顔之澤蓼乎？《良耜》所薅，當指此草。孔疏引《爾雅》虞蓼之文以釋《詩》，而虞蓼、澤蓼，顔以爲一草矣。又案，蓼字亦作⿱艹漻。

絲　衣

《絲衣》「載弁」，箋云：「載，猶戴也。」士助祭之服也。正祭視濯視牲，則使小宗伯，今使士，則非正祭矣。故爲「繹賓尸」，此敘與詩相符合，有明證者也。朱《傳》改爲祭而飲酒之詩。夫祭而飲酒，正《楚薺》所謂「燕私」、《湛露》所謂「在宗」也，乃燕也，非祭也。燕飲樂章，不應列之於《頌》。

《絲衣》敘「靈星」，孔疏引《漢書》張晏注釋之。《漢·郊祀記》云：「高祖令天下立靈星祠，常以歲時祠以牛。」晏注云：「龍星左角曰天田，則農祥也，晨見而祭之。」又《後漢書·祭祀記》云：「漢興八年，高帝令天下立靈星祠，以后稷配食，謂天田星也。」與班書晏注同。案，農祥即房宿，以霜降晨見東方，則祠靈星，當在夏九月矣。《論衡》謂靈星即龍星，又謂周制春雩，秋八月亦雩，今靈星乃秋之雩。此語非是。雩正祭在巳月，祈祭則秋之三月皆可行，春秋非雩之正期。又雩祭祭五精帝，非祭靈星，不得合爲一祭。且八月龍星未見，安得而祭之？《通典》亦言周制仲秋之月祭靈星於國之東南，殆襲充之誤也。《玉海》云「《周書·作雒》農星皆與食」，今《周書》云「日月星辰皆與食」，不云農星。《玉海》據宋本，當不誤矣。

祊有二種，一是正祭時，既設祭於廟，又求神於廟門之内，《禮記·郊特牲》「索祭祝於祊」及《小雅·楚薺》「祝祭於祊」是也。二是明日繹字亦作釋。祭時，設饌於廟門之西室，《郊特牲》「祊之於東方，失之矣」及《頌·絲衣》是也。繹與祊同時，而繹其大名也。廟門外之西有堂有室，繹於堂以接尸，祊於室以祭神，是日祭禮簡，接尸禮大，故《絲衣》敘「繹賓尸」，《春秋》宣八年「壬午，猶繹」，皆言繹而不言祊。《特牲》疏云：「自堂徂基，自羊徂牛，是祭神也。兕觥其觩，旨酒思柔，是接尸也，故知事神禮簡，接尸禮大。」

「不吳不敖」，吳字有胡化、下快、五乎三切而義同。胡化切者，何音也，下快切者，陸音也，俱見《釋文》。五乎切者，徐音也，見《説文韻譜》。陸、徐兩家説吳字，俱據《説文》，而音形各異，正未知誰合古義耳。《釋文》云：「吳，舊如字。《説文》作吴。吴，大言也。何承天云：『吳字誤，當作吴，从口下大。故魚之大口者名吴，胡化反。音樺。此音恐驚俗也，音話。』」下快切。今《説文》云：「吳，姓也，郡也。一曰大言也。从夨阻力切，傾頭也。口，五乎切。」音吾。徐鍇曰：「大言，故夨口以出聲，《詩》曰『不吳不揚』，今寫《詩》者改吳作吴。又音乎化切，其謬甚矣。」陸引《説文》作吴，而今本从夨口，然則今《説文》吳字，豈徐氏所定乎？至於口下大及胡化切，説本何承天，其來已久，徐氏謂今人寫《詩》之謬，殊不可解。又大言何須夨口，❶不如口下大取義明捷，何説較優也。但《史記·武本紀》引《周頌》作「不虞不驁」，《趙世家》索隱亦言古虞、吳音相近，故舜後封虞亦姓吳。虞本以吳得聲，古字通用，多取音形仿髴，又似从夨口、五乎切爲得也。黄氏《韻會》虞、卦兩韻收吳字，禡韻收吴字，而於虞韻取徐説，於卦韻、禡韻取何、陸二家之説，不辯其孰是，得闕疑之道矣。近世楊慎《古音略》從何音樺，作吴，亦從陸音話。陳第《古音攷》從徐音吾，作吳，殆一偏之見也。又案，孔疏述毛，《緇衣》「吳」字作娱，云：「人娱樂必讙譁，故以娱爲譁。定本作吳。」《泮水》「吳」字依王肅作誤，云：「誤與傷爲類，故以揚爲傷，謂不過誤、不損傷也。」毛傳不破字，而兩詩「吳」字，一以爲娱，一以爲誤，皆

❶「夨」，原作「仄」，大全本作「失」，據文義及《説文解字》改。

離於本訓。然娱、虞同爲樂義，與《史記》合，娱、虞、誤皆諧吴聲，古字多假借，文同不妨義異。毛公得於師授，説必有本，得其義可勿泥其文。從大從夨，非經旨所關，兩存之可也。

勺

「遵養時晦」，毛以遵爲率，養爲取，謂率此師以取闇昧之紂，指武王言也。鄭以爲追美文王，言養紂而老其惡。案，《左傳》宣十二年晉隨會引此詩，證攻昧之義，而解之曰：「耆，昧也。」注云：「致討於紂。」則養之訓取，春秋時已爾，毛義有本也。永叔曰：「退自循養，與時俱晦。」後儒多從之，語雖美，恐非詩旨。況以此語指武王，愈不得言養晦。五年須暇，姑緩紂誅耳，何嘗自晦哉？

釋《勺》頌者多異説，而傳爲正矣。傳意云：於美武王之師也，率此師以取是闇昧之紂，於是周道大光明矣，是用天下無不助之，所以然者，因我周之受殷，用天人之和，龍訓和。辨見《商頌》。不以彊力也。蹻蹻然有威武者，武王之所爲，則用之使後世有所承嗣，實維爾之事，信得用師之道矣。「大介」「有嗣」參用歐、蘇説述之，餘皆疏義。

桓

《書·牧誓》云「桓桓」，而《詩》亦有《桓》頌。《書·武成》云「大賚」，而《詩》亦有《賚》頌，名雖同，義實别矣。《牧誓》勉將士而《桓》頌美武王，《武成》言賑賜而《賚》頌謂封建也。

賚

敍云："大封於廟也。"封於文王之廟，故述文王之勤勞，以勸敕諸侯也。朱《傳》本遵敍，獨首句云"此頌文、武之功"，與經文殊不相合。劉瑾謂朱《傳》頌文、武之功，亦如《大武》兼頌文、武之德，不知《大武》篇經文文、武並言，此篇經文言文不言武，豈可相例耶？朱《傳》"文武"當作"文王"，定是傳寫之誤。

《賚》《般》二頌，皆云"時周之命"，言此周之所以受命也，一則由於勤勞天下，一則由於懷柔百神，各承上文而明其致王之由耳。《集傳》於《賚》頌云"凡此皆周之命，而非商之舊"，於義短矣。周之代商，當世共知，何煩作驚喜之詞以自夸詡耶？

般

"裒"字三見《詩》，《常棣》《殷武》及《般》頌是也。三"裒"字毛皆訓聚，鄭則《般》頌獨訓衆。案，《爾雅》云："裒，聚也。"又云："裒，衆多也。"聚則必多，二義相成，鄭不爲易傳矣。《韻會》謂"裒"通作"捊"，引《易》"裒多益寡"，古《易》作"捊多"爲證。案，古《易》"捊多"見《易釋文》及《玉篇》，誠有之，然捊乃把取義，與《詩》"捊克"義同，非此三詩之裒。又字或作褎，褎乃褎揚字，博毛切，當是借用。

毛詩稽古編卷二十四

吴江陳處士啓源著

魯頌駉之什

《魯頌》四篇，箋、疏以爲作於文公時。宋世説《詩》者，以《泮水》《閟宫》二詩多祝願之詞，疑爲僖公時作。不知僖公居位最久，故有「難老」「眉壽」之稱，至「萬有千歲」語，特頌美過其實耳，非必生前之祝願也。敘言「季孫行父請命於周，而史克作頌」，孔疏謂「僖公在時不應請命於王，自頌己德，故知作於文公時」，斯言良是。且非直此也，季孫行父文六年始見《春秋》經，至襄五年而卒，卒之年，去僖公之薨，凡五十九歲，當僖公世，行父方在童齡，安能任請命之役乎？又《禮記》《檀弓》。疏引《世本》，行父乃公子友之曾孫，云「友生齊仲，齊仲生無逸，無逸生行父」。據《春秋》杜預注、范甯注，則行父是友之孫。友爲僖公季父且事僖，其孫及曾孫未必仕於僖公世也。

駉

牧馬坰野，無妨田作，不必言務農，而務農在其中矣。飲酒胥樂，情禮優厚，不必言有道，而有道在其中矣。使人得之於言外，此所以爲善頌也。朱子譏敘爲鑿，徒以其詞而已。夫古人作詩，多微詞渺指，言有盡而意無窮，豈如後世記事之文、講學之語哉？

「駉駉牡馬」，疏云：「牧馬，定本作牡馬。」《詩攷》云：「河比本作牧馬。」可見古詩牧、牡二字迭用。今本注疏作牡，餘本同，惟呂《記》首章作牧馬。

《駉》篇所説馬名，凡十有六，其七《爾雅》無文，而賴傳以明，驪、黄、騂、駵、雒、驔、騏也。然傳云：「豪骭古案切。脚脛也。曰驔。」疏以爲骭毛白長。《説文》云：「驔，驪馬黄脊也。」所言物色互異。其騂，則傳云赤黄，《説文》云赤色。騏，則傳云倉祺，亦作騏。《説文》云「青驪，文如博綦」。及驪之純黑、深黑，駵之赤身黑鬣與赤馬黑毛尾，皆稍異而不甚相遠。惟黄與雒，《説文》無釋。要之，毛先於許，當以傳爲正矣。又案，驪、駵二名，亦見《爾雅》，但未解其毛色耳。而驔馬則與《爾雅》之驓《釋畜》云：「四骹皆白，驓。」骹，口交切，脛也。驓音增。物色相類，豈一馬而兩名與？又案，十六馬中，其驪、皇、黄、騏、駱、駰、駵七者別見他詩，惟《小戎》之騏、《東山》之皇、《四牡》之駱、《皇華》之駰有傳。皇、駱、駰，傳與《駉》同，❶騏則彼傳云「騏文」，此傳云「倉騏」。彼疏謂青黑色名綦，馬名騏，亦作綦文，此疏謂騏是黑色，倉騏，青而微黑也，則二傳義亦同。又《四驖》傳以驪訓驖，驖、驪皆黑義，亦同此傳。

騂，本作𩥉，从馬，觲息營切。省聲，馬赤色也，惟《駉》篇「有騂」當此義。「騂騂角弓」當作觲，騂牡、騂

❶「與」，原作「云」，據康熙抄本、大全本、《四庫全書》本、嘉慶本改。

黑、騂剛皆當作牸，又「有莘其尾」當作觲。

《駉》四章，分配良、戎、田、駑四馬，本毛傳之説，而孔氏申之云：「良馬以朝祀，故云彭彭，言有力有容也。戎馬齊力尚强，故云伾伾，言有力也。田馬齊足尚疾，故云繹繹，言善走也。駑馬給雜役，貴其肥壯，故云祛祛，言强健也。」義允矣。後儒説《詩》罕用其説，惟宋張文潛衍其意云：「良馬以朝祀，故云斯臧。戎馬尚强，故云斯才。臧言其德，才言其用也。田馬尚疾，故云斯作。駑馬給雜役，故云斯徂。作者習其動止之節，徂則足以行而已。」於義更暢。惟「斯作」與毛異耳，毛訓作爲始，謂同於古始也。

有駜

「鷺于下」「鷺于飛」猶云「載飛載下」也，指鷺鳥言，以興潔白之士也，《周頌・振鷺》取義亦同。今以鷺爲鷺羽，舞者所執，而于下、于飛爲舞者之容，特見下文「鼓鼘鼘，醉言舞」，故作是解耳。然則次章「醉言歸」，是執鷺羽以歸家乎？

「屢舞僊僊」「屢舞傞傞」，《小雅》以爲刺。「鼓鼘鼘，醉言舞」，《魯頌》以爲美。彼之舞，以醉而越於禮，此之舞，以醉而盡其歡也。盡歡而能不越禮，斯善已，然詩人已防其過也，故次章即繼之云「醉言歸」，正《賓之初筵》所謂「既醉而出，並受其福」者也。

泮水

《泮水》《閟宫》兩詩，述僖公武功，皆因人成事耳。伐淮夷，鄭《譜》以十六年會淮當之，孔疏申其意，謂淮夷近魯，霸者獨令魯伐之，應在十七年之末，經傳無文者，因舊史脱漏之故。「戎狄是膺」，疏亦以爲史文脱漏，或十年齊伐北戎，魯使人助之，帥賤師少，故不書。其説或然。然源謂十三年會鹹，十四年城緣陵，皆爲淮夷病杞。十六年會淮，亦謂淮夷病鄫。魯實從役，斯亦伐淮夷之一證也。而會鹹之舉，亦因王室有戎難，秋爲戎難，故諸侯戍周。十六年又以戎難，故諸侯戍周，詎非膺戎之事乎？作頌者夸大其詞，掠人之美，歸功於君，臣子之常情耳。成二年鞌之戰、襄十八年平陰之役，皆借晉力也，而季文子立武宫以示後世，季武子以所得於齊之兵，❶作林鐘而銘魯功焉，正祖史克之故智也。朱子以爲祝願之詞，殆不然。僖公時齊、晉相繼而霸，攘除四裔，實有其事，會盟征伐，魯悉與焉，豈徒祝願哉？

頖、泮一字而異形，《王制》《明堂位》《禮器》皆作頖，《魯頌》作泮。《詩釋文》作頖，云本又作泮，頖、泮信一字矣。頖宫之爲學名，見《王制》《明堂位》，而《魯頌》「獻馘」「獻囚」等語，又與《禮》「將出征，受成於學，反以訊馘告」之制合，則爲學名無疑矣。戴埴據《通典》魯郡泗水縣有泮水，謂僖公築宫於泮水上，因名泮宫，泮宫非學名，近世楊用修深信之，然實非也。泗水縣今隸兖州府，泮水一名雩水，源出曲阜縣治西南，西流

❶「武」，嘉慶本同，康熙抄本、大全本、《四庫全書》本作「文」。

至兖州府城，東入泗水，見《一統記》，信有然矣。但水以泮宫故名泮，以舞雩故名雩，俱起於後世，殆好事者取經語以名水耳。水因《詩》而得名，反執水名以亂《詩》説，何其惑也。用修又引《左傳》「晉侯濟自泮」語以證此詩泮水，則益誤。襄二十五年《左傳》：「晉侯濟自泮，會於夷儀。」夷儀，衛地，今順德府邢臺縣也。夷儀故城又在縣西百二十里，晉都今太原府，平公自西來，濟泮始至夷儀，則泮水又在夷儀西矣，北直之邢臺，與山東之曲阜，相去甚遠。《左傳》之泮水，在晉、衛間，與魯無涉，而《通典》之泮水，發源曲阜而入泗，始終不出魯境，安得經流晉、衛間？用修引此證彼，彊合二水爲一，疏矣。總之，璧廱、頖宫爲天子諸侯學名，有圜水、半水之異，漢儒近古，定有據而言之。後人好爲異説，適見其陋也。宋胡仁仲欲解《靈臺》《文王有聲》二詩「璧」爲君、「廱」爲和，夫於樂君和、鎬京君和，成何文義哉？

旆、茷，疏云古今字，則此詩「茷茷」，即《出車》之「旆旆」矣。毛公《出車》傳云：「旆旆，旒垂貌。」《泮水》傳云：「茷茷，言有法度也。」語殊而義合。今用李氏説，兩詩皆訓飛揚貌，與毛正相反。夫旂幟飛揚，正可得市童憐耳，豈詩人所樂觀哉？又茷字誤作筏，辯見《附録》。

「茆」，《釋文》云：「音卯，徐音栁。」《説文》云力久切，《玉篇》云閭酉切，皆同徐。《集傳》叶謨九反，不知何本。朱子叶《詩》，全用吴棫《韻補》，此字吴亦力九切，朱子弗從，未審其故。又毛晃謂音「卯」者，从寅卯之卯，蓴菜也；音「栁」者，音申酉丣。之酉，蒲茆也。此殆臆説。

茆，今之蓴菜也。《周禮·醢人》供茆菹以爲朝事豆實，毛傳《詩》、鄭注《周禮》皆云鳧葵也。《釋文》引鄭小同云「江南人謂之蓴菜」是已，陸《疏》亦以爲蓴，又云或謂之水葵。案，蓴亦作蒓，《顔氏家訓》謂蔡朗父名純，諱蒓爲露葵，即此菜矣。陶氏《别録》列於下品，葉如荇而圜，華、實亦如荇，莖紫，大如箸，柔滑可羹魚，但不可與鱔鼈同食，食者成病。見《爾雅翼》。春夏嫩莖未葉名稚蓴，葉稍舒名絲蓴，至秋老名葵蓴，或作豬蓴，又譌爲瑰蓴，爲龜蓴。顔之推以豬蓴爲荇，蘇恭從之。宋馬某修《明寳本草》始辯其非，當矣。又《後漢·馬融傳》注引《廣雅》「茆，凫葵」，而云：「葉圜似蓴，俗名水葵。」以茆、蓴爲二草，亦誤。

「順彼長道，屈此群醜」，傳云：「屈，收也。」案，《釋詁》屈、收皆訓聚，則義得相通，傳意應同此，而疏不之引。箋云：「屈，治也。」疏引《釋詁》「淈，治」某氏注引此詩以證淈、屈二字音義同，然毛義長矣。如毛説，則「醜」爲衆，指魯國人民。如鄭説，則「醜」爲惡，指淮夷。此詩後四章方侈陳服淮夷之事，前四章未及此意也。郭景純注《爾雅》於「屈，收」引此詩，於「淈，治」則云「淈，《書》敘作汩，音同」，而不引此詩，是從毛不從鄭。又《釋文》引《韓詩》云：「屈，收也。收斂得此衆聚。」義亦同毛。

閟　宫

《閟宫》敘云：「頌僖公能復周公之宇。」蓋取經第七章語，蔽全詩之義也。七章「復周公之宇」，正與三章「大啓爾宇」二「宇」字相應，三章啓宇與侯魯文連，七章復宇與常許、保魯文連，則宇爲土宇而非屋宇，雖愚者亦知之矣。朱子乃謂敘詩者誤以宇爲屋宇而譏其謬，何陋視古人至此？竊意朱子之謂此説者，殆因己以修廟爲作詩本旨，遂謂敘意亦然，當指宫廟爲宇耳。夫使敘者之意果同《集傳》，則當云「頌僖公能修閟宫」，與《泮水》敘一例矣，何變文爲周公之宇乎？源謂《泮水》《閟宫》兩詩取義各别，《泮水》主頌修泮宫，故每章皆言泮。《閟宫》備言僖公能興復祖業，故追本先德以及其身，又歷舉其承祀即戎、拓土服遠之事，内而室家之睦，外而臣下之宜，天錫眉壽，民樂赴功，至卒章營建之事，則興復祖業之一端也。且寢、廟並舉，不專言廟也，亦無由見新廟之即爲閟宫也。朱子合新廟、閟宫爲一事，因斷全詩專爲修閟宫而作，固已疏矣，又移己之誤於敘而大譏之，何以服古人之心乎？

毛以閟宫爲姜嫄廟而在周，新廟爲閔公廟，鄭以閟宫、新廟皆姜嫄廟而在魯。兩家所見既殊，後儒復出新説，大約皆合閟宫、新廟爲一，而廟則泛指群廟也。夫以廟爲群公之廟，理猶可通，至謂新廟即閟宫，詩因修廟而作，則甚誤。末章寢、廟並言，所修不獨廟矣，不應首章獨言廟，誤一也。通篇惟祭祀是廟中事，外如公徒、公車、龜蒙、鳧繹，常許諸章所述，與修廟無涉，誤二也。后稷、周公、皇祖，固祭於廟矣，「皇皇后帝」，何與於廟祭而亦及之？誤三也。故凡以修廟爲作詩本旨，而閟宫、新廟首尾相應者，俱非也。細推詩義，惟傳得之。傳以閟宫爲姜嫄廟，詩意不在閟宫也，特借爲咏姜嫄之發端耳。以新廟爲閔公廟，詩意不專在新廟也，特舉爲頌僖公之一事耳。詩之意在廣述僖公恢闢疆土、修舉制度，以復周公、伯禽之舊，故敘用「復周公之宇」一語蔽之。後儒舍此而求諸首尾，失之遠矣，然康成之説，實肇其端。

詩篇之長，未有如《閟宫》之百二十句者，詩章之長，亦未有如《閟宫》第三章之三十八句者，然細案其分章之法，甚有倫次。首章追泝后稷，次章敘周之興，皆未及魯。三章始言魯公受封，因及僖公祭祀之勤。四章言僖公征伐之威，五、六章言其土境之廣，七章言其福禄之厚，末章言其興作之功。蓋以類分章，不計句之多寡也。朱子嫌其多寡相縣，彊欲取而均之，遂據首章、四章各十七句爲率，分二、三兩章爲三章，而所分

第四章止十六句，則直指爲經文脱落，欲於「籩豆大房」下增「鐘鼓喤喤」語以足之，❶斯亦武斷之甚矣。又經文「克咸厥功」以上言克商之事，「王曰叔父」以下言封魯之事，意本兩截，宜分也而反合之。「乃命魯公」，承上四句，皆言封魯，「秋而載嘗」以下，與上文皆言祭祀，語氣相接，宜合而反分之。章法未能盡均，而章意先受割裂矣。

「居岐之陽」一語而兩見《詩》，《皇矣》言文王，則岐陽乃程邑也，《閟宫》言太王，則岐陽乃周原也。太王遷周，文王宅程，兩都皆在岐之陽，相去百里而近矣。案，岐字本作郂，山名，亦水名。岐水亦名大欒水，出石橋山，東南流，合漆水，又合杜水，《水經注》引《淮南子》及《漢書音義》皆同。逕岐山，而又詘逕周城南。周原於山爲南，於水爲北，皆居其陽，故曰岐陽。

「實始翦商」與《甘棠》「勿翦」，翦字皆當作前。《説文》云：「翦，羽生也。」「前，齊斷也。」《甘棠》傳以翦爲去，《閟宫》傳以翦爲齊，箋以翦爲斷，俱當前義，非翦義矣。《説文》又有揃字，云「搣也」，與二詩之「翦」俱無當。《韻會》揃字注引《閟宫》詩，殆不然。又案，翦从羽，前从刀，皆諧歬聲。歬从止在舟上，今改歬爲前，而又加刀爲剪，加羽爲翦，皆隸變之譌。

「致天之届」，届字今釋爲至極，句法實不順。箋云：「届，殛。」而疏引《釋言》證之，與今本《爾雅》雖不同，然必不誤也。釋爲致天之誅，文義始明快矣。《爾雅》注今止存郭氏一家，故無由證其異同。郭之外注

---

❶「增」，原作「如」，嘉慶本同，據康熙抄本、大全本、《四庫全書》本改。

者十餘家，其存於唐初者，有李巡注三卷，樊光注六卷，孫炎注六卷，沈竇集注十卷，與郭注俱載《藝文》目。陸德明《敘録》有犍爲文學、劉歆、樊光、李巡、孫炎五家注，《五經正義》所引又有某氏、謝氏、顧氏之説，則仲達所見注本尚多，「屆，殛」之訓，必有據矣。

「龍旂承祀」，疏申箋意，引《明堂位》語，證魯君祀帝，當建日月之章，此龍旂定是廟祭，舊説以此爲郊祀者謬。宋曹氏曰：「《司常》言日月爲常，王建之。交龍爲旂，諸侯建之。魯雖僭郊禮，而以旂，不以常，猶不敢全僭也。《明堂位》乃曰『日月之章』，則又過矣。」嚴華谷信其説。然此經下文云「六轡耳耳，春秋匪解，享祀不忒」，則此「承祀」即春秋享祀，明是廟祭而非郊祭，魯郊之不建常，仍無明文可據也。

「享以騂犧」，犧字止有許宜一反，《集傳》欲與下「宜」「多」兩叶，故有虚宜、虚何二反。然古「多」字與「祇」字通用，音相同，故移、趍、侈、㚉等字皆以多得聲，多之與犧韻本同，不必轉犧音以就多也。《集傳》叶詩，率宗吴棫《韻補》。案，《韻補》收「多」於四支，不收「犧」於五歌，朱子果於自信，蓋亦不全用其説矣。又下文「犧尊」，《釋文》「素何反」，此亦可叶多，朱子不用而創立一音，斯自信之太過也。

「夏而楅衡」，康成《周禮·封人》注以爲楅設於角，衡設於鼻。及箋《詩》則從毛傳，以爲楅衡其角。孔疏兩存之，不辯其孰是。案，《説文》衡字从角从大，行聲，本取横大木於牛角耳，與鼻無涉也。况《封人》職注，鄭司農、杜子春皆以爲設於角，康成先注《禮》，雖破鄭、杜之義，後箋《詩》仍從毛傳，蓋自覺前説之短矣。

《閟宫》詩「公車千乘」，此大國之賦見於經者也。馬融注《論語》引《司馬法》，謂百井爲成，每成出車一乘。包咸注《論語》，謂每十井出車一乘，説各不同。宋李樗以爲百里之國提封萬井，適合千乘之數，若百井一乘，必十萬井而出千乘，十萬井之地，開方計之，爲方三百一十六里有奇，與大國方百里之制不合，故取包說，然此乃拘方之見也。朱《傳》用《司馬法》之說以釋《閟宫》，與箋、疏意同，亦知魯地不僅百里矣，故其《論語》注言「顓臾在魯地七百里中」，《明堂位》之說，朱子不盡以爲非也。後儒昧於論世，徒執《孟子》《王制》之語，而斥《周禮·職方》爲誣，不知孟子止聞其略，而《王制》一篇，乃漢文時博士、諸生所作，豈可過信哉？必如包氏說，則十井之田，止八十家耳，使之出兵車一乘、輜車一乘、四馬十二牛、甲士步卒等共百人，以及甲胄、弓矢、五兵、旌旗之屬，無一不具，民豈能堪？先王之世，不應有此重賦。朱子舍包而取《司馬》，良有見矣。

《詩》言「二矛」者二，而康成解之不同。《清人》箋云：「二矛，酋矛、夷矛也。」《閟宫》箋云：「二矛重弓，備折壞也。」疏申其意，以爲酋矛長有四尺，夷矛三尋，是酋短於夷也。《清人》禦狄，守國之兵，守國兵欲長，當兼用夷矛。《閟宫》膺戎狄，懲荆舒，攻國之兵，攻國兵欲短，當止用酋矛，故一弓而重之，亦一矛而有二，俱備折壞，二矛當是二酋矛。斯言甚詳辯，然《衛風·伯兮》箋引《攷工記》兵車六等爲説，與此箋意正合。六等者，一軫，二戈，三人，四殳，五戟，六酋矛，不數夷矛。而彼疏論六等、六建之異同，六建數夷矛，不數軫。謂前驅車上當具五兵，五兵者，戈、殳、戟、酋矛、夷矛也。又謂步卒無夷矛，前驅非步卒，當有夷矛。夫《伯兮》詩爲伐鄭而作，亦攻國之兵，而孔氏以爲用夷矛，與此自相戾矣。要之，此詩「二矛」與「重弓」文連，無異弓，當亦無異矛，鄭總以「備折壞」釋之，最爲允當。

「公徒三萬」，鄭以三軍釋之，其《荅臨碩》則又以爲二軍。孔疏取其二軍之説，謂舉大數必就其近者，三軍三萬七千五百人，云四萬，頌主誇美，不應減退其數。又襄十一年《春秋》書「作三軍」，明前此無三軍也。昭七年復書「舍中軍」，則其作、其舍皆書也。使僖公有三軍，文以後無之，《春秋》何不書舍？故知僖公無三軍矣。其説良是。嚴《緝》載李氏語，謂伯禽以來已有三軍，襄公時三卿專權，分三軍爲己之賦耳，非此時方有三軍也。噫，謬矣！三家作三軍，正因前此止二軍，不便於三分故也。設本有三軍，竟三分之可耳，焉用作乎？若不作而書作，是《春秋》乃曲筆，非信史，何名爲經？且孔疏言魯二軍，原不言周公、伯禽時即然也。東遷之後，諸侯彊者弱，弱者彊，非復西京之舊。衛、晉皆侯爵也，而臧宣叔言衛於晉不得爲次國。杞，二王之後，宜公爵也，而《春秋》或書侯，或書伯。晉武公受王命，本以一軍爲晉侯也，見莊十六年。而獻公作二軍，見閔元年。文公作三軍，見僖二十八年。又作五軍，三十一年。襄公舍二軍，文二年。景公作六軍，成三年。厲公罷新上下軍，見成十六年杜注。止存四軍，悼公舍新軍，襄十四年。豈有常哉？又當時諸侯多樂自居弱小，以避霸國重賦，故魯作三軍，叔孫慮政將及子。宋之會，季孫願視邾、滕。襄十四年。平邱之會，子產争承以鄭爲伯男。昭十三年。則春秋時除齊、晉、楚霸國外，能具三軍者尠矣。魯之弱已久，事事非伯禽之舊，豈獨軍制哉？頌主誇美，故鄭姑以三軍釋之耳，要非其實也。

「公徒三萬」，朱《傳》曰：「三軍爲車三百七十五乘，三萬七千五百人，其爲步卒二萬七千人。」此以每乘百人計之也，併炊家子、固守、衣裝、厮養、樵汲二十五人悉數之爲軍矣。夫此二十五人皆老弱，不任荷戈者耳，可備伍兩卒旅師之列乎？案，一乘甲士三人，步卒七十二人，三軍當用車五百乘，其爲步卒則三萬六千人。併甲士一千五百人，共三萬七千五百人。孔疏説三軍之數謂此，故《采芑》疏亦以三千車爲十八軍。

「淮夷來同，莫不率從」，鄭以來同爲同盟，率從爲從中國。蓋僖公非王非霸，故不係諸魯也。良爲有見，而後儒莫用。

鳧、繹二山，俱在今兖州府鄒縣東南。鳧在縣東南五十里。繹在縣南二十五里，亦名鄒山，《禹貢》「嶧陽孤桐」即此山也。郭景純謂此山純石積構，連屬如繹絲然，故以爲名。《禹貢》作「嶧」，尊其名也，《魯頌》作「繹」，取其義也。又有葛嶧山，在今淮安府邳州，非此詩及《禹貢》之嶧。《漢書·地理記》云：「東海下邳縣西有葛嶧山，古文以爲嶧陽。」《説文》云：「葛嶧山在東海下邳。《夏書》云『嶧陽孤桐』。」皆誤以《禹貢》之嶧陽爲葛嶧。孔仲達、蔡仲默俱引《漢書》以釋《禹貢》，失於考矣。案，鄒縣本邾國，鳧、繹二山不在魯境内，《詩》曰「保有」，殆誇詞，蓋魯擊欜聲聞於邾，地密邇而世相讐殺，魯君臣欲吞邾久矣，作頌者其情見於詞乎？ 上章大山、龜、蒙，下章常、許，本魯地。其曰詹，曰奄有，曰居，道其實也，惟此章純是溢美之談。

「居常與許」，傳云：「常、許，魯南鄙、西鄙。」獨言南、西，毛必有本也。疏申之，以爲常南鄙、許西鄙，傳意或爾矣。鄭以常爲薛之旁邑，而引《春秋》莊三十一年「築臺於薛」及「田文封薛，號孟嘗君」以證薛旁有常邑，又以許爲許田。《左傳》隱八年「鄭易許田」、桓元年「鄭假許田」，孔疏俱引此詩，蓋據箋爲説耳。此未必然也。築臺於薛，魯地也。孟嘗之薛，奚仲舊封也。春秋時薛尚存，魯安得築臺於其國中？ 明是異地而名偶同耳。常自在奚仲國旁，與魯之薛邑何涉哉？ 至許田爲鄭有，桓公本以易祊耳，豈僖公復以祊易之鄭邪？ 經傳無明文，亦臆説也。或謂常是齊所侵地，蓋本於《管子》。今案，管仲勸桓公親諸侯，反其侵地，故歸魯常、潛，《國語》亦載其事，「常」作「堂」。此桓公始圖霸時事也。僖公即位，在桓公二十七年，齊久已稱霸矣，常地之歸，當在莊公時，不在僖公時，不應舉以頌僖。又齊在魯北，常爲齊侵，定是魯北境，與傳「南鄙」又不相符，此説亦不足信也。

「令妻壽母，宜大夫庶士」，謂善其妻，壽其母，宜其大夫庶士也，皆承「魯侯燕喜」言。令、壽、宜本一例，朱《傳》曰「令善之妻，壽考之母」，則下句文義難通矣，可云大夫庶士，是令妻壽母宜之邪？

《閟宫》與《殷武》末章，皆言營作之事，故朱子謂文義略同。胡一桂從而附會之，言《閟宫》篇全倣《殷武》而作，如出一手。吁，謬矣！二詩除末章而外，詞旨既殊，體裁亦别，何嘗相似乎？揚雄言奚斯晞考父，止謂兩人皆作頌，非謂文體之同也。要之，《商頌》傳自周太師，而考父得之，非考父作，奚斯但作廟，未嘗作頌，雄言亦謬也。又《閟宫》末章先言路寢，後言新廟，是寢廟俱修。輔廣、陳櫟乃謂寢即廟中之寢，尤爲謬妄。彼特欲證閟宫、新廟爲一，不當兼言修寢耳。獨不思古人廟制，前廟後寢，廟比於路寢，廟後之寢比於小寢，故天子之廟亦有小寢五。若此詩之寢果在廟中，是乃小寢耳，何云路寢哉？

《魯頌》頌僖公之賢，而《春秋》多書其失德之事，學者疑之。宋趙氏、黄氏、李氏諸儒皆論其故，大約以僖特中材庸主，而《頌》詞多溢美，故任季友則賢，任仲遂則否，天下有霸主則能自固，無霸主則不能自立。其説似之，而未盡然也。源謂僖公自是中材以上之人，過惡誠有之，要不失爲賢君也。古來人主除二帝、三王數大聖人外，其餘令德之君，俱不能每事盡善。成、康至賢，尚有誤信流言、佩玉晏鳴之失；宣王中興英辟，而美刺並載於《詩》，《國語》亦紀其失則。列國諸侯爲詩人所美者，衛武公、文公、鄭武公、秦仲及襄公、齊桓公、魯僖公，凡七君。衛、鄭二武與秦之兩君，事在《春秋》前。其見《春秋》者，衛文滅邢，書名以示貶，齊桓霸業雖隆，而内多慙德。要此二君者，不害其爲賢侯。僖公亦猶是爾，安得因《春秋》所譏，併疑《頌》語之失實乎？案，魯遭慶父之亂，禍難相尋，齊人睥睨其旁，欲乘釁襲取，微仲孫湫言，禽父幾不祀，事見《左傳》閔元年。國勢岌岌矣。及僖公立，魯復晏然。意其撫和臣民，交好鄰國，易亂爲治，轉危爲安，綏輯定應多術。《詩》敘所言足用愛民，務農重穀，君臣有道，以及修泮宫，復周公之宇，乃其實事也，不賢而能然乎？但所行者，不過修舉舊章，勤政節用，無赫赫可紀之功。而《春秋》之法，常事不書，無由取而筆之於經。其失德之彰彰者，載在國史，又不可盡削。夫子既書之以垂戒後世，更録《魯頌》頌美之詞，以補《春秋》之未及，殆不無微旨焉。又魯本羸國，僖亦非雄才，欲保境自安，勢須結援大國，無伯而從楚，此社稷之故，未可深罪也。至《春秋》書郊始於僖者，以其既成牲、後卜日爲怠慢，故譏之耳。常郊不書，因卜之非禮而書，非謂郊始於此也。黄氏謂僖始僭郊，爲不賢之大，謬矣。若夫敗邾於偃，敗莒於酈，禦侮之勇也；取須句反其君，存亡之義也；納玉於王，求釋衛侯，親親之仁也。僖之美亦稍見《春秋》經傳，不僅《頌》有之矣。

商頌那之什

那

「置我鞉鼓」，傳云「殷置鼓」，改《明堂位》「楹鼓」爲「置鼓」，以就經文，明是釋置爲楹也。鄭通其意，讀置爲植，云「植鞉鼓者，爲楹貫而樹之」。蓋植即古置字，見《金縢》「植璧」注，故疏引之，以證此二字之異同。然則此詩「置」字，毛、鄭義本同，音亦宜同矣。《釋文》云：「置，毛如字，鄭作植，時職反，又音值。」恐非是。

「湯孫奏假」，假字毛音賈，訓大，鄭音格，訓升，而皆以爲奏樂。大者，大樂也；升者，升堂之樂也。奏鼓爲堂下之樂，奏假爲堂上之樂。下文鼓管與磬，亦有堂上、堂下之分，鄭解較明劃矣。

「綏我思成」，箋云：「安我心所思而得成之，謂神明來格也。」吕《記》、朱《傳》引之，皆云：「安我以所思而成之人，謂神明來格也。」皆改「心」爲「以」，而於「成之」下增一「人」字。朱《傳》又謂：「箋有脱漏，今正之。」蓋指此二字矣。然箋語自通，不煩增改。疏申箋云：「於祭之時，心所思者，惟思神耳。故知安我心所思而得成之，謂神明來格也。」並不疑箋有脱漏。朱子亦知箋不誤，特欲裁剪其言以就已説耳。嚴《緝》引箋仍用原文，已窺破此意。

「自古在昔」四語，毛、鄭皆祖外傳「先聖王之傳恭，猶不敢專」立解，朱、吕亦遵用焉。嚴獨以「有作」爲作樂，謂此樂乃古昔時前人所作也，意雖順而戾於古。

烈祖

《大雅》之稱文、武，必追美太王、王季，《商頌》之於二宗亦然。「嗟嗟烈祖」，頌中宗也，「古帝命武湯」「昔有成湯」，皆頌高宗也。推本祖德以爲子孫光，詩人立言之體，後先一轍矣。

「鬷」字兩見《詩》，《陳風》「鬷邁」、《商頌》「鬷假」是也，《陳》箋《商》傳皆訓總。「鬷假」者，謂總集大衆，指助祭諸侯及群臣而言，當此而無言無爭，所以難也。朱子據《中庸》改「鬷」爲「奏」，恐不然。《左傳》引此詩亦作「鬷」矣，何獨以《中庸》爲正乎？況經傳引《詩》，與本文互異者多有，安得皆舍此而從彼？又「百祿是總」，字亦作「鬷」，見《釋文》。可見鬷、總古通用。

《烈祖》篇三「假」字，鄭皆音格，訓升，毛則「鬷假」「以假」皆訓大，「來假」無傳，王肅述之，訓至，是「來假」假字，毛、鄭皆音格也。「假」字有五音，其音格者訓來，訓至，訓登，見《易》「王假有家」釋文。來與至義同，登即升也，格音止有此二義耳。宋人又轉爲感通之義，殆因至義而附益之與？又案，假訓至者，字本作㣊，亦作佫，徦通作格，「神之格思」「神保是格」是也。《書》「格于上下」「格于皇天」及「有苗格」「遠人格」，孔傳俱訓至矣。其假字見《説文》云：「至也。从彳叚聲，古雅切。」

玄　鳥

東萊於《生民》祖鄭箋巨迹爲説，於《玄鳥》祖毛傳春分郊禖爲解。履迹、吞卵，事同一轍，或用或否，商、周互異，蓋《公劉》次章以後，皆未經刊定之書也。方知呂《記》初本，元以毛義解《生民》矣。

「正域彼四方」，謂湯也；「肇域彼四海」，謂武丁也。美中興之功，詞同於開創，《詩》所以爲善頌也。

「武丁孫子」，疏云：「作詩所以稱王名者，王肅云：『殷質，以名。』」蓋以武丁爲殷王名矣。案，殷天子皆以號舉，觀湯名履，而號天乙，則可推矣，疏之言非也。

「武丁孫子」，王肅述毛，以爲「武丁之爲人孫子」，此大勝鄭。雖因《那》詩毛傳「湯爲人子孫」之語而爲之説，然實青出於藍矣。嚴《緝》從其説，且辯之云「武丁之後無顯王」，況孫子祀其先王，不應自誇其武德。蓋解爲武丁之孫子，本鄭氏説，而吕《記》、朱《傳》皆從之也。

「武丁孫子，武王靡不勝」，鄭以爲「武丁之孫子有武功，有王德」，曾子固譏之，當矣。然謂武王即成湯，則二語文義不屬。又成湯功業，上文述之已詳，此又複述，亦未必然也。王肅述毛云：「武丁爲人子孫，能行先祖武德，王道無不勝任。」庶爲得之。況如鄭説，則前美成湯，後美孫子，如曾意，則前後俱美成湯，皆無一語稱揚武丁功德，詩本祀高宗，不應反略之也。

「龍旂十乘」，鄭以爲二王後及八州之大國，蓋獨舉尊者言之，助祭諸侯固不止十乘也。吕《記》載朱子之説，謂「助祭者既以服數爲節，又使分助四方之祭」。不知四方之祭，何祭也。如指方社之方，則祀典多矣，何獨言方祭？如就此詩而言，則祀高宗止於廟中，安得有四方之祭？殊不可曉。《集傳》不著斯語，殆亦自悟其非與？

長　發

「禹敷下土方，外大國是疆」，朱子引《天問》語，斷於「方」字絶句。案，孔疏申毛、鄭云：「禹敷廣下土，以正四方，京師外之大國於是畫其疆境。」則解爲四方而屬上句，先儒句讀元如此，不始於朱《傳》也。嚴《緝》以「禹敷下土」爲句，非是。

「幅隕既長」，隕字毛訓均，鄭讀爲圓。案，隕于敏切，圓王問切，音本相近，故鄭改讀以就均訓。圓本訓圜，全也，後世讀圜爲王權切，而音始相遠矣。《説文長箋》以爲始於宋儒，或有然。

感生帝之説雖出於緯書，然謂古帝王之興，各乘五行之王氣，當有其理，豈可概斥爲誣？「玄王桓撥」，鄭以爲承黑帝而生子，故稱玄，韋昭注《國語》，亦以水德爲説，義本通也。永叔改玄爲深微，而引《老子》「玄之又玄」語證之，易讖緯以黄老，相去無幾耳。

「受小國是達，受大國是達」，鄭以爲堯封契於商爲小國，舜復益其土地爲大國，此據緯書《中候·握河紀》《敓河命》。爲説，故宋儒不从，釋爲隨其大小，無所不宜。然《詩》頌玄王，當舉其實事，未必漫爲虛詞也。緯書之言雖不可盡信，豈遂無一語足信乎？

玄王前受小國，後受大國，孔申箋，據《握河紀》《敓河命》二緯書之言，謂：「稷、契皆公爵，堯封之當百里。舜又益之，當不止百里。」此仲達揣度之詞也。案，《史記·三代年表》褚少孫云：「堯知稷、契賢，故封之，契七十里，稷百里。」褚或别有據乎？然則堯封契止七十里，舜益之，始百里耳。

「湯降不遲」，鄭訓「降」爲尊賢下士，非臆説也。宋公孫固引此詩以美晉公子，已作是解矣。見《晉語》。《詩》疏亦引之。宋爲商後，彼自釋其先代之詩，豈無所本乎？又《韓詩外傳》七引此詩，皆證謙己下人之義，毛、韓異師而解同，尤見非一家之私説。今釋爲降生，義殊短。

「昭假遲遲」，王肅述毛，「假」字音格，訓至，孔氏專用鄭説，爲毛義取寬暇之意，而王義無聞焉。後儒皆以爲感格上帝，則遲遲義難通，縱彊爲之説，終未愜矣。案，《孔子閒居》引此詩，註以爲湯之明道及於民，遲遲然安和。是鄭本以「假」爲至，及箋《詩》而改之也。源謂「昭假」者，光昭被格之義；遲遲者，宏遠悠裕之義。聖德及人，無所偏黨，亦非取效旦夕，故《書》言「光被」，《易》言「顯比」，此「昭假」之謂也。《易》言久道化成，此「遲遲」之謂也。

「昭假」之假，鄭訓寬暇，孔謂寬暇者，取假借之義，則假不必改音，故《釋文》云古雅反。其以爲毛音格，鄭音暇者，徐邈之説也。源謂假字訓至者，賈、格二音俱可讀；❶假字音賈者，至、暇二義俱可通。則此詩「假」字，止讀本音，可括鄭、王兩家義矣。

毛傳解「綴旒」爲表章，「駿厖」爲大厚，謂爲下國之表準章程，使下國之性行極其純厚，文義本通也。鄭氏貪用《公羊傳》語，以「綴旒」取喻於旌旗，至「駿厖」二字無可引證，則以駿爲俊，言湯爲英俊厚德之君。後儒嫌其與「綴旒」義不相當，故争立異解。宋董逌以《齊詩》作「駿駹」，而《集傳》取之。輔廣因爲之説，言綴旒以旂，喻爲諸侯傳著；駿駹以馬，喻能乘載諸侯。自以爲工矣，但三國時《齊詩》已亡，董，宋人，何由見之？恐不可信。案，宋葉夢得云：「今《韓詩》章句不存，而《齊詩》猶有見者。然唐人謂之既亡，則書之真譌，未可知也。」葉所疑，正董所據者耳。近世有僞造申公《詩説》及子貢《古詩編次》者，或云《古詩編次》乃鄞人豐坊僞作。宋世《齊詩》當即此類。董既誤信，後人復信董氏之誤，其如經學之决裂何？

「不競不絿」，傳云：「絿，急也。」案，絿字《爾雅》無文，《説文》亦訓急，義同毛。朱《傳》訓緩，反其義，徒取與「競」對耳。然字訓須有本，可意爲之乎？

---

❶「格」，原作「洛」，據康熙抄本、大全本、《四庫全書》本、嘉慶本改。

毛傳訓「龍」爲和者二,《勺》頌「我龍受之」、《長發》「何天之龍」是也。孔疏不能詳其義,然古人字訓,不盡與後世同,毛之師傳有自,正不必以後人文義彊推其故耳。鄭云「龍」當作寵,今皆從之,不知《蓼蕭》毛傳訓龍爲寵,則龍字本有寵訓,無煩改字也。但傳既訓龍爲寵,而於二頌則易其解,定是《詩》學相傳如此,必非苟爲異也。後儒從鄭,不如從毛之當。

「允也天子」,鄭箋云:「信也,天命而子之。」然則「天子」者,猶云昊天其子之爾,下予之以卿士,正謂天之下而予之,惟子之,故予之,文義連貫,皆言天意如此。朱《傳》云天子指湯,則以天子爲稱目之詞,下文「降予」無所承,更須補出「天」字,不如箋義之明順矣。又「降予」朱《傳》誤作「降于」,觀《傳》釋「降」爲「賜」,而「予」字無訓,則作《傳》時已誤。偶然邪?抑有意改之邪?

殷　武

《殷武》第四章,皆言湯事,頌武丁而追述其祖德也。後儒必欲目武丁,則武丁爲天子,不應稱「下國」。王氏以「下國」爲諸侯之國,而高宗命之,則與首句「命」字不應,同章而異指。朱《傳》云「命之以天下」,則易「于」爲「以」,文義又乖,俱難通也。源謂鄭箋指湯言,非誤也。《左傳》引此詩而申之曰:「此湯所以獲天福也。」襄二十六年。後漢黄瓊亦云:「《詩》咏成湯之不怠遑。」見瓊本傳。則以此詩言成湯,其來甚古,非康成臆創之解矣。詩首言天之眷命所以降鑒於殷者,以其能嚴敬下民也,因言嚴敬之實,在於慎賞罰,無所僭濫,勤政事,不敢怠遑,故天命湯於七十里之小國,使爲天子,大建其福也。湯德如此,而武丁繼之,安得不中興乎？言湯，正所以言武丁耳。

《鄘風》《商頌》皆有「景山」之語，先儒直釋爲大山，不云山名也。朱《傳》於《鄘》則曰測景，於《商》則曰山名。源謂景山之名，載於輿記者甚多，皆後人因《詩》而傅會爲之耳。案《寰宇記》，景山在廢緱氏縣西南八里。緱氏今屬河南府偃師縣，是西亳有景山也。又云景山在應天府楚邱縣北三十八里。宋應天，即今歸德府，所謂穀孰南亳也，其北五十里有大蒙城，即所謂北亳蒙也。《括地記》亦謂蒙城爲景亳，因景山而得名，是南北二亳之閒，亦有景山也。《寰宇記》又云景山在澶州渭南縣。澶州，今大名府開州。《水經注》亦言濟水北逕元氏縣，又北逕景山，而引《衛》詩證之，則是三亳之外，別有景山也。合而觀之，衛南之景山，因《鄘風》而得名，緱氏、應天之景山，因《商頌》而得名，皆好事者之傅會，作《詩》時未必先有此名耳。又《山海經》亦有兩景山，其見《北山經》者，「南望鹽販之澤」，郭注引外傳「景霍爲城」語，則此山在晉地。其見《中山經》者，爲「荆山之首」，郭注以爲今南郡界中，則此山在荆域，皆非《詩》之景山。《山海經》爲伯益所記，其山名在作詩之前，然二山去商、衛絶遠，俱非詩人所指。而三亳、衛南景山之名，又起於後世，故先儒釋《詩》，直以爲大山，良有見也。而朱《傳》獨以《殷武》之景山爲山名者，徒據《左傳》「景亳」之語，遂謂景山之名，湯世已有之耳。然《左傳》云「商湯有景亳之命」，昭四年。景與亳連文，定是地名，非山名也。使景爲山名，則當如下文「岐陽」「塗山」之稱矣。又景亳，皇甫謐以爲即北亳。《括地記》祖其説。杜預注云：「鞏縣西南有湯亭，或言亳即偃師。」則又以爲西亳。謐、預皆晉人，而言景亳互異，可見地名變易已無可考，何得據之而指爲山名乎？

《殷武》篇皆頌武丁生存之事，末章言其能修寢廟，復舊制，如《定之方中》《斯干》《緜》《閟宫》諸詩，皆以宫室之修治，見興盛之氣象，詩人往往如此，故毛傳以寢爲路寢。鄭箋亦謂「孔安」爲「王居之而甚安」，則成之者，高宗自成之也。朱《傳》不用古義，以寢爲廟中之寢，恐不然。寢在廟後，其小者耳，詩何舍廟不言，反舉小以該大乎？礙於義矣。又謂「此特爲百世不遷之廟，不在三昭、三穆之數，既成，始祔而祭之之詩」，則其言又自相違戾。夫後死者合食於先祖，斯謂之祔，故昭祔於昭，穆祔於穆也。既在昭穆之外，而號爲特立之廟，又焉祔哉？

今以殷之世次考之，則以寢爲百世不遷之廟，尤無是理也。高宗後迄殷亡，僅八君耳，除祖甲、庚丁二及外，則爲六世，是紂乃高宗七世孫也。紂之時，高宗尚在三昭三穆中，非親盡應祧時也，百世不遷之廟，誰立之乎？劉瑾以爲當立於帝乙時，是併數二及爲世矣，不亦謬乎！瑾又推明朱子立廟之説，而以周制斷之，謂三宗之廟，中宗當穆，高宗、祖甲當昭，後世祧主，穆當入中宗廟，昭當入高宗、祖甲廟，如周之文、武世室。夫祖甲乃祖庚弟、武丁子，父子同爲昭，周制果爾乎？武丁之主未及祧，而鼎遷於周矣，安得更有祧主入武丁廟乎？周之文穆武昭，著在經傳，故後人得知之，商之孰爲昭，孰爲穆，經傳無明文，瑾何所據而言之鑿鑿乎？又案，殷有三宗，中宗、高宗皆見《頌》，其一爲大宗，則湯孫太甲也，見《史記·殷本紀》及《漢書》王舜、劉歆毁廟議甚明，瑾乃以祖庚弟祖甲當之，而謂與二宗同立不遷之廟，其謬尤甚。彼之爲此説者，因蔡沈解《無逸》，以祖甲爲帝甲，而非太甲耳。夫《無逸》述祖甲事在二宗之後，故鄭注以爲帝甲，而蔡傳從之，不爲無理。然但言祖甲之賢，不言祖甲之稱宗也。至湯孫太甲之爲太宗，則史有明文可據也，瑾乃以意易之，可乎？

毛詩稽古編卷二十五

吴江陳處士啓源著

總詁

舉要

小敘

歐陽永叔言「孟子去《詩》世近而最善言《詩》，推其所説《詩》義，與今敘意多同」，斯言信矣。源因攷諸孟子所論讀《詩》之法，其要不外二端，一曰「誦其詩，不知其人，可乎？是以論其世」；一曰「説《詩》者，不以文害詞，不以詞害意」。然則學《詩》者，必先知詩人生何時，事何君，且感何事而作詩，然後其詩可讀也。誠欲如此，舍小敘奚由入哉？何則？凡記載之文，以詞紀世，議論之文，以詞達意，故觀其詞，而世與意顯然可知。獨《詩》則不然，除《文王》《清廟》《生民》數篇外，其世之見於詞者，寥乎罕聞矣。又寓意深遠，多微詞渺旨，或似美而實刺，或似刺而實美，其意不盡在詞中，尤難臆測而知。夫論世方可誦《詩》，而《詩》不自著其世，得意方可説《詩》，而《詩》又不自白其意，使後之學《詩》者，何自而入乎？古國史之官早慮及此，故

《詩》所不載者，則載之於敘，其曰某王、某公、某人者，是代詩人著其世也，其曰某之德、某之化、美何人、刺何人者，是代詩人白其意也。既知其世，又得其意，因執以讀其詩，譬猶秉燭而求物於暗室中，百不失一矣。故有《詩》必不可以無敘也，舍敘而言《詩》，此孟子所謂害意者也，不知人不論世者也，不如不讀《詩》之愈也。

《詩》敘本自爲一編，毛公分寘篇首，本欲便於讀耳，無他意也。輔廣附和朱子之説，至詆毛公上誣聖經、罪不可逭。吁，何至此哉！源謂敘非注比，自宜寘經前，注順文釋義而已。未讀其文，無庸尋其義也。若敘所指者，乃作詩之世與其人及作之之故，苟未明乎此，雖誦之終篇，茫不知所言何事，言之者何意也，惟得敘而始曉然矣。故寘之篇首，俾讀者先觀焉，則於經易入，斯亦甚有惠於後學，而反以爲罪乎？況一篇之敘，猶全書之敘也，全書之敘必寘卷端，一篇之敘獨不可寘篇首乎？朱子之《詩傳》亦以敘弁諸首矣，廣亦將罪之乎？

朱子《辯説》力詆小敘，而於《國風》尤甚，謂其傅會書史，依託名謚，鑿空妄説，以欺後人。源竊怪其言之過也。小敘傳自漢初，其後敘或出後儒增益，至首敘，則采風時已有之，由來古矣。其指某詩爲其君事、某人作，皆師説相傳如此，非臆説也。若必求其證驗，的切別見他書史而後信之，則《詩》敘與他書史皆秦以前文字，而漢世諸儒傳之者也，安見他書史可信，而《詩》敘獨不可信乎？至依託名謚之語，尤屬深文。《邶·柏舟》之刺頃，《唐·蟋蟀》之刺僖，猶與謚義相近也。若宣非信讒之名，昭非好奢之號，而《陳》之《防有鵲巢》，敘以爲刺宣公，《曹》之《蜉蝣》，敘以爲刺昭公，何所依託乎？朱子又謂：「小敘之説，必使《詩》無一篇不爲美刺時君國政而作，不切於情性之自然，又使讀者疑當時之人，絶無善則歸君、過則歸己之意，非温柔敦厚之教。」斯語尤不可解。夫《詩》之有美刺，總迫於好善、嫉邪、忠君、愛國之心而然耳，此非性情，必醜正黨惡，視君親如秦、越，而後爲性情耶？況刺時之詩，大抵是變風、變雅，傷亂而作也。處汙世，事暗君，安得不怨？怨則安得無刺？孔子曰「可以怨」，孟子曰「不怨則愈疏」，未嘗以怨爲非也。惟其怨，所以爲温柔敦厚也，而朱子大譏之，是貢諛獻媚、唯諾取容，斯謂之忠愛，而厲王之監謗、始皇之設誹謗律，足稱盛世之良法矣，有是理哉？史遷有言，「《詩》三百篇，大抵聖賢發憤之作」，朱子所見，何反出遷下也？既以刺時爲不可，而悉指爲淫女之辭。夫淫奔之女，反賢於忠臣義士耶？

《詩》之有小敘，猶《春秋》之有《左傳》乎？《春秋》簡而嚴，《詩》微而婉，厥旨渺矣，俱未可臆求而懸定也。無《左傳》，則《春秋》不可讀；無小敘，則《詩》不可讀。

毛敘之有齊、魯、韓，猶《左傳》之有《公》《穀》也。《公》《穀》存，故人皆尊《左》。齊、魯、韓亡，故人或疑毛。俱存則短長易見，偏亡則高下難明也。人情好異而厭常，往往然矣。

毛敘後齊、魯、韓而立，而後之《詩》悉宗毛。《左傳》後《公》《穀》、鄒、夾而行，而後之《春秋》必首《左》。其舍彼取此，非一時一人所能定也。其見確矣，其論公矣。《大全》修而《毛》《左》復詘，後世之經學其可問哉？

經之足重，以其爲古聖賢作也。古聖賢作之，復得古聖賢釋之，不愈足重乎？六經訓釋，惟《詩》最古。其字訓則有《爾雅》，蓋周公及子夏之徒爲之也。其篇義則有大、小敘，又子夏之徒爲之也。繼之則有《詁訓傳》，而兩毛公亦六國及先漢時人也。視《易》之王、《書》之孔、三禮之鄭，俱出其前矣。然則學《詩》者，止當以《雅》、敘、傳三者爲正宗，而精求其義，三者所未備，然後參以後儒之説可耳。《雅》、敘、傳有定解，反舍而他求，斯舛矣！蓋己之神智，既非能勝於古人，而人情事勢，度數名物，及字之義訓聲形，又不如生其世者見聞之確，反欲跨而出其上，亦不自量之甚矣。

四始

四始之説，先儒言之各異。一雅、風、頌四者，人君能行之則興，不行則衰，故此四詩，爲王道興衰所由始，此鄭康成之説，而本於大敘者也。《關雎》爲《風》之始，《鹿鳴》爲《小雅》之始，《文王》爲《大雅》之始，《清廟》爲《頌》之始，此司馬子長之説也。《大明》在亥爲水始，《四牡》在寅爲木始，《嘉魚》在巳爲火始，《鴻雁》在申爲金始，此《詩緯汎歷樞》之説也。觀大敘歷言風、雅、頌之義，而總斷之曰「是謂四始」，則風、雅、頌正是始，非更有爲風、雅、頌之始者，鄭説得之矣。子長未見毛敘，其所言四始，不知宗何《詩》也。翼奉治《齊詩》，而知五際七情之要，五際七情亦緯書《汎歷樞》之説也，然則亥、寅、巳、申之爲四始，其出於《齊詩》乎？

六義

《詩》有六義，其首曰風，大敘論之，語最詳複，約之止三意焉。云「風天下而正夫婦」，又云「風以動之，教以化之」，又云「上以風化下」，此風教之風也。云「下以風刺上，主文而譎諫」，又云「吟咏情性，以風其上」，此風刺之風也。云「美教化，移風俗」，又云「以一國之事繫一人之本，言天下之事，形四方之風」，此風俗之風也。餘所言風，則專目國風。要之，風俗之風，正當國風之義矣。然必有風教，而後風俗成，有風俗，而後風刺興，合此三者，國風之義始備，而風教實先之。惟風刺之義，其風自下及上，故大敘十七「風」字，獨「以風刺上」「以風其上」，陸氏讀爲諷焉。

詩人興體，假象於物，寓意良深。凡託興在是，則或美或刺，皆見於興中。故必研窮物理，方可與言興，學《詩》所以重多識也。朱子論興獨異是，謂興有兩意，有取所興爲義者，有全不取其義，但取其一、二字者。夫全不取義，何以備六義之一乎？即如《關雎》之次章，本賦也，而《集傳》目爲興。究其所謂興者，止取「左右流之」「寤寐求之」兩「之」字相應耳。其釋《召南》之《小星》，取兩「在」字、兩「與」字爲興，《王風・揚之水》取兩「之」字、兩「不」字爲興，皆此類也，不近兒戲乎？甚有經文本無其字，而《集傳》代爲補出，使其句法相應者，如《鄭風・揚之水》《魏風・園有桃》《唐風・綢繆》《小雅・常棣》之類，不勝詘指，是六義不在《詩》而在《集傳》矣，尤可笑也。元儒有朱克升者，著《詩傳疏義》，最推重《集傳》，謂能以虛詞助語發明《詩》蘊，克升《疏義》，爲修《大全》諸臣所譾襲，而没其名，併滅其書。殆指斯類而言，然吾之不能無疑於《集傳》，亦正在此。又案，蘇子由謂「興者是當時所見而有動乎其意，非後人可得而知，如《關鵙》之類，乃比而非興」。噫！誤矣。朱子雖不純用其語，而所云全不取義者，實蘇語爲之厲階。

毛公獨標興體，朱子兼明比、賦，然朱子所判爲比者，多是興耳。比、興雖皆託喻，但興隱而比顯，興婉而比直，興廣而比狹。劉舍人論比體，以金錫、圭璋、澣衣、席卷之類當之，然則比者，以彼況此，猶文之譬喻，與興絶不相似也。朱之釋《詩》新例，凡興義之明白者，即判爲比，如《螽斯》《緑衣》《匏有苦葉》諸篇，本興也，而以比目之，由是比、興二體疑溷而難分，故釋興體反欲推而遠之，使離去正意，而全不取義之説出矣。

興、比皆喻而體不同。興者，興會所至，非即非離，言在此，意在彼，其詞微，其旨遠。比者，一正一喻，兩相譬況，其詞決，其旨顯，且與賦交錯而成文，不若興語之用以發端，多在首章也。如「我心匪石」「螓首蛾眉」「毳衣如菼」「如山如阜」「金玉爾音」「如跂斯翼」「价人維藩」「敦琢其旅」之類皆比也，而《集傳》概以爲賦。夫《詩》中顯然之比體既溷之於賦中，更欲於興體中分立比體，取本同者而彊求其異，不得不争同異於毫芒之閒，如《凱風》篇以首章爲比，次章爲興，《小雅·谷風》篇以前二章爲興，末章爲比，《青蠅》篇以首章爲比，二、三章爲興，支離穿鑿，風雅掃地矣。反謂先儒不識興、比，何以服其心乎？

風、雅、頌之名，其來古矣，不獨大敘言之也，見《周禮·大師》之職，又見《樂記》師乙荅子貢之言，又見《荀子·儒效篇》，歷歷可據也。又三百十一篇，皆古樂章也，二《南》、《雅》《頌》之入樂，載於《儀禮》之《燕禮》《鄉飲禮》及内、外傳，列國燕享所歌無論已。至魯人歌周禮，則十三國繼二《南》之後，《周禮·籥章》迎寒暑則歈《豳詩》，祈年則歈《豳雅》，祭蜡則歈《豳頌》。❶《大戴·投壺禮》稱可歌者八篇，則《魏風》之《伐檀》在焉。漢末杜夔能記雅樂，則《伐檀》之詩與《鹿鳴》《騶虞》《文王》並列，十三國變風之入樂，又歷歷可據

---

❶ 「頌」，原作「雅」，嘉慶本同，據康熙抄本、大全本、《四庫全書》本改。

也。宋程大昌謂《詩》有南、雅、頌而無國風，自邶至豳十三國詩皆不入樂，豈非妄説乎？彼特見蘇氏釋《鼓鐘》篇「以雅以南」誤以爲二雅二南，故生此説耳。蘇氏之謬，前辯之已悉矣。見《小雅·鼓鐘》篇。程又謂季札觀樂，自《邶》以下，《左傳》但紀國而不言風，故知無國風之名，殊不知二《南》之詩不盡得於境内，兼得之於南國，周、召之名不足以盡之，故言南。南指其地，非以爲詩名也。十三國之詩，皆得於境内，自應舉國名以概之。言國，言南，皆據實而言，其爲風一而已。且季札聞《邶》《鄘》《衞》則云「是其衞風」，聞《齊》則云「泱泱乎大風」，風之名較然，程獨不見乎？又案，《吕氏春秋》云：「禹省南土，塗山氏女命妾往候，女作歌曰『候人猗兮』，實始爲南音，周公、召公取風焉。」程以南爲詩名，或本於此。然《吕覽》言取風，不言無風也，況《吕覽》豈傳信之書耶？

詩樂

《詩》篇皆樂章也。然《詩》與《樂》實分二教，《經解》云《詩》之教「温柔敦厚」，《樂》之教「廣博易良」，是教《詩》教《樂》，其旨不同也。《王制》云：「樂正立四教以造士，春秋教以《禮》《樂》，冬夏教以《詩》《書》。」是教《詩》、教《樂》，其時不同也。故敘《詩》者，止言作詩之意，其用爲何樂，則弗及焉。即《鹿鳴》燕群臣、《清廟》祀文王之類，亦指作詩之意，而言其奏之爲樂，偶與作詩之意同耳。敘自言《詩》，不言樂也，意歌《詩》之法，自載於《樂經》，元無煩敘《詩》者之贅及。《樂經》今已不存，則亦無可攷矣。《集傳》於正雅諸詩，皆欲以樂章釋之，或以爲燕饗通用，或以爲祭畢而燕，或以爲受釐陳戒，俱以詞之相似，億度而爲之説。殊不知古人用詩於樂，不必與作詩之本意相謀，馬端臨《文獻通攷》論之甚悉。如射鄉之奏二《南》，兩君相見之奏《文王》《清廟》，何嘗以其詞哉？況舍詩而徵樂，亦異乎古人之《詩》教矣。朱子嘗荅陳體仁書，言《詩》之作本以言意，非爲樂而作，斯語甚當。及傳《詩》，則傳會樂章以立義，與己説相違，此不可解也。

詩人

《詩》三百篇，其作者之主名，有詩人自著之者，如《節南山》《巷伯》《烝民》《崧高》是也。有見於他典者，如《載馳》《左傳》。亦見敘。《鴟鴞》《書·金縢》。亦見敘。《常棣》《國語》。《抑》《國語》。亦見敘。《桑柔》《左傳》。亦見敘。《時邁》《思文》皆《國語》。是也。其詩人不言，他典不載，而敘得其姓氏者，《風》之《清人》公子素。《渭陽》秦康公。《七月》，周公。《小雅》之《何人斯》蘇公。《賓之初筵》，衛武公。《大雅》之《公劉》《泂酌》《卷阿》皆召康公。《民勞》召穆公。《板》凡伯。《蕩》召穆公。《雲漢》仍叔。《韓奕》《江漢》皆尹吉甫。《常武》召穆公。《瞻卬》《召旻》，皆凡伯。及《魯頌》四篇皆史克。爾。其餘或言某大夫某人，或言大夫，或言微臣，或言下國，或言大子傅，或併不言其人。蓋古世質樸，人惟情動於中，始發爲詩歌，以自明其意，非若後世能文之士欲暴其才，有所作，輒繫以名氏也。及傳播人口，采風者因而得之，但欲識作詩之意，不必問其何人作也。國史得詩，則述其意而爲之敘，固無由盡得作者之主名矣。師儒傳授，相與講明其意，或於敘間有附益，然終不敢妄求人以實之，闕所不知，當如是耳。朱子《集傳》始以《葛覃》《卷耳》爲后妃作，《緑衣》《燕燕》《日月》《終風》爲莊姜作，《東山》《文王》《大明》《緜》爲周公作，惟《文王》本《呂氏春秋》，然非先儒所取信。鑿然言之，毫不置疑矣。

集傳詩證

朱子釋《詩》，多引他書以證成己説，如釋《鄭・遵大路》，則引宋玉《登徒賦》，釋《秦・晨風》，則引百里奚妻《扊扅歌》，釋《雅・楚薺》《神保》，則引屈原《九歌》，釋《頍弁》，則引漢、魏以來樂府，釋「文王陟降」，則引《春秋傳》天王命諸侯之詞，釋《行葦》《江漢》諸詩，則引《博古圖》器物銘，釋《周頌》「陟降庭止」，則引《楚詞・大招》，皆取其語之相同及文勢之相似者，以爲取義亦必相類，其用意可謂勤矣。源閒嘗攷六經之文，互相沿襲者多有，語雖同，意未必盡同也。即如「柔遠能邇」「出納朕命」，舜命官言之，見《書・舜典》。而《民勞》詩亦云「柔遠能邇」，《烝民》詩亦云「出納王命」，不得謂此二詩因命官而作也。「不憖遺一老」「煢煢與嬛同。余在疚」，魯哀公誄孔子言之，見《左傳》哀十六年及《禮記・檀弓》。而《十月之交》亦云「不憖遺一老」，《閔予小子》亦云「嬛嬛在疚」，不得謂此二詞因悼賢臣而作也。「鶉之賁賁」，與「奔」同。晉童謡也，見《左傳》僖五年。而《鄘》之《鶉奔》，豈克敵之詩乎？「如魚竀與「赬」同。尾」，衛卜繇也，見《左傳》哀十七年。而《周南》之《汝墳》，豈失國之詞乎？豎良夫見夢於衛侯，云「緜緜生之瓜」矣，哀十七年。可謂《大雅》之《緜》爲怨鬼之語乎？胤侯數羲和之罪云「顛覆厥德，沈湎于酒」矣，見《書・胤征》。可謂《抑》之第三章爲誓師之文乎？此類殆不勝詘指。又專舉《詩》詞言之，如「之子」之稱，可施於女子，亦可施於天子；「杕杜」之興，以刺寡特，亦可以勞士卒。「喓喓草蟲」「倉庚喈喈」之語，采桑女及嫁子語出《桃夭》傳。用之，而王者之勞將帥亦用之。至如「萬壽無疆」「介爾景福」「樂只君子」「彼其之子」「四牡孔阜」「所謂伊人」等語，皆重見疊出。然而篇各一義，義各有歸，不得概而同之也。況後世騷人墨士擷取經文，不過攬其芳華，以資潤色，豈暇尋其本旨哉？今因片詞之偶同，遽謂經之正解在是，是猶指隙中之末光，而盡日月之全照，據梧中之一勺，而測江海之洪流也。彼引《詩》斷章，尚不可用爲正訓，況字句之閒偶相蹈襲，在彼亦出於無心者乎？

逸詩

古詩三千，孔子删爲三百，其亡逸者多矣。篇名之稍見於書史者，如《貍首》《鳩飛》《茅鴟》《河水》《新宫》《驪駒》《祈招》《采齊》《肆夏》《樊遏》《渠》《支》《裓》《明明》《崇禹》《生開》《武宿夜》《轡之柔矣》之屬，先儒皆云逸詩，不彊爲之説也。惟吕叔玉以《肆夏》《樊遏》《渠》爲《時邁》《執競》《思文》三頌，韋昭以《鳩飛》爲《小宛》、《河水》爲《沔水》。然鄭康成不用三頌之説，杜元凱不用《沔水》之説，皆卓見也。宋儒又以《新宫》爲《斯干》、《采齊》爲《楚薺》，益屬傅會。若夫《徹》之爲《雝》，《振羽》之爲《振鷺》，《勺》之爲《酌》，《象》之爲《武》，斯固説之有本者矣。

毛詩稽古編卷二十六

吴江陳處士啓源著

攷異

爾雅毛傳異同

《爾雅》與《詁訓傳》，皆《詩》説之最古者也。《爾雅》始於周公，而子夏之徒述而成之，《詁訓傳》作於大毛公，而淵源實出於子夏，故此二書之釋《詩》，往往相合。然其中亦不無小異，或《詩》之所有而《雅》無文，或《雅》之所釋而毛無傳，或《雅》《傳》並有訓釋而義趣迥不相謀。竊嘗推其故，二書皆出子夏，而弟子各述其師説則不盡同。傳《爾雅》之學者，雖稍增益其文，而未必取資於《詩》傳。毛公之傳《詩》，亦自述其師説，著之於書，而未嘗規摹於《爾雅》。是其同者由於所出同，而非譏襲，其異者由於述者之殊，而非有意於立異也。孔疏申毛，於其同者則云毛依用《爾雅》爲説，於其異者則云毛謂《爾雅》未可盡從，此殆未必然也。後儒又謂《爾雅》後出，依倣傳義，改易字形，尤爲謬論。辯見《魏》《秦》兩風。今案，傳義之與《雅》異者才十之一耳，而其異之實又各有不同。有異而不可同者，有異而未嘗不同者。今特表出之，以俟攷辨。

「瘖寐思服」，服，思之也。案，《釋詁》云：「服，事也。」箋用以易傳。○「左右芼之」，芼，擇也。案，《釋言》云：「芼，搴也。」孔疏通兩義爲一，辯見本詩。○「于沼于沚」，沚，渚也。「鳧鷖在渚」，渚，沚也。案，《釋水》云：「小渚曰沚。」○「抱衾與裯」，裯，單被也。案，《釋訓》云：「幬裯同。謂之帳。」箋用以易傳。○「野有死麕」，郊外曰野。案，《釋地》云：「郊外謂之牧，牧外謂之野。」○「壹發五豵」，一歲曰豵，「言私其豵」傳同。案，《釋獸》云：「豕生三，豵。」箋用以易傳，辯詳《七月》詩。○「惠然肯來」，言時有順心也。案，《釋言》云：「肯，可也。」箋用之，本詩有辯。○「景山與京」，京，高邱也。「如坻如京」傳同。案，《釋邱》云：「絶高爲之京，非人爲之邱。」邱與京異。○「騋牝三千」，馬七尺以上曰騋，此《周禮·庾人》文。騋馬與牝馬也。案，《釋畜》云：「騋，牝；驪，牡。」此郭義也。《禮記》鄭注引此作「騋：牝，驪；牡，玄」。○「考槃在阿」，曲陵曰阿。案，《釋地》云：「大陵曰阿。」孔疏謂《大雅》「有卷者阿」，則阿有曲者，於隱遯爲宜。○「悠悠蒼天」，蒼天以體言之，尊而君之則稱皇天，元氣廣大則稱昊天，仁覆閔下則稱旻天，自上降鑒則稱上天，遠而視之蒼蒼然，則稱蒼天。案，《釋天》云：「穹蒼，蒼天也。春爲蒼天，夏爲昊天，秋爲旻天，冬爲上天。」傳取義分，《雅》以時別，康成和合二説，語詳孔疏。○「齊子豈弟」，言文姜於是樂易然。案，《釋言》云：「愷悌，發也。」箋用其義。○「胡瞻爾庭有縣特兮」，獸三歲曰特。案，《釋獸》云：「豕生一，特。」○「騧驪是驂」，黄馬黑喙曰騧。案，《釋畜》云：「黑喙，騧。」不言黄馬，《説文》同傳。○「宛在水中坻」，坻，小渚也。案，《釋水》云：「小渚曰沚，小沚曰坻。」○「宛邱之上兮」，四方高中央下曰宛邱。案，《釋邱》云：「宛中，宛邱。」又云：「邱上有邱，宛邱。」本詩有辯。○「心焉惕惕」，惕惕猶忉忉。《齊·甫田》傳云：「忉忉，憂勞也。」案，《釋訓》云：「惕惕，愛也。」郭云：「《韓詩》以爲悦人，故言愛。」〇「概之釜鬵」，鬵，釜屬。案，《釋器》云：「䰙謂之鬵。鬵，鉹尺氏切。也。」孔疏云：「䰙非釜類。雙舉者以其俱是食器。」〇「言私其豵，獻豜于公」，豕一歲曰豵，三歲曰豜。案，《釋獸》云：「豕生三，豵。」又云：「鹿麕絶有力，麉。」箋用《爾雅》豵義易傳，疏併用麉義述箋，辯詳本詩。〇「于彼原隰」，高平曰原。案，《釋地》云：「廣平曰原，高平曰陸。」〇「坎坎鼓我，蹲蹲舞我」，坎坎無傳。蹲蹲，舞貌。案《釋訓》云：「坎坎、蹲蹲，《爾雅》蹲作壿，《説文》同。喜也。」〇「如竹苞矣」，苞，本也。案，《釋木》云：「如竹箭曰苞。」郭注爲叢生義。〇「九十其犉」，黄牛黑脣曰犉，「殺時犉牡」傳同。案，《釋畜》云：「黑脣，犉。」郭以爲通謂黑脣牛，不主爲黄牛。《説文》同毛傳。〇「執爨踖踖」，踖踖，爨竈有容也。案，《釋訓》云：「踖踖，敏也。」〇「皇尸載起」，皇，大也。案《釋詁》云：「皇，君也。」箋用以易傳。〇「先集維霰」，霰，暴雪也。案，《釋天》云：「雨霓霰同。案《説文》霓即霰之或體。爲霄雪。」郭以爲水雪雜下。孔申傳云：「霰久必暴雪，非謂霰即暴雪。」〇「止于邱阿」，邱阿，曲阿也。案，《釋邱》云：「非人爲之邱。大陵曰阿。」邱與阿別，孔疏云：「以下『邱側』『邱隅』類之，則邱、阿非二物。」〇「奉璋峩峩」，半圭曰璋。案，《釋訓》云：「峩峩，祭也。」箋從之。王肅以爲傳不言祭，辯詳本詩。〇「依其在京」，京，大阜也。案，《釋地》云：「大阜曰陵。」《釋邱》云：「絶高爲之京。」孔疏通其義，謂邱高大爲京，則京亦土之高者，與大阜同。〇「履帝武敏」，敏，疾也。案，《釋訓》云：「敏，拇也。」箋從之。孔申傳云：「毛謂《爾雅》不可盡從。」〇「陟則在巘」，巘，小山別於大山也。案，《釋山》云：「小山別大山，鮮。」又云：「重甗，郭注云：「山形如累兩甑。」孔疏引以釋巘。隒。」〇「錫爾介圭，以作爾寶」，寶，瑞也。案，《釋器》云：「珪大尺二寸謂之玠。」則非諸侯瑞圭。箋用《雅》義易傳。《韓奕》「以其介圭」

同。〇「振古如茲」，振，自也。案，《釋言》云：「振，古也。」箋用以易傳。〇「在坰之野」，邑外曰郊，郊外曰野，野外曰林，林外曰坰。案，《釋地》云：「郊外謂之牧，牧外謂之野。」孔疏云：野爲通稱，又彼牧與此牧異，嫌相涉，故略之。〇「烝烝皇皇」，烝烝，厚也。案，《釋訓》云：「烝烝，作也。」箋以烝烝爲進進，與興作義相近。〇右諸條，皆異而不可同者也。

「惄如調飢」，惄，飢意。案，《釋詁》云：「惄，思也。」《釋言》云：「惄，飢也。」箋從《釋詁》，孔謂惄本訓思，是飢之意非飢之狀，故箋以思義相接成。〇「終風且暴」，暴，疾也。案，《釋天》云：「日出而風曰暴。」二義雖異，然相兼亦可通。〇「庶姜孽孽」，孽孽，盛飾也。案，《釋訓》云：「孽孽，戴也。」郭注云：「頭戴物。」孔疏以爲頭戴物乃婦人盛飾貌。〇「在河之漘」，漘，水隒也。案，《釋邱》云：「夷上洒下，漘。」《釋山》云：「重甗，隒。」孔疏通之，言漘是水岸，隒是山岸，故漘爲水隒。〇「將叔無狃」，狃，習也。案，《釋言》云：「狃，復也。」箋從之，孔謂復亦摜習意。〇「在水之湄」，湄，水隒也。案，《釋水》云：「水草交曰湄。」孔通之與漘同。〇「中唐有甓」，唐，堂塗也。案，《釋宮》云：「廟中路謂之唐，堂塗謂之陳。」孔通之云：「堂之與陳，廟廷之異名耳，其實一也。」〇「象弭魚服」，弭，弓反末也。案，《釋器》云：「有緣者謂之弓，無緣者謂之弭。」孔用孫炎義釋之，謂不以繳束骨飾兩頭爲弭，是弭乃弓弰，弛則反曲，故爲弓反末。〇「歲亦陽止」，陽，歷陽月也。案，《釋天》云：「十月爲陽。」此詩及《杕杜》箋皆用之。孔謂歷盡有陽之月，方至十月，毛正解十月名陽之義。〇「其爲飄風」，飄風，暴起之風。案，《釋天》云：「回風爲飄。」回旋之風必猝然而起，義相通。〇「以妥以侑」，侑，勸也。案，《釋詁》：「侑，報也。」孔云已飲食而後勸之，亦是重報之義。〇「追琢其章」，追，彫也。

金曰彫，玉曰琢。案，《釋器》云：「玉謂之雕，金謂之鏤。」又云：「玉謂之琢。」孔云散文可以相通。○「其楢其翳」，自斃爲翳。案，《釋木》云：「自斃，柛。音申。蔽者，翳。」郭注引此詩。孔通其義云：「生木自倒，枝葉覆地而陰翳。」○「汔可小康」，汔，危也。案，《釋詁》云：「饑，汔也。」箋用《雅》義，辯詳本詩。○「徂隰徂畛」，畛，埸也。案，《釋言》云：「畛，殄也。」邢疏謂：畛，地畔之徑路也，至此而易之主，故畛爲埸。易則地絶，故謂之殄。○又《釋訓》所釋晏晏、旦旦、丁丁、嚶嚶、蓁蓁、萋萋、皋皋、琄琄、憲憲、泄泄、懽懽、愮愮、謔謔、熇熇諸義，皆與傳異，孔疏申之，以爲傳解字訓，《雅》言作《詩》之故，故有不同。○右諸條，皆異而未嘗不同者也。至於《周南》之崔嵬、岨，《魏風》之岵、屺，《雅》、傳相反，乃後世傳寫之誤，非作者本意，兹不贅及焉。

鄭箋破字異同

康成釋《詩》，多改經字以就己説，説《詩》者譏之，然其閒得失縣殊，不能無辨。今悉攷之，有自據當時讀本未嘗改者，如「顧言則疐」，疐爲嚏；《釋文》云：「疐本又作嚏。」「素衣朱繡」，繡爲綃；《魯詩》作綃，見《士昏禮》注。「東有甫草」，甫爲圃；《韓詩》作圃。又甫、圃古通用。「古之人無斁」，斁爲擇；孔疏云：「此經斁字，本有作擇者。」「串夷載路」，串爲患；《釋文》云：「串，一本作患。」疏亦云。「好是稼穡」「稼穡維寶」，稼穡皆爲家嗇；《釋文》云：「尋鄭本二字皆無禾。」疏亦云。「景員維河」，河爲何，《釋文》云：「河，本或作何。」是也。有古字音義本相通者，如「其虛其邪」，邪爲徐；古邪、徐音同。《魯頌》邪字協徂，《爾雅·釋訓》作「其徐」。「籧篨不殄」，殄爲腆；疏引《儀禮》注云：「腆，古文字作殄。」「其魚魴鰥」，鰥爲鯤；疏云：「鰥、鯤古通用。」「烝在栗薪」，栗爲裂；「公孫碩膚」「詒厥孫謀」，孫皆爲遜；疏云：「古遜字，借孫爲之。」「示我周行」，示爲寘；疏云：「古示、寘同讀。」「視民不恌」，視爲示；鄭自云：「視，古示字。」「鄂不韡韡」，不爲柎；「抑此皇父」，抑爲噫；「飲酒温克」，温爲蘊；疏云：「温、蘊通用。」「既匡既敕」，匡爲筐；《説文》云：「匡，飲器，筥也。」筐乃重文。「垂帶而厲」，厲爲裂；「裂假不瑕」，裂假爲厲瘕；《祭統》厲山氏，《魯語》作裂山氏，可見古厲、烈、裂通用。「維其勞矣」，勞爲遼；疏云：「字相假借。」「孔棘我圉」，圉爲禦；圉、禦通用，辨詳《正字》。「靡人不周」，周爲賙；賙，通用周。「懿厥哲婦」，懿爲噫；「不云自頻」，頻爲濱；「置我鞉鼓」，置爲植，辨皆詳本詩。是也。此二者似改字，而實非改也。又有改其字而不改其義者，如「白茅純束」，純爲屯；「其之展也」，展爲襢；「隰則有泮」，泮爲畔，是也。有所改之字義雖小異，而不甚相遠者，如「自詒伊阻」「所謂伊人」「伊可懷也」「伊誰云憎」，伊字皆爲緊；「出其闉闍」，闍爲都；「既敬既戒」，敬爲儆；「立我烝民」，立爲粒；「幅隕既長」，隕爲圓，是也。有改之而有補於文義者，如「良馬祝之」，祝爲屬；「齊子豈弟」，豈弟爲闓圛；「其弁伊騏」，騏爲綦；疏云：「禮無騏色弁，《顧命》有之者，新王特設此，使士服之。此言諸侯常服，當作綦。」《釋文》云：「騏，《説文》作璂，云弁飾也。」「浸彼苞稂」，稂爲涼；「無相猶矣」「其德不猶」，猶皆爲瘉；「勿罔君子」，勿爲末；「舟人之子」，舟爲周；「熊羆是裘」，裘爲求；「賓載手仇」，仇爲斢；「莫肯下遺」，遺爲隨；「謂之尹吉」，吉爲姞；「應田縣鼓」，田爲輔，是也。有改之而無妨於文義者，如「説懌女美」，懌爲釋；「山有橋松」，橋爲槁；「其人美且鬈」，鬈爲權；「有蒲與蕑」，蕑爲蓮；「田畯至喜」，喜爲饎；《七月》。《大田》同。「其祁孔有」，祁爲麎；「攘其左右」，攘爲饟；「上帝甚蹈」，蹈爲悼；「有兔斯首」，斯爲鮮；「其政不獲」，政爲正；「以歸肇祀」「后稷肇祀」「肇域彼四海」，肇皆爲兆；「用狄蠻方」「狄彼東南」，狄皆爲剔；「實墉實壑」，實爲是；「來旬來宣」，旬爲營；「徐方繹騷」，繹爲驛；「鋪敦淮濆」，敦爲屯；「何天之龍」，龍爲寵，是也。有改所不必改，而文義反迂者，「緑兮衣兮」，緑爲褖；「説于農郊」，説爲襚；「俟我乎堂兮」，堂爲棖；「他人是愉」，愉爲偷；「小人所腓」，腓爲芘；「不可與明」，明爲盟；「似續妣祖」，似爲巳；辰巳之巳。「君子攸芋」，芋爲幠；「維周之氐」，氐爲桎；「先祖是皇」《楚茨》《信南山》。「烝烝皇皇」，皇皆爲暀；《爾雅》釋文音旺。「俶載南畝」，《大田》《載芟》《良耜》。俶載爲熾菑；「式勿從謂」，式爲慝；「無自瘵焉」，瘵爲際；「后稷不克」，克爲刻；「先祖于摧」，摧爲嗺；「草不潰茂」，潰爲藬；「賚我思成」，賚爲來；及敘「哀窈窕」，哀爲衷；「刺幽王」，幽爲厲；《十月之交》《雨無正》《小旻》《小宛》四敘同。「祀高宗」，祀爲祫，《玄鳥》敘。是也。

康成他注與箋詩異同

康成箋《詩》，與注他典之引《詩》者多有異同，蓋因先通《韓詩》，後見毛敘，又他典所引類多斷章，則就文立義故也。其得失亦往往互見，故後儒釋《詩》，或反取他注。今列其異同，頗加裁擇焉。

○「君子好逑」，《緇衣》逑作仇，注訓仇爲匹。彼疏申之，言「以好人爲匹」。與毛傳「善匹」小異而實同。箋訓逑爲怨耦，謂「和好衆妾之怨者」。辯見本詩。○《葛覃》「服之無斁」，《緇衣》斁作射，注言「采葛爲君子之衣，令君子服之不厭」。箋訓服爲整，言「整治之無厭倦」。○《何彼襛矣》，《箴膏肓》以爲齊侯嫁女，乘其母王姬嫁時之車。《儀禮》疏謂此乃三家《詩》説。箋以王姬嫁於齊，自乘其車。○「壹發五豝」，《射義》注以爲喻多得賢，彼疏云斷章。箋以爲不忍盡殺，「仁心之至」。○「威儀棣棣」，《孔子閒居》棣作逮，注以逮逮爲安和貌。箋從傳「富而閑習」。○「先君之思，以勖寡人」，《坊記》勖作畜，注以爲定姜詩，言獻公當思先君以孝於我。彼《釋文》云：「此是《魯詩》。」箋從毛敘「莊姜送歸妾」。鄭荅炅模云：「後見《毛詩》，改之。」○「采葑采菲，無以下體」，《坊記》注有二説，一謂「采其葉而可食，無以根美并取之」，證《記》「不盡利」；一謂人之交友，取一善而已，不可求備於人，此則别解《詩》義。彼疏以爲「注《記》時未見毛傳，不知是夫婦之詩」也。箋謂無以顔色之惡，棄其相與之禮。○「鶉之彊彊」「鵲之奔奔」，《表記》「彊彊」作「姜姜」，「奔奔」作「賁賁」，注以爲「爭鬭貌」，云「大鳥姜姜於上，小鳥賁賁於下」，以證「君命逆，臣有逆命」。箋謂：「居有常匹，行則相隨。」○「爾卜爾筮，體無咎言」，《坊記》體作履，注訓履爲禮，言既「卜筮，然後與我爲禮，則無咎惡之言」。箋從毛傳，爲兆卦之體。○「心之憂矣，於我歸説」，《表記》注以爲「欲歸其所説忠信之人」，彼疏謂斷章，以證不以口譽人。箋以爲君無所依，當於我舍息。○「何戈與祋」，《樂記》注引此詩祋作綴，云：「綴，表也。所以表行列也。」彼疏以爲「魯、齊、韓《詩》」。毛傳云：「祋，殳也。」箋不易傳。○「維鵜在梁，不濡其翼」，《表記》注以爲「鵜胡善居泥水之中，在魚梁以不濡汙其翼爲才，如君子以稱其服爲有德」。箋以爲「鵜當濡翼而不濡，非其常。喻小人在朝，非其常」。○「夏屋」，《檀弓》注以爲「今之門廡，其形旁廣而卑」。箋以爲「設禮食大具」。○《七月》篇，《周禮·籥章》注以「流火」「觱發」爲《豳風》，「于耜」「舉趾」「饁彼南畝」爲《豳雅》，「穫稻」「春酒」「躋彼公堂，稱彼兕觥」爲《豳頌》。箋以「女心傷悲」爲《豳風》，「穫稻」「春酒」爲《豳雅》，「朋酒斯饗」爲《豳頌》。○「人之好我，示我周行」，《緇衣》注以爲「示我忠信之道」。箋以爲「人有以德善我者，置之於周之列位」。此及「德音」今皆從《記》注，然箋義實勝。○「德音孔昭」，《鄉飲酒禮》注以爲嘉賓有孔昭之明德可則傚。箋以爲「語先王之德教甚明，可以示天下之民」。〇六笙詩，《鄉飲酒禮》注以爲其義未聞，又以爲孔子之前已亡。箋以爲「孔子時俱在，其義與衆篇合編，故存」。〇「成不以富，亦祇以異」，《論語》成作誠，注以爲「此行誠不可致富，適足以爲異」。箋以爲「女不以禮爲室家，成事不足以得富也，亦適以此自異於人道」。〇「執我仇仇，亦不我力」，《緇衣》注以爲「待我仇仇然不堅固，亦不力用我」。箋以爲「待我謷謷然，亦不問我在位之功力」。〇「潛雖伏矣，亦孔之炤」，《中庸》炤作昭，注以爲「聖人雖隱居，其德甚明」。箋以喻賢者伏處，炤炤易見，不足以逃。〇「明發不寐，有懷二人」，《祭義》注以「明發」爲明日，繹祭之夜自夜達旦，「二人」謂父母，文王繹祭之夜達旦不寐，思其父母。箋從毛，以「二人」爲文、武。〇「靖共爾位，正直是與。神之聽之，式穀以女」，《表記》注訓穀爲禄，言敬治女位之職事，與正直之人爲友，則神聽女之所爲，用禄與女。箋訓共爲具，穀爲善，言有明君謀具女之爵位，神明則祐聽之，其用善人必與女。吕《記》取《禮》注，較優。〇《鼓鐘》篇，《中候握河》注以爲昭王時詩，孔疏云：「時未見《毛詩》，依三家爲説。」箋從敘，刺幽王。〇「彼都人士，狐裘黄黄」，《緇衣》注以爲「黄衣則狐裘，大蜡之服」。彼疏云：「此以正衣解之。」箋謂「取温裕而已」，不言大蜡。〇「心乎愛矣，遐不謂矣」，《表記》遐作瑕，注以「瑕」爲胡，「謂」爲告，箋以「瑕」爲遠，「謂」爲勤。〇「侯于周服」，《周禮・職方》注引此云：「服，服事天子也。」箋云：「爲君于九服之中。」〇「於緝熙敬止」，《緇衣》注以爲「明明乎敬其容止」，箋以爲「敬其光明之德」。〇「駿命不易」，《大學》注讀易爲去聲，云：「天之大命，持之誠不易。」箋音亦，云「不可改易」。難易義長，今從之。〇「上天之載，無聲無臭」，《中庸》注讀載爲栽，「言上天造生萬物，人無聞其聲音臭氣者」，以喻「化民之德，清静如神」。箋謂「天之道難知」。

〇「聿懷多福」，《表記》注訓懷爲至，「言述行上帝之德，以至於多福」。箋訓懷爲思，言述行此道，思得多福。〇「六師及之」，《荅臨碩》以六師即六軍。箋以爲二千五百人爲師，未備六軍，殷末之制。孔疏以箋爲誤。疏得之。〇「鳶飛戾天，魚躍于淵」，《中庸》注以爲，聖德至天則鳶飛，至淵則魚躍。箋以喻惡人遠去，善人得所。《記》注優矣。本詩有辨。〇「豈弟君子，求福不回」，《表記》注以「君子求福，修德以俟之，不爲回邪之行」。箋以「不回」爲「不違先祖之道」。〇「予懷明德，不大聲以色」，《中庸》注訓懷爲歸，言「我歸有明德，以其不大聲爲嚴厲之色，以威我也」。箋以爲「不虛廣言語，以外作容貌」。〇「匪棘其欲，遹追來孝」，《禮器》棘作革，欲作猶，遹作聿，注以爲文王改作，非欲急行己之道，乃追述先祖之業，來居此豐邑而行孝道，時使之然也。箋訓來爲勤，言非急欲從己之欲，乃追述王季勤行之孝。本詩有辯。〇「武王成之」，《坊記》注以爲武王築成鄗京。箋以爲伐紂定天下，成龜兆之吉占。疏謂《記》斷章，此當顧上下文，必著其功之盛美，方可繼以君哉。後儒皆從《記》注。〇「豐水有芑，武王豈不仕。詒厥孫謀，以燕翼子」，《表記》注訓芑爲枸檵，詒爲遺，「言武王豈不念天下之事乎？如豐水之有芑矣，乃詒其子孫以善謀，以安翼其子也」。今皆從此，亦通。彼疏云「翼，助也」，此證「數世之仁」。箋從毛，芑爲草，詒訓傳，孫訓順，翼亦從毛爲敬，言「傳其順天下之謀，以安其敬事之子孫」。〇《生民》詩，《檀弓》注引《大戴禮・帝繫篇》，言帝嚳有四妃，則姜嫄乃帝嚳妃，稷乃帝嚳子。箋以姜嫄「爲高辛氏之世妃」，稷非帝嚳子。〇「后稷肇祀，庶無罪悔，以迄于今」，《表記》肇作兆，注以爲「祀后稷於郊以配天，庶無罪悔乎？福禄傳世，乃至於今」。箋以爲「后稷祀帝於郊，而衆民咸得其所，無有罪過也。子孫蒙福，以至於今」。〇「既醉以酒，既飽以德」，《坊記》注以爲「饗燕非專爲酒肴，亦以觀威儀，成德美」。箋從毛傳，以德爲施惠及歸俎。○「顯顯令德」，《中庸》顯作憲，注以憲憲爲興盛貌。箋以顯顯爲光。《中庸》疏云：憲憲乃齊、魯、韓之《詩》。○「保右命之，自天申之」，《中庸》右作佑，注以爲天乃保安佑助，命之爲天子，又申重福之。箋以爲「成王官人，群臣保右而舉之，乃後命用之，又用天意申敕之」。《記》注允矣。○「芮鞫之即」，《周禮·職方氏》注以芮爲水名。箋以芮爲水內、鞫爲水外。箋得之。○「有覺德行」，《緇衣》覺作梏，注云「大也，直也」。箋從毛，止訓大。兼二義亦勝，朱《傳》從之。○「無言不讎」，《表記》注以爲「讎猶荅也」。箋以讎爲售。二義稍異而實同。○「相在爾室，尚不愧于屋漏」，《中庸》注以爲：「君子雖隱居，不失其容德。視女在室獨居，猶不愧于屋漏。屋漏非有人也，況有人乎？」箋以爲刺助祭者在宗廟之室怠惰不敬，不念屋漏有神而起愧心。○「維此惠君」，《祭統》注以惠爲施惠，箋以惠爲順。○「生甫及申」，《孔子閒居》注以甫爲仲山甫。箋以爲甫侯。○「肅雝顯相」，《書傳》注以肅雝指助祭諸侯，云「四海敬和明德來助祭」。箋以肅雝屬周公，顯相屬諸侯。《書傳》注義長。○「不顯不承，無射於人斯」，《大傳》射作斁，注以爲文王之德豈不顯明，豈不承成先人之業。箋以爲助祭者光明文王之德，承順文王之意。鄭荅炅模言注《禮》在前，箋《詩》在後，故有異。二說俱未盡善，當從毛義。○「夙夜基命宥密」，《孔子閒居》注訓基爲謀，言「夙夜謀爲政教以安民」。箋從毛，以基爲始，言「早夜始順天命，不敢解倦，行寬仁安静之政」。○《鄉射禮》注引吕叔玉語，以《時邁》《執競》《思文》三詩即《肆夏》《樊遏》《渠》。《詩》箋、《周禮》注皆不用其說。○《王制》注以辟爲明，雝爲和，所以明和天下。泮之言班，所以班政教。《泮水》箋以爲「辟雝者，築土邕水外，圜如璧。泮之言半，東西門以南通水，北無也」。孔疏以爲箋言其形，《禮》注解其義，兩相接成。○「夏而楅衡」，

《周禮·封人》注以楅設於角，衡設於鼻，箋以爲皆設於角。○「公徒三萬」，《荅臨碩》以爲二軍，箋以爲三軍。孔疏以二軍爲是。○「鬷假無言，❶時靡有爭」，《中庸》鬷作奏，注訓假爲大，「言奏大樂於廟中，人皆肅敬，金聲玉色，無有言者」。箋訓假爲升，言「總升堂而齊一，寂然無言語爭訟」。○「爲下國綴旒」，《郊特牲》注引此「綴旒」作「畷郵」，以證「郵表畷」之義，以爲「田畯督約百姓於井間之處」。彼疏謂此乃三家《詩》，畷郵者，井道相連畷之處，造郵舍以處田畯，言成湯施仁政，爲下國諸侯之處所，使不離散。箋以爲諸侯繫心於天子，如旌旗之旒綴著於縿。箋勝注，然毛傳尤當。○右閒有臧否，雖出管見，或不無一得焉。其不置辯者，則以箋義爲正矣。

釋文正義異同

毛傳簡質，述者各有異同，今止存康成一家之説，蓋因孔氏正義義取畫一，毛無傳者，概用箋義述之，惟箋義顯與傳殊，始旁取王肅、孫毓諸家之説以述毛義，否則略焉。然諸家之説，固有大勝於鄭者，惜其書已亡，不可攷已。今取其音義見於《釋文》，而孔疏所遺者，紀之於左，以俟後之識者擇焉。

「窈窕淑女」，王肅云：「善心曰窈，善容曰窕。」此揚雄語，與毛傳幽閒義本合。孔用鄭申毛，故駁揚。○「左右流之」，左右，王申毛如字，鄭音佐佑。孔用鄭申毛。近解用王音，然不如鄭。○「百兩御之」，御，王肅魚據反，云侍也。毛云「送、御皆百乘」，則亦當音訝。肅此音義併易傳，不如訝義長。○「逝不相好」，好，王、崔申毛如字。毛云「不及

❶「假」，原作「格」，嘉慶本同，據康熙抄本、大全本、《四庫全書》本及上下文義改。

我以相好」，孔不爲疏，未詳如字之義。〇「濟盈不濡軌」，軌，舊龜美反，謂車轊頭也。依傳意，直音犯。今用舊音。〇「將其來施」，施，王申毛如字，鄭七羊反。案次章箋云「言其將來食」，亦應如字。若七羊反，當爲請義。〇「二矛重喬」，傳：「重喬，絫荷也。」荷舊音何，謂刻矛頭爲荷葉相重絫也。沈胡可反，謂兩矛之閒相負荷。孔引《候人》傳，以荷爲揭義，同沈。〇「舍命不渝」，舍音赦，王云受也，沈書者反。鄭訓處，孔述毛用之。〇「不違好也」，好如字，鄭云善也，或呼報反。近解用或反。〇「聊樂我員」，樂音洛，一音岳。毛、鄭義皆作洛音，未詳音岳之義。〇「士曰既且」，且音徂，往也，徐子餘反。「既且」無傳，鄭亦不訓往。〇「會且歸矣」，且，七也反，沈子餘反。未詳沈義。〇「葛屨五兩」，兩，王肅如字，沈音亮。音異義同。〇「莫我肯勞」，勞如字，又力報反。如字非箋、疏義，近解用之。〇「碩大無朋」，傳云：「朋，比也。」王肅、孫毓申毛，比，必履反，謂無比例也。近用此解。〇「人之爲言」，爲，于僞反，或如字，下皆同。本或作「僞」者非。于僞乃鄭義，孔申毛作僞，依定本也。孔又云「王肅諸本皆作爲言」，如字，豈王義乎？近解皆讀如字。〇「小戎」，王云駕兩馬。毛云「兵車」，鄭云「此群臣之兵車」。孔云：「元戎先行，從後行者謂之小戎，故箋申之。」皆不言駕兩馬。〇「穀旦于差」，旦，本亦作且。王七也反，苟且也。徐子餘反。差，鄭初佳反，王音嗟，《韓詩》作「嗟」，徐七何反，沈云「毛意不作嗟」。案，毛無破字，宜從鄭讀。據此則王亦破字，然觀徐之且音及《韓》之作嗟，則或是讀本之異。〇「何戈與祋」，何，何可反，又音何。何義未詳。〇《七月》，毛傳「豳土晚寒」，謂晚節而氣寒也。與鄭異義而勝之。〇「鬻子之閔斯」，鬻，由六反，徐居六反，一云賣音育，衒也。也。❶〇「勿士

---

❶「賣」，原作「賣」，據康熙抄本、嘉慶本及《説文解字》改。

行枚」，行，毛音衡，鄭音銜，王户剛反。行字毛無傳，何自知其音衡？鄭云「行陳銜枚」，則銜字非釋行也。行陳之行，正應户剛反，不當獨爲王義，《釋文》恐有誤。○「烝在栗薪」，栗，毛如字，鄭音列。孔用鄭申毛，亦爲析薪義。○「烝然罩罩」，烝，王「衆也」。吕用王義。○「保艾爾後」，艾，五蓋反，徐音刈。毛訓養，徐音當訓治，亦通。○「共武之服」，共，鄭如字，王、徐音恭。近解用恭音。○「侵鎬及方」，鎬，王云京師。鄭得之，王非是。○「于焉逍遥」，焉，於虔反，又如字。於虔反，鄭義也，孔述毛用之。近解用如字爲義，不及鄭優。○「噲噲其正，噦噦其冥」，傳：「正，長也。冥，幼也。」長，崔直良反。幼，崔音杳。辯詳本詩。○「不弔昊天」，弔如字，又丁歷反，下同。毛、鄭皆爲至義，應丁歷反。如字不知誰義，近解用之。○「抑此皇父」，抑如字，詞也。徐音噫。近用如字之義。○「曰予不戕」，戕，在良反，王作臧。臧，善也。孫毓《評》以鄭爲改字。上二條本詩皆有辯。○「舍彼有罪」，舍音赦，一音捨。毛訓除，應從捨音。○「淪胥以鋪」，鋪，偏也。王云病也。王用《江漢》傳義，亦通。○「飲酒温克」，温，王如字，柔也。鄭於運反，藴藉也。近解從王。○「誰適與謀」，適如字，王、徐都歷反。如字者，箋、疏義也。近用王、徐音。○「廢爲殘賊」，傳：「廢，忕也。」一作「廢，大也」，此是王肅義。肅得之，本詩有辯。○「哀我憚人」，憚，丁佐反，徐又音但，下同。音但當訓畏，未詳其義。○「禮儀卒度」，度如字，沈待各反。○「神嗜飲食」，《釋文》「嗜」作「耆」，云而至反，徐云又巨之反，下同。沈、徐二反，義俱未詳。○「乘馬在廐」，乘馬，王、徐繩證反，四馬也，鄭如字。近從王、徐。○「福禄艾之」，艾，徐又音刈。○「實維何期」，期本亦作其，音基，王如字。基音乃鄭義。若如字讀，則期乃期望義，亦通。○「各奏爾能」，能如字，徐奴代反，又奴來反。二反義皆未明。○「有那其居」，王「那，多也」。毛無傳，孔以鄭述毛，莫聞王義。○「中心藏之」，藏，鄭子郎反，王才郎反。《表記》釋文亦云王如字，辯詳本詩。○「駿命不易」，易，毛以叔反，❶鄭音亦，下文及「不易維王」同。本詩有辯。○「王赫斯怒」，斯，毛如字，此也。鄭音賜。鄭云：「斯，盡也。」孔述毛，亦云盡怒。○「於論鼓鐘」「於樂辟廱」，於音烏，鄭如字。辯見本詩。○「昭茲來許，繩其祖武」，來，王如字，鄭音賚。説見本詩。○「聿追來孝」，來字同「來許」。○「貽厥孫謀」，孫，王申毛如字，鄭音遜。孔以鄭述毛，近解從王。○「先生如達」，達，他末反，小羊也，沈云毛如字。孔謂毛、鄭意同，未詳沈義。○「柔遠能邇」，能，徐云毛如字，鄭奴代反。孔以鄭申毛，其申鄭亦不同耐義，説見本篇。○「覆狂以喜」，狂，王居往反，鄭求芳反。王義未詳。○「胡不相畏」，相，毛如字，鄭思亮反。孔以鄭述毛。○「云如何里」，王云：「㾖，病也。」與憂義小別。○「其風肆好」，風，福鳳反，王如字，云「音也」。鄭以風切爲義，孔述毛用之，近解從王義。○「邦國若否」，否音鄙，惡也。舊方九反，王同，云「不也」。近從王。○「慶既令居」，令，力呈反，使也。又力政反，命也。王「善也」。近從王義，辯見本詩。○「燕師所完」，燕，於見反。徐云：「鄭於顯反。」王肅、孫毓皆烏賢反，云「此燕國」。本詩有辯。○「來旬來宣」，來，毛如字，鄭音賚。孔以鄭申毛。近解如字。○「鋪敦淮濆」，敦，王申毛如字，云「厚也」。近解爲厚義，而未必同王。○「懿厥哲婦」，懿，於其反，沈又如字。近用沈音，本詩有辯。○「不弔不祥」，弔如字，又音的。鄭訓至，孔申毛從之，近解如字。○「假以溢我」，傳云：「溢，慎。」慎，王、崔申毛，並作順解。孔從慎義。○「無此疆爾界」，界，《釋文》作介，云「大也」。界字毛無傳，箋、疏皆經界義，「介，大」未知誰義。○「既昭假爾」，假，鄭、王並音格，沈云「毛如字」。如沈讀，則假音賈，訓大，當謂王業之光大，亦通。○「於薦廣牡」，

---

❶ 「叔」，大全本、《四庫全書》本作「敍」，毛傳作「豉」。

於，鄭如字，王音烏。近從王音。○「假哉皇考」，假音暇，徐古雅反。今從徐音。○「耆定爾功」，耆，毛音指，致也。鄭巨移反，《韓詩》音同鄭，云「惡也」。案，鄭云老，不云惡。「鄭」字誤，不知誰解。○「朕未有艾」，艾，五蓋反，徐音刈。與「保艾」同。○「命不易哉」，易，鄭音亦，王以豉反。與《文王》《大明》同。○「於繹思」，於，鄭如字，王音烏。同「於薦」。○「狄彼東南」，狄，王他歷反，遠也。孫同鄭，作剔。沈云「毛如字」，未詳所出。○「敦商之旅」，敦，鄭都回反。王都門反，厚也。毛無傳，王義可以述之。孔申毛用鄭義，近解亦從箋。○「昭假遲遲」，假，古雅反，鄭云「暇也」。王訓至，音格。孔以鄭述毛，近解從至義。

又案，陸博士、孔祭酒俱生唐初，又同在十八人之列，然其釋《詩》，旨趣多殊。陸實吴人，孔爲冀産，意學有南北之分與？非也。孔奉敕爲《正義》，故專主傳、箋，陸之《釋文》得任己意，自應旁引他説矣。諸家之述毛，見《釋文》而不見《正義》者，前既表出之，至《釋文》所引《韓詩》及《説文》與諸家之説，或迥與毛、鄭義别，而著之於編，當必有取焉爾。今亦紀之如左，以見陸、孔之異同，因稍加折衷焉。

「我姑酌彼金罍」，引《説文》「姑」作「夃」，云「秦以市買多得爲夃」，不如毛、鄭「姑且」之説爲順。○「施于中逵」，引《左傳》杜注「塗方九軌」。案，毛云「九達之道」，義合《爾雅》，杜爲鄭國言之，故異義，孔辯之良是。○「不可休息」，「息」作「思」，陸、孔意異，辯見本詩。○《鵲巢》箋：「鵲之作巢，冬至架之。」陸云：「架，俗本作加功。」孔云：「冬至加功。」所見箋本各異。○「迨其吉兮」，引《韓詩》云：「迨，願也。」案，鄭云：「迨，及也。」義各通。○「寔命不同」，引韓「寔」作「實」，云「有也」。案，毛云「寔，是」順。○《江有汜》敘「嫡能悔過」，陸以嫡爲夫人，孔疑是大夫以下。孔得之。○渚，引韓「一溢一否曰渚」。案，毛云：「渚，小洲也。水岐成渚。」毛義合《爾雅》。〇「胡迭而微」，「迭」引《韓詩》作「臷」，云「常也」，不如孔訓「更迭」長。〇「終風且暴」，引韓云：「終風，西風。」毛云「終日風」。韓説或有本。〇「死生契闊」，「契闊」引韓云「約束也」，不如毛訓「勤苦」明當。〇「招招舟子」，引韓「招招，聲也」。案，毛云「號召之貌」。聲貌義稍殊。陸又引王逸云：「以手曰招，以言曰召。」意同毛。〇「中心有違」，引韓云：「違，很也。」案，毛云「離也」，鄭云「徘徊也」，毛義長。〇「湜湜其沚」，湜引《説文》「水清見底」，與鄭「持正」義異，水清近之。〇箋「涇水以有渭故見渭濁」，「見渭」或作「見謂」，陸、孔本異，辯見《附録》。〇「不我能慉」，陸云：「慉，毛興也。」孔云：「諸本皆作『慉，養』，孫毓引傳云『慉，興』，非也。」「慉，養」義順。〇「碩人俁俁」，引韓作「扈扈」，云「美貌」，與毛云「容貌大」俱通。〇「毖彼泉水」，「毖」，引韓作「祕」，《説文》作「眺」。案，毛云：「毖，流貌。」韓義未詳，《説文》誤引，《附録》有辯。〇「王事敦我」，引《韓詩》「敦，迫」。案，毛云「厚」，鄭云「投擿」，不如「敦，迫」明順。〇「室人交徧摧我」，「摧」引韓作「誰」，云「就也」。案，毛云「沮」，鄭云「刺譏之言」，當從毛。〇「新臺有洒」，引韓「洒」作「漼」，云「鮮貌」，與毛訓「洒」爲高峻，俱通。〇「河水浼浼」，引韓作「浘浘」，音尾。云「盛貌」，毛以「浼浼」爲平地，韓較長。〇「鄘」，引鄭云：「紂都以南曰鄘。」引王云：「王城以西曰鄘。」孫毓譏肅語無驗，鄭義爲長，得之。〇「中冓之言」，引《韓詩》云：「中冓，中夜，謂淫僻之言。」案，毛云：「中冓，内冓。」鄭申之云：「宫中所冓成淫僻之語。」不以冓爲夜。又案，《漢書》注晉灼云：「冓，《魯詩》以爲夜，《博雅》亦云夜也。」《玉海》引此。皆同韓。〇「不可詳也」，「詳」引韓作「揚」，揚猶道也，較毛「詳，審」義爲顯。〇「邦之媛也」，引韓「媛」作「援」。援，取也。案，毛云「美女曰媛」，鄭以媛助申之爲允。〇「騋牝三千」，陸云：「騋，馬六尺以上也。」孔申傳云：「七尺曰騋，定本云六尺，恐誤。」孔得之。○「大夫跋涉」，引韓「不由蹊遂而涉曰跋涉」。案，毛云：「草行曰跋，水行曰涉。」勝韓。○「有匪君子」，引韓「匪」作「邲」，美貌。案，毛云「文章貌」，義勝。○「僩」引《韓詩》《説文》，不如毛義優，辯見本詩。○「考槃在澗」，「澗」引韓作「干」，云「磽确之處」，與毛「山夾水曰澗」各通。○「巧笑倩兮，美目盼兮」，引韓「倩，蒼白色。盼，黑色」。案，毛云：「倩，好口輔。盼，黑白分。」勝韓。○「鱣鮪發發」，引馬云「魚著兩尾發發然」。案，毛云「盛貌」，馬較優。○「庶姜孽孽」，引韓「孽」作「钀」，云「長貌」，與毛「盛飾」義各通。○「氓」引韓云「美貌」，不如毛訓「民」。○「體無咎言」，引韓「體」作「履」，云「幸也」，與毛「兆卦之體」各通。○「曷其有佸」，「佸」引《韓詩》「至也」，與毛云「會」各通。○「不與我戍申」，「戍」引韓云「舍也」，不如毛訓「守」明當。○「緇衣之蓆兮」，「蓆」引韓云「儲也」，《説文》云「廣多」。案，毛云「大也」，合《爾雅》。○「駟介旁旁」，引韓云：「旁旁，彊也。」案，孔用《北山》毛傳「不得已」釋「旁旁」，勝韓。○「二矛重喬」，引韓「喬」作「鷮」，雉名。未詳其義，當以毛爲正。○「洵直且侯」，「侯」引《韓詩》「美也」。案，毛云「君也」。美義較明，近解從之。○「子寧不嗣音」，引韓「嗣」作「詒」，「詒，寄也」，不如毛「嗣，習」當。○「挑兮達兮」，引《説文》「達，不相遇也」。案，毛云「往來相見貌」，義順。○「聊樂我員」，「員」引《韓詩》作「魂」，「魂，神也」，義亦通。孔云「員，助語」。○「有女如荼」，箋：「荼，茅秀。」引劉昌宗「秀」作「莠」，音酉。孔申箋，「秀」如字，得之。○「方秉蕑兮」，引《韓詩》「蕑，蓮也」。案，毛以蕑爲蘭，當矣。○「洧之外，洵訏且樂」，引韓作「恂盱，樂貌也」。案，毛云：「訏，大也。」較勝。○「贈之以勺藥」，引韓「勺藥，離草也，言將離別贈此草」。案，毛云「香草」，韓義美矣。○「還」引韓作「嫙」，似沿切。「儇」引韓作「婘」，音權。皆云「好貌」。案，毛云：「還，便捷貌。儇，利也。」義長。○「美且鬈」，「鬈」引《説文》云「髮好貌」。「偲」引《説文》云「彊」也。案，毛「鬈」云「好」，「偲」云「多才」，較優。○「齊子發夕」，引韓云：「發旦也。」不如毛「自夕發至旦」明順。○「行人儦儦」，「儦儦」引《説文》「行貌」，不如毛云「衆貌」。○「四矢反兮」，「反」引《韓詩》作「變」，「變，易也」，不如鄭云「反，復」。○「河水清且淪猗」，引韓云：「順流而風曰淪。」案，毛云：「小風，水成文，轉如輪。」義各通。○「不素飧兮」，引《字林》云：「飧，水澆飯也。」案，毛云「孰食」，鄭云「魚飧」，毛訓爲正。○「見此邂逅」，引韓「邂覯，不固之貌」。不固義未詳，當從毛訓解説。○「生於道周」，引韓「周」作「右」。案，毛以「周」爲「曲」，各通。○「俴駟孔群」，引韓「駟馬不著甲曰俴駟」。案，毛云：「四介馬也。」義相反，韓非是。○「宛丘」，引《爾雅》郭注「中央隆高」，勝毛，本詩有辯。○「穀旦于差」，引諸説見前則。皆不如毛、鄭。○「予所蓄租」，引韓云：「租，積也。」與毛云「爲也」各通。○「烝在栗薪」，引韓「栗」作「蓼」，力菊反，云「衆薪也」。案，鄭以「栗薪」爲裂薪，孔申毛用之，未知衆薪作何解。○《破斧》一、二章引韓云：「錡，木屬。銶，鑿屬。」又云：「銶，今之獨頭斧。」案，毛云：「錡，鑿屬。銶，木屬。」孔云：「未見其文，亦不審厥狀。」則毛、韓之相反，難辨其孰是。○「坎坎鼓我」，引《説文》「坎」作「竷」，云「舞曲也」。案，毛無傳，鄭云「擊鼓坎坎然」，俱通。○「蹲蹲」，引《爾雅》，見前則。與毛異義而俱通。○「烝然汕汕」，引《説文》「汕汕，魚游貌」。案，毛云「樔鉏交切。也」，不可易。○「劬勞于野」，引韓云：「劬，數也。」不如毛。○「賁然來思」，云徐音奔，毛、鄭全用《易》爲釋意，似右徐而左毛、鄭，然毛、鄭優矣。○「下莞上簟」，釋「莞」與箋異義，箋當矣。辯見本詩。○「或寢或訛」，引韓「訛」作「譌」，「譌，覺也」，與毛云「動也」各通。○「節南山」，引韓云：

「節，視也。」不如毛云「高峻」允當。◯「何用不監」，「監」引韓云「領也」，義未詳，當從毛、鄭訓「監察」。◯「昊天不傭」，「傭」引韓作「庸」，「庸，易也」，與「傭，均」義各通。◯「視天夢夢」，引《韓詩》云：「夢夢，惡貌。」不如毛、鄭「亂」義明當。◯「蔌蔌方有穀」，陸作「方穀」，以「方有穀」爲非。孔申毛，有「有」字。◯「山冢崒崩」，「崒」字陸、孔音讀各異，見本篇。◯「抑此皇父」，「抑」引韓云「意也」。「不憖遺一老」，「憖」引韓云「闇也」。二義俱不如箋，箋云：「抑之言噫。憖者，心不欲自彊之詞也。」◯「旻天疾威」，《雨無正》篇。陸以「旻天」爲是，孔以「昊天」爲是，孔義勝。◯「民雖靡膴」，引王及《韓詩》義勝孔，見本篇。◯「哀我填寡」，「填」引韓作「疹」，「疹，苦也」，與毛云「盡也」各通。◯「惄焉如擣」，引韓「擣」作「疛」，以爲義同毛，與孔疏申毛意異，辯詳《附録》。◯「僭始既涵」，「涵」引韓作「減」，「減，少也」。「減，少」未詳其義。◯「我心易也」，「易」引韓作「施」，「施，善也」。案，毛云「説也」，俱通。◯「緝緝翩翩」，「緝」引《説文》作「咠」，「咠，聶語也」，義亦通。◯「出入風議」，云風音諷，本詩有辯。◯「秉畀炎火」，「秉」引韓作「卜」，「卜，報也」，不如鄭云「秉，持」。◯「戢其左翼」，「戢」引韓云「揵音虔。也，揵其噣音書。於左也」。與毛「右掩左」義各通。◯「有頍者弁」，「頍」引《説文》「舉頭貌」，與毛「弁貌」義相成。◯「以慰我心」，引《韓詩》及王義，辯見本篇。◯「營營青蠅」，「營營」引《説文》作「謍謍」，云「小聲」。案，毛云「往來貌」，聲貌異義而實相成。◯「有頒其首」，「頒」引韓云「衆貌」。案，毛云「大首貌」，義勝。◯「平平左右」，引韓作「便便」，云「閒雅之貌」。案，毛云「辨治」，謂辨治其屬國，義長。◯「紼纚維之」，「纚」引韓云「筰在各切。也」。案，毛云「綏也」，俱通。◯「如食宜饇」，「宜」本作「儀」，韓云「儀，我也」亦通，而「宜」義較順。◯「薄言觀者」，「觀」引韓作「覩」。案，鄭云：「觀，多也。」近解祖韓。○「三星在罶」，「罶」本又作「霤」，霤豈謂屋霤乎？則在霤猶云在户，未詳其義。○「無遏爾躬」，引韓「遏，病也」，與毛云「遏，止」兩通。○「堇荼如飴」，引《廣雅》「堇，藋」，辯見本詩。○「捄之陾陾」，引《說文》「陾陾，築牆聲」。案，毛云「衆也」。「捄」是盛土於器，「登登」方言築，「衆義」允矣。○「薨薨」，引《爾雅》云「衆也」，引王云「亟疾也」。案，「薨薨」傳、箋無釋，孔用王義。○「皋門有伉」，「伉」引韓作「閌」，音亢。云「盛貌」，不如毛云「高貌」。○「黄流在中」，傳：「黄金所以飾流鬯也。」或無「飾」字，陸、孔意異。○「民所燎矣」，引《說文》，辯見本篇。○「其櫜其翳」，引韓「櫜，反草也。翳，因也，因高填下也。」不如毛「立死」「自獘」二義合《爾雅》。○「崇墉仡仡」，引韓云：「仡仡，摇也。」案，毛「仡仡，猶言言，皆高大也」義長。○「文王烝哉」，引韓云：「烝，美也。」與毛「君」義俱通。○「築城伊淢」，「淢」又作「洫」，引韓「洫，深池」，不如毛「成溝」之當。○「王公伊濯」，引韓云：「濯，美也。」案，毛云「大也」，得之。○「皇王維辟」，辟音璧，又婢亦反，法也，與箋異義而俱通。箋云「君也」。○「荏菽旆旆」，引郭璞云：「荏菽，今胡豆。」案，鄭云「大豆」，孔申箋駁郭，良是。○「或歌或咢」，傳：「徒擊鼓曰咢。」陸本作「徒歌曰咢」。孔以徒歌爲誤，孔得之。○「公尸來止熏熏」，「熏」引《說文》作「醺」，云「醉也」。案，毛云「和說」，鄭云「坐不安」，毛義長。○「于槖于囊」，「取厲取鍛」，皆引《說文》，辯各見本篇。○「曾是掊克」，云：「掊，聚斂也。」辯見本詩。○「天不湎爾以酒」，云：「飲酒齊色曰湎。」又引《韓詩》「閉門不出客曰湎」，上即鄭義，與韓俱通。○「秏斁下土」，引韓云：「秏，惡也。」此義迂。○「胡寧瘨我以旱」，引韓作「疹」，云「重也」，與箋云「瘨，病」俱通。○「王纘之事」，「纘」引韓作「踐」，「踐，任也」，義亦通。○「肇敏戎公」，「肇」引韓云「長也」，不如毛訓「謀」。○「鋪敦淮濆」，引韓，辯見本篇。○「清廟」，引杜預云：「肅然清静之廟。」案，杜注本賈逵。鄭箋云：「有清明之德者之宮。」孔申箋，以賈説爲非，孔義勝。○「維天之命」，引韓云：「維，念也。」義亦通，「維」當作「惟」。○「執競」，云：「執，持也。」又引韓云：「執，服也。」上即鄭義，勝韓。○「來辨」，引《廣雅》，辯見本詩。○「萬億及秭」，云：「秭，一本作數。《韓詩》云：『陳穀曰秭。』」案，毛云「數億至億曰秭」。秭乃數名，與《爾雅》合，又於文義爲順，韓説非是。○「潛有多魚」，「潛」亦作「涔」，音岑。引韓云：「涔，魚池。」案，毛云「潛，糝」，合《爾雅》。○「辛螫」，引韓作「辛赦」，見本詩。○「以車伾伾」引《字林》「伾」作「駓」，走也。案，鄭云「有力」，義長。○「有驒有駱」，「驒」引《韓詩》及《字林》云「白馬黑髦」。案，毛云「青驪驎」，物色不同，未知孰是。○「狄彼東南」，「狄」引韓作「鬄，除也」，不如王申毛爲「遠」義。○「憬彼淮夷」，「憬」引《説文》作「懬」，音獷，云「闊也，一曰廣大也」。案，毛云「遠行貌」，義爲當。○「實實枚枚」，「枚」引韓云「閒暇無人之貌」。案，毛云「礱密」較優。○「大糦是承」，引韓云：「糦，大祭也。」與鄭「黍稷」義各通。○「玄王桓撥」，「撥」引韓作「發」，「發，明也」，不如毛云「撥，治」。○「苞有三蘖」，「蘖」引韓云「絶也」。案，毛云「蘖，餘」，義長。○「撻彼殷武」，「撻」引韓云「達」也，義亦通。○「勿予禍適」，「適」引韓云「數也」，不如毛云「過也」爲允。

又《釋文》引《韓詩》，有義與毛同，而語暢於毛，反足助顯其義者，今亦列之於左。

「我姑酌彼金罍」，毛云：「人君黄金罍。」韓云：「天子以玉飾，諸侯大夫以黄金飾，士以梓。」○「芣苢」，毛云：「芣苢，馬舄。馬舄，車前。」韓云：「直曰車前，瞿曰芣苢。」生於兩旁謂之瞿。○「采蘋」，毛云：「蘋，大萍。」韓云：「沈者曰蘋，浮者曰薸。」薸即萍。○「委蛇」，毛云：「行可從迹也。」韓云：「公正也。」公正，故可從迹。

〇「謔浪笑敖」，「浪」，毛無傳，韓云「起也」。孔引《爾雅》注云「意萌也」，與起合。〇「深則厲」，毛云：「以衣涉水曰厲，謂由帶以上也。」韓云：「至心曰厲。」〇「毋發我笱」，「發」，毛無傳，韓云「亂也」。〇「實維我特」，「特」，毛云「匹也」，韓作「直」，云「相當值」。〇「奔奔」「彊彊」，毛云：「鶉則奔奔然，鵲則彊彊然。」韓云「乘匹之貌」。鄭申毛云：「居有常匹，行則相隨。」蓋本韓義。〇「大夫夙退」，「退」，毛無傳，韓云「罷也」。〇「中谷有蓷」，「蓷」，毛云「鵻也」，韓云「茺蔚也」。陸璣《疏》本此。〇「雉離于罿」，「罿」，毛云「罬也」，韓云「施羅於車上曰罿」。〇「在我闉兮」，毛云：「闉，門內。」韓云：「門屏之閒曰闉。」〇「衡從其畝」，毛云：「衡獵之，從獵之。」韓云：「東西耕曰衡，南北耕曰由。」從韓作由。〇「訊予不顧」，「訊」，毛云「告也」，韓云「諫也」。〇「八月在宇」，「宇」，毛無傳，韓云「屋霤也」。〇「予手拮据」，毛云「撠挶也」，韓云「口足爲事曰拮据」。〇「和樂且湛」，《常棣》篇。「湛」，毛無傳，韓云「樂之甚也」。〇「厭厭夜飲」，「厭厭」，毛云「安也」，韓作「愔愔」，云「和悅之貌」。〇「九皋」，毛云：「皋，澤也。」韓云「九折之澤」。〇「無父何怙，無母何恃」，毛無傳，韓云：「怙，賴也。恃，負也。」〇「佻佻公子」，「佻佻」，毛云「獨行貌」，韓作「嬥嬥」，徒了反。云「往來貌」。〇「構我二人」，毛無傳，韓云「亂也」。〇「見晛曰消」，毛曰：「晛，日氣也。」「見」韓作「曣」，云：「曣，見《玉海》引韓作「曣晛」。日出也。」韓併曣、晛二字爲一義，日出故見日氣，義相成。〇「視我邁邁」，「邁邁」毛云「不悅也」，韓作「怖怖」，孚吠切。云「意不悅好也」。〇「俔天之妹」，「俔」，毛云「磬也」。韓作「磬」，云「譬也」。箋、疏申毛本此。〇「緜緜瓜瓞」，「瓞」，毛云「瓝也」，韓云「小瓜也」。〇「度之薨薨」，「度」，毛云「居也」，韓云「填也」。居謂居之板中，填義較顯。〇「刑于寡妻」，「刑」，毛云「法也」，韓云「正也」。〇「貊其德音」，「貊」毛云「靜也」，韓云「定也」。〇「予其懲而毖後患」，「懲」，毛無傳，韓云「苦也」。○「緜緜其麃」，「緜緜」，毛無傳，韓作「民民」，云「衆也」。王申毛云：「芸者甚衆，緜緜然不息。」蓋祖此義。○「屈此群醜」，「屈」，毛云「收也」，韓云：「收也，收斂得此衆聚。」○右諸條，或闡其未明，或詳其所略，後儒述毛者，未必不取資焉，勿以異家而忽之也。

集傳用顔注韓詩異同

朱子自言最喜顔監説《詩》，無專家之陋，又語門人，《文選》注多引《韓詩》章句，欲采録爲一册。然二家《詩》説，多有與毛、鄭同者，朱子輒不從，而别爲立解。原朱子之意，專在攻敘，故獨取其異於毛、鄭者，而同者則置之也。今采《漢書》顔注説《詩》之語，及《文選》注所引《韓詩》，與毛、鄭同而異於《集傳》者，列諸左。

「慍于群小」，劉向曰：「小人成群，誠足慍也。」顔注云：「仁而不遇之詩。」此正祖敘説，不言是婦人詩。○「匪風發兮，匪車偈兮」，王吉曰：「非有道之風也，發發者。非有道之車也，偈偈者。」顔注云：「見此飄風疾驅，則顧念哀傷周道。」此與毛傳同，不言「非風發、車偈」，但爲念周道而傷。○「同我婦子，饁彼南畝」，顔注云：「其婦子同以食來。」此與鄭箋同，不言老者率之同來。○「嘽嘽駱馬」，顔注云：「嘽嘽，喘息貌。」此與毛、鄭同，不言衆盛貌。○「城彼朔方」，顔注云：「朔方，北方。」與毛傳同，不言靈、夏地。○「蠢爾蠻荆」，顔注云：「蠢，動也。」與毛傳同，不言動而無知之貌。○「旻天疾威，弗慮弗圖」，顔注云：「幽王見天之威，不思念也。」○「淪胥以鋪」，顔注云：「無罪之人遇於亂政，横相牽引，偏得罪也。」此二條皆與毛、鄭同，是刺君，不是怨天。○「聖人莫之」，顔注引《詩》作「謨之」，與毛傳訓「謀」同意，不以「莫」爲定。○「迺眷西顧，此維與宅」，顔注云：「見文王之德，而與之宅居也。」與毛、鄭以首二章言文王同意，不言大王。○「無然畔援」，顔注云：「彊恣貌，猶言跋扈。」與鄭箋同，不言離畔攀援。○「止旅迺密」，顔注云：「言公劉止其軍旅，欲使安静，乃就芮阸之閒。」與鄭箋同，不言止居之衆日以益密。○「降福穰穰」，顔注云：「祀武王之詩。」此祖小敘之説，不言祀武、成、康三王。○「貽我來牟」，劉向曰：「始自天降。」顔注云：「言天遺此物也。」與鄭引赤烏以穀來事同意，不言是后稷貽民。○右《漢書》注。

「緑竹如簀」，《韓詩》作「緑蕃如蕢」，云：「蕢，積也。」薛君曰：「緑蕃盛如積也。」此與毛傳同，並不以「緑竹」爲緑色之竹，以「簀」爲棧。○「鸛鳴于垤」，薛君曰：「天將雨而螘出壅土，鸛鳥見之，喜而長鳴。」此與毛、鄭同，並不云鸛食螘。○「厭厭夜飲」，「厭厭」《韓詩》作「愔愔」，云「和悦之貌」，與毛傳「安」義同，並無安、久、足三義。○「以雅以南」，《韓内傳》曰：「王者舞六代之樂，舞四夷之樂，大德廣之所及。」並不言二雅、二南。○「緜蠻」，薛君曰「文貌」，與毛傳「小鳥貌」雖稍異，然以爲貌則同，並不言鳥聲。○「貽我來牟」作「嘉麰」，薛君曰：「麰，大麥也。」此與毛傳同，並不分大、小二麥。○「不震不騰」，薛君云：「騰，乘也。」此與毛傳同，並不合「震」「騰」二字訓爲驚動。○右《文選》注。

毛詩稽古編卷二十七

吴江陳處士啓源著

正字

字義

讀書須識字，讀古人書，尤須識古人字。古今之字，音形多異，義訓亦殊。執今世字，訓解古人書，譬猶操蠻粤鄉音，譯中州華語，必不合也。夫字形之異，則古文、大小篆猶存於《説文解字》及鐘鼎之銘，而唐李陽冰、宋徐鉉及弟鍇嘗辯之矣。字音之異，則宋吴棫《韻補》一書，紫陽用以協《詩》，而近世楊慎之《古音略》、陳第之《古音考》，又推演其所未備矣。至於義訓一誤，則古人之意趣俱失，所繫更重於音形，而後儒之釋經，反欲彊古以就今，此大惑也。古人字訓其存於今者，僅有《爾雅》之《釋詁》《釋言》《釋訓》三篇。《爾雅》之書，固爲六藝之指歸，尤屬四《詩》之準的，故毛公《詩》傳，亦以「詁訓」爲名。案，《詩》《雅》疏皆云：詁，故也，古今異言，解之使人知也，亦作故，詁、故皆是古義。《釋言》者，《釋詁》之别耳。古今方國殊别，故爲作釋。訓，道也，道物之貌，以示人也。由疏語觀之，可見古昔聖賢《釋詁》，周公作。《釋言》以下，子夏之徒作。

早知古今文義不同，後將有誤解經意者，故爲此書，以示之標指矣。其《爾雅》所未備，又賴毛傳釋之。大毛公，六國時人，去古未遠，且源流出自子夏，傳中字訓，皆有師授，與《爾雅》實相表裏也。自漢迄唐，悉遵此爲繩尺。宋人厭故喜新，各逞臆見，盡棄儒先雅訓，易以俗下庸詮。《爾雅》之文既庋置高閣，毛氏傳義稍不諧俗目者，亦以己意易之。近世學者溺於所聞，古人字訓，幼未經見，執而語之，反驚怪而弗信，固其宜矣。夫字義之不知，何得謂之識字？讀書而不識字，豈能得書之意哉？今取《詩》中字訓出於《爾雅》，而不與俗合者，録如左，其《爾雅》未載而見毛傳者，亦附於後。

左右，助也。○流，求也。○悠，思也。○服，整也。○言，我也。此義惟見《詩》，起《葛覃》「言告師氏」，盡《駉》篇「醉言歸」，凡六十七「言」字，皆訓「我」。今概以爲語詞矣。○吁，憂也。《釋詁》作「盱」。○燬，火也。○公，事也。○謂，勤也。「迨其謂之」「謂之何哉」「遐不謂矣」，凡三見。○實，是也。○任，大也。《釋詁》作「壬」。○育，長也。○育，稚也。鬻，稚也。孔疏以爲《釋言》文。○肎，可也。○簡，大也。○懷，至也。○鮮，善也。○爰，曰也。○濟，止也。○槃，樂也。弁，樂也。《釋詁》作「般」。○軸，病也。《釋詁》作「逐」。○甲，狎也。○洵，均也。○侯，君也。○宜，有也。○踐，淺也。《釋言》作「俴」。○夷，説也。○鞠，盈也。○目上爲名。○曰，于也。○猶，可也。○逝，逮也。噬，逮也。《釋言》作「遾」。○伊，維也。○知，匹也。○屋，具也。《釋言》作「握」。○殆，始也。《釋詁》作「胎」。○烝，塵也。○諗，念也。○每有，雖也。○孺，屬也。○飫，私也。○單，厚也。《釋詁》作「亶」。○戩，福也。○卜，予也。○質，成也。○黎，衆也。○于，曰也。○極，誅也。今《釋言》作「殛」。○正，長也。○冥，幼也。「幼」或作「窈」。○毗，厚也。○仕，祭也。○訩，訟也。○懌，服也。○瘨，病也。○里，病也。

《釋詁》作「痙」。○徹，道也。《釋訓》云：「不徹，不道也。」○駿，長也。○淪，率也。○憮，敉也。○莫，謀也。《釋詁》作「漠」。○腹，厚也。○來，勤也。○庚，續也。《釋詁》作「賡」。○曷，逮也。《釋言》作「遏」。○廢，大也。王肅述毛引之。○頌，光也。○靖，謀也。○將，齊也。○皇，暀也。○暵，敬也。○林，君也。○純，大也。○壬，任也。○康，虛也。《釋詁》作「濂」。○婁，斂也。《釋詁》作「樓」。○尹，正也。○詹，至也。○觀，多也。「薄言觀者」「遹觀厥成」「永觀厥成」「奄觀銍艾」，四「觀」字皆訓多。○聿，述也。孔疏以爲《釋詁》文。○路，大也。○省，善也。○登，成也。「誕先登于岸。」○按，止也。○對，遂也。○武，繼也。《下武》。○求，終也。○繩，戒也。○遹，述也。○濯，大也。○烝，君也。○融，長也。○誕，大也。○崇，重也。○密，安也。○話，善言也。○夸毗，體柔也。○价，善也。○斯，離也。○由，於也。《釋詁》作「繇」。○劉，爆爍而希也。《釋詁》云：「毗劉，暴樂也。」○烈，餘也。○摧，至也。○里，憂也。《釋詁》作「悝」。○愛，隱也。《釋詁》作「薆」。○虔，固也。○荒，虛也。惟某氏本有之。○慎，誠也。○鋪，病也。《釋詁》作「痡」。○肇，謀也。○繹，陳也。○假，嘉也。○溢，慎也。○夷，易也。○亦，大也。《釋詁》作「奕」。○威，則也。○仔肩，克也。《釋詁》云：「肩，克也。」○荓蜂，摩曳也。《釋訓》云：「甹夆，掣曳也。」○振，古也。○鑠，美也。○熙，興也。○屆，收也。○閟，神也。《釋詁》作「毖」。○翦，齊也。○屆，殛也。今《釋詁》作「極」。○競，逐也。○苞，豐也。○以上皆見《爾雅》而傳、箋引之。

芼，擇也。○調，朝也。○獄，埆也。○蔽芾，小貌。○誘，道也。○疐，跲也。崔集注本如此。○懷，傷也。○契闊，勤苦也。○説，數也。○洵，音絢。遠。○信，極也。○褎，盛飾也。○聊，願也。○願，每也。○讀，抽也。○姝，順貌。○祝，織也。○僩，寬大也。○簀，積也。○薖，寬大貌。○軸，進也。○將，願也。

○泮，坡也。○桀，特立也。○甘，厭也。○暵，菸貌。脩，且乾也。或作「日乾」。○皦，弃也。○嗣，習也。○伊，因也。○偲，才也。○抑，美色。○目下爲清。○選，齊也。○邂逅，解説之貌。○行，翮也。○防，比也。○值，特也。○晤，遇也。○卷，好貌。○悼，動也。○懷，歸也。○掘閱，容閱也。○媾，厚也。○忒，疑也。○苞，本也。○穹，窮也○肅，縮也。○徹，剥也。○拮据，撠挶也。○租，爲也。○枚，微也。○烝，窴也。○周，至也。○每，雖也。○懷，和也。○究，深也。○衍，美貌。○單，信也。○除，開也。○腓，辟也。○奏，爲也。○佶，正也。○輊，摯也。○佽，利也。○央，旦《釋文》作「且」。也。○艾，久也。○空，大也。○干，澗也。○棘，稜廉也。○革，翼也。○猗，長也。○騁，極也。○勝，乘也。○遂，安也。○填，盡也。○擣，心疾。○僭，數也。○盜，逃也。○祇，病也。○襄，反也。○廢，忲也。○矜，危也。○敕，固也。○蹈，動也。○哉，載也。○假，固也。○挾，達也。○載，識也。○肆，疾也。○自，用。○土，居也。○喙，困也。○瑟，衆貌。○度，居也。○兑，易直也。○耆，惡也。○因，親也。○論，思也。○許，進也。○岐，知意。○嶷，識也。○祈，報也。○壼，廣也。○徹，治也。○伴奂，廣大有文章也。○弗，小也。○汔，危也。○惛怓，大亂也。○兄，兹也。○黎，齊也。○赫，炙也。○揉，順也。○肆，長也。○贈，增也。○奄，撫也。○虜，服也。○截，治也。○寺，近也。○福，富也。○靡，累也。○崇，立也。○肆，固。○靖，和也。○艾，數也。○光，廣也。○佛，大也。○噴，衆貌。○達，射也。○振，自也。○養，取也。○龍，和也。○揚，傷也。○搜，衆意。○憬，遠行貌。○虞，誤也。○承，止也。○荒，有也。○斁，總也。○域，有也。○員，均也。○幅，廣。○隕，均也。○桓，大也。○絿，急也。○綴，表也。○旒，章也。

〇共，法也。〇罙，深也。〇以上皆毛傳文。

諸字訓有一見者，有數見者，兹獨著「言，我」「謂，勤」「觀，多」三義，以其尤不可近俗也。餘或有辯證，已别見，故弗著。又其文具載傳、箋，可展卷而知也。至經中重語，《雅》、傳多隨文取義，兹弗贅及焉。

《禮記·郊特牲》注云：❶「嘏，長也，大也。」《爾雅·釋詁》云：「嘏，大也。」《説文》云：「嘏，大遠也。从古叚借也。古雅切。聲，古雅切。」然則大者，嘏之本義也。又《儀禮·特牲》《少牢》《有司》命祝嘏主人之禮，故嘏又爲予福、受福之稱。《小雅·賓之初筵》《大雅·卷阿》二詩，「嘏」字毛傳皆訓大，《周頌·我將》《載見》《魯頌·閟宫》三詩，「嘏」字毛無傳，意必同《雅》矣。鄭於《雅》之二「嘏」訓予福，於《頌》之三「嘏」訓受福，未嘗徑言福也。自蘇氏釋《卷阿》詩訓「嘏」爲福，而後儒因之，遂以嘏爲福之通稱，忘其字義所自出矣。

《詩》中「奄」字，毛、鄭訓釋，多異義。《皇矣》「奄有四方」，毛云「大也」，鄭云「覆有天下」。《執競》「奄有四方」，毛云「同也」。《臣工》「奄觀銍艾」，鄭云「久也」，王肅以同義述毛。《閟宫》「奄有下國」「奄有龜蒙」，《玄鳥》「奄有九有」，鄭皆云「覆也」。「久」訓旁取「淹」義，非「奄」字本訓。其「同」「覆」二者，孔疏以爲義同，要之與「大」義亦相通耳。案，《爾雅·釋言》云：「奄，同也。」《書》「奄有四海」「奄甸萬姓」，孔傳亦訓「同」，然則「同」者，「奄」之本訓乎？《爾雅》又云：「奄，蓋也。」又云：「蒙荒，奄也。」「蓋」與「蒙荒」皆「覆」義，而「荒」又兼乎「大」矣。《説文》云：「覆也，大有餘也。又欠也。」《玉篇》云：「大也，覆也。大有餘也，息也。」又增

❶「注」，原缺，嘉慶本同，據康熙抄本、大全本、《四庫全書》本補。

「欠」「息」兩義。然未有訓爲「忽」者，《唐韻》云：「忽也，止也，藏也，取也，遽也。」經後人借用，義訓轉增，非古矣。宋王安石始用「忽」義以釋《臣工》之「奄」，觀朱子釋《皇矣》「奄有」亦云在忽遂之間，皆彊古經以就今義，《詩》旨殆不爾也。夫銍艾在一年之内，猶可以忽言之，周之有四方，自王季而後，閱文迄武，多歷年所，始得之耳，可云忽有哉？

「匪」「非」義同，猶「不」與「弗」耳，無煩訓釋，而鄭氏箋《詩》，除《淇澳》「有匪」外，餘「匪」輒訓「非」者，匪本筐篚字，借爲「非」用耳，其篚字乃車軨，非器似竹篋者也。《説文》：「匪，器似竹篋。」今以篚代匪，而匪專爲非義矣。漢世近古，匪猶爲器名，須隨文辨之也。匡字亦然，故「既匡既敕」，鄭解同筐。

卬，从𠤎从卩，音節。望欲有所庶及也，有二音三義。五剛反者，我也，《詩》「人涉卬否」「卬烘于煁」「卬盛于豆」是也；又盛貌，《詩》「顒顒卬卬」是也。魚兩反者，《詩》「高山仰止」，《説文》引作「卬止」，又《大雅》「瞻卬昊天」是也。「顒卬」字與「昂」通，「瞻卬」「卬止」字與「仰」通。

猗，本訓犗古拜切。犬，字見《詩》者，俱借也。《詩》言「猗」凡十有七，而分見於十篇。《潛》《那》二頌之「猗」，與《齊》之「猗嗟」，皆歎詞也。《伐檀》三「猗」，與「兮」並用，則語詞也。緑竹之「猗猗」爲美盛，萇楚之「猗儺」爲柔順。《節南山》之「有實其猗」，毛以「猗」爲「長」，則指草木，鄭以「猗」爲「倚」，則指畎谷，皆貌物之詞也。《七月》之「倚彼女桑」，毛以「猗」爲「角而束之」。《巷伯》之「猗于畝邱」，毛以「猗」爲「加」。《淇澳》之「猗重較兮」，《釋文》以「猗」爲「依」；《車攻》之「兩驂不猗」，正義以「猗」爲「依倚」，則皆指事之詞也。此諸「猗」者，惟「猗儺」於可反，重較、女桑、畝邱三「猗」於綺反，兩驂之「猗」於寄、於綺二反，餘皆於宜反。於宜乃猗之本音，此借義而不改音者也。析而觀之，兩「猗」與三「猗嗟」、一「猗猗」，其「禕」亦作欹。之借乎？三「猗儺」，其「妸」亦作婀、旖、褀。之借乎？女桑之「猗」，其「掎」之借乎？重較、兩驂、畝邱之「猗」及《節南山》之鄭義，其「倚」之借乎？「漣猗」「直猗」「淪猗」，其「兮」之借乎？然《爾雅》引此作「瀾漪」，則此三「猗」爲「漪」之借矣。惟「猗，長」之義《節南山》毛義。無本字可歸，當專於借。

將將、鏘鏘、瑲瑲、鎗鎗、鶬鶬，皆見《詩》，字異而音義同，襍指佩玉、八鸞、鼓鐘、磬管之聲言也。五字惟「瑲」爲玉聲、「鎗」爲鐘聲，見《說文》，是本義。「鏘」字《說文》無篆，而「臤」字注有「鏗鏘」字，鏘从金，亦當爲金聲。其「將」「鶬」二字之爲聲，乃借也。又《緜》之應門、《閟宮》之犧尊，亦言「將將」，門爲嚴正，尊爲盛美，皆非聲，與諸將異義。

字形

古籀之文，一亂于斯，再亂于邈，而邈又甚焉。原其變隸之初，務在去煩趨簡，往往曲爲遷就，以便俗書，於古人製字初心，不能復顧，是可慨也。姑舉一二言之，如朋形異鳳，古朋、鳳同一，字皆作[illegible]。履本作[illegible]。義非舟，言本作䇂。失辛音愆。聲，父本作[illegible]，从又舉杖。又者，手也。無杖指，奔[illegible]走[illegible]殊夭趾之形，冉[illegible]衰[illegible]異垂毛之象，戎[illegible]早[illegible]離於甲義，舜[illegible]鄰[illegible]去其炎文。本紆而今直者，支[illegible]木[illegible]干[illegible]求[illegible]之首。本析而今連者，莽[illegible]垂[illegible]尾尾並竝之身。以至孝本作[illegible]。孝音教。教、斆字皆从此。難分，玆从二玄。茲从艸玆省。易溷，變儓而爲億，改緜而用終，更圅而作函，舍㫗而取厚，𠰔還作壽，椉乃爲乘，庚本作[illegible]。形正而反偏，出本作[illegible]。體斜而顧整，惟諧俗目，莫覩原文。至於施作偏旁，尤多譌舛，如立心疑小，挑手似才，去音忒。育、充等字从此。首如云，艸頭亂廿，人汁切。莫、共等字从此。易□爲廾，在□□則溷大，在廾井則溷丌。音基。省弓音節。爲卩，於御、卬則疑邑，於遷、卷則疑已。思恖毗𣬈細緦从囟，音信。畏𢃇畀鬼鬼从由，音弗，鬼頭也。而同爲田。尉𡰪票㶣尞𡙁从火，絲𢇁京亠業丵从巾，此象形，非佩巾巾字。而並作小。郭𩫏之𦏧，音郭。淳𩫖之𦎧，皆爲享字。恆𢛳之舟，亘，須緣切。之回，桓、宣等字皆从亘。俱作日形。似四而非四者，鑒之皿、竇之囧，與羅、羈之网，罘、曼之目。似西而非西者，覃之鹵、鹹省。覆之襾，呼訝切。與遷、票之□，無音，説見《卷阿》。粟、栗之卤。音條。又勺之弓，無音。句𠣘之丩，丩音糾。與勹□音包，旬、匊等从此。相類；□之□，古文肱字。台㠯之㠯，即以。與厶音私。不殊。夊音旨。攴音朴。似文，肉、舟勝、俞等字从此。如月。敷𢿌以方而易寸，躬船去吕而从弓。䓋作堇，𠷎作耒，自作卩，□作力，俱就約而舍多。□上从父。❶爲布，□爲有，□爲灰，□爲耆，並移右而居左。誰分市音弗。市，本作「□」。莫辨口囗。音韋。圖、石、倉、啚等字从此。凡此借差，難勝指摘者也。況經後儒傳寫，舛誤尤多。自南北分崩，同文莫覩，更齊、梁喪亂，譌字肆行。《藝苑雌黄》云：「蕭子雲改易字體，邵陵王頗作僞字。北朝喪亂，書迹猥陋，專輒造字，猥拙甚於江南。」迄乎唐世之開元，加以衞包之改定，遂變古經之字，悉從世俗之書，則今世之經文是也。觀其體裁之陋，併非隸變之元形。迹其譌謬之由，多因後人之妄作。故漢以來所謂今文者，乃程邈之隸書，而以古籀爲古。唐以後所謂今文者，乃衞包之俗字，而又以漢隸爲古。斯文墜地，莫甚於兹。竊

---

❶「父」，原作「文」，據大全本、《四庫全書》本改。

謂沿襲已深者，固難悉正，而差譌未久者，尚可速更，不揣愚蒙，欲加考辯，未徧窮於六蓺，❶姑先及乎四詩，謹疏所聞，備陳於左。

睢，本作鴡。○之，本作㞢。○州，从重川，俗加水，徐鉉非之。○「逑，匹」，字當作仇。○差，本作𢀩。○「左右」，上从ナ又。○求，本「衣求」字。「求取」當用逑。逑訓斂聚。○得，本作㝵、得。○恖，上从囟。音信。○般，左从舟。○輾，本作展。展，本又作㞡。○「反側」當作仄。側，乃「旁側」字。○采，从爪木，與釆異。釆，古辨字。○「琴瑟」，本作珡瑟。○友，本作𠬪。○芼，當依《玉篇》作覒。○覃，本作𠷎。○谷，从水半見出於口。俗作谷，非。○葉，中从卉。卉，蘇合切，三十并也。此徐鉉説。○綌，右从谷，谷即臄字，與川谷字異。○𣠮，俗作無。○斁，左睪，睪从目从㚔。泥輒切。○「告語」當作誥。○「公私」當作厶。私，禾也。○澣，本作瀚。❷○害，訓何，當作曷。○寧，願詞也。「安寍」當作寍。○卷，本作𢍏。○筐，隸文也，本作匡，或作筺。○嗟，本作䰼。○「虺隤」，當依《爾雅》作虺頹。○以，本作目，秦刻石作㠯，从乙从人。○觥，本作觵，《説文》以觥爲俗字。○矣，上从目，台、允等字同。○履，从舟。○「綏安」，字或云當作妥。○將，依鄭義當作牂，凡「牂扶」字並同。○螽，本作蠡，上从夂。夂，古文「終」字。○「螽斯」，當依《爾雅》作蜇，《七月》同。○「薨薨」，當依《廣雅》作薨，《齊·雞鳴》同。○宜，隸作宜。○爾，今作爾。○「繩

---

❶「徧」，原作「偏」，據大全本、《四庫全書》本、嘉慶本改。

❷「瀚」，原作「瀚」，據《説文解字》改。

繩」，當依《爾雅》作憴，《大雅・抑》篇同。○夭，當作枖。○華，本作蕚。○椓，當作斲。○「干城」，當作戰。干，犯也。○施，旗貌。敷、皷字从攴。○矦，俗作侯。○腹，本作腹。○捋，本作寽。❶○喬，上从夭。○漢，本作灘。○秣，本作餘。○肄，本作隸，篆作肆。○旣，右从旡。旡，居未切，隸作无。○棄，从𠫓它骨切。丗音般。廾，音拱。古文作弃。○魚，本作𤋳。○經，或作頳。❷○尾，从倒毛在尸後，隸从正毛，作「尾」。○麟趾，當作麐。麟，大牝鹿也。○趾，本作止。○定，訓題，當作頷。○角，本作㓩。○鵲，本作舄，篆作䧿。○巢，从巛，象三鳥；从臼，象巢形在木上。俗作巢，非。○居，蹲也，亦作踞。尻，處也。今尻義皆用居。○兩，二十四銖也。𠔲，再也。今通用兩。○御，从彳，从午，从止，从卩。又迎義當作訝。○蘩，俗作蘩。○用，从卜中。○被髳，字當作髮。○夙夜，本作𡖊夜。○艸，今作草。草，本自保切，俗用爲艸字，別作皁字代草。○阜螽，當依《爾雅》作蟲。○憂，當作𢝊。○亦，本作亣。○降，乃登降字。《蟲螽》「降」，當作夅。夅，下江切，相承服也。○蘋，乃俗字，本作薲。○濱，本作瀕，鉉云俗作濱，非。○釜錡，錡當作敧。釜俗作釜，非。○下，本作丅。○翦伐、翦商，當作剪。○茇，當作废。○憩，本作愒，鉉云：別作憩，非。○勿拜，拜當作扒。○鼠、牙，字各象形。○速，訓召，當作諫。○從，隨行也，去聲。从，相聽許也，平聲。女從，當作从。○素，本作𢡠。○復，古作退，俗作退。○㿝，从亼，音集。从皀。皮及切。○緎，當依《說文》作黬。○靁，俗作雷。

❶「㝵」，原作「𠬪」，據大全本、《四庫全書》本及《説文解字》改。
❷「頳」，原作「頳」，據大全本及《説文解字》改。

○敔，隸作敢。○摗落，當作苃。○摽梅，梅當作某。某，酸果。○今，下从乁。乁，古及字。○抱，當作裒。抱乃捊之或體。袌，俗作衮。○裯，依鄭當作幬。○也，秦刻石作乜。○死，本作𣦵。○春，本作萅。○「脱脱」，當作娧娧。○尨，俗作狵、厖，非。○襛，左从衣。○雝，隸作雍。○平，本作𠀤。○齊，本作亝。○壹，从壺吉聲，隸省作壹。○發，上从癶。音撥。又發乃破體，正當作發。○柏，俗作栢。○敖，本作𢾕。○遊，乃俗字，本作游。○往，隸作徃。○選，俗作選。○閔，當作愍。○獲，下从又。○池，本作沱。鉉云：別作池，非。○送，本作送。○望，从亡，與「朔望」字異，下从壬。音挺。○上，本作丄。塞，乃邊塞先代切。字。塞淵、允塞，當作寋。○温，當作𥁕。温，乃水名。○勖，从力冒。○寡，从宀頒。○乃，本作𠄎。○逝，當依《爾雅》作遾。《唐》噬冐同。○冒，上从冃。音冒。○報，从㚔、从卩、从又。○德，升也。德行字當作悳、惪。二字皆从直心，惟目横豎異。○暴，依義當作㬥。○敖，當作傲。○悼，本作𢡎。○肯，本作肎。○陰，水南山北也。《終風》當作侌。○鼓，右从支。○兵，本作𢍒，从斤𠬞。○漕，本作𣸋。𨚕同。○陳，俗作陳。○喪，从哭亾。○闊，本作闊。○活，右从𠯑。括、話等字並同。○偕，彊也。惟《北山》偕偕當此義，餘並當作皆。○寒，本作𡫳，从宀，从二茻，从人，从仌。○睆，當作睆，《小雅·杕杜》《大東》同。○慰，本作㷉。○湥，俗作深，非。○厲，本作砅，亦作濿。○瀰，本作瀰。○雁、鴈字別，《詩》字皆當作雁。○冰，當作仌。○冰泮，當作判。○須待，當作頾。又須左从彡，湏乃古文沬，荒内切，洒面也。○肩，隸作肩。○躳，隸作躬。窮，下同。○鞫、鞠訓窮者，當作𥨍，从宀𥷚聲。○顛覆，當作蹎。○御冬、御窮，當作禦。○冬，本作𠔇。○肆，依毛當作肆。○念，上从今。○塈訓息，當作𣬉。《假樂》《洞酌》同。○丘，从北一。一，地也。○褎，今作袖，本作求。○戎，本作𢦦。○瑣，右从小貝。俗作瑣，非。○「流離」，流當作鸜。○𣥎，隸作前。○籥，如笛者字當作龠，後並同。○爵，本作𧾷。○「榛，栗」，當作亲，惟《青蠅》當作榛。○《邶》《唐》苓字皆當作蘦。苓乃卷耳。○覀，俗作西。○毖，當作泌。○衞，隸作衛。○宿，本作宿，下佤，古文殀。○沸，他典皆借濟，惟此詩得其正。○歙，俗作飲。○殷，當作慇。○寠，从宀，不从穴。○艱，本作囏。○益，上从水。○讁，俗作擿。○《北風》篇涼喈當作飆颾。又涼从水，沖、減、況、決、潔同，此六字，《玉篇》以从冫爲俗。○雪，本作雪。○雱乃旁之籀文，依義當作滂。○炎罨，隸作赤黑。○俟，大也。「待」義當作竢。○於，本作於。○愛，當作㤅。○「踟蹰」，本作峙躇。○泚，訓鮮明，當作玼。○鮮，依王肅訓少，當作尟。鮮，乃魚名。○網，本作网、罔。○戚施，當依《説文》作䵻黿。○乘，本作椉。○它，俗作他。○慝，乃俗字，當作䘎。○牆茨、楚茨，當作薺。○冓作冓，❶非。○長，本作镸。○讀，右賣，音育，上从𡕥。𡕥，古睦字。○「副笄」，副當作髻。○「揚且」「清揚」，當作眻。《鄭》《齊風》同。○展衣，當作襄。○蒙覆，當作冡，从冃莫保切。从豕。蒙，乃《唐》蒙草。○舁，俗作要。○雗，俗作鶾。○彊彊，字或云當作㹶。○㯥，隸作栗。○梓漆，當作桼。○升，本作升。又登升字當作昇。○然，當作嘫。○蝃，本作蝃。○朝，本作𣎵。○干旄，當作竿。○卑，上由下丌。○嘉，上从壴，音注。喜同。○𧌒，當作茵。○善，本作譱、善。○許，當作䜭。凡國名、地名同。○㐺，今破作眾，又譌作衆。○稺，右屖，先稽切。俗从犀，或又作稚，皆誤。○狂，右从㞷，今隸省。○邦，从𡉚。

❶「冓」，原作「冓」，據大全本、文義及《説文解字》改。

○奥，當作澳。○緑竹，當作菉筑。○匪，當依《禮記》《爾雅》作斐。○磨，本作礳。磨字俗。○琇，當依《説文》作璓。○弁，本作卉。○寬，下从萈。胡官切。○較，本作較。○考，訓成，考、攷俱通。壽考、考妣當作考。攷擊、稽攷當作攷。○凝，本作冰。《説文》以凝爲俗字。○蠐，本作齎。○眉，本作眉。○盼作盻，非。○農，隷作農。○孽，本作孼。案，孼、辥、櫱、糵、薛等字俱諧旹魚側切。聲，旹又諧中音徹。聲，俗去中从艸，其誤已久。○蚩，上从屮，俗作蚩，誤。○布，上从父。○頓邱，當依《爾雅》作敦邱。○秋，本作烁。○垣，俗作垣。○復，往來也，右从夏。音與復同。夏，行故道也。复，扶又切。重也。今三義併於一復。○漣，乃瀾之或體，《氓》詩當作瀌。瀌，泣下也。○箄，隷作箄。○訆，从人各。○遷，隷作遷。○沃，本作渶。○耽，當作媅。○遂，當作彖。○暴，當作虣。○泮，當作畔。○旦，當作怛。○源作驫，省作原。鉉以加水爲非。○佩从人，陸德明以从玉爲非。○支，當作枝。○容，乃容受義。儀容，當作頌。○垂帶，當作𠂹。垂，乃邊𠂹字。○帶，从重巾。冊，其連屬固結處。俗作帯，非。○甲，本作𠆤。○杭，乃抗之重文。《河廣》當作航。○跂，音歧，足多指也，非舉踵義。跂予，當作企。○會，从八，从㕚，从曰。○諼，當作藼。○「緌緌」，當作夂夊。《齊·南山》同。○瓊，右敻，从人，从穴，从旻。火劣切。○揺揺，當依《爾雅》作愮愮。○棲，本作西。俗作栖，非。○桀，當依《爾雅》作榤。○渴，訓盡。飢渴，當作㵣。○陽陽，當作昜。《周頌·載見》同。陽，乃水北山南之稱。○翿，本作翳。○人負戈爲戍，戈向人爲伐。○申，俗作申。○燥濕，當作溼，毛晃以作濕爲後人之誤。濕，本水名，省作漯，又轉作漯。○吪，从口，俗作訛。○聰，隷作聰。○滸，本作汻，毛晃以从許爲非。○昆弟，當作翼，从弟从罘。罘音沓，目相及也。昆訓同、訓後。○畏，从由，从虎省。○弇，上从天。〇麻，下从林。匹卦切。〇踰，右俞，下从舟巜。〇薔，隸作𢇍，俗作巷。〇廾，从廾音拱。貝省。〇襢，當依《説文》作膻，又《釋文》作袒。袒裼，當作但。袒，本丈莧切，衣縫解也。今以袒當但義，而袒義別作綻。徐鉉以綻爲俗字。〇射，本作䠶。〇鴇，當依《爾雅》作鳵。〇阜，本作𠂤。〇抑，本作归，从反印。抑，乃俗字。〇𢎘，當作韔。〇介，从人，从八。〇逍遥，本作消摇。鉉云《詩》逍遥，後人所加。〇㑹，从亼，从中，从口。〇䰕，本作敂。〇興，从舁，从同。〇爛，本作爤，孰也。借爲燦爤字。〇弋，橛也。繳射義當作惟。今以弋代惟，而橛義用杙，誤久矣。杙，劉杙也，見《説文》。果名，見《玉篇》。似梨。見《廣韻》。〇舜，本作𩇶。𩇶蕣，當作蕣。〇「游龍」，當作蘢。〇童，乃童僕字。「狡童」「狂童」，當作僮。〇漂，當作飄。〇溱，當作潧。〇褰，當作攐。又右褰本作𡨄。〇丰，與丯異。〇昌，下从曰。〇子衿，當作襟。〇挑，當作佻。〇員，依字當作云。又員上从口，音回。隸省从厶。〇光，从火在人上。〇夢寐，當作寢。夢，不明也。〇閒，从月。門夜閉而見月光，是有閒隙。俗作日，非。〇肩，當作豣。〇著，當依《爾雅》作宁。〇顛倒，當作傎，亦作傎。〇樊，下从㸚。即攀字。又樊圃，字當作藩棥，《青蠅》同。〇莫，从日在茻音莽。中，俗又加日，非。〇蕩平，當作惕。〇五兩，當作緉。〇岡，从冂，莫狄切。从元，从寸。〇雙，下从又。〇埶，本作𡏳，从坴音六，土也。丮，音戟，持也。持種之。俗作藝。〇衡從，當作横縱。〇晦，亦作畮，俗作畝。〇克，本作亯。〇盧，中从甶。音兹。〇鰥，右罤省。〇「猗嗟名兮」，名，當作顯。〇貫，依鄭當作摜。〇亂，當作敿。亂，治也。敿，煩也。〇魏，本作巍。〇提提，當依《爾雅》作媞媞。〇褊，當作辨。〇殽核，當作肴。加殳，乃殽雜字。〇謠，本作䚻，从言肉，會徒歌意。〇蓋，下从盇。盇，音合，覆也，从血从大。隸作蓋。〇漣，本瀾之或體，音同。今分兩讀。

鉉以爲俗。○廛，从广、里、八、土，俗作㕓，非。○縣，左県，右堯切，从倒首。俗下作小，非。本縣挂字，因借爲州縣字，俗又加心，徐鉉非之。○薏，隸作億。○飧，从夕食。俗作飱，非。○永號，當作詠。○蟀，本作䗐。鉉以蟀爲俗字。○聿，今作聿，筆也。《詩》皆借。○粟，乃穅俗从米旁。之或體。康寧，當作㝩。○曳，从申，从丿。俗加點，非。○婁，从毌、中、女。俗作婁，非。○栲，本作柷。○洒、灑俱通。洒本洗字。❶○埽，从土。俗从手，非。帚下朩，象𠦒隸作糞。除器。○鐘鼓从支，弗鼓从攴，餘可意推。○保，右从子、八。○粼，右从巜。○椒，本作茮。○𦐄，今作朋。○篤，馬行頓遲也。篤厚，字當作䈞、竺。○「粲者」，當作㛑。○罨，下从袁。○褎，作褏、袖，非。《說文》以袖爲俗字。○「肅肅鴇羽」，當依《博雅》作鸕鶿。《鴻雁》同。○苞，當作枹。《晨風》《四牡》同。○以食、食人，當作飤。○粲爛，當作燦爛。○夒，隸省作夏。○白顛，字當作馰。○「寺人之令」，當依《韓詩》作伶，凡使伶字同。○蟊，亦作蝥。○鸞，當作鑾。《詩》鑾字並同。○歇驕，當依《爾雅》作猲獢。○暢，本作暘。○板，本作版。版，左从片。片，从半木。板字俗。○合，當作敆，凡會敆同。○呇，下从口。○竹閉，當作䪐。○伐，當作㦸。○寢，本作寑。○厭厭，當作懕懕。○《湛露》同。○穆，右㣎，从彡，㡿省聲。○殲，右韱，音銛。諧𡿺子廉切。聲。今字从韱者皆作𢧵。○歍，右穴。或作歍，非。○晨風，當作鷐風。○《晨風》駮，《東山》駁，字異。○戟，今省作戟。○簋，中从皀。○市，本作𢆉。○媻，俗作婆。徐鉉非之。○衡，內从角、大。○棲遲，作屖遲，優。○樂，依鄭當作𤻲。○梅

❶ 「本」下，原有「作」字，據大全本、《四庫全書》本刪。

柟，字與摽梅異。○鷊，當依《説文》作虉。○菡萏，本作菡藺。○檜，當作鄶。○欒，當依《説文》作臠。○蘊結，蘊本作薀。苑結同。○偈，當作揭。○弔，本作𢎗。○亯，篆作亯，隸作亨。本許兩切，轉爲普庚、許庚二切，同此字形。今普庚切作烹，許兩切作享。毛晃以爲後人妄加點畫。○溉，當作摡，《泂酌》同。溉，乃水名。○何，本「負何」字，借爲誰何。○芾，本作市。○咮，本作噣。○忒，當作貣。○年，本作秊。○觱發，當依《説文》作滭泼。○栗烈，當作凓冽。○相，今作耜。鉉以爲俗。○懿，本作𢡟。○萑葦，本作藿，上艸下萑，音丸。今省，與萑音追。蓷字溷。○鵙，左狊。狊，古闃切，上目下犬。○萸，隸作葽。○狐貉，當作貈。○褎，隸作褏。○塞向，當作𡨄。𡨄，本作𡫳。○菽，本作尗。○壽，本作𠷎。○斷，左𢇍，古絶字。○壺，本作𡔷。○樗，當作檴。○重穋，本作種稑。○沖，从水。○稱舉，字當作爯。○鬻子，當作育。○蠋，本作蜀。○𠛐，隸作制。○伊威，當作蛜。○蠨，本作蟰。○皇駁，當依《爾雅》作騜。《駉》「有皇」同。○籩，今作𥳓。○小雅、大雅，雅當作正。○賓，作賔，非。○吹笙，當作龡。吹壎、吹篪等同。○恌，當作佻。○傚，本作效。傚字俗。○和，本作咊。○湛，當作媅，後同。惟湛酒當作酖。○「皇皇者華」，皇當作𩇯。○原，當作邍。○華鄂，字當依《説文》注作萼。○韡，本作𩏡。○脊令，當作䳭鴒。○況，从水。○鬩，从鬥。都豆切。○飫，本作饇。○矧，本作矤。○蹲，當依《爾雅》《説文》作壿。○厚，當作𠪋。○禴，本作礿。○弔，訓至，當作𨑩。○恆，本作𢘆。○陽止，當作霷。《采薇》《杕杜》同。○「彼爾斯何」，當依《説文》作薾。○《出車》《北山》《大明》《烝民》《韓奕》《駉》篇「彭彭」，皆當作騯騯。○「和鸞」，當作鉌鑾。○醻，本作酬。○沈，作沉，非。○整，从束、攴、正。俗从來、力，非。○佐，乃俗字，本作左。○奏，本作𡴀。○嚴，隸作嚴。○啓行、啓明，皆當作启。○輊，本作𨏔。○葘，中从巛。音災。○涖，本作逮，今通用涖、莅、蒞三字。○率，乃捕鳥畢。率止，當作衛。凡將率同。○有奭，當作赩。○軝，右从氏。○淵淵，當作鼘鼘。《駜》咽咽同。○闐闐，當作嗔。○奕，从大。《詩》奕字皆同。从廾，乃「博弈」字。○「淩拾」，當作叏。叏上屮，象叏形。今作夬。○舉柴，當依《說文》作𦴓。○《吉日》率字訓順，毛、鄭同。當作𨘢。凡率循同。○𡾊，本作鉞。○鄉晨，當作晨，上从臼。音掬。晨，房星也。今借爲早義，而房星字借辰。○沔，俗作沔，非。○譌言，作訛，非。○皋，隸作臯。○「其下維穀」，「無集于穀」，此二「穀」，从木，餘从禾。○錯，當作厝。○爪牙，當作彐。爪，乃爪取義。○藿，本作藿。○優游，字今作優。○粟，本作㮚。○冥，从冂、日、六，隸破作冥，譌作寘。○虺，上从兀，即尪字。俗从兀，非。○《斯干》「裼」，當作禘。○互，象形。○蓑，本作衰。○兢，本作兢。○麾，本作摩。○畢，从由華。畢盡，當作𣫭。○薦瘥，當作瘠。瘠，重也，再至也，音賤。薦，獸所食艸也，音箭。《詩》字皆借。○呲，本作𣦸。○僭，當作朁，後同。惟《雨無正》是僭字。○昊，本作昦，下从夰。古老切。《玉篇》以昊爲俗字。○屆，从凷，凷，即塊字，从土从凵。○繁乃俗字，本作緐。又「緐霜」當作蕃。凡蕃多並同。○愈愈，當依《爾雅》作瘐瘐。○蹐脊，本作蹐晉。○裒，本作㚆，俗作裦。○屢，本作婁，《說文》以尸爲後人所加。○炤，本作焯。○日食，字當作蝕。○黿，下从𠀆。○沸騰，當作鬻滕。○冢，从勹。音包。○豔，隸作艷。○憖，从來、心、犬。○「徹我牆屋」，當作㣟。俗作撤，非。○競，本作競。○里，病，當作㾖。○淪陷，當作隂。○畣，亦作富，俗作答，或借荅。○舌，上从干。○敷，隸作敷。○馮河，當作淜。○温，依鄭當作薀。○螟蛉，當作螟蛉，蜻蛉也。

○桑扈,當作雇、鳸。○填寡,當作殄。○岸獄,當作犴。○壞木,當作瘣。○墐,當作熯。○浚,當作濬。浚,抒也。濬,深通川也。○涵,隸作涵。○盜,从次。敍連切。○荏染,當作⿱艹𣏟。○河麋,當作湄。○⿰彳⿷匚重,从允。○篪,本作⿰魚虒。○祇,依毛當作底。又祇、底皆从氏,不从氐。○⿴囗面,隸作面,俗作面,非。○萋菲,當作緀。○《谷風》頯,當作穨。○萎,當作婑。○律弗,當作𢔁⿺風弗。《蓼莪》《四月》同。○睠,當作眷。○氿泉,當作厬。○穫薪,依鄭義當作檴。○憚人,當作癉。《小明》同。○漿,本作⿰爿水。○鞙,當作琄。○跂,當作忮。○具腓,當作痱。○鶉,當作鷻。○鳶,本作鳶。○方奧,當作燠。○塵離,當作邕。○祊,本作鬃。○燔,當作繙。○酢,醶也。酬酢,當作醋。今二字互易。○芬,本作岎。○敕,从束、攴。○備,慎也。備具,當作葡。○稽首,當作䭫。○替,本作暜。○霢,下从脈。○優渥,當作瀀。○或,當作稢。○騂牡,當作⿰牛辛。騂黑、騂犧、騂剛同。○耘,本作⿰耒員,亦作⿰耒芸。耔,本作秄,左从禾。耘、耔皆俗字。又耕⿰耒員等字,左从耒。耒,从木从丯,古拜切。今省。○齊明,當作齍。○禾易,或云:「易,當作殤。」○種,當作穜。種、穜互易,辯見《釋文》。○覃耜,當依《爾雅》作剡。《周頌》同。○螣,當作蟘。螣乃螣蛇,徒登反。○蟊,本作⿱虍䖵,象形。徐鍇以蟊爲誤。○賊,本作賊,左則右戈。○「有渰萋萋」,當作凄凄。○斂,右从攴。○郴,从𣏟。俗从月,非。○觩,本作觓。○廄,从广从𣪘。𣪘,居又切,屈服也。今从既,作廐,《玉篇》以爲俗字。○來括,當作佸。○昀,从日。○童羖,當作犝。○大頭是「頒」字本義。分頒,當作攽。○在鎬,當作鄗。○莘尾,當作⿰魚辛。○檻泉,當作濫。○殿,隸文也,本作殿。左𡱂,从尸、丌、几,徒魂切。○膍,从毘。○「騂騂角弓」,當作觲觲。○猱,本作夒。○緇撮,當作襊。○綢直,當作⿱髟周。○蠆,本作萬。○「其葉有幽」,幽,當作黝。○

滮，本作淲，从彪省。○「漸漸之石」，當作嶄。○湨，隸作没。○墳首，當作頒。○商，本作啇。○冃，从冃。冃，音冒。○不易，依王當作傷。○荆，从刀井，罰罪也。《易》曰：「井，法也。」刑，从幵，剄也。儀荆，當从井。○洽陽，當作郃。○燮，从又。○牧野，當作坶。○隸，右从隶，音逮。今作肆。○陶復，當作匋寝。匋，瓦器也，加𨸏乃陶丘字。○堇，黏土也。堇荼，當加艸，作蓳。○茲，从二玄，黑也。茲，从艸，絲省聲，艸木盛也。「茲，此」，借艸茲，徐鉉以爲借玆黑。○迺，當依石鼓文作逌。迺字俗。○削，當作娋。《桑柔》同。○「高門有伉」，當作閌。○混夷，當作昆。○「維其喙矣」，當作㶩。○棫樸，當作樸。樸，音朴，木素也。○「瑟彼玉瓚」，當作璱。○菑翳，當作椔。○串，本作毌。○省，本作𥄉，从眉省，从屮。加宀爲宫𡨋，加水爲減渻，今通用省。○對，从口，漢文帝改从士。○類，下从犬。○距，鷄距也。距止，當作歫。○赫怒，當作嫖。○衝，从童，俗作衝。○類禡，當作禷。○仡仡，當作屹。○㱈，下从収，从丌。○䔚，从丵，从巾。○賁鼓，當作蕡。○辟廱，當作璧。○逢逢，當依《埤蒼》《廣雅》作韸韸。○瞍，右从叜。○作求，當依《爾雅》作逑。○適，當作欥。○豐邑，當作酆。○減，當作洫。減，音域，疾流也，非成閒洫。○豐水，當依《禹貢》作澧。○考卜，當作攷。凡稽攷同。○《生民》弗，當作祓。○䰯，左从長。俗从弓，非。○如達，當作羍。○坼，本作㙕。又左从土。俗从手，非。○菑害，當作烖。《閟宫》作災，籀文也。○嶷，當作㘈。○「瓜瓞唪唪」，當作菶菶。○恆，當作亙。○肇，當作肁。肁，始開也。肇，擊也。○揄，當作舀。○蹂，本作𥝢。○「釋之叟叟」，釋从米。○叟浮，當作熽烰。○豆登，字从肉，从又，从豆。○香，上黍下甘。隸作香。○「維葉泥泥」，當依《廣雅》作苨苨。○洗，本作洒。○醓，本作監，从血从𥃩。𥃩，它感切。○咢，隸文也，本作㖾。○

敦弓，當作弴。○序，當作敘。凡次敘同。○句，當作豰。○大斗，當作枓。○台背，當依《爾雅》作鮐。○朗，本作朖。○壼，本作𡔞。○胷，从肉，从八，从幺。○戚揚，當作戉。○登升，上从癶。音撥。○牢，隸文也，本作臾。○軍，上从勹。○密，當作宓，《周頌》宥密同。宓，安也。山如堂者曰密，今用密爲宓義，又誤讀宓爲伏。○芮鞫，當作汭坭。○洞酌，當作迥。○顒卬，當作昂。○詭隨，當作恑。凡恑詐同，又隨本作遀。○管管，當作悹悹。○泄泄，當依《說文》作呭呭。○辭語，當作詞。○灌，當依《爾雅》作懽。○耄，本作薹。○殿屎，當依《說文》作唸吚。○蔑，从苜，音末。从戍。○牖，當依《韓詩》作誘。○出王，當作㞷。○蕩蕩，當作潒，亦可作愓。○炰烋，當作咆哮。○曓，本作𦤎。○顛沛，當作槇伂。○玷，本作刮。○屋漏，當作屚。惟刻漏从水。○格至，當作洛。○虹，當作訌。○藐，本作藐，下貇，从頁，豹省聲。今作貌，古作皃。○燼，本作㶳，上从聿音津。省。○疑，从子、止、𠀉。❶○梗，右叓，从丙、攴，隸作更。○圉，本作圄。○埶，上从執。○溺，當作休。溺音若，水名。○寶，諧缶聲。○貪，上从今。○悖，本作誖。○陰女，當作蔭。○隆，本作隆。○蟲蟲，當作爞。○秏，左从禾。○斁，本作殬。○滌滌，當依《說文》作蔋蔋。○散，本作散，當作㪔。○里，當作悝。○假至，當作假。○「四國于蕃」，當作藩。○彝，作彝，非。○「愛莫助之」，依毛當作薆。○韓，隸作韓。○榦，俗作幹。○錫，本作鍚。○幭，本作幦。○厄，依毛當作軛。○貊，本作貉。○來鋪，依毛當作痡。○卣，本作卤。○截，俗作截。○「懿厥哲婦」，懿當作噫。○昏椓，依鄭當作閽

❶「𠀉」，原作「矣」，據大全本、《四庫全書》本改。按，今本《說文解字》「疑」字从子、止、匕，矢聲。

斁。○眄，右从丏。○潰潰，當作憒憒。○三頌，當作誦。○疊，从三日，新莽改日爲田。○「鐘鼓喤喤」，當作鍠鍠。《有瞽》同。喤是小兒聲。○磬筦，當作管。《有瞽》同。○立，依鄭當作粒。○來牟，當作麰。○西雝，當作廱。○柷圉，當作敔。○潛，當依《小爾雅》作橬。○「和鈴央央」，當依《文選》註作鉠。○佛，依鄭當作弼。弼，本作弜。○肩，本作肩，象形。《說文》以从户爲俗。○莽蜂，當作甹夆。○拚，當作翻。○「有略其相」當作畧。○函，隸作函。○麃，訓耘，當作穮。○「有捄其角」，捄當作斛。○酌，依《禮記》作勺，近。○「以車祛祛」，左从示，與衣祛字别。或云借衣祛字。○有魚，當依《爾雅》作鮱。○邪，乃琅邪字。無邪，當作衺。○屈信，當作詘。又屈本作屈。○搜，本作挼。○逆，迎也。順逆，當作屰。○琛，本作琛。○「六轡耳耳」，當作緝緝。○牸剛，當作牸㹏。○虧，左虘，荒烏切。○貝胄，下从冃，與「胄子」字異。「胄子」从肉。○泰山，本作大山。大、岱音同也。大譌爲太，又譌爲泰。○兒齒，當作齯。○尋，本作㝷，今省。○庸鼓，當作鏞。○恪，本作愙。○和羹，當作盉。○濬，古文也，本作睿、濬。俗作濬，非。○達，从幸。○圍，當作囗。○旒，乃冕旒字，旌旗當作游。綴旒，依毛二字皆通，依鄭當作游。又冕旒字本作瑬。○鉞，本作戉，从戈乚聲。乚，音厥。○曷，依《漢書》作遏，近。○蘖，本作櫱、糱。○罙，本作罙，从网从米。○丸，从反仄。○斷，本作斷。○虔，依鄭當作棧。○凡此諸字，非出經生之妄造，即由俚俗之沿譌。或以音之同，久假而不返。或以形之似，相殺而莫知。或改易其偏旁，或減增其點畫。各標其誤，具列如前。其所取正，主於《說文》，輔以《蒼》《雅》，參以鐘鼎、碑刻之文，崇典也。用或體則不復溯原文，合篆隸則不更追古籀，從簡也。至於經字假借，如懈爲解，遑爲皇，娶爲取，婚爲昏，悌爲弟，僻、避、擗皆爲辟之類，尚不勝詘指，斯或屬古人之通用，未必盡後世之傳譌，止取稍僻者著其梗概，餘弗悉載焉。

《説文》云：「榛，木也。从木，秦聲。」「亲，果實如小栗，从木，辛聲。」《鳲鳩》釋文云：「榛，木叢生也。《字林》榛木之字从辛木，云：『似梓，實如小栗。』」《廣雅》云：「木叢生曰榛。亲，栗也。」皆以榛、亲爲兩植，今經傳概作榛，無復辨矣。案，《詩・邶》「山有榛」、《鄘》「樹之榛栗」、《曹》「其子在榛」、《小雅》「止於榛」、《大雅》「榛楛濟濟」凡五見。以文義觀之，《鄘》之榛，與栗並言，《曹》之榛，上有梅，下有棘，棘者小棗，皆果實，二榛其亲乎？「止于榛」，前二章爲樊與棘，毛云「棘所以爲藩也」，孔云「棘、榛皆爲藩之物」，故此棘是朿音册。棘，非小棗，則榛亦非小栗也，其叢生之榛乎？餘二榛，其爲叢木，爲小栗，經無明據，然陸元恪謂「山有榛」與「樹之榛栗」子皆味如栗，《周語》引《旱麓》詩韋昭注云「榛似栗而小」，則《邶》與《大雅》之榛，先儒皆以爲果實也，字當作亲矣。

《説文》云：「鼓，郭也，春分之音。从壴支，象手擊之也。」「鼓，擊鼓也。从攴音朴。从壴，音駐。壴亦聲。」二字義殊，形亦殊矣。案，《詩》惟《山有樞》之「弗鼓」及《車鄰》《鹿鳴》《常棣》《鼓鐘》四篇「鼓」字是鼓擊義，當从攴，餘皆樂器之鼓，當从支也。《楚薺》《白華》之「鼓鐘」，箋、疏皆云「鳴鼓鐘」，《靈臺》之「鼓鐘」，箋云「鼓與鐘」，《伐木》之「鼓我」，箋云「爲我擊鼓」，則皆樂器，非攴擊義矣。支、攴形相近，近本多溷，不可不辨。又鼓字籀作鼓，右从支。《玉篇》作鼓，从𡳿，未知何體。毛晃謂鼓是篆文，隸作鼓，亦从𡳿作鼓，𡳿音弢。源謂鼓字見《説文》，《説文》所載皆小篆，而兼及古籀，並無隸體，「鼓」正是隸耳，豈篆乎？毛語非也。又支本章移切，从手持半竹，但《説文》云「象手擊」，是取其形，與支字義無預。

纂，晞也。暴，疾有所趣也。虣，虐也，急也。此三字《説文》皆薄報切，而義各不同。今文典从隸，概作「暴」，而三義併於一字，惟虣字猶見《周禮》耳。《詩·氓》篇「至於暴矣」爲酷暴，是虣義。《巧言》「亂是用暴」爲暴甚，是暴義。《叔于田》及《小旻》之「暴虎」、《何人斯》之「暴公」，無當於三義，《韻會》以「纂，晞」當之，理或然也。「終風且暴」，毛云「暴，疾」，則宜爲暴義。《爾雅》云「日出而風曰暴」，義取日出，則纂、暴俱通。惟《説文》作瀑，云「疾雨也」，引此詩。毛云「暴疾」亦可指疾雨，則瀑義爲長，此又在三義之外矣。《正韻》暴字注兼收纂、暴、虣三字訓釋，而獨用一「纂」當之，又別出虣字，殊爲疏謬。

圉，本作圄，《説文》云：「圄，守之也。」經傳以圄爲「囹圄」字，別用圉字爲守義，故圉、禦二字通用，皆音語，《爾雅》云「禦、圉，禁也」是已。禦、圉又通作御。其見《詩》者，《漢書·王莽傳》引《詩》「不畏彊禦」，《莽傳》注引《詩》「曾是彊禦」，禦皆作圉。「孔棘我圉」，箋云：「圉，當作禦。」此圉、禦通用之證也。《韓詩外傳》引「我居圉卒荒」，圉作御。「亦以御冬」「以我御窮」，二御字皆爲禦義，《釋文》云下御字本或作禦。「予曰有禦侮」，《釋文》「禦」作「御」，云「本或作禦」，此圉、禦與御通用之證也。又禦字《説文》云：「从示，御聲，祭也。」禦之爲祭，經傳未聞。

羽族字旁或从鳥，或从隹，其常也。然有鳥、隹二旁俱可从者，如雞之籀文爲鷄，雇之籀文爲鳸，《爾雅》作鳸，《詩》作扈。⿰氐隹之籀文爲鴟，雁之籀文爲鷹，⿰狊鳥之或體爲⿰狊隹，鷬之或體爲難，鴿之或體爲雒。其雜之爲鶵，睢之爲鴡，⿰昔隹之爲鵲，雅之爲鴉，雖俗字而今用之，此皆見《詩》。外如鵰爲雕之籀文，鶵爲雛之籀文，⿰酓鳥恩含切，鶉屬。爲⿰酓隹之籀文，瞿山⿰昔隹。爲鷽之或體，鴽音如牟母。爲⿰酓隹之或體，鳿音紅，鳥肥大。爲琟之或體，此未見

《詩》，皆二旁俱通者也。又有鳥、隹聚於一字者，其在《詩》，有籀文鷹，及鷺、雝、鸛、鶴，共五字，外又有鷦、即消切，桃蟲也。鸛音歡。二字，惟鸛字不見《説文》，或疑爲俗字焉。有辯，見《東山》詩。又有从鳥、从隹分爲兩字者，如雁與鴈、鵜與⿰隹弟、古文雉。鴝音劬，鴝鵒。與雊、雄雉鳴。鳴與唯、雌與鴜、即夷切，鸃鴜。雒音洛，雒鵋也。《爾雅》作「鵅」。《釋文》音格。與鵅、音洛。烏鸔。《爾雅》同。鷚力救切，天鸙。與雡、力救切，鳥大雛。《爾雅》作「鷚」。雃苦堅切，雝鷅。與鳽、音堅，鵁鶄。雗音翰，鶯也。與鶾、音翰，雉肥，鶾音。雂音方，鳥名。與鴋，音訪，澤虞。《爾雅》作「鶭」。而俗字之鴉，亦與雅音義别，惟雁、鴈二字今反通用。

《詩》中「屢」字，《釋文》多云本又作婁。案，《説文》屢字注云：「今之婁字，本是『屢空』字，此字後人所加。」唐初經字未改，故陸所見本猶存古體。

「曰爲改歲」「曰殺羔羊」「豈不日戒」，《釋文》皆先音越，又反切爲馹音，又凡遇日、曰字皆有音反。案，「日月」日字象形，古作⊖；「云曰」之曰，从口从乙，本作𠮚。截然兩字，陸不辨其字形，而僅以音切别之，竟似一字而兩讀，可見隸變以來，字體之殽久矣。

字音

有古音，有正音，有俗音。古音邈矣，然《易》《詩》、古歌謠、楚騷、漢詩賦、樂府之協韻，及《説文》之讀若諧聲，《釋名》《白虎通》諸書之解字，猶可考驗而知也。正音，則九經、《釋文》《玉篇》《廣韻》、徐氏《韻補》諸書之音反是已。至俗音，不知何自而始，率皆沿譌襲陋，莫知所返。既乃稍入字書，如不之逋骨切，見温公

《指掌圖》，副、富之列遇韻，見黃氏《韻會》。又如《洪武正韻》，一代同文之書也，乃大取舊韻紛更之，虞本韻首，收在魚韻，而立模韻以代虞。其所統字，亦多改易，删去元韻，而所統字散入真、寒、删、先韻中。又分麻韻，創立遮韻。至東、冬、江、陽、真、文等韻，併省尤多，俱甚諧俗吻，而於雅音則乖矣。竊意人之喉、舌、脣、齶，因地氣而殊，亦隨天時而變，其修短、厚薄、洪纖、鋭鈍不同，則所出之音亦異，故古今異音，猶胡越之不相通，不可以人力彊齊也。源恐數百年後，今之俗音反以爲正音，而正音復爲古音矣。《正韻》一書爲同文而設，惟求人之易遵，不免移雅以就俗。今當悉取俗音，正之以雅。但此編專以説《詩》，故止及三百篇中字，仍依經文次之，具列於左。

鵙，本七余切，音近趣，清母。今子余切，精母。○淑，本音孰，《正韻》誤音叔，俗讀不誤。○不，本甫鳩、方九二切，今敷勿、逋没二切。○悠，本以周切，音由，喻母。今於周切，音呦，影母。○維，本以追切，音遺，喻母。今無非切，音微，微母。○鳥，本都了切，端母。今泥了切，泥母。吴中土語反得之。後凡土語皆指吴中。○言，本語軒切，疑母，元韻。今音延，匣母，先韻。○母，本莫後切，有韻。《正韻》莫補切，改立姥韻收之，今仍其誤。○嗟，本麻韻，❶《正韻》分立遮韻收之。○觵，古横切，俗讀如公。○砠，誤同雎。○只，本平、上兩聲，今增讀入聲，音質。○綏，本息遺切，支韻。今蘇回切，灰韻。○縈，於營切，俗讀如容。○羽，本王矩切，《正韻》誤偶許切，音語，母同而音小異。已後不言何母者同此。俗讀不誤。○成，是征切，日母。

❶「本」，原作「大」，據康熙抄本、大全本、《四庫全書》本、嘉慶本改。

俗讀如程，澄母。土語得之。○詵，所巾切，審母。俗讀如新，心母。○憴憴，《詩》作繩，神陵切，日母。俗讀如程，澄母。○宜，本魚羈切，疑母。《正韻》誤延之切，音匜，喻母。俗讀得之。○罝，本麻韻，今分立遮韻收之。○江，本韻首，古雙切，音杠。今陽韻，居良切，音姜。土語得之。○楚，本創舉切，麌韻。今創祖切，改立姥韻收之。○魚，語居切，俗讀如余。○訝，《詩》作御，吾駕切。俗讀于駕切。○宮，居戎切，俗讀如公。○夜，本禡韻，今分立蔗韻收之。土語合古。○降，本江韻，今陽韻。○「于以盛之」，誤同成，土語得之。○錡，本魚綺切，疑母。《正韻》養里切，喻母。○釜，本扶古切，奉母。俗讀如府，敷母。○所，本疏舉切，音近黍，審母。《語韻》《正韻》疏五切，姥韻。土語合古。○牙，本五加切，疑母。《正韻》讀如邪，喻母。土語得之。○寔，本音殖，職韻。《正韻》音實，質韻。○與，本余吕切，《正韻》誤偶許切，音語。俗讀不誤。○也，本馬韻，今入者韻。○悔，本呼罪切，曉母。《正韻》誤乎罪切，匣韻。俗讀不誤。○玉，魚欲切，疑母。俗讀如育，喻母。○尨，本江韻，今陽韻。○吠，本符廢切，奉母。《正韻》誤芳未切，敷母。俗讀不誤。○王，雨方切，俗讀如黃。土語不誤。○車，本魚、麻二韻，今分入遮韻。○者，本馬韻，《正韻》分立爲韻首。○兄，本許榮切，庚韻。今許容切，東韻。歙人土語不誤。○威，本於非切，微韻。今烏魁切，音隈，灰韻。○儀，本魚羈切，疑母。今延之切，喻母。○月，本魚厥切，俗讀如越。土語得之。○「遠于將之」，遠本雲阮切，喻母。《正韻》誤音阮，疑母。俗讀不誤。○野，本馬韻，今分入者韻。土語得之。○如雨，誤同羽，俗讀不誤。○述，本食律切，日母。俗讀直律切，澄母。○願，魚怨切，俗讀于怨切。土語得之。○城，誤同成。土語不誤。○行，户庚切，音衡。俗讀如形。○阻，側吕切，照母，語韻。俗讀如祖，精母。○涉，本時攝切，日母。今音攝，審母。俗讀直攝切，澄母。○躬，誤同宫。○御，本牛倨切，俗讀如預。土語得之。○誕，徒旱切，定母。俗讀如旦，端母。○赭，本馬韻，今分入者韻。○隰，似入切，邪母。俗讀秦入切，音集，從母。○「遠父母」，遠本于願切，《正韻》誤虞怨切，音愿。俗讀不誤。○遄，本市緣切，日母。今重圜切，音傳，澄母。○寫，本馬韻，今者韻。○且，誤同寫，二字土語合古。○雨雪，雨，本王遇切，疑母。《正韻》依據切，影母。○乘舟，乘，本神陵切，日母。俗讀如程，澄母。○他，本湯何切，歌韻。俗讀湯華切，麻韻。○茨，本徐私切，邪母。今才資切，音慈，從母。○詳，似良切，邪母。俗讀慈良切，音牆，從母。○副，本敷救切，宥韻。今芳故切，暮韻。○顏，五姦切，疑母。俗讀如閑，匣母。土語不誤。○邦，本江韻，今陽韻。○媛，本于眷切，《正韻》虞怨切，音愿。俗讀不誤。○降，本絳韻，今漾韻。○崇，本鉏恭切，牀母。俗讀如戎，日母。○大，本徒蓋、唐佐二切，俗讀屠迓切。土語得之。○予，誤同與。○旋，似宣切，邪母。俗讀如泉，從母。○虐，本魚約切，疑母。《正韻》弋灼切，喻母。俗讀不誤。○賄，本虎猥切，曉母。《正韻》乎罪切，匣母。俗讀不誤。○婦，本房九切，有韻。今防父切，音附。○源，本虞袁切，今于權切，音爰。土語得之。○垂，本是爲切，日母，支韻。今直追切，音如椎，澄母，灰韻。土語如時，頗合古。○悸，其季切，群母。俗讀如季，見母。○棲，本西之或體，音犀，心母。俗讀如妻，清母。土音得之。○牛，本語求切，今誤于求切，音尤。俗讀、土語不誤。○濕，本失入切，審母。《正韻》實執切，日母。俗讀、土音不誤。○檻，本胡覽切，匣母。俗讀區覽切，溪母。○曰，本王伐切，《正韻》與月同，魚厥切。俗讀不誤。○巷，本絳韻，今漾韻。○乘馬，乘，本食證切，日母。俗讀如鄭，澄母。○射，本禡韻，今蔗韻。土語合古。○弓，誤同宫，土語不誤。○舍命，舍，本禡韻，今蔗韻。土語合古。○䰀，本市由切，日母。今除留切，音稠，澄母。○松，本詳容切，邪母。今息中切，心母。○瞿，本九遇切，見母。《正韻》忌遇切，音具，群母。俗讀不誤。○雙，本江韻，今陽韻。○晦，本有韻，《正韻》莫補切，姥韻。俗讀不誤。○漣，本瀾之或體，音蘭。今靈年切，音連。○舍拔，舍，本馬韻，今者韻。土語合古。○盾，本乳允切，日母。俗誤同趙宣子名，讀徒本切，音沌，定母。○瑰，本姑回切，見母。《正韻》乎乖切，音懷，匣母。俗讀、土語不誤。○缶，方九切，音否，敷母。俗讀如阜，奉母。○鴞，本于驕切，音遥，匣母。今吁驕切，音囂，曉母。○悁，本烏元切，音淵，影母。俗讀如蠲，見母。○愾，本古蓋切，見母。今邱蓋切，溪母。○豳，本府巾切，敷母。今卑民切，音賓，幫母。○宇，誤同羽。俗讀不誤。○徹，本止直列切，澄母。今又增敕列切，音啜，穿母。○吹，本昌垂切，支韻。今灰韻。土語如蚩，合古。○衍，本于線切，喻母。《正韻》倪甸切，疑母。○旆，本蒲蓋切，並母。俗讀如配，滂母。○楰，本以主切，喻母。今偶許切，音語，疑母。○譽，本羊茹切，喻母。《正韻》誤依據切，音饫，影母。此二字俗讀不誤。○嚴，本語杴切，疑母。今移廉切，喻母。俗讀、土語不誤。○佶，其乙切，群母。今激質切，音吉，見母。○祉，音侈，穿母。俗讀如止，照母。○師，本疏移切，音詩，審母。俗讀如思，心母。○助，本牀據切，御韻。今牀祚切，暮韻。俗讀如祚。○「吉日既伯」，伯本如字，《正韻》誤音禡。○豫，誤同譽。俗讀不誤。○富，本芳副切，宥韻。今芳故切，音付，暮韻。○蛇，本麻韻，今遮韻。土語合古。○瓦，五寡切，疑母。俗讀户寡切，匣母。土語得之。○議，本宜寄切，疑母。今誤以智切，音異，喻母。俗讀、土語不誤。○濈，阻立切，從母。俗讀如緝，清母。○項，本講韻，今養韻。○蹙，子木切，音足，精母。俗讀千木切，清母。○愈，本以主切，喻母。《正韻》偶許切，音語，疑母。俗讀不誤。〇褒，❶本博毛切，豪韻。俗讀補侯切，尤韻。〇趣馬，趣，此苟切，清母。俗讀如走，精母。〇駿，《釋文》音峻，當私閏切，心母。《詩》駿字皆同。或云惟駿奔、駿發當此音，非也。俗誤讀如俊，精母。〇鸒，誤同礜。俗讀不誤。〇杝，本敕爾切，穿母。今池爾切，音雉，澄母。〇涵，音含。俗讀如鹽。〇數，所主切，審母。俗讀如蘇，上聲，心母。土語反近。〇哆，本馬韻，今者韻。〇禹，誤同羽。俗讀不誤。〇薿，本魚紀切，疑母。《正韻》養里切，音以，喻母。俗讀不誤。〇社，本馬韻，今者韻。土語合古。〇營，余傾切，俗讀如融。〇《青蠅》之榛，鉏臻切，牀母。今與亲同，側詵切，照母。〇有鮮，《詩》作莘，誤同詵。〇邪，本麻韻，今遮韻。土語合古。〇裕，本王遇切，喻母。《正韻》依據切，音飫，影母。俗讀不誤。〇輦，力展反，音璉，來母。俗讀如撚，疑母。〇謝，本禡韻，今蔗韻。土語合古。〇滮，蒲休切，並母。俗讀補尤切，音彪，幫母。〇臭，氣之總名，尺救切。殠，腐氣也，音同臭。齅，以鼻就臭也，許救切。俗讀臭爲齅。〇俔，牽徧切，溪母。俗讀如憲，曉母。〇繩，誤同憴。土語不誤。〇陾，如乘切，日母。俗讀如懲，澄母。〇畔援，援，誤同媛。〇阮，虞遠切，俗讀如遠。〇樅，本七恭切，清母。《正韻》將容切，精母。〇坼副，❷副，本芳逼切，敷母。今必歷切，音璧，幫母。〇懈，《詩》作解，古隘切，音戒，見母。俗讀如邂，匣母。〇輯，音集，從母。俗讀如緝，清母。〇泂，户頂切，匣母。俗讀古迥切，音熲，

❶「褒」，原作「襃」，據大全本、《四庫全書》本改。

❷「坼」，原作「圻」，據《四庫全書》本改。大全本作「拆」，字同「坼」。

見母。○話，本下快切，卦韻。今讀如樺，禡韻。○初，本楚居切，魚韻。今楚徂切，音芻，模韻。○懟，本墜、憝二音，《正韻》無憝音。俗專讀如憝。○姞，本巨乙切，群母。今激質切，音吉，見母。○鞏，居竦切，俗讀如公，上聲。○梟，本古堯切，音徼，見母。俗讀如囂，溪母。此音亦見字書。○疏，本所菹切，審母。今讀如蘇，心母。○越，本王伐切，《正韻》與月同，魚厥切。俗讀得之。○疊，本徒協切，定母。《正韻》丁協切，端母。俗讀不誤。○有且，且本七序切，清母。《正韻》慈庾切，從母。○不吴，吴，本胡界切，卦韻。今讀如樺，禡韻。○隕，讀爲圓。圓本王問切，問韻。今王權切，先韻。○右諸字音差殊，或以母，或以韻，或母、韻兼之。古韻多通用，故異者弗悉著，著其尤者，而於字母稍詳。然如以武切皮，以孚切鑣，以文切靡，以敷切丕之類，皆今人舌吻所不能調，《正韻》易以他字，宜也，兹亦不贅及焉。其曰今某切者，已見字書者也。其曰俗讀如某者，未見字書者也。其曰《正韻》某切者，誤獨在《正韻》也。其所云俗讀、云土語，皆據吴地言也。吴於古爲蠻方，而土語或合雅音。至王與黄、弓與公，士大夫常語多溷稱，而村夫里婦反得其正，禮失而求野，洵不誣也。若夫俗讀之誤，止據流傳已久者録之，其餘信口妄呼，譌謬尤難悉數，且鄙瑣無足置辯，勿以汚斯編已。

《詩》五「榛」，當作「亲」者四，其一仍爲榛，已論之於字形矣。又案，《説文》「亲」「榛」皆側詵切，《玉篇》「亲」側詵切，「榛」仕銀切。音近岑。《唐韻》「亲」「榛」異音，亦如《玉篇》。《詩釋文》四「榛」皆側巾反，正合「亲」字形，當果實義。惟《青蠅》之「榛」，仕人切，正合「榛」字形，當叢木義，俱相符也。《韻會》榛果之榛，緇詵切，或作榟，又作樼；榛木之榛，鋤臻切，或作蓁，皆分爲兩音，惟《説文》《韻補》否耳。徐鉉音切皆祖《唐韻》，而亲、榛合爲一音，則與之異，不解其故，今當以《詩釋文》爲正。

怒，本上聲，《玉篇》止有奴古一切。《柏舟》「逢彼之怒」，《釋文》云：「協乃路反。」協則非本音矣。《唐韻》始有奴古、乃路二切，分入麌、遇兩韻，豈唐以前無去音乎？ 案，顔師古《糾繆正俗》云：「自古讀有二音，《毛詩》『君子如怒』『逢天僤怒』，此上聲；『逢彼之怒』『畏此譴怒』，此去聲。今山東、河北人但知去音，失其真也。」斯則去聲獨盛於北矣。 顧、陸皆吴人，或未習其音，故以上聲爲正耶？ 然而近世吴語止有乃路一切，信乎鄉音之古今不同也。

曾，有增、層兩讀。 孫奕《示兒編》據《論語》《孟子》《檀弓》注及《禮部韻》，謂曾訓則，亦訓乃，而乃義勝，音皆宜爲增。《詩》「曾不容刀」「曾不崇朝」「曾莫惠我師」「曾是不意」應讀如增，不應讀如層。 今案，《説文》：「曾，詞之舒也，昨稜切。」則層實本音矣。《玉篇》「子登切」，則也；「才登切」，經也。《廣韻》兩音、兩訓互通，則增、層皆可讀也。 黄直翁《韻會》。 謂有音者合從本音，無音者宜從層音，得之矣。《詩·河廣》《正月》《板》皆無音，《蕩》次章四「曾」字亦無音，《河廣》無傳、箋，《正月》《板》《蕩》無傳，玩箋意，皆訓經爲近，則當讀爲層，不必拘則、乃兩訓也。 要之，《説文》「詞之舒」一語足該之。 其曾祖、曾孫，《爾雅》注以爲重，則亦當讀如層。

以韻言《詩》，其來古矣，或謂始於陸氏之《釋文》，非也。 陸言「遠送于南」，沈讀「南」乃林反以協句，沈重乃梁人。 又言「不流東蒲」，孫毓謂蒲草之聲不與戍許協，孫毓乃晉人。 又言「何以速我訟」，徐取韻讀才容反；「寧不我顧」，徐音顧爲古以協韻；「曰父母且」，徐七余反協韻，「爲下國駿厖」，厖，徐武講反協共、寵韻。徐邈亦晉人。三子俱在陸前已言協句，陸但述其説，非創言之也。又不僅此也，「牖民孔易」，箋云：「易，易也。」疏申其意，以爲韻當爲改易之易，故轉爲難易之易，是康成箋《詩》，未嘗不言韻。自漢已然，其來甚古，豈始於陸乎？然漢世雖言韻，而協韻之法至後世而獨詳者，則有故矣。漢去《詩》世近，字音本同，魏、晉以來漸有差殊，然不合者才一二，無庸多協。後世音讀日譌，不與古合，必用協以通之，其法不得不詳也。觀《釋文》所協不過三四十字，是唐初字音猶近古，至宋南渡後，而吴棫《韻補》始以協韻成書，晦菴用之於《詩》，所協乃居過半，可見後世字音之不古矣。非先儒皆不知古韻，吴獨知之也。徐蕆敘其書，言有《韻補》而三百篇始得爲《詩》，豈不謬哉？

古有古音，亦有古韻。四聲、反切，始於元魏僧神珙，唐禮部韻，始於梁沈約，此不可律古詩也。陸德明謂古人韻緩，不煩改字，洵篤論已。但《釋文》協句，仍不能自守其説，如讀「來」爲「梨」以與「思」協，是拘於四支十灰之韻也；「居」音「據」以協「莫」，「議」音「宜」以協「爲」，「譽」音「餘」以協「居」之類，是拘於平仄之聲也。吴棫《韻補》有轉聲通用之説，亦知禮部韻難協古詩矣，而仍分爲四聲，則猶未盡。

紫陽協《詩》雖祖吴氏《韻補》，而其中不無小異。較論之，要各有得失焉。竊舉其略，凡得十九條，如「鐘鼓樂之」，「嘉賓式燕以樂」，二「樂」字《釋文》皆五教反，一協芼，一協罩也。「洵訏且樂」，「憂心靡樂」，「亦匪克樂」，兩云「何不樂」，與沃、駮、謔、藥、鑿、襮、炤、虐諸字自諧，不煩協矣。吴氏《韻補》嘯韻不收樂字，豈爲《鄭》《唐》《秦》《雅》諸「樂」乎？然芼、罩等字應收入藥韻，而復遺之。又《抑》詩，昭、樂、慘、藐、虐、耄六字同在一章協韻，除耄字不必協外，其昭、慘、藐、虐，吴皆收入嘯韻，而獨遺樂字，疏甚矣。《集傳》於

《關雎》轉芼音以協樂，至《南有嘉魚》仍用陸反，其《韓奕》「莫如韓樂」協力教反，又與陸同韻而異音，俱欠畫一。至《抑》詩「靡樂」則讀爲洛，而轉昭、慘、耄以協之，與吴韻異，未詳何據。近儒《古音考》樂音澇，此北人土語，亦即朱反也，不如五教反之典矣。〇又如《詩》中「母」字，皆應讀如美，惟《葛覃》「母」字與「否」協，《思齊》「母」字與「婦」協，可作牡音。《集傳》兩詩俱無協，殆欲如今讀也。案，否字有缶、鄙、痞三音，然《小旻》之「聖否」，《賓之初筵》之「醉否」，字義應爲缶音，而一協止、艾，一協史、恥，則當讀鄙，可見否字古無缶音也。至婦之音阜，紀於後世，尤不可協古詩，則兩詩「母」字，仍宜讀如美。〇又如《説文》「羕」字引《詩》「江之羕矣」，「永」字引《詩》「江之永矣」，所引非一家《詩》也。《韻補》徒據羕字引《詩》，謂永字音羕。泳字以永得聲，亦音羕，執別作之字而定本文之音，迂矣。況羕本以永取義，以羊得聲，不應永亦爲聲。古諧聲字，皆一義一聲合而爲之，何得羕字獨上下皆聲乎？尤難通也，朱《傳》偏襲其誤。〇又如《集傳》「白茅包之」，包，補苟反，與下「誘之」協。案，苞、炮、袍皆以包得聲，《詩・生民》「實苞」協「實褎」，《瓠葉》「炮之」協「醻之」，《無衣》「同袍」協「矛仇」，則《集傳》此協良爲有證，《韻補》失載此字。〇又如車爲居，華爲敷，古音也，故《何彼襛矣》首章、《采薇》四章皆以華、車爲韻。《集傳》《召南》無協，《采薇》兩協，蓋兼用今音，不知華之呼瓜切、車之尺奢切，古未之有，非所以協《詩》也。觀《北風》之「同車」與「匪烏」協，《鄭》之「荷華」與蘇、都、且協，《出車》之「方華」與「載塗」協，《有女同車》車、華、琚、都四字協，則可知矣。〇又如旭、勖與好同音，《詩》「旭日始旦」，《釋文》引《説文》「旭，讀如好」，今《説文》云「旭，讀如勖」。勖字本以冒得聲，亦見《説文》。音亦同好也。又《爾雅・釋訓》「旭旭，憍也」，郭氏讀旭旭爲好好，邢疏引《詩》「驕人好好」證之，是旭、勖、好三字古音相同，信矣。旭、勖二字宜入篠韻。《韻補》不收，殊疏脱。○又如「揚且之皙也」，《集傳》：「皙，征例反。」誤用《韻補》晳字音。辯詳本篇。○又如《常棣》四章，「務」與「戎」異音。《韻補》讀「務」爲謨逢切，以協「戎」。《集傳》讀「戎」爲而主切，以協「務」，《傳》得之矣。案《書·洪範》「曰蒙曰驛」及「蒙恆風若」，《史記》「蒙」皆作「霧」，其庶徵「蒙」字《漢書》作「霿」。顏莫豆反。霧、霿、務皆以孜得聲，音必相同。索隱霧亦音蒙，且云霧與蒙通，才老協此詩，蓋本此。但戎字古訓汝，義同音必同，朱反既非無證，又《春秋》内外傳引此詩皆作「禦侮」，《常武》篇「我戎」與「皇父」協，侮、父兩字必不可轉作蒙音，不如轉戎爲汝之當也。至《古音考》欲改二詩「戎」字爲「武」以就韻，殆是妄説。○又如《車攻》之「駝」，《集傳》協徒臥反，《卷阿》之「駝」，《集傳》協唐何反，皆非才老意也。案，《車攻》之六章，猗、破兩字爲韻足矣，不必復協駝。《卷阿》之末章，「多」章移切，「歌」居之切，此吴説之信而有徵者也，與「駝」自協，不必改音以就之。○又如喤字，《詩釋文》華彭反，又引徐邈音皇，《説文》亦乎光反。《斯干》「喤喤」與瑝、皇，《執競》「喤喤」與將、穰，本同韻，不必協也。朱《傳》音華彭反，協乎光反，祇贅耳。○又如「纘女維莘」，莘字《韻補》收入陽韻，讀師莊切，以協王、商二字，此無他證，故朱子不從，當矣。至「于京維莘」，本非韻脚，而《集傳》協之，亦不可解。若欲每句用韻，則「有命自天」「保右命爾」，何獨無協乎？○又如「母」姥罪切，「婦」房詭切，《韻補》收入紙韻，此有證者也，《思齊》首章母、婦二字正當用此音。《集傳》無協，豈欲從今讀乎？《古音攷》辨此二字，謂古無牡、阜二音，斯言允矣。但婦房詭切聲如尾，而陳音喜，不知別有何據。○又如《公劉》之四章，曹、牢、匏三字本協，才老引《儀禮》云「牢」鄭讀如樓，因轉匏爲蒲侯切以協之，殊爲穿鑿。《集傳》不用，良是。○又如《韻補》收祀字於質韻，音逸職切，云《毛詩》四用此韻，皆當爲此讀。四韻者，《楚薺》「以享以祀」「苾芬孝祀」。《大田》「來方禋祀」「以享以祀」。各二也。《集傳》皆從之矣，至《旱麓》之四章「以享以祀」亦用其音，以與下「景福」協，恐非是。「景福」自協「既備」，「以祀」不必用韻。每句協韻，非《詩》之常體也。又《旱麓》詩六章，每章四句皆隔句協，不應此章獨異。祀字見《詩》者甚多，除四韻外，悉如今讀可耳。〇又如《抑》之十一章，以樂、慘、藐、虐、耄五字爲韻，《韻補》皆協去聲嘯韻，惟虐字宜照反，無他證。然古無入聲，虐轉爲去，當協也。《集傳》皆協入聲藥韻，則慘字七各反，耄字音莫，皆無他證。《板》詩之「言耄」，非韻也，《集傳》亦彊協之，然不足爲證。《古音攷》舍朱而從吴，良得之。〇又如《桑柔》詩「亦孔之僾」「荓云不逮」，僾、逮《集傳》無協，以二字皆隊韻，本同也。吴棫從古韻，僾音許既反，逮音徒帝反，俱入寘韻。然古韻隊與寘通，亦吴氏説也，何必改音以就之乎？《集傳》不用協，良是。〇又如茆，《韻補》力久反，祖《泮水》釋文徐音，與酒、醜本協，《集傳》謨九切，恐無本。〇又如古「多」字與「祇」字通用，《閟宮》「降福既多」與上「騂犧」「是宜」本協，《集傳》犧字虚何、虚宜二反，與宜、多兩協，不如《韻補》之當。與上條俱詳見本篇。〇又如《周頌》大半無韻，《商頌》獨勤於用韻，作者意各不同也。《商頌·玄鳥》《長發》《殷武》三篇皆句句韻，出韻者僅十之一耳。《那》自「庸鼓有斁」以下，《烈祖》自「黄耇無疆」以下，亦句句韻。《那》之斁、奕、客、懌、昔、作、夕、恪八字皆同韻也，《韻補》客克各切，昔息約切，夕詳龠切，斁、奕、懌俱弋灼切，與作、恪二字協，殆不謬矣。朱子協《詩》喜每句韻，而此詩獨不然，未詳厥旨。〇右諸條雖出管見，竊謂有一得焉。二公千慮之失，不禁後學縷指，九原可作，其或有取於鄙言。

毛詩稽古編卷二十八

吴江陳處士啓源著

辨物

總辨

鳥獸草木之名，可資學者多識，此説《詩》家所以樂爲考覈也。然堪爲證據者，止有《爾雅·釋草》等七篇，次之則陸璣《詩疏》、揚雄《方言》，以及諸家《本草》注釋而已。後儒多據己目驗之物與土俗稱名以求合於《詩》，此大謬也。古今既殊，鄉土又别，其同物而異名、同名而異物者多矣，可勝詰乎？乃欲執近今之土語，釋先古之經文，必不合矣。又匪直此也，物産之在天地間，亦往往隨世更易，蓋天時地氣久則有變遷，而物之生，其形色性味亦從而異，斷難執今以律古也。姑舉一二端而言之，如荇、藻、蕢、蘩古以奉祭祀，后夫人及大夫妻親采之，見周、召二《南》，《草木疏》亦言其甘美可食，今此四草無一堪供匕箸。《内則》養父母，枌、榆列於珍味，今惟荒歲飢民始食其皮。《月令》五時之穀，不數稻而數麻，《詩》亦言禾麻，言麻麥，言叔苴，今惟緝其皮爲布，而麻勃、華。麻蕡子。列於藥品，不聞以爲穀。古以葵爲五菜之主，芼羹則以藿，烹鷄豚則實蓼，今此三草不登於俎。至堇、荼、萱、薇之類，古爲饌食所必需，而今并罕識其貌狀。又稷乃五穀之長，故以爲官名，又以名祭，黍必與稷並稱，古最重此二穀，後世或不能辨其品類。陶弘景言稷米人不識，又誤以黍苗爲似蘆。郭璞謂稷、粟、粢一物而三名，《本草》又分稷、粟爲二，先儒疑之，而孔仲達亦不能決。又陶言稷米不宜人，發宿疾，爲八穀中之最下者，蘇頌亦言稷米不甚珍，以備他穀之不孰，而古以爲五穀長，正相反。又《周禮·醢人》饋食之豆有蚳醢，《禮記》人君燕食之庶羞有蝸醢及蜩螿。今借范。蚳者，螘子也。蝸者，蠃也。蜩者，蟬也。螿者，蠭也。以此列之盤案，今人有對之欲嘔耳，而古以爲珍膳。陸元恪，孫吴人也，陶隱居，蕭梁人也，較爲近今矣，陸言蜉蝣可啗，美於蟬，陶言蠐螬與豬蹄作羹，乳母不能辨之。二蟲者，其可薦齒牙乎？蓋不獨習俗之殊，亦物性之變也。乃欲取千百年前之草木鳥獸，皆目驗而知之，豈不迂哉？

諸家説《詩》，所釋草木鳥獸之名，時多異同，固以近古者爲正矣。然後儒之解，勝於先儒者，亦百有一二，未可概置也，今備列之。

《周南·關雎》，楊、許、郭、陸四家分爲三説，當以郭爲勝。詳見本篇。❶《簡兮》「隰有苓」，毛云：「苓，大苦也。」孔疏引孫炎《爾雅》注以爲「今甘草。蔓生，葉似荷，青黄。莖赤，有節，節有枝相當」。沈括《筆談》辨之曰：「以注所云，乃黄藥也，其味極苦。甘草枝葉如槐，高五六尺，與孫説形狀不類。」案，郭注亦同孫，而

❶ 「詳」，原作「許」，據康熙抄本、大全本、《四庫全書》本、嘉慶本改。

云今甘草，又曰藷似地黄，亦疑而未定也。又案，《本草》説兩藥形狀皆與沈合，當以沈爲正。○《碩人》「鱣鮪發發」，毛云：「鱣，鯉也。」舍人注《爾雅》，亦以鱣、鯉爲一魚，蓋祖毛傳。郭璞分鱣、鯉爲二魚，謂毛爲誤。案，《本草》鱣亦名黄魚，鮪亦名鱘魚，與鯉迥别，郭得之。○《大車》「毳衣如菼」，毛云：「菼，騅也。蘆之初生也。」《爾雅》「葭、蘆、菼、薍」，五患切，聲近玩。李巡、樊光以蘆、薍爲一草，與毛同，孫炎、郭璞以蘆、薍爲二草，與毛異，孫、郭得之。○《鄭》「隰有游龍」，毛云：「龍，紅草也。」疏引陸璣云：「游龍一名馬蓼，高丈餘。」陶隱居《本草》注言「葒草極似馬蓼而甚長大，即《詩》之游龍」，然則與馬蓼别草矣。案，鄭以游龍爲放縱，當目其長大者，陶説得之。○《晨風》「隰有六駮」，毛云：「駮如馬，倨牙，食虎豹。」陸璣云：「駮馬，梓榆樹也。皮青白駮犖，遥視似駮馬。」孔疏稱其有理，此勝毛。○《下泉》「苞稂」，毛云「童粱」，鄭「稂」作「涼」，云「涼草」，較勝。詳本篇。○《豳風·七月》「鳴鵙」，張華、許慎以鵙爲似鸜鵒，王逸以爲巧婦，揚雄以爲盍旦，郭注《爾雅》以爲似鶷音轄。鶡音戛。而大，郭説當矣。○「四月秀葽」，鄭以葽爲王萯，房九反。曹氏以爲小草，曹得之。○鴟鴞，陸璣以爲巧婦，郭璞以爲鴟類，郭勝陸。○《東山》「蜎蜎者蠋」，毛云：「蠋，桑蟲也。」《説文》作蜀，云「葵中蟲」。許説爲允。上三條俱詳見本篇。○「熠燿宵行」，毛云：「熠燿，燐也。燐，螢火也。」孔疏非之，以爲螢火不可名燐。宋陸佃以爲「燐者，火之微名，久血、螢火皆可名燐」。陸言是也。案，崔豹《古今注》數螢火異名云「一名燐」，《廣雅》云：「景天，螢火，燐也。」皆祖毛説。○《鹿鳴》「食野之苹」，毛云：「苹，蓱也。」鄭以爲藾蕭，孔疏是鄭，今用之。○《緜》篇「堇荼如飴」，毛云：「堇，菜也。」孔疏以爲是烏頭，《詩緝》以爲是《内則》之堇荁，嚴説當矣。詳見本篇。右凡十有三條，惟鱣、六駮、鴟鴞、苹今通用之，餘則源特有所取焉爾。

《詩》有三杞、三芑、三荼、二梅、二桐、二柞櫟、二棘、二竹、二蒲、二鬱、二苕、二榛、二茨、三魚、二桑扈，皆同名而異物者也。三杞者，一杞柳，見《鄭・將仲子》；一山木，《困學紀聞》云：「梓，杞也。」見《雅・南山有臺》《湛露》；一枸檵，古詣切。見《雅・四牡》《杕杜》《北山》《四月》。此嚴《緝》之説，《困學紀聞》同。《杕杜》《北山》傳無明文。三芑者，一菜，見《小雅・采芑》；一草，見《大雅・文王有聲》；一穀，見《生民》。三荼者：一苦菜，見《邶・谷風》《唐・采苓》；一茅秀，見《鄭・出其東門》《豳・鴟鴞》；一委葉，見《豳・七月》《頌・良耜》。二梅者，一酸果，見《召・摽有梅》；一枏，見《秦・終南》《陳・墓門》。二桐者，一白桐，見《鄘・定之方中》；一梧桐，見《大雅・卷阿》。二柞櫟者，一苞櫟，見《秦・晨風》；此嚴《緝》之説。一栩杼，見《唐》《陳》二風及二《雅》諸篇。二棘者，一酸棗，見《邶・凱風》《魏・園有桃》；一茦刺，見《雅・楚薺》《青蠅》。嚴《緝》之説。二竹者，一萹竹，見《衛・淇澳》；一竹箭，見《衛・竹竿》《雅・斯干》。二蒲者，一蒲柳，見《王・揚之水》；此鄭説，與王異。一莞苻離，見《陳・澤陂》《雅・魚藻》《韓奕》。二鬱者，一車下李，見《豳風・七月》；一鬯草，見《大雅・江漢》。二苕者，一苕饒，見《陳・防有鵲巢》；一陵苕，見《小雅・苕之華》。二榛者，一果實，見《邶・簡兮》《鄘・定之方中》《曹・鳲鳩》《雅・旱麓》；一木名，見《雅・青蠅》。二茨者，一蒺藜，見《鄘・牆有薺》《雅・楚薺》；一屋蓋，見《雅・甫田》《瞻彼洛矣》。三魚者，❶一水蟲，見諸詩；一海獸，似豬皮，可爲弓鞬矢箙，見《雅・采薇》；一馬二目白，見《魯頌・駉》篇。二桑扈者，一青質食肉，見《雅・小宛》；一素質有文，見

---

❶「三」，原作「二」，據康熙抄本、大全本、《四庫全書》本、嘉慶本改。

《桑扈》。凡爲物三十有四，而共十五名焉。

草木辨

古有五穀、六穀、九穀、百穀之名，而後世又有三穀、六米、八穀之目，穀之爲説長矣。言五穀者有二説：麻、黍、稷、麥、豆，五行之五穀也，見《月令》五時之文及《周禮·疾醫》注；黍、稷、菽、麥、稻，九州之五穀也，亦名五種，見《周禮·職方氏》之文及《孟子》五穀注。六穀者，稌、即稻。黍、稷、麥、粱、苽，亦名六食，見《周禮·食醫》之文及《膳夫》《饌人》兩注，亦名六齍，俗作「粢」誤。見《小宗伯》文。九穀者，先鄭以爲黍、稷、稻、秫、麻、大小豆、大小麥，後鄭去秫、大麥而增粱、苽，皆見《周禮·大宰》注。崔豹《古今注》以爲黍、稷、稻、粱、三豆、二麥，《炙轂子》以爲黍、稷、麻、麥、稻、粱、苽、大小豆，又與二鄭異説，總出於臆見耳。百穀者，古無定名。《韓詩》薛君云：「穀類非一，故言百。」《國語》「周棄播殖百穀」，注云：「黍、稷、稻、粱、麻、麥、荏、菽、雕、胡之屬。」皆不能歷舉其名也。梁楊泉《物理論》始以稻、粱、菽三者各二十種，蔬果助穀各二十種，當百穀之數。然《外傳》言「烈山子柱能殖百穀、百蔬」，《易》言「百果甲坼」，是穀與蔬果各以百名，不得併蔬果於穀方成百數，楊説殆非是。三穀者，即稻、粱、菽也。《物理論》云：「稻者，概種之總名。粱者，黍稷之總名。菽者，衆豆之總名。」是也。六米者，黍、稷、稻、粱、苽、大豆，見《周禮·舍人》注及疏，後鄭九穀麻、小豆、小麥皆無米，故獨數此六者矣。八穀亦有二説，一黍、稷、稻、粱、禾、麻、菽、麥，見《本草》注，陶隱居云：「八穀之中，胡麻最良。」又引董仲舒曰：「禾是粟苗，麻是胡麻。」案，胡麻，今之脂麻也。一稻、黍、大小麥、大小豆、粟、麻，見

《大象賦》注。《玉海》云。總諸説而斷之，黍、稷、即粢，又名穄。稻、粱、麻、麥、有大、小。菽、即豆，有大、小。苽、即雕胡。秫九者足該之矣。其在於《詩》，曰黍、曰秬、曰秠者，皆黍也。曰稷者，稷也。曰稻、曰稌者，皆稻也。曰粱、曰糜、曰芑者，皆粱也。曰麻、曰苴者，皆麻也。曰麥、曰來牟者，皆麥也。曰菽、曰荏菽、曰藿者，皆菽也。其曰禾、曰穀、曰粟者，總名也。曰重穋、曰稙穉者，種之早晚而非穀名也。今惟稻、麥、菽、麻、苽五者明白易曉，其黍、稷、粱、秫四者難於別識。而漢以來又以粟爲穀名，陶隱居載之於《本草》，名稱復相疑溷，解者紛紛，各有異同。有以粱爲秫稷者矣，氾勝之。有以秫爲黏稷者矣，許慎。有以稷、粢、粟爲一穀者矣，孫炎、郭璞、賈公彦等。有以稷米爲人不識者矣，有以粢爲白粱者矣，皆陶弘景。有以黍爲黏稻者矣，崔豹。有以粟爲似稷而黏者矣，顔師古。有以秫爲黏黍者矣，蘇頌。皆難據信。源嘗合《本草》諸家注釋，參諸目驗，惟近世李氏《綱目》其言近之。李謂黍、稷即今北方之黍子，黏者爲黍，不黏者爲稷。粱、秫與粟即今北方之小米，大而毛長者爲粱，細而毛短者爲粟，本唐蘇恭、宋蘇頌之説。粟之黏者爲秫，本孫炎《爾雅》注及蘇恭《唐本》注之説。粟即粱也，漢以後始分其粒細毛短者爲粟耳。黍、稷與粱、秫苗葉相似，而結實不同，粟穗叢簇攢聚而粒圜，黍、稷之穗疏散成枝而粒長。合之所見，殆不相遠也。李又謂今之高粱，乃黍、稷之別種，即《廣雅》之藋粱、木稷，《食物本草》正德間汪穎著。謂之蜀黍、蘆穄，俗稱蜀秫，亦稱蘆粟。案，高粱莖葉皆似蘆，高丈餘，粒大如椒米，性堅實，有二種，黏者可和稬俗作糯。秫釀酒作餌，不黏者可作餻煮粥，南北皆植之，而北方最多，李但目爲黍稷別種，未審何據也。竊意此穀名蜀黍，又名蜀秫，必自蜀來，三代時蜀爲遠裔，此種定未入中國，如胡麻、安石榴之類，皆後世始得而栽之，則經傳所言穀名，未必有此種矣。又有玉高粱，亦名玉蜀黍，種出西土，葉似高粱而肥短，高三四尺，斯又其別種也。

古人以麻爲穀，又用以爲衣，於五行屬金。《月令》秋食之，仲秋又嘗之，《周禮》籩人以蕡實朝事之籩，《豳風》叔苴以九月，此其實之供於食者也。績其皮爲布，則吉凶服皆用之。五冕，皆麻冕也。皮弁服、朝服、玄端服、深衣，皆麻衣也。《蜉蝣》之「麻衣如雪」，不染者也。《七月》之「載玄載黄，我朱孔陽」，染之者也。後世不食麻，其以爲衣，僅施於喪服耳，不止俗尚之異，亦物性之變也。又有紵麻，宿根土中，不種自生，其皮可緝布，《東門之池》「可以漚紵」是也。又有苘麻，一名蘔麻，葉大如桐，華黄，夏開，北土最多，其皮可績。《碩人》「褧衣」，《説文》云：「褧，檾同去潁切。也。檾，枲屬。」檾、褧、苘、蘔字同，正此麻也。又案，《本草》麻入本經上品，華、實皆入藥。華名麻勃，本經云：「麻華上勃勃者，七月七日采之，良。」子名麻蕡，又名麻藍，又名青葛，本經云：「九月采。」入土者損人，去殼爲麻仁，惟葉不用，吴普云：「有毒，食之殺人。」

瓜之爲類甚多，約之止有二，王禎《農書》云「供果者爲果瓜，供菜者爲菜瓜」是也。果瓜，古食甘瓜，五代始有西瓜，胡嶠得之於回紇。然二瓜華葉性味俱相類，後世僅易以西瓜之名耳。菜瓜有胡瓜、越瓜諸種，《信南山》之瓜，剥之以爲菹，其菜瓜乎？「有敦瓜苦」，瓜有苦瓣，亦非果瓜矣。《七月》與《緜》之瓜，則未有以定之。

《詩》兩言匏，「匏有苦葉」「酌之用匏」是也。三言瓠，「齒如瓠犀」「甘瓠纍之」「幡幡瓠葉」是也。一言壺，「八月斷壺」是也。凡六詩，言葉者二，言實者三，言棲瓣者一。毛傳、《説文》《草木疏》皆以匏、瓠爲一物，陸佃《埤雅》辨其不同，以爲長而瘦上曰瓠，短頸大腹曰匏，似匏而圜曰壺，匏苦瓠甘，復有長短之殊。陸此言，殆因《小雅》「甘瓠」、《左傳》「苦匏」之語而分之乎？ 然苦匏不材，義本於《詩》，《詩》之苦葉，陸璣以爲少時可爲羹，八月中堅彊不可食，則非性本苦也，且葉苦非實苦也。《本草》言其形狀雖殊，而性味則一。大抵匏、瓠古本通稱，後世因其形異而分名之。 其有苦者，陶隱居以爲甘者忽苦，韓保昇以爲甘、苦二種，甘者大，苦者小。 要各得之目驗，古今物性變易，不可執一論矣。

「采芹」兩見《詩》，皆興也，《雅·采菽》以興車服，此毛義。《頌·泮水》以興德化毛云：「水則采取其芹，宮則采取其化。」也。 案，「芹」《本草》作「蘄」，陶隱居以芹爲俗字，然芹字見《説文》，云「从草斤聲」，則芹字古矣，陶語誤也。《本草》名水蘄，又名水英，入本經下品，即《爾雅》之楚葵矣。 厥種有二，青芹取根，赤芹取莖葉。《周禮》以芹菹爲豆實，故采之。《韻會》云：「又有馬芹，俗謂胡芹，不可食。 惟子香美，可調飲食。」案《爾雅》「茭，牛蘄」即此，郭注云「葉細碎似芹，亦可食」，與黄異。

葭菼、蒹葭、萑葦皆見《詩》，覈言之，凡爲物者三焉。 毛傳云：「葭，蘆也。」又云：「葭爲葦。」《爾雅》云：「葭，華。」注：「即今蘆也。」又云：「葭，蘆。」注：「葦也。」《夏小正》傳云：「葦未秀爲蘆。」《説文》云：「葭，葦之未秀者。」又云：「葦，大葭也。」然則葭、葦共一草也，華與蘆，其別名也。 毛傳云：「菼，薍借音玩。也。」又云：「菼，鵻也。」又云：「薍爲萑。」《爾雅》云：「菼，薍。」注：「似葦而小，實中。」《夏小正》傳云：「萑未秀爲菼。」《説文》云：「菼，萑之初生。 一曰薍，一曰鵻。」又云：「薍，菼也。」然則萑、菼共一草，而小於葦也，薍與鵻，其別名也。 毛傳云：「蒹，薕也。」《爾雅》云：「蒹，薕。」注：「似萑而細，高數尺，江東呼爲薕。」《説文》云：「薕，蒹也。」然則蒹獨爲一草，而又小於萑也，薕其別名也。 三者之辨如此。《爾雅》又云：「其萌，虇。」音綣。

注：「萑、葦之類，其初生者皆名蘿。」此則總三者爲言矣。嚴《緝》彙諸説而斷之曰：「蒹也、葭也、萑也，三物而十一名。大者葭、蘆、葦，又名華，一物而四名。初生爲葭，長大爲蘆，成則名葦。中者菼、薍、萑，又名鵻，一物而四名。初生爲菼，長大爲薍，成則名爲萑。小者蒹、薕、荻，一物而三名也。《秦風》之『蒹葭』，舉小與大者言之也。《衛風》之『葭菼』、《豳風》及《小雅》之『萑葦』，舉中與大者言之也。」其言明且悉矣。又《本草》別三者貌狀，言大者長丈餘，中空，皮薄而色白；中者中空，皮厚而色青蒼；小者短小而中實，可作簾。此嚴語所未及。又毛傳以菼、蘆爲一草，《九家易》以萑、葦、蒹、葭爲一草，説雖出先儒，而未可盡信。

《詩》言藟必與葛俱，《周南》《王風》《大雅》凡三見，《樛木》箋、疏、釋文皆以爲葛、藟二物而相似，信矣。孔引《草木疏》云：「藟，一名巨瓜，似燕薁，亦延蔓生。」案，巨瓜，陶隱居以爲即千歲藟，入《別録》上品，又名藟蕪，云：「藤生，如蒲萄，葉似鬼桃。」陳藏器云：「蔓似葛，葉下白，冬只凋葉。大者盤薄，故名千歲藟。」引《詩》葛藟及陸《疏》巨瓜證之，是藟乃木類。《説文》云：「藟，草也。蘽，木名。」而引「莫莫葛藟」以證藟，則以《詩》之藟爲草類。案，《爾雅·釋草》無藟，《釋木》有「諸慮，山蘽。欇，音涉。虎蘽」。山蘽注云：「今江東呼蘽爲藤，似葛而粗大。」然則葛藟，其山蘽乎？藤生之物，草、木兩可通，宜《爾雅》以爲木，《説文》以爲草矣。《樛木》釋文亦云：「藟，本或作蘽。」又《左傳》杜注解葛藟爲「葛之藟蔓滋蕃」，恐非是。

蒿之種類至多，《詩詁》《詩緝》及《韻會》皆備著之，今取其名見《爾雅》與《毛詩》者，列之於左。一「蒿，菣」，去刃切。注：「今人呼青蒿，香中炙啗者爲菣。」即《鹿鳴》「食野之蒿」是也。《草木疏》云：「汝南、汝陰人皆云菣。」一「蘩，皤蒿」，注：「白蒿。」即《召南》「于以采蘩」、《豳風》《小雅》兩「采蘩祁祁」是也。春生，秋香美可食，又可烝。《埤雅》曰：「蒿青而高，蘩白而繁。」此二蒿之辨矣。一「蔚，牡菣」，注：「無子者。」即《蓼莪》「匪莪伊蔚」是也，亦名齊頭蒿，三、四月生苗，秋華黃，結實如車前子，而内子微細不可見，故云無也。一「莪，蘿」，注：「今莪蒿，一名藁蒿。」即《小雅·菁菁者莪》「蓼蓼者莪」是也，亦名蘿蒿，或《埤雅》《詩緝》。以爲又名角蒿者非是。一「艾，冰臺」，注：「今艾蒿。」即《王風》「彼采艾兮」是也。其字从乂，草之可以乂病者，又削冰令圜，舉以向日，以艾承其影則得火，曰冰臺，其以此乎？二月宿根生苗，莖直上，白色，葉四布，面青背白，七、八月有華實。一「苹，藾音賴。蕭」，注：「今藾蒿也。」初生亦可食，即《鹿鳴》「食野之苹」是也。《草木疏》云：「莖似箸，香可食。」一「蕭，萩」，音秋。注：「蒿也。」即《王風》「彼采蕭兮」、《曹風》「浸彼苞蕭」、《小雅》「蓼彼蕭斯」「采蕭穫菽」、《大雅》「取蕭祭脂」是也。《草木疏》云：「今謂萩蒿，或云牛尾蒿。可作燭，有香氣，故祭祀以脂爇之爲香，亦名香蒿。」一「購，商蔞」，注：「蔞蒿也。生下田，初出可啗，江南用羹魚。」即《周南》「言刈其蔞」是也。蘩、苹、蔞三蒿辨別見《召南》。《草木疏》云：「葉似艾，高丈餘。」已上八種，皆見《詩》《雅》。又「齧彫蓬、薦黍蓬」，郭注不言是蒿，而《説文》及《埤雅》以爲蒿屬，見《召南·騶虞》《衛風·伯兮》。又蓍草亦蒿類，不見《爾雅》，而《曹風·下泉》詩有之。又《爾雅》云：「蘩之醜，秋爲蒿。」注：「醜，類也。」春時各有種名，至秋老成，皆通呼爲蒿。今案，《釋草》蘩之類，自皤蒿以外，又有「蘩，菟蒵」音兮。「蘩，由胡」二種，注：「皆未詳。」要之，蘩之醜，其即蒿之醜與？故邢疏以爲「蘩，蕭莪之類」。又《本草》「茵蔯」似蓬蒿而葉緊細，後世亦名蒿。又有同蒿、邪蒿，宋嘉祐始列《本草》。同蒿氣味與蒿同，邪蒿似蒿而葉紋皆邪，此不載《詩》《雅》而俱得蒿名。

《離騷》云「薋菉葹以盈室」，蓋以惡草喻小人也。此三草皆見《詩》。薋，《詩》作茨，本作薺，即蒺藜，《詩》「牆有薺」「楚楚者薺」是也。菉，即王芻，《詩》作緑，「緑竹猗猗」「終朝采緑」是也。葹，即卷耳，又名卷施，《詩》「采采卷耳」是也。二薺一言埽，一言抽，亦以爲惡草矣。卷耳、王芻，雖采之而不盈，意亦非嘉卉乎？然兩詩取興之意實不在此。又卷耳堪茹，蒺藜入藥，王芻可染，皆有用於人，而王芻以興武公之德，尤爲嘉植，非惡草也。靈均之寓興於物，豈可一律論乎？

茅，賤卉也，而用於人甚溥，又以其潔白，故古人重之。菁茅見於《書》，白茅見於《易》，祭祀則以縮酒，封諸侯則以苴土，食禮則以爲鼎鼏，所謂物薄而用重也。其在《詩》，或質言之曰茅，「白茅包之」「晝爾于茅」「白茅束兮」是也；或本其初生曰荑，「自牧歸荑」「手如柔荑」是也；或咏其華曰荼，「有女如荼」「予所捋荼」是也。其類之貴者，則别而言之曰菅，「可以漚菅」「白華菅兮」是也。考之《本草》，厥種不一，有白茅、菅茅、黄茅、香茅、芭音巴。茅之屬。白茅短小，華於春夏之閒。菅茅生山上，似白茅，而長華於初秋。黄茅似菅茅，而莖上開葉，華於深秋，可索綯。三者葉相似，皆白華，根甘，可入藥，而白茅爲勝。香茅一名菁茅，一名璚瓊同。茅，荆州貢之。芭茅叢生，葉大如蒲，長六七尺。以五者合之《詩》，則《召南》《小雅》之茅，白茅也；《陳風》之菅、《小雅》之白華，菅茅也；《豳風》之茅，黄茅也。二荑不知何茅，《静女》毛傳謂「取其有始有終」，始爲荑，終爲茅，可以供祭祀，則此荑，其香茅乎？《碩人》之荑，徒取柔爲比，則泛指諸茅可也。芭茅不見《詩》而見《爾雅》，云「莣，音芒。杜榮」是也。然郭注謂「莣草皮可爲繩索、履屩」，則《七月》之「于茅」，容或取之矣。《爾雅》又云：「藗，牡茅。」注云：「白茅屬。」則《詩》所未及。又云：「蔈、荂、荼、猋、藨、芀。」六者皆茅秀之別名，《鄭》《豳》之荼當之矣。

梅之名四見於《國風》，而《召南》與《秦》《陳》之梅，毛皆有傳，《召南》傳云：「盛極則隋音惰。落者梅也。」❶《秦》《陳》二傳皆云：「梅，枏也。」陸元恪摽梅、條梅亦各有疏，於摽梅曰：「梅，杏類也。」於條梅曰：「梅，樹皮葉似豫章。」然則《召南》之梅，是和羹之梅，❷《秦》《陳》之梅，是梅枏之梅，截然兩木，毛、陸意正同矣。又《說文》云：「梅，枏也，可食。从木，每聲。或从某作楳。徐莫桮切。」又云：「某，酸果也。从木甘闕，古文从口作槑。徐莫後切。」是兩木元各一字，古本經文字必各異，後世溷爲一爾。況梅性畏寒，不產北土，《召南》江沱已入梁境，自應植之，非《秦》《陳》所宜木也，其爲枏樹無疑。陸《疏》又言豫章子青不可食，枏之木理細緻於豫章，子有赤、白二種，《說文》以爲可食，殆對豫章言與？《爾雅·釋木》「梅，枏」明是《秦》《陳》之梅，非《召南》之梅，郭注云：「似杏，實酢。」蓋誤認兩梅爲一也。邢疏引陸氏條梅疏證之，合於經而違於注，又不辨其同異，疏忽甚矣。

《詩》有兩梅，而《爾雅》之「梅，枏」是條梅，非摽梅也，郭注以爲似杏，誤矣。《爾雅》有二條，而《詩》終南之條，是《爾雅》之「槄，山榎」，非柚條也，《埤雅》以爲柚，誤矣。當以毛傳及《草木疏》爲正。

陸《疏》言榛有兩種，一種枝葉如栗，子如橡，子味亦似栗。一種枝葉如木蓼，高丈餘，子作胡桃味，遼

---

❶「盛」，原缺，據康熙抄本、大全本、《四庫全書》本、嘉慶本補。

❷「和」，原作「味」，據康熙抄本、大全本、《四庫全書》本改。

東、上黨皆饒。案，味如胡桃者，今亦用爲果，俗呼榛子，品與松子相亞，非栗類也。《詩》五言榛，爲果實者四，詳見《正字》。《邶》《鄘》《大雅》先儒皆以爲似栗，曹在兗、豫閒，未必産遼果，大抵四榛皆栗耳。

桐有四種，《詩》與《爾雅》得其二焉。《定之方中》之桐，白桐也，即《爾雅》之「榮，桐木」，亦名華桐，名椅桐，名泡桐，三月開華如牽牛華而白色，心微赤，實長寸餘，殼内有子片，輕虚如榆莢葵實，材堪作琴瑟，《埤雅》謂其不實者誤。《卷阿》之桐，梧桐也，即《爾雅》之「櫬，梧」，四月開嫩黄小華，五、六月結子，可食，古稱鳳凰非此不棲矣。郭璞合上二桐爲一木者誤。至《月令》「三月，桐始華」，陶貞白以爲白桐，宋寇宗奭以爲梧桐，陶説近之矣。二桐之外，又有青桐，即梧桐之無實者。又有岡梧，早春開淡紅華，實大而圜，南人用之作油，亦名油桐，名罌子桐，名荏桐，名虎子桐，名紫華桐。宋羅願謂《湛露》詩「其桐其椅」乃此桐，恐無明據。如以「其實離離」證之，則朝陽之桐，何嘗不垂實乎？又《湛露》與《定之方中》皆桐、椅並稱，所指自應一種，榮桐實長寸餘，足當離離之目矣。

《唐》《陳》兩風及《四牡》《黄鳥》之栩，《車舝》之柞薪，《采菽》之柞枝，《緜》《旱麓》《皇矣》之柞棫，皆柞櫟也，即《爾雅》「栩，杼」是也。案，此木又名杼，樹高二三丈，小則聳枝，大則偃蹇，葉如櫧葉，木堅而理邪，故有不材之稱。四、五月著華黄色，子名芧，直吕切。又名橡，可染皂。亦名皂斗，儉歲可以禦飢。服食家亦用之，孫思邈所謂非果非穀而最益人者也。狙親去切。公之所賦，仲治之所拾，皆是物矣。《車舝》篇云「其葉湑兮」，《采菽》篇云「其葉蓬蓬」，可見其葉之蕃茂。但《車舝》喻姤女蔽君，故以「湑兮」爲譏。《采菽》喻才賢相繼，故以「蓬蓬」爲美。一木也，而美刺不同，詩人取興，豈有定乎？鄭箋云：「柞之葉新將生，故乃落。」

則又耐霜之木也。《鴇羽》《四牡》篇曰「苞」，苞訓稹，《旱麓》篇曰「瑟」，瑟訓衆，則又叢生之木也。至《秦風》之「苞櫟」，華谷以爲別木。

《唐》之「苞栩」，《秦》之「苞櫟」，皆有柞櫟之名，說《詩》者不明言其爲兩木。宋掌禹錫修《嘉祐本草》指爲一木，亦莫辨其非。惟嚴氏《詩緝》云《詩》有二柞櫟，謂《爾雅》「栩，杼」，《唐風》之「苞栩」是也；《爾雅》「櫟，其實梂」，《秦風》之「苞櫟」是也。《大全》於《唐風》不引「栩，杼」而引「櫟，實梂」，誤甚。今案，《草木疏》二風之柞、櫟各有釋，《藝文類聚》亦分柞、櫟爲二木，於柞引《爾雅》「栩，杼」及《車舝》《采菽》《旱麓》《緜》諸詩，於櫟引《爾雅》「櫟，實梂」及《秦風》「苞櫟」之陸《疏》，則嚴說非無據矣。

《草木疏》言榆之類有十種，葉皆相似，皮及木理異耳。今十種榆不可得而數矣，閒嘗考之《詩》及《爾雅》，有其七焉。《唐風》「山有樞」，《爾雅》：「藲，荎。」注云：「今之刺榆也。」陸《疏》云：「針刺如柘，葉如榆。」陳藏器《本草》謂「江東無大榆，有刺榆」是也。《陳風》「東門之枌」，《爾雅》：「榆，白枌。」此白榆也，郭注云「枌榆皮色白」是也，《本草》謂之零榆，入本經上品。其莢似榆錢，三月取其仁作糜羹，見《別録》。亦可收至冬釀酒，曬乾可作醬，謂之醔䤋。音茂豆，見《說文》及崔寔《月令》。《小雅・大東》「浸彼檴薪」，《爾雅》：「檴，落。」陸《疏》云「檴，今梛榆也。葉如榆，皮堅韌，可爲絙索甑帶，材可爲杯器」是也。《大雅・皇矣》「其灌其栵」，《爾雅》：「栵，栭。」注：「木似槲樕而庳小。」陸《疏》云：「葉如榆，木理堅韌而赤，可爲車轅。」栵本栗類，然元恪所言十種，惟取葉似栵、葉如榆，當亦榆類矣。此四者，《詩》《雅》俱載之。《唐風》「隰有榆」，此莢榆也，莢榆有赤、白二種，而白者名枌，則此其赤榆乎？《秦風》「隰有六駮」，陸《疏》云：「駮馬，梓榆，皮青白駮犖，遥視似馬。」然陸《疏》又引里語云：「斫檀不諦得繫音計。迷，繫迷尚可得駮馬。」則駮雖名榆，而亦似檀也。《爾雅》：「無姑，其實夷。」郭注云：「無姑，姑榆也。生山中。葉圜而厚，剥取皮合漬之，其味辛香。」《周禮·壺涿氏》謂之「牡橭」，午貫象齒以殺淵神者即此。《釋文》云：「橭音枯，亦音姑。亦榆也。」此三者，二見《詩》，一見《爾雅》，合前凡七矣。元恪所云十種，未知此得當其七否也？外此則《本草》有梛音郎。榆，皮味甘寒。《左傳》莊四年「楚子伐隨，卒於樠木之下」，孔疏以爲木似榆，俗呼爲朗榆。蓋樠、朗同音，《釋文》：「樠，郎蕩反。」正此木矣。又《廣雅》云：「杜仲，曼榆也。山榆，母估也。柘榆，梗榆也。」凡此皆得榆名。又案，《內則》甘旨之供，枌、榆與焉，後世亦有榆糜、榆醬，皆用其莢，是榆乃佳味。今人無食榆莢者，惟采其根、皮以和香劑，而歲饑則窮民食之。可見物之性味，古今不同甚矣。

楊揚起，柳下垂，《玉篇》云：「楊枝直不垂，柳垂條木。」此二木之辨也。然其爲類不一，其名亦互通。《王風》之蒲、《秦》《陳》二風之楊，即《爾雅》所謂「楊，蒲柳」也，亦名蒲楊，又名水楊，又名青楊，《左傳》所稱「萑蒲」及「董澤之蒲」者即此，葉廣長，條短勁，華與柳同。陸《疏》云：「有皮青、皮白二種，白者大楊，青者小楊，皆可爲箭幹。」《齊風》之「折柳」、《小雅·采薇》之「楊柳」、《小弁》之柳、《菀柳》之柳，即《爾雅》所謂「桑、柳醜，條」也，注云：「阿那垂條矣。」葉長枝輭，俗作軟。其華名柳絮，入水爲萍。古人春取火於榆柳，即此，陶貞白以爲即水楊者非是。《大雅·皇矣》之檉，即《爾雅》所謂「檉，河柳」也，郭注云：「今河旁赤莖小楊。」小幹弱枝，細葉如絲。名赤楊，又名朱楊，又名赤檉，又名雨師，又名垂絲柳，又名三春柳。氣能應雨，負雪不凋。一歲三華，華穗長三四尺，紅色如蓼。《衍義》云：「汴京甚多。」案，近世呼爲西河柳，醫家用之治小兒麻疹，即此木矣。《鄭風》之「樹杞」，即《爾雅》所謂「旄，澤柳」也，亦名杞柳。木理微赤，可爲車轂，其細條可爲箱篋，《孟子》所謂「爲桮棬」者即此，趙岐以爲柜柳矣。案，柜柳即《爾雅》「楥，音袁。柜枊」，音昂。郭讀枊爲柳，云「柜柳似柳」是也。《本草》作櫸柳，陶隱居云：「皮似槐、檀，葉如櫟、槲。」寇宗奭云：「謂檀非檀，謂柳非柳。」然則《爾雅》之旄與楥，殆一木乎？《召南》之「唐棣」、《秦風》之「苞棣」，即《爾雅》所謂「唐棣，栘」也。圜葉弱蔕，微風大搖，名栘楊，又名栘柳，又名高飛，又名獨搖。郭云：「似白楊。江東呼夫栘。」案，今通呼白楊，俗稱之誤也，自是一類而小別爾。其白楊不見《詩》《雅》，而《文選》十九首詩有之。

《漢廣》《綢繆》《葛生》《黄鳥》，《王》《鄭》兩《揚之水》，皆言「楚」。楚，荆也。荆有二，牡荆、蔓荆。楚乃叢木，非蔓生，其牡荆與？《神農經》名小荆，《圖經》名黄荆。《唐本》注云：「箠杖用此。牡荆枝勁作科，故稱牡，以別於蔓。蔓荆子大，牡荆子小，故又名小荆，亦宜於薪。」《本草綱目》云：「年久不樵，則樹大如盌。」「錯薪」「束楚」，皆樵用也。葛蒙焉，鳥止焉，非樵之餘，則未樵者也。凡木心圜，荆木心獨方，故卜龜用之。《緜》詩「爰契我龜」，疏以「契」爲「楚焞」是已。有青、赤二種，青者爲荆，赤者爲楛，嫩條皆可爲筥箱。古貧女以荆爲釵，即此二木也。《大雅》「榛楛濟濟」，陸《疏》謂「楛似荆而赤莖」，亦以二木爲同類。

禽蟲辨

嚴氏《詩緝》、黄氏《韻會》，皆謂郯子五鳩，備見於《詩》。今復合之《爾雅》，參之《本草》，分別其名，以爲說《詩》之一助。「鴡鳩氏，司馬」，杜云：「鷙而有別，故爲司馬，主法制。」即《關鴡》之「鴡鳩」，《爾雅》云「鴡鳩，王鴡」是也，注云：「江東人呼之爲鶚。」案，鶚，雕類，似鷹而土黄色，深目，好跱，又名魚鷹，《淮南子》謂之沸波，以其翺翔水上，扇魚令出也。鄭樵以爲梟類，《詩詁》以爲杜鵑，皆誤。「祝鳩氏，司徒」，杜云：「鷦鳩也。鷦鳩孝，故爲司徒，主教民。」即《四牡》《嘉魚》之鵻，《爾雅》云「隹其，鳺鴀」是也，注云：「今鵓鳩。」案，此鳥亦名辬鳩，小而灰色、大而辬如梨華點者不善鳴，惟項下辬如真珠者善鳴。掌禹錫曰：「秋分化爲黄褐侯，春分復爲辬鳩。」黄褐侯者，青鶵雛同。也，嚴氏以爲鵓鳩者誤。「鳲鳩氏，司空」，杜云：「平均，故爲司空，主平水土。」即《鵲巢》之鳩、《曹風》之鳲鳩，《爾雅》云「鳲鳩，鴶鵴」音菊。是也，注云：「今布穀。」《月令》「鷹化爲鳩」注謂之搏穀、搏布，音相近矣。似鷂，長尾，又名鴶鵴，又名穫穀，又名郭公，皆因其聲之似也，《方言》以爲戴勝者誤。嚴《緝》用歐陽氏説，謂《鵲巢》之鳩非鳲鳩，亦謬。「爽鳩氏，司寇」，杜云：「鷙，故爲司寇，主盜賊。」即《大明》之鷹，《爾雅》云「鷹，鶆音來。鳩」是也，注云：「鶆，當爲鷞字之誤。」鷹與鳩同氣禪化，故亦稱鳩矣。「鶻鳩氏，司事」，杜云：「春來冬去，故爲司事。」即《小宛》之鳴鳩、《氓》詩食桑葚之鳩，《爾雅》云「鶌鳩，鶻鵃」是也，注云：「似山鵲而小，多聲。」案，此鳩春來秋去，好食桑葚，易醉而善淫，其音啁啁嘲，其尾屈促，其羽如繿縷，飛翔不遠，《莊子》謂之鷽鳩。鄭樵以爲鸜鵒者誤，黄氏以鳴鳩非鶻鵃，亦誤。此所謂五鳩也。《爾雅》又有「鵶鳩，鵧鷑」，注云：「小黑鳥，自呼，江東名爲烏鵙。」此在五鳩之外，亦不見《詩》。

雉類甚多，《説文》數其名有十四：一盧諸雉，二喬雉，三鳪雉，黄色。四鷩雉，五秩秩海雉，色黑，在海中山上。六翟山雉，七翰雉，八卓雉，九伊洛而南曰翬，五采備。十江淮而南曰摇，十一南方曰𠃬，十二東方曰甾，十三北方曰稀，十四西方曰蹲。此皆見《爾雅》而微不同，《爾雅》「盧」作「鸕」，「喬」作「鷮」，「翟」作

「鸐」,「翰」作「雗」,「卓」作「鵫」,「摇」作「鷂」,「⿱彐丁」作「⿱彐号」,「甾」作「鶅」,「稀」作「鵗」,「蹲」作「鷷」。又景純合雗雉、鵫雉爲一鳥,云「今白鵫也,江東呼白雗,亦名白雉」,則爲十三種矣。《左傳》「五雉」,杜注以翬雉及四方雉當之,惟南方則曰翟,不曰⿱彐丁。彼疏謂説本賈逵,但不知逵又何本。況以五雉配五工正,鷷雉攻木,鶅雉摶埴,翟雉攻金,鵗雉攻皮,翬雉設五色。亦逵與樊光之説,杜何弗從也? 其見於《詩》,曰「右手秉翟」,曰「其之翟」,曰「翟茀以朝」,此翟雉也;曰「如翬斯飛」,此翬雉也;曰「有集維鷮」,此鷮雉也。別名止此三者,其餘言雉,皆其統名。《爾雅》又有寇雉名鵽鳩,又名泆泆,注云「出北方沙漠」,《本草拾遺》名突厥雀。斯非中國鳥,故《説文》十四雉弗與焉。

十四雉,其三見《詩》,翬雉、翟雉、鷮雉是也。翬雉素質,五色備,生伊洛之南。王后褘衣爲六服之首,刻繪其形,其雉類之貴者乎? 《斯干》取其飛以比宫室,鄭以爲形貌之顯也。翟雉,《爾雅》謂之山雉,注云「長尾者」,故萬舞則右手秉之,后夫人以飾衣,又用爲車蔽,皆取其文采也。鷮雉尾又長於翟,能走且鳴,性耿介,故詩人以興碩女。鷮、翟二雉,俗通呼爲翟矣,翟雉亦名山鷄。然山鷄有四種,鷮、翟外,鷩雉、錦鷄是也,皆有彩毛,鷩雉在首,錦鷄在腹。錦鷄小於鷩雉,文尤燦爛,《爾雅》「鶾,天鷄」乃此鳥矣,郭引《周書》「文鶾」證之。

黄鳥四見《爾雅》:一「皇,黄鳥」,二「倉庚,商庚」,三「鵹黄,楚雀」,四「倉庚,鶩黄」也,爲名凡六焉。其名又曰黄鸝留,曰黄栗留,曰黄鸎,鶯同。曰長股,曰摶黍,曰黄袍,見《夏小正》《毛詩》傳、陸璣《詩疏》諸書。其咏於《詩》,止黄鳥、倉庚兩名。《埤雅》云:「名黄鳥者皆興,名倉庚者皆賦。」此特鄭説耳,《東山》之倉庚,毛不以爲賦也。至鶯字雖見《詩》而非鳥名。其《伐木》之「鳥鳴」，先儒説《詩》，莫著爲何鳥，宋羅願以鶯當之，引《禽經》「鶯鳴嚶嚶」爲證，又言鶯是蟄鳥，冬以泥自裹，至春破土而出，此正出谷遷喬之事。案，《禽經》後人譌撰之書，其言不足據信，惟出谷之解，於理可通，良不謬也。又案，《玉篇》云「鶯，有友鳥」，殆指《詩》求友語，則以《伐木》之鳥爲鶯，其來古矣。

鷹、鸇、鶚、鵰、隼，皆鷙鳥也，而皆見於《詩》。《周南》之鴡鳩，鶚也，即《爾雅》之王鴡。《秦風》之晨風，鸇也，《爾雅》亦云：「晨風，鸇。」注以爲「鷂屬」，陸《疏》亦言「鸇似鷂，青黄色」。是鸇、鷂别鳥也。《原始》合鸇、鷂爲一，《藝文類聚》又合鸇、隼、鷂爲一，引《詩義問》云：「晨風，今之鷂。」又引《詩義疏》云：「隼，鷂也。」俱非是。《四月》之鶉，鵰也，《説文》「鶉」作「鷻」，云「鵰也，从鳥敦聲」。與鶚同類而别鳥，似鷹而大，長尾短翅，土黄色，其皂者即鷲也。《采芑》之隼，隼也，《爾雅》：「鷹、隼醜，其飛也翬。」陸《疏》以爲鷂屬。又名擊征，又名題肩，《廣雅》作鵅鵳。又名雀鷹，性捷黠，以中之爲俊，故《猗嗟》射侯之正，取斯鳥名矣。《大明》之鷹，鷹也，《爾雅》謂之鶆鳩，與鳩同氣，故亦名鳩。頭有毛角，亦名角鷹。五者皆鷙鳥也，《詩》以鶚喻后妃，以鸇喻賢者，而隼以喻將士，鷹以喻尚父，惟鵰爲貪殘之喻，取興豈有定乎？《説文》又以鳶爲鷙鳥，然《爾雅》云：「鳶，鳥醜。」《旱麓》箋云：「鳶，鴟類。」《莊子》亦言其銜腐鼠而嚇鵷鶵，此正茂先所謂「不善搏擊、貪於攫肉」者，《四月》詩雖與鶉並舉，要非其倫。

《小雅》有兩桑扈，《爾雅》亦兩釋之。《埤雅》謂啄粟之桑扈，以性之竊脂言，即《爾雅》之對「剖葦」者是；鶯羽之桑扈，以色之竊脂言，即《爾雅》之對「竊丹」者是。此解與郭注合，於義允矣。陸《疏》解竊脂爲竊取脂肉，正指《小宛》桑扈言也。李時珍非之，誤矣。李又謂桑扈毛蒼褐色而有黄點，其淺黄、淺白、淺青、淺黑、淺玄、淺丹皆喙色，非毛色也，當必有據。

烏有四種，而三見於《爾雅》。慈烏反哺，小而純黑，又謂之孝烏。雅俗作鴉、鵶。烏不反哺，巨喙，腹下白，《爾雅》「鸒斯，鵯鶋」音匹居，毛傳作卑居。是也。燕烏似雅烏而大，白項而群飛，又名鶷鶡，《爾雅》「燕，白脰烏」是也。山烏似雅烏而小，赤觜，穴乳，出西方，《爾雅》「鸀，山烏」是也。惟不著慈烏，至云「烏、鵲醜，其掌縮」，則四烏兼之矣。《詩·小弁》之鸒斯，雅烏也，餘烏則未有以定之。

鴟，《説文》云「䳠是爲切。也」，徐曰：「俗呼爲鷂，一曰鳶也。」是鴟乃貪殘之鳥，非怪鳥也。然怪鳥多取名焉，《爾雅》鴟鴞、茅鴟、怪鴟、梟鴟皆是，郭注鵂鶹、鴟鵂亦然。

蟬有多種，蟬與蜩，其大名也。《爾雅》別其類有七，而總稱之曰蜩。一蜋蜩，注引《夏小正》傳釋之，《夏小正》云「五月良當作蜋。蜩鳴」，傳云「良蜩者，五采具」是也。二螗蜩，《夏小正》「五月唐蜩鳴」，傳：「唐蜩者，匽。」郭亦引之，引唐作螗，匽作蝘。又云「俗呼爲胡蟬，江南謂之螗蛦」是也。案，此兩蜩皆以五月鳴，《月令》仲夏之月蟬始鳴，《周書·時訓解》云：「夏至又五日，蜩始鳴。」其兼指兩蜩與？《方言》以蜋蜩爲一蜩而二名，《漢書》師古注以螗蜩爲蛁蟧，皆誤。三「蚻，蜻蜻」，注云：「如蟬而小。《方言》曰：『有文者謂之螓。』《夏小正》曰：『鳴蚻，虎縣。』」案，《夏小正》云「四月鳴蚻」，傳云「蚻者，寧縣也。鳴而後知之，故先鳴而後蚻」是已，又名麥蚻。四「蠽，音節。茅蜩」，注云「江東呼爲茅蠽，似蟬而小，青色」是也。五「蝒，音緜。馬蜩」，注曰：「蜩中最大者爲馬蟬。」《本草》謂之蚱蟬，入本經中品。《別録》云：「蚱蟬生楊柳上，五月采烝。」

隱居云「此云柳上，乃《詩》云『鳴蜩嘒嘒』者，形大而黑，五月便鳴。俗云『五月不鳴，嬰兒多災』」是也。六「蜺，寒蜩」，注云：「寒螿也，似蟬而小，青色。」《月令》曰：「寒蟬鳴。」鄭注云「寒蟬，寒蜩，謂蜺」是也。七「蜓蚞，螇螰」，注云「即蝭蟧也，一名蟪蛄，齊人呼螇螰」是也。案，《夏小正》《月令》《時訓解》皆以寒蟬鳴爲七月之候，郭注既引《月令》以證蜺，則三書所稱，當同爲一物。然《小正》傳云：「蟬也者，蝭蠑也。」蝭蠑應即蝭蟧，是螇螰，而非寒蟬之二蟲者，其皆鳴於秋與？隱居謂蛁蟟同虭蟧。又音刀聊。色青，以七八月鳴，寒螿聲凄急，於九、十月鳴。李時珍注云：「秋月鳴而青紫色者曰蟪蛄，曰虭蟧，曰蜓蚞，曰螇螰，曰蛥蚗。音舌玦。小而色青赤曰寒螿，曰寒蜩，曰寒蟬，曰蜺。」是二蜩同一物，形色小異耳。至蟪蛄之名，《埤雅》引《莊》《騷》之文《莊》云：「蟪蛄不知春秋。」此夏蟬，見《逍遥游》。《騷》云：「歲莫兮不自聊，蟪蛄鳴兮啾啾。」此秋蟬，見《招隱士》。以爲可兼夏、秋之蟬，信矣。其郭注所云蟪蛄，則專目秋蟬也。今合之於《詩》，《碩人》之「螓首」，《爾雅》之蚻也；《蕩》之「如螗」，《爾雅》之螗蜩也；《豳》之「鳴蜩」，《爾雅》之蜋、螗、馬三蜩也；《小弁》之「鳴蜩」，則獨指馬蜩也。其《蕩》之「如蜩」，乃《爾雅》總名之蜩爾。又有䗥音甯。母，二、三月鳴，小於寒螿，見陶隱居《别録》，而《詩》《雅》俱弗載焉。

《爾雅》謂「螽醜，奮」，而列螽之類凡五，其三見於《詩》。案，許慎以蝗爲螽，蔡邕以螽爲蝗，凡經傳專言螽者，即蝗也，取《名物疏》之説。如《春秋》經書螽者是。或據《漢書·五行記》，於春秋則名螽，於漢則名蝗，證螽、蝗非一物，殊不知名螽者，襲麟經之舊文，名蝗者，從漢世俗偁耳，元非二蟲也。至《爾雅》所列五螽，皆别以他名，特蝗類而已。《詩·周南》「螽斯」，即《豳風》「斯螽」，《爾雅》「蜤螽，蜙蝑」是也，亦名春黍，亦名蜙蝬，亦名春箕。陸璣以爲蝗類，五月以股相切作聲者也。嚴《緝》乃謂螽蜇是阜螽，而非蜇螽，謬矣。《詩》「草蟲」，《爾雅》「草蟲，負蠜」是也，又名常羊，陸璣以爲大小長短如蝗，好在草茅中者也，羅願謂即蚯蚓者誤。《詩》「阜螽」，《爾雅》「𧒂皀同。螽，蠜」是也，李巡、陸璣皆以爲蝗子，陳藏器以爲狀如蝗，有異辮。又有「蟿音契。螽，螇蚸」，郭注以爲似蚣蝑而細長。又有「土螽，蠰谿」，郭注以爲似蝗而小。二螽不見《詩》，亦大類而小別者乎？《本草綱目》云：「數種皆似蝗，而大小不一，長角，修股，善跳，有青、黑辮數色，亦能害稼。性不妒忌，一母百子。五月動股作聲，至冬入土穴中，芒部夷人食之。」要之，《爾雅》云「螽醜，奮」，注云「好奮迅作聲」，此足見螽之性狀矣。五螽惟阜螽先儒異説，李、陸二家直指爲蝗，藏器以爲似蝗，《埤雅》以爲今之蚱蜢，青色，飛不能遠，未知孰是。顔師古注《漢書》，以螽爲阜螽，祖李、陸之説也，嚴《緝》釋螽蜇，又因而加誤。

鱮好旅行，鱒好獨行，二魚命名以此。鱅似鱮而頭大於鱮，鯇似鱒而形大於鱒。鱮亦名鰱，鯇亦名鯶，皆常魚也。

鱣、鮪同類，而鱣大鮪小，鱣背有甲，鮪背無甲，爲不同耳。鱣又名黄魚、蠟魚、玉板魚。鮪又名鱘魚，又名䱜鰽。莫贈切。《吴都賦》「筌䱜鰽」。鮪又有大、小二種，大者王鮪，小者鮛音叔。鮪，亦名鮥子，見《爾雅》及郭注。案，《周禮》言「獻鮪」，《月令》言「薦鮪」，《夏小正》言「祭鮪」，俱不及鱣。《詩·潛》敘亦言「季冬薦魚，春獻鮪」，是鮪必特薦，鱣僅與諸魚並列而已，可見古人貴鮪而賤鱣也。今鱘魚味甚美，較黄魚實勝云。

毛詩稽古編卷二十九

吴江陳處士啓源著

數典

祀典

鄭玄、王肅論郊祀各不同，鄭謂天有六天，歲有九祭。王謂天惟一天，歲止二祭。六天者，天皇大帝及五精帝也。九祭者，冬至圜丘，祭天皇大帝，配以帝嚳，爲一祭，《大司樂》「地上之圜丘」、《大宗伯》「禋祀昊天上帝」、《祭法》「禘嚳」是也。夏正月祈穀於南郊，祭感生帝，配以后稷，又爲一祭，《郊特牲》「迎長日之至」、《春秋》書「郊」、《左傳》「啓蟄而郊」、《祭法》「郊稷」是也。夏祈穀於南郊，偏祭五精帝，配以五人帝，又爲一祭，《春秋》經及《月令》「大雩」、《左傳》「龍見而雩」是也。四時及季夏迎氣，祭五精帝，亦配以五人帝，又共爲五祭，《小宗伯》「兆五帝於四郊」、《月令》「迎氣於四方」是也。季秋大饗明堂，祭五精帝，配以五人帝及文、武，又爲一祭，以文配五帝曰祖，以武配五帝曰宗，《月令》「大饗帝」、《孝經》「宗祀文王於明堂，以配上帝」、《祭法》「祖文王何佟之曰：「《孝經》，周公攝政時，故文言宗。《祭法》，成王反位後行，故文言祖。」而宗武王」是也。合之凡九矣。王則謂圜丘即郊，日至與孟春止祭一天，其迎氣與明堂皆祭人帝，非祭天。後儒各宗其師說，故歷代郊祀之制，互有變易。宋儒主王，惟明堂之祭，仍以爲上帝云。以鄭學言之，其樂章則圜丘歌《昊天有成命》，明堂歌《我將》，春祈穀、夏大雩皆歌《噫嘻》，而《商頌・長發》大禘，亦圜丘所歌也。至迎氣之樂章，則《周頌》無文焉。又玄鳥至之日郊禖祈祭，亦祭感生帝，而配以先禖，《生民》「克禋克祀」是也，此在九祭之外。

社稷歲凡三祭，其二祭見《詩》。《載芟》「祈社稷」，此春祭也，《月令》「仲春命民社」指此。《甫田》「以社以方」、《良耜》「秋報社稷」，此秋祭也。又一祭在孟冬，《月令》「大割祀於公社」是也，《詩》未及焉。案，王、鄭論社稷亦多異議，謂社祭句龍，稷祭后稷，是人鬼，非地神者，此孔安國、賈逵、馬融之說，而王肅祖之者也。謂社是五土總神，而句龍配之，稷爲原隰之神，而后稷配之，此鄭玄之說，而其徒馬昭等述之者也。肅與昭等往復辨難，不啻聚訟，後儒莫能定其是非焉。

七廟之說，王、鄭亦不同。鄭謂周止祭四代及大祖，合文、武二世室而爲七廟。王謂七廟爲天子常禮，二世室在七廟之外。二說之是非，止據《商書》「七世之廟」一語可斷之矣。鄭信韋玄成議而不見《古文尚書》，故有此謬。然王氏之說，實祖《禮器》《王制》《荀卿書》《穀梁傳》及劉歆、馬融之言，其來已久，鄭何弗之信乎？

先儒言禘祫，其說有三。鄭玄以爲祫大而禘小，王肅、張融、孔晁之徒以爲禘大而祫小，賈逵、劉歆、杜預之徒以爲禘、祫一禮而二名。古經缺略，無由斷其孰是，以鄙見論之，賈、劉、杜之說長也。孔疏釋

《詩》，專據鄭箋爲説，而鄭之言禘，則有四焉：圜丘祭天而配以嚳，一禘也；南郊祭感生帝而配以稷，二禘也；大宗伯以饋食享先王，即五年再殷祭。三禘也；致新主於廟，遠主當祧，因大祭以審昭穆，四禘也。四者二祭天，二祭廟，皆得禘名矣。《周頌·雝》篇，五年之禘也。《商頌·長發》，南郊之禘也。宋儒則從王義。

樂舞

《禮記》「下而管《象》」「成童舞《象》」，鄭注以爲《大武》。蓋《周頌》有二象，《維清》「奏《象》舞」，象文王之事，《武》「奏《大武》」，象武王之事。《左傳》季札所見舞《象》，文王之象也。《禮器》《文王世子》《内則》《明堂位》《祭統》《仲尼燕居》所云《象》，皆武王之象也。《武》詩則簫管以吹之，故云管《象》。《武》樂則干戚以舞之，故曰舞《象》。

先王不制夷禮而制夷樂，《白虎通》曰：「先王推行道德，和調陰陽，覆被夷狄，故制夷狄樂。何不制夷禮？禮者，身當履而行之，夷狄不能行禮也。」特設韎師、鞮屨氏二職以掌之。魯大廟亦納夷蠻之樂，然有舞而無聲，與雅樂不同，止以美大王者之德，無所不被耳。又周之王化，先致南方，武王伐紂誓師，獨舉八國，而髳、微、庸、濮，皆南蠻可見也，故南樂尤重焉。旄人以教國子，胥鼓其節，而《鼓鐘》詩舉南樂以總四夷，毛、韓二家皆云「示德廣之所及」，必有本矣。宋儒不信古義，遂妄解爲二《南》。

禮　制

王伯厚應麟。言「康成釋禮，其經傳無明文者，輒引漢禮證之」。蓋漢世去古未遠，其制度猶有三代之遺，用此證彼，或可得其彷彿耳。今以見於《詩》者言之。抱裯，漢抱帳也。副，漢步揺也。六珈，步揺上飾也。卿士之館，《緇衣》。諸廬也。重喬，所以縣毛羽也。疏云「猶今之鵝毛纛」，則又證以唐制。汕，撩罟也。邪幅，行縢也。醻，今之勸酒也。簫，賣餳者所吹也。春酒，中山冬釀也。戈，今之句孑戟也。以至《有瞽》樂器，則大予樂可據也。挈壺之刻漏，玉瓚、大斗之尺寸，則漢之禮器猶存也。然猶不敢質言之，僅曰某若今之某云爾。後世去古彌遠，即漢制已不可考，何況三代，乃欲執近事以測古經，如據韓愈《畫記》以釋「載獫歇驕」，據《大隄曲》以釋「漢有游女」，據姚崇焚蝗之令以釋「秉畀炎火」，據漉魚叉網以釋「月離于畢」，據俗諺「籬頭吹篳篥」以釋「一之日觱發」，皆非吾所敢信。

土　田

成周土田之制，鄉遂、都鄙不同。鄉遂之法，溝洫以授田，貢以制賦，比伍以調兵，《遂人》「夫間有遂，遂上有徑」，至「萬夫有川，川上有路」，此溝洫法也，而以什一貢法制賦。至調兵，則《小司徒》「五人爲伍」，至「五師爲軍」，又「凡起徒，毋過家一人」，是一家出一夫，一鄉出一軍，此比伍法也。都鄙之法，井田以授田，助以制賦，邱乘以調兵，《小司徒》「九夫爲井」，至「四縣爲都」，此井田法也，而以九一助法制賦。至調兵，則

《司馬法》甸方八里，實六十四井，出兵車一乘，甲士三人，步卒七十二人，馬四匹，牛十二頭，此邱乘法也。溝洫以十起數，井田以九起數，比伍以家起兵，邱乘以田起兵，比伍一家出一人，邱乘七家出一人，此其異也。陳潛室《木鐘集》論之甚詳。今案，《良耜》之「百室」，箋以爲共洫而耕，共族而居，其鄉遂乎？《信南山》之「禹甸」，箋以爲甸方八里，居一成之中，《甫田》之「十千」，箋以爲成方十里，其田萬畝，其都鄙乎？《噫嘻》之「三十里」，箋以爲萬夫之地，疏以爲與公邑、采地共爲部，詳見本詩。其兼乎鄉遂、都鄙乎？

梁名

梁之名，所施甚多，而《詩》有其四。「無逝我梁」「在彼淇梁」「維鵜在梁」「鴛鴦在梁」「有鶖在梁」，皆漁梁也。石絶水爲堰，而笱承其空，《天官・䱷人》「爲梁」、《王制》「虞人入澤梁」指此。「如茨如梁」，橋梁也，以木爲之，《月令》「謹關梁」、《周語》「十月成梁」指此。《爾雅・釋宫》「隄謂之梁」，郭氏解之，兼上二梁矣。「造舟爲梁」，浮梁也，雖用以渡水而異於橋，惟天子得乘之。「五楘梁輈」，車上之梁也。毛云「輈，上句衡」，謂輈稍曲而上至衡，從衡上而下句之，則衡横於輈下，如屋之梁也。輈，亦名轅。以上爲梁者四，而棟梁不與焉。

門室

天子有五門，最外曰臯門，次内曰庫門，又内曰雉門，又内曰應門，最内曰路門。外朝在臯門内，治朝在應門内，燕朝亦名路寢，在路門内，所謂三朝也。路門亦名畢門，亦名虎門，亦名寢門，以其内有路寢也。路寢之內，有小寢五，是爲王之六寢。六寢之內，則爲后之六寢，亦謂之六宮。康成曰：「婦人稱寢曰宮，正寢一，燕寢五。」與王同。諸侯有庫、路、雉而無皋、應，惟魯以周公故，庫、雉二門得兼天子皋、應之制，然止三門而已，無五門也。

牖下，通明之地也，朱子以奧當之；屋漏，當白之處也，朱子以暗室稱之，殆未循名而覈實乎？

器用

人輓車曰輦，《周禮》注引《司馬法》曰：「夏后氏謂輦曰余車，殷曰胡奴車，周曰輜車。」又曰：「夏后氏二十人而輦，殷十八人而輦，周十五人而輦。」《宋書》及《通典》皆曰夏之末代所造，井丹亦云桀駕人車。然輦之爲用，行則載任器，止則爲蕃營，師旅、田役用之，不以乘也。《周禮》小司徒、鄉師、縣師、稍人、均人、遂人所掌者，是皆供徒役之用。《詩·車攻》傳以「徒」爲「輦」者，爲田獵也。《黍苗》篇「我輦」，爲城謝也。《何草不黃》篇「有棧之車」，箋云「輦者」，爲用兵不息也，皆以載任器。惟《巾車》掌王后五路，有輦車。《左傳》晉范宣子使「二婦人輦而如公」，齊子尾「疾於公宮，輦而歸」，衛公叔文子「輦而如公」，此俱用以乘。然王后止乘於宮中，三子或遇變，或疾，或老，皆非其常也。桀無故而駕之，則世以爲譏矣。黃公紹謂「王朝步自周」，步爲步輦，恐不可信。

禮，簠方而簋圜，簠盛稻粱，簋盛黍稷。然用簠則簋從，用簋或不設簠，簋亦以盛稻粱，故古書言簋，多不言簠。凡言二簋者，稻、粱也，諸侯日食以之，若用享則薄矣，故《易》曰「應有時」也。四簋者，加以黍、稷，諸侯朔月食之，而養賢者以爲平常燕食，則禮待之隆也。六簋者，加以麥、苽，天子朔月食之。若盛舉，則稻、粱各二，合黍、稷、麥、苽，是爲八簋，《伐木》篇「陳設八簋」是也。又有十二簋，王者以待諸侯，而上大夫八簋，下大夫六簋，此則禮食所用，不同於常食矣。

圜曰筥，方曰筐。筐五斛，筥五升，筥小而筐大。然筐之爲制又不同，大筐五斛，小筐五升；深者爲懿筐，淺者爲頃筐。采桑欲其多容，故取其深。卷耳易盈，摽梅將盡，則用其淺而已。《鹿鳴》之筐，以受幣帛，《楚薺》之筐，以受黍稷牢肉，鄭義。《采蘋》之筐，以受蘋藻，《采菽》之筐，以受豆藿，《良耜》之筐，以受饁餉之黍，而與筥偕者三焉，其小筐乎？若大筐，則盛米以饋，聘賓用之。

射有鵠，有正，有質，而的其總名也。大射射皮侯，的以鵠製皮爲之。賓射射采侯，❶的以正采畫爲之。燕射射獸侯，的以質畫熊、麋、虎、豹、鹿、豕之形爲之。《猗嗟》「不出正」，此賓射也。《賓之初筵》箋云「舉鵠而棲之於侯」，此大射也。經云「發彼有的」，傳云「的，質」，此燕射也，毛以首章爲燕射矣。鄭衆、馬融、王肅謂鵠大於正，正大於質，共在一侯，皆誤。惟康成據《周禮》分爲三射之侯，獨得之。陸佃言皮侯無正有鵠，采侯有鵠無正，獸侯有質無鵠、無正，是也。質亦采畫，但正畫五色，質畫各獸之形爲異，則質亦可謂正。案，質亦名埶，《行葦》傳云「已均中埶」，箋云：「埶，質也。」疏以質爲正、鵠之總名。又正亦作鴊，鴻鵠、擊鴊皆鳥也，鵠高遠，鴊捷黠，以中之爲俊，故的取名焉。

---

❶「賓」，原作「實」，據康熙抄本、大全本、《四庫全書》本、嘉慶本改。

《司常》「九旗」，曰常也，旂也，旜也，亦作旃。物也，旗也，旟也，旐也，旞也，旌也。常、旂、旟、旐、旌，五者皆見《詩》。《鄘》之「干旄」，毛以爲旃，《鄭》以爲旃與物，則二者亦見《詩》。《詩》得九旗之七，而於旂尤屢及之。《出車》《采芑》之旂以出師，《庭燎》《采菽》《載見》之旂以朝於王，《玄鳥》之旂以助祭，《閟宮》之旂以承祭，《韓奕》之旂天子所賜，皆諸侯事也。九旗中，常最尊而旂即次焉，天子建常，諸侯建旂，非他人可得假，故《詩》咏旂，專目諸侯矣。《爾雅·釋天》亦詳旂制，大約竿首設旄，旄首注旌，九旗所同，而旂竿則綢以素錦。《韓奕》之「綏章」，毛云「大綏」，指竿首之旄也，下以纁帛爲縿，音衫。而衆旒著焉。旒有九，《詩》所云「央央」「淠淠」「陽陽」「茷茷」，皆旒縿之貌狀也。畫素龍於縿，故《載見》《閟宮》《玄鳥》三詩皆言「龍旂」也。縣鈴於竿首，故《載見》又言「和鈴央央」也。至於綦組之飾，與諸旗等耳，而朱縷以維持之，則同於大常。案，王之金路亦建大旂，此或王之旂制乎？諸侯旒不曳地，當不必用縷維矣。

馮氏《名物疏》引《左傳》楚子元、魯陽虎之旆，證《六月》詩「白旆」是軍前大旗，當矣。至以昭十三年晉「治兵邾南。辛未，建而不旆。壬申，復旆之」，爲大將所建大旗，則不然。凡經傳用字有虛實，此傳之旆乃虛字耳。《曲禮》「武車綏旌，德車結旌」，注云：「綏，舒垂之也。結，收斂之也。」傳「不旆」即收斂之謂，「旆之」即舒垂之謂，非實指旗幟之名也。《小雅》「胡不旆旆」，與《左傳》「不旆」「旆之」同義，其「白旆央央」「悠悠旆旌」，方是旗幟之名。案，《司常》「九旗」不列旆名，《爾雅》「長尋曰旐，繼旐曰旆」，注云：「帛續旐爲燕尾。」孔仲達亦謂旆是旗之尾，意無燕尾爲旐，有燕尾爲旆，此其異乎？《巾車》「革路，建大白以即戎」，注以「大白」爲「殷旗」，鄭荅趙商以爲王不親將，故建先王之正色。又《釋名》云：「白旆，殷旌也，帛繼旐者也。」然則白者，旆之色，繼旐者，旆之形也。《詩》之「白旆」、《左傳》之「大旆」及諸旆，皆戰伐時所建，則旆即大白無疑。

佩　玉

古之君子必佩玉，亦用以充耳。然惟天子純用玉，下此皆雜用石。其見於《詩》者，如《鄘風》「玉之瑱也」，《衛風》「充耳琇瑩」、《小雅》「充耳琇實」，皆充耳也。如《鄭風》「佩玉瓊琚」、《王風》「貽我佩玖」、《秦風》「瓊瑰玉佩」、《大雅》「何以舟之，維玉及瑤」，毛云：「舟，帶也。」鄭云：「玉瑤，容刀之飾。」皆佩也。《宁》詩之「瓊華」「瓊英」「瓊瑩」，毛以爲佩，而鄭以爲充耳。《木瓜》之「瓊琚」「瓊瑤」「瓊玖」，經雖不言所用，然琚見《鄭風》，玖見《王風》，瑤見《大雅》，皆以爲佩名，則此三者亦佩也。今考之毛傳，惟瓊云「玉之美者」，琚云「佩玉名」，瓊玖云「玉名」，其「琇瑩」「琇實」及《衛》之「瓊瑤」、《齊》之「瓊華」，皆云「美石」，《王》之「佩玖」、《齊》之「瓊瑩」、《秦》之「瓊瑰」，皆云「石似玉」。❶至《齊》之「瓊英」，毛無傳，而鄭以爲「猶瓊華」，則亦美石也。孔疏又以《王》之「佩玖」例《衛》之「佩玖」，謂玖亦非全玉。然則《詩》言瑱佩，止瓊琚是全玉耳，餘皆石也。但英、瑤、玖、瑰、瑩諸名，俱合瓊爲文，則玉、石兼用可知，蓋古制如此，其説必有本矣。黄公紹《韻會》譏毛傳爲

---

❶「似」，原作「次」，嘉慶本同，據康熙抄本、大全本、《四庫全書》本改。

非，而自爲之解，以玉之生成比之草木，謂「瑩猶草木之榮，玉之始生也，英爲玉之最美，華爲玉之方成，實爲玉之既成，亦猶草木之英華與實也」，斯穿鑿之見已。況《爾雅》「木謂之華，草謂之榮，榮而不實謂之英」，是三者之在草木，元不得有生成之別。黄欲釋玉，而先誤釋草木，將焉欺乎？

衣　裘

王之吉服九，其六冕服，其三弁服。冕服六者，大裘而冕也，衮冕也，鷩冕也，毳冕也，絺冕也，玄冕也。弁服三者，爵弁也，皮弁也，冠弁也。公之服，自衮冕而下如王。侯、伯，自鷩冕而下如公。子、男，自毳冕而下如侯、伯。孤，自絺冕而下如子、男。卿、大夫，自玄冕而下如孤。士則爵弁。冕服皆玄衣纁裳，爵弁服純衣纁裳，緇帶韎韐，皮弁服素衣素積，緇帶素韠。冠弁亦謂之玄冠，亦謂之委貌，其服謂之朝服，緇衣素裳。九服，惟大裘不見《詩》。《九罭》之「衮衣」、《采菽》之「玄衮」，衮冕服也。《唐風》之「七衣」，鷩冕服也。《大車》之「毳衣」，毳冕服也。《采菽》之「黼」，絺冕服也。《終南》之「黻衣繡裳」，玄冕服也。《瞻彼洛矣》之「韎韐」、《周頌》之「絲衣」「載弁」，爵弁服也。《淇澳》之「會弁」、《終南》之「錦衣狐裘」，皮弁服也。《召南》《鄭》《唐》《鄶》之「羔裘」、《鄭》之「緇衣」，冠弁服也。外又有服弁服，凶服也；弁絰服，弔服也；韋弁服，戎服也；在九服之外矣。而韋弁服亦見《詩》，《東山》之「裳衣」，《六月》之「常服」「我服」，《采芑》之「命服」皆是。又有玄端服，亦玄冠玄衣，與朝服同，而裳不用素爲異。上士玄，中士黄，下士雜色，天子、諸侯皆以朱。天子視朝以皮弁，諸侯視朝以朝服，大夫、士在私朝以玄端冕服。爵弁服，絲衣也，中衣用素。皮弁服、朝服，麻衣也，中衣用布，即十五升布。所謂帛不裹布也。《唐風》之「素衣朱襮」，諸侯冕服之中衣也，謂之繡黼丹朱，惟君得服之，大夫、士中衣得用素衣，不得用朱襮矣。若夫《鄶風》之「狐裘」，則息民之祭服也。《曹風》之「麻衣」，則深衣也。《鄶風》之「素冠」，毛以爲練冠，鄭以爲祥冠也。《鳲鳩》之「騏弁」，雜色之弁也，《顧命》特設此服，非禮之常服也，故鄭以「騏」爲「綦」，理或然也。《秦風》之袍、澤，褻服也。《無羊》之蓑、笠，野服也。《都人士》之「緇撮」，則大古之冠，而用爲始加者也。

褘衣、褕翟、闕翟，鞠衣、展衣、褖衣，此王后之六服也。其色，經傳無文，惟展衣用丹縠，見毛傳耳。孫毓以爲褘衣赤，褕翟青，闕翟黑，鞠衣黃，展衣赤，褖衣黑。鄭玄以爲褘衣玄，褕翟青，闕翟赤，鞠衣黃，展衣白，褖衣黑。褕翟、鞠衣、褖衣，兩家所説色同，餘三服則異，要皆臆説難信。約而論之，三翟本象雉，而鷂褕同。雉青質，則鄭説近之。鞠似麴塵，又象桑葉始生，宜爲黃色。而以丹縠爲展衣，毛説必有本。則鞠、展之色，當以孫説爲正。男子褖衣色黑，則婦人亦宜然。兩家説同，亦有徵信者也。至褘衣之爲赤爲玄，闕翟之爲赤爲黑，無可據矣。其見於《詩》，則《葛覃》之「澣衣」，毛以爲「副褘盛服」，鄭以爲褘至褖皆是也。《采蘩》之「被」，展、褖二衣之首飾也。《邶》之「綠衣」，鄭以爲褖衣也。《君子偕老》之「鬒笄」，褘衣、褕翟之首飾也。象服，鄭以爲褕翟、闕翟也。「其之翟」，亦此二翟也。「其之展」，展衣也。惟鞠衣弗及焉。

裘有狐裘，❶有羔裘，有麑亦作麛。裘，有豹，有貍，而羔裘之用最多。大裘而冕，黑羔裘也。五冕之服，

❶「狐」，原作「孤」，據康熙抄本、《四庫全書》本、嘉慶本改。按，大全本此處爲缺頁。

爵弁服、冠弁服，皆黑羔裘。天子、諸侯燕居，玄端服，亦黑羔裘。《詩》之羔裘，皆冠弁服也，君用純，臣異其褎飾，故有豹袪、豹褎、豹飾之稱焉。狐裘有三，一狐白裘，❶天子視朝皮弁服用之，諸侯朝天子亦同，皆裼以錦衣。卿大夫在王朝亦衣狐白，惟裼用素衣爲異。二黄衣狐裘，蜡祭後息民之祭，及兵事韋弁服用之。三狐青裘，大夫、士玄衣之裘也，《玉藻》「玄綃衣以裼之」是也。玄衣即玄端服，與天子、諸侯服同，而裘異矣。見《秦風·終南》者，狐白裘也。見《鄶·羔裘》及《小雅·都人士》者，黄衣狐裘也。見《邶·旄邱》者，狐青裘也。毛云「狐蒼」，青、蒼色同。麛裘者，諸侯視朝，君臣皆皮弁服則服之，其受外國聘享亦然。裼衣或絞蒼黄之色。或素，而素爲正矣，見《論語》《玉藻》《聘禮》注，而不見《詩》。《豳風》取貍貉爲裘，貉裘以燕居，《論語》「狐貉之厚以居」是也；貍裘以從戎，《左傳》定九年。東郭書「皙幘而衣貍製」是也。外又有虎裘、狼裘，裘之武猛者也，君之車右及左服之。又有犬羊之裘，裘之賤者也，庶人服之。

稽疑

他注引傳疑誤

毛傳之來最古，後儒相傳讀本各別。他注所引，與今本不無異同，亦考證之一助也，特録之如左。

❶「狐」，原作「孤」，據康熙抄本、《四庫全書》本、嘉慶本改。按，大全本此處爲缺頁。

○「鱣鮪發發」，傳云：「鱣，似鮎。」見《文選·西京賦》李善注。今傳云：「鱣，鯉。」○「胡不遄死」，傳云：「何顏而不速死也。」見《文選》李注。今無之。○「漸車帷裳」，傳云：「幢容。」見《周禮·巾車》疏。今是箋非傳。○「悉率左右，以燕天子」，傳云：「驅禽於王之左右。」見《東京賦》李注。今無「於王」二字。○《巷伯》，傳云：「巷伯，内小臣也。掌王后之命於宮中，故謂之巷伯。伯被讒將刑，寺人孟子傷而作詩，以刺幽王也。」見《後漢·孔融傳》注。今「謂之巷伯」以上是箋非傳，「伯被讒」以下，傳、箋俱無之。案，敘下例無傳，況玩次章、末章傳文，則以被讒爲巷伯，決非毛意，章懷注誤引。「其繩則直」，傳云：「不失其繩直之宜也。」見《東京賦》注。今無「之宜」二字。○「介人維藩，大師維垣，大邦維屏」，傳云：「當用公卿諸侯爲藩屏也。」見《後漢·光武紀》注。今無之。○「崇牙樹羽」，傳云：「置羽於栒上，以爲飾也。」見《東京賦》李注。今止云「置羽也」，少六字。○「致天之屆」，傳云：「屆，極也。」見《文選》李注，今無之。○「稷勤百穀，死於黑水之山。見《魯語》韋注。今無之，亦不知何篇之傳。案，黑水山見《山海經》，云：「后稷葬焉。」注云：「其城方三百里。」○鬣服，虎皮也。見《東京賦》李注。不知何篇之傳。○右諸條多是引者之誤，惟韋注最古，必不謬，而今逸其文。以此推之，傳文之譌闕，可勝詰哉？

正義引爾雅疑誤

《詩》疏引《爾雅》及郭注，每有與今本不合者，如「聿修厥德」，毛傳云：「聿，述也。」疏以爲《釋詁》文，今《釋詁》無此語。又如「昔育恐育鞫」，鞫本作𥨊。鄭箋云：「昔育，育稚也。」「鬻子之閔斯」，毛傳云：「鬻，稚也。」疏皆以爲《釋言》文，今《釋言》云「幼、鞠，稚也」，無育、鬻字。孔疏又引郭璞云：「鞠，一作毓，故鬻爲稚也。」今郭注亦無此文，但引《尚書・康誥》「不念鞠子哀」而已，豈今《爾雅》郭注非全書邪？又如《小雅》「後予極焉」，鄭箋云：「極，誅也。」《魯頌》「致天之屆」，鄭箋云：「屆，殛也。」疏皆以爲《釋言》文，今《釋言》云：「殛，誅也。」不云極；又云：「屆，極也。」不云殛。意極、殛二字通用乎？然郭注「殛，誅」，引《書》「鯀則殛死」；注「屆，極」，則云有所限極，二字義並不相通。孔疏所據，豈孫、李輩讀本異耶？又如「殆及公子同歸」，毛傳云：「殆，始也。」疏云《釋詁》文，説者以爲生之始。今《釋詁》乃「胎，始」，非「殆，始」，郭注云：「胚胎未成，亦物之始。」則必非「殆」字，孔所引據，定非郭義也。不然，或《詩》之「殆及」，古本元作「胎及」也。姑記以俟博識。

監本經注疑誤

今世監本注疏，是萬曆十七年鐫，考辨經學者，必據此爲正。然譌舛甚多，貽誤後學不淺。且其誤非一端，有沿譌已久，因循不改者；有原本不誤，昧者妄改之，反致誤者；有書寫偶誤，失於較正者。經文人人誦習，其誤顯然可見。至傳、箋之誤，有他本可對，或諸本俱誤，又有孔疏申釋，可推較而知，然疑信者相半矣。今録出以備考，併使後世鐫是書者，用爲較讎之一助云。○「我姑酌彼金罍」，箋「饗燕之禮」，「饗」誤作「響」。○「揚且」，「揚」誤作「楊」，經傳同。○「終然允臧」，「然」誤作「焉」，此俗人據朱《傳》而妄改。○《碩人》箋「姣好」，「姣」誤作「佼」。○「鱣鮪發發」，當依石經改爲「撥撥」。○《氓》二章傳「能自悔」，「悔」誤作「誨」。○《木瓜》傳「瓊瑤，美石」，「石」誤作「玉」，當依孔疏及呂《記》改正。○《王風譜》「至於夷、厲」上少一圈，與疏溷。○「嘆其脩矣」，傳「脩，且乾也」，吴棫《韻譜》引此作「日乾」。○《兔爰》傳「造，爲也」，「爲」誤作「僞」。○「火烈具揚」，傳「揚，揚光也」，玩疏語，傳衍一「揚」字。吕《記》、嚴《緝》引此，亦無下「揚」字。○「茹藘」，經「藘」誤作「蘆」。○《溱洧》傳「涣涣，春水盛也」，今脱「春水」二字，當依吕《記》、嚴《緝》及元本注疏補入。○「齊詁訓傳」，「詁」字誤作「誥」。○《齊譜》「禹貢青州」上少一圈。○「蟲飛」，箋「東方旦明之時」，「旦」誤作「早」。○《東方未明》兩敘下「箋云」俱誤作「傳云」。○《無衣》「美晉武公」，「美」誤作「刺」。○《秦譜》「秦之變風」，「秦」誤作「翳」。○「鴥彼晨風」，經傳「鴥」皆誤作「鴪」，傳「駛疾」，「駛」誤作「駃」。○《無衣》箋「澤，褻衣」，「澤」誤作「襗」，當依吕《記》、嚴《緝》改正。○「視爾如荍」，箋「男女交會」，「女」誤作「子」。○「正是四國」，傳「正，長也」，「長」誤作「是」。○《豳譜》「后稷之曾孫曰公劉者」，「曰」誤作「也」。○《七月》次章箋「又本於此」，「於」誤作「作」。○「采蘩祁祁」傳，誤作「祈祈」。○「朋酒」傳，「饗」字誤作「嚮」。○《東山》次章箋「家無人則然」，「則」誤作「惻」。○《常棣》敘下箋「召穆公」，脱「穆」字。○「兄弟既翕」，傳「翕，合也」，「合」誤作「如」。○「女心傷止」，首章經文「女」誤作「汝」。○《由儀》敘下箋「篇第之意」，「意」誤作「處」，當依孔疏改正。○「新田」傳「新美天下之士」，「下」誤作「子」。○「鴥彼飛隼」，經「鴥」誤作「鴪」。○「田車既好」，傳「大艾草以爲防」，「艾」誤作「芟」，疏同。○「赤芾金舄」，傳「諸侯赤芾金舄。舄，達屨也」，兩「舄」字中間疑脱一「金」字。○《祈父》箋引《書》「若疇圻父」，當依孔疏改爲「若疇」。○傳、箋「羌戎」疑當作「姜戎」。○「載弄之璋」，箋「正以璋者，以成之有漸」，玩文義及疏語，「正」當作「止」。○「三十維物」，傳「異毛色」，「異」誤作「黑」。○「爾牲則具」，箋「索則有之」，「索」誤作「素」。○「勿罔君子」，箋「勿當作末」，「末」誤作「未」。○「擇三有事」，傳「有同國之三卿」，「同」誤作「司」。○「亦孔之痗」，傳有衍文，詳《附録》。○《雨無正》「旻天疾威」，當依孔疏改爲「昊天」。○「而月斯征」，箋「月視朔」，「朔」誤作「朝」。○「無忝爾所生」，經「無」字誤作「毋」，此見《釋文》云「毋音無」，故妄改之也。不知《釋文》經本作「毋」，元與今本異，見吕《記》。○「不離于裏」，「離」誤作「罹」。○「譬彼壞木」，箋「傷病之木」，「木」誤作「本」。○「無拳無勇」，箋「言無力勇者」，「言」下脱「無」字。○經「𢔏」誤作「尰」。○《巷伯》敘末脱四字，箋内衍四字，詳《附録》。○「匪莪」，箋「我視之，以爲非莪」，「我」誤作「貌」，玩疏可知。○「穫薪」，箋「檴，落木名也。既伐而析之」，「檴」誤作「穫」，「析」誤作「折」。○「契契」，箋「契，憂苦」，疑當作「契契，憂苦」。○「載翕」傳，「合」誤作「如」。○「廢爲殘賊」，傳「廢，忕也」，「忕」當依王肅及定本改爲「大」。○《四月》傳「溥，❶大」，「大」誤作「天」。○「塵雝」，「雝」誤作「雍」，經注同。○「式穀以女」，箋「是使聽乎天命」，「乎」字誤在「天」字下。○「曾孫之穡」，箋「斂税曰穡」，吕《記》引箋「税」作「穫」。○「受天之祜」，「祜」誤作「祐」。○「自古有年」，箋「豐年之法」，「豐」誤作「農」。○「今適南畝」，箋「互辭」，「互」誤作「元」。○「琴瑟擊鼓」，箋「擊土鼓」，「擊」誤作「繫」。○「炎火」，箋「盛陽氣贏」，「贏」誤作「羸」。○「興雨祁祁」，誤作「祈祈」，經、注、疏同。○「兄弟具來」，箋「具，猶皆也」，「皆」誤作「來」。○「大侯既抗」，箋有缺文，詳《附録》。○「以祈爾爵」，箋「爵女」，當作「女爵」。○《采菽》箋「牛俎」，「牛」誤作「生」。○「赤芾在股」，箋「蔽前」，「前」誤作「膝」。

❶「四月」，康熙抄本、大全本、《四庫全書》本、嘉慶本同誤，當作「北山」。

○「福禄膍之」，「膍」誤作「膍」，經、傳同。○《角弓》傳「調和」，元本作「調利」，疏申傳同。○「民胥然矣」，箋「天下之人皆如之」，今「如」誤作「知」。○《緜蠻》箋「飢則予之食」，「飢」誤作「食」。○「酌言嘗之」，箋「立賓主」，「主」誤作「注」。○《漸漸之石》敘「役久病於外」，「於」誤作「在」。○「不皇朝矣」，箋「皇，正也」，「正」誤作「王」，疏亦誤。○「月離于畢」，傳「畢，噣」，「噣」誤作「蠋」。○「何草不玄」，箋「草牙孽者」，「孽」誤作「蘖」。○「有棧之車」，據《韻會》傳、箋皆作「輚車」，與經異，今經、注同作「棧」。○「不顯亦世」，傳「仕者世禄」，「仕」誤作「也」。○「捄之陾陾」，箋「捄，捊。捊，聚」，兩「捊」俱誤作「桴」。○「迺立皋門」，箋有缺文，詳《附録》。○「淠彼涇舟」，「淠」誤作「渒」，經、注、疏同。○「條枚」，箋「木之枝本」，「枝」誤作「枚」。○《思齊》篇脱「惠于宗公」一章，經、注、疏皆缺，約有兩葉，在卷十六之第十七葉第四行後。○「雝雝在宮」，傳「雝雝」誤作「廱廱」。○「上帝耆之」，傳「耆，惡也」，「惡」誤作「耆」。○「作豐伊匹」，箋「大小適與成相偶」，「成」誤作「城」。○「燕翼」，傳「燕，安」，「安」誤作「及」。○「荏菽」，傳「荏菽，戎菽也」，「戎」下脱「菽」字。○「實種」，傳「雍種」，「雍」誤作「雜」。○「載燔載烈」，箋「既爲郊祀之酒」，「既」誤作「即」。○「或肆之筵」，傳「或陳之筵者」，「之」誤作「言」。○「醓醢」，箋「韭菹」，「韭」誤作「非」。○「天被爾禄」，箋「禄臨天下」，「臨」誤作「福」，當依元本改正。○《公劉》敘下箋「周公居攝」，「公」誤作「王」。○「干戈」，箋「句孑戟」，「孑」誤作「矛」。○「京師之野」，傳「是京乃大衆所宜居之野」，「野」誤作「也」。○「止基」，箋「作宮室之功止」，「止」誤作「也」，當依元本改正。○「媚于庶人」，箋「無擾」，當依孔疏及吕《記》改爲「撫擾」。○傳「山東曰朝陽」，「山」誤作「由」。○「正敗」，箋「敗，壞」，「敗」誤作「厲」。○「玉女」，箋「君子比德焉」，「焉」誤作「爲」。○「曽莫惠我師」，箋「不肎惠施，以調贍衆民」，「惠」誤作「施」。〇「靡屆靡究」，箋「日祝詛」，「日」誤作「且」。〇「顛沛之揭」，傳「沛，拔」，「拔」誤作「按」。 箋「大木」，「木」誤作「本」。〇「遠猶辰告」，箋有缺文，詳《附録》。〇「民各有心」，箋「二者意不同」，「意」誤作「寬」。〇「面命」，箋「對面語之」，「語」誤作「與」。〇「庶無大悔」，箋「悔，恨也」誤作「侮，慢也」。〇「國步斯頻」，箋「頻，比也」，「比」誤作「止」。〇「予豈不知而作」，箋「而，猶女也」，「女」誤作「與」。〇「寧莫我聽」，箋「我之精誠」，「誠」誤作「神」。〇「宜無悔怒」，箋「我何由當遭此旱」，「當」誤作「常」。〇「昭假無贏」，箋「贏，緩」，「緩」誤作「綏」。〇「入覲于王」，箋「以常職來」，「常」誤作「當」。〇「顯父餞之」，箋「周之卿士」，「卿士」誤作「公卿」，當依孔疏及嚴《緝》改正。〇《周頌譜》「降於祖廟」上、「功大如此」上各少一圈。〇「亦又何求」箋，「女歸」誤作「時歸」。〇「噫嘻成王」，傳「嘻，勑」，「勑」誤作「和」。箋「能成周王」，「王」誤作「公」。〇「駿發爾私，終三十里」，箋：「使民疾耕，發其私田。竟三十里者，一部一吏主之，於是民大事耕其私田，萬耦同舉也。」「竟三十」至「其私田」，凡二十字，皆脱去。又箋「二耜爲耦」，「二」誤作「三」，當依元本補入改正。〇「鰷鱨」，箋「白鰷」，「鰷」誤作「鰌」。〇「克昌厥後」，「後」誤作「后」。〇「將予就之」，箋「女扶將我」，「女」誤作「艾」。〇「屢豐」，當依石經改「屢」爲「婁」。〇「有驛」，傳有缺誤，詳《附録》。〇「從公于邁」，箋「于，往」，「往」誤作「邁」。〇《烈祖》「以假以享」，箋「假，升也」，「升」誤作「大」。〇「古帝命武湯」，箋誤雙行寫。〇「龍旂十乘」，箋「二王後」，「二」誤作「三」。〇「幅隕既長」，經「隕」誤作「幁」。〇「有震且業」，箋「畏君之震」，「君」誤作「吾」。〇「天命多辟」，箋「告曉楚」，「曉」誤作「饒」。下「告曉」又誤作「皢」。〇又六亡詩《華黍》《由儀》二敘下皆云「有其義而亡其辭」，此乃毛公語，《儀禮》疏謂之毛公續敘，當依傳、箋例細字單行，今俱作大字，與敘無辨，後有鐫是書者似宜改正。○又傳、箋附入經文，故須別以細字，然亦單行，以異於釋文、正義。至鄭《譜》置卷首，與經異處，自應作大字，或比經低一格，以孔疏分注其下，庶覽者瞭然。今本細字雙行，與正義文相閒雜，止以圈別之，頗有失圈，致譜、疏無辨。如前所指摘者，皆因立例未善也。後世鐫是書者，或有取於鄙言。○以上止及經文、傳、箋，其疏文浩汗譌謬，尤難縷指，或與經、注同誤，則因文便連及之。至所引《草木蟲魚疏》甚多，凡陸璣輒作陸機，通本俱誤，又偏撿他本皆然，雖元本亦不免，不知誤始何時也。惟近世毛子晉家刻本，從玉旁作璣，差彊人意焉。其餘誤字，止可臨文塗乙，未能別簡條陳，姑闕勿論。

釋文疑誤

陸氏《釋文》有功經學，然載在注疏中者已非全書。至近世尤不爲俗學所尚，罕寓目焉。襲舛仍譌，豕魚連幅，十倍傳箋，良足惋也。案古人經由師授，讀本各分，而字畫亦異，略載於《釋文》，其曰某本又作某、本亦作某者，讀本之不同也。其曰字又作某、字亦作某者，古字之通用也。相沿既久，脱誤愈滋。又《釋文》元本所載經文，或與今本經文異，則別作之字與今本同，而元字反異，俗儒傳寫不知其故，往往互易其文，甚有但改元字，而別作之字不改，遂致兩字相同者。非有他據，何由正之？又《釋文》多引《爾雅》《説文》《字林》《方言》《草木蟲魚疏》《廣雅》等書及《韓詩》之語，亦時與彼文不同，兩異必有一誤，然未可臆斷也。茲據管窺所及，稍辨其一二，其可疑者，仍兩存之，以俟博識者擇焉。○《關雎》敘「后妃之德也」下，《釋文》獨單行寫，與箋溷。○「服之無斁」，傳「斁，厭」，《釋文》云：「厭，本亦作厭。」二「厭」必有一誤。❶ ○「頃筐」，傳「畚屬」，云：以下凡單言云俱係《釋文》。「畚，何休云：『草器也。』《説文》同。」孔疏引《説文》亦云「草器」，今《説文》云「蒲器」。○「虺隤」，云：「隤，《説文》作頽。」今《説文》無頽字，有隤字。疑《釋文》經本作頽，而云《説文》作隤。今本二字互易，是俗儒妄改。○「我姑酌彼金罍」，云：「秦以市買多得爲夃。」「夃」誤作「盈」。○「兕觵」，云：「𠒋，字又作兕。」今𠒋、兕互易，當依吕《記》改正。又推此，則《七月》《吉日》《絲衣》釋文「兕」作「𠒋」，當亦近本互易其字。又云：「觵，字又作觥。」今「觵」誤作「觵」。○「陟彼砠矣」，云：「⿰石宜，本亦作砠。」今兩字皆作砠。「葛藟縈之」，云：「⿱𤇾巾，本又作縈。」今⿱𤇾巾、縈互易。皆當依吕《記》改正。○《螽斯》，云：「螽音終。《爾雅》作蜤。」「終」下當脱一「斯」字。傳「蚣蝑」，云：「蚣，《字林》作蜙。」下「蚣」當作「蜙」。○「詵詵」，云：「詵，《説文》作㚫。」今《説文》無㚫字，而詵字注引此詩，疑詵、㚫亦互易。案，㚫字見《玉篇》多部，云：「姓也。或作騂、𤢖、㹊、牲。」○又云：「螽斯，江東呼爲蚝蜢。音竹帛反。」「音」字疑當作「蚝」。○《兔罝》，云：「菟，又作兔。」今菟、兔互易，當依吕《記》改正。○「言秣其馬」，云：「秣，《説文》云：『食馬穀也。』」今《説文》無秣字，字作䬴。○「惄如調飢」，惄、溺當作𢘈、愵，詳《附録》。○《麟趾》，云：「止，本亦作趾。」今止、趾互易，當依吕《記》改正。○又云「定，《爾雅》題也。」「題」誤作「頲」。○「被之僮僮」，箋「髲髢」，云：

❶ 一九八四年上海古籍出版社影印北京圖書館藏宋刻本《經典釋文》（以下簡稱「宋本《釋文》」）前「厭」字作「猒」。

「髪，皮奇反。鄭音髪。」下三字可疑。○《采蕢》引《韓詩》「藻」字當作「薻」，詳《附録》。○「勿翦」，云：「翦，《韓詩》作剗。」今「剗」誤作「箋」，當依《玉海》改正。○《行露》箋「早夜」，云：「夜，本又作莫。」今「夜」誤作「露」。○「穿我屋」，云「穿，本又作𥦗。」𥦗，今誤作「穿」。案，𥦗音川，亦見《禮記》釋文。○「迨其吉兮」，云：「《韓詩》云：『迨，顧也。』」當依《玉海》改「顧」爲「願」。○「死麕」，云：「麕，本亦作麏。」今二字互易，當依呂《記》改正。○「五豵」，云：「豵，字又作豵。」二「豵」有一誤。❶○「不可選也」，云：「選，雪兖反，選也。」下「選」字誤。○「覯閔」，云：「遘，本或作覯。」今遘、覯互易，當依元本改正。○《緑衣》，云：「襢衣，毛氏云融皆云色赤。」句有誤。❷○《燕燕》箋「戴嬀生子名完」，云：「完字又作皃。」今「皃」誤作「見」。○《擊鼓》箋「公子馮」，云：「馮，本亦作憑。同皮冰反。」今脱「同」字。○《雄雉》敘「刺衛宣公」，云：「刺，俗作刾。」今兩字皆作刺。○「有鷕」，云「鷕，雉皎反。」元本「雉」作「耀」。○「濡軌」，❸云：「《説文》云：『軓，車軾前也。從車，凡聲。』」今「軓」誤作「軌」，「凡」誤作「九」。○「旭日」，云：「《説文》旭讀若好。」今《説文》「好」作「勖」。○「采葑」，云：「葑，今菘菜。菘，音嵩。」今「嵩」誤作「蒿」。○《旄邱》，云：「邱，或作丠。丠乃古邱字。」又云：「旄，《字林》作堥，山部又有嵍字，亦曰嵍丘。」今兩「嵍」皆誤作「堥」，當依元本改正。○「流離」，云：「鶹

---

❶ 宋本《釋文》後「豵」字作「豵」。

❷ 宋本《釋文》「云色」作「馬色」。

❸ 「軓」，原作「軌」，據《四庫全書》本、嘉慶本改。下二「軓」字同。

鷕。」「鷕」誤作「鷅」。○「泌彼泉水」，引《説文》有誤字衍文，詳《附録》。○「新臺有泚」，云：「泚，《説文》作玼，云新色鮮也。」《君子偕老》篇引《説文》同。今《説文》云「玉色鮮」。○《二子乘舟》，兩「駛」字俱誤作「駃」，《秦・晨風》誤同。○「兩髦」，云：「髦，《説文》作髳。」吕《記》引《釋文》云：「髦，《韓詩》作髳。」今《説文》「髳」乃或體，本作「髮」，引此詩則作「髳」，依《韓詩》爲是。○「象服」，箋「褕翟」，云：「揄，音遥，字又作褕。」今「揄」誤作「褕」，「遥」誤作「遇」，當依元本改正。○「椅桐」，云：「梓實桐皮曰椅。」「椅」誤作「梓」。○《載馳》，云：「駈，字亦作驅。」今駈、驅互易，當依吕《記》及元本改「丘」。推此則《釋文》「驅」字本皆作「駈」，其言「驅作駈」，《齊》「載驅」、《秦》「脇驅」之類。俱後人互易。○《緑竹》，云：「薄，萹筑也。」又云：「萹竹，本亦作扁。」今兩「萹」皆誤從竹。○「琇瑩」，云：「琇，《説文》作琇。」今兩字俱作「琇」。○「倩盼」，云：「倩，本亦作蒨。」「蒨」今誤作「脩」。○「施罛」，云：「濊，大魚兩目豁豁也。」今脱一「豁」字。又引「凝流」與《説文》異，詳本篇。○《河廣》，云：「刀，《説文》作舠。」正義云：「《説文》作𦨴。」今《説文》無舠、𦨴字，字見《玉篇》，云：「音彫，舟也。」○《伯兮》，箋「軫也」，云：「軫，本亦作軨。」今「軨」誤作「轜」。又「酋矛」，云：「酋，在由反。發聲。」末二字可疑。○「報之以瓊瑶」，云：「瑶，《説文》云美石。」今《説文》云「玉之美者」，引此詩。○《黍離》，云：「離，《説文》作穚。」今《説文》無「穚」字，「穚」字見《玉篇》，云：「禾把也。」○「其樂只且」，云「且，子餘反。又作且，七也反。」有誤。○「在河之漘」，引《爾雅》「夷上洒下不漘」，「不」誤作「水」。○「如璊」，云：「璊，《説文》作𤩽。解此璊云：『禾之赤苗謂之𥝩，玉色如之。』」今「𤩽」「𥝩」皆誤作「璊」，「禾」誤作「木」。又今《説文》無「𥝩」字，其赤苗字作「虋」。○「丘中」，傳「墝埆」，云：「埆，苦角反。」「苦」誤作「若」。

○「樹檀」，傳「彊韌之木」，云：「韌，本亦作刃。」元本「韌」作「忍」。○「乘鴇」，云：「鴇，依字作駂。」今兩字俱作「鴇」。○「釋掤」，云：「箭箙。」「箙」誤作「箙」。○《清人》，云：「旁旁，彊也。」「彊」誤作「疆」。○箋「矛矜」引《方言》云：❶「其柄謂之矜。」今《方言》「矜」作「鈐」，彼注云：「今字作槿。」又引郭注「巨巾反」，誤作「巨中」。○「逍遥」，云：「逍，本作消。」今兩字俱作「逍」。○「右抽」，云：「抽，《説文》作搯。」「搯」誤作「謟」。○「明星」，箋「早於別色時」，云：「蚤，音早，本亦作早。」「弋鳧」，箋「弋，繳射」，云：「繁，本亦作繳。」今蚤、早、早三字，繁、繳兩字，各互易，當依元本改正。○《東門之墠》，云：「壇，依字當作墠。」今兩字皆作「墠」，當依呂《記》改正。○「贈之以勺藥」，云：「勺藥，《韓詩》云離草也，言將離別贈此草也。」今脱此十六字，當依呂《記》補入。○「蟲飛薨薨」，云：「薨，呼弘反。」「薨」誤作「夢」。○「總角」，云：「總，本又作揔。」今兩字並作「總」，當依《玉海》及元本改正。○「魴鱮」，云：「鱮，象呂反。」「鱮」誤作「鱗」。○「其魚唯唯」釋文誤編疏後。○「簟第」，云：「第，音弗。」今經誤作「茀」，當依呂《記》改正。○「言采其藚」，云：「藚，音續。」《説文》音其或反，此反太遠，恐誤。○「桑者閑閑」，云：「閒閒音閑，本亦作閑。」今誤作「閑閑音閒」，當依元本改正。○「素餐」，云：「餐，《説文》作餐。」上「餐」字誤。○「朱繡」，箋「繡，當爲綃」，云：「繡，鄭改爲宵。宵音消，本作綃。」今兩「宵」皆誤作「綃」，當依元本改正。○「白石粼粼」，云：「粼，刊薪反。」「刊」當作「利」。○「見此邂逅」，云：「覯，本又作逅。」今覯、逅互易。○「豹褎」，云：「褎，本又作褏。」今兩字皆作「褎」，上二

---

❶「言」，原作「書」，據康熙抄本、大全本、《四庫全書》本、嘉慶本改。

條當依吕《記》改正。○《有杕之杜》敘「兼其宗族」，云：「宗族，本亦作宗矣。」今「矣」誤作「族」。○《葛生》，傳「齊則角枕」，又引《内則》「斂枕篋」，云：「齊本亦作齋。篋，口牒反。」今「齋」誤作「齊」，「口」誤作「曰」。○「游環」，傳「靷環也」，云：「靳環，居覲反。本又作靷。」今靳、靷互易。○「叴矛」，云：「叴，音求。」「叴」誤作「厹」，當依吕《記》改正。○「有條有梅」，云：「沈云荆州曰柟，揚州曰梅。」觀沈語及孔疏，則當云「荆州曰梅，揚州曰柟」。○「渥丹」，云：❶「丹，《韓詩》作沰。沰，撻各反。」「撻」左誤從木。○《晨風》，云：「鴥，《説文》作鴪。」吕《記》引此同。元本「鴪，《説文》作鴥」。今《説文》同元本。○「同袍」，云：「袍，抱毛反。」「抱」誤作「袍」。○「穀旦」，云：「旦，本亦作且。」今「且」誤作「旦」。○「淑姬」，云：「叔音淑，本亦作淑。」今誤作「淑音叔」。○「斧以斯之」引《爾雅》「斯、誃，離也」，「誃」誤作「侈」。○《月出》，云：「皦，本又作皎。劉，本又作懰。」今「皦」「皎」、「劉」「懰」各互易，當依吕《記》改正。○「乘駒」，云：「驕，舊音駒，沈云『或作駒字，是後人改之』。」今脱此十五字，當依吕《記》補入。吕又云「《皇皇者華》篇内同」。○「有蒲與荷」，箋「芙蕖之莖曰荷」，云：「夫，本亦作芙。渠，本亦作蕖。」今「夫」「芙」、「渠」「蕖」各互易。○《鄶》第十三，云「子男」，誤作「子南」。○《曹》第十四，云「曹者」，誤作「曹昔」。○「歸説」，云：「説，音税。」「税」誤作「悦」。○「三百赤芾」，云：「芾音味反服謂之芾。」此有誤。❷○「浸彼苞稂」，云：「寖，本又作浸。」今寖、浸互易，當依吕《記》改正。

❶「云」，原缺，嘉慶本同，據康熙抄本、大全本、《四庫全書》本補。

❷宋本《釋文》作「芾，音弗，韠也。祭服謂之芾。沈又甫味反」。

○「愾我寤歎」，云：「《説文》云『大息也』。」今《説文》無愾字。○「觱發」，云：「《説文》作畢發。」今《説文》作「滭泼」。○「栗烈」，云：「《説文》作颲颲。」今《説文》：「颲，風雨暴疾也。颲，列當作烈。風也。」與毛傳「氣寒」異義，不引此詩。○「饁彼南畝」，箋「俱以饟來」，云：「饟，式亮反。」「式」誤作「武」。○「殆及公子同歸」，《釋文》「殆」作「迨」，云：「迨，始也。」今「迨」誤作「殆」，又脱「始也」二字，當依呂《記》改正補入。○「鴟鴞」，云：「鴞，于驕反。」「于」誤作「吁」。○「蓄租」，云：「租，子胡反。又作租，如字。」二「租」有誤。○又：「難，乃旦反。」「乃」誤作「及」。○又：「翛，素彫反。」「翛」字誤，陸本經作「消消」。○「蠨蛸」，云：「《説文》作蟰。」「蟰」今誤作「蠨」。○「我斨」，引《説文》「方銎斧」，「銎」誤作「鉞」。○「四國是吪」，云：「訛，又作吪。」今訛、吪互易，當依元本改正。○《伐柯》，云「饌，士戀反」。「士」誤作「王」。○《九罭》，云：「罭，本亦作罭。」二「罭」有一誤。❶ ○《狼跋》，云：「狼跋省郎獸也。」「省」疑當作「音」。❷ ○「載疐」，云：「疐，本又作疌。」「疌」恐誤。疌，疾葉切，疾也。○《鹿鳴》引《説文》「芩，蒿也」。今《説文》云「草也」。○「倭遲」，云：「遲，《韓詩》作倭夷。」「遲」上疑脱「倭」字。○「雕」，傳「夫不」，引《草木疏》「一名浮鳩」。今陸《疏》「浮」作「鵓」。○「我馬維駒」，云：「駒，音俱，恭侯反。本作驕。」元本無「恭侯反」三字，「本」下有「亦」字。又據呂《記》，則《釋文》直作「驕」。又《説文》引《詩》「我馬維驕」，云：「馬高六尺爲驕。」○「常棣」，傳「常棣，棣」，云：「棣作栘者亦。」

---

❶ 宋本《釋文》前「罭」字作「罭」。

❷ 宋本《釋文》「省」確作「音」，則當標點作「狼跋，音郎，獸也」。

「亦」字疑當作「非」。❶〇「鬩牆」，云：「牆，本或作墻。」元本「墻」作「廧」。〇「妻帑」，云：「今讀音孥也。」「孥」誤作「拏」。〇「坎蹲」，云：「坎，《説文》作竷，云『舞曲也』。蹲，本或作壿，《説文》云『士舞也』。」今《説文》「竷」注曰：「繇也，舞也。樂有章。」「壿」注曰：「舞也。」又云：「蹲，七旬反。」「七」誤作「毛」。〇「吉蠲」，云：「蠲，舊音圭。」「圭」誤作「堅」。〇「象弭」，箋「末彆」，云：「彆，《説文》方血反。」今《説文》無「彆」字。〇「旆旆」，云：「旆，蒲貝反。」「貝」誤作「具」。〇《魚麗》，傳「不麛」，云：「麛，或作麑。」「麑」今誤作「霓」。〇《彤弓》，箋「敵愾」，云：「愾，《説文》作鎎。」「鎎」今誤作「餼」。〇「孔熾」，云：「熾，尺意反。」「尺」誤作「反」。〇「方叔涖止」，云：「莅，本又作涖。」今莅、涖互易，當依呂《記》改正。〇「有瑲葱珩」，云：「創，本又作瑲。」今創、瑲互易，當依呂《記》改正。〇《車攻》敘「修器械」，引《説文》云：「無所盛曰械。」今《説文》云：「械，器之總名。一曰有盛曰械，無盛曰器。」〇傳「艾，草」，云：「艾，魚廢反。」「艾」誤作「芆」。〇箋「甫田」，云：「甫田，舊音補。」「補」誤作「浦」。〇「決拾」，云：「夬，本又作決。」今夬、決互易。〇「夜未央」，引《説文》與今異，詳本篇。〇「不蹟」，云：「迹，當作蹟。蹟，足跡也。」今脱此八字，當依嚴《緝》補入。〇「爲錯」，云：「錯，《説文》作厝。《字林》同。」〇「其下維穀」，云：「穀，从木，㱿聲。」「㱿」誤作「穀」。〇「縶之」，云：「縶，徐丁立反。」「丁」誤作「下」。〇「遁思」，云：「遯，字又作遂。」今誤云「遁，字又作遯」，當依呂《記》改正。〇「采蓫」，箋「牛蘈」，云：「蕢，本又作蘈。」今蕢、蘈互易，當依元本改正。〇「如鳥斯革」，云：「革，《韓詩》作鞠。」

❶ 宋本《釋文》確作「非」。

今「鞫」誤作「勤」，當依吕《記》改正。○「載衣之裼」，云：「裼，《韓詩》作褅。齊人呼小兒被爲褅。」兩「褅」俱誤作「禘」，當依《説文》及吕《記》改正。○「爾牲則具」，「索」誤作「素」。○「憂心如惔」，釋文、正義引《説文》與今本異，詳本篇。○「憯莫懲嗟」，云：「噆，本或作憯。」今噆、憯互易，當依元本改正。○箋「桎，鎋」，云：「桎，本有作手旁至者，誤。」「有」誤作「又」。○「鞠訩」，云：「鞠，九六反。」「九」誤作「兀」。○「訊之占夢」，云：「訙，本又作訊。」今訙、訊互易，當依元本改正。○「虺蜴」，云：「蜴，星歷反。又作蜥。」蜴、蜥當倒轉。○「有菀其特」，云：「苑，音鬱。」今「苑」誤作「菀」，當依吕《記》改正。○「又有嘉殽」，云：「肴，本又作殽。」「蹶維趣馬」，云：「蹷，俱衛反。」今肴、殽互易，「蹷」誤作「蹶」，當依吕《記》改正。○「豔妻煽方處」，云：「煽，《説文》作偏。」今兩字俱作「煽」。○「不憖遺」，云：「憖，《爾雅》云『願也，强也，且也』。」今《爾雅》無此文，惟「願也，强也」見《小爾雅》。又正義引《説文》云：「憖，肎从心也。」亦與今《説文》異。○「讒口囂囂」，云：「《韓詩》作謷謷。」今「謷」誤作「嗸」，當依吕《記》及《玉海》改正。○「噂沓」，云：「嗒，本又作沓。」今嗒、沓互易，當依吕《記》改正。○「亦孔之痗」，云：「痗，又音悔。」今「悔」誤作「侮」，當依元本改正。○「如彼行邁」，云：「邁，遠行也。」今脱此四字，當依嚴《緝》補入。○「憯憯日瘁」，云：「慘，子感反。」今「慘」誤作「憯」，當依吕《記》改正。○「孔棘且殆」，箋「甚急迮且危」，云：「笮，本又作迮。」今笮、迮互易，當依元本改正。○「宛彼鳴鳩」，云：「菀，於阮反。」「菀」誤作「宛」，當依吕《記》改正。○「曰父母且」，云：「且，觀箋意，宜七也反。」「也」誤作「池」。○「維王之邛」，云：「邛，其凶反。」「凶」誤作「斤」。○「爲鬼爲蜮」，云：「蜮，音或。」「或」誤作「彧」。○「有靦面目」，云：「姡，面醜也。」疏引《説文》作「面靦」，詳本篇。○《巷伯》，傳「縮屋」，云：「縮，又作摍。」所反六。「摍」今誤作「樎」。○「緝緝翩翩」，云：「緝，《説文》作咠，云鬲語也。」「鬲」字誤，當依《説文》爲「聶語」。又《説文》引《詩》，本作「咠咠幡幡」，與「翩翩」爲句，則語屬上章，與「幡幡」爲句，則語屬下章，未詳孰是。○「氿泉」，云：「氿，字又作厬。」「厬」今誤作「晷」。○「無浸穫薪」，云：「寑，子鴆反。字又作浸。」今「寑」誤作「寢」。○「跂彼織女」，云：「跂，《説文》作歧。」今「歧」誤作「岐」。○「或慘慘劬勞」，云：「慘，字又作操。」「操」字誤，疑當作「懆」。❶○「畏此譴怒」釋文誤入「日月方燠」下。○「憂心且妯」，云：「妯，郭音《爾雅》盧叔反，又音迪。」今《爾雅》郭注無音。○「祝祭于祊」，云：「祊，《説文》作鬃，云門内祭。」「云」誤作「示」。○「工祝」，箋「受嘏」，云：「嘏，古雅反。」「雅」誤作「嘏」。○「神嗜」，云：「耆，而至反。」「耆」今誤作「嗜」，當依吕《記》改正。○「霡霂」，云：「霡，亡革反。」「亡」誤作「士」。○「享于祖考」，箋「納亨」，云：「亨，普庚反。」「亨」誤作「享」。○《甫田》述箋語「甫之言丈夫也」，「言」誤作「田」。○「攸介攸止」，云：「介，音𥆛，王『大也』。」「王」誤作「止」，當依元本改正。○「不稂」，云：「稂，《説文》作蓈，云：『稂，或字也。禾粟之采，生而不成者，謂之童蓈。』」今兩「蓈」字皆誤作「節」，「采」字誤作「莠」。○「炎火」，箋「羸」誤作「羸」，《釋文》亦誤。○「戢其左翼」，云：「戢，《韓詩》云揵也，揵其噣於左。」「揵」誤作「捷」，當依《玉海》改正。○「大侯既抗」，箋「舉皮侯而棲鵠」，云：「鵠，鴿也。《説文》云『即鵲也，小而難中』。又云『鵠者，覺也，直也，射者直己意』。」今《説文》無此文。○「發彼有的」，云：「勺，音的。本亦作的。」今誤作「的，音勺」，當依元本

❶ 宋本《釋文》確作「懆」。

改正。○「錫爾純嘏」，云：「嘏，古雅反。」今脱「嘏」字，當依元本補入。○「威儀反反」，云：「反，《韓詩》作昄。昄，蒲板反，善貌。」今「昄」誤作「眅」，當依《玉海》改正。○「側弁之俄」，云：「俄，五何反。又《廣雅》云衺。」今「衺」誤作「哀」。○「采菽」，云：「菽，本亦作菽。」二「菽」有一譌，以《生民》推之，上「菽」字當作「叔」。○「見晛」，引《韓詩》「曣晛」誤作「曣見」，當依《玉海》改正。○「婁驕」，引《爾雅》「裒、鳩、樓，聚也」，「裒」誤作「衰」。○「臺笠」，云：「臺，《爾雅》作薹。」今《爾雅》作「臺」。○「苑結」，云：「苑，於粉反。」「粉」誤作「勿」，當依元本改正。○「垂帶」，云：「蔕，音帶。本亦作帶。」今誤作「帶，音蔕」，當依吕《記》改正。○「言綸之繩」，箋「綸，釣繳也」，云：「繁，音灼。亦作繳。」今「繁」誤作「繳」，「繳」誤作「故」。○「浸彼稻田」，云：「浸，本又作寖。」「寖」今誤作「寢」。又以《下泉》《大東》推之，浸、寖二字必經俗儒互易。○「嘯歌」，云：「歗，音嘯。本亦作嘯。」今誤作「嘯，音歗」。○「戢其左翼」，箋「禮義相下」，云：「下，遐嫁反。」「遐」誤作「叚」。○「漸漸」，云：「漸漸，亦作嶄嶄。」今「嶄」誤作「漸」，當依吕《記》改正。○傳「畢，噣」，云：「噣，又音晝。本又作濁。」今「晝」誤作「畫」，「濁」誤作「獨」。○「三星在罶」，云：「罶，本又作霤。」「又」誤作「文」。○「俔天」，云：「俔，《說文》『譬諭也』。」「諭」誤作「譽」。○「造舟」，云：「造，《廣雅》作艁，《說文》『艁，古造字』。」二「艁」皆誤作「船」。○《緜》敘「本由大王也」，云：「一本無『由』字。」「本」誤作「反」。○「陶復」，云：「復，《說文》作寝。」「寝」今誤作「覆」。○「俾立室家」，云：「卑，本又作俾。」今脱此五字，當依吕《記》補入。○「捄捊」誤作「桴」。又引《說文》「引取」誤作「引聖」。○「槱之」，云：「梄，字亦作槱。」今梄、槱互易，當依元本改正。○傳

「樸，枹木也」，云：「枹，音茅反。」「音」字誤。❶ ○「榛楛」，引《草木疏》「楛似荊，上黨人織以爲筥箱」，「織」誤作「箴」，當依陸《疏》改正。○「民所燎矣」，云：「柴祭天。」「柴」誤作「此」。○「崇墉仡仡」，云：「《説文》作圪。」今「圪」誤作「忔」。○「哲王」，云：「哲，本又作悊。」今「悊」誤作「哲」。○「維龜正之」，箋「契灼」，云：「挈，本又作契。」今挈、契互易。二條當依元本改正。○「荏菽」，云：「叔，或作菽。」今叔、菽互易，當依呂《記》改正。○「實種」，脱字，詳《附録》。又「雍種」亦誤作「雜」。○「釋之」，傳「淅米」，云：「淅，《説文》云『汏米也』。」「汏」下脱「米」字。○「取羝」，云：「牴，字亦作羝。」今牴、羝互易，當依元本改正。○「行葦」箋「耇，凍梨也」，云：「梨，利知反。又利方反。」「方」字誤。❷ ○「脾臄」，傳「臄，凾」，云：「凾，本又作𦛜。《説文》云『舌也』，又云『口次肉也』。」今《説文》「凾」作「圅」，象舌形。臽從人在臼上，小阱也，從肉爲䐄，食肉無厭也，非舌義。○「敘賓」，傳「觀者如堵牆」，云：「堵，丁古反。」「丁」誤作「寸」。○「大斗」，云：「斗，字又作枓。」今「枓」誤作「科」。○「台背」，箋「鮐，文」，云：「鮐，湯來反。」「湯」誤作「易」。○《既醉》，箋「下徧群臣」，云：「徧，音遍。」今「遍」誤作「音」，當依元本改正。○「宜君宜王」，云：「且君且王，一本且並作宜字。」今三「且」字皆誤作「宜」，當依呂《記》改正。○「囊橐」，引《説文》與今異，詳本篇。○「在巘」，云：「甗，本又作巘。」今甗、巘互易，當依元本改正。○「取鍛」，引《説文》與今異，詳《附録》。○「飄風」，云：「票，本亦作飄。」今票，

❶ 宋本《釋文》「音」作「必」。

❷ 宋本《釋文》「方」字作「兮」。

飄互易，當依呂《記》改正。又推此，則《匪風》《蓼莪》釋文「飄」作「票」，亦是近本互易。〇「惛怓」，云：「惛，《説文》作昏，云『怓也』。《釋文》：『惛，亦不僚也。』」案，「昏」當作「怋」，「釋文」當作「説文」，下「惛」字當作「惛」，「僚」當作「憭」，共誤四字，應依《説文》改正。〇「下民卒癉」，云：「僤，本又作癉，當但反。」今僤、癉互易，「但」又誤作「宣」，當依元本改正。〇「辭之懌矣」，云：「繹，本亦作懌。」「繹」今誤作「懌」，當依元本改正。〇「及爾同僚」，云：「寮，字又作僚。」元本經與《釋文》僚、寮字俱相反。〇「殿屎」，云：「屎，《説文》作吚。」「吚」誤作「咿」。〇「牖民孔易」，箋「易，易也」，云：「易也，以豉反。」「易」誤作「異」。〇「俾晝作夜」，云：「卑，使也。本亦作俾。」今卑、俾互易。〇箋「沈湎」，云：「耽，本或作湛。」今「耽」誤作「沈」。上三條當依元本改正。〇「内奰」，箋「時人忕於惡」，云：「忕，《説文》云『習也』。」又《四月》正義引《説文》與此同，今《説文》無「忕」字。〇「靡哲不愚」，云：「喆，本又作哲。」今喆、哲互易，當依元本改正。〇「覆，芳服反」，「芳」誤作「苦」。〇「洒埽庭内」，云：「廷，音庭。」今廷、庭互易。〇「告之話言」，云：「話，《説文》作詁。」今「詁」誤作「話」。上三條當依元本改正。〇「旟旐有翩」，云：「偏，本亦作翩。」今偏、翩互易。〇「具禍以燼」，云：「盡，本亦作燼。」今盡、燼互易。〇「好是稼穡」，云：「家，王申毛音駕，下句『家穡維寶』同。」今兩「家」字皆誤作「稼」。上三條當依元本改正。〇「哀恫」，云：「同，本又作恫。」今同、恫互易。〇「荼毒」，箋「慍怒」，云：「慍，紆運反。」「紆」誤作「舒」。〇「中垢」，云：「垢，古口反。」「古」誤作「舌」。〇「來赫」，云：「赫，本亦作嚇。」今「嚇」誤作「赫」。上四條當依元本改正。〇《雲漢》敘「銷去」，云：「銷，音翦。」「翦」字誤。❶ ○「蟲蟲」，云：「蟲，《爾雅》作爞。」今「爞」誤作「⿱爞皿」。○箋「雷聲尚殷殷然」，云：「然，一本作『雨雷之聲當殷殷然』。」上「然」字上當有缺文。❷ ○「炎炎」，云：「炎，于連反。」「于」誤作「如」。○「如惔如焚」，云：「惔，音談。」今「談」誤作「淡」。又云：「惔，《說文》云『炎燎也』。」今《說文》云「憂也」。○「敬共明神」，云：「明祀，本或作明神。」今祀、神互易。○「趣馬師氏」，傳「趣馬不秣，師氏弛其兵」，云：「秣，《說文》作餗。施，本又作弛。」今「餗」誤作「抹」，施、弛皆作「弛」。○「我儀圖之」，云：「我義，毛如字，鄭作儀。」今「義」誤作「儀」，當依呂《記》改正。○「其殽維何」，云：「肴，本亦作殽。」今肴、殽互易，當依元本改正。○「籩豆有且」，云：「且，又七救反。」「救」疑當作「敘」。○「八鸞鏘鏘」，云：「將，本亦作鏘。」今兩字皆作「鏘」。○「祁祁」，云：「祁，巨移反。」「巨」誤作「豆」。○「訏訏」，云：「訏，況甫反。」「甫」誤作「角」。○「其追其貊」，云：「貊，《說文》作貉，云『北方人也』。」今《說文》云「北方豸種也」。○「如震如怒」，云：「一本此兩『如』字皆作『而』。」今「兩」誤作「爾」。○「臯臯訿訿」，傳「訿訿，窳不供事也」，云：「窳，《說文》云『嬾也』。」今《說文》云：「窳，汙窬也。」案，訓嬾者字應作「窳」，❸上從宀，不從穴，《說文》無此字。「惰窳偷生」見《史記》。○《清廟》敘「洛邑」，云：「雒，本亦作洛。」今雒、洛互易，又「亦」字誤作「音」。○《維天之命》，引《韓詩》「維，

---

❶ 宋本《釋文》「翦」作「消」。

❷ 宋本《釋文》無上「然」字。

❸ 「窳」，原作「窳」，據康熙抄本、大全本、《四庫全書》本、嘉慶本改。

念」，「維」訓「念」，當從心旁。《文選》注引《薛君章句》作「惟」，當改從之。○箋「坤以簡能」，云：「巛，亦作坤。」今「巛」誤作「巡」。○《時邁》敘「柴望」，云：「《説文》《字林》柴作祡。」今「祡」誤作「柴」。○《執競》敘下釋文誤單行寫，上又誤題箋云。○「威儀反反」，云：「反反，如字。」今誤作「一又如字」。「駿發爾私」，云：「浚，本亦作駿。」今浚、駿互易。○《有瞽》，云：「瞽，本或作鼓。」今「鼓」誤作「瞽」。上三條當依元本改正。○「簫管」，箋「賣餳」，云：「餳，《方言》云張皇反，即乾餹也。」「反」字誤。❶今《方言》云：「餳謂之餦餭。」郭注云：「即乾餹也。」○《潛》，云：「潛，《小爾雅》作橬。」今脱「爾」字。○「宣哲」，云：「哲，本亦作哲。」以《抑》《瞻卬》推之，上「哲」當作「喆」。○「俾緝熙」，云：「卑，本亦作俾。」今卑、俾互易。○《有客》敘箋「既黜殷命」，云：「絀，又作黜。」今絀、黜互易。二條當依元本改正。○「耆定爾功」，云：「耆，鄭云『惡也』。」案，箋云「老」，不云「惡」。句有誤。○《敬之》，云：「浸，子息反。」經、傳、箋並無「浸」字，音又不合，必有誤。❷○「緜緜其麃」，云：「麃，《説文》作穮，云『耨鉏田也』。」今《説文》云「耕禾閒也」。○「有椒」，云：「椒，沈作俶。」「俶」今誤作「椒」，當依元本改正。○「殺時犉牡」，云：「犉，本亦作犉。」二「犉」有一誤。❸○《絲衣》敘箋「商謂之彤」，云：「融，餘戎反。《尚書》作彤。」今「融」誤作「戎」，當依元本改正。○「載弁俅俅」，云：「俅，《説

---

❶ 宋本《釋文》「反」作「也」。

❷ 宋本《釋文》作「浸也，子鴆反」。

❸ 宋本《釋文》前「犉」字作「犝」。

文》作絿。」今《説文》「俅」字引《詩》「弁服俅俅」，云「冠飾貌」。「絿」字引《詩》「不競不絿」，云「急也」。○「鼐鼎及鼒」，云：「鼒，《説文》作鎡。」今《説文》「鼒」字引此詩而以「鎡」爲俗字。○「不吴不敖」，引《説文》與今異，詳本詩。○「蹻蹻王之造」，❶云：「造，詣也。」「詣」誤作「諸」。○《般》，云：「於繹思，《毛詩》無此句，齊、魯、韓《詩》有之。」今脱「有」字。○《駉》敘下云：「駉，古熒反。《説文》作驍，又作駫。」今《説文》「駉」字引《詩》「在駉之野」，云：「從馬同聲，牧馬苑也。」「駫」字引《詩》「四牡駫駫」，云：「從馬光聲，馬盛肥也。」二字徐皆古熒切。驍字云：「良馬也，從馬堯聲。」徐古堯切。然則「駫」乃此詩「駉」字，「駉」乃此詩「坰」字，「驍」乃別字。○「鼓咽咽」，云：「咽，本又作淵鼓。」「鼓」字衍，或是「鼘」字誤分爲兩字。❷○「詒孫子」，云：「詒，本或作詒。」二「詒」必有誤。○「其旂茷茷」，云：「伐，本又作茷。」今兩字俱作茷，當依元本改正。○「薄采其茆」，云：「茆，或名水葵。」「葵」誤作「戾」，當依《草木疏》改正。○「憬彼淮夷」，云：「憬，《説文》作懬，音獷，云『闊也』，一云『廣大也』。」今《説文》「憬」字引此詩，云「覺悟也」。又「矍」字注云：「讀若《詩》『穬彼淮夷』。」其「懬」字不引此詩。獷、穬俱古猛切。○「植穉」，云：「穉，《韓詩》云『幼稼也』。」「稼」誤作「穉」，當依《玉海》改正。○「俾民稼穡」，云：「卑，本又作俾。」今卑、俾互易，當依元本改正。○「遂荒大東」，云：「荒，如

❶ 「造」，原作「造造」，嘉慶本同，據康熙抄本、大全本、《四庫全書》本改。
❷ 宋本《釋文》作「淵鼓」。

字，下注作荒，云『至也』。」應依元本改「下注」爲「韓詩」，又兩「荒」字必有一誤。❶○「梟繹」，云：「繹，字又作嶧，同，山名也。」今「同」誤作「周」，當依元本改正。○「居常許」，箋「築臺於薛」，云：「薛，字又作薛。」二「薛」有一誤。❷○「濬哲」，云：「悊，音哲，字或作哲。」今誤作「哲」爲音「悊」。○「敷奏」，云：「傅，音孚，本亦作敷。」今誤「本亦作孚」。二條當依元本改正。○「百禄是總」，云：「總，本又作䍟。」「䍟」今誤作「駿」。○「三蘖」，引《韓詩》云：「蘖，絶也。」「絶」誤作「色」，當依《玉海》改正。○「且業」，箋「橈敗」，云：「橈，又女卯反。」「卯」誤作「卬」，當依元本改正。○「天命多辟」，云：「辟，音璧。王者辟邪也。」「者」字當依元本改作「音」，下「辟」字疑當作「僻」。❸○「松桷有梴」，云：「梴，丑連反。柔梴同物耳。」句有誤。❹○右凡字當改正，顯有他據者，則云某字今誤作某，或繼之云當依某書改正。雖無據而可信者，則云某字誤當作某。其欲信而未敢決者，則云疑當作某。其可疑者，則云必有誤。其引他典文雖異而義同者，弗贅及。其義異而各通者，則兩存之，不置辯。案《釋文》成於唐初，所載經注猶存漢隸舊體，後衛包改用今文字畫，盡失其舊矣。至所引《爾雅》，今止存郭氏注本。又今世《説文》，乃徐鉉《韻譜》，非許氏始一終亥之舊，與元朗所見必有差

❶ 宋本《釋文》「下注」確作「韓詩」。
❷ 宋本《釋文》前「薛」字作「薛」。
❸ 宋本《釋文》確作「音」「僻」。
❹ 宋本《釋文》作「丑連反，又力鱣反，長貌，柔梴物同耳」。

殊，宜其書中引述，不盡相符也。故於譌字之外，亦備列之，俾好古者得覽焉。

集傳疑誤

《集傳》所載經文，近儒馮嗣宗以注疏本較之，得譌字及文倒者，共十有二。余續較之，又得十二，譌字、脱者、倒者各一，今列於左。○《鄘》「終然允臧」，「然」誤作「焉」。今監本注疏亦誤。○《王》「羊牛下括」，誤作「牛羊下括」。○《齊》「不能辰夜」，「辰」誤作「晨」。○《小雅》「求爾新特」，「爾」誤作「我」。○「朔月辛卯」，「月」誤作「日」。○「胡然厲矣」，「然」誤作「爲」。○「家伯維宰」，「維」誤作「冢」。○《小旻》「如彼泉流」，誤作「流泉」。○《大雅》「天降滔德」，「滔」誤作「慆」。○《抑》篇「如彼泉流」，誤作「流泉」。○「爰其適歸」，「爰」誤作「奚」。○《商頌》「降予卿士」，誤作「降于」。已上馮氏較得。○《召南》「無使尨也吠」，「尨」誤作「厖」。○「何彼襛矣」，「襛」誤作「穠」。○《衛·竹竿》「遠兄弟父母」，誤作「遠父母兄弟」。○《小雅》「言歸斯復」，「斯」誤作「思」。○「昊天大憮」，「大」誤作「泰」。○《楚薺》「以享以祀」，「享」誤作「饗」。○「福禄膍之」，「膍」誤作「膍」。監注疏本亦誤。○「畏不能趨」，「趨」誤作「趍」。○「不皇朝矣」，「皇」誤作「遑」。下二章同。○《大雅》「淠彼涇舟」，「淠」誤作「渒」。監本注疏亦誤。○「以篤于周祜」，脱「于」字。○《周頌》「既右饗之」，「饗」誤作「享」。○《魯頌》「其旂茷茷」，誤作「笩笩」。❶ ○《商頌》「來假祁祁」，誤作「祈祈」。已上續較所得。

---

❶「笩笩」，原作「筏筏」，據嘉慶本改。康熙抄本、大全本、《四庫全書》本作「芲芲」。

○右共二十六條。其中有妨文義者，「羊牛」之爲「牛羊」，「辰」之爲「晨」，「爾」之爲「我」，「予」之爲「于」；其失韻者，「趨」之爲「趍」，音馳。而「筏筏」則不成字，❶皆當急改之。其餘雖於義無損，然不可妄易經文也。又馮氏謂朱子作傳時三家《詩》已亡，所據止毛傳本耳，不應有同異，此定是傳寫之誤。余謂傳寫之誤固有之，至如「不能晨夜」「家伯冢宰」「昊天泰憮」「奚其適歸」「天降滔德」「降于卿士」，此六詩確是朱子自改，觀注語可見也。

《集傳》經文多誤，而傳中譌字亦復不少。有朱子欲改而未及者，有後儒知而辨之者，亦有相習而莫覺者，今列於左。○「壹發五豝」，注：「豝，牡豕也。」「牡」字誤，當作「牝」。《大全》載潛室陳氏語辨之。○「黻衣繡裳」，注：「黻之狀亞，兩己相背。」「亞」當作「亞」「己」當作「弓」。○「小人所腓」，注引程子語，朱子自云欲刪而未及。見《大全》。○「南有嘉魚」，注：「鱒鯽肌。」「鯽」字誤，當作「鱗」，「肌」字衍。朱克升《疏義》辨之，而《大全》不載。○「或耘或耔」，注引《漢書》「苗生葉」，脱「生」字。「隤其土」，誤作「壝其土」。○《頍弁》「賦而興又比也」，元本作「賦而比」，輔廣、劉瑾增入「興又」字，誤。三篇同。○《小宛》「交交桑扈」，注：「俗呼青觜。」「觜」字誤，當作「雀」。○「築城伊淢」，注：「淢，城溝也。」「城」字誤，當作「成」。○「池之竭矣」章，注「賦也」，朱子自云「作比爲是」。見《大全》。○《閔予小子》，引《大招》「三公揖讓」，劉瑾言「揖讓」當作「穆穆」。○《賚》注：「此頌文武之功。」「文武」當作「文王」。○《駉》注：「此言僖公牧馬之盛。」輔廣言「僖公」當作「魯侯」。《大全》

❶ 「筏筏」，嘉慶本同，康熙抄本、大全本、《四庫全書》本作「茷茷」。

載其語。○右共十二條。

俗本《集傳》，將元本反切皆轉爲直音，意在便童蒙之誦習也。然其間舛謬頗多，反詒誤初學矣。○「頡之頏之」，頡，户結反，俗本音潔。○「招招舟子」，招，照遥反，俗本音韶。○「揚且之皙也」，且，子餘反，俗本音疽。後「且」皆誤音。○「子之湯兮」，湯，他郎、他浪二反，俗本音蕩。○「吉蠲爲饎」，蠲，古元反，俗本音娟。○「既佶且閑」，佶，其乙反，俗本音吉。○「下民之孽」，孽，魚列反，俗本音桀。○「瓜瓞唪唪」，唪，布孔反，俗本音蚌。○「菶菶萋萋」，菶誤同唪。○「聽我藐藐」，藐，美角反，俗本音麥。○「如壎如篪」，篪音池，俗本音除。此非轉切爲音，不知何故致誤。○又有元本乃破字，而俗本誤以爲音者。○「假樂君子」，假，依《中庸》《左傳》作「嘉」，俗本音嘉。○「我心慘慘」，慘，當作「懆」，俗本音懆。○「鬷假無言」，鬷，依《中庸》作「奏」，俗本音奏。○又有元本誤而今本是者，又有二本異而皆通者，茲不贅及。

毛詩稽古編卷三十

吴江陳處士啓源著

附録

國風

周南

毛傳古雅簡質，讀者不可率易。如《關雎》首章傳云：「后妃有關雎之德，是幽閑貞專之善女，宜爲君子之好匹。」初視之，竟似目后妃爲善女矣，及觀次章傳云：「后妃有關雎之德，乃能供荇菜，備庶物，以事宗廟。」方知下文「淑女」，不得指后妃也。不然，「流之」與「求之」文義不倫矣。孔疏申首章傳意，謂后妃既有是德，又不妬忌，思得淑女以配君子，故此淑女宜爲君子之善匹，此善會傳意者也。嚴《緝》既言后妃供荇菜，又以「求之」爲求后妃，此誤認傳意者也。

「薄污我私」，傳云：「污，煩也。」箋云：「煩，煩撋之。」《釋文》云：「阮孝緒《字略》云：『煩撋，猶挼莎也。』」案，「煩」字亦作「⿰扌煩」，《玉篇》云：「⿰扌煩，挼也。」「撋」本作「擩」，《周禮》有「擩祭」，《玉篇》云：「撋，摧物也。」捼，《説文》云：「摧也。从手委聲。一曰兩手相切摩也。」今俗作「挼」，非是。莎，《玉篇》作「抄」，《廣韻》云：「手挼莎也。」又《周禮》「鬱齊獻酌」，注：「獻，讀爲莎，以醪酒摩莎泲之。」

《漢廣》之「游女」，《韓詩》以爲漢神，其祖屈、宋湘巫之説乎？敘云「説人也」，章句云「言漢神時見，不可得而求之」。見《文選》李善注。夫説之必求之，然惟可見而不可求，則慕説益至，敘意或爾爾。又從而實之以事，遂有交甫請佩之説矣。又《雞鳴》《防有鵲巢》二詩，韓敘亦以爲説人，未詳其義。

「惄如調飢」，《釋文》云：「惄，本又作𢙣，《韓詩》作溺，音同。」今案，《玉海》載《釋文》引《韓詩》「愵如調飢」，則「溺」乃「愵」之譌也。又案，《説文》云：「愵，憂貌。讀與惄同。」《玉篇》云：「𢛁，奴歷切，思也，愁也。或作愵。」二字音義皆與「惄」同，「溺」當爲「愵」，「𢙣」當爲「𢛁」，皆傳寫之譌耳。呂《記》引《釋文》云：「惄，本又作愁。」「愁」乃「惄」之俗書，亦誤。

《汝墳》末章，《韓詩》薛君章句曰：「王室政教如烈火，猶往而仕者，以父母甚迫饑寒之憂，爲此禄仕。」韓義雖未必得詩旨，然後漢周磐居貧養母，儉薄不充，誦此慨然而歎。「《詩》可以興」，信夫。

召　南

鴡鳩，鶚也，鳲鳩，鷹所化也，皆鷙鳥也，后夫人取興焉。有别與均一，非鷙不能，故以象婦德與？或曰鳲鳩生三子，一爲鶚。然則二鳩同種，而鴡爲貴矣。

《采蘋》箋引《内則》「織紝組紃」，疏云：「紝也，組也，紃也，皆織之。紝謂繒帛。紃，絛也。組，亦絛之類。」案，組、紃之別，詳《内則》。疏云組、紃俱爲絛，皇氏云組是綬也，但薄闊爲組，如繩者爲紃耳。又案，《説文》云：「組，綬屬。紃，圜采也。」《禮》疏應本此爲説。《釋文》以組爲綫，恐未然。綫，縷也，《簡兮》「執轡如組」，取其有文章，豈一縷之謂乎？

《采蘋》釋文引《韓詩》云：「沈者曰蘋，浮者曰藻。」今目驗此二草，藻沈而蘋浮，頗怪其相反。案，藻字《爾雅翼》及《玉海》引《韓詩》皆作薸。《爾雅翼》云：「蘋，根生水底，葉敷水上，不若小浮萍之無根而漂浮也。故《韓詩》云：『沈者曰蘋，浮者曰薸。』薸音瓢，即小萍也。蘋亦不沈，但比萍則有根，不浮游耳。」羅語良是。又案，黄氏《韻會》引《韓詩》亦作薸，《玉海》兩引此文，一薸而一藻，則此字之誤，其來久矣。

《左傳》説《采蘋》詩云：「濟澤之阿，行潦之蘋藻，寘諸宗室，季蘭尸之，敬也。」襄二十八年。意召南大夫妻是蘭姓女乎？季蘭之稱，與季姜、季姬一例矣。蘭姓不載經傳，故後世無聞，古或有之也。《桑中》之孟庸，他典亦不載，以與姜弋並舉，故知是姓。弋之爲姒，若非《穀梁傳》，則亦莫可考矣。杜注以季蘭爲少女之佩蘭者，殆是臆説。案，後世亦有蘭姓，如漢蘭廣、晉蘭維、梁蘭欽皆是。師古注《急就篇》謂出自鄭穆公蘭，古未有氏其祖之名者，況鄭之七穆並無蘭氏，顔説未必然也。詳《左傳》之言，安知後世蘭姓，非季女父族之苗裔乎？

近世《説文長箋》引《易》豫卦「殷薦」語，證《詩·殷其靁》「殷」當如字讀，謂殷本訓作樂之盛。《易》以靁象樂之聲，《詩》以樂象靁之聲，皆言其盛。此亦可通，但不若以殷殷象雷聲尤有致耳。

《摽有梅》釋文：「摽，婢小反，又符表反。」《説文》「抛」字注云：「棄也。从手、尢、力，或从手虺聲。❶《詩》『摽有梅』，落也，義亦同。匹交切。」是「摽」乃「抛」之重文。然「摽」字别見去聲，云「擊也，符少切」，音義皆與《詩》異。

《何彼襛矣》詩，後儒誤以春秋事實之，前辨之詳矣。近世有僞爲《申公詩説》者，謂齊襄殺魯桓，莊王將平之，使榮叔錫桓公命，因使莊公主婚，以桓王妹嫁襄公，國人傷之而作，斯亦巧於傅會矣。不知桓公初被殺，魯即請以彭生除恥，而齊亦從之矣，齊、魯未嘗相讎，焉用天子女爲釋憾之具哉！

邶

《周書·作雒》篇云：「武王克殷，建管叔於東，建蔡叔、霍叔於殷，俾監殷臣。」孔晁注云：❷「東謂衛，殷謂邶、鄘。」又云：「周公降辟二叔，俾康叔宇于殷，俾中旄父宇于東。」晁注云：「康叔代霍叔，中旄代管叔。」據此則康叔乃封於邶、鄘，而衛地以予中旄，非康叔國，與諸經傳異，未詳其故。竊意分宇二子，當在初黜殷時，厥後中旄或遷或廢，則併以衛界，康叔容有之也，姑記以存疑。

---

❶「虺」，原作「票」，據《説文解字》改。按，「抛」爲新附字，非許書原字。

❷「晁」，原作「晃」，據文義及下文「晁注」語改。

康成《詩譜》云：❶「衛頃公當周夷王時，衛國政衰，變風始作。」孔疏云：「《衛世家》頃公厚賂周夷王，夷王命爲衛侯，故知當夷王時。」案，劉恕《通鑑外紀》辯《世家》語爲非，云：「頃公元年，魯獻公之三十二年也，當厲王十六年厚賂周，周命爲衛侯，時仁人不遇，小人在側，變風始作。」今合《周本紀》《衛世家》觀之，厲王以三十七年奔彘，衛釐侯之十三年也，逆計釐之立，應在厲二十五年，釐乃頃之子，頃在位十二年，應以厲十三年立，不得與夷王同時。而《世家》乃言其賂夷，《三代世表》亦以頃當夷世，其書自相矛盾。至賂周得侯，索隱駁之，良有理，則其事亦不足信。譜、疏皆以《世家》爲據，殆未考其真也。至劉謂賂周在厲十六年，又不知何據。共和以前紀年修短，俱不可考耳。

《終風》，《韓詩》章句云：「時風又且暴，使己思益隆。」二語頗似五言古詩，陸士衡《贈顧彦先》詩云「隆思亂心曲」，正用薛君語。

雉鳴，雌曰鷕，雄曰雊。《詩》求牡稱鷕，求雌稱雊是也。故潘岳《射雉賦》云：「雉鷕鷕以朝雊。」而徐爰引顔延年語以譏其誤。

「涇以渭濁」，箋云：「涇水以有渭，故見渭濁。」《釋文》云：「『故見渭濁』，舊本如此，一本渭作謂，後人改耳。」今玩文義，作「謂」爲是。疏申箋云：「先述涇水之意，言以有渭，故人見謂己濁。」則孔氏亦以爲作「謂」。

「湜湜其沚」，箋云：「湜湜，持正貌。」唐皇甫湜字持正，本此。

---

❶「譜」，原作「讚」，據康熙抄本、大全本、《四庫全書》本、嘉慶本改。

夫子謂商大宰曰：「西方之人有聖者焉，不治而不亂，不言而自信，不令而自行，蕩蕩乎民無能名焉。」此似指釋尊言也，《簡兮》詩「西方美人」所指將毋同。蓋漢明以前，大法雖未被東土，然觀周昭、穆二王時，大史蘇由、扈多觀光氣而知祥，西極化人，說者以爲即神足弟子，中天臺之建，實佛刹之濫觴。可見此時大法稍有流傳一、二，但未比户誦習耳，故邶國詩人聞風思慕。《晉語》亦引《西方之書》，如姜氏所引書曰：「懷與安，實疚大事。」懷則不能解脱，安則不能精進，大事所謂一大事因緣也。姜引之雖斷章，要皆微妙宗指，略見於周世者。合之夫子之言，似乎東土之有大法久矣。及秦火之後，已遭煨燼，然劉向敘列仙，著有佛名，傅毅承明帝問，便對以天竺之教，非素有流傳，豈能知之乎？又夫子之荅大宰，抑三王，卑五帝，藐三皇，獨歸聖於西方，非神乎冥契在語言文字之表，不能推尊至此，所謂惟聖知聖乎？

「毖彼泉水」，《釋文》云：「毖，《說文》作䀣，直視也。」案，今《說文》「䀣」字注云：「直視也，讀如《詩》『泌彼泉水』。」然則《說文》引《詩》乃作「泌」，非作「䀣」也。《玉海》亦云《說文》作泌矣，不知何人改泌爲䀣，❶又讒入直視之訓也。觀吕《記》引《釋文》云：「毖，《說文》作泌。」是宋本注疏原無誤。

《釋文》別作之字譌舛最多，賴吕《記》所引，得正其一、二。惟《泉水》「飲餞于禰」，《釋文》云：「禰，《韓詩》作坭。」吕《記》引此「坭」作「泥」，今考《玉海》録《韓詩》異同，此字亦从土旁作坭。又《廣韻》云：「坭，地名。」當指詩飲餞之處，則獨此一字，今本得之。

---

❶「泌」，原作「必」，據康熙抄本、大全本、《四庫全書》本、嘉慶本改。

「説懌女美」，鄭讀「懌」爲「釋」。案，《説文》「懌」字注云：「經典通用釋。」是漢以前，此詩元作「説釋」，康成非破字也。然箋云「説懌，當作説釋」，則明是改「懌」爲「釋」，非元作「説釋」矣。意當時經本各不同，鄭特據「釋」以改「懌」乎？姑記以俟考。

鄘

《詩》多用「相」字，如「相鼠有體」「相彼鳥矣」「相彼投兔」「相彼泉水」「相其陰陽」之類，皆訓爲視。孫奕《示兒編》據陸璣《疏》「河東大鼠能人立」之説，《魏·碩鼠》疏。又牽合韓愈詩「禮鼠拱立」之句，欲解「相鼠」爲相州之鼠，謂相州與河東相鄰，當有此鼠，《詩》以鼠有禮體，喻人之不如，斯亦鑿矣。《詩》本以鼠之貪惡喻無禮之人，豈如孫所云哉？相州與河東，即魏相州，今河南彰德府。魏漢河北縣，今山西平陽府解州平陸縣。中隔晉地，不可謂鄰；禮鼠之稱，文人借經語爲藻飾，豈足爲據？況此詩作於文公時，衛已徙河南矣，相在河北，非復衛有，詩人目其地産以爲興端，何得及之哉？

《論衡》云：❶「《詩》『彼姝者子，何以予之』，其傳曰：『譬彼練絲，染之藍則青，染之朱則赤。』丹朱、商均已染於唐、虞之化矣，然丹朱慠而商均虐者，至惡之質，不受藍、朱變也。」此與小敘「臣子好善，賢者樂告以善道」，意略相符矣。毛氏無此文，必是三家《詩》説。然《魯詩》無傳，《齊詩》有后氏、孫氏傳，《韓詩》有内、

---

❶ 「衡」，原作「衢」，據康熙抄本、大全本、《四庫全書》本、嘉慶本改。

外傳，而外傳今存。充所謂傳，其齊之后氏、孫氏及韓之内傳乎？充所解「維憂用老」，爲伯奇放流，首髮早白，解「子孫千億」，爲宣王德順天地，天地祚之，子孫衆多，皆與今《詩》異。其言「鶴鳴九皋，聲聞于天」及「周餘黎民，靡有孑遺」，則與毛、鄭之説同。

衛

《水經注》：「淇水東詘而西轉，逕頓丘城北，又詘，逕頓丘城西。」則頓丘在淇水東南也。婦涉淇而送氓至此，又涉淇而嫁之，是婦居淇西北矣。淇水東南流入河，復關隄，即古黄河北岸，氓居在焉，則河之北，淇之南也。兩人本各天一涯，氓以異鄉客子，與婦數語目成，挈之歸家，雖蚩而實黠矣。婦以輕信被紿，失身匪人，後之見棄，又誰咎乎？

王

「暵其修矣」，傳云：「修，且乾也。」孔疏無解。案，且者，將然之詞，上章言暵乾，下章言暵濕，而修在其間，故毛以將乾爲訓乎？又修之本義，謂脯之加薑桂者。脯乃自濕而乾之物，宜取且乾爲義矣。劉熙《釋名》云：「修，縮也。」乾燥而縮也，亦堪助發毛義。吴棫《韻補》引傳作「日乾」，恐不如「且」義長。

《釋文》云：「修，如字。本或作蓨，音同。」案，蓨字兩見《爾雅》，云「蓧，蓨」者，彼《釋文》音陽，云「苗，下从由，他六、徒歷二切。蓨」者，彼《釋文》他凋切，郭注皆「未詳」。則蓨是草名，非此詩蓨字。又《説文》云「蓨，苗也」，「苗，蓨也」，《玉篇》「蓧，苗也」，「蓨，蓧也」，「苗，蓨也」，皆祖《爾雅》。

《王風》傳兩言騅，而義不同。「萑，騅也」是草，「菼，騅也」是色。「毳衣如菼」，傳「菼，騅」言其色也，箋「菼，薍」言草名也。疏謂傳但言菼色，未詳草名，故箋引《釋草》文以定之，是已。今案，傳語即《爾雅·釋言》文，但《釋言》字作「騅」，注云：「菼色如騅，在青白之間。」《釋畜》云：「蒼白雜色，騅。」是《爾雅》之意，以馬色比草也。毛傳字作騅，箋言「青者如騅」，鄭荅張逸又謂「騅鳥青，非草名，菼亦青」，蓋毳冕服具五色，菼言其青，璊言其赤，各舉一色也。是傳意以鳥色比草也，一从鳥旁，一从馬旁，物異而義同。

鄭

《周禮》賈公彥疏謂「《鄭》説婦人者九篇，《衛》則三」，《樂記》孔疏亦言「《鄭風》二十一，而説婦人者九篇」。今案之，殆不然也。《鄭》之刺淫者，惟《女曰鷄鳴》刺不説德而好色，《丰》刺男行而女不隨，《東門之墠》刺不待禮而相奔，《野有蔓草》男女思不期而會，《溱洧》刺淫風大行，凡五篇。其《有女同車》《有女如雲》二詩，雖説婦人，然一刺忽，一閔亂，不言淫也。即併數之，亦僅七篇，安得九乎？至《衛》詩刺淫，則不止於三，若不數《邶》《鄘》，則賈疏所舉《桑中》，乃《鄘風》也。

《左傳》紀鄭事所言城門，凡爲名十有二，曰渠門，一見。曰皇門，一見。曰師之梁門，四見。曰南門，二見。曰北門，二見。曰東門，六見。曰閨門，一見。曰時門，一見。曰鄟門，曰倉門，曰墓門，曰舊北門。以上皆一見。

又有遠郊門，曰桔柣之門。三見。又有外郭門，曰純門。二見。惟東門兩見於《詩》，意此門當國要衝，爲市廛鱗萃之墟與，故諸門載於《左傳》，亦惟東門則數及之。隱四年，宋、衛、陳、蔡四國以師圍焉。襄十一年，晉悼公以諸侯伐鄭，則齊、宋之師門焉，是年又伐之，則觀兵焉。二十四年，楚伐鄭，亦門焉，子産對晉使，所謂井堙木刊，指斯地也。昭十年，鄭火，子産辭晉公子、公孫於北門之外焉。蓋師旅之屯聚，賓客之往來，無不由是，其爲鄭之孔道可知，宜乎《詩》之一興一賦，皆舉以爲端也。雖然，除地之墠、行上之栗，特假以寓興耳。至五争之後，室家相弃出此門者，但見亂離之象，《詩》所爲閔與？

齊

「東方之日兮」，《韓詩》薛君章句以爲説其顔色美盛，若東方之日。後世文人率祖其語以入詩詞，如《神女賦》「耀乎若白日，初出照屋梁」，《日出東南隅行》「淑貌耀朝日」，《秋胡詩》「明豔侔朝日」，正襲此意也，故李善注《文選》，皆引薛語證之。然以爲詞家佐筆之資，洵美矣，若釋經，自當以毛、鄭爲正。

「不能辰夜」，孔疏言《乾象》以來諸曆及今太史所候，晝夜以昏明爲限，故晝漏率多於夜五刻。惟馬融、王肅注《堯典》，因有「日出」「日入」語，遂以見日爲限，故晝夜之刻相等。蓋日見之前，日入之後，距昏明各二刻半，故論昏明，則晝多五刻，夜少五刻；據日出入，則晝夜均也。鄭作《士昏禮目録》舉其全數，謂日入三商爲昏，即此義。案，正義成於太宗時，孔未見《麟德曆》，所言太史所候，其《甲寅元曆》乎？近曆日法止據寒暑爲修短，無復五刻之赢縮，不知始於何曆也。疏又言馬、王晝漏六十，夜漏四十，已減晝以裨夜，鄭注

《堯典》，又減書五刻以增之，誠爲妄説。案，劉洪《乾象曆》，鄭獨爲注釋，乃於《尚書》不用其日法，又自違其日入三商之義，斯誠不可解矣。

《載驅》箋以爲汶水之上，蓋有都焉，襄公與文姜所會。孔疏謂汶北尚是魯地，襄公當入魯境。蓋詩四章皆上二句言襄公，下二句言文姜也。案，《水經注》云：「汶水又南，逕鉅平縣故城東，而西南流。城東有魯道，《詩》所謂『魯道有蕩』也。汶上夾水有文姜臺。汶水又西南流，《詩》云『汶水滔滔』矣。」然則文姜臺者，即康成所謂都乎？

魏

后妃而采荇，夫人而采蘩，國君而采莫、采桑、采藚，雖曰躬親，非必身執其役也，猶籍田之親耕，公桑之親繅云爾。但二《南》敬以共祀，《魏風》儉而非禮，故美、刺分焉。

秦

《小戎》「虎韔」「交韔」，二韔字皆从韋，觀《釋文》云：「韔，敕亮反。下同。」則今本無誤矣。《韻會》謂上字从革作⿰革長，❶下字从韋作韔，不知何據。

---

❶「⿰革長」，原作「韔」，據康熙抄本、大全本、《四庫全書》本、嘉慶本改。

《草木疏》釋《秦風》「苞櫟」，言「河内人謂木蓼爲櫟，椒榝之屬也，其子房生」。案，本蓼，《本草》謂木天蓼。宋《圖經》云：「今出信陽，木高一二丈，三月、四月開華，似柘華。五月采子，子作毬形，似橤麻子，可藏作果食。」近世李氏《綱目》云：「其子可爲燭，其芽可食。」是也。又有藤天蓼，小天蓼，共三焉。《唐本》注謂作藤蔓，華白，子如棗者，藤天蓼也。《食療》謂樹如梔子，冬月不凋者，小天蓼也。三者雖異，功用相仿佛云。

豳

古人順時布令，必援星象以示期，如定中、水正、木見之類皆是，❶而言火尤多。季春火見則出火，季秋火伏則内火。土功則火見而致用，用冰則火出而畢賦。雩祭必俟龍見，蒼龍三次，大火實當其中。武王伐殷，出師之日，月在辰馬。辰馬，房、心也。以次言，❷房、心皆大火；以星言，心獨爲火也。又火出而火陳，知陳復建。有星孛于大辰，即大火。知宋、衛、陳、鄭將災。用以占驗，尤不爽焉。案，魯梓慎言「火出，於夏爲三月」，夫子言「火伏而蟄者畢」，是火之伏見，乃一歲寒燠發斂之大界。又房四星，心三星，體皆明大，舉目共見，易以曉民，宜古人多用以布令也。《豳風》「流火」，著將寒之漸也。晉張耀云：「火中，寒暑乃退。

❶「木」，原作「本」，嘉慶本同，據康熙抄本、大全本、《四庫全書》本改。
❷「以」，原作「吕」，嘉慶本同，據康熙抄本、大全本、《四庫全書》本改。

火昏正而暑退，暑既退而火西流，當爲七月矣。」《豳風》詠夏、商時事，趯語在周景王時。前此，則「星火，以正仲夏」，見《堯典》；「五月初昏，大火中」，見《夏小正》。《小正》傳云：「大火者，心也。」後此，則「季夏，昏火中」，見不韋《月令》，皆以火爲夏之中星，惟仲與季不同，斯乃歲差所致。孔疏據鄭荅孫皓語，謂《堯典》統舉大火之次，《月令》獨指心星，故異，殆非也。歲差法始於晉虞喜，康成未及知耳。觀《小正》之大火是心，而以五月中，則《堯典》非統舉可知。夏近堯世，所差尚微，秦則遠矣。要之，自唐迄秦，幾二千年，而火之昏中，未有在夏後者。今歲差彌甚，目驗心宿，直至七月中氣，方得昏中，及西流，則已仲月矣。考冬至日躔，較秦時又差二十四度，火中遲至初秋，何怪焉？余舊有《即席詩》云：「蘭芷秋風人北渚，芙蓉夕露火西流。」流火與芙蓉同句，合於古而乖於今，時未諳星象耳。❶然農人暑夜田作，猶指房、心、尾爲大人星，以見夜之淺深，非以其明大而易見乎？大人者，大辰之譌也。

「公孫碩膚，德音不瑕」，《小爾雅》云：「道成王大美，聲稱遠也。」以「公孫」爲成王，與毛同；以「瑕」爲遠，與毛異。

---

❶「星」，原作「見」，據康熙抄本、大全本、《四庫全書》本、嘉慶本改。

小雅

鹿鳴之什

唐文宗述《毛詩·鹿鳴》疏，謂苹葉圜而華白，叢生野中，恐非藾蕭。今孔疏無此語，先儒以爲疑。源案，孔氏詩敘言：昔之爲義疏者，有全緩、何允、舒瑗、劉軌思、劉醜、劉焯、劉炫諸家，而焯、炫爲殊絶，今據以爲本。然則文宗所見，其孔氏所删者乎？孔所據，獨二劉耳，餘家義疏雖不采入正義，然唐世必有存者，文宗或偶見之。

古人文字簡貴，語無虚設，況《皇華》詩諏、謀、度、詢，字各有義，内、外傳所載魯穆叔之言，乃《詩》學之最古者，不誤矣。歐陽氏以爲變文協韻，殆不然。蓋文體冗長，莫甚於宋，故其釋《詩》，亦徒取文義疏達，其中精義奥旨，俱順口讀過，不復尋究，反詆先儒之説爲迂，盡掃而棄之，斯亦經學之一阨也。

鄭箋以《伐木》爲文王未居位，在農時，與友生於山巖伐木，爲勤苦之事。孔氏申其説，謂《史記·本紀》周大王曰：「我世當有興者，其在昌乎？」則大王時文王年已長大，是諸侯世子之子耳。遷岐之初，民稀國小，地又隘險，而多樹木，或當親自伐木，所以勸率下民。案，鄭説似無稽，而孔氏申之，則有理也。武丁，商王小乙子也；祖甲，武丁子也，皆遯居荒野，溷迹民間，父居天子位，尚且躬爲小人，況侯國之孫乎？大王之世，與商二王不遠，風俗宜相類。文王伐木於山，不可謂必無其事矣。

「歲亦陽止」，箋：「十月爲陽，坤用事。」《釋文》云：「坤，本亦作巛，困魂反。」《天作》箋引《易》「坤以簡能」，《釋文》「坤」作「巛」，云：「巛，本亦作坤。」《易》坤卦釋文亦云：「坤，本又作巛。巛，今字也。」《大戴禮·保傅》篇「坤」字亦作「巛」。案，巛字即卦形，偃之則☷，立之則巛耳。此字不見《説文》，而兩見張揖《廣雅》，一云順也，一云柔也。《集韻》云：「坤，古作巛，象坤畫六斷。」

「象弭」，箋云：「弭，弓末反彆者。」《釋文》云：「彆，《説文》方血反，又邊之入聲。《埤蒼》云：『弓末反戾也。』」案，今《説文》無「彆」字，《玉篇》作「⿱折弓」，卑結、卑計二切，弓戾也，又作「⿱折弓」。《廣韻》亦作「⿰矢㡀」「⿱折弓」，方結切，義同。又案，⿰弓㡀、彆、⿱折弓、⿰矢㡀，一字四形，見《改併五音集韻》。

南仲之名，不見他典，惟《汲冢紀年》有之，云：「帝乙三年，王命南仲距昆夷，城朔方。」此正《出車》詩所詠事也。又據《紀年》，文王以文丁十二年立，至帝乙三年，在位五年矣。而《逸周書》敘言文王立，西距昆夷，北備玁狁，則亦爲初年事。二書語正相合，意南仲以王臣會西伯出征，如《春秋》所書王人會伐之事與？玩詩云「自天子所，謂我來矣」，又云「王命南仲，往城于方」，又云「天子命我，城彼朔方」，則《紀年》語頗近之。但據此，則南仲乃王臣，非文王之屬矣。一年而平二寇，在即位之五年，不在受命之四年矣，皆與毛、鄭相左。《紀年》之書，非先儒所取信，姑記以備考。

「檀車幝幝」，《釋文》云：「幝，《韓詩》作⿰糸羨。」案，《説文》「幝，車敝貌。昌善切」，「⿰糸羨，偏緩也。尺善切」，二字音同，然則偏緩者，正車敝之狀與？《廣雅》：「⿰糸羨⿰糸羨，緩也。」注「⿰糸羨」字因淺、治羨二切，義同而音異。又《玉海》載《釋文》云：「《韓詩》作『檀車張張』，音同。」恐誤。

「卜筮偕止，會言近止」，箋云「或卜之，或筮之，俱占之，合言於繇爲近。」繇音宙，兆卦之詞也，即古「籀」字。顔師古曰：「《左傳》始作繇。」案，「繇」从卜从䌛，今俗書多脱「卜」字，溷作「䌛」。

《魚麗》傳「鱧，鮦」，疏云：「偏撿諸本，或作『鱧，鯶』，或作『鱧，鯇』，或作『鱧，鯉』，定本作鮦。」案，《説文》：「鮦，魚名。一曰鱶也。直隴切。」「鯉，鱧也。胡瓦切。」鱧、鱶、鯶、鮦各同音，是一魚而異名也，皆與《爾雅》郭注合。惟作「鱧，鯇」者，乃孫叔然之説。

南有嘉魚之什

《南有嘉魚》傳：「罩罩，篧也。」篧，《説文》作「籗」，云「罩魚者也。竹角切」，重文爲「篧」。《釋文》「篧」字助角反，及穫、護二音，皆與《説文》異。且言沈重説篧形非罩，豈疑傳誤乎？然《爾雅》「篧謂之罩」，正與傳合，不可易也。捕魚之器，古今容或殊制矣。

《埤雅》云：「嘉魚，鯉質，鱒鱗，肌肉甚美，食乳泉，出於丙穴。」《集傳》用其語曰：「鯉質，鱒鯽肌，出於沔南之丙穴。」改「鱗」爲「鯽」，又割取下句「肌」字，不成文義，其傳寫之譌乎？元末朱克升《疏義》已辯其誤。《詩經大全》譏襲《疏義》成書，竟不改正此二字，又不載克升語，可異也。

傳：「汕汕，樔也。」《釋文》：「樔，側交反。或作『罺』，同。」疏引《爾雅》「樔謂之汕」。案，樔、罺二字，本爲兩義，「樔」見《説文》，云「澤中守草樓」，則非捕魚器矣，而無「罺」字。「罺」見《玉篇》，云「罟也。壯交切，又初教切」。其「樔」字注同《説文》，意古止有「樔」字，其「罺」字，則後人所益與？《韻會》止載「罺」字，注云

「通作欂」，合欂、羃爲一字，且反以「羃」爲正矣。《正韻》承其誤，故「欂」字不收韻中。

《蓼蕭》箋引《虞書》「外薄四海」，《釋文》「薄，音博」。《虞書》釋文：「薄，蒲各反，徐音扶各反。」與《詩》不同。又《易》「雷風相薄」，《釋文》「薄」音旁各反，與《書釋文》同，則雹、博二音，俱可訓迫矣。案，《玉篇》《廣韻》止有蒲各一切。

鞗乃革轡，轡首謂之革，亦謂之靶，革末飾以金，謂之金厄，亦謂之鋚，凡三物矣。鞗，徒彫切。鋚，《說文》云：「鐵也。一曰轡首銅，以周切。」鞗、鋚異物，亦異字。趙宧光謂《詩》本作「鋚革」，石經並改爲「鞗」，非是。

「載沈載浮」，沈，《說文》从水冘聲，冘音淫。其作「沉」者，《廣韻》以爲俗字，徐鉉亦云「冗」不成字，作「沉」者非是。

「元戎十乘」，傳引《司馬法》文，備舉三代陷軍車名，夏鉤車，殷寅車，周元戎。箋復釋其名義，其於鉤車則云：「鉤鞶，行曲直有正也。」鞶，《釋文》作「股」，云：「股，今作鞶。」余謂《釋文》作「鉤股」，良得之。疏引《巾車》「金路，鉤，樊纓」，以證鉤鞶之義，然鉤膺鞶帶，乃車制之盡飾者，不以施於革路，豈反爲衝突之用乎？《韓詩》言元戎之制，車縵輪，馬被甲，衡軛之上，盡有劍戟。被甲之馬，安用金縷之鉤、采罽之帶乎？夏后忠質之世，豈陷軍之車，反文于周乎？況與先正之意，亦不相合也。毛傳云：「鉤車先正，寅車先疾，元戎先良。」案，《九章算術》有鉤股之名，見《周禮・保氏》注。橫闊爲鉤，直長爲股，其形磬折，即工人之矩也。車之行似之，則一曲一直，皆方正而不亂，故云曲直有正。孔疏又云：「鞶，定本作『般』。或謂車行鉤曲般旋，曲直有正，不必爲馬飾。」此説較優於鉤鞶，然不如取象於鉤般，尤爲明確也。

《采芑》次章傳云：「言周室之彊，車服之美也。言其彊美，斯劣矣。」疏引《老子》語「國家昏亂有忠臣，六親不和有孝子。」申之，以爲名生於不足，宣王承亂劣弱矣，故詩人盛稱其彊美。源謂此語雖勝，然未必毛意。先王除兇靖亂，惟以德競，不及兵威。周之盛，莫如文、武。文王閉門修德而服昆夷，因壘而克崇，武王以三百乘而禽紂，故《皇矣》詩言伐密、伐崇，《采薇》《出車》二詩言伐玁狁及西戎，《大明》末二章言伐紂，皆不侈稱車甲之多，軍容之盛，豈力不足哉？所恃不在此也。荆蠻小醜耳，宣王起十八軍以臨其國，雖克有成功，然威已殫矣。至於路車命服，炫熿於道，元臣專閫，以壯國體可耳，制勝之本，當不在此。詩人述中興事業，而區區以此見其彊美，矜詡之餘，其有諷切之思乎？故毛以彊美爲劣，謂彊美在武力斯劣者，在文德爾。

《車攻》傳「大芟草以爲防」，元本作「大艾草」，得之。《釋文》魚廢切，正合「艾」音，而字作「芟」，誤矣。呂《記》及《玉海》引此皆作「艾」，《穀梁傳》昭八年。説田獵之制，文頗與此傳同，首句云「艾蘭以爲防」，則字當作「艾」無疑。

漢翼奉自言學《齊詩》，其説「吉日庚午」云：「南方之情，惡也；惡行廉貞，寅、午主之。西方之情，喜也；喜行寬大，巳、酉主之。是以王者吉午、酉也。」然則此其《齊詩》之説與？後世風占有六情之説，蓋本於此。六情者，好、惡、喜、怒、哀、樂也。申、子主北方，其情好，行貪狼；亥、卯主東方，其情怒，行陰賊；戌、丑主下方，南與西。其情哀，行公正；辰、未上方，北與東。其情樂，行奸邪。併南、西二方而六，各以其日時與方，占風之來，以觀休咎。奉舉二，而《詩》指其一焉。

鴻雁之什

《鴻雁》鄭箋云：「《書》曰：『天將有立父母，民之有政有居。』宣王之爲是務。」孔疏云：「今《泰誓》文。言天將有立聖德者爲天下父母，民之得有善政，有安居。彼武王將伐紂，民喜其將有安居，是安居爲重也。宣王之爲是務，言所爲安集萬民，是以民之父母爲務，意同武王，所以爲美。」案，孔言「今《泰誓》」，即河内女子所獻僞《泰誓》也，所引二語，與古文「亶聰明作元后，元后作民父母」意相仿佛，非無義趣矣。又《大明》七章孔疏引其文曰：「師乃鼓譟，前歌後舞，格于上天下地，咸曰孜孜無怠。」此紀武王入商事，深得六師欣戴之情，定非誑語。惟《思文》箋、疏所引赤烏之事，則屬緯書之説耳。

《祈父》箋引《書》「若𠷎圻父」，《釋文》云：「𠷎，此古疇字，本或作壽。」孔注《尚書》直留反，馬、鄭音受。疏云：「彼注云『順壽萬民之圻父』。定本作『若疇』，與鄭義不合，誤也。」案，此文是箋引《尚書》，自應从鄭作「壽」，疏語得之。今監本作「疇」，當改正。又案，《説文》⿰酉𠷎醻、𡔙壽、⿰手𠷎擣、⿰𠷎攴魗、⿰巾𠷎幬、⿰王𠷎璹、⿰木𠷎檮字皆从𠷎省，而翳翿復从⿰𠷎攴。❶𠷎，直由切，詶也，从口𠃬，又聲。𠃬，古文疇也。今𠃬作疇，𡔙本从𠃬，而疇反从壽，隸變之譌也，宜疇、壽之互異矣。

《祈父》傳云：「宣王之末，司馬職廢，羌戎爲敗。」箋引千畝之戰實之，亦言與羌戎戰，實指姜戎也，而字

---

❶「翳」，今本《説文解字》「翿」作「翳」。

皆作「羌」。孔疏申傳、箋，直云姜戎爲敗，姜、羌字形相似，豈傳、箋元作「姜」，後譌爲「羌」與？

《斯干》傳以瓦爲紡甎，朱子以畫中漆室女手執物當之，黄氏以湖州婦人覆鄴一瓦當之，皆疑而未決，是其制已不存矣。孔疏云：「婦人所用瓦，惟紡甎而已。」殆其所習見，然則唐世猶有此物。

節南山之什

「維周之氐」，鄭破「氐」爲桎鎋之「桎」。《釋文》云：「桎，之實反。又丁履反，礙也。」疏引《孝經鉤命決》曰：「孝道者，萬世之桎鎋。」又引《説文》曰：「桎，車鎋也。」今《説文》云：「桎，足械也。之日切。」並無車鎋之訓，豈徐氏《韻譜》遺之乎？又字書「桎」字，止有之實一切。案，康成破字，多取音同，則丁履反當是古音，又明載陸氏《釋文》，而字書不收，亦屬疏漏。

「式夷式己」，《釋文》云：「己，毛音以，鄭音紀。」案，篆文巳[篆字]、己[篆字]二字形各不同，何至兩可乎？甚哉，隸變之誤經學也。

「憂心如醒」，傳云：「病酒曰醒。」疏引「《説文》云：『病酒也。醉而覺。』言既醉得覺，而以酒爲病，故云病酒」。此説得之。徐鉉《韻譜》因「醉而覺」語，疑「醒」即古「醒」，殆未必然。

桀、紂之世，有湯、文，而厲、幽之末，罔有代德，《詩》云：「瞻烏爰止，于誰之屋？」民之望湯、文急矣。迄暴秦而湯、文不出，烏始不擇屋而止焉。三代而後，所以多無禄之民也，誰謂天道古今不變哉？

「悠悠我里，亦孔之痗」，毛云：「悠悠，憂也。里，居也。痗，病也。」鄭云：「里，居也。」《釋文》云：「里，本或作瘽，後人改也。」孔疏云：「毛以爲悠悠乎可憂也，爲此而病，亦甚困病矣。鄭以爲悠悠乎我居今之世，亦甚困病爲異。」呂《記》云：「董氏曰里，顧野王作瘽。」《爾雅》以瘽爲病，《集注》同之。今毛以「里」爲病，蓋當毛作傳時字爲「瘽」也。《爾雅》：「瘽，病也。」邢疏引「悠悠我里」爲證，而云里、瘽音義同。總觀諸說，方知傳文有誤也。凡箋義與傳同者，例不重訓，毛果云「里，居」，鄭不應複出矣。孔述毛云「爲此而病」，指「里」也，「亦甚困病」，指「孔痗」也，又言鄭「里，居」與毛異，合之呂《記》、邢疏，則毛傳「里」字訓病不訓居，明甚。源謂傳文當云：「里，病也。」中閒「居也痗」三字乃昧者妄增耳。《伯兮》「心痗」，傳已有釋，故此詩止訓「里」字。俗儒怪病義非「里」字常訓，因增入「痗」字以當之，見「里」字無釋，則謙箋文「居也」以實之耳。注、疏諸本誤皆同，雖元本亦誤。又呂《記》謂毛作傳時，字當作「瘽」，此未必然。毛義由師授，不專據經文，且古字多通用，當借「里」耳。後儒據《爾雅》改爲「瘽」，容有之，《釋文》所云良是也。

「曾我暬御」，朱《傳》引《國語》「居寢有暬御之箴」。《國語》止此「暬」字耳，劉瑾辨之，以爲《楚語》作「褻」，意瑾所見《國語》，必非善本，反執其誤字以爲正，可嗤已。案，暬，从執日，狎習相慢也。褻，从衣執，私服也。「暬御」正取狎習之義。

「孔棘且殆」，箋：「甚急迮且危。」《釋文》云：「迮，本又作笮，側格反。」案，《說文》：「迮，迮迮，起也。」「笮，迫也。」則箋文作「笮」爲長。

《巧言》云「奕奕寢廟」，《閟宮》云「新廟奕奕」，《周禮·隸僕》注引《詩》「寢廟繹繹」，不知何篇文。又云：「五寢，五廟之寢也。天子之廟，惟祧無寢。繹繹，相連貌。前曰廟，後曰寢。」

《爾雅》「桑雇，竊脂」，郭注云：「俗謂之青雀，觜曲，食肉不食粟。」朱《傳》用其語曰：「俗呼青觜，食肉不食粟。」删去「雀」字、「曲」字，不成文義，此必傳寫之誤。當云「俗呼青雀」，而删去「觜」「曲」二字耳。然諸本皆同，讀者莫覺也。案，《本草》桑雇喙或白如脂，或黄如蠟，並無青觜者。

「惄焉如擣」，毛云：「擣，心疾也。」孔申之，言如有物之擣心，又引《説文》「擣，手椎也。一曰築也」語證之。案，《釋文》云：「擣，或作𤺄。《韓詩》作疛，除又反，義同。」𤺄、疛皆从疒，毛、韓直以爲心疾之名，則「擣」字特借耳，疏語恐非毛旨。但《説文》無「𤺄」字，而「疛」訓小腹痛，與心疾不合。疏姑據「擣」字本訓釋之，亦非無見。

《巷伯》詩敘云：「《巷伯》，刺幽王也。寺人傷於讒，故作是詩也。」箋云：「巷伯，奄官。寺人，内小臣也。奄官上士四人，掌王后之命，於宫中爲近，故謂之巷伯，與寺人之官相近。讒人譖寺人，寺人又傷其將及巷伯，故以名篇。」案，敘「故作是詩也」下脱「巷伯奄官」四字，箋「巷伯」下、「内小臣」上衍「奄官寺人」四字。疏申敘，謂「經無『巷伯』字，而篇名《巷伯》，故敘解之曰『巷伯，奄官』，言奄人爲此官也」，則知敘末脱此四字矣。又申箋，謂「巷伯内官，用奄上士四人，内小臣而謂之巷伯者，以此官於宫中爲近」，是箋文「内小臣」解巷伯，非解寺人也，不應云「寺人，内小臣」，下文云奄官，不應上文先出奄官，則知箋文直當云「巷伯，内小臣也」，而中閒「奄官寺人」四字，皆衍文矣。此其誤，殆因傳寫者誤將敘内「巷伯奄官」移入箋，而箋内「巷伯」不應複出，遂改爲「寺人」也。疏又謂「定本敘内無『巷伯奄官』四字，於理爲是」。《釋文》亦言「官本將此注爲敘文」，而吕《記》、嚴《緝》載敘語，皆無此四字，則近本之敘，不爲誤也。至箋之解巷伯者，移以解寺人，其誤最甚，非孔疏無由正其失矣。

《巷伯》傳：「蒸盡，縮屋而繼之。」《釋文》云「縮，又作摍」，疏云「摍謂抽也」，論文義，「摍」字爲正矣。案，《説文》：「縮，亂也。一曰蹴也。」「摍，蹴引也。」皆所六切。

谷風之什

「有洌氿泉」，疏引《説文》云：「洌，寒貌。」今《説文》無「洌」字，止有「洌」字，訓水清。

《大東》箋「闓置官司」，《釋文》云：「闓，音開，字亦作開。」《齊風·載驅》箋「闓，圛」，《釋文》「闓」亦音開，則闓、開二字音義同矣。案，《説文》：「闓，苦亥切。」《玉篇》《廣韻》同。又曰「亦音開」，其義則同《釋文》。

甫田之什

「或耘或耔」，傳云：「耔，雝本也。」疏引《漢書·食貨記》，以釋雝本之義，而文多不同。案，《漢書》言后稷畎田之法，「苗生葉以上，稍槈壠草，因隤其土，師古曰：「隤，下也。」以附苗根。比盛暑，壠盡而根深，能音耐。風與旱」。疏引此，「苗生葉」脱「生」字，「隤」字作「壝」，「盛」字作「成」，又脱「暑」字，玩文義，定是《詩》疏之誤。吕《記》、朱《傳》皆引此文，誤亦與疏同，惟王伯厚《玉海》引此與《漢書》合。

《甫田》次章，社、方、田祖三祭，近世馮氏《名物疏》、何氏《古義》二書欲以《月令》仲夏大雩當之，謂祭五精帝，必配以五人帝，神農以配赤熛怒也，此謬矣。《月令》云：「仲夏，命有司爲民祈祀山川百源。大雩帝，用盛樂。」以《詩》合之，絕不相符。大雩之祭，以上帝爲尊，《詩》不應反略之也。山川百源，將雩而先祈也，非社、非方也。且社、方與雩各一祭，祭亦不同時，不得總社、方於雩也。田祖是神農，固爲炎帝矣，然大雩之祭，徧及五精帝，則五人帝咸在，何獨舉其一也？大雩用盛樂，《月令》所言樂器十有九焉，《詩》止及其三，不得謂之盛也。彼徒見《詩》言祈雨與大雩相合，又耘耔正仲夏時，因爲此説耳。不知古人龍見而雩，當以建巳之月，不以仲夏。《月令》不韋之書，未必合古禮，康成注已規其失，何足用爲據乎？《詩》本傷今思古，非若身遇而目覩者，專詠一時事也。上言耕耨之勤，此言祈報之至，義各有取，不必皆指仲夏。如執「耘耔」二字以槩全詩，❶則末章「千倉納庾，萬箱載稼」，亦與耘耔同時乎？馮又以祈穀非祈雨，譏古注疏，則尤妄。「以御田祖」，鄭引《周禮·籥章》文證之矣，不言祈穀也。孔申鄭「郊後始耕」之言，則引《月令》注「元辰，吉亥始耕之祭」爲證矣，始耕之祭在祈穀祭後，非一事也。且祈穀之祭，祭上帝，而配以后稷，不祭神農也，此與經「田祖」之文顯不相合，馮誤指爲祈穀而譏之，不已過乎？《詩》咏農事，往往言雨，如《信南山》之「霢霂」、《大田》之「興雨」皆是。此詩述春祈之祭，因及甘雨，以起下稷黍之文耳，非專言祈雨也，豈可因此一語，遂合方、社、田祖爲一祭，而以祈雨槩之哉？近書多妄説，不足置辯，惟馮疏考據頗確，然亦有此無稽之語，恐誤後學，故特辯之。

《詩》中六「祁祁」，《采蘩》《七月》《出車》《大田》《韓奕》《玄鳥》是也，右旁皆从邑。今監本注疏《大田》誤

❶「執」，原作「報」，據康熙抄本、大全本、《四庫全書》本、嘉慶本改。

作「祈」，與五詩異。嚴《緝》云：「監本作祁，俗本作祈，誤。」今監本已誤矣，惟朱《傳》、嚴《緝》作「祁」。其《玄鳥》詩「祁祁」，則呂《記》、朱《傳》皆誤作「祈」。

「鞞琫有珌」，傳云：「天子玉琫而珧珌，諸侯璗琫而璆珌，大夫鐐琫而鏐珌，士珕琫而珕珌。」案，定本、《集傳》如此，《釋文》同，而孔疏稍異，諸侯「璆珌」作「鏐珌」，大夫「鏐珌」作「鐐珌」，云「天子、諸侯琫珌異物，大夫、士則同，尊卑之差也」。如今本，則琫珌同物者，惟士耳。又案，《説文》亦載此文，惟不言大夫耳，其云「士珕琫而珧珌」，則士亦異物，餘與今本毛傳同，蓋各據所聞也。又疏引《説文》云：「珕，蜃屬，而不及於蜃。」故天子用蜃，珧，蜃甲也。士用珕。今《説文》無「不及於蜃」句，豈《韻譜》遺之乎？又案，傳言琫珌之物，爲名凡七，然玉、璆皆玉也，璗、金之美者，與玉同色。鏐黄金之美者。與鐐白金。皆金也，珧、珕皆蜃也，三物而七名焉。

「大侯既抗，弓矢斯張」，鄭箋並不推明賓射名正之義，而孔疏申箋，論之甚詳。今本箋文必有脱落，在「君侯謂之大侯」以下，「大侯張，而弓矢亦張」之上。

「發彼有的，以祈爾爵」，蘇氏釋此，謂求勝以爵不勝者，意本鄭箋。箋云：「發矢之時，各心競云：我以此求爵女。」嚴華谷辯之，謂求勝以爵不勝，不如《射義》求中以辭爵之優，所見良是。然嘗求之孔疏，知鄭箋本不是解，「爵女」當作「女爵」，文倒者，傳寫之譌耳。孔申鄭云：「以求不飲女養病之爵。」又云：「我以此求女爵，謂求不飲也。」又引《射義》辭爵語證之。使仲達爲疏時箋文已作「爵女」，則不應以「求不飲」釋之，其引《鄉射》文，又當較論其同異矣，不知二字之倒，始於何時也。朱《傳》全用箋語，亦作「爵女」。

「赤芾在股」，箋云：「芾，大古蔽前之象。」今本作「蔽厀」，膝俗。殆俗儒妄改耳。蔽厀乃芾之别名，周世用之，何云大古，又何云象哉？孔疏申箋，以爲大古衣皮，先知蔽前，後知蔽後，重其先蔽者，故存之，示不忘古，則當爲「蔽前」明矣。又《爾雅》「衣蔽前謂之襜」，注云「今蔽厀」，《采緑》毛傳亦云，鄭「蔽前」之稱，當本此。今諸本俱誤作「膝」，惟吕《記》引箋作「蔽前」，得據以正之。

《采緑》之「緑」，即《衛風·淇澳》之「緑」，《爾雅》所謂王芻，與竹各一草。陸璣以緑竹爲一草，孔疏已辯其誤，嚴《緝》復引陸《疏》以釋《采緑》，則尤誤，又其所引《疏》語，與今本《草木疏》及《衛風》正義所引各不相同，故録之以備考。嚴引《疏》曰：「草也。其莖葉似竹，青緑色，❶高數尺。今淇澳旁生如草，其草澀礪，可以洗攬笏及盤枕，利於刀錯，俗呼爲木賊，彼土人謂之緑竹。」自「如草」至「木賊」二十三字，皆今本所無，況既云「草也」，又云「如草」，義有礙，嚴殆誤也。案，木賊草始見於宋嘉祐《補注本草》，❷云：「苗長尺許，每根一幹，無華，葉寸寸有節。」此所言物色，與陸《疏》迥異。

《國語》記龍漦之妖，固已異矣，《白華》詩疏引《帝王世紀》合之，尤爲足異。《世紀》謂幽王三年嬖褒姒，

---

❶「色」，原作「巳」，據康熙抄本、大全本、《四庫全書》本、嘉慶本改。

❷「始」，原作「殆」，據康熙抄本、大全本、《四庫全書》本、嘉慶本改。

時褒姒年十四，推其初生，當在宣王三十六年也。厲王流彘之年，童妾感漦妖，時方七歲，歷共和十四年而宣王立，立三十六年而妖子生，則褒姒之在母腹，凡五十年，其母生子時，亦五十六歲矣。又童妾十五歲而笄，爲共和九年，既笄而孕，即自孕後計之，亦四十二年矣，妖物之生，固異於人乎？老耼在母腹亦七十餘年，與之相似。但老耼生而白首，故有老子之稱。妖子夜啼，猶然嬰童耳，斯又其不同者。雖然，使褒姒生而白首，豈能致驪山之禍哉？

古之學者且耕且養，三年而通一藝，族黨之官，歲時月吉，必屬民讀法飲酒，考其德行道藝，故甽畝之夫，皆通經術，習禮儀。《瓠葉》首章箋云：「此君子，指庶人有賢行者。其農功畢，乃爲酒漿，以合朋友，習禮講道藝。」豈漢世猶有此風乎？觀此可想見古人之田家樂矣。

《漸漸之石》首章，《釋文》最多遺脱。只如「勞」字，鄭訓遼闊，與毛不同，則音亦當異。「朝」字，鄭、王、孫皆釋爲朝見，則當讀爲潮，兩字俱應有音反，今《釋文》止云「勞如字」而已。

「不皇朝矣」，箋云：「皇，正也。」疏云：「皇，正也，《釋言》文。」箋、疏兩「正」字，今皆誤作「王」。箋又云：「不能正荆舒，使朝於王。」下兩章又云「不能正之」，則爲「正」字無疑。又《釋言》云：「皇、匡，正也。」並無「皇，王」之文。若「皇、王，君也」，則見《釋詁》，況以訓此「皇」字，文義乖矣，今諸本俱誤。又案，王肅述毛，訓「皇」爲暇，而後儒宗之，文最明順。今《集傳》經文作「遑」，定是傳寫之譌。

《韻會》云：「輚，通作棧。《詩》『有棧之車』，注从車。」然則經與注，字各别也。今本注疏「棧」字皆从木，不从車，黄所見是宋本也。今本作「棧」，定是昧者據經字而改耳。

大雅

文王之什

《文王》篇自次章以下，章法首尾相承如貫珠，近世王元美謂曹子建《贈白馬王詩》祖此。源謂《大雅》多有此章法，《下武》《既醉》二詩亦然。《下武》惟三、四章不接，而餘章皆相連矣。他若《棫樸》之首、二章，《皇矣》之七、八章，《生民》之五、六章，《假樂》之三、四章，《桑柔》之二、三章，《雲漢》之七、八章，《烝民》之首、二章，《江漢》之五、六章，《瞻卬》之三、四章，皆此章法也。

《大明》詩八章，毛、鄭次章六句，三章八句，四章六句，五章八句。吕《記》、朱《傳》、嚴《緝》皆次章八句，三章六句，四章八句，五章六句，取其與首尾兩章六、八相間也，不知改自何時。

《詩》言「摯仲氏任」，是大任，乃摯國次女，漢儒謂禮惟嫁長女，餘俱爲媵，自殷以前皆然，與此詩不合，《通義》疑之，良是矣。源謂漢儒之言亦不謬，但所言者，特禮之大槩耳，在當時行之，必更有變通。生女者多寡不齊，不足者或取同姓國女爲娣姪，有餘者或嫡夫人所出，俱嫁爲嫡，而娣姪取諸庶出，更有餘，或以備他國之媵，皆未可知也。不獨摯任爲仲女而已，見於《春秋》者，紀季姜爲王后，魯叔姬爲齊夫人，季姬爲鄫夫人，皆非長也。見於《衛・碩人》詩者，齊女三姊妹，嫁衛、邢、譚三國，皆爲夫人，亦不以女弟隨嫁也，則當時之有變通，可知矣。源又因此竊歎古人風俗，有不若今人之美者。男女之别，最其大者，古人尊男而卑女，故姑、姊、娣、姪一人爲妻，餘皆爲妾，不以爲辱。待之既卑，亦不甚繩以節行，故列國夫人往往淫泆不制，而通室易内之事，時見於世家右族，甚有奪人之妻以予人，彊人之子而烝其母，如魯人之於施氏，孔圉之於大叔，齊人之於衛公子頑者。此今日市井無賴子所不忍爲，而當日名邦卿大夫爲之，恬不知怪，何今人之反勝古耶？豈非洙泗之文誦習既久，漸深入乎人心，各生其愧恥耶？又不僅此也，古者諸侯世其國，卿大夫世其家，皆有土有民，怙侈縱欲，有自來矣。後世天下定於一統，無常貴常富之家，一有越禮之事，人即以王法議其後，宜其有所顧忌也。況愧恥内生，所得於聖人之教澤者有素乎？

「俔天之妹」，毛訓「俔」爲譬，《韓詩》「俔」作「磬」，孔疏言「俗語譬喻爲磬作」，以譬爲磬，豈可以今人文義求之乎？觀孔疏，則唐世方言猶然矣。

「其繩則直」，《釋文》云：「繩，本或作乘。案，經作繩，傳作乘，箋云傳破之乘字，後人遂誤改經文。」今案，傳引《釋器》「繩謂之縮」，誤「繩」爲「乘」耳，此訓「縮版」，不訓繩直也，與經文「繩」字何涉？又鄭箋云：「乘，聲之誤，當爲繩。」是言後人傳寫之譌耳，不以傳爲破字也。《釋文》所述箋語，今並無之，此不可解。

「迺立皋門」章，箋云「内有路門」，當作「内有寢門，一曰路門」，中閒脱去四字。觀疏云：「《文王世子》曰：『至於寢門。』是内有寢門也。」疏又云：「寢門，一曰路門，以路寢在路門之内，故係而名之。」則可見矣。

淠，水名。《説文》云：「出汝南。从水畀聲，匹制切。」《詩》三借其字，皆爲貌狀之稱，《小弁》爲萑葦之衆，《采菽》爲旂動之形，《棫樸》爲舟行之貌，同此「淠」字。今「淠彼涇舟」，諸本俱作「渒」，則傳寫之譌也。觀《韻會》「淠」字注引此三詩，《正韻》「淠」字亦引《棫樸》詩，則誤尚未久。至「淠」本作「箄」，《説文》云：「水在丹陽。从水箄聲，匹卦切。」《玉篇》「⿱竹渒」字又作「渒」。

「黄流在中」，傳云：「黄金所以流鬯也。」《釋文》云：「一本作『黄金所以爲飾流鬯也』，是後人所加。」正義云：「定本及《集注》皆云『黄金所以飾流鬯也』，有『飾』字於義易曉，則俗本無『飾』字者誤。」陸、孔二君意正相反。余謂無「飾」字簡而當矣，且黄金以爲勺，不僅飾也。

《皇矣》首章，孔疏引《書・多方》曰「天惟五年，須夏之子孫」，注云：「夏之言暇。」今世《尚書》諸本皆作「暇」，莫知原文之爲「夏」者，未審何時所改，豈唐明之世與？即此以推，可見後世五經文字竄易者多矣，賴有古注疏得知其萬一耳。

家國興亡之際，忠臣義士所痛心也。雖有聖人受命，不能禁人故主之思矣。殷之既亡也，叛周者有四國焉，吾讀《破斧》詩而知之。見傳。周之將興也，不忘殷者，亦有四國焉，吾讀《皇矣》詩而知之。見箋。疏云「密、須疑周將叛殷，故距。密、須之君，雖不達天命，亦是民之先覺者也」。吁！可與論世矣。文王之伐密也，管叔諫曰：「其君，天下明君也，伐之不義。」疏引皇甫謐言。是或一見也，所以有啓商之役與？

《集傳》經文多譌脱，其六字爲晦翁自改，既論之於《稽疑》中矣。至《皇矣》篇「以篤于周祜」，脱去「于」字，雖未見其爲朱子意，然觀「假樂」之讀爲「嘉樂」，「鬷假」之讀爲「奏格」，「上帝甚蹈」之爲「上天甚神」，「假以溢我」之爲「何以恤我」，皆彊詩義以就他書，而「爰其適歸」，「爰」之爲「奚」，則直據《家語》以改經字，安知此詩「于」字，非因《孟子》而删之乎？蔡仲默注《禹謨》「降水儆予」，改「降」爲「洚」，併《禹貢》「北過降水」，亦改爲「洚」，正用斯例也。

「鼉鼓逢逢」，《樂書》宋陳暘。以爲鼉鳴應更，故詩人託言，以爲靈德之應，非實鼓也，此謬矣。麀鹿、白鳥，但言其得所，不言其似何樂，以爲靈異也。況此二章言靈德見於樂，箋有明解，若託鼓爲喻，則「虡業」「鼓鐘」，又喻何物乎？

生民之什

《生民》第五章二「種」字，以文義論之，「種之黃茂」應去聲，「實種實褎」應上聲。《釋文》止有支勇一反，❶推其故，定是「種」字上脱一「實」字。案，《釋文》云：「種，支勇反。」宜加一「實」字別之。❷今本俱無「實」字，則傳寫之漏也。然其誤已久，嚴《緝》二「種」字俱云上聲，此承其誤而不覺也。吕《記》音反皆遵《釋文》，獨此二「種」字缺，則疑之也。惟朱《傳》二「種」字前去聲、後上聲，卻與古暗合。

「爾酒既湑」，箋云：「湑，酒之泲者也。」《釋文》云：「泲，字又作𦌾，同。」案，《玉篇》：「𦌾，子禮切。手出其汁，亦作擠。」《廣韻》云：「手搦酒也。」然則「𦌾」字正當「湑」義。箋及《周禮》《禮記》注皆作「泲」，借也。「泲」本水名，今借用「濟」。

❶「有」，原作「支」，據康熙抄本、大全本、《四庫全書》本、嘉慶本改。

❷宋本《釋文》確有「實」字。

「度其夕陽」，孔申鄭，以爲總言豳人一國之所處，❶考其地，當在梁山之西。蘇氏謂度山西之地，以廣豳人之居，不知又是何山之西，吕《記》、朱《傳》皆从之，嚴《緝》則用疏義。

「取鍛」，《釋文》云：「鍛，丁亂反。本又作碫。《説文》：『碫，厲石。』《字林》大喚反。」案，碫，今《説文》作「碬」，「厲石也。从石叚古雅切，借也。聲。《春秋傳》曰：『鄭公孫碬字子石。』」徐鉉音乎加切，外並無「碫」字。碫从段徒玩切，从殳耑省聲。❷音鍛，碬从叚音遐，音形俱異。但段、叚二字筆畫相似，書者易殽，須視音切爲辨。陸、徐不同如此，當必有一誤矣。又案，《玉篇》兩字並載，云：「碫，都亂反。礪石也。碬，下加切，磍恰、轄、軋三音。碬高下也。」《廣雅·釋器》云：「礱、碫，礪也。」曹憲注：「碫，都玩反。」顧，梁人，曹，隋人，礪石皆是「碫」非「碬」，而「碬」字注，則《玉篇》别有義，可見唐以前《説文》元作「碫」，故二書音切與陸同，《釋文》當不誤也。但《釋文》别徒亂爲徐反，則當時必有遐音，可見段、叚溷寫，在唐初已然。

《卷阿》敘，孔疏引《説文》云：「賢，堅也。以其人能堅正，然後可以爲人臣，故字从臣。」今《説文》云：「賢，多才也。从貝，臤聲。」與疏所引異。

《民勞》箋：「汔，幾也。」《釋文》：「幾，音祈。」《易》井卦注，《釋文》「幾」音祈，又音機。案，訓微者，當讀機音；訓近者，祈、機二音俱可讀。

---

❶「一」，原作「二」，據康熙抄本、大全本、《四庫全書》本、嘉慶本改。

❷「耑」，原作「端」，據大全本、《四庫全書》本改。

蕩之什

「訏謨定命，遠猶辰告」，鄭箋當有闕文，以疏合之，當云「大謀定命，謂正月始和，布政於邦國都鄙也，爲天下遠圖庶事，而以歲時告施之，即正歲縣之象魏也」。今本箋文缺「即正歲縣之象魏也」八字。案，疏中箋謂「既云謀定，而別云時告，則謀定時未告也。《周禮·大宰》：『正月，縣治象。』《小宰》：『正歲，觀治象。』正月，周之正月，正歲，夏之正月，是再縣之也。二時不同，與謀定、時告相合，故以『定命』爲正月始布政教，以『辰告』即正歲縣之象魏也」。今缺「正歲」一證，則文義不全矣。

「萬民靡不承」，《釋文》云：「靡，一本作是。」案，鄭箋云：「天下之民有不承順之乎？謂承順之也。」則康成讀本「靡」當作「是」。

「屋漏」，箋云：「設饌於西北隅而厞隱之處。」《釋文》云：「厞，扶味反，隱也。沈云『許慎凡非反』。」今《說文》：「厞，隱也。从厂非聲。扶沸切。」徐氏此切，非許意矣。又厞字从厂，不从广。厂，呼旱切；广，魚儉切，音各異。今本注疏誤从广作「庍」。

「好是稼穡」，鄭解爲居家吝嗇之人，後儒譏之。然《釋文》言所見鄭本，此章「稼穡」皆作「家嗇」，則元非改字也。鄭箋《詩》時，齊、魯、韓《詩》具存，彼或別有據矣。

「征以中垢」，《韓詩》「征」作「往」，外傳以爲人君不用賢，無知妄行之意，與箋、疏異。外傳云：「以明扶明，則昇於天。以明扶闇，則歸其人。兩瞽相扶，不傷牆木，不陷井穽，則其幸也。《詩》云：『惟彼不順，往以中垢。』闇行也。」斯義亦勝矣。

「徹申伯土田」，箋云：「正其井牧。」《釋文》：「牧，手又反。又如字。」案，井牧者，《周禮・小司徒》「井牧其田野」注引《左傳》「牧隰皋、井衍沃」襄二十五年文。釋之，以爲二牧而當一井，是也。若手又反，則「牧」當作「收」。井收見《易》井卦，❶然牧、收異文，乃破字，不當用音反。且論箋文義，則井牧優矣。

「顯父餞之」，呂《記》引鄭箋云：「顯父，周之卿士也。」今本鄭箋「卿士」作「公卿」，孔疏則作「卿士」，云：「諸侯反國，王臣餞送，惟卿士，故知顯父周之卿士。」則今本之誤，信矣。又嚴《緝》引箋及總注皆作「公卿」，嚴後於呂，其所見本應誤。

「我居圉卒荒」，箋云：「荒，虛也。」疏云：「『荒，虛』，《釋詁》文。某氏曰：『《周禮》：野荒民散則削之。』惟某氏本有「荒」字耳，其諸家《爾雅》則無之。要《周禮》『野荒』，必是虛之義也。」案，康成箋《詩》，本據《爾雅》爲説，則「荒，虛」之文，古本定有之，不知何時逸「荒」字，而諸家俱不見收，幸有某氏解，僅存於孔氏《詩》疏，後儒尚得知之耳。獨怪邢昺作《爾雅正義》，竟不載孔疏某氏語，以補經文之缺，方信宋人經學，遠不逮漢、唐也。

苴字有十四音，義各不同。楊用修《丹鉛録》載其説。訓爲水中浮艸者，當讀如槎，《召旻》詩「如彼棲苴」是

---

❶「收」，原作「牧」，嘉慶本同，據康熙抄本、大全本、《四庫全書》本改。

也。今監本《釋文》「苴，士如反」，呂氏《詩記》士始反，槎音當士加反，意監本誤「加」爲「如」，❶呂《記》誤「加」爲「始」，皆因字形之相近也。嚴《緝》苴音茶，獨得其正。至朱《傳》七如反，則是麻之有子者，《豳風》「叔苴」當從其音，非此「苴」也。其「七」字，豈又《釋文》「士」字之譌乎？案，《韻會》六麻韻「苴」字與「茶」「槎」同鋤加反，其見六魚韻子余切者，又云士加切，因引《詩》「棲苴」證之，蓋用此《釋文》切也。可知宋本《釋文》不誤，呂、朱誤切，亦起於近本耳。

頌

周頌

「文武吉甫」，謂吉甫也；「文武是憲」，謂申伯也；「文武維翰」，謂文王也；「不顯成康」，「自彼成康」，謂武王也。《詩》中往往有此，皆非舉謚爲言。《昊天有成命》及《噫嘻》兩頌，皆言「成王」，正猶《下武》及《酒誥》之「成王」、《何彼襛矣》之「平王」也。以三《頌》所稱爲兩王之謚，因謂康、昭以後尚有頌者，此歐陽之臆說，而朱子和之者也，駮難之文，備於《通義》矣。

《思文》疏引《說文》云：「麰，周所受來牟也。一麥二夅，象芒刺之形。天所來也。」案，今《說文》此乃

❶ 宋本《釋文》作「苴，七加反」。

「來」字，注云：「來，周所受瑞麥來麰。一來二縫，象芒束之形。天所來也，故爲行來之來。《詩》曰：『詒我來麰。』」與疏所引文亦小異。其「麰」字注云：「來麰，麥也。或从草作䒜。」

《詩》言捕魚之器，凡十有二，既詳之於《潛》頌矣，今觀唐皮日休、陸龜蒙漁具詩爲題，有十五。又宋陸游《入蜀記》言「吴江縣治有石，鐫曾文清公名幾，字吉甫，南宋人。漁具詩，比《松陵倡和集》所載，即皮、陸詩。又增十事」。俗敝民譌，機巧日滋，肆爲不仁之器，殘害水族，是可慨也。夫此廣殺物命，恬不知怪，非大覺緣果之文，豈能救之哉？或謂罔罟作於包犧羲皇，聖人未嘗不教人以殺。吁，罔罟之制，始於包犧之世耳，豈真包犧作之耶？如謂羲皇作罔罟以教殺，則弧矢能殺人，而殺人亦聖人之教耶？《繫辭》之意，本贊易理廣大，八卦既畫，則天下事物，總不出其範圍者也。又包犧作罔罟，獨見《易·繫辭》耳，《禮運》言「古未有火化，民食鳥獸之肉」，是燧皇以前，民已擊鮮而食，漁獵之具，此時即應有之，併非始於羲皇時矣。《繫辭》明《易》象之悉備，則以爲在既畫卦之後；《禮運》推禮制所由興，則以爲在未鑽火之前。立言之旨，各有攸歸，故兩書皆夫子之言，而先後不同。要之，洪荒時事，無書史可稽，夫子止約略言之耳，何可偏執其一語，遂謂羲皇之教殺乎？

魯　頌

《駉》篇「有驔有魚」，毛傳曰：「豪骭音幹。曰驔。」孔疏云：「《説文》曰：『骭，骹音敲。也。』《釋畜》云：『四骹皆白，驓。』音增。無豪骭白之名。傳言『豪骭白者』，謂豪毛在骭而白長也。」如疏言，則傳「豪骭」下，當有一「白」字，否則，「曰」當作「白」，必有脱誤，然諸本注疏及吕《記》、朱《傳》、嚴《緝》引傳皆同，不應諸本俱譌。傳既無「白」字，則孔疏「豪毛白長」之解，又從何來？況「豪骭曰驔」，亦不成文義，此甚不可曉也。

「其旂茷茷」，茷，从艸从伐，朱《傳》獨从竹从代，作「茷」。「茷」不成字，字書所無，然諸本皆同，不知誤始何時。今讀者俱莫覺，近世俗下書有《字彙》俗作彚。者，遂妄造一「茷」字收入竹部，可哂已。

「薄采其茆」，《釋文》云：「茆，干寶云：『今之**鄔**蹗草，堪爲菹，江東有之。』」案，宋庠《國語補音》云：「**鄔**，烏甲反。」即「鴨」字。又案，鳬、鴨一類，茆亦名鳬葵，❶其以此與？

東萊於《邶風》辨萬舞兼干羽，其見韙矣。至《魯頌》之《閟宫》、《商頌》之《那》，仍依用鄭箋，以萬爲干舞，蓋《公劉》次章以後，皆未經刊定之書也。又《國風》、二《雅》皆詳載鄭《譜》之文，三《頌》則闕焉，始信己亥重修此書爲功不淺，惜未竟其緒耳。

商　頌

《那》頌「執事有恪」，箋云：「執事薦饌，則又敬也。」《釋文》「薦」作「荐」，云：「荐，本又作薦。」《禮記》「薦馬」，《釋文》亦作「荐」。《鄉飲酒》「祭薦」，《釋文》云：「本亦作荐。」案，《廣韻》云：「荐，畜食。作甸切。」薦之

❶「鳬」，原作「鳥」，據康熙抄本、大全本、《四庫全書》本、嘉慶本改。

本訓，爲獸所食草，是薦、虋音義俱同也，❶其借爲奉進之義亦同。

《玄鳥》《長發》《殷武》三詩，皆句句用韻，惟「天命玄鳥」「四海來假」「維女荆楚」數語不協耳。今號句句協韻者爲柏梁體，然虞廷《賡歌》三句皆韻，《五子》第三歌，若依《左傳》，則六句皆韻，「陶唐」下多「率彼天常」一句，又「厥道」作「其行」。《國風》、二《雅》如《碩人》《宁》《猗嗟》《九罭》《皇皇者華》《斯干》《鳧鷖》等篇中，多有連句用韻者，及《商頌》三篇亦然，此體之來古矣，惟七言則始於柏梁耳。

「隕」左从自，本隕墜字，以音近圓，本王問切。故讀圓而訓均，❷諸本皆然，獨監本經文作「幁」，誤也。考字書俱無「幁」字，惟元人《韻府群玉》有之。乃字書不收，❸蓋已覺其誤，而監本經文反用之，不可不急爲改正也。又康成讀「隕」爲「圓」，本以音之近，今圓讀爲圜，遂併《詩》「幅隕」字亦讀爲圜，謬以生謬，學者莫覺。

《小雅》云：「信彼南山，維禹甸之。」《大雅》云：「豐水東注，維禹之績。」又云：「奕奕梁山，維禹甸之。」《魯頌》云：「纘禹之緒。」《商頌》云：「禹敷下土方。」又云：「設都于禹之績。」皆指所目覩，追念禹功也。詩人稱述往聖，主於頌揚祖德。周所言，惟后稷、公劉、大王、王季、文武二王；商所言，惟玄王、相土、成湯、中宗、武丁。除此而外，雖二帝之聖，不一及焉。而獨於禹，則言之至再至三者，何與？洪水之灾，民其魚矣，

---

❶ 本條六「虋」字，原皆作「薦」，據康熙抄本、大全本、《四庫全書》本、嘉慶本改。

❷ 「均」，原作「切」，嘉慶本同，據康熙抄本、大全本、《四庫全書》本改。

❸ 「乃」，嘉慶本同，康熙抄本、大全本、《四庫全書》本作「今」。

禹復取而置之平土，俾得耕田食穀，萬世之天下，皆禹所再造也，後人舉目輒見之，遂著之於《詩》耳。不僅《詩》也，仲虺言「纘禹舊服」，周公言「陟禹之迹」，劉子言「禹明德之遠」，皆在百千載後，況當日之民，躬被其澤者乎？宜其德禹之深，併愛其子孫，雖有僻王，猶奉爲君，不忍叛。乃再傳至大康，而黎民咸貳，致羿奡得乘釁篡竊，微少康中興，禹幾不祀矣。即桀之惡，亦非甚於紂也，紂之亡，有西山義士、洛邑頑民，桀既放，即帖然共戴商，豈夏之臣民，盡不忠不義哉？嘗思其故，而歎人心之囿於習俗，不可變也。堯、舜、禹三聖相繼，民得聖人而爲君者，已百五六十年，父子祖孫習見其如此。彼以爲爲吾君者，非聖人不可矣，竟不知此乃萬古一逢之泰運也。又堯、舜皆傳賢，則易姓之事，彼亦習以爲常也，獨禹傳子及孫，而大康又逸豫滅德，民乃翻然思去之矣。又十餘傳而至桀，暴又加甚焉，遂舍而歸湯，不復顧，彼素所責望其君者刻且深，固不肎以聖人子孫而恕之也。至商之末造，則傳子已習爲故事，而賢聖之君，又不過絫世而一見，民始不甚求備於君，且知革命之爲大變也，而各睠念其故主矣。民之歸周，不如戴商之速，時使之然也。夏與商，僅兩代閒，而人心之不同乃爾。後之儒者，乃欲以近今習俗，斷三代以前之治亂得失，豈知論世者哉？

工部都水司郎中臨川李秉綬刊

後敘

起甲寅，迄丁卯，閲十有四載，三易稾始成此編。雖然，未敢自謂盡善也。憶初脱稾時，以質於朱子長孺，賴其指摘，得以改正者數十條。今復再易稾，所改正又數倍於前矣，欲求就正之人，不能起長孺於九原也。輟斤息弦之歎，烏能已已。噫，余之有是編也，豈偶然哉！余家本世爲《易》學，幼嫥習之，而後以餘力及它經。顧心獨好《詩》，吟誦不去口。時童小無知識，徒以其葩詞韻語，便於喉吻，故好之耳。及稍長，粗通文義，則疑之甚。以爲五經皆聖人所以訓世，《詩》獨連章累幅俱淫媟之談，此豈可爲訓？時時爲同學者道之，莫余畣也。後或告余曰：「此解者自誤耳，《詩》義本不如是。」余因思春秋卿大夫賦詩相贈荅，如《風雨》《褰裳》《蘀兮》《有女同車》《野有蔓草》諸篇皆與焉，若從今解，則牀笫之言不踰閾，必爲嘉賓所譏。可見古《詩》義不如是，告余者決非妄言，但未知古人《詩》説載在何書也。逮又長，將成人矣，適暑月先君子命源暴書，見笥中有《十三經注疏》者，卷帙頗多，竊閲之，方知《詩》有子夏敘，毛公傳，鄭氏箋，大喜曰：「此其古人之《詩》説乎？」遂請此書於先君子，伏而誦之，則益喜，恍若披霧見天，始信詩教之真足訓世，不媿爲聖作矣，而向日之疑盡釋。更旁覽餘經，愈歎古經真面目汩没於後儒之訓釋者，不僅《詩》也。從此，先儒之説始深入識田，每持以折衷經義，不爲衆喙所惑。後又於它書史見前輩論經學，多有右漢而左宋者，至如馬貴與、楊用修極口爲《詩》敘訟寃，語俱明確，甚幸其先得我心焉，然以語人，輒笑而弗信，學者沈於所聞，又何怪乎。惟朱子長孺慨然以窮經自任，而與余游處最密，持論又多與余同，故所著《周易廣義》《尚書埤傳》《毛詩通義》《讀左日抄》等書，並以示余，共爲論定。余頗效其一得，而《詩》則亦自成一書云。蓋余自童年好《詩》，繼乃歷疑而得信，以至白首，而其信益堅，又輔以前輩之同心、知己之共事，方有是編也，豈偶然哉。雖然，經義宏深，管闚蠡測，敢自謂盡善乎！因感就正之無人，故述其顛末，書於卷後。

趙敘

憶甲子歲，拜先生於城東之存耕堂，遂請先生所著之《毛詩稽古編》。假館於葉氏，朝夕披玩，不忍釋手。是年秋，稷訪善書人鈔謄一本，先生即因而校正其誤。適禾中曹司農溶，好古博聞，搜訪遺書，尤致意於六經講義，既得宋、元數十種以請政，復携此書以至禾，相晤於采山堂上，繙閲數卷，即已醉心，歎爲未有，不徒卓識宏旨超出乎宋、元以上，且使漢儒師授洗剔一新，其有功於四始六義者不淺，遂留此書與諸經義藏之於塾。稷念此書未付剞氏，世無副本，得流傳於浙水，後有識者，當不負先生苦心也。其後奔走於衣食，由歙而燕京，而三晉，而齊、魯，數十年間，無不鹿鹿塵坌，雖欲理舊編，且不可得，已卯冬抵家。辛巳家居，無以娱朝夕，念先生歿又數年，其手筆藏於家，子孫必世守之，因謁諸弟昆而請焉，果不惜秘本，出以相示，則卷一至三十，皆先生手自繕寫，字體一遵許、徐、毛氏古本，不雜以俗下變體，點畫不苟，音注派别，洵非一朝一夕所成。稷欲悉遵其故，則又念讀之者必將驚詫，甚有不終卷而輟者。計其字體之不溷，古體之可不遵，與夫無傷於義，有便於經者，槩以時下習書録之，非敢擅易元本以自便也。猶記先生脱稾時，亦皆從俗書，即甲子所鈔之底本，亦不純用古字，想先生若在，見此，當未必以爲非，獨未得如昔日就正而親校其誤。記先生自言校字之難，即如此本，自著之，自鈔之，自校之，至五六過，而謬者尚有十之一，况今既易手，點勘雖畢，其能無疏漏乎？先生父諱志中，志皆作意，或作記。作書顛末，已見朱長孺序，及先生跋文。先生歿於己巳之冬，距今十有三年。稷既卒業，爲記其前後所借鈔之帙凡有二：其一留禾中，司農殁後，子彦栻登第，書未散，或云崑山得之已；一即此。其原本二，先生手筆也，藏存耕堂，合四本。至於詩解藴義，侍先生日少，未得親承指示，不能贊一詞爾。

康熙辛巳夏日，門人趙嘉稷百拜謹識。

序

吴江陳氏長發著《毛詩稽古編》三十卷，未刊行。麗生佑清得其手定稾刊之，而請序於余。余按是書采録于《四庫全書》中，其作書旨趣，提要言之詳矣。其條辯明晰，則又業經者必不可闕之書也。余嘗謂《詩》在漢，有齊、魯、韓、毛四家，後惟《毛詩》盛傳，自朱子廢序言《詩》，而毛氏之學又微。竊以爲齊、韓之淵源無攷矣，浮邱伯、毛公同受《詩》於荀卿，而詩旨各殊，豈必毛盡得，魯盡失歟？朱子説《詩》不主一家，王氏伯厚謂其閎意眇旨，洗末師專己守殘之陋，非過譽也。雖然，去古遠則綜群説難，綜之不得其當，則莫若專明一家之不失初旨。漢儒重師法，無敢出入，亦此意也。且作詩之時世，可異説也，而詩之訓詁，不能異也。訓詁别於形聲，衍於假借，散於服器、典章、鳥、獸、蟲、魚、草、木，毛氏詳矣。三家之傳，其佚間見於他書，亦多合焉。究其同而存其異，博學詳説之功也。究其同盡屏其異，此所謂專明一家之學者也。陳氏，其專爲毛氏之學者歟？不能博與詳，又不能專其學，其治經也，非陋則罔。陳氏，其能絶去陋與罔之失者歟？嗚呼！治經者豈特於《毛詩》宜然哉？陳氏精六書，是書手定稾，皆從小篆體，麗生仍之，悉爲讎校焉，懼失真也。麗生之於陳氏，洵能志其志，學其學者歟？余喜陳氏書之得傳，又嘉麗生之能傳陳氏書也，是爲序。

嘉慶十八年夏六月，江蘇督學使者文寧撰。

序

漢平帝世，《毛詩》始立於學。高密鄭君爲故訓作箋，先儒無異説。魏王肅注《詩》，始難鄭箋，而《詩》序、《詩》傳，未有妄肆譏評者。至宋歐陽文忠公作《毛詩本義》，乃盡棄毛、鄭，而鄭漁仲之徒，遂逞其臆見，廢序譚經，周孚駁之不遺餘力，其書不行於世。朱子作《集傳》，參用其説，然作《白鹿洞賦》，仍從古義，又荅門人問，曰：「舊説亦不可廢。」蓋朱子作《集傳》時本用小序，因與東萊論《詩》相争，改從漁仲，此乃一時之意見，非盡出本旨也。輔廣、劉瑾不達斯旨，曲護《集傳》，元時又以《集傳》取士，承用至今，不但廢序，而傳、箋亦廢矣。國初吳江見桃陳氏，與其友朱長孺同治《毛詩》，慨古義云亡，巵言雜出，著《稽古編》三十卷，篇義宗小序，釋經宗毛、鄭，故訓本之《爾雅》，字體正以《説文》，志在復古，力排蕪義，所以於《詩童子問》《詩傳通釋》二書，掊擊尤甚，豈非實事求是之學哉！近世學者不知此書，惟惠定宇徵君亟稱之，於是海内好學之士始知轉抄藏弆，咸謂長孺《通義》雖廣搜博采，不及是書之謹嚴精核焉。同時元和惠君研谿著《詩説》，發明古義，與陳氏不謀自合。蓋我朝稽古右文，儒者崇尚實學，二君實啓之。是書惜無刊本，手稿藏龐生黼廷家，今照依原本悉心校讐，付之剞劂，嘉惠藝林，俾自謂涵泳本文、以意逆志者讀之，必廢然自反矣。龐生誠好古敏求之士哉！

嘉慶十八年夏五月，揚州阮元序。